Stefan Burban

# Aufstand der Sklaven

STEFAN BURBAN

# BLUTLÄUFER

## AUFSTAND DER SKLAVEN

ATLANTIS

Eine Veröffentlichung des
Atlantis-Verlages, Stolberg
März 2021

Druck: Schaltungsdienst Lange, Berlin

Titelbild: Arndt Drechsler
Umschlaggestaltung: Timo Kümmel
Lektorat und Satz: André Piotrowski

ISBN der Paperback-Ausgabe: 978-3-86402-767-3
ISBN der eBook-Ausgabe (ePub): 978-3-86402-772-7

Dieses Paperback/eBook ist auch als Hardcover-Ausgabe
direkt beim Verlag erhältlich.

Besuchen Sie uns im Internet:
**www.atlantis-verlag.de**

# PROLOG

Das Fluchtschiff des Präfekten befand sich immer noch an derselben Stelle, an der die Blutläuferrebellen es zurückgelassen hatten.

Das riesige Ashrakschlachtschiff näherte sich behäbig, beinahe vorsichtig, so als würde die Besatzung mit einem Hinterhalt rechnen. Das war im Prinzip unsinnig. Die Sensoren orteten im Bereich von sieben Sektoren keine Feindaktivität irgendwelcher Art. Der Bereich war sicher.

Dem Fluchtschiff mangelte es an Energie. Die Sensoren konnten weder künstliche Schwerkraft noch Atmosphäre im Inneren feststellen, genauso wenig das Vorhandensein von Lebenszeichen. Zumindest das Letztere war keine große Überraschung.

Der Ashrakschlachtraumer kam neben dem viel kleineren Schiff zum Halten. Die Besatzung stabilisierte die Fluglage des Fluchtschiffes und führte diesem in geringem Umfang Energie zu, damit es automatisch künstliche Schwerkraft und Atmosphäre aufbauen konnte. Das Schlachtschiff ging längsseits und dockte an.

Erst nachdem dies abgeschlossen war, gingen die ersten Soldaten an Bord. Die Vorhut bildete ein Trupp Paladine. Diese Elitekrieger bewegten sich behände durch das gesamte Schiff und signalisierten am Ende, dass sich keine Feinde mehr an Bord befanden. Auch das war keine Überraschung.

Als Nächstes gingen zwei Trupps der Ehrengarde an Bord. Diese Leibwächter hochrangiger Persönlichkeiten waren ausnahmslos Ashrak und in ihrer Ausbildung und Kampfkraft den Paladinen beinahe ebenbürtig.

Als Letztes ging ein einzelner Würdenträger an Bord des gekaperten und havarierten Fluchtschiffes. Der hochgewachsene, bullig wirkende Ashrak in der Ganzkörperrüstung bewegte sich zielstrebig durch die Eingeweide des Schiffes. Die Leichen, die den Weg zu den Gemächern des Präfekten pflasterten, nahm er nur insofern zur Kenntnis, als sie ihn hin und wieder dazu zwangen, ihnen auszuweichen. Seine Leibwache folgte ihm dichtauf, während die Paladine den Zugang zum Schlachtschiff sicherten.

Kurz bevor der Ashrak die Gemächer erreichte, bedeutete er seiner Leibwache mit einer knappen Geste, ebenfalls zurückzubleiben. Die Elitesoldaten blieben schlagartig stehen. Die geschlossenen Helme der Rüstungen verbargen die Mimik, aber der Würdenträger spürte die Verwirrung seiner Leute. Nach den Geschehnissen der letzten Tage und Wochen war es keine sonderlich weise Entscheidung, sich ohne professionellen Schutz irgendwo blicken zu lassen.

Es war nicht undenkbar, dass die Blutläuferrebellen irgendeine Teufelei zurückgelassen hatten. Durchaus möglich, dass sie eine Bombe deponiert hatten, um einem etwaigen Rettungstrupp eine böse Überraschung zu bescheren.

Der Würdenträger machte sich darüber aber nicht die geringsten Sorgen. Das war nicht die Art des Anführers der Rebellen. Gareth Finch hatte dieses Schiff und seinen Inhalt zurückgelassen, um eine Botschaft zu übermitteln.

Der Würdenträger blieb vor dem Quartier des Präfekten stehen und öffnete den Zugang durch einen Schlag auf das Paneel an der Seite. Die Tür glitt zischend auf und offenbarte ein Bild des Schreckens.

Cha'acko öffnete den Helm seiner Rüstung und begutachtete den Schlamassel, der sich ihm darbot.

Der Honuh-ton-Agent betrat langsamen Schrittes das Quartier des Präfekten. Boden, Wände, ja sogar die Decke waren mit dem Blut des Ashraks bespritzt. Was vom Präfekten noch übrig war, lag als lebloses, zerbrochenes Häufchen Elend vor dessen Schreibtisch. Die Leiche des Präfekten sah aus, als hätte sich ein wütendes Kind mit ihm ausgetobt und ihn dann einfach liegen lassen, als er nicht mehr von Interesse gewesen war. Vielleicht lag er mit dieser Einschätzung gar nicht weit von der Wahrheit entfernt.

Cha'acko kniete sich überraschend geschmeidig neben den Torso des Präfekten. Der Kopf lag unweit daneben mit zerschmettertem Schädelknochen. Der Hals des Präfekten wirkte, als hätte eine gewaltige Kraft dessen Kopf wie die Verschlusskappe einer Flasche einfach abgeschraubt.

Cha'acko stieß ein kurzes, fast menschliches Schnauben aus. »Was hast du getan, um ihn dazu zu bringen?«, fragte der Honuh-ton-Agent leise. Aber alles, was ihm antwortete, war die Stille des Todes.

Er stand auf. Sein Blick hob sich. In krakeliger Schrift war etwas an die Wand geschrieben worden – mit Ashrakblut. Es handelte sich nur um ein einzelnes Wort:

Heather

Cha'acko kramte in den Tiefen seiner Erinnerung. Dieses Wort kam ihm bekannt vor. Er hatte es schon einmal gelesen, und zwar in Gareth Finchs Militärakte.

Er merkte auf. Seine strukturierte Denkweise erwies sich einmal mehr als hilfreich. Aus der Tiefe seines Verstandes tauchte die Textstelle auf, an die er sich hatte erinnern wollen.

Gareth Finch war mit einem weiblichen Menschen aufgegriffen worden. Gareth war einem militärischen Ausbildungsplaneten zugewiesen worden, seine Gefährtin Heather einem Ausbildungsplaneten für Liebessklaven. Interessant.

Cha'ackos Blick glitt erneut auf die Leiche des Präfekten. Hatte der Rebellenanführer das alles nur aus Rache für dieses Weibchen getan? War es unter Umständen sogar möglich, dass dem Menschen dieses Weibchen irgendetwas bedeutet hatte? Wie kurios. Ein seltsames Völkchen diese Menschen. So voller Widersprüche und Leidenschaften, die in den unterschiedlichsten Formen an die Oberfläche traten.

Mochte es sein, wie es wollte, eine Gruppe von Blutläufern hatte dem großartigen Rod'Or-Imperium den Krieg erklärt. Diese Flamme musste erstickt werden, bevor sie sich zu einem Flächenbrand ausweitete. Ein Imperium, das so aggressiv war, wie das der Rod'Or kämpfte an vielen Fronten gegen viele Feinde. Einen Kampf im Inneren konnte es sich nicht leisten. Der Krieg gegen Sekari und Syall trat bald in eine entscheidende Phase ein und Cha'acko würde nicht erlauben, dass sich all die Erfolge und Siege der letzten Standardjahre in Rauch auflösten.

Er drehte sich schwungvoll um und stolzierte aus dem Quartier. Seine Leibwache schloss sich ihm unwillkürlich an. Noch auf dem Weg zurück zu seinem Schlachtschiff, drehten sich die Gedanken des Honuh-ton-Agenten schon nicht mehr um den Präfekten und dessen grausiges

Schicksal, sondern ausschließlich um Strategie und Taktik in dem Krieg, dem er sich widmen musste.

Das Schlachtschiff bewegte sich fort von dem havarierten Fluchtraumer. Kaum hatte es sich auf eine angemessene Distanz entfernt, lösten sich zwei Raketen aus einer Heckbatterie und das Schiff des Präfekten zerplatzte in einer grellgoldenen Explosion. Cha'acko kümmerte sich nicht darum. Er hatte einen Aufstand niederzuschlagen.

# 1

Das Schlachtfeld war erst wenige Tage alt. Eine große Flotte des Imperiums war hier auf eine vereinte Streitmacht der Syall und Sekari getroffen.

Gareth wusste nicht, wer gewonnen hatte, aber die Kämpfe mussten mörderisch gewesen sein. Die Wracks von mindestens tausend Schiffen trieben hier herum. Syall und Sekari machten inzwischen keinen Hehl mehr aus ihrer Allianz. Das Imperium drängte sie immer weiter gegen den Abgrund und die drohende Niederlage machte sie verwegen. Immer öfters drangen sie in imperiales Gebiet ein, um größtmöglichen Schaden anzurichten. Dieses Mal hatte ihr Angriff einer Werftwelt gegolten in dem Versuch, die imperialen Streitkräfte vom Nachschub abzuschneiden.

Gareth warf einen Blick aus einem ziemlich breiten Riss in der Außenhülle des Sekarizerstörers, in dem er sich derzeit aufhielt. Mithilfe seiner Rüstung konnte er sich eine gewisse Zeit lang dem Vakuum des Alls gefahrlos aussetzen, aber er hegte weder die Absicht noch den Wunsch, diesen Zeitraum länger als nötig auszudehnen.

Sein Kopf neigte sich etwas nach vorn und er betrachtete die Welt, die unter ihnen ihre Bahn zog. Rot glühende Risse zogen sich über das Antlitz von Ganeld. Das orbitale Bombardement hatte sich sogar bis zum Planetenkern durchgebrannt und Ströme von Lava ergossen sich über die Oberfläche. Zumindest das sprach dafür, dass der Sekari/Syall-Angriff erfolgreich verlaufen war, auch wenn die meisten ihrer Schiffe die Offensive wohl nicht überlebt haben dürften.

Das war aber auch zweitrangig. Die einstmals lebendige Welt voller ausgedehnter Ozeane mit ihren Industrie- und Schiffsfertigungsanlagen des Imperiums war nun ein Anblick wie einem Albtraum entsprungen. Die Ozeane waren verdampft und an ihre Stelle waren Seen aus flüssigem Gestein getreten, die sämtliche imperialen Anlagen in einem feurigen Grab unter sich einschlossen.

Aber Schlachtfelder boten auch Möglichkeiten. Der im Entstehen begriffene Blutläuferaufstand brauchte zwei Dinge ganz dringend: Soldaten und Waffen. Zumindest Letzteres fand sich hier zuhauf. Dabei war es ganz egal, wem die Waffen früher gehörten. Es spielte keine Rolle, ob sie den Syall, den Sekari oder dem Imperium zuzuordnen waren. Sobald die Rebellen sie bargen, gehörten sie ihnen. Führte man einen Guerillakrieg, durfte man nicht wählerisch sein.

Gareth trat einen Schritt von dem Riss zurück. Er aktivierte sein Komm. »Michael? Wie sieht es aus?«

Es knackte zunächst in der Leitung, bevor sich Michael Anderson meldete. Seine Stimme keuchte vor Anstrengung. Der Schwere Templer kroch gerade mit einigen Technikern in den Eingeweiden des Schiffes herum. »Ich glaube, wir können den Zerstörer wieder flottkriegen.«

Gareth nickte beifällig. »Ausgezeichnet. Das Schiff wird uns gute Dienste leisten. Auch wenn es etwas mitgenommen ist.«

»Es hat Waffen und kann noch aus eigener Kraft fliegen«, erwiderte Michael. »Das ist mehr, als man über die meisten anderen Wracks hier sagen kann.«

Gareth schmunzelte. »Dafür, dass das hier eine Werftwelt ist, gibt es nun bemerkenswert wenige intakte Schiffe im System.«

Michael gluckste. »Ich hätte nie gedacht, dass ich mal den Syall und den Sekari dankbar sein würde. Hast du schon was von Ris'ril gehört?«

»Nicht innerhalb der letzten zwanzig Minuten. Ihre Truppe ist gerade dabei, ein paar Syall- und Sekarieinheiten wieder flottzumachen. Mit etwas Glück können wir ein gutes Dutzend Schiffe für unsere Sache in Beschlag nehmen.«

»Wir sollten uns aber nicht zu viel Zeit lassen. Bald werden imperiale Einheiten auftauchen, die selbst auf Bergung aus sind. Die Ashrak und die Rod'Or verschwenden nichts.«

Gareth machte eine verkniffene Miene. Damit sprach Michael ein heikles Thema an. Er hob den Kopf und spähte angestrengt durch den Riss in der Außenhülle des ehemaligen Feindschiffes. Eigentlich wunderte er sich sogar, dass sie nicht bereits aufgetaucht waren. Sich so lange Zeit zu lassen, sah den Ashrak gar nicht ähnlich.

Gareth wandte sich ab und stapfte durch die verwaisten Korridore des Zerstörers. Abgesehen von den Blutläufern, die sich notgedrungen als technologische Leichenfledderer betätigten, gab es nichts Lebendiges mehr an Bord. Die Leichen der Besatzungsmitglieder trieben durch die Gänge. Aufgrund der Schwerelosigkeit verklumpte ihr Blut in abstrakten Formen mitten in der Luft, nur um sich kurz darauf wabernd wieder voneinander zu lösen.

Gareth schob ungeduldig einen der toten Sekari aus dem Weg. Der Körper trieb zur Seite, wo er beinahe sanft von einem Schott abprallte, um anschließend in die Gegenrichtung zu driften.

Gareth rümpfte die Nase. Sobald die künstliche Schwerkraft wiederhergestellt war, würde das ein ganz schönes Chaos an Bord auslösen. Die Gänge und Korridore zu säubern, würde keine angenehme Aufgabe werden.

Er setzte seinen Weg fort. Mehrmals musste er Trümmern ausweichen oder diese beiseiteschaffen. Der Zerstörer hatte in der Tat einiges abbekommen. Dennoch würde er eine Bereicherung für die Rebellenflotte werden. Gareth schnaubte. Falls sie es jemals schafften, die Energieversorgung wiederherzustellen. Endlich erreichte er nach einer gefühlten Ewigkeit die Brücke.

An der Station des Kommandanten stand Isabella Karuschenkow, eine Schwere Templerin, die sie kurz nach dem Angriff auf Suvus hatten befreien können. Die Frau stammte aus Russland und besaß einen Körperbau, auf den so mancher Ringer neidisch gewesen wäre. Mehrere andere Blutläufer arbeiten an verschiedenen offenen Konsolen oder krochen drunter herum. Alle arbeiteten unter Hochdruck daran, das Schiff wieder flugtauglich zu bekommen.

Bei seinem Eintreten wandte sich Isabella um und musterte ihn halb über die Schulter. Wie alle anderen auch, war ihre Rüstung geschlossen, was keinen Eindruck ihrer Mimik lieferte. Die Körpersprache drückte jedoch Unzufriedenheit bis hin zur Frustration aus. Sie wandte sich wieder ihrer Arbeit zu.

»Das verdammte Ding ist ein Schrotthaufen«, meinte sie nur, ohne erneut aufzublicken.

Gareth trat neben sie und warf einen Blick durch das Brückenfenster. Dieses war wie durch ein Wunder intakt geblieben, obwohl die Kommandobrücke einen Volltreffer abbekommen hatte. Die gesamte Brückenbesatzung war dabei umgekommen. Isabella und ihr Team hatten die

Leichen in die Ecke geschafft und dort festgebunden, damit diese nicht ständig im Weg herumtrieben.

»Wir können es uns nicht leisten, wählerisch zu sein. Das Schiff ist halbwegs intakt, es verfügt über Waffen ... das genügt mir.«

»Wie schön, dass dir das genügt«, erwiderte sie sarkastisch. Ihr Schmunzeln übertrug sich sogar über die Funkverbindung. »Und welche Chancen hat dieses Schiff wohl gegen einen Ashrakkreuzer?«

»Keine großen ... für sich allein genommen«, versetzte er ungerührt. »Wir haben aber auch nicht die Absicht, es allein in den Kampf zu schicken, oder?«

Isabella seufzte. »Nein ... nein, haben wir nicht.«

»Wenigstens benötigen wir für Syall- und Sekarischiffe keinen Navigator«, setzte er noch nach.

»Genau deswegen kann ich dich manchmal nicht leiden«, meinte sie nicht ohne Sympathie. »Deine zwanghafte Haltung zum Optimismus.«

Gareth verzog leicht die Miene. »Das war nicht immer so, aber ich gebe zu, unsere Fortschritte sind doch recht beeindruckend.«

»Wird sich zeigen«, gab sie lapidar zurück.

Michael Andersons Stimme hallte in einem triumphierenden Aufschrei durch Gareths Helm – und seinen Kopf. In seiner Euphorie musste Michael aus Versehen beide Kommgeräte aktiviert haben: das seiner Rüstung und das persönliche von den Ashrak unter die Haut implantierte.

Gareth begnügte sich mit dem Komm seiner Rüstung und aktivierte eine Zwei-Wege-Verbindung. »Ich nehme an, du bist mit der Energieversorgung weitergekommen.«

»Warum urteilst du nicht selbst?«, erwiderte Michael.

Mit einem Mal gingen auf der Kommandobrücke die Lichter an. Mehrere Konsolen erwachten so schlagartig zum Leben, dass die unter ihnen arbeiteten Rebellensoldaten sich unwillkürlich aufrichteten und den Kopf stießen. Auch innerhalb einer Rüstung war dies nicht angenehm.

Gareth seufzte auf. Er wollte schon anmerken, dass dies endlich mal eine positive Entwicklung war, als eine der Konsolen ein fast sanftes *Ping* von sich gab. Alle Blutläufer auf der Brücke erstarrten.

Gareth und Isabella begaben sich gleichzeitig dorthin und starrten verdrossen auf den Bildschirm. Er schluckte. »Sag mir, dass es nicht das ist, was ich glaube.«

Isabella antwortete zunächst nicht. Gareth warf ihr einen kurzen Blick zu. Die Blutläuferin stieß einen Schwall Luft aus. »Die Sensoren sind wieder aktiv. Es nähern sich uns mehrere Schiffe.«

»Identifikation?«

Isabella sah nicht auf. »Ashrak«, erklärte sie kurz angebunden. »Ein Angriffskreuzer, der vier Fahrzeugtransporter eskortiert.«

Gareth richtete sich auf. »Das hatte ich befürchtet.«

Isabella wandte sich ihm zu. »Sie suchen nach Überlebenden.«

Gareth schüttelte den Kopf. »Das würde den Angriffskreuzer erklären, aber nicht die Transporter. Die sind aus demselben Grund hier wie wir. Das ist ein Bergungstrupp. Die Transporter befördern schwere mobile Ausrüstung, mit der sich Trümmer bewegen lassen. Die sind für die Werft auf der Oberfläche bestimmt. Ein Ingenieursteam zur Schadensbegutachtung. Der Angriffskreuzer soll sie währenddessen schützen.«

»Was machen wir jetzt?«, dröhnte Michaels Stimme erneut durch Gareths Helm. Selbst wenn er zu flüstern versuchte, war seine Stimme unangenehm deutlich zu hören. »Warten wir, bis sie weg sind?«

»Das könnte Wochen dauern«, entgegnete Gareth. »Die Zeit haben wir nicht.«

»Außerdem dürfte ihnen der Energieanstieg in diesem Wrack kaum entgangen sein«, warf Isabella ein. »Falls sie ihn noch nicht entdeckt haben, dann wird das nicht mehr lange dauern.«

Gareth stieß einen wüsten Fluch aus. »Kontakt zu den anderen Trupps aufnehmen. Wir müssen wissen, wie weit sie sind.«

Isabella benötigte nur Augenblicke, um die gewünschten Informationen zu beschaffen. »Wir haben sieben halbwegs einsatzbereite Schiffe und sechs weitere, die wir in gut einer Stunde flottkriegen würden.«

Gareth schüttelte den Kopf. »Vergiss es. Alle Trupps auf den noch nicht einsatzfähigen Schiffen sollen sich auf die flugfähigen Einheiten begeben. Wir nehmen, was wir haben, und verschwinden.«

Einer der Blutläufer wirbelte herum. »Der Angriffskreuzer bewegt sich.«

Gareth fluchte erneut. »Welches Ziel?«

»Auf einen Mittleren Syallzerstörer. Einer unserer Trupps ist an Bord«, informierte der Blutläufer gepresst.

»Die sollen machen, dass sie da wegkommen.« Er hatte noch nicht ausgesprochen, als mehrere Energiebahnen die Entfernung zwischen Ashrak- und Syallschiff überbrückten. Die Strahlen fraßen sich ihren Weg quer durch den Zerstörer. Dies war endgültig zu viel für die Struktur des Syallschiffes. Es zerplatzte mit der Kraft einer Sonne. Die Detonation breitete sich in alle Richtungen aus, bevor die Explosion sich selbst verzehrte. Übrig blieben nichts weiter als Tausende zusätzliche Trümmer, die sich mit dem Rest des Schlachtfelds vermischten.

Alle Augen waren wie gebannt auf den Ort gerichtet, an dem vor Sekunden noch ein Schiff sowie eine Truppe Blutläufer existiert hatten. Gareth keuchte auf. »Wie viele unserer Leute waren auf dem Schiff?«

Isabellas Stimme klang bar jeder Emotion, als sie antwortete. »Zweiundzwanzig.«

Gareth schüttelte den Kopf. Zweiundzwanzig weitere Leben verloren. Er schwor sich insgeheim, sie auf die Rechnung zu setzen. Die Rod'Or und ihre Ashraklakaien würden die Zeche bezahlen.

»Der Angriffskreuzer ändert den Kurs«, informierte der Blutläufer, der bereits zuvor gesprochen hatte.

»Worauf jetzt?«

»Einen Schwerer Kreuzer der Sekari.«

»Einsatzbereit?«

Der Blutläufer wandte sich um und schüttelte wortlos den Kopf.

»Verfluchter Mist!« Gareth aktivierte eine Verbindung. »Michael? Ich brauche die Waffen! Sofort!«

»Wir arbeiten dran! Wir arbeiten dran!«, erwiderte der Schwere Templer hektisch.

Zur Hilflosigkeit verdammt, beobachtete Gareth durch das Brückenfenster, wie das Ashrakkriegsschiff in Stellung ging, um auch den havarierten Schweren Kreuzer ins Jenseits zu pusten.

Bevor es dazu kam, schlugen mehrere Raketen auf dem Rumpf des Feindschiffes ein. Explosionen blühten auf. Gareth schluckte. »Wer war das?«

»Ris'ril«, entgegnete Isabella. »Auf einer Schweren Korvette der Syall. Ihr schließen sich gerade noch zwei weitere Schiffe an: ein Sekaristurmkreuzer sowie eine weitere Schwere Korvette.«

»Zeig sie mir.«

Auf seine Bitte hin übertrug Isabella die einkommenden Daten der Sensoren direkt auf seine Rüstung. Vor seinen Augen bauten sich mehrere Schemata auf. Er biss sich leicht auf die Unterlippe. In bestem Zustand wären die drei Schiffe dem Angriffskreuzer mehr als ebenbürtig gewesen. Aber alle von den Blutläufern erbeuteten Einheiten wiesen schwere Schäden und multiple Hüllenbrüche auf. Der Angriffskreuzer würde mit ihnen den Boden aufwischen.

Gareth trat ganz dicht vor das Brückenfenster und beobachtete das ungleiche Gefecht. Die beiden Schweren Korvetten umkreisten den größeren und schwereren Gegner, wobei sie ihre überlegene Geschwindigkeit und Manövrierfähigkeit nutzten. Der Sturmkreuzer hingegen ließ sich auf einen direkten Schlagabtausch ein.

Gareth erkannte Ris'rils Absicht dahinter. Sie lenkte den Gegner lediglich ab. Drei weitere erbeutete Schiffe machten sich unterdessen daran, die Blutläufertrupps auf den nicht einsatzfähigen Schiffen zu evakuieren. Ris'ril kämpfte einen nahezu aussichtslosen Kampf. Dennoch brachte sie dem Gegner schwere Schäden beide. Energiebahnen verheerten die Außenhülle des Angriffskreuzers, während immer wieder Raketen einschlugen und ganze Panzerplatten aus der Verkleidung rissen.

Der feindliche Kommandant ließ sich eine Weile auf dieses Spiel ein, doch dann wurde es ihm offensichtlich zu bunt. Das Gefährliche an länger andauernden Gefechten war, dass sich ein Gegner auf die eigenen Manöver einstellen konnte. Genau dasselbe geschah nun hier.

Der Angriffskreuzer ging auf einmal auf Gegenkurs, drehte sich um die eigene Achse und beharkte eine der Schweren Korvetten mit einer kombinierten Salve aus Energiewaffen und Raketen. Das Beuteschiff wurde am Heck getroffen, eine Sekundärexplosion riss die rechte Geschützbatterie sowie große Teile der Antriebssektion ab. Eine weitere Detonation verzehrte den Rest des Schiffes. Die Blutläufer an Bord hatten keine Chance.

Gareth presste die Kiefer derart fest aufeinander, dass er spürte, wie die Wangenmuskeln hervortraten. Ris'ril in der zweiten Korvette sowie der Sturmkreuzer feuerten eine weitere Salve ab und erzielten mehrere Treffer am Bug und mittschiffs. Währenddessen begannen drei Beuteschiffe unter dem Kommando von Blutläuferrebellen damit, sich aus dem Schlachtfeld zurückzuziehen.

Gareth folgte ihrem Flug mit den Augen, bis sie im Labyrinth aus Trümmern und Wracks verschwanden. Er atmete erleichtert auf. Wenigstens die hatten es geschafft.

Sein Blick zuckte zurück zu dem ungleichen Gefecht. Ris'rils Schwere Korvette und der Sturmkreuzer lieferten sich mit dem Ashrakschiff einen heftigen Schusswechsel. Die Korvette erlitt mehrere Treffer am Bug, unweit der Kommandobrücke. Gareth biss sich aus Verstehen vor Anteilnahme auf die Unterlippe. Die Korvette wies schon vorher schwere Schäden auf. Nun aber klaffte ein breiter Riss direkt unterhalb der Brücke. Er zog sich über die halbe Steuerbordbreitseite.

Er öffnete erneut eine Frequenz zu Michael. »Was machen meine Waffen? Ich brauche sie! Jetzt!«

»Wenn du's besser kannst, dann solltest du runterkommen und den Scheiß selbst erledigen!«, dröhnte Michaels gehetzt klingende Stimme in seinen Ohren.

Gareth verkniff sich eine bissige Bemerkung. Michael tat sicherlich sein Möglichstes. Und immerhin war er Soldat und kein Techniker.

Der feindliche Angriffskreuzer zog in weniger als dreißigtausend Kilometern an dem Zerstörer vorbei. Die Besatzung war gut. *Zu* gut, wie Gareth fand. Sie wehrten den Schwereren Sturmkreuzer mit so wenig Feuerkraft wie möglich ab, um Ris'rils Korvette zur Strecke zu bringen. Sie wollten das kleine Schiff innerhalb kürzester Zeit erledigen, um sich anschließend voll und ganz der fetteren Beute zu widmen.

Mit einem Mal erwachte die taktische Station auf der Brücke des Sekarizerstörers zum Leben. Das Aufflammen der Statusbeleuchtung ging einher mit Michaels Triumphschrei, der über wirklich jede Frequenz des Entertrupps zu hören war.

Isabelle und Gareth eilten gemeinsam zur nun funktionsfähigen Station und die Blutläufersoldatin quetschte sich in den Sitz. Ihr Blick überflog die Anzeigen, während sie mit gerunzelter Stirn darum bemüht war, die komplizierte Sprache der Sekari zu übersetzen.

»Und?«, wollte Gareth ungeduldig wissen. »Was haben wir?«

»Wenn ich das hier halbwegs richtig verstehe, dann ist die Energiebewaffnung offline«, informierte sie ihren Befehlshaber mit abwesend klingender Stimme. »Aber wir haben vier abschussbereite Torpedos in den Rohren und eine voll funktionsfähige achtschüssige Raketenbatterie.«

»Na das ist doch was«, honorierte er. »Sind die Ashrak in Reichweite?«

Isabella lächelte kalt. »Ja«, erwiderte die Soldatin. »Sind sie.«

»Dann jag ihnen eine Salve rein.«

»Mit Vergnügen.«

Isabella hackte auf einige der Tasten ein. Das Wrack erzitterte, als die Abschussrohre ihre tödliche Last freigaben.

Die Geschosse überbrückten die Entfernung zum Feindschiff in Rekordzeit. Die Torpedos schlugen in den Backbordrumpf ein und zertrümmerten die Panzerung. Das Schiff verlor zusehends Atmosphäre.

Gareth wollte innerlich jubeln. Das sah ganz eindeutig nach einem kritischen Treffer aus. Die Fluglage des Ashrakkreuzers wurde leicht unregelmäßig und er legte sich schwer auf die Seite. Gareths Miene versteinerte. Die Besatzung bekam ihre Probleme verblüffend schnell in den Griff und der Bug des feindlichen Schiffes richtete sich auf Gareths erbeuteten Sekarizerstörer aus. Er hörte Isabella neben sich schwer schlucken.

Das Feindschiff stieß eine Wolke aus Fernlenkgeschossen aus.

»Bereit machen für Aufprall!«, war alles, was Gareth noch hervorbrachte, bevor der feindliche Angriff über sein Schiff hereinbrach. Gareth, Isabella sowie vier ihrer Kameraden schafften es noch, die Rüstung zu schließen und zu versiegeln, bevor ein großes Stück der Deckenverkleidung aufbrach und die Kommandobrücke zum Vakuum hin öffnete. Drei Blutläufer wurden hilflos strampelnd ins All gerissen. Gareth hielt sich krampfhaft an Isabellas Sitz fest. Ihm blieb nichts anderes übrig, als den Sog auszusitzen, als die Luft auf der Brücke explosionsartig entwich.

Die Lichter an der taktischen Station verloschen auf einen Schlag. Isabella sah sich zu ihm um. Ihr geschlossener Helm machte es unmöglich, die Gefühlslage der Soldatin abzuschätzen. Die Tonlage bei ihren nächsten Worten vermittelte jedoch eine eher fatalistische Einstellung. »Das war's. Wir können jetzt höchstens noch mit Steinen werfen.«

Gareth hob den Blick. Der Ashrakangriffskreuzer befand sich genau gegenüber. Trotz der Entfernung, war das Schiff ausnehmend gut zu erkennen.

Gareth runzelte die Stirn. Worauf wartete der feindliche Kommandant? Er musste lediglich ein letztes Mal feuern, um dem angeschlagenen

Zerstörer den Gnadenstoß zu versetzen. War es möglich, dass der Torpedoangriff größeren Schaden beim Feindschiff angerichtet hatte als ursprünglich erwartet?

Der Angriffskreuzer glitt näher, allerdings mit weit niedrigerer Geschwindigkeit, als dem Kampfschiff normalerweise möglich gewesen wäre. Hinter Gareth glitt die Tür auf und Michael sowie weitere Blutläuferrebellen strömten auf die Brücke. Die beiden ungleichen Männer wechselten einen kurzen Blick. Michael schüttelte den Kopf. »Da unten ist nichts mehr zu machen. Die Technik ist komplett zerstört. Ich habe zwei Leute verloren.«

»Ich drei«, erwiderte Gareth und richtete sein Augenmerk erneut auf das Feindschiff.

»Worauf wartet das Arschloch?«, wollte Michael wissen. »Er sollte es endlich hinter sich bringen.«

Gareth zuckte die Achseln. »Keine Ahnung. Aber solange er nicht feuert, leben wir noch. Das ist auch was wert.«

Isabella stand an der Sensorstation, die den Angriff wie durch ein Wunder überstanden hatte. »Ich glaube, er nähert sich auf Raketenentfernung an.« Sie sah auf. »Vielleicht sind die Kontrollen für Energiewaffen und Torpedos beschädigt.«

»Dann haben wir ... wie lange?«, verlangte Gareth zu wissen.

»Weniger als vier Minuten«, kommentierte die Frau.

Gareth sah sich vielsagend unter seinen Mitstreitern um. »Irgendwelche Vorschläge?«

Natürlich hatte niemand in dieser Hinsicht etwas zu bieten. In einem havarierten, kampfunfähigen und praktisch in Stücke geschossenen Schiff ließ sich nur schwer etwas ausrichten. Gareth seufzte. »Hätte ich auch nicht erwartet.«

Mit einem Mal überzogen mehrere Explosionen die oberen Deckaufbauten des Angriffskreuzers. Waffenstellungen sowie eine Sensorphalanx wurden glatt abgerissen.

Ris'rils Schwere Korvette sowie der Sturmkreuzer tauchten auf und flankierten das Feindschiff. Sie pumpten aus allen verfügbaren Waffen Energie in das angeschlagene Kampfschiff. Dessen Besatzung wurde allmählich klar, dass hier kein Sieg zu erringen war. Der Angriffskreuzer gab Vollschub, um aus dieser Misere zu entkommen. Dabei ließ er die

Fahrzeugtransporter mit den Ingenieuren zurück und setzte sie quasi der Gnade der Rebellen aus.

Ris'ril aber entstammte den Samirad, einer kriegerischen Spezies. Diese waren nicht dafür bekannt leicht aufzugeben. Und hier bahnte sich ein Sieg an, den die blauhäutige Kämpferin sich nicht durch die Lappen gehen lassen wollte.

Die Schwere Korvette drehte bei, eskortiert von dem Sturmkreuzer. Beide Schiffe beharkten den Antrieb des Ashrakkreuzers, bis dieser flackernd seinen Dienst einstellte. Der Kampf war an und für sich vorbei, die Besatzung des Angriffskreuzers wusste es nur noch nicht. Sie waren manövrierfähig, kämpften aber im Rahmen ihrer Möglichkeit weiter. Gareth hatte nicht die Absicht, ihnen eine Aufforderung zur Kapitulation zu senden, und die Ashrak im Gegenzug wussten genau, dass sie vonseiten der Blutläufer nicht mit Nachsicht rechnen durften. Also schossen sie mit allen infrage kommenden Waffen. Aber die viel manövrierfähigere Korvette tanzte einfach um das angeschlagene Schiff herum und brachte mehrere gute Treffer an.

Der Sturmkreuzer positionierte sich genau hinter dem Ashrak und damit in einem toten Winkel für dessen Bewaffnung. Die Energiegeschütze flammten mehrmals auf und das Kriegsschiff schnitt den Angriffskreuzer in Stücke, bis er letztendlich detonierte und zu einem weiteren Wrack in diesem Schiffsfriedhof wurde.

Gareth atmete erleichtert auf. In seinen Ohren knackte es und Ris'rils besorgte Stimme drang über die geöffnete Frequenz. »Wir sollten ganz schnell verschwinden. Wenn sich der Kreuzer nicht zurückmeldet, dann kommen weitere. Mit denen dürften wir es deutlich schwerer haben.«

»Geh längsseits und docke an einer der Luftschleusen an. Du musst uns abholen. Unser Zerstörer ist erledigt. Der fliegt nirgends mehr hin.«

»Verstanden«, erwiderte die Samirad. »Was ist mit den Fahrzeugtransportern?«, fragte die Kriegerin nach kurzem Zögern. »Sollen wir die auch erledigen?«

Gareth dachte ernsthaft über den Vorschlag nach. Dem Feind einen letzten Schlag vor ihrem Rückzug zu verpassen, war überaus verführerisch. Doch er schüttelte den Kopf. »Da sind ohnehin nur Kexaxa drin. Deren Verlust würde dem Imperium nichts bedeuten.«

»Wie kommst du darauf?«, fragte Ris’ril. »Vielleicht sind es Ashrak.«

Gareth machte eine verkniffene Miene. »Wohl kaum. Wären es Ashrak, hätte die Besatzung des Kreuzers sie nicht derart bedenkenlos geopfert.«

# 2

Die Schwere Korvette glitt langsam und behäbig in den gewaltigen Hangar und dockte an einer der freien Buchten an. Ihr folgte der erbeutete Sturmkreuzer. Dessen Besatzung steuerte einen weiteren freien Platz an. Die Dockklammern umfassten die beiden Schiffe und fixierten sie an ihrem Standort. Eine röhrenartige Rampe wurde ausgefahren und die Besatzungen beider Schiffe verließen ihre Beute, während sich Kexaxa daranmachten, die Schäden zu begutachten und nötige Reparaturen vorzubereiten.

Gareth deaktivierte seine Rüstung mit einem kurzen Schlag auf den entsprechenden Schalter. Die durch Nanotechnologie verbundenen Plättchen zogen sich eins ums andere zurück, bis er nur noch in seinem Kampfoverall dastand. Er streckte sich und genoss das Gefühl, als die einzelnen Rückenwirbel nacheinander knackten. Erst als der letzte wieder an seinen Platz rückte, fühlte er sich richtig entspannt.

Sein Blick glitt über die Andockbuchten. Mehr als ein Dutzend Schiffe unterschiedlicher Klassen war hier untergebracht. Allesamt Beutegut, das sie Sekari, Syall und auch dem Imperium abgenommen hatten. Dutzende Kexaxa schwärmten über die Außenhülle eines jeden Schiffes, um es wieder gefechtstauglich zu kriegen.

Gareth seufzte. Sie konnten weiß Gott jedes bisschen Feuerkraft dringend gebrauchen. Ihr Feind war ihnen zahlenmäßig tausendfach überlegen. Und er war sich dessen bewusst. Das war eigentlich das Schlimmste daran.

Als er sich umdrehte, erkannte Gareth, dass er bereits erwartet wurde. Fabian Hoffmann stand abwartend einige Meter entfernt. Sein Freund und Waffenbruder wirkte oberflächlich betrachtet völlig gelassen. An dem rhythmisch auftippenden rechten Fuß erkannte er jedoch die Nervosität, die unter der Oberfläche brodelte.

Gareth lächelte, als sein Freund näher trat. Es schwand, als Fabian nicht darauf einging, sondern ihn weiterhin mit ernster Miene musterte.

»Was ist passiert?«, verlangte der Anführer der Rebellion zu erfahren.

»Das sage ich dir besser in der Zentrale«, erwiderte Fabian. »Michael, Ris'ril und Ludwig sind bereits dort. Aber sie sind noch nicht gebrieft. Ich wollte damit warten, bis du auch dabei bist.«

Gareth nickte. Fabian übernahm die Führung, während sie schnellen Schrittes durch die Korridore eilten. Die von den Sekari eingenommene Basis im Aquarius-Sektor diente inzwischen als Hauptquartier der Rebellion. Die Sekari hielten sie für zerstört und die Ashrak wussten nichts von ihr. Es war der perfekte Ausgangsort, um ihre weiteren Operationen zu planen.

Gareth blieb nicht viel Zeit, um sich umzusehen. Sie hatten in kurzer Zeit sehr viel erreicht. Der Stützpunkt war nicht wiederzuerkennen. Er wimmelte vor befreiten Blutläufern der unterschiedlichsten Spezies.

Darüber hinaus befanden sich noch eine ganze Menge Kexaxa unter ihnen, die sich der Rebellion angeschlossen hatten. Dafür war Untray verantwortlich. Viele seiner Artgenossen gehörten der Untergrundbewegung an und nun, da der Kampf begonnen hatte, waren die Kexaxa dafür verantwortlich, das verfügbare Kriegsgerät für den Kampf vorzubereiten.

Die Anzahl an Blutläufern, die die Basis nun bevölkerten, ließ Gareth beinahe schwindlig werden. Sie eilten mit den verschiedensten Aufgaben durch die Korridore. Die wenigsten hatten für Gareth auch nur einen Blick übrig, und auf den dies doch zutraf, der nickte ihm lediglich kurz und respektvoll zu. Die Rebellion war im Entstehen. Gareth war zu Recht stolz auf das Erreichte. Er war sich aber im Klaren, dass er das allein nie zustande gebracht hätte.

Sein Blick fiel auf ein junges Paar, das sich in den Schatten verbarg. Die beiden knutschten wild und hemmungslos, was auf Gareths Miene ein Lächeln auslöste. Das Zwischenmenschliche war also auch auf einem guten Weg. Sie waren dabei, eine gesunde und florierende Gemeinschaft zu werden.

Die beiden Freunde erreichten die Zentrale. Irgendjemand hatte in krakeliger Schrift über den Eingang das Wort Bounty geschrieben. Dies war inzwischen sowohl Spitz- als auch Codename für den Stützpunkt, der dem Aufstand als Hauptquartier diente.

Gareth gab zu, dass er am Anfang mit dem Wort nichts anzufangen gewusst hatte. Bis ihm jemand erklärte, dass es sich dabei um einen berühmten Fall von Meuterei auf der Erde handelte. Von diesem Moment an wusste er, dass die Bezeichnung auf ihre Situation durchaus zutraf.

Die beiden Soldaten betraten die Kommandozentrale, wo sie bereits von Michael, Ludwig sowie Ris'ril erwartet wurden. Fabian sah sich unter den Offizieren um, die an den Konsolen ihren Dienst versahen.

»Bitte verlassen Sie die Zentrale für einen Moment. Die folgende Besprechung unterliegt der Geheimhaltung.«

Die Blutläufer sahen von ihren Konsolen auf, als würden sie die ranghohen Offiziere erst jetzt bemerken. Sie wechselten verhaltene Blicke. Einige erhoben sich und strebten dem Ausgang zu, erst dann folgte auch der Rest ein wenig verunsichert.

Fabian wartete, bis auch der Letzte von ihnen die Zentrale verlassen und die Tür sich hinter diesem geschlossen hatte. Er seufzte und betätigte einige Kontrollen. In der Luft zwischen den Offizieren materialisierte ein Hologramm. Gareth erkannte es als das Abbild eines Systems namens Kelill.

Dessen dritter Planet war ein imperialer Garnisonsposten mit einer Stärke von knapp einer halben Million Blutläufer. Kelill befand sich an einem Verbindungspunkt zwischen Rod'Or-Imperium, Syall und Sekari und war deshalb erstens von besonderem Interesse und zweitens stark gesichert.

Gareth kniff die Augen leicht zusammen. Im Orbit des Planeten befanden sich mehrere Flottenverbände. Es waren wesentlich mehr, als eigentlich hätten dort sein dürfen. Noch während Gareth die Aufnahme musterte, zuckten Energieblitze von einem der Schlachtschiffe zur Planetenoberfläche. Ludwig keuchte erschrocken auf. Sogar Ris'ril machte große Augen. Lediglich Michael verzog keine Miene. Dessen Kaltschnäuzigkeit bereitete Gareth zuweilen Sorgen. Weitere Schiffe schlossen sich dem Beschuss an, bis der Raum zwischen Flottenverband und Planet erfüllt war von Energiestrahlen und kinetischen Geschossen.

Das Bombardement dauerte nur wenige Minuten. Anschließend drehte einer der Kampfverbände ab und nahm Kurs auf einige der Hyperraumkatapulte.

Gareth deutete auf das Hologramm. »Wie alt ist diese Aufnahme?«

»Etwa vier Monate. Sie stammt von einem unserer Aufklärer.«

»Vier Monate?«, protestierte Gareth. »Und wir kriegen sie erst jetzt?«

Fabian zuckte die Achseln. »Was erwartest du? Wir haben keinen Zugang zu Hyperraumkatapulten. Unsere Schiffe sind gezwungen, mittels gewöhnlichem Antrieb zwischen den Systemen herumzureisen. Und solange wir keine Möglichkeit haben, ebenfalls Katapulte einzusetzen, wird das auch so bleiben.« Fabian musterte seinen Anführer mit festem Blick. »Denk mal darüber nach: Ris'ril und du, ihr habt selbst fast zwei Monate benötigt, um eure Beute vom Schiffsfriedhof hierher zu bringen.«

Gareth schüttelte leicht den Kopf. »Wir müssen das Transportproblem irgendwie in den Griff kriegen. Wir sind ohnehin zahlenmäßig weit unterlegen. Wenn der Feind seine Schiffe und Truppen auch noch schneller verlegen kann als wir, werden uns die Ashrak früher oder später ausmanövrieren.«

Fabian nickte und deutete erneut auf das Hologramm. »Das ist zwar richtig, soll aber nicht das heutige Thema sein. Es gibt Wichtigeres, um das wir uns sorgen müssen.«

Gareth richtete sein Augenmerk erneut nach oben. In Gedanken versunken musterte er die Flotte, die weiterhin Fahrt aufnahm. »Wissen wir, wem das Bombardement galt? Das Imperium wird ja nicht ohne Grund einen seiner eigenen Planeten angegriffen haben. Hatten wir Einsatztruppen vor Ort?«

Fabian machte eine verkniffene Miene. »Jein«, erwiderte er rätselhaft. »Unsere Kexaxa-Freunde von Kelill haben uns die entsprechende Erklärung geliefert.« Der Blutläuferoffizier machte eine dramatische Pause. »Auf Kelill waren etwa zweihundertfünfzigtausend Soldaten unterschiedlicher Spezies stationiert, die in den letzten Standardjahren auf Suvus ausgebildet worden sind.«

Gareths Blick zuckte in Fabians Richtung und der Mann nickte bedrückt. Nun war klar, was das Bombardement zu bedeuten hatte. Er hätte nur nie erwartet, dass das Imperium derart weit gehen würde.

Fabian seufzte. »Sie haben alle Blutläufer, deren Loyalität infrage steht, an einen Ort gebracht und dort ausgelöscht. Inzwischen hat uns die Nachricht ereilt, dass sich dieser Vorgang auf weiteren Welten ereignet hat. Wir rechnen mit über einer Million toter Blutläufer, die vielleicht irgendwann unsere Reihen aufgefüllt hätten.«

Gareth spie einen Schwall Luft zwischen den Vorderzähnen aus. »Sie töten potenzielle Rebellen, bevor wir in der Lage sind, sie zu befreien. Das ist eine brutale, aber nichtsdestoweniger sehr effiziente Taktik.«

»So ist es«, nickte Fabian. »Es bedeutet, dass der Wurm in den Loyalitätsimplantaten und auch dein Alpha-Wurm nun bedeutungslos sind. Wir können nichts mehr mit ihnen anfangen.«

Ludwig fluchte. »Sie versuchen, unseren Nachschub auszutrocknen.«

»Und das auch noch auf sehr elegante Art und Weise«, schloss sich Michael an. Der Mann schien vom Vorgehen des Imperiums tatsächlich beeindruckt zu sein. Gareth nahm sich vor, mit ihm irgendwann ein ernstes Gespräch über seine Einstellung zu führen.

Gareth seufzte. »Was tun wir also? Eigentlich hatte ich vor, weitere Blutläufer zu befreien und unsere Reihen zu stärken, bevor wir das Imperium offen herausfordern. Aber das könnte tödlich für unsere Bewegung enden. Nichts zu tun und die Beine stillzuhalten, wäre meiner Meinung nach genau die falsche Reaktion.«

»Vor allem angesichts unserer Verluste«, fuhr Fabian fort. Er blickte Gareth erwartungsvoll an. Dieser bedeutete seinem Freund weiterzusprechen. Fabian nickte. »Gemäß unserem Plan haben wir uns nach dem Angriff auf Suvus dezentralisiert. Wir haben uns verteilt und Stützpunkte überall im Imperium aufgebaut. In jedem Sektor des Rod'Or-Reiches existieren nun zwischen einem und drei Rebellenbasen, jede mit einem kleinen Flottenkontingent ausgestattet. Parallel dazu haben wir uns auf die Suche nach noch funktionsfähigen Wracks gemacht, um unsere Flotte weiter auszubauen.«

»Das war sinnvoll«, kommentierte Ludwig selbstzufrieden.

Fabian neigte leicht den Kopf zur Seite. »Nur, dass es uns mehr schadet als nutzt. Im letzten halben Jahr haben wir gut zweihundert Schiffe auf den Schlachtfeldern des Krieges gefunden und wieder so weit repariert, dass sie als einsatzfähig angesehen werden können. Im Gegenzug haben wir annähernd fünfzig verloren. Sie kamen feindlichen Patrouillen in die Quere oder gingen Hinterhaltkommandos der Ashrak ins Netz. Die Ashrak haben großflächig damit begonnen, Schiffsfriedhöfe zu überwachen. Das stellt zunehmend ein Problem dar.«

Gareth kratzte sich leicht über das unrasierte Kinn. »Die Agenten der Honuh-ton sind nicht blöd. Und Cha'acko ist einer der gefährlichsten von ihnen. Die Idee, ehemalige Schlachtfelder zu überwachen, dürfte auf seinem Mist gewachsen sein. Ihm wird klar sein, dass sie unsere einzige Möglichkeit sind, an Nachschub zu kommen.«

»Wir hätten ihn umbringen sollen, als sich die Gelegenheit dazu bot«, kommentierte Michael.

»Versucht haben wir es ja«, entgegnete Gareth gepresst, »aber der Kerl ist einfach nicht totzukriegen.«

»Leider ist er wirklich überaus clever«, spann Fabian den Faden weiter. »Die Hinterhaltkommandos haben nicht in jedem Fall sofort zugegriffen. Einige Male folgten sie unseren Bergungsteams zurück zu ihren Basen. Wir haben sieben verloren und das sind nur die, von denen wir im Moment wissen. Gut möglich, dass weitere Verlustmeldungen noch auf dem Weg sind.«

»Mit anderen Worten, wir sind so ziemlich am Arsch«, gab Michael zurück. »Wir können unsere Reihen nicht mehr mit Soldaten auffüllen und jedes Mal, wenn wir Bergungsteams ausschicken, müssen wir damit rechnen, dass wir Schiffe, Kämpfer und sogar Stützpunkte verlieren.« Michaels Kopf schwenkte in Gareths Richtung. »Die Rod'Or haben sich von den Schlachten um Draimina und Suvus erholt.«

»Falls es für sie jemals nötig war, sich von diesen Niederlagen zu erholen«, stimmte Gareth niedergeschlagen zu. Er widmete Fabian erneut einen missmutigen Blick. »Wie hoch sind unsere Verluste insgesamt?«

Fabian zögerte. »Nach derzeitigem Kenntnisstand: um die siebzigtausend Mann. Die Dunkelziffer dürfte höher sein.«

Gareths Schultern sackten ein ganzes Stück weit ab. »Hol die Leute wieder rein. Ich muss mir all das erst einmal durch den Kopf gehen lassen.« Er sah auf. »Treffen wir uns morgen wieder. Bis dahin will ich ein paar Ideen von euch hören. Wir müssen den Aufstand irgendwie am Leben halten oder alles, was wir erreicht haben – alles, was wir getan haben –, war völlig umsonst.«

* * *

Gareth verließ die improvisierte Versammlung mit einem Kopf, der dröhnte, als würde jemand mit einem Vorschlaghammer darauf eindreschen.

Es war schwierig, nicht die Hoffnung zu verlieren. Der Feind war haushoch überlegen, und egal welche Erfolge sie erzielten, die gegnerischen Streitkräfte schienen sie innerhalb kürzester Zeit ins Gegenteil zu verkehren. Dabei war Cha'acko mit unumstößlicher Sicherheit ihr gefährlichster Gegner. Gareth zweifelte keinen Augenblick daran, dass er von der Rod'Or-Obrigkeit mit der Zerschlagung des Aufstands beauftragt war.

Genau das hätte Gareth an deren Stelle auch getan. Cha'acko war nicht nur der fähigste Offizier für diese Art von Aufgabe. Darüber hinaus hatte der Agent die größtmögliche Motivation. Der Aufstand war unter seiner direkten Aufsicht ausgebrochen. Das wäre normalerweise Grund genug gewesen, ihn hinzurichten. Aber irgendwie bezweifelte Gareth, dass die Rod'Or so weit gegangen waren. Im Gegenzug glaubte er vielmehr, dass die Rod'Or erkannt hatten, dass Cha'acko alles tun und jede Moral über Bord werfen würde, um seine Scharte auszuwetzen. Die Herrscher über das Imperium nutzten dies gnadenlos für sich aus.

Michael hatte recht. Falls sie die Gelegenheit erhielten, Cha'acko auszuschalten, dann durften sie nicht zögern. Das Ganze war wie ein Spiel. Zug folgte auf Zug. Und Cha'ackos Figur musste dringend vom Brett genommen werden.

Er erreichte sein Quartier und öffnete die Tür. Gareth wollte nur noch schlafen und all die Probleme zumindest eine gewisse Zeit lang vergessen. Eine Hand packte ihn an der Schulter. Der Griff war eine seltsame Mischung aus grob und sanft. Schon allein deshalb wusste er auf Anhieb, um wen es sich handelte.

Er wandte sich um und sah sich unvermittelt Ris'rils riesiger Gestalt gegenüber. Die Frau überragte ihn um Haupteslänge, wirkte aber durch die Muskelstränge wesentlich bulliger als er. Seit sie in den Kampf eingetreten war, band sie kleine Kugeln aus Stahl in ihre Dreadlocks ein. Diese waren wiederum mit Hunderten kleiner Dornen versehen. Auf diese Weise wurde selbst ihr Haar zu einer Waffe und sie verstand es, dies im Nahkampf meisterhaft einzusetzen.

Gareth zwang sich zu einem Lächeln. Sie ließ sich dadurch nicht täuschen. Sie senkte das Haupt und musterte ihn durch wache und intelligent blickende Augen. »Alles in Ordnung?«, fragte sie.

Er fühlte sich von ihr ertappt und wandte den Blick ab. »Warum sollte es nicht? Ich bin einfach nur müde.«

Sie schüttelte den Kopf. »Tu das nicht. Nicht mit mir.«

Nun sah er doch auf. »Ich weiß nicht, was du meinst.«

»Versuch nicht Stärke vorzugeben, wo du nichts als Verzweiflung spürst.«

Seine Mundwinkel zogen sich etwas nach unten. Er seufzte. »Wir können nicht gewinnen. Oder?«

Ihre Lippen teilten sich zu einem ehrlichen Lächeln. »So wie die Dinge im Augenblick liegen, nicht. Aber ist das denn wichtig?«

Er runzelte die Stirn. »Ich fürchte, ich kann dir nicht ganz folgen. Wenn alles umsonst ist, warum es dann überhaupt versuchen?«

Ris'ril dachte ernsthaft über die Frage nach, bevor sie antwortete. »Weil es im Prinzip keine Rolle spielt, ob wir gewinnen oder verlieren.« Sie hob die Hand, um Gareths im Entstehen begriffenen Einwand zuvorzukommen. »Versteh mich bitte richtig. Ich gewinne genauso gern wie jeder andere. Aber das ist hier nicht das Entscheidende. Das Imperium ist zu selbstgefällig. Die Rod'Or sehen sich als die Stärksten an. Sie erobern und versklaven bedenkenlos jede Spezies, der sie begegnen. Es ist wichtig, dass endlich jemand aufsteht und sagt: ›Nein!‹ Wir kämpfen lieber, als uns zu unterwerfen. Vielleicht verlieren wir, aber möglicherweise wird bereits unser Widerstand an sich etwas bewirken. Eines ist auf jeden Fall mal sicher: Nach diesem Krieg wird das Imperium nicht mehr dasselbe sein. Ganz egal, wie er auch ausgehen mag. Und ich sehe das bereits als Sieg an.«

Gegen seinen Willen schmunzelte er. Mit einem Mal fühlte er sich leichter und eine Last schien von ihm genommen zu werden. Mit neuem Respekt sah er zu seiner Gefährtin auf. »Du hast eine sehr pragmatische Sichtweise.«

»Wir Samirad sind Krieger. Das waren wir schon immer. Wir werden für den Krieg gezeugt, wir werden für ihn geboren, wir leben für ihn und irgendwann werden wir in ihm sterben. Das ist unser Schicksal. Sieg oder Niederlage sind von untergeordneter Bedeutung. Es ist nur wichtig, aufzustehen und sich Tyrannei zu widersetzen. Man darf sich Despoten niemals ergeben.« Sie senkte betreten den Blick. »Eine Lektion, die viele aus meinem Volk vergessen haben. Ich selbst schließe mich da nicht aus. Daran ist das verdammte Loyalitätsimplantat schuld.«

Gareth berührte sie sanft an der Schulter. »Auch dein Volk wird irgendwann wieder frei sein. Vielleicht nicht durch diesen Krieg.« Er zuckte leichthin mit den Schultern. »Aber unter Umständen durch den nächsten.«

Ris'ril grinste. »Du hast noch nicht einmal diesen gewonnen und planst schon für den nächsten? Das hätte ich dir gar nicht zugetraut.«

»Deine Worte haben mich etwas aufgeheitert. Diesen Gefallen wollte ich erwidern.«

Ihr Grinsen wurde breiter, sie nahm ihn mit einen Griff bei den Händen, der keinerlei Widerstand duldete, und führte ihn in sein Quartier. »Apropos aufheitern, da fällt uns doch noch was ganz anderes ein.«

Gareth stöhnte und stemmte sich halbherzig gegen den unnachgiebigen Zug seiner Gefährtin. »Eigentlich wollte ich nur schlafen.«

Sie lachte. Es handelte sich um einen melodischen Klang, der so gar nicht zu dieser kampferprobten Kriegerin passen mochte. »Keine Sorge, du wirst in wenigen Minuten nicht mehr an Schlaf denken.«

# 3

Michael Anderson befand sich in einem der Hangars und beaufsichtigte die Reparaturarbeiten an dem erbeuteten Sturmkreuzer.

Der Hangar war in vier Ebenen unterteilt, auf denen an insgesamt neun Schiffen gearbeitet wurde. Der erst kürzlich ihrer Flotte hinzugefügte Sturmkreuzer war das schwerste Beuteschiff auf der Basis und entsprechend hoch war die Aufmerksamkeit, die man ihm zukommen ließ. Auf der Außenhülle sowie dem Innenleben wimmelte es nur so von Kexaxa, die ihrer Arbeit nachgingen.

Michael hasste die kleinen Wiesel. Warum er sie so verachtete, wusste er selbst nicht zu sagen. Vielleicht war es ihre pazifistische Grundeinstellung, die ihm missfiel. Oder auch nur die schlichte Tatsache, dass sie ohne Loyalitätsimplantat auskamen, weil sie im Traum nicht daran dachten, in den bewaffneten Widerstand zu gehen.

Natürlich wären sie alle ohne die Kexaxa immer noch versklavt. Übergelaufene Kexaxa kümmerten sich um die Instandhaltung der Technik und um die Reparatur der Schiffe, Waffen und Rüstungen. Das war alles richtig und niemand – auch kein Michael Anderson – zog dies auch nur für eine Sekunde in Zweifel. Ohne die Kexaxa und ihren Mut, sich im Verborgenen gegen die Rod'Or und die Ashrak zu stellen, gäbe es gar keine Rebellion. Und dennoch würden die Kexaxa niemals und unter keinen Umständen jemals zu den Waffen greifen. Das Kämpfen und Sterben überließen sie den Menschen, den Dys, den Samirad.

Das war der Grund, aus dem ihm die Kexaxa zutiefst suspekt waren.

Eine der kleinen Kreaturen watschelte auf ihren Stummelbeinen in charakteristischem Pinguingang an ihm vorbei. Das Wesen hantierte dabei mit einer Unmenge von Werkzeugen, die teilweise viel zu groß schienen für dessen kleine Hände. Als der Kexaxa Michael passierte, kam er kurzzeitig aus dem Tritt und verlor zwei seiner Utensilien, die prompt auf Michaels Fuß landeten.

Der Soldat spürte davon kaum etwas. Er ärgerte sich dennoch.

»Passt doch auf, du Tollpatsch!«, herrschte er den Kexaxa an und gab ihm einen leichten Tritt.

Das Wesen rutschte über den Boden, rappelte sich auf und schnatterte etwas Unverständliches in seiner piepsigen Sprache. Es war so leise, dass das Übersetzungsinsekt in Michaels Ohr die Worte nicht auffangen konnte. Er war aber überzeugt, es handelte sich um eine Beleidigung.

Mit einem großen Satz war er bei dem Techniker und gab diesem einen weiteren, diesmal wesentlich stärkeren Tritt. Der Kexaxa quiekte und rutschte über die Kante der Andockbucht. Er bekam gerade noch das Geländer zu fassen, wo er sich krampfhaft festhielt.

Die Hilferufe des Kexaxa machten seine Artgenossen auf die brenzlige Lage aufmerksam. Sie quietschten und schnatterten durcheinander, sodass es schwierig wurde, überhaupt ein paar Fetzen aufzufangen. Sie waren aber nicht glücklich, so viel war mal sicher.

Michael war versucht, den Techniker vollends in die Tiefe zu stoßen. Letztendlich kam er zur Vernunft und entschied sich dagegen.

Er trat ans Geländer, packte zu und holte den jammernden Kexaxa wieder auf sicheres Terrain. Dieser schwitzte aus sämtlichen Poren. Die Ausdünstungen erinnerten stark an Ammoniak. Michael rümpfte die Nase und hätte dem Kexaxa beinahe erneut einen Tritt gegeben.

Der kleine Außerirdische sah mit vorwurfsvollem Blick zu ihm auf, sagte aber keinen Ton. Schließlich packte er seine über den Boden verteilten Werkzeuge zusammen und setzte seinen Weg fort.

Michael sah ihm kopfschüttelnd hinterher. Selbst in einer solchen Situation weigerten sich die kleinen Kreaturen zu kämpfen. Diese Einstellung würde er nie verstehen.

Michael wandte sich um und verließ unter heftigem Geschnatter, in die sich einige Schmähungen mischten, den Hangar. Er hatte für geraume Zeit genug von diesen Wieseln und er wollte nicht das Risiko eingehen, doch noch eines von ihnen zu töten. Das hätte ihm nur Ärger mit Gareth eingebracht und darauf konnte er gut verzichten.

***

Gareths und Ris'rils Liebesspiel konnte man beim besten Willen nicht als zärtlich beschreiben. Es war mal wild, mal fordernd, aber zärtlich war es nie.

Gareth lag die meiste Zeit unten. Ris'ril wurde richtiggehend wütend, wenn er, weil ihm langsam der Rücken wehtat, mal zur Abwechslung obenauf sein wollte.

Liebe war bei ihrem Matratzensport nie im Spiel. Sie mochten sich. Sie respektierten sich sogar. Aber Liebe empfand keiner von beiden. Sie nahmen sich einfach vom jeweils anderen, was sie in diesem Moment brauchten. Nicht mehr und nicht weniger. In einem heiteren, gelösten Augenblick musste sich Gareth sogar eingestehen, dass es schwer war, jemanden zu lieben, der es als erotisch ansprechend verstand, regelmäßig Bisswunden auf seinem Körper zu hinterlassen. Wirklich auf seinem *ganzen* Körper. Er kannte nicht viele Samirad, aber wenn alle Frauen dieser Spezies so waren wie seine derzeitige Spielkameradin, dann wunderte es ihn kein bisschen, dass deren Männer ihre Heimatwelt Raktia nie verließen.

Nachdem sie fertig waren, lag Ris'ril in seinen Armen. Ihre Hand streichelte gelassen über seine Brust, während beide an die Decke seines Quartiers starrten.

»Erzähl mir von deiner Heimatwelt«, bat sie plötzlich.

Er schielte zu ihr hinüber. »Danach hast du mich noch nie gefragt. Warum jetzt?«

Sie lächelte selig. »Ich weiß kaum etwas von dem Ort, von dem du kommst. Wie heißt deine Heimatwelt noch mal?«

»Erde«, erwiderte er und spürte im selben Moment, wie er bei der Erwähnung ihres Namens fast ein wenig wehmütig wurde. Seit Jahren hatte er nicht mehr an die blau-grüne Kugel gedacht, von der er stammte.

»Und? Wie ist es dort?«

Er überlegte. »Es ist schwierig für mich, das in Worte zu kleiden. Als die Ashrak unsere Städte in Schutt und Asche legten, war ich noch sehr klein. Wir sind in den Ruinen aufgewachsen – ich und Heather ...« Er stockte und spürte, wie ihm Tränen in die Augen schossen. Gareth unterdrückte sie standhaft.

Ris'ril fiel es trotzdem auf. »Du sprichst nie über sie.«

»Warum auch?«, reagierte er heftiger als beabsichtigt. Gareth bemühte sich, seine Fassung wiederzuerlangen. »Sie ist tot«, fuhr er ruhiger fort. »Worte bringen die Toten nicht zurück.«

»Nein, aber man erinnert sich an sie«, antwortete Ris'ril. »Auf meiner Heimatwelt ist es ein Zeichen von Ehre, über die Toten zu sprechen. Wir glauben, dass sie uns immer noch hören.«

Gareths Mundwinkel hoben sich ganz leicht. »Das ist schön. Ich wünschte, ich könnte daran glauben, dass sie auch mich hört.«

Ris'ril strich ihm erneut über die Brust. »Das tut sie. Da bin ich sicher.« Sie stupste ihn leicht an. »Und jetzt erzähl mir von deiner Heimatwelt.«

Gareths Gedanken verselbstständigten sich, als sich sein Verstand auf die Erde fokussierte. Ungewollt leuchtete ein Lächeln in seinem Gesicht auf. »Wir haben sehr unterschiedliche Klimazonen. Es ist im Prinzip alles vorhanden, von Eis und Schnee bis hin zu endlos erscheinenden Wüsten. Aber ich glaube, das Markanteste an unserer Welt sind die Ozeane. Siebzig Prozent der Erdfläche sind mit Wasser bedeckt.«

»Siebzig Prozent«, hauchte Ris'ril ehrfürchtig. »Das kann ich mir kaum vorstellen. Meine Heimatwelt ist eine einzige große Wüste. Ohne das Grundwasser, das in langen Flüssen unseren Untergrund durchfließt, hätte mein Volk es nie geschafft, sich aus dem Urschlamm zu erheben und zur dominanten Lebensform aufzusteigen.«

»Das Meer habe ich nur einmal gesehen. Während eines Urlaubs in Frankreich mit meinem Dad und meiner Mom. Später, während meiner Zeit in London, war es zu gefährlich, allzu ausgedehnte Wanderungen zu unternehmen. An jeder Ecke lauerte jemand, der einem alles wegnehmen wollte. Die Menschen töteten für eine einzelne Konservendose.« Gareth schnaubte. »Die Zustände werden jetzt eher noch schlimmer sein.«

»Wie groß ist denn eure Bevölkerung?«

Gareth runzelte die Stirn. »Vor dem Krieg? Zwischen neun und zehn Milliarden. Wir standen kurz davor, die Zehn-Milliarden-Grenze zu durchbrechen. Und jetzt? Ich wäre sehr überrascht, wenn es noch mehr als zwei Milliarden Menschen geben würde. Oder auch nur eine Milliarde. Ich glaube, wir stehen kurz vor der Ausrottung.«

Ris'ril schüttelte den Kopf. »Eine Bevölkerung, die in die Milliarden geht. Das ist unglaublich. Auf Raktia gibt es gerade einmal zweihundertfünzig Millionen von uns. Für eine größere Bevölkerung reichen die spärlichen Ressourcen gar nicht. Immer wenn wir auf einem guten

Weg sind, kommt das Imperium und nimmt uns alles weg. Sie halten uns künstlich auf dieser Entwicklungsstufe.«

»Das überrascht mich nicht. Sie haben Angst vor euch. Ihr verfügt über herausragende, angeborene kämpferische Fähigkeiten. Das macht euch zur Bedrohung. Würden die Rod'Or sich eurer nicht als Krieger bedienen, hätten sie euer Volk vermutlich vor langer Zeit ausgelöscht. Nur um sicherzugehen, dass ihr niemals zur akuten Gefahr werdet.«

Sie lachte kurz auf. »Ich wüsste, was ich mit einer Bevölkerung von Milliarden anfangen würde.«

Er sah an sich herunter und musterte ihren Haarschopf. »Ach ja? Was denn?«

»Ich würde sie gegen die Ashrak führen und so lange kämpfen, bis die Rod'Or und ihre Speichellecker vor mir auf ihren Knien liegen.«

Gareth neigte leicht den Kopf zur Seite. »Netter Gedanke, aber die Menschen ticken anders. Ich war dort. Ich habe es erlebt. Besser noch: Ich habe es *über*lebt. Die Menschen sind Egoisten und nur aufs eigene Überleben fixiert. Die kann man gegen niemanden führen.«

»Vielleicht fehlt ihnen nur die richtige Motivation.« Ris'ril stupste ihn erneut in die Seite. Er beugte sich nach unten und gab ihr einen leidenschaftlichen Kuss.

Aber noch während sie sich gegenseitig heißmachten, fing sein Verstand an, auf Wanderschaft zu gehen. Er löste sich halb von ihr, während ihre Zunge noch in seinem Mund herumwühlte.

Sie zog sich verwundert von ihm zurück. »Was ist denn? Habe ich etwas falsch gemacht?«

Allein ihr Tonfall versprach bereits Schmerzen, falls er auch nur auf die Idee kam, diese Frage mit »Ja« zu beantworten.

»Ganz im Gegenteil.« Er sprang auf und zog sich notdürftig an. »Du bist ein Genie.«

Sie grinste träge und streckte sich. »Ja, das weiß ich. Aber nur mal aus Neugier: Was habe ich jetzt in der aktuellen Situation denn Geniales gesagt?«

»Erkläre ich dir unterwegs.« Er hob ihre Uniform auf und warf sie seiner Gespielin zu. »Zieh dich an. Wir müssen los.«

Ris'ril zog einen Schmollmund. Sie hätte jetzt wohl am liebsten etwas anderes gemacht, aber Gareths neu erwachter Enthusiasmus machte sie neugierig. Sie erhob sich grazil und zog ihre Kleidung über. Gareth aktivierte sein implantiertes Kommgerät.

»Fabian? Michael? Ludwig? Untray? Wir treffen uns sofort im unteren Besprechungstraum.«

Jeder der vier außer Michael bestätigte die Anweisung sofort. Nur dieser meldete sich mit einer verbalen Entgleisung. »Fick dich! Ich bin beschäftigt«, hallte es schwer keuchend über die Frequenz.

Gareth wusste sehr genau, womit der Blutläufer beschäftigt war. Der Offizier war eine Liaison mit einer anderen menschlichen Soldatin eingegangen. Das war inzwischen ein offenes Geheimnis. Gareth hatte keine Ahnung, wann der Mann zwischen all den Beleidigungen, den Streitereien und Antipathiebezeugungen für seine Umgebung die Zeit und Energie für eine sexuelle Beziehung aufbrachte.

»Das ist mir scheißegal. Ich brauche dich hier. Lös dich von ihr und dann komm zur Besprechung. Du wirst meine Idee nicht verpassen wollen.«

Michael antwortete nichts mehr. Gareth sah das als Zeichen der Zustimmung an. Gemeinsam mit Ris'ril begab er sich schnellstmöglich auf den fünf Ebenen unter ihnen befindliche Besprechungsraum. Als sie eintrafen, waren Fabian, Ludwig sowie Untray bereits vor Ort. Michael traf nur Sekunden später ein und war noch dabei, sich richtig anzuziehen. Gareth verkniff sich ein spöttisches Grinsen. Das war auch eine Möglichkeit, Coitus interruptus zu praktizieren.

Gareth sah sich unter seinen versammelten Offizieren um. Erwartungsvolle Blicke begegneten ihm. »Was fehlt uns dringend?«, begann er ohne Umschweife.

»Schiffe«, erwiderte Ludwig sofort.

Fabian schüttelte den Kopf. »Soldaten.«

Gareth richtete seinen Finger auf seinen Freund. »Ganz genau. Und die finden wir auf der Erde.«

Ludwig und Michael wechselten einen vielsagenden Blick und brachen in Gelächter aus. Die beiden Offiziere wandten sich von Lachkrämpfen geschüttelt ihrem Befehlshaber zu. Der Anfall an Heiterkeit ebbte allmählich ab, als ihnen bewusst wurde, dass ihr Anführer nicht mit einstimmte.

Fabian zog beide Augenbrauen hoch. »Das ist dein Ernst? Wirklich?«

»Du bist verrückt«, stimmte Michael zu, was an und für sich schon einer gewissen Komik nicht entbehrte. Normalerweise konnten er und Fabian sich nicht einmal auf die Farbe von Scheiße einigen.

»Wieso?«, wollte Gareth wissen. »Wieso ist das verrückt?«

»Na, zunächst mal gibt es keine Zentralregierung, mit der wir uns in Verbindung setzen und verhandeln können«, erklärte Ludwig. »Es gibt nicht einmal so etwas wie nationale Regierungen. Die Menschheit ist in Tausende von Splittergruppen zerbrochen, von denen jede einzelne nur darauf aus ist, die anderen zu übervorteilen.«

Gareth schüttelte den Kopf. »Das ist nicht ganz richtig. Sie sind nicht darauf aus, andere zu übervorteilen. Sie sind lediglich darauf aus zu überleben.«

Fabian zuckte die Achseln. »Auf der Erde kommt das aufs Gleiche raus.«

»Schon, aber nur deswegen, weil die Menschen bisher keine Alternative hatten.«

Michael runzelte ungläubig die Stirn. »Und das ist jetzt anders?«

Gareth nickte. »Allerdings. Sie haben jetzt uns.«

Ludwig neigte den Kopf zur Seite. »Sie wissen aber nichts von uns«, erwiderte er, als würde er mit einer besonders begriffsstutzigen Person reden.

Gareth ließ sich in seinem Eifer aber nicht bremsen. »Dann ändern wir das«, erklärte er in die Runde hinein. Ungläubige Blicke musterten ihn nach dieser Ankündigung.

»Sehe ich das richtig«, wollte Michael wissen, »du planst eine Expedition zur Erde? Um was zu tun?«

»Wir bilden dort eine Armee aus. Eine Untergrundarmee. Nachdem uns der Nachschub an befreiten Blutläufern verwehrt wurde, ist das die einzige Chance auf frische Truppen. Jedenfalls so lange, bis die Kexaxa eine andere Möglichkeit gefunden haben, unsere versklavten Brüder und Schwestern aus dem Joch der Rod'Or zu befreien.«

Fabian schüttelte unnachgiebig den Kopf. »Deine Idee besitzt einen gewissen Charme, das will ich gar nicht mal abstreiten. Aber die Menschen auf der Erde sind keine Soldaten. Das sind Wegelagerer, Banditen und solche, die sie ausnutzen. Die Menschheit teilt sich nur noch in zwei Kategorien: Opfer und Täter.«

»Dann müssen wir auch das ändern. Wir haben Waffen. Wir haben Rüstungen. Und wir haben auch eine Menge Nahrungsmittel, die wir zur Erde bringen können. Es ist nicht viel, was wir damit erreichen würden, aber es wäre auf jeden Fall mal ein Anfang.«

»Das ist zwecklos«, wehrte Michael ab. »Aus denen werden nie Blutläufer. Sie besitzen weder unsere Optimierungen noch unsere Indoktrination. Außerdem sind zu wenige übrig, um etwas Brauchbares auf die Beine zu stellen. Wie viele Menschen wird es noch geben? Eine Milliarde vielleicht?«

»Es gibt noch vier Komma drei Milliarden Menschen auf der Erde«, mischte sich Untray mit einem Mal ein.

Alle Augenpaare wandten sich ihm ungläubig zu. Die kleine Kreatur schrumpfte förmlich in sich zusammen, angesichts von derart viel ungewohnter Aufmerksamkeit. »Gemäß den aktuellsten imperialen Bevölkerungsstatistiken für die Erde«, erklärte der Kexaxa. »Die Ashrak planen anhand solcher Statistiken ihre Fischzüge. Kein Landstrich der Erde darf so weit entvölkert werden, dass sich die Population nicht mehr erholen kann. Das ist imperiales Gesetz. Die Rod'Or verlangen stetigen Nachschub an neuen Truppen. Das funktioniert aber nur, wenn die Bevölkerung einer Welt nicht gänzlich ausgerottet und in imperialen Dienst gezwungen wird. Die Sklavenvölker müssen die Gelegenheit erhalten, sich wieder zu erholen. Nur auf diese Weise wird steter Nachschub für die imperiale Militärmaschinerie generiert.«

»Mehr als vier Milliarden Menschen«, sinnierte Gareth vor sich hin. »Ich hätte nicht gedacht, dass noch so viele übrig sind.«

»Es bedeutet trotzdem, dass die Hälfte der Menschheit tot ist«, erinnerte Fabian.

»Oder in den Dienst des Imperiums gepresst wurde«, ergänzte Untray.

»Und aus dem Rest werden niemals brauchbare Blutläufer«, beharrte Michael.

»Dass wir aus ihnen Blutläufer machen, das verlange ich ja gar nicht. Aber Soldaten. Das können wir schaffen. Wir formieren unsere eigene Armee, direkt unter der Nase der Ashrak.«

»Da hätten wir dann das nächste Problem«, gab Fabian zu bedenken. »Zur Erde zu kommen, wird nicht einfach. Das System ist ein wichtiges Nachschubreservoir für die imperialen Streitkräfte. Es ist gut gesichert.

Und gemäß den neuesten Geheimdienstberichten hat das Imperium seine Taktik bezüglich der Erde geändert. Die Ashrak unterhalten dort jetzt mehrere Basen auf der Oberfläche. Gut möglich, dass es sich dabei um eine direkte Reaktion auf unseren Aufstand handelt. Man will kein Risiko mehr eingehen. Ganz zu schweigen von dem Stützpunkt auf dem Mond, der den Verkehr von oder zur Erde regelt und überwacht. Und als wäre das noch nicht schlimm genug, wird das System sicher von Patrouillen nur so wimmeln. Wie willst du ohne Kampf überhaupt auf die Oberfläche gelangen?«

»Ich überhaupt nicht«, schmunzelte Gareth und deutete mit dem Daumen auf einen der Anwesenden. »Aber er.«

Michael erstarrte auf der Stelle. »Das ist jetzt wohl ein Witz?!«, presste er mühsam hervor.

»Ganz und gar nicht. Die Flesh and Bones sind die größte Straßengang in Südengland. Sie sind gefährlich und haben Zugriff auf eine große Anzahl wehrfähiger Männer und Frauen. Ich finde, mit ihnen anzufangen, ist ein ganz guter Plan.«

»Und du denkst, ich könnte sie mobilisieren? Ich bin seit gut einem Standardjahrzehnt nicht mehr dort gewesen. Sogar mehr nach irdischer Zeitrechnung. Die meisten werden mich vermutlich gar nicht mehr kennen.«

Gareth schüttelte energisch den Kopf. »Du bist der Beste für diese Aufgabe. Ich könnte mir niemand anderen vorstellen.« Gareth trat vor den Blutläufer und packte ihn fest bei den Schultern. Er fixierte ihn mit seinem Blick. »Kehre zur Erde zurück und beschaffe mir eine Armee.«

In Michaels Gesicht arbeitete es fieberhaft. Schließlich wandte er den Blick ab, richtete sich auf und lockerte die Muskeln in seinen Schultern. »Dann gehe ich wohl besser packen.«

Zufrieden entfernte sich Gareth etwas von dem Mann. »Du nimmst ein paar Schiffe und ein paar Tausend unserer Leute mit. Du wirst Hilfe dabei brauchen, eine militärische Infrastruktur aufzubauen.« Sein Blick senkte sich, als sich Gareths Augenmerk auf Untray richtete. »Welches ist die Präfekturhauptwelt, in der sich die Erde befindet?«

»Estagar«, antwortete der kleine Kexaxa sofort.

Gareth nickte. »Nimm Verbindung zu deinen Kontaktleuten dort auf. Wir brauchen die derzeit gültigen Codes, um das Solsystem anfliegen zu können. Ich will nicht, dass unsere Schiffe sofort nach der Ankunft in ein Gefecht verwickelt werden.«

Untray nickte, wirkte über die Anweisung aber nicht besonders glücklich. Gareth runzelte die Stirn. »Ist was?«

Untray sah auf. »In den letzten Monaten wurden Tausende meines Volkes exekutiert. Aus Rache über unsere Hilfe beim Aufstand auf Draimina. Ich befürchte, wenn wir das für euch tun, werden weitere Kexaxa erwischt, wo sie nichts zu suchen haben, und einfach getötet.«

Gareth presste die Lippen aufeinander, bevor er antwortete. »Ich will dich und die Deinen nicht dazu zwingen. Ihr habt schon genug getan. Ohne euch wären wir nicht frei.«

Untray dachte angestrengt über die Worte nach und stieß dann einen tiefen Seufzer aus. »Wir haben uns für einen Weg entschieden und den müssen wir nun bis zum Ende gehen. Wir werden tun, was du verlangst.«

Gareth nickte. Es war nicht gerade eine enthusiastische Zustimmung, aber vermutlich konnte er unter den gegebenen Umständen nicht mehr erwarten.

Sein Blick richtete sich erneut auf Michael und der Blutläufer verstand diesen als Aufforderung. Er lächelte schief. »Dann gehe ich jetzt meine Vorbereitungen treffen.« Der Blutläuferoffizier verließ zügig den Besprechungsraum. Die anderen sahen ihm mit einer Mischung aus Hoffnung und Skepsis hinterher.

»Soll ich nicht lieber mit ihm gehen? Er wird jemanden brauchen, der ihn zuweilen unter Kontrolle hält.« Ris'ril wirkte entschlossen, Michael zur Erde zu begleiten.

»Nein, dich brauche ich hier«, erwiderte Gareth, während sein Blick immer noch auf die Tür gerichtet blieb, durch die Michael gerade verschwunden war.

»Und wir alle wissen, wofür«, grinste Ludwig.

Gareth wandte den Blick von der Tür ab und bedachte seinen Freund mit einer strafenden Mimik. Dieser verkniff sich nur mit Mühe weiteres Feixen.

Gareth zog eine Augenbraue hoch. »Ihr beide werdet mitgehen.« Fabian und Ludwig erstarrten beide fast gleichzeitig. »Ris'ril hat recht. Jemand muss Michaels Zügel in der Hand halten, sonst gehen vermutlich die Pferde mit ihm durch.« Gareth hob mahnend den Zeigefinger.

»Geht mit Bedacht vor und bleibt unter dem Radar. Wir können uns keine Konfrontation auf der Erde leisten, bis wir so weit sind zuzuschlagen.«

Ludwig nickte. Sein Gesicht aber hellte sich schlagartig auf. Was dahintersteckte, war kein Geheimnis. Bei Ludwigs Verschleppung hatte er den Kontakt zu seiner Familie verloren. Gareth hatte den Mann nicht ohne Grund ausgewählt. Die Rückkehr zur Erde bot diesem die besten Chancen, eine Spur zu seinen Leuten zu finden. Jeder verdiente es, den Verbleib seiner Lieben zu kennen. Auch wenn die Informationen, die Ludwig unter Umständen finden würde, nicht die waren, die er sich vielleicht erhoffte.

Fabian war allerdings von der Aussicht, diese Operation gemeinsam mit Michael durchführen zu müssen, nicht angetan. Die beiden mochten sich nicht besonders. Was das betraf, konnte niemand Michael wirklich leiden. Der Offizier sagte jedoch nichts dazu. Der Profi in ihm nahm die Aufgabe mit der gebührenden Ernsthaftigkeit an – auch wenn er ein Naserümpfen nicht verbergen konnte.

»Und wie sehen unsere Befugnisse aus, falls er aus der Reihe tanzt?«, wollte er wissen.

Ris'ril und Ludwig drehten sich in verschiedene Richtungen, als könnten sie die Anweisung, die Fabian nun erhielt, irgendwie ausblenden. Sie kannten Michael und wussten aber, dass sie absolut notwendig war.

Gareth erwiderte nichts, sondern blickte Fabian lediglich tief in die Augen. Fabian verzog die Miene. »Verstanden«, antwortete er.

# 4

Paladin 1573115 ließ sich mit ausgebreiteten Armen durch das All gleiten. Er hatte sich vor wenigen Sekunden vom Asteroiden, hinter dem er sich versteckt gehalten hatte, abgestoßen und überließ nun Fliehkraft und Masseträgheit den Großteil der Arbeit.

Das System trug den Namen Istani und befand sich am äußersten Rand des strategisch wichtigen Tibat-Sektors. Dieser Sektor diente als Aufmarschgebiet für alle Operationen gegen die linke Flanke der Sekarifront und war aus diesem Grund von hoher Bedeutung. Das war vermutlich der Grund, weshalb die Rebellen hier eine Basis errichtet hatten.

Die Paladine hatten den kompletten Sektor in den letzten Monaten nahezu lückenlos überwacht. Es war nur eine Frage der Zeit gewesen, bis ihnen ein Rebellenschiff ins Netz ging. Als es dann so weit war und sie eines ihrer Bergungskommandos im Fokus hatten, waren sie ihm schlichtweg bis zu seiner Heimatbasis gefolgt. Es war lächerlich einfach gewesen.

Paladin 1573115 war ein guter Soldat. Er liebte das Imperium. Und er liebte seinen Dienst am Imperium. Mehr noch: Er war der felsenfesten Überzeugung, dass das Imperium ein strahlendes Leuchtfeuer der Zivilisation in einem dunklen und unbarmherzigen Universum darstellte. Für die Rod'Or und ihr gewaltiges Reich zu leben, zu kämpfen und im Bedarfsfall zu sterben, war die höchste Ehre, die irgendein Lebewesen erreichen könnte. Paladin 1573115 hatte keine Angst vor dem Tod. Im Gegenteil war er jederzeit bereit, sein Leben zu geben für die Rod'Or und den Traum, den sie erschaffen hatten.

Seinen früheren Namen kannte er gar nicht mehr. Kein Paladin tat das. Wer auch immer sie zuvor gewesen waren, verschwand nach Ausbildung und Konditionierung. Diese Existenz verblasste und ging auf in einem neuen Leben.

Die Paladine sprachen sich untereinander mit einer verkürzten Version ihrer Kennnummern an. So war Paladin 1573115 bei seinen Vorgesetzten und unter seinen Kameraden einfach nur als Einsfünf bekannt. Es war alles an Identität, was er benötigte. Er brauchte einfach nicht mehr. Das Imperium wusste sehr genau, was das Beste für ihn war. Das Imperium hatte ihm alles gegeben. Wie könnte er sich weigern, für die Rod'Or weniger zu geben?

Einsfünf streifte mit der Hand leicht über einen vorüberziehenden Asteroiden und verlangsamte dadurch seine Geschwindigkeit. Er hob die geballte Faust. Die Paladine hinter ihm taten es ihm gleich. Das Team bestand aus fünfzig Mann und war eines von vieren, die sich der Rebellenbasis näherten.

Zweihundert Paladine würden reichen, den feindlichen Stützpunkt einzunehmen. Einsfünf verzog vor Abscheu die Miene unter seinem Helm. Es war schon genug, gegen Syall, Sekari und andere Feinde des Imperiums zu kämpfen, aber Rebellen stellten für ihn den niedersten Dreck, den schlimmsten Abschaum dar. Sie hatten die Chance gehabt, Teil von etwas wahrhaft Großem zu werden. Und welchen Weg hatten sie gewählt? Sie hatten sich gegen die Rod'Or gestellt, gegen das Imperium. Sie mussten vernichtet werden.

Einsfünf betrachtete die vor ihm liegende Basis genau. Der überwiegende Teil lag auf der Oberfläche eines Asteroiden. Es handelte sich um miteinander verbundene Bunkeranlagen. Sie waren durch Abwehrwaffen gut geschützt. Ihre Verteidigung war auf einen Großangriff von Kriegsschiffen ausgelegt. Aber keine wehrhafte Basis – ganz gleich, wie gut sie gesichert und bewaffnet war – bot einen hundertprozentigen Schutz gegen eine verdeckte Operation. Vor allem nicht, wenn die angreifenden Soldaten bereit waren, für die Erfüllung ihrer Aufgabe notfalls auch ihr Leben zu geben. Und Einsfünf und seine Kameraden waren mehr als bereit.

Einsfünfs Blick folgte den sichtbaren Einrichtungen der Basis bis über den Äquator hinunter, der den Asteroiden astronomisch in zwei Hälften teilte. Noch während er den Rebellenstützpunkt angestrengt musterte, öffnete sich ein großes Hangartor wie das gefräßige Maul einer Bestie und ein Angriffskreuzer des Imperiums sowie mehrere Schwere Korvetten der Syall schwebten heraus. Die Flottille änderte den Kurs und steuerte den Rand des Asteroidenfelds an.

Einsfünf bedeutete den anderen Paladinen zurückzubleiben. Die Elitesoldaten verbargen sich inmitten der Gesteinsbrocken. Einsfünf beobachtete die Schiffe genau. Sie passierten den Standort seines Teams in weniger als zwanzig Kilometern Abstand.

Es war unwahrscheinlich, dass man sie von dort drinnen würde entdecken können, trotzdem verharrten die Paladine an Ort und Stelle.

Kaum hatten die Rebellenschiffe das Asteroidenfeld verlassen, da beschleunigten sie und sprangen bereits kurz darauf aus dem System.

Einsfünf knirschte mit den Zähnen. Es wurmte ihn, dass ihr Angriff nun nicht hundertprozentig erfolgreich verlaufen würde. Diese Schiffe waren ihnen durch die Lappen gegangen. Sein Blick richtete sich erneut auf den Stützpunkt. Aber wenigstens konnten sie dafür sorgen, dass es in diesem System keine Basis mehr gab, zu der sie zurückkehren konnten.

Er öffnete eine Frequenz. »Einsfünf an alle«, sprach er leise in das Kommgerät. »Los!«

Einsfünf gab sich selbst im selben Moment einen Stoß und die Paladine, angeführt von seiner Person, steuerten auf die immer noch geöffnete Hangarbucht zu.

Das Maul schloss sich mit zunehmender Geschwindigkeit, aber Einsfünf überkam weder Panik noch Unsicherheit. Er wusste genau, was er tat.

Die Paladine schwebten durch die Öffnung, nur wenige Sekunden bevor sich diese zur Gänze schloss. Wenn alles nach Plan verlief, drangen zwei weitere Teams gerade an der Oberfläche in einen der Bunker ein, um die Mannschaftsquartiere anzugreifen. Der letzte Trupp würde sich in diesem Moment auf die Suche nach der Kommandozentrale machen.

Die Paladine nutzten ihre letzte Bewegungsenergie, um die Stege und Galerien zu erreichen, die den Hangar auf einer Seite umschlossen. Von hier an herrschte künstliche Schwerkraft.

Die Elitesoldaten packten die Geländer und schwangen sich darüber hinweg. Ihre metallenen Stiefel verursachten ein schweres *Tong*, als sie das Deck berührten.

Direkt vor ihm befand sich ein Rebellensoldat. Der Mann drehte sich um. Sein Helm war geschlossen. Dennoch konnte sich Einsfünf durchaus vorstellen, wie verwundert der Kerl reagieren musste, angesichts einer halben Hundertschaft Paladine, die gerade den Hangar stürmten.

Einsfünf hätte den Mann niederschießen können. Es wäre ein denkbar einfaches und schnelles Ende für den Rebellen gewesen. Aber im Bruchteil einer Sekunde entschied der Paladin anders. Er zog die speziell gehärtete Klinge von einer Scheide auf dem Rücken. Das Schwert war dafür geschmiedet worden, Rüstungen problemlos zu durchdringen. Und tatsächlich hatte die Klinge keinerlei Mühe mit dem Rebellensoldaten. Einsfünf schlug dem Mann ungerührt den Kopf ab, als dieser noch dabei war, seine Seitenwaffe zu ziehen.

Der Torso blieb noch einen Moment aufrecht stehen, dann kippte dieser seitlich um. Der Kopf des Rebellen lag bereits am Boden – immer noch im Helm.

Die Paladine gingen zum Angriff über. Pulsgewehre zischten und knatterten. Schwerter wurden gezogen und Rebellen damit gnadenlos niedergemacht. Innerhalb kürzester Zeit entbrannte ein heftiger Kampf. Die Rebellen verteidigten den Hangar bis aufs Blut. Für einen Augenblick überkam Einsfünf fast so etwas wie Respekt für seine Gegner. Er schob die unerwartete Gefühlsaufwallung jedoch schnell wieder beiseite. Das hier waren Rebellen. Sie hatten die Rod'Or verraten. Sie verdienten weder Respekt noch Mitgefühl.

Einsfünf ging skrupellos und bar jeder Emotion seiner Arbeit nach. Die Paladine metzelten sich quer durch den Hangar. Allein Einsfünf tötete in diesem Zeitraum vierzehn Rebellen. Als der Letzte von ihnen am Boden lag, verharrte der Elitesoldat in Diensten der Rod'Or. Die Stille nach einer Schlacht hatte etwas von der Endgültigkeit des Todes an sich. Er genoss diesen Augenblick jedes Mal, führte es ihm doch vor Augen, dass er seine Sache gut gemacht hatte.

Erneut aktivierte er eine Frequenz. »Dreiacht? Status!«, verlangte er von seinem Adjutanten.

»Sieben Tote, elf Verwundete«, berichtete Dreiacht nicht ohne Stolz in der Stimme.

Einsfünf nickte beifällig. »Sieben Tote? Hätte schlimmer kommen können. Bereich sichern und auf Gegenangriff vorbereiten.«

»Verstanden«, erwiderte Dreiacht.

Einsfünf wechselte die Frequenz. »Team fünf-sieben an Mutterschiff.«

Auf eine Antwort brauchte der Paladin nicht lange zu warten. »Bericht!«, forderte Cha'acko sofort. Der Honuh-ton-Agent hatte bereits darauf gewartet, dass sich der Paladin meldete.

»Hangar unter Kontrolle«, meldete Einsfünf.

»Ausgezeichnet«, honorierte Cha'acko. »Abschluss der gesamten Operation in vierzig Minuten.« Der Honuh-ton-Agent kappte die Verbindung.

Einsfünf nahm sich kurz Zeit, den Hangar in Augenschein zu nehmen. An verschiedenen Dockkragen hingen im Moment acht Schiffe. Drei davon stammten aus den Beständen des Imperiums, bei den übrigen handelte es sich um Syall- und Sekarieinheiten. Er rümpfte die Nase. Diese Schiffe würden nie wieder Jagd auf loyale Diener des Imperiums machen.

Sein Blick richtete sich auf die Leiche des Rebellensoldaten zu seinen Füßen. Vierzig Minuten? Wenn alles weiterhin so reibungslos verlief, dann befand sich die Basis lange vorher in ihrer Hand.

* * *

Der Schwere Kreuzer der Ashrak schwebte elegant in den geöffneten Hangar und machte an einem der freien Dockkragen fest. Eine Rampe wurde ausgefahren und Ashraksoldaten marschierten in perfekter Formation heraus.

Die Paladine, die den Angriff geführt hatten, warteten in Habtachtstellung. Die Körper steif und durchgedrückt. Von den zweihundert Elitesoldaten waren etwas weniger als die Hälfte übrig. Das Ergebnis erfüllte Einsfünf mit nicht geringem Stolz. Die anderen Einheiten waren nicht so effizient gewesen wie seine Leute.

Vor allem der Angriff auf die Kommandozentrale war ganz und gar nicht nach Plan verlaufen. Die Blutläufer hatten sich dort eingeigelt und verbissen gekämpft. Das mit dem Sturm auf die Zentrale beauftragte Team war fast gänzlich ausgelöscht worden. Nur drei der Paladine hatten überlebt und zähneknirschend um Unterstützung ersucht. Es war schließlich Team fünf-sieben gewesen, das die Zentrale eingenommen hatte. Am Ende hatte seine Einheit achtzehn Opfer zu beklagen und darüber hinaus etwa ein Dutzend Verwundete. Aber sie hatten gesiegt – und Team fünf-sieben hatte maßgeblich Anteil daran.

Einsfünf betrachtete die Reihen der aus dem Schiff marschierenden Ashrak-Blutläufer mit einigem Missmut. Nun kamen die Fischköpfe – nachdem die Action bereits vorüber war. Innerlich schüttelte Einsfünf den Kopf. Es waren die Paladine, die die Kastanien aus dem Feuer holten, nicht die Ashrak. Es waren die Paladine gewesen, die diese Basis eingenommen hatten, nicht die Ashrak. Die Paladine waren die einzig wahren Diener des Imperiums.

Cha'acko kam in Sicht. Die Paladine, einschließlich Einsfünf, hielten sich mit einem Mal noch ein klein wenig steifer. Der Honuh-ton-Agent verharrte für einen Moment oben an der Rampe und ließ den Blick über den Hangar und die erbeuteten Schiffe schweifen. Selbst über diese Entfernung spürte Einsfünf dessen tiefe Befriedigung. Cha'acko verhielt sich wie ein Feldherr, der nach der gewonnenen Schlacht die Beute des Krieges inspizierte. Einsfünf hatte keinerlei Zweifel daran, dass die Rod'Or den Agenten für seine Verdienste großzügig belohnen würden.

Cha'acko stapfte die Rampe herunter, die allgegenwärtige Entourage seiner Offiziere, Adjutanten und Ordonnanzen im Schlepptau.

Der Honuh-ton-Agent kam vor den versammelten Paladinen zum Stehen. Einsfünf war einer von nur zwei Teamführern, die den Kampf überlebt hatten. Nach Sitte des Imperiums wurden die nun führungslosen Männer unter den anderen beiden Teams aufgeteilt, um die erlittenen Verluste auszugleichen. Die führungslosen Teams hörten von diesem Moment an auf zu existieren, bis sich die Ashrak irgendwann einmal vielleicht dazu entschlossen, diese Einheiten neu aufzustellen.

Der Kopf des fischähnlichen Wesens bewegte sich in der Karikatur eines menschlichen Nickens steif vor und zurück. Nicht zum ersten Mal fragte sich Einsfünf, ob das eine natürliche Geste der Ashrak war oder ob sich Cha'acko dies angewöhnt hatte, sobald er sich in der Gegenwart menschlicher Blutläufer und Paladine aufhielt.

»Gut gemacht«, hallte Cha'ackos Stimme durch den Hangar. »Ihr habt dem Imperium heute Ehre erwiesen und eine große Bedrohung für diesen Teil der Front neutralisiert. Die Rod'Or werden davon erfahren. Eure Einheiten werden für diese Operation ausgezeichnet.«

Die Paladine blieben stocksteif stehen. Keiner rührte auch nur einen Muskel. Die Ankündigung Cha'ackos löste nicht mehr Reaktionen aus, als hätte der Ashrak gerade verkündet, dass es heute Abend Haferbrei zum

Abendessen geben würde. Ehrungen waren irrelevant. Für das Imperium kämpfen zu dürfen, war Ehre genug.

Cha'acko trat näher, bis er unmittelbar vor Einsfünf stand. Mit einer knappen Geste bedeutete er dem Paladin, seinen Helm zu öffnen. Einsfünf zögerte, aber nur für einen Sekundenbruchteil. Die Paladine fühlten sich unwohl, wenn sie ihr Gesicht öffentlich zeigten. Normalerweise hielten sie ihren Helm fast die ganze Zeit über geschlossen. Lediglich zum Essen und Schlafen nahmen sie ihn ab.

Aber die Aufforderung des Ashraks war eindeutig und Befehl war schließlich Befehl. Einsfünf fuhr den Helm ein und die Metallplättchen zogen sich nacheinander in den Kragen der Rüstung zurück. Der Paladin blinzelte im ungewohnten Licht. Er war den Blickwinkel aus dem Inneren seiner Rüstung gewohnt.

Cha'acko wartete geduldig, bis Einsfünf sich an die Lichtverhältnisse gewöhnt hatte. Die Schuppen des Ashraks waren von einem tiefen Grün erfüllt, was dessen Freude zum Ausdruck brachte.

»Wie ich hörte, sind wir dir und deinen Leuten zu besonderem Dank verpflichtet. Ihr habt gut gekämpft.«

Einsfünf starrte weiterhin über einen imaginären Punkt hinter Cha' ackos linker Schulter. Er wusste nichts zu sagen. Was hätte er auch vorbringen können? Als Paladin hatte er schließlich nur seine Pflicht getan und die Feinde der Rod'Or zur Strecke gebracht.

Cha'acko trat einen Schritt näher, bis nur noch eine Handbreit Boden die beiden Männer voneinander trennte.

»Willst du dem Imperium weiterhin dienen, mein Freund?«

Nun richtete Einsfünf doch seinen Blick auf den Ashrak. Die Augen des Paladins glänzten feurig vor unverhohlenem Fanatismus.

Cha'acko lehnte sich leicht zurück. Seine Schuppen nahmen sogar einen noch tieferen Grünton an. »Ich denke, wir werden für dich und die Deinen eine neue Aufgabe finden.«

# 5

Gareth und Fabian umarmten sich zum Abschied herzlich. Gareth wollte seinen Freund gar nicht mehr loslassen, hatte er doch das Gefühl, ihn vielleicht nie wiederzusehen.

Die beiden Männer trennten sich nur zögerlich voneinander. Auf der Landeplattform hinter Fabian wartete eine Fähre, die ihn zur AURORA bringen würde. Das gewaltige Ashrakschlachtschiff kreuzte außerhalb des Asteroidenfeldes. Aufgrund seiner Größe wäre es gefährlich gewesen, hätte es sich weiter angenähert. Die letzten für die AURORA vorgesehenen Offiziere begaben sich gerade an Bord.

Der Pilot erschien am Fuß der Rampe und bedeutete Fabian ungeduldig durch heftiges Gestikulieren, dass es langsam Zeit wurde. Dieser nickte zurück.

Er wandte sich Gareth zu und seufzte leise. »Ich muss jetzt los.«

Gareth nickte. »Ich bin immer noch nicht begeistert von Michaels Entscheidungen.«

Fabian lächelte nachsichtig. »Es ist seine Mission. Er weiß hoffentlich, was er tut. Und ich muss gestehen, vielleicht sind seine Entscheidungen sogar einem unerwarteten Anfall von taktischer Genialität geschuldet.«

Gareth runzelte die Stirn. Er war immer noch nicht überzeugt. Er hatte Michael fünfzig Schiffe angeboten, um zur Erde zu reisen. Dieser hatte abgelehnt und nahm nun lediglich sechs mit. Er verteidigte diese Entscheidung mit dem Argument, je mehr Schiffe ins Solsystem einflogen, desto höher die Wahrscheinlichkeit aufzufliegen. Dagegen ließ sich nicht viel sagen.

Allerdings lehnte Michael auch die Flotte aus zwanzig Frachtern ab, die Gareth für diese Operation zusammengezogen hatte. Stattdessen hatte er jeden Kubikzentimeter Stauraum auf seinen sechs Schiffen mit

Nachschub gefüllt. Dadurch konnte er zwar wesentlich weniger Waffen, Rüstungen und Ausrüstung zur Erde befördern als ursprünglich geplant, aber das Argument war dasselbe. Je größer ihre Flotte, desto größer das Risiko. Diese Mission sollte in erster Hinsicht eine verdeckte Operation werden, kein Kampfeinsatz. Und genauso mussten sie sich verhalten.

Vielleicht hatte Michael wirklich recht. Aber nun führte er gerade genug Rüstungen und Waffen mit sich, um maximal eine halbe Million Soldaten auszurüsten. Das war verschwindend gering im Vergleich mit der Bestie, der sie gegenüberstanden. Er tröstete sich aber mit dem Wissen, dass es sich bei diesen zukünftigen Rebellensoldaten nur um den ersten Kader handeln würde. Falls die Mission gelang, konnten sie unter Umständen eine permanente Schmuggelroute für weitere Lieferungen zur Erde etablieren. Dies stand aber noch in den Sternen. Erst mal musste Michaels erste Mission gelingen, bevor man über ehrgeizigere Pläne nachdenken konnte.

Wäre er in der Lage dazu gewesen, Gareth hätte tausend Schiffe zur Erde entsandt, doch Michael hatte recht. Eine kleine Kampfgruppe hatte größere Erfolgsaussichten als ein ganzer Verband.

»Ob er recht behält, werden wir bald erfahren«, erwiderte der Anführer der Rebellion mit verkniffener Miene. Sein Blick weichte auf, als er seinen Freund angestrengt musterte. »Wenn ihr Hilfe braucht, dann lasst es mich unbedingt wissen.«

Fabian schmunzelte. »Falls wir die Möglichkeit dazu haben, sehr gerne.« Der Blutläuferoffizier nahm den Seesack mit seinen wenigen Habseligkeiten auf und schlenderte die Rampe der Fähre hoch.

Gareth sah ihm die ganze Zeit hinterher. Auch als die Rampe eingefahren wurde und die Fähre abhob, nahm er zu keinem Zeitpunkt seinen Blick von dem Gefährt. Selbst als das Vehikel längst durch das Hangartor geflogen war, stand Gareth noch eine ganze Weile an der Plattform und sah auf den Punkt, an dem die Fähre verschwunden war.

Er spürte, wie jemand hinter ihn trat. Ris'rils Hand berührte ihn sanft an der Schulter. »Du wärst am liebsten mitgegangen.« Die Bemerkung war eine Feststellung, keine Frage.

Gareth nickte. »Ich hoffe nur, ich werde diese unverwüstlichen Kerle wiedersehen.«

Humor schlich sich in Ris'rils Stimme. »Selbst Michael?«

Gareth lachte auf und sofort lockerte sich die Verspannung in seinen Muskeln. Er wandte sich grinsend zu Ris'ril um. »Ja, sogar Michael.«

***

Fabian verbrachte den Flug zur AURORA schweigend. Rings um ihn verfielen die übrigen Offiziere in aufgeregtes Schnattern oder ergaben sich in endlose Witzeleien.

Fabian war eigentlich ein geselliger Typ. Doch dieses Mal nahm er keinen Anteil an den freundschaftlich gemeinten Spötteleien oder dem allgemeinen Small Talk. Seine Offizierskameraden fieberten der kommenden Operation regelrecht entgegen, betrachteten sie es doch als willkommenen Anlass, dem Imperium im Allgemeinen und den Fischköpfen im Speziellen einen tödlichen Schlag zu versetzen. Fabian sah dies anders. Als Teil der Führungsriege der Rebellion verstand er diese Mission als wichtigen Ankerpunkt, der sehr wohl über ihren Sieg oder ihre Niederlage entscheiden konnte. Denn die in der Fähre versammelten Offiziere hatten den Luxus, nicht zu wissen, was er wusste: nämlich wie ernst ihre Lage wirklich war. Sie brauchten dringend einen Funken Hoffnung oder die Rebellion würde in einer Katastrophe enden.

# 6

Die AURORA fiel am Rand des Solsystems aus dem Normalraum. Ihr folgten in kurzen Abständen die beiden Angriffskreuzer HERMES und HERA, die Schweren Kreuzer KARTHAGO und OSTIA sowie die mittelschwere Abfangkorvette SCIPIO AFRICANUS. Allesamt stammten die Schiffe aus dem Bestand der Ashrak. Daher würde sich äußerlich keinerlei Rückschlüsse auf ihre Zugehörigkeit ableiten lassen. Das bereitete Michael auch die geringsten Sorgen.

Der Blutläuferoffizier stellte seinen unruhigen Spaziergang ein. Seit Stunden wanderte er auf der Brücke auf und ab. Er war sich dabei der vorsichtigen Blicke seiner Brückenbesatzung durchaus bewusst. Immer wieder rief er sich in Erinnerung, dass er Stärke und Vertrauen ausstrahlen musste. Das würde sich zwangsläufig auf seine Leute übertragen.

»Verdammt!«, murmelte er. »Bei Gareth sieht es immer so einfach aus.«

Fabian wandte sich ihm zu. »Hast du was gesagt?«

»Was?« Fabians Einwand riss ihn unsanft aus seinen Gedanken. Er schüttelte leicht den Kopf. »Nein, nichts weiter. Hab nur laut gedacht.«

Fabian erwiderte nichts, doch seine Mimik drückte genug aus. Er war keineswegs überzeugt, dass Michael alles im Griff hatte.

Dieser räusperte sich. »Christian? Welches ist das nächste stellare Objekt?«

Der Navigator im Vortex benötigte nicht mal eine Sekunde für die entsprechende Antwort. Die Sensoren liefen direkt über seine Implantate und versorgten ihn in Echtzeit mit allen notwendigen Informationen. »Direkt voraus ist der Uranus«, informierte er. »Keine Patrouillen in Sicht. Aber wir dürften innerhalb der nächsten Minuten auf ihren Sensoren erscheinen.«

Michael nickte angestrengt. Der mehr als drei Monate währende Flug zum Solsystem hatte alle an die Grenzen des Belastbaren geführt. Jetzt wollte er eigentlich nichts mehr als wieder festen Boden unter den Füßen spüren und richtige Luft atmen.

Aber unnötige Eile brachte den Tod. Er bezwang seine Ungeduld und ließ sich die taktische Lage durch den Kopf gehen.

Hinter ihm öffnete sich zischend die Tür zur Brücke. Er sah sich halb über die Schulter um. Ibitray, der auf dieser Mission ranghöchste Kexaxa, watschelte herein. Michael verzog die Miene. Es war eine herbe Überraschung gewesen, dass ausgerechnet der Kexaxa, den er im Hangar der Bounty-Basis fast getötet hätte, sie auf dieser Mission begleiten sollte.

Er wandte sich wieder dem zentralen Brückenfenster zu. »Ich hoffe, die Codes funktionieren«, hielt er dem Kexaxa vor, ohne diesen anzusehen.

»Es sind dreiundvierzig Mitglieder meines Volkes gestorben, damit wir diese Informationen erhalten«, erwiderte der Kexaxa ungerührt. »Die Codes sind akkurat und aktuell.«

»Das will ich schwer hoffen«, erwiderte Michael und konnte nicht verhindern, dass sich ein gereizter Unterton in seine Stimme schlich. Er seufzte tief. »Na schön. Versuchen wir es.« Lauter sagte er: »Christian? Bring uns rein? Die anderen Schiffe sollen uns folgen. Standard-Ashrakformation in Friedenszeiten.«

Der Navigator erwiderte nichts, aber die Aurora nahm Fahrt auf. Die fünf nachfolgenden Schiffe formierten sich in der befohlenen Weise. Die beiden Angriffskreuzer flogen im Gänsemarsch direkt hinter der Aurora, die Schweren Kreuzer bezogen unterhalb respektive oberhalb des Schlachtschiffes ihre Position und die mittelschwere Abfangkorvette bildete das Schlusslicht.

Die Erde befand sich weitab sämtlicher Kämpfe, daher hatte sich Michael mit voller Intention für eine Formation entschieden, die nach Ashrakart ihre friedlichen Absichten demonstrierte. Andernfalls wäre die örtliche Garnison auch sofort alarmiert gewesen und hätte in ihnen eine Bedrohung gesehen. Die Fischköpfe waren in früheren Zeiten selbst eine Beutespezies gewesen und die Verhaltensmuster aus jener Ära waren noch immer tief in ihrer DNS verwurzelt.

»Wir werden angepingt«, informierte Christian.

Michael war von einer Sekunde zur anderen angespannt. Er wechselte mit Fabian einen vielsagenden Blick, bevor er sich erneut auf die Sterne voraus konzentrierte. »Jetzt gilt es also. Code übermitteln.«

Das Rod'Or-Imperium war viel zu ausgedehnt, um wirklich überall in gleicher Weise militärisch präsent zu sein. Daher überließen sie es auch bei wichtigen Systemen oftmals einem autonom operierenden Sensornetz, Neuankömmlinge zu identifizieren und auf ihr Bedrohungspotenzial hin einzuschätzen. Erst falls es sich tatsächlich um Angreifer handelte, kamen Ashrakverbände zum Einsatz, um den Eindringling zu stellen und auszuschalten.

»Code wird übermittelt«, meinte Christian mit geistesabwesender Stimme.

Michael beugte sich leicht zur Seite. »Nur mal so aus Neugier, was sagt der Code über uns?«

»Wir sind ein Nachschubkonvoi für den Kontinent, den ihr Nordamerika nennt. Das sollte sie eigentlich zufriedenstellen.«

Fabian warf dem Kexaxa einen unschlüssigen Blick zu. »Und wenn wir dort nie auftauchen? Wie werden sie reagieren?«

»Sie werden Schiffe aussenden, um uns zu suchen«, entgegnete Michael an Ibitrays Stelle. »Aber das wird kein Problem sein. Dafür habe ich bereits einen Plan.«

Fabian zog eine Augenbraue hoch. »Einen guten Plan?«

Michael schmunzelte. »Wenn er funktioniert ja, wenn nicht … dann nicht.«

»Sehr geistreich«, kommentierte Fabian.

Die Offiziere warteten angespannt. Nach einigen Minuten sprach Michael den Navigator erneut an: »Christian?«

»Sie prüfen noch den Code«, meinte dieser.

Michael warf dem Kexaxa neben sich einen düsteren Blick zu. »Ist es üblich, dass es so lange dauert?«

»Eigentlich nicht«, antwortete dieser. »Falls es nicht gelingt, sollten wir uns schon mal darauf einrichten, hier so schnell wie möglich wieder zu verschwinden.«

»Davon will ich nichts hören«, entgegnete Michael. »Ein Misserfolg ist keine Option.«

»Wenn das Leben nur immer derart einfach wäre …«, gab Fabian zurück.

Michael fiel auf, dass sein Offizierskollege angestrengt die Hände an den Seiten zu Fäusten ballte. Die Anspannung auf der Brücke der Aurora war beinahe körperlich greifbar. Michael war sich sicher, sie schneiden zu können, wenn er nur ein Messer zur Hand gehabt hätte.

»Da stimmt doch was nicht«, wisperte Fabian.

»Nur die Ruhe«, ermahnte Michael. »Nur die Ruhe.«

Plötzlich meldete sich Christian zu Wort. »Erlaubnis zum Weiterflug erteilt.«

Die Männer und Frauen auf der Brücke des Schlachtschiffes atmeten kollektiv auf. Michael hatte gar nicht gemerkt, dass er die Luft überhaupt angehalten hatte.

»Christian? Bring uns zur Erde.«

»Mit Vergnügen«, entgegnete der Navigator. Sogar er hörte sich erleichtert an und dabei war Michael immer der Meinung gewesen, diese Typen besäßen kaum etwas, das man als normale Emotion bezeichnen konnte.

Die Flottille setzte ihren Weg unter normaler Reisegeschwindigkeit fort. Es wurde auf der Brücke kaum gesprochen, und wenn, dann lediglich im Flüsterton. Jeder der anwesenden Blutläufer hatte das unangenehme Gefühl, die Ashrak würden über ihre Schultern sehen.

Michael hätte sonst etwas dafür gegeben, schneller fliegen zu dürfen, aber jedes von der Norm abweichende Verhalten hätte das Misstrauen ihrer Gegner erregt. Christian blendete auf einem Schirm neben der Kommandostation eine Sensorabtastung der näheren Umgebung ein. Michael hob den Kopf. Eine feindliche Patrouille kam unangenehm dicht an ihnen vorbei. Sie kreuzte ihren Kurs in weniger als fünfhundert Kilometern.

In diesem Moment gingen dem Rebellenoffizier unheimlich viele Gedanken durch den Kopf: Hatten sie sich irgendwie doch verraten? Hatten sie alle Markierungen und Zeichnungen auf der Außenhülle der Schiffe entfernt, die sie nicht als zur imperialen Flotte zugehörig kennzeichneten? Hatten sie womöglich irgendetwas vergessen, was einem Ashrakoffizier zwangsläufig ins Auge springen musste?

Sein Hirn dampfte fast vor Anstrengung, als er die Flugbahn der feindlichen Schiffe mit den Augen verfolgte. Es handelte sich lediglich um drei kleine Patrouillenkreuzer. Die Aurora wäre schon allein problemlos mit ihnen fertiggeworden. Aber wo die herkamen, da waren noch mehr.

Würden sie entdeckt, kämen sie kaum mit dem Leben aus dem Solsystem heraus.

Die Patrouille flog aber vorüber, ohne innezuhalten. Sie sendeten lediglich einen kurzen Gruß in einem Ashrakcode, den ihr Navigator in ebensolcher Weise erwiderte. Michael atmete hörbar auf. Es war kein Nachteil, wenn man einen von den Kerlen an Bord hatte. Sie kannten sich mit den Gepflogenheiten der Fischköpfe aus und waren in der Lage, schneller und effizienter darauf zu reagieren, als es jedem anderen – selbst mit Computerunterstützung und mithilfe von Übersetzungsprotokollen – möglich gewesen wäre.

Sie setzten den Flug ungehindert fort. Zwei weitere Male kreuzten feindliche Patrouillen ihren Weg, aber sie wurden nicht behindert.

»Jupiter kommt jetzt in Ortungsreichweite«, informierte Christian ihn über das implantierte Kommgerät.

Michael zuckte die Achseln. »Ja und? Flieg einfach vorbei.«

»Das solltest du dir aber besser ansehen.«

Christians warnender Unterton ließ Michael aufhorchen. Er überlegte kurz und nickte schließlich. »Na schön. Zeig es mir.«

Ein Hologramm baute sich direkt vor ihm auf. Es war fast genauso groß wie er selbst und rotierte langsam vor seiner muskulösen Gestalt. Michael kniff die Augen zusammen, während Fabian näher trat.

»Das ist in der Tat neu.«

»Das war bei unserer Abreise noch nicht da«, stimmte Fabian ihm zu.

Michael erhob seine Stimme: »Christian? Was genau sehen wir uns da an? Bitte detaillierte Erklärung.«

»Die Jupitermonde Io, Europa, Ganymed und Kallisto wurden zu einer Verteidigungslinie zusammengefasst. Ich orte im direkten Umkreis des Jupiters und insbesondere der vier Monde etwa zweihundert Kriegsschiffe des Rod'Or-Imperiums.«

»Und innerhalb des Verteidigungsparameters?«, verlangte Fabian zu wissen.

Christian zögerte mehrere Sekunden, eine für seine Verhältnisse ungewohnt lange Wartezeit. »Meine Sensoren sind nicht in der Lage, den äußeren Verteidigungsring zu durchdringen. Starke Störsender blocken alles ab. Ich wage es nicht, aggressivere Abtastungen vorzunehmen. Die Ashrak würden es bemerken.«

»Aber es gibt einen inneren Verteidigungsring?«, hakte Fabian noch einmal nach.

»Ohne jeden Zweifel«, erwiderte der Navigator. »So viel kann ich feststellen. Ich weiß nicht, was sich dort drin befindet, aber es handelt sich um massive Strukturen.«

»Na toll«, kommentierte Michael. »Das Solsystem ist jetzt ein militärisches Aufmarschgebiet.«

Fabian runzelte die Stirn. »Das glaube ich nicht. Es würde keinen Sinn ergeben. Wir sind hier weitab von jeder Front. Hier ein Aufmarschgebiet einzurichten, wäre einfach nur strohdumm, und wenn die Ashrak eines nicht sind, dann ineffizient. Hier geht was anderes vor.«

Michael warf ihm einen schrägen Seitenblick zu. »Hast du auch eine Ahnung, was?«

Fabian schüttelte leicht den Kopf. »Mir kommt es vor, als würden die Ashrak nicht wollen, dass jemand sieht, was sie am Jupiter treiben.«

Michael schnalzte mit der Zunge. »Der Jupiter ist eine wertlose Gaswolke. Völlig uninteressant.«

Fabian sah zu ihm auf. »Die Ashrak würden keinen solchen Aufwand betreiben, wenn sie das genauso sehen würden.«

»Eines ist jedenfalls sicher: Eine Flottenbasis in direkter Nachbarschaft macht unsere Aufgabe nicht gerade leichter.«

»Nein«, stimmte Fabian ihm zu. »Aber wir haben auch nicht vor, hier einen Krieg anzufangen.«

»Noch nicht«, verbesserte Michael. Die beiden wechselten einen langen Blick.

Fabian nickte unmerklich. »Ja, *noch* nicht.«

Den Rest des Weges setzten sie in brütendem Schweigen fort. Sie passierten den Mars sowie den Erdmond. Je näher sie der Erde kamen, desto spärlicher wurde der Schiffsverkehr. Die Aktivitäten des imperialen Militärs schienen sich wirklich hauptsächlich im Umfeld um den Jupiter zu konzentrieren.

Als sie sich der Erde näherten, begegneten ihnen zwei Ernteschiffe, die auf dem Weg zu einem der Hyperraumkatapulte im äußeren System waren. Als sie Michaels Einheiten passierten, wechselten viele der Blutläufer auf der Brücke betretene Blicke. Bei einigen mochte es Jahre her sein, bei anderen Jahrzehnte, aber die Eindrücke von der Zeit im

Frachtraum eines solchen Schiffes waren bei allen Blutläufern noch allzu präsent.

Michael bemerkte, wie Fabians Kiefermuskeln angespannt mahlten. Er nickte gepresst. »Ja, ich würde die Schiffe jetzt auch am liebsten entern, aber wir können für die armen Schweine nichts tun. Gar nichts.«

Fabian nickte und richtete sein Augenmerk auf die blau-weiße Kugel voraus. »Vielleicht solltest du mir nun deinen genialen Plan erklären, wie wir unbemerkt landen sollen. Wir befinden uns ständig auf ihren Scannern.«

»Ich habe nie gesagt, dass der Plan genial ist«, versetzte Michael. Er seufzte. »Formation enger zusammennehmen beim Wiedereintritt.«

Fabian hob eine Augenbraue. »Das ist verdammt gefährlich bei einem solchen Manöver. Dabei kommt es oft zu Unfällen.«

»Genau darauf baue ich. Wir nähern uns dem nordamerikanischen Kontinent über dem Pazifik. Sobald wir die Atmosphäre durchstoßen, haben sie uns für wenige Sekunden nicht auf ihren Sensoren. Das nutzen wir.«

»Inwiefern?«

»Wir senden ein Notsignal, dann feuern wir eine Salve Torpedos ins Meer und tauchen direkt in die Explosion hinein.«

Fabian stutzte. »Du meinst, wir fliegen *in* den Ozean hinein?«

Michael nickte. »Gleichzeitig stoßen wir unseren gesamten Müll aus und tauchen mit den Schiffen in den Marianengraben hinab. Das ist der tiefste Punkt des Ozeans. Wenn ein Rettungsteam eintrifft, dann finden sie nur noch überall Trümmer vor und denken, es hätte einen Unfall gegeben, der zum Verlust aller sechs Schiffe geführt hat.«

»Und du denkst, das funktioniert?«, zweifelte Fabian.

»Für Alternativen habe ich ein offenes Ohr«, gab Michael leichthin zurück in dem Wissen, dass Fabian auch nichts Besseres einfallen würde.

Dieser machte eine verkniffene Miene. »Wenn das nicht funktioniert, sind wir tot.«

»Sind wir ohnehin, wenn wir nicht unentdeckt auf der Erde landen können.«

»Auch wieder richtig.«

Die Schiffe näherten sich der Erdatmosphäre weiter an. Weniger als fünftausend Kilometer von der Umlaufbahn entfernt, wurden sie erneut gerufen.

»Man weist uns Anflugkoordinaten zu«, ließ Christian verlauten.
»Sind sie in der Nähe der Anflugschneise, die wir benötigen?«
»Fast. Wir müssen nur um wenige Kilometer abweichen. Das könnte als Berechnungsfehler durchgehen.«
Michael atmete tief durch. »Dann hoffen wir mal das Beste.« Er kreuzte unbemerkt die Finger. »Christian? Du kannst loslegen. Koordiniere dich mit den anderen Navigatoren.«
»Verstanden.«
Die Stimme des Navigators klang zu diesem Zeitpunkt bereits hoch konzentriert. Michael entschloss sich, ihn nicht mehr anzusprechen. Der Mann hatte jetzt weiß Gott genug um die Ohren.
Als hätte der Navigator seine Gedanken gelesen, baute sich erneut ein Hologramm vor ihm auf. Darauf ließ sich der gesamte Verlauf des Anflugs genau verfolgen. Die sechs blinkenden grünen Punkte, die Michaels Einheiten darstellten, zogen ihre Formation merklich enger zusammen.
Michaels Körper spannte sich unwillkürlich an. Seine vorigen Worte waren nicht nur so dahergesagt gewesen. Bei derartigen Manövern hatte das Imperium in der Vergangenheit bereits des Öfteren Schiffe verloren. Gut möglich, dass ihr Ablenkungsmanöver am Ende tatsächlich in einer Katastrophe mündete.
»Eine der Bodenstationen ruft uns«, war Christians Stimme plötzlich zu hören. »Sie warnen uns, wir sollen die Formation wieder auseinanderziehen.«
»Ignorieren«, befahl Michael.
Die sechs Schiffe drangen in die oberen Atmosphärenschichten ein, verloren dann schnell an Höhe. Die Reibungshitze verursachte eine Feuerwolke, die wie ein Mantel die sechs Kampfraumer umgab. Die Panzerung der Rebelleneinheiten leuchtete karmesinrot auf, als sie sich abmühte, dem enormen Druck standzuhalten.
Der Boden unter Michaels Füßen vibrierte besorgniserregend. Er verlagerte unmerklich das Gewicht. Es kostete ihn alle Kraft vorzugeben, es wäre das Leichteste von der Welt. Aber er wollte seine Leute nicht zusätzlich beunruhigen, sondern vielmehr Gelassenheit ausstrahlen.
»Wir sind fast durch«, meinte Christian. Und tatsächlich löste sich die Feuerwolke langsam auf. Das Blau des Ozeans tief unter ihnen schimmerte bereits hindurch.

Michael nickte. »Dann wird es Zeit. Christian? Notsignal absetzen. Waffenoffiziere? Feuer auf mein Kommando.«

Michael bekam nichts davon mit, dass Christian Verbindung mit der zuständigen Bodenstation aufnahm. Der Navigator meldete sich mit einem Mal wieder. »Erledigt.«

Michael verzog die Miene zu einer Grimasse. »Feuer!«

Die sechs Schiffe setzten eine volle Salve Torpedos auf ihre Flugbahn voraus. Die Geschosse waren so programmiert, dass sie knapp über der Wasseroberfläche detonierten. Die Aurora erzitterte erneut ganz leicht, als die Torpedos ihre Rohre verließen.

Die Flottille stieß aus der Feuerwolke des Atmosphäreneintritts und tauchte nur Sekunden später in die Explosionswolke des Torpedoangriffs ein.

»Abbremsen! Geschwindigkeit auf nahezu null senken.« Michaels gehetzt klingende Stimme hallte über die Brücke.

Der Blutläuferoffizier sog unwillkürlich die Luft ein, als die Aurora in die tosenden Fluten eintauchte. Die Relativgeschwindigkeit wurde auf null gesetzt und die Masseträgheit sorgte dafür, dass die Schiffe in die schwarzen Tiefen des Pazifiks hinabtauchten. Gleichzeitig öffneten alle sechs Schiffe die Heckluken, durch die sie normalerweise den Müll entsorgten. Ein Schwall von Unrat und Panzerungsbruchstücken verließ die Einheiten und vieles davon trieb an die Oberfläche. Alles war vorher fein säuberlich bearbeitet worden und wies unter anderem Brandspuren wie durch eine Explosion verursacht auf.

»Marianengraben direkt voraus«, informierte Christian die Brückenbesatzung.

»Bring uns rein. Vorsichtig manövrieren. Wir haben dort unten nicht viel Platz. Wir werden so tief sinken wie nur möglich und dort warten wir ein paar Tage, bis die Bergungs- und Suchoperationen beendet sind. Wenn sie nichts mehr von uns finden, dann nehmen sie an, unsere Schiffe sind auseinandergebrochen.«

»Das hoffst du«, hielt ihm Fabian dagegen.

Michael schenkte ihm einen schrägen Seitenblick. »Noch mal: Für bessere Vorschläge bin ich jederzeit zu haben.«

Fabian machte ein verkniffenes Gesicht, schwieg aber. Die sechs Kriegsschiffe sanken immer tiefer. Die Geschwindigkeit war nun nahezu null.

Lediglich die Manövriertriebwerke wurden hin und wieder aktiviert, um den Kurs zu korrigieren.

Fabian sah sich missmutig um. »Werden wir dem Druck hier unten standhalten?«

Michael zuckte die Achseln, während am zentralen Brückenfenster allerhand Meerestiere inklusive einer Buckelwalfamilie vorüberzogen. »Sollten wir eigentlich. Ashrakschiffe werden immerhin unter Wasser gebaut und treten auch ihren Dienst unter Wasser an, bis sie zum ersten Mal starten. Das dürfte eigentlich kein Problem sein.«

Fabian nickte nachdenklich. »Dir ist schon klar, dass wir im falschen Ozean sind. Oder?«

Michael seufzte ein wenig genervt. »Eines nach dem anderen. Sobald es ungefährlich ist, setzen wir unseren Weg unter Wasser fort und steuern den Atlantik an.«

»Und dann?«, wollte Fabian wissen.

Michaels Gesicht zeigte mit einem Mal ein ungewohntes Lächeln. »Und dann … heißt der nächste Stopp für mich Heimat.«

***

Einsfünf war darauf trainiert, Geduld zu beweisen. Der Krieg bestand in der Regel aus langen, ewig erscheinenden Phasen der Stagnation, unterbrochen von nur wenigen Augenblicken hektischer Aktivität.

Aber zuweilen, musste der Paladin zugeben, konnte es durchaus an den Nerven zehren, auf ein bestimmtes Ereignis zu warten.

Der Auftrag, mit dem Cha'acko ihn geehrt hatte, stellte eine Herausforderung dar, zumal er hierfür sein Team hatte zurücklassen müssen. Diese Aufgabe musste er ganz allein bewerkstelligen. Seine Lippen verzogen sich zu einem schmalen Lächeln. Das Imperium setzte großes Vertrauen in ihn. Er würde es nicht enttäuschen.

Einsfünf wartete nun bereits seit geschlagenen zwei Wochen in einem Trümmerfeld, das vor nicht allzu langer Zeit einmal eine Flotte von Kriegsschiffen gewesen war.

Die Sekari waren hier auf die Einheiten des Imperiums getroffen und hatten eine vernichtende Niederlage erlitten. Die Schlacht hatte weit hinter den Frontlinien stattgefunden, im Aquarius-Sektor. Wenn die Rebellen wie gewohnt vorgingen, dann suchten sie schon bald wie Aasfresser dieses Schlachtfeld heim, um sich an den Knochen imperialer Kriegskunst zu laben.

Die Rebellen litten an Nachschubmangel.

Das war zwar nur eine Vermutung, jedoch eine fundierte. Es war bereits des Öfteren beobachtet worden, wie feindliche Bergungseinheiten Schlachtfelder plünderten. Natürlich wussten sie um das Risiko, das damit einherging. Ihnen blieb aber kaum eine andere Wahl, wollten sie ihre Streitkräfte aufstocken.

Der Honuh-ton war bekannt, dass es in diesem Sektor ein Hauptquartier der Rebellen geben musste. Weiterhin war bekannt, dass der Anführer der Rebellion, der ehemalige Templer HT-843715, dort das Kommando führte.

Seit über einer Woche hatte Einsfünf nichts mehr gegessen. Seine Rüstung versorgte ihn mit allen Nährstoffen, die er benötigte. Außerdem kam ihn seine Ausbildung zugute. Paladine waren darin geschult, ihren eigenen Metabolismus perfekt manipulieren zu können. Dadurch war er in der Lage, seinen Nährstoffbedarf zu steuern. Dies kam einer biologischen Rationierung gleich. Kot und Urin wurden von der Rüstung aufgefangen, verarbeitet und als Nährstoff seinem Körper erneut zugeführt. Dadurch konnte er buchstäblich Monate ununterbrochen im Raum zubringen, bevor die Lage auch nur annähernd kritisch wurde.

Dass er hier draußen sterben könnte, das kam ihm nicht einmal in den Sinn. Der Tod war eine notwendige Konsequenz seiner Arbeit. Aber nicht hier und nicht heute. Nicht bei dieser Mission. Sie war zu wichtig.

Ein Lichtblitz erhellte für einen Moment die Schwärze des Alls. Einsfünf merkte auf. Mindestens ein Schiff war gerade in das System eingeflogen.

Einsfünf schluckte den Kloß in seinem Hals hinunter. Es war keine Angst, aus dem dieser sich gebildet hatte, sondern Vorfreude. Endlich ging es los. Was da anflog, war mit Sicherheit ein Rebellenschiff. Im Umkreis von drei Systemen hielten sich keine Ashrakverbände auf. Sie hatten sich zurückgezogen, um die Rebellen anzulocken.

Einsfünf wartete angespannt. Er stieß sich von einem der größeren Trümmerstücke ab und trieb genau in die Flugbahn des Feindschiffes. Dieses verringerte seine Geschwindigkeit. Einsfünf war sicher, dass sie gerade mit ihren Sensoren das Trümmerfeld sowie die nähere Umgebung abtasteten. Das hätte er an ihrer Stelle auch getan. Seine Rüstung würde nicht auf deren Sensoren erscheinen. Und im unwahrscheinlichen Fall, dass dem doch so war, würde er lediglich als eines von Tausenden Wrackteilen erscheinen.

Der Schwere Kreuzer glitt unendlich langsam und gemächlich in den Schiffsfriedhof ein. Sie würden schon sehr bald feststellen, dass sich keine imperialen Einheiten in der Nähe aufhielten. Das würde sie mutig genug werden lassen, um mit der Bergungsoperation zu beginnen.

Einsfünf glitt langsam näher. Das Schiff stoppte. Der Paladin nickte zufrieden. Sehr gut. Sie würden gleich ihre Hangars sowie die Luftschleusen öffnen, um ihre Fähren und Ingenieure nach Verwertbarem suchen zu lassen.

Das war der richtige Augenblick. Einsfünf glitt näher, griff sich eine Verstrebung und zog sich dicht an die Schiffshülle. Er hangelte sich seinen Weg über die Außenanlagen entlang, bis er eine Nische hinter einer der Waffenstellungen fand. Dort quetschte er sich hinein und hakte seine Rüstung fest.

Einsfünf war zufrieden. Der schwierigste Teil der Aufgabe war erledigt. Er sank in tiefe Meditation, um auf diese Weise die Wartezeit auf möglichst angenehme Art verstreichen zu lassen. Bald schon würde der Kreuzer seine Arbeit beenden und zu seiner Basis zurückkehren.

Und unbemerkt, wie eine Zecke im Fell eines Tieres, würde die Besatzung einen blinden Passagier mitnehmen. Die Wahrscheinlichkeit war hoch, dass das Schiff der feindlichen Hauptbasis angehörte. Das bedeutete, es brachte ihn direkt zu Templer HT-843715. Dann konnte Einsfünf endlich seine Aufgabe ausführen: die Eliminierung des Anführers der Rebellion. Einsfünf grinste bei dieser Vorstellung. Er freute sich bereits sehr darauf.

# 7

Die Fähre sank sanft in den Außenbezirken von London nieder. Die Triebwerke gaben ein letztes Zischen von sich, bevor sie endgültig verstummten.

Michael und Fabian verließen das Gefährt, noch bevor die Rampe gänzlich den Boden berührte. Sie hatten die eingefahrene Rüstung auf der linken Brustseite befestigt, trugen aber ansonsten Zivilkleidung.

Die AURORA befand sich derzeit auf dem Meeresgrund vor der irischen Nordküste. Die übrigen sechs Schiffe hatten sich aus Sicherheitsgründen verteilt. Die HERMES lag vor Norwegen, die HERA vor der amerikanischen Ostküste, die OSTIA vor China, die KARTHAGO in der Nähe von Australien und die SCIPIO AFRICANUS zwischen Sardinien und Italien. Michael war nicht glücklich damit, seine kleine Streitmacht aufzuteilen. Das Ganze war Fabians Idee gewesen. Es hinterließ einen bitteren Nachgeschmack, die Einheiten so exponiert zu wissen. Aber er verstand durchaus den tieferen Sinn dahinter.

Falls die Ashrak sie aufspürten, waren sie erledigt, egal ob sie zusammen oder getrennt blieben. Die Zersplitterung reduzierte jedoch die Gefahr, entdeckt zu werden, und in dieser speziellen Situation war der Tarnung den Vorrang vor der Feuerkraft zu geben.

Alle sechs Einheiten hatten sich auf den Meeresgrund begeben und verharrten dort in Wartestellung, bis Michael einen anderslautenden Befehl erteilte. Nach ihrem Täuschungsmanöver hatten sie allerhand Funkverkehr der Fischköpfe aufgeschnappt. Demzufolge hatten diese vorläufig die Geschichte mit dem Absturz geschluckt. Michael hoffte, dass dem so blieb. Die militärischen Anlagen rund um den Jupiter gingen ihm nicht mehr aus dem Sinn. Damit hatte niemand gerechnet – ja, niemand rechnen können. Es machte aber eine relativ einfach geplante Operation zum gefährlichen Wagnis.

Auch die Einrichtung einer dauerhaften Route für die Lieferung von Hilfsgütern und Nachschub sowie die Etablierung einer militärischen Infrastruktur wurden dadurch enorm erschwert.

Michael schüttelte den Kopf. Ein Problem nach dem anderen. Erst mal musste der Kontakt zu den Stämmen hergestellt werden, aus denen sich die Überreste der Menschheit inzwischen zusammensetzten. Und sie mussten überzeugt werden, sich dem Kampf anzuschließen. Oder anders ausgedrückt: Sie mussten überzeugt werden, dass der anstehende Krieg überhaupt zu gewinnen war. Die Fülle an Problemen, mit denen sie sich konfrontiert sahen, ließ ihn schwindeln.

Michael sog die Luft seiner Heimat ein in dem irrigen Glauben, es würde seinen Geist klären. Tatsächlich musste er unwillkürlich husten. Er würgte leicht und spie aus.

Fabian warf ihm einen verwirrten Blick zu. »Alles in Ordnung?«

Michael rümpfte die Nase und legte die Stirn in tiefe Falten. »Nicht wirklich. Irgendeine Art von seltsamen Partikeln liegt in der Luft. Das kenne ich von früher nicht. Und es ist viel zu warm für diese Jahreszeit.«

Fabian nickte. »Das ist mir auch schon aufgefallen. Ich schätze, die Temperatur liegt gute fünf Grad über normal. Seltsam. Ich frage mich, was dafür verantwortlich ist.«

Michael zuckte die Achseln. »Wir sind lange weg gewesen. Da kann eine Menge vorgefallen sein.«

»So lange nun auch wieder nicht.« Abermals schüttelte Fabian den Kopf. »Wir sollten das im Auge behalten.«

Michael warf ihm einen leicht spöttischen Blick zu. »Denkst du nicht, wir haben Wichtigeres zu tun?«

Der andere Blutläuferoffizier begegnete seinem Kameraden mit Gleichmut. »Wir wollen hier ein Ausbildungszentrum für die Rebellion einrichten. Da ist alles wichtig.«

»Touché!«, erwiderte Michael ungewohnt eloquent.

Fabian sah sich in der für ihn fremden Umgebung um. Die Fähre hatte inmitten eines ausgebombten Gebäudes aufgesetzt. Dort war sie sowohl vor neugierigen Augen am Himmel wie auch am Boden geschützt. Ansonsten glich die Stadt einer einzigen Ruinenlandschaft, ganz egal, in welche Richtung man sein Augenmerk auch schweifen ließ. »Also, wo geht's lang?«

Michael deutete nach Süden. »Buckingham Palace. In der Nähe werden wir mit Sicherheit ein paar Flesh and Bones treffen.«

Fabian bedeutete der Crew der Fähre wortlos zurückzubleiben. Ein Trupp aus fünf Soldaten begleitete sie aber. Im Gegensatz zu Michael und Fabian hatten diese ihre Rüstungen ausgefahren. Auf diese Weise bewehrt und schwer bewaffnet, schwärmten sie aus, um die Umgebung zu sichern. Schon bald verschmolzen die Spezialisten mit der Stadt und wurden nahezu unsichtbar. Beinahe überkam Michael das Gefühl, er wäre mit Fabian allein. Doch ihm war klar, dass die fünf Blutläufer jeden ihrer Schritte beobachteten und zu jedem Zeitpunkt über sie wachten.

Von ihrer Unterstützung allein gelassen, setzten sie ihren Weg gen Süden schweigend fort. Sie nahmen die Hauptstraße. Aus einem Sicherheitsaspekt betrachtet, war das nicht wirklich ratsam. Dort waren sie leichte Beute für jedermann, der dachte, sich an ihnen bereichern zu können. Allerdings kamen sie wesentlich schneller voran. Sich durch die Ruinenlandschaft zu bewegen, hätte sie nur unnötig aufgehalten.

Michaels Herz verkrampfte sich praktisch bei jedem Schritt. Damals, als Anführer der Flesh and Bones, hatte er diese Umgebung als seine Heimat und Zuflucht betrachtet. Nun, mit dem durch seine Entführung gewonnenen Abstand, sah er vieles mit anderen Augen.

Die Stadt London, einst voller Leben und Kultur, war nun ein Ort des Schreckens und der Verzweiflung. Die Menschen wurden hier lediglich in zwei Kategorien eingeteilt: Täter und Opfer. Und er hatte früher zu den Tätern gehört.

Hin und wieder schreckte die zwei Wanderer ein Geräusch auf. Immer wenn sie sich in die entsprechende Richtung wandten, war nichts zu sehen – oder lediglich im Halbdunkel schimmernde Augen, die sie aufmerksam und oftmals voller Furcht beobachteten. Die Menschen von London hatten aus bitterer Erfahrung gelernt, sich vor dem Fremden zu fürchten.

Michael blähte unbewusst seine Brust auf. Falls er hier etwas mitzureden hatte, dann würde sich das vielleicht irgendwann wieder ändern. Nicht nur hier, sondern überall auf der Erde. In ständiger Furcht zu leben, war kein Leben.

Mit einem Mal bemerkte er, wie Fabian ihn von der Seite her angestrengt musterte. Michael machte eine verkniffene Miene. »Du hast was zu sagen?«, forderte er seinen Begleiter auf.

Dieser zögerte. »Ich frage mich nur gerade, wie das alles für dich sein muss.«

»Beschissen«, erwiderte Michael kurz angebunden.

»Beschissen? Das ist alles?« Fabian verkniff sich ein schmales Schmunzeln.

»Das reicht doch vollkommen«, erwiderte Michael. »Ein Wort, das alles aussagt.«

»Das stimmt allerdings«, meinte Fabian immer noch leicht amüsiert. »Ich dachte nur, du willst dich vielleicht ein wenig über deine Eindrücke nach so vielen Jahren der Abwesenheit austauschen.«

Michael warf ihm einen ungläubigen Blick zu. »Bist du jetzt mein Beichtvater?«

»Brauchst du denn einen?«

Michael zögerte einen unendlich scheinenden Moment lang. »Manche Dinge sind unverzeihlich.«

Daraufhin warf Fabian ihm einen unergründlichen Blick zu. Der Blutläuferoffizier zuckte schließlich die Achseln und entschied offenbar, es dabei bewenden zu lassen.

Michael hielt das für eine kluge Entscheidung. Manche Dinge sollten besser nicht angesprochen werden. Sie schlenderten eine Weile dahin. Die Hauptstraße wurde gesäumt von unzähligen Fahrzeugen, allesamt verrostet. Der Zahn der Zeit nagte aber nicht nur am Material, sondern auch am Fleisch. An mehr als nur einem Lenkrad saß eine Leiche, die nurmehr die Überreste verrotteter Kleidung am Leib trug. Alles Fleisch war verwest und selbst die Maden, die es verspeist hatten, waren längst zu Staub zerfallen.

»Warst du schon mal hier?«, wollte Michael plötzlich wissen. »Ich meine, vor der Invasion.«

Fabian sinnierte ausgiebig über die Frage nach. Michael dachte schon, sein Kamerad würde gar nicht mehr antworten. Als er es doch tat, klang seine Stimme seltsam abwesend. Als wäre es zu schmerzhaft, auch nur die geringste durch die Erinnerung hervorgerufene Emotion zuzulassen.

»Zweimal. Als ich noch Schüler war. Im Rahmen eines Austausches. London war wunderschön und ich empfand es als sehr exotisch. Voller Leben, Geschichte und vielfältiger, wunderbarer Menschen.«

Michael nickte. »Der Tower von London, die Tower Bridge, Madame Tussaud's … alles ist nun weg. Für immer verloren.«

Voraus kam eine alte Barrikade in Sicht. Ein klobiger Challenger-2-Panzer thronte über zwei schweren MG-Nestern. Der verrostete Geschützturm deutete nach Norden und drohte einem Feind, der diese Verteidigungslinie bereits vor Jahrzehnten überrannt hatte. Die beiden Blutläufer sprangen ohne große Mühe über die Sandsäcke hinweg. Fabian landete in einem Gewirr ausgebleichter Knochen. Bei einigen von ihnen waren noch britische Uniformen erkennbar. Aber nicht ausschließlich. Andere Soldaten gehörten den USA, Irland, Frankreich und Deutschland an.

Michael erinnerte sich noch an die letzten Kriegswochen und -monate. Damals waren gemischte NATO-Verbände an allen Brennpunkten eingesetzt worden. Freunde und Nachbarn hatten einander beigestanden im Augenblick größter Not. Alte Feindschaften und Rivalitäten waren beigelegt worden im Angesicht eines gemeinsamen Feindes. Einheiten der deutschen Bundeswehr hatten bei der Verteidigung von Paris, London, Dover und Straßburg geholfen, Franzosen und Polen beim Kampf um Berlin und Hamburg. Ägypten, Jordanien und Israel hatten gemeinsam Jerusalem verteidigt.

Michael hielt inne. Es war traurig, dass dieser Anflug internationaler Solidarität nur Monate gedauert hatte, bevor die ganze Welt zurück in einen Zustand permanenter Barbarei zurückfiel. Und er selbst war Teil davon gewesen. Nach all diesen Jahren erneut auf den Straßen von London zu wandeln, hatte etwas Surreales an sich. Was aber noch schwerer wog, es hatte etwas brutal Ernüchterndes.

Hinter dem Challenger 2 kamen zwei ausgebrannte deutsche Leopard 2 sowie ein zerstörter französischer Leclerc in Sicht. Und etwas die Straße hinab lagen die Gerippe eines imperialen Achilles-Panzers sowie eines Skorpions.

Fabian lächelte. »Schön zu sehen, dass der Widerstand nicht gänzlich erfolglos verlaufen ist.«

»Dasselbe habe ich auch gerade gedacht.«, erwiderte Michael. Er sah zum Himmel. »Ich schätze, wir haben noch etwa drei Stunden Tageslicht.

Das sollten wir nutzen und so schnell wie möglich in die Innenstadt kommen.«

Fabian wollte gerade antworten, als sie von einer unbekannten Stimme angesprochen wurden. »Ihr rührt euch nicht von der Stelle!«

Michael und Fabian erstarrten. Zwischen den Trümmern und Ruinen tauchte eine grobschlächtig wirkende Meute von Männern und Frauen auf. Sie wirkten abgerissen und ungepflegt, aber auch verblüffend gut genährt. Und jeder Einzelne von ihnen war bewaffnet. Es handelte sich um Hieb- und Stichwaffen. Niemand trug eine Schusswaffe. Nun, das war immerhin ein Lichtblick.

Fabian tastete verstohlen nach dem Schalter für die Rüstung, aber Michael hielt ihn zurück. »Noch nicht. Vielleicht können wir das auch friedlich regeln.«

Fabians Blick zuckte umher. »Und da bist du dir sicher?«, entgegnete er wenig überzeugt.

»Nein«, gab Michael zu. »Aber wenn sie die Rüstung sehen, sind sie entweder weg oder fallen über uns her.«

»Das würde nicht gut für sie ausgehen.«

»Das wissen sie aber nicht.« Michaels Blick glitt über die Menschenmenge. Es waren mindestens fünfzig. »Lass mich das regeln.«

Fabian senkte langsam seine Hand. »Es ist deine Nachbarschaft. Aber mach schnell, ich werde gerade so richtig nervös.«

Michael nickte. Er konnte die Gefühle des anderen Blutläufers durchaus nachvollziehen. Ihre Ausbildung hatte Dinge wie Diplomatie und friedliche Problemlösungsstrategien nicht beinhaltet. Die Ashrakausbilder hatten sie gelehrt, Bedrohungen auszuschalten: schnell, gründlich und endgültig.

Michael trat vor und stellte sich dem Mann, den er für den Anführer hielt. Bevor er jedoch etwas sagen konnte, erhob dieser die Stimme. »Diese Straße gehört den Flesh and Bones. Wer hier passieren will, muss Wegzoll zahlen. Was immer ihr bei euch habt, gehört jetzt uns.«

»Flesh and Bones! Flesh and Bones! Flesh and Bones!«, skandierte die Menge und schwenkte dabei angriffslustig ihre Waffen.

»Die Flesh and Bones?«, wisperte Fabian ihm zu. »Du hattest gesagt, ihr Territorium ist noch mindestens eine Stunde entfernt.«

»Meine Informationen sind schon längst veraltet«, gab Michael leise zurück. »Sie müssen ihr Gebiet ausgeweitet haben. Das birgt aber ein paar Probleme für uns.«

»Nämlich?«

Michael schluckte. »Um ihr Gebiet bis hier auszuweiten, mussten sie drei andere Gangs entweder schlucken oder vernichten. Das bedeutet, sie sind weitaus aggressiver als noch zu meiner Zeit. Es sind jetzt Expansionisten.«

»Großartig!«, kommentierte Fabian, dem dicke Schweißtropfen von der Stirn perlten.

Michael erhob die Stimme. »Wer führt die Flesh and Bones jetzt?«

»Wer will das wissen?«, fragte der Anführer provokant.

»Sieh dir mal die Typen an, Justin«, mischte sich ein anderes Bandenmitglied ein. »Die sehen aber komisch aus. Die graue Haut ... sind die Kerle krank?«

Der Mann namens Justin beäugte die beiden Blutläufer mit einem Mal misstrauisch. »Hat er recht? Seid ihr krank?«

»Wir sind nicht krank«, beruhigte Michael den Mann, der sich davon aber nicht beeindrucken ließ.

»Wenn ihr krank seid, steinigen wir euch. Die letzte Grippewelle hat ein Drittel unserer Gruppe dahingerafft.«

Michael presste die Lippen aufeinander. Das konnte er sich sehr gut vorstellen. Die Beschaffung von Medikamenten gehörte zu den größten Problemen in dieser postapokalyptischen Gesellschaft.

»Wir – sind – nicht – krank«, wiederholte der Blutläufer erneut und betonte jedes einzelne Wort. »Wir wollen mit eurem Boss sprechen. Wir kommen mit einem Angebot für ihn.«

»Unser Boss hat keine Verwendung für ein Angebot«, beharrte Justin. »Wir sind die Stärksten. Wir nehmen uns, was wir wollen.« Das Bandenmitglied grinste hämisch.

»Flesh and Bones! Flesh and Bones! Flesh and Bones!«, skandierte die Menge erneut.

»Legt alles von Wert ab und ihr kommt vielleicht mit dem Leben davon«, drohte Justin nun ganz offen. Er grinste abermals. »Aber garantieren kann ich das natürlich nicht.«

Michael baute sich vor dem Mann auf. »Du begehst einen großen Fehler.« Er klopfte sich mit dem Daumen der rechten Hand gegen den

Brustkorb. »Ich bin der düstere Michael. Die Flesh and Bones gehören mir. Auf ewig. Und es ist mir völlig gleich, wer denkt, euch im Augenblick zu führen. Bring uns zu eurem Boss und ich überlege mir, ob du – und er – unter Umständen am Leben bleiben.«

Ein Raunen ging durch die Menge. Justin zog beide Augenbrauen nach oben. »Der düstere Michael ist schon lange fort. Fischköpfe haben ihn sich geholt. Der ist vermutlich seit Jahren tot. Oder er wünscht sich, es zu sein.« Justins Lippen teilten sich zu einem gehässigen Grinsen. Dabei entblößte er zwei Reihen gelber, fleckiger Zähne. »Kommt drauf an, was die Fischköpfe mit ihren Gefangenen anstellen.«

Michael blieb felsenfest. Nur eine Sekunde der Schwäche, und die Konfrontation würde in Gewalt ausarten. Er hatte keinerlei Zweifel daran, dass sie diese bunt zusammengewürfelte Gruppe zerlumpter Bandenmitglieder würden besiegen können, aber er hegte nicht den Wunsch, einen von ihnen zu töten. Mal ganz davon abgesehen, dass sie ihrem Ziel dadurch keinen Millimeter näher kamen.

In seinem Trommelfell knackte es, als das implantierte Kommgerät einen Kanal öffnete. »Team Alpha in Position«, meldete sich der Anführer ihrer Eskorte mit konzentrierter Stimme. »Bereit, auf ihren Befehl hin einzugreifen.«

Michael und Fabian wechselten einen kurzen Blick. Der andere Rebellenoffizier hatte die Meldung mit angehört. Michael nickte ihm zu und dieser öffnete eine Zwei-Wege-Verbindung. »Nicht eingreifen. Auf Anweisung warten. Stand by.«

»Hey, mit wem redet ihr da?«, verlangte Justin zu wissen. Der Kerl hatte verdammt gute Ohren.

»Du wirst uns jetzt zu deinem Boss bringen.« Michael trat dem Anführer der Gruppe provokant entgegen, ohne dessen Frage zu beantworten.

Justin streckte die Hand aus und deutete mit dem Zeigefinger auf sein Gegenüber. »Du gibst mir keine Befehle.«

Michael gab sich gar nicht erst mit einer Erwiderung ab. Er hatte sich schon immer durch körperliche Kraft und Gewandtheit ausgezeichnet. Doch aufgrund seiner Blutläuferausbildung verfügte er über gesteigerte Reflexe und enorme Muskeln. Der Elitesoldat überbrückte die Distanz zu dem Bandenanführer mit einem letzten Satz. Mit einer Hand schlug er dessen selbst gebastelte Axt zur Seite. Sie entglitt den Fingern des

Mannes und landete irgendwo hinter ihm auf dem Asphalt. Michael holte mit seinem rechten Arm aus. Er hielt sich absichtlich zurück, denn er wollte Justin keinen dauerhaften Schaden zufügen.

Es genügte aber ein leichter Schwinger, um das Bandenmitglied in hohem Bogen durch die Luft fliegen zu lassen. Justin landete auf der Motorhaube eines Schrottautos und durchbrach dabei klirrend die Windschutzscheibe.

Beim Laut, den der Aufprall des Mannes machte, zuckte selbst Michael erschrocken zusammen. Hinter sich hörte er Fabian die Luft einsaugen. »War das so geplant?«, wollte sein Kamerad wissen.

»Nicht wirklich«, erwiderte Michael, der sich auch sogleich der veränderten Stimmung bewusst wurde. Die Menschen ringsum schwiegen auf unangenehme Weise. Sie hoben drohend ihre Waffen.

»Die Sache gleitet uns aus den Fingern«, sprach Fabian aus, was Michael dachte.

Dieser seufzte. »Na schön. Dann also Plan B.« Mit einem Schlag auf die linke Brustseite aktivierte er seine Rüstung. Fabian folgte nur einen Sekundenbruchteil später. Die einzelnen Scheiben der Panzerung legte sich mit einem klar vernehmlichen *Klack-Klack-Klack* über den Körper der beiden Soldaten.

Michael aktivierte einen Kanal. »Team Alpha: Zugriff! Nur Warnschüsse. Tödliche Gewalt auf jeden Fall vermeiden.«

Der Teamführer antwortete nicht, aber im nächsten Moment brach die Hölle los. Die fünf versteckten Soldaten kamen aus der Deckung. Energieimpulse fauchten und zischten über die Köpfe der schockierten Bandenmitglieder hinweg. Deren Lust auf Streit zerbrach so schnell, wie er aufgekommen war.

Derartige Rüstungen und Waffen kannten die Banden der Erde nur von den Fischköpfen. Aus bitterer Erfahrung hatten die Menschen gelernt, das Auftauchen derartiger Soldaten zu fürchten. Die zerlumpte Bande verschwand zwischen den Trümmern wie ein aufgeschreckter Vogelschwarm.

Michael gab den Blutläufern mit einem Zeichen zu verstehen, das Feuer einzustellen. Er war erleichtert, dass es keine Toten gegeben hatte. Jeder Tropfen vergossenen Blutes hätte den weiteren Verlauf ihrer Mission gefährdet.

Michael und Fabian traten an das Fahrzeug, durch dessen Windschutzscheibe Justin gedonnert war. Dieser kam gerade wieder zu sich und sah sich sieben in Rüstungen gehüllten Blutläufern gegenüber. Sein Gesicht verlor von einer Sekunde zur nächsten alle Farbe.

»Und jetzt führst du uns zu deinem Boss«, verkündete Michael. Von Justin war kein Einwand mehr zu hören.

# 8

Einsfünfs Unterbewusstsein holte den Paladin zurück aus seiner tiefen Meditation, gerade als der Schwere Rebellenkreuzer durch die Hangartore seiner Basis flog.

Einsfünf spähte neugierig aus seiner Deckung. Der Stützpunkt zeichnete sich durch hektische Aktivität aus. An mehreren Dockklammern lagen etwa zwanzig Schiffe vor Anker. Bei mehr als der Hälfte handelte es sich um ehemalige imperiale Kriegsschiffe. Einsfünf überkam rechtschaffener Zorn, als er mit ansehen musste, wie Schiffe, die dem Schutz des Imperiums dienen sollten und die früher mit loyalen Besatzungen besetzt gewesen waren, zweckentfremdet wurden. Sie dienten nun den Feinden des Imperiums, um all jenes zu zerstören, dem Einsfünf sein Leben gewidmet hatte.

Er zog sich aus dem Sichtfeld der Rebellen zurück, um nicht entdeckt zu werden. All das würde schon bald enden und die Schmach, die diese Basis darstellte, würde für immer getilgt werden. Und der Anfang vom Ende würde mit dem Tod von Templer HT-843715 einsetzen. Einsfünf öffnete die Lippen und lächelte. In solchen Momenten fühlte er sich wahrhaft lebendig.

Justin führte die Blutläufer durch ein Labyrinth verkeilter, enger Gassen. Die meisten davon kannte Michael gar nicht mehr. Eine Stadt, die in dem Ausmaß zerstört war wie London, befand sich ständig im Wandel. Hier wurden Straßen freigebuddelt, dort wurden dafür andere wieder durch einstürzende Ruinen versperrt.

Michael und Fabian waren hoch konzentriert und achteten sowohl auf ihren Gefangenen als auch die unmittelbare Umgebung. Es war niemand zu sehen, aber deshalb begingen sie nicht den Fehler zu glauben, sie wären allein.

Fabian warf Michael einen durchdringenden Blick zu. Dieser nickte, während er den Blick über die zerstörte urbane Umgebung gleiten ließ. »Ja, ich weiß.«

Der Anführer des Blutläuferteams, das die beiden Offiziere absicherte, trat einen Schritt näher, das Pulsgewehr jederzeit einsatzbereit erhoben. »Was weißt du?«

»Sie wissen längst, dass wir da sind.«

Ein Vogel stieß krächzend einen Schrei aus. Ein anderer antwortete in der Ferne. »Das sind übrigens keine Tiere, die wir da hören.«

Der Blutläufer kehrte auf seine Position zurück und Michael meinte diesen ein »Großartig!« murmeln zu hören.

Er stutzte mit einem Mal, sprang vor und packte das Bandenmitglied am Kragen. »Du führst uns in die Irre, Freundchen«, herrschte Michael ihn an. »Die Flesh and Bones haben ihr Hauptquartier beim Picadilly Circus. Du willst uns reinlegen.« Michael zog sein Kampfmesser aus der Scheide an der Hüfte und hielt es dem Mann quer unter das Kinn, sodass dieser auf einmal nur noch in der Lage war, auf seinen Zehenspitzen den Boden zu berühren.

»Wie lange warst du denn weg?«, wollte Justin mit dicken Schweißtropfen auf der Stirn wissen. »Die Flesh and Bones haben seit mehr als zehn Jahren ihr Hauptquartier in der St. Pancras International Station.«

Michael zögerte. »Falls du mich anlügst, Junge ...« Er ließ den Satz vielsagend ausklingen und drückte die Klinge noch etwas fester gegen Justins Kehle. Ein kleines Rinnsal Blut floss die Haut hinab. Man konnte sehen, wie der Adamsapfel des Mannes aufgeregt hüpfte.

»Ist die Wahrheit, Mann. Ich schwör's!«

Fabian berührte Michael am Arm. »Lass ihn wieder runter. Er soll uns weiter führen.«

Michael reagierte darauf kaum, sondern verharrte in dieser Stellung, bis er überzeugt war, dass sein Gefangener wusste, was ihm blühte, falls er sich irgendwelche Dummheiten einfallen ließ. Fast widerwillig ließ er den Mann runter, stieß ein kurzes Knurren aus und schubste ihn weiter. Falls er wirklich die Wahrheit sagte, dann waren sie bald da. Der Bahnhof, von dem Justin sprach, war lediglich drei Querstraßen entfernt.

Der Anführer des Alpha-Kampfteams entsandte zwei Mann als Aufklärer voraus. Die beiden Blutläufer verschwanden wie Geister zwischen den Trümmern und waren alsbald mit ihrer Umgebung verschmolzen. Es beruhigte Michael ein wenig. Die Soldaten waren gut ausgebildete Spezialisten. Sie würden dafür sorgen, dass ihnen niemand eine Falle stellte. Außerdem waren sie wohl die am besten bewaffneten Menschen auf dem ganzen Planeten. Es war höchst unwahrscheinlich, dass ihnen jemand gefährlich werden konnte.

Michael nutzte die Zeit bis zu ihrem Ziel, um in sich zu gehen. Er hatte den Jungen fast getötet. Die Versuchung war ohne Zweifel gegeben gewesen. Nur mit äußerster Mühe hatte er sich beherrschen können. Es war ein seltsames Gefühl, wieder hier zu sein. Diesem Ort haftete ein Makel an, dem man sich nur schwer entziehen konnte. Der Makel bestehend aus Gewalt und dem Recht des Stärkeren. Kaum war er angekommen, fiel er wieder in alte Verhaltensmuster zurück, und das nach Jahrzehnten der Abwesenheit. Michael atmete mehrmals tief durch. Er musste einen klaren Kopf bekommen. Dringend! Sonst würde ihre Mission scheitern. Und es wäre seine Schuld.

***

Fabian schlenderte hinter seinem Kameraden durch die zerstörte Straßenkulisse von London, den gefangenen Justin immer im Blick. Dennoch richtete der Offizier sein Augenmerk genauso auf Michaels Rücken. Er hatte nie viel von dem Mann gehalten. Das Töten fiel ihm viel zu leicht. Aber er kam nicht umhin zu bemerken, dass er sich in den letzten Monaten deutlich gebessert hatte. Das Wohl des Blutläuferaufstands lag ihm ernsthaft am Herzen.

Seit ihrer Landung jedoch betrachtete er seinen Begleiter zunehmend mit Sorge. Der Mann wirkte mit jedem Schritt mehr wie der Ganganführer, den er zum ersten Mal an Bord des Ernteschiffes kennen- und hassen gelernt hatte. Auch sein zunehmendes Schweigen stimmte Fabian nicht wirklich zuversichtlich. Es ließ Michael eher eigenbrötlerisch und grübelnd wirken. Fabian hätte viel darum gegeben zu wissen, was im Kopf des Mannes vor sich ging.

In Fabians Ohren knackte es. Michael hob den Kopf. Sie erhielten beide eine Nachricht auf einem Breitbandkanal, der für Kampfgespräche reserviert war. Das war ganz und gar nicht gut.

»Achtung Feindannäherung!«, erklang die Stimme eines der Aufklärer in seinem linken Ohr. Sie klang gedämpft, was darauf hindeutete, dass sich der Mann in Deckung befand und nicht auffallen wollte. »Triple zero!«

Fabian hielt inne. Das war der Blutläufercode für eine feindliche Ansammlung von Truppen in einer Stärke von mindestens tausend. Seine rechte Hand zuckte an seine Hüfte. Michael und er trugen lediglich Seitenwaffen. Sie hatten nicht zu kriegerisch erscheinen wollen. Nun bereute er die Entscheidung. Nur das Alpha-Team war voll bewaffnet. Ihre Pulsgewehre würden eine schöne, blutige Schneise durch das Fleisch einer jeden angreifenden Streitmacht schießen. Und ihre Rüstungen waren ein guter Schutz gegen alles, was hier auf der Erde noch als Waffen durchging.

Falls die Flesh and Bones aggressiv reagierten, würde es ein Blutbad geben. Dann mussten sie wieder bei null anfangen und sich irgendwo anders Hilfe suchen.

Fabian warf Michael einen kurzen Blick zu. Der Blutläufer hatte seinen Helm immer noch eingefahren, sodass man sein Gesicht weithin gut erkennen konnte. Fabian entschied, es genauso zu halten. Sollten sie ihre Helme schließen, wäre das so gut wie eine Kriegserklärung an die Londoner Gangs.

Michael hielt trotz der Meldung nicht inne und schritt selbstbewusst auf einen breiten Platz hinaus. Fabian blieb keine Alternative, als zu folgen. Justin bildete die Spitze ihrer kleinen improvisierten Delegation. Die drei übrigen Mitglieder des Alpha-Teams zerstreuten sich zwischen die Ruinen und nahmen Flankenschutzpositionen ein. Nur für den Fall der Fälle.

Justin, Michael und Fabian traten aus der Gasse. Das Abendrot zeichnete sich am Horizont ab. Die Sonne würde bald endgültig untergehen. Aber noch verbreitete sie genügend Licht, um Fabian unwillkürlich den Atem anhalten zu lassen.

Vor ihnen breitete sich ein großer Platz mit einem die Umgebung dominierenden Gebäude am anderen Ende aus. Wie alle Konstrukte Londons hatte auch dieses schwer gelitten. Beide Flügel und ein Teil des Hauptkomplexes waren eingestürzt. Der Eingang hatte den Kampf um London wie durch ein Wunder aber fast unbeschadet überstanden. Man konnte sogar einen Teil des Innenbereiches sehen.

Was ihn aber am meisten fesselte, war die Menschenmenge, die sich versammelt hatte.

Die Aussage der Aufklärer war nicht von der Hand zu weisen. Es handelte sich um mit an Sicherheit grenzender Wahrscheinlichkeit um tausend bewaffnete Leute. Vermutlich sogar mehr.

Fabians Blick zuckte umher. Die Menge grölte beim Auftauchen der Blutläufer und ihres Gefangenen. Einige von ihnen fingen augenblicklich an »Flesh and Bones! Flesh and Bones! Flesh and Bones« zu skandieren.

Fabian hätte beinahe instinktiv angehalten, Michael ging jedoch einfach weiter, als würde die Menge nicht existieren. Er runzelte die Stirn. Nein, das war nicht ganz richtig. Michael schlenderte weiter, als wäre das sein Hofstaat, der ihn in seinem ganz persönlichen Königreich willkommen hieß.

Fabian leckte sich leicht über die Lippen. Möglicherweise war es doch keine so gute Idee gewesen, Michael mit dieser Aufgabe zu betrauen. Die Versuchung, eine alte längst vergangene Rolle zu spielen, war möglicherweise einfach zu groß.

Michael baute sich vor dieser aggressiven Meute auf, als würde sie ihm zujubeln. Weder in Mimik noch Körpersprache ließ der Mann auch nur die geringste Andeutung von Angst erkennen. Ein Lächeln zerteilte seinen Bart in zwei Teile und entblößte Reihen weißer Zähne. Michael machte fast den Anschein, als würde die Menschen ihm zujubeln.

Fabians Nervosität wuchs. Sein Blick wanderte über die endlos erscheinenden Reihen potenziell feindlicher Kämpfer. Sie peitschten sich gegenseitig auf. Nicht wenige standen unter dem Einfluss von Drogen, falls er die Anzeichen richtig interpretierte.

Michael stieß Justin grob beiseite und hob beide Hände. Er verharrte in dieser Stellung, ungeachtet der zahlreichen Stimmen, die nach seinem Blut schrien. Sie verzehrten sich förmlich danach.

Fabian entsicherte verstohlen die Seitenwaffe in seinem Holster und streichelte fast zärtlich über den Griff. Er aktivierte einen Kanal in seinem implantierten Kommgerät. »Alpha-Team«, wisperte er, »Deckungsfeuer auf mein Kommando.«

Der Truppführer ihrer Eskorte antwortete nicht, aber ein zweimaliges Knacken bestätigte den eingegangenen Befehl. Irgendwo hinter ihnen machten sich fünf Elitesoldaten bereit, unter den Menschen auf sein

Zeichen hin ein Massaker anzurichten, die sie eigentlich hatten befreien wollen.

Doch wider seine Erwartung kam die Menge angesichts von Michaels Stille heischender Pose zur Ruhe – bis schließlich kein Ton mehr zu hören war.

Michael trat zufrieden einen Schritt vor. Es handelte sich dabei um einen wohlkalkulierten Schachzug, der gleichzeitig Dominanz und auch Aggressivität ausstrahlen sollte. Das war eine Sprache, die seit der Ashrakinvasion jeder auf der Erde verstand.

»Meine Kinder«, begann Michael mit volltönender Stimme zu sprechen. Die Worte hallten über den ganzen Platz. »Freut euch! Euer Anführer und Vater, der düstere Michael, ist zurückgekehrt, um euch erneut anzuführen.«

Fabian blieb wachsam. Gleichzeitig versuchte er, die unter den Menschen vorherrschenden Emotionen auszuloten. Er schnalzte mit der Zunge. Fast glaubte er, Michael hätte die Leute erreicht.

Doch plötzlich – wie auf Kommando – schrien eintausend verschiedene Stimmen durcheinander. Die meisten nannten ihn einen Lügner. Andere beharrten darauf, der düstere Michael sei tot, was im Endeffekt auf dasselbe hinauslief. Und in diese hasserfüllten Kommentare mischten sich wiederum ein paar, die sich daran festmachten, dass die Flesh and Bones einen Anführer hätten und keinen neuen brauchten.

Die Menge rückte vor. Fabian zog seine Seitenwaffe und entsicherte die Pulspistole. »Alpha-Team bereithalten. Der Tanz geht gleich los.«

Michael rührte sich nicht. Seine Mimik drückte Entsetzen aus. Fabian wusste nicht, mit was der Mann gerechnet hatte, aber diese Reaktion gehörte eindeutig nicht dazu. Er ließ die Hände sinken und seine rechte tastete wie selbstverständlich nach dem Holster an seiner Hüfte.

Fabian spannte jeden Muskel im Körper an. Er stand kurz davor, seinen Helm auszufahren, als die Menge mit einem Mal anhielt. Falls die Menschen auf ein Signal reagierten, dann ließ sich dieses für den erfahrenen Offizier jedenfalls nicht entdecken. Irgendjemand hatte die Menge verdammt gut im Griff. Das ließ sowohl Raum für Sorge als auch für Hoffnung.

Die Reihen der Flesh and Bones teilten sich und eine einzelne Person trat hervor. Sie ging schnurstracks auf Michael zu. Bei einer Distanz von weniger als zwei Metern verharrten die beiden Männer. Fabians Finger zitterten vor unterdrückter Erwartung am Griff seiner Waffe. Er hatte noch keine Ahnung, ob er sie ziehen sollte oder nicht. Eine falsche Bewegung oder eine missverstandene Geste könnte die Situation vollends eskalieren lassen.

Michael und sein Gegenüber musterten sich gegenseitig, bemühten sich um eine Einschätzung des anderen. Und zur Verblüffung aller, einschließlich Fabians und des Alpha-Teams, fielen sich die beiden Männer plötzlich in die Arme.

***

Einsfünf wartete entspannt, bis sich die dritte Schicht über das Hauptquartier der Rebellen senkte. Auf einer Planetenbasis hätte dies der Nachtschicht entsprochen.

Die Energie wurde heruntergefahren, die meisten Soldaten begaben sich in ihre Quartiere und nur eine Rumpfmannschaft übernahm die notwendigsten Posten für Wache und die Sicherung des umgebenden Weltraums. Es war der perfekte Augenblick, um zuzuschlagen.

Einsfünf löste die Verankerung und kam endlich aus seinem Versteck. Die Muskeln des Paladins waren etwas starr und er nutzte einige krampflösenden Techniken, um wieder zu alter Form zurückzufinden.

Der Hangar bestand im Prinzip aus zwei Teilen: den Dockrampen, an denen die Schiffe festgemacht waren, und den Galerien für Techniker, Soldaten und Wachpersonal. Bei ersterem herrschte keine Schwerkraft, sondern lediglich die null *g* des Weltraums. Außerdem bestand dort noch Vakuum. Der zweite Teil gehörte zur eigentlichen Raumstation und verfügte über künstliche Schwerkraft und Atmosphäre.

Einsfünf ließ sich die wenigen Meter bis zur obersten Galerie gleiten, sprang über das Geländer und kam sanft auf. Seine Bewegungen verursachten kaum ein Geräusch. Eine Maus, die über Parkett rannte, hätte mehr Lärm verursacht.

Der Paladin stutzte. Er hatte keine Ahnung, warum ihm ausgerechnet diese Metapher einfiel. Und was zum Teufel war überhaupt eine Maus?

Einsfünf schüttelte den Kopf und schlich weiter. Sekaribasen waren immer nach demselben Grundriss aufgebaut. Im Vorfeld der Mission hatte er sich diesen gründlich eingeprägt. Daher besaß Einsfünf eine recht gute Vorstellung davon, wo sich der Rebellenkommandeur aufhielt.

Eine Gestalt tauchte vor ihm auf, nur wenige Meter entfernt. Das Licht war gedämmt und der Feind dadurch lediglich konturenhaft zu erkennen.

Einsfünf zog sich in die Schatten zurück, verschmolz mit ihnen, bis der Körper des Paladins nicht mehr von ihnen zu unterscheiden war. Sein Pulsschlag lag bei nicht einmal fünfzig Schlägen pro Minute. Sein Atem hatte sich trotz der bedrohlichen Situation nicht merklich beschleunigt.

Der Paladin verharrte regungslos, abwartend. Ein Jäger in der Finsternis. Eine zweite Gestalt tauchte neben der ersten auf. Die beiden Wachposten unterhielten sich gedämpft. Dennoch ließen sie die Umgebung die ganze Zeit lang nicht aus den Augen. Sie waren gut. Das musste Einsfünf neidlos anerkennen. Aber das war auch kein Wunder. Sie waren von den Ashrak ausgebildet worden. Auch wenn sie nun auf alles spuckten, wofür sie einst gekämpft hatten, so blieb ihre Ausbildung doch erstklassig und diese Soldaten dadurch äußerst gefährlich.

Einsfünf überlegte. Sein Blick glitt die Galerie hinauf. Wenn einer der beiden Alarm schlug, war seine Mission bereits in den Anfängen gescheitert. Leichen zurückzulassen, mochte sich als genauso gefährlich erweisen. Wenn sich jemand zur falschen Zeit am falschen Ort aufhielt und durch Zufall zwei tote Wachen fand, würde die gesamte Basis nach ihm suchen. Er war zwar gut, aber nicht gut genug, um mit einer ganzen Stützpunktbesatzung fertigzuwerden.

Einsfünf richtete sein Augenmerk auf den Rücken eines der beiden Männer. Leider blockierten diese ahnungslosen Wachen den einzigen Weg, den er nehmen konnte. Das war wirklich zu dumm – für sie.

Einsfünf atmete einmal tief ein. Im selben Moment setzte er sich in Bewegung. Seine Gestalt glich einem todbringenden Geschoss, das ausgerichtet war auf nur ein Ziel. Den ersten Wachposten tötete er, indem er diesem einfach das Genick brach. Sein rechter Arm schlang sich um den Hals seines Opfers, die andere Hand packte dessen Kehle. Er spannte seine Muskeln an und es war nur ein verblüffend schneller Ruck nötig. Das Knacken war das Einzige, was für einen Moment zu hören war.

Der zweite Wachposten reagierte schneller, als Einsfünf es für möglich gehalten hätte. Der Mann ließ das Pulsgewehr fallen und griff stattdessen zu seinem Kampfmesser. Die Klinge war in der Lage, selbst Rüstungen zu durchdringen. Sie kam in einer geschmeidigen Bewegung hoch. Einsfünf wich nicht weniger behände aus. Das Messer verfehlte ihn dennoch lediglich um Zentimeter.

Jetzt war er an der Reihe. Einsfünf packte das Handgelenk seines Gegners und brach es mit einer Überdrehung. Der Mann grunzte lediglich auf, gab aber ansonsten mit keiner Regung zu erkennen, ob er den Schmerz überhaupt spürte. Die Klinge aber entglitt seinen kraftlos gewordenen Fingern.

Der Blutläufer wollte Alarm schlagen. Einsfünf spürte dies mehr, als er einen wirklichen Hinweis darauf erhielt. Sein Ellbogen krachte mit solcher Wucht in den Hals des Mannes, dass dessen Rüstung an dieser Stelle eingedrückt wurde. Er röchelte. Der Laut löste in Einsfünf tatsächlich so etwas wie Befriedigung aus.

Die Rüstung am Halsansatz war nun beschädigt. Es wurde Zeit für den Todesstoß. Einsfünf verkrampfte die Finger der rechten Hand. Einem Dolch gleich stieß er sie in den Hals seines Opfers. Dieser keuchte auf. Zu mehr war er nicht länger in der Lage. Er kämpfte und wehrte sich, aber Einsfünfs unerbittlicher Griff hielt ihn am Boden fest.

In dieser Stellung verharrte er, bis die Bewegungen des Blutläufers erlahmten und schließlich ganz zum Erliegen kamen. Einsfünf hielt ihn noch mehrere Sekunden fest, um sich zu überzeugen, dass sein Gegner sich nicht nur tot stellte. Erst als er keine Zweifel mehr hatte, ließ er von diesem ab.

Einsfünf stieß den Atem langsam und kontrolliert aus. Der Kampf hatte nur Augenblicke gedauert. Um genau zu sein, lediglich einen Atemzug.

Einsfünf hievte die beiden Männer nacheinander über die Brüstung und ließ sie von der Schwerelosigkeit an den angedockten Schiffen vorübergleiten. Er sah ihnen noch kurz hinterher. Es würde einige Zeit dauern, bis man sie entdeckte. Aber entdecken würde man sie zwangsläufig. Er durfte keine Zeit verlieren. Einsfünf hatte eine Verabredung mit dem Anführer der Rebellion. Und diese wollte er auf keinen Fall verpassen.

***

Ris'ril lag unter ihm und Gareth nahm sie mit heftigen, rhythmischen Stößen. Sie stöhnte unentwegt und steuerte direkt auf den Höhepunkt zu. Dass es nicht gespielt war, bemerkte er an den tiefen Kratzern, die ihre Fingernägel auf seinem Rücken hinterließen. Sie kamen gleichzeitig und Gareth genoss den Höhepunkt mit durchgedrücktem Rückgrat. Er rollte sich schwer atmend von ihr und sie schmiegte sich selig in seine Arme.

»Gewöhn dich nicht daran«, lachte sie. »Das war eine Ausnahme, dass du oben liegen durftest.«

Gareth grunzte nur unbestimmt und ging nicht auf ihre Stichelei ein.

»Du warst heute nicht ganz bei der Sache«, schalt sie ihn sanft.

Er warf ihr einen ungläubigen Blick zu. »Na hör mal, ich habe mich gerade fast umgebracht.«

Sie kicherte. »Ich sagte nicht, dass es nicht gut war. Ich sagte nur, dass deine Gedanken auch mit anderen Dingen beschäftigt waren.«

Gareth richtete den Blick zurück zur Decke. »Ich dachte an Michael.«

»Oh, welche Frau hört das nach dem Sex nicht gern?!«, lachte sie in freundlichem Spott.

»Du weißt, was ich meine«, entgegnete er. »Von seiner Mission hängt unheimlich viel ab.«

Sie nickte, während sie mit den feinen Härchen auf seiner Brust spielte. Mit ihrem Zeigefinger zwirbelte sie daran herum, während sich ihre Gedanken mit dem vorliegenden Problem beschäftigten. »Ohne Nachschub werden wir nicht lange überleben.«

Gareth presste die Lippen aufeinander, bevor er antwortete. »Das Imperium ist uns haushoch überlegen. Sie brauchen gar nicht viel anzustellen, um uns zu schlagen. Ihnen reichen sogar ein paar Niederlagen. Mit jeder Schlacht verlieren wir wertvolle Soldaten und Schiffe. Ganz egal, ob wir gewinnen oder verlieren, die Rod'Or bluten uns aus.«

»Das befürchte ich auch«, gab seine Geliebte zurück. »Wir haben schon Siege errungen, aber selbst die erweisen sich als kostspielig. Die Rod'Or verfügen über ausreichend Reserven, um selbst die schwersten Niederlagen kurzfristig kompensieren zu können. Aber uns fehlt jeder Blutläufer, der fällt.«

Sie schwieg für einen Moment. Schließlich seufzte sie. »Vielleicht gehen wir die Sache falsch an.«

Er runzelte die Stirn. »Wie meinst du das?«

Sie zögerte. »Wir haben Soldaten und eine Menge Schiffe. Möglicherweise ... nur möglicherweise ... sollten wir alle, die wir haben, in unsere Schiffe packen und fortgehen.«

»Wohin?«

»Irgendwohin«, versetzte sie. »An einen Ort, wo das Imperium nur ein ferner Albtraum ist. Wo uns die Rod'Or oder die Ashrak niemals finden werden.«

Gareth neigte den Kopf zur Seite und sah zu ihr herunter. Sie begegnete seinem Blick ohne Furcht, aber mit Zurückhaltung. »Du sprichst von einem Exodus.«

Sie nickte, ohne zu antworten.

Er dachte ernsthaft über den Vorschlag nach. »Und wo sollte so ein Ort sein? Du weißt, wie ausgedehnt das Imperium ist. Es ist lediglich nicht an Raumsektoren interessiert, in denen man ohnehin nicht leben kann. In denen es weder Welten mit adäquater Atmosphäre noch Rohstoffen gibt.«

»Wir könnten zu den Sekari oder den Syall gehen. Die würden uns vielleicht aufnehmen. Wir sind die Feinde ihrer Feinde.«

»Der Feind meines Feindes ist nicht zwangsläufig mein Freund«, erwiderte er in Abwandlung eines bekannten Zitats. »Im Dienst am Imperium haben wir Unmengen ihrer Artgenossen umgebracht. Glaubst du wirklich, wir sind ihnen willkommen?«

»Wenn wir weiterhin gegen das Imperium zu Felde ziehen ... warum nicht? Wir könnten uns auf einem unbewohnten Planeten in ihrem Gebiet ansiedeln und für sie kämpfen. Auf diese Weise hätten wir wenigstens eine sichere Heimatbasis.«

»Und wie sicher könnte die sein? Und vor allem, wie lange? Sekari und Syall sind dabei, diesen Krieg zu verlieren. Wie lange würde es wohl dauern, bis ein imperialer Angriffsverband über unserer neuen Heimatwelt stehen würde?« Er schüttelte leicht den Kopf. »Nein, ich bin immer noch der Meinung, Dezentralisierung bietet die beste Möglichkeit zum Überleben.«

»Wir verlieren pro Monat mindestens eine bis zwei Basen.« Ihre Stimme gewann an Intensität. »Unsere Bergungstrupps können nicht gefahrlos hinausgeschickt werden, weil wir ständig auf der Hut vor einem Hinterhalt sein müssen. Wie lange können wir *das* noch durchhalten?«

»Ist ja alles richtig, was du sagst«, versetzte er.

»Da hast du verdammt recht.«

»Bist du sauer?«, fragte er verwundert. »Wieso?«

Sie sprang auf und begann damit, sich wieder anzukleiden. »Weil du nicht bereit bist, wenigstens kurz über meinen Vorschlag nachzudenken. Wir brauchen Hilfe, Gareth. Nicht in ferner Zukunft, wenn wir die Menschen auf deiner Heimatwelt zu Kämpfern ausgebildet haben – wir brauchen sie jetzt. Wir brauchen Schiffe. Wir brauchen eine sichere Basis. Wir brauchen Nachschub. Aber vor allem brauchen wir Verbündete. Dringend. Das Imperium weiß das. Was glaubst du, warum sie uns solchen Druck machen? Wir sind eine Bedrohung ihrer angeblich natürlichen Ordnung. Das können sie nicht tolerieren. Sie fürchten sich davor, dass weitere Blutläufer einen Weg finden, das Loyalitätsimplantat zu überwinden.«

Gareth setzte sich auf. Sein bloßer Oberkörper fröstelte. Es war unangenehm kühl im Quartier. »Das weiß ich alles.«

»Warum unternehmen wir dann nichts? Wir brauchen einen Sieg. Das würde schon alles verändern. Es muss etwas geschehen, das Hoffnung vermittelt. Nicht nur uns, sondern auch allen in der Milchstraße.« Sie hielt inne und warf ihm einen leicht verzweifelten Blick zu. »Hast du die neusten Geheimdienstberichte der Kexaxa schon gelesen?«

Gareth senkte den Blick und nickte. Er wusste genau, worauf sie hinauswollte. Ris'ril trat zurück ans Bett und setzte sich auf die Bettkante. »Cha'acko wurde mit dem Auftrag betraut, uns zu vernichten. Etwas Schlimmeres könnte ich mir kaum vorstellen. Er macht seine Sache wirklich gut. Im Kampf gegen uns werden lediglich Ashrakverbände eingesetzt, weil der Honuh-ton-Agent nicht das Risiko eingehen will, dass wir uns weitere Blutläufereinheiten einverleiben könnten. Gleichzeitig postiert er kleinere Blutläuferkompanien, bestehend aus verschiedenen Spezies, rings um wichtige Anlagen.«

Gareth rieb sich erschöpft über die feuchte Stirn. »Das ist ein cleverer Schachzug von dem Bastard.«

Ris'ril nickte. »Ein verflucht cleverer Schachzug. Diese Einheiten sind nicht groß genug, um einen Unterschied zu machen, falls sie überlaufen. Aber im Gegenzug müssen wir jetzt unsere eigenen Leute töten, falls wir ihre Werften und Stützpunkte weiterhin angreifen. Das schwächt unsere

Moral. Diese Truppen werden immer noch vom Implantat kontrolliert. Sie haben keine Wahl, wenn sie auf uns schießen. Aber wir haben die Wahl, ob wir sie töten oder nicht. Und viele unserer Leute werden zögern abzudrücken, wenn ihnen ein nicht Befreiter gegenübersteht. Wie man es auch dreht und wendet, Cha'acko gewinnt.«

»Verdammt, das ist mir alles klar!«, herrschte er sie an. »Denkst du, ich bin blind? Ich weiß, wie beschissen unsere Lage ist.«

»Warum setzt du dann alles auf Michaels Mission? Wir sollten mehrere Eisen im Feuer haben. Wende dich an die Sekari und Syall. Versuch es wenigstens.«

»Und wenn sie, anstatt zu reden, lieber das Feuer eröffnen? Wir können uns keinen Zweifrontenkrieg leisten. Sollte das geschehen, sind wir erledigt.«

Ris'ril musterte ihn mit einem Ausdruck des Mitleids auf dem Gesicht. »So wie die Dinge laufen, sind wir das doch ohnehin schon. Wenn nicht noch ein Wunder geschieht, dann hat uns das Imperium in spätestens zwei oder drei Standardjahren vollständig eliminiert.«

Gareth kniff die Augen zusammen. »Wenn du tatsächlich dieser Meinung bist, warum vergeudest du deine Zeit mit uns? Warum nimmst du dir nicht ein Schiff und verschwindest? Ich würde dich nicht aufhalten.« Die Worte verließen seinen Mund, bevor Gareths Hirn einschreiten konnte. Er hatte Ris'ril verletzt. Er sah es deutlich in ihren Augen.

Sie rümpfte die Nase und wandte sich zur Tür. »Wo sollte ich denn schon hingehen?« Sie betätigte den Öffner und die Tür glitt zischend beiseite.

»Bitte bleib!«, rief er ihr hinterher, aber sie antwortete nicht. Die Tür schloss sich hinter ihr mit einer Endgültigkeit, die ihm das Herz zusammenkrampfte.

Er fluchte und sprang aus dem Bett hoch. Er fröstelte erneut. Eilig zog er seine Uniform über und befestigte die deaktivierte Rüstung auf der linken Brustseite. Die ganze Zeit verfluchte er sich und murmelte halblaut Verwünschungen vor sich her. Der Streit war eskaliert. Das hatte er nicht gewollt. Und Ris'ril auch nicht – vermutete er. Er musste ihr nachlaufen. Gareth hoffte, dass sie das auch erwartete. Dabei hatten ihre beiden Argumente durchaus etwas für sich. Sie mussten irgendeine Art von Kompromiss finden oder dieser Streit würde nie enden.

Er rieb sich die Hände aneinander. Warum zum Teufel war es nur so kalt in seinem Quartier? Er begab sich zum Thermostat an der Wand. Es zeigte knapp zwölf Grad an. Wer hatte das verdammte Ding verstellt?

Gareth versuchte, die Temperatur hochzufahren, aber der Thermostat reagierte nicht. Er runzelte die Stirn. Merkwürdig. Gareth begab sich zur Tür und drückte auf den Öffner. Die Tür reagierte ebenfalls nicht. Der Blutläufer trat einen Schritt zurück. Irgendetwas Seltsames ging hier vor. Die feinen Härchen an seinem Nacken richteten sich schlagartig auf. Ihm drohte Gefahr.

In diesem Augenblick fiel das Licht aus. Sofort übernahm seine Ausbildung die Oberhand. Mit einem Schlag auf den Auslöser aktivierte er die Rüstung, die sich wie eine zweite Haut über seinen Körper legte.

Gleichzeitig erweiterten sich Gareths Pupillen. Die genetische Optimierung sorgte dafür, dass seine Sehnerven selbst das kleinste bisschen Licht auffingen und so weit verstärkten, dass er problemlos im Dunkeln sehen konnte, als wäre es heller Tag.

Etwas klapperte zu Boden. Gareths Blick zuckte in die entsprechende Richtung. Eine Wartungsabdeckung lag neben seiner Pritsche. Die dazugehörige Öffnung gähnte leer in der Decke. Etwas huschte am Rande seines Sichtfelds durch das Quartier. Es dauerte nur einen Sekundenbruchteil, aber Gareth wich unwillkürlich zurück. Er war nicht länger allein.

Die Pupillen des Blutläufers zuckten für einen Moment zu seinem Bett. Darunter lag sein Pulsgewehr. Es war nur wenige Meter entfernt, aber genauso gut hätte es in diesem Augenblick auf der anderen Seite der Basis sein können. Wer auch immer ihm hier auflauerte, er würde das Gewehr nicht rechtzeitig erreichen können, bevor man ihn erwischte.

Gareth ging in Angriffshaltung für den waffenlosen Nahkampf. Seine Hände gingen in Abwehrstellung. Jemand hatte sich in die Systeme seines Quartiers gehackt. Jemand, der wusste, was er da tat.

Die Tür war verschlossen und das Licht ausgeschaltet. Das ließ noch keine Rückschlüsse auf die Natur seines Angreifers zu. Wohl aber die niedrig gestellte Temperatur. Er hatte gehört, dass die Elitesoldaten des Imperiums am liebsten in kühler Umgebung kämpften, da ihre Muskeln durch die genetischen und chirurgischen Optimierungen dazu neigten, bei längerer Anstrengung zu überhitzen. Gareth stieß einen wüsten Fluch aus. Also stand ihm ein Paladin gegenüber.

Der Blutläufer wich so weit zurück, dass er die Wand seines Quartiers im Rücken spürte. Auf der Jagd nach dem Präfekten hatte er Paladine an Bord von dessen Fluchtschiff getötet. Damals war er allerdings bewaffnet gewesen und von einer halben Armee begleitet worden. Nun lagen die Dinge anders.

Während seine Augen das verdunkelte Quartier langsam absuchten, fragte sich Gareth, worauf der Paladin wartete. Warum machte er nicht einfach ein Ende?

Gareth leckte sich leicht über die Lippen. Die Antwort auf diese Frage war ebenso einfach wie Unheil verkündend: Der Paladin genoss es, Gareth in die Enge getrieben zu haben. Der Psychopath kostete diesen Moment so lange aus wie möglich, bevor er angriff und den Anführer der Rebellion ausschaltete.

Gareth schluckte. Aber er würde nicht wie ein in die Enge getriebenes Tier sterben. Langsam bewegte er sich auf die Tür zu. Irgendwie musste sich das Ding öffnen lassen.

Gareth hatte sie fast erreicht, als der Paladin zuschlug. Ein Geräusch zu seiner Rechten lenkte Gareths Aufmerksamkeit dorthin. Gerade noch rechtzeitig bemerkte er die Gestalt in der hochmodernen Rüstung, die ihn mit der Gewandtheit eines Geparden ansprang.

Gareth blockte den ersten Schlag mit dem linken Unterarm ab und schlug gleichzeitig mit der rechten Faust einen Aufwärtshaken. Seine einzige Chance – das wusste er – bestand darin, den Kampf schnell zu beenden. Paladine waren aufgrund ihrer umfangreichen Spezialmodifikationen, was Geschwindigkeit, Ausdauer und Stärke betraf, einem gewöhnlichen Blutläufer – und sei er auch noch so gut – weit überlegen.

Gareths Faust traf den Helm des Mannes. Ein Teil splitterte ab. Das war aber der einzige Effekt seines Versuchs einer effektiven Gegenwehr. Der Paladin grunzte nicht einmal, was Gareth wenigstens bewiesen hätte, dass jener den Schlag gespürt hatte.

Mit einem Mal prasselten von überallher Schläge und Tritte auf ihn ein. Der Paladin tänzelte leichtfüßig um ihn herum. Der Angreifer traktierte ihn ohne Unterlass. Gareth spürte die Häme, die von dem Kämpfer ausging. Paladine waren Fanatiker. Ihr ganzes Leben war nur darauf ausgerichtet, dem Imperium zu dienen. Es zu schützen und zu verteidigen vor allen Feinden … nun ja … wie zum Beispiel Gareth.

Seine Gedanken rasten. Er musste aus der Reichweite seines Gegners raus. Ansonsten würde er die nächsten Sekunden wohl nicht überleben. Der Paladin hätte ihm längst den Garaus machen können. So mit ihm zu spielen, wie es eine Katze vielleicht mit einer Maus getan hätte, war ungewöhnlich. Der Paladin musste schon sehr von sich überzeugt sein, um dieses Risiko einzugehen.

Gareths genetisch aufgerüsteter Verstand durchforstete seine Erinnerung nach den wenigen Operationen, in denen er an der Seite von Paladinen gedient hatte.

Diese Elitetruppe war ein eingeschworener, eigenbrötlerischer Haufen, der sich nie in die Karten sehen ließ. Er knurrte frustriert. Seine Erinnerungen förderten nichts zutage, was ihm auch nur ansatzweise half. Also tat er das Einzige, was ihm übrig blieb – er improvisierte.

Gareth ließ sich fallen, rollte nach links und drehte sich gleichzeitig um die eigene Achse. Diese Bewegung überraschte den Paladin und er machte Anstalten, ihm zu folgen. Noch in derselben Bewegung zog er seinem Gegner die Beine weg. Der Paladin stürzte schwer und nun hörte Gareth ihn tatsächlich kurz keuchen. Er wusste nicht genau, warum, aber selbst dieser kleine Laut erfüllte ihn mit einer gewissen Genugtuung.

Sich darauf auszuruhen, hieß aber, den Tod heraufzubeschwören. Gareth wirbelte noch auf dem Boden herum und lag mit einem Mal auf seinem Angreifer. So am Boden festgenagelt, war er es nun, der in einem fort seine Fäuste auf Körper und Kopf des Paladins niedersausen ließ.

Es stellte sich ein Hochgefühl ein. Er hatte ihn. Er hatte ihn tatsächlich. Dieses Gefühl dauerte exakt sieben Sekunden. Eine Handkante traf Gareth rechts des Adamsapfels. Trotz seiner Rüstung hustete er würgend. Die Schwingungen des Schlages hallten nach und nahmen ihm den Atem. Außerdem überkam der deutliche Eindruck ihn, dass seine Rüstung an dieser Stelle eingedrückt war. Sie schnitt in seine Haut.

Mehrere Schläge gingen auf ihn nieder. Selbst am Boden festgenagelt, war ihm der Paladin bei Weitem überlegen. Gareth krallte sich an dem Krieger so fest wie möglich. Falls dieser ihn abwarf, war es vorbei.

Etwas schlug gegen die Tür. Er nahm dies nur mit einer Hälfte seines Gehirns bewusst wahr. Die andere war derzeit mit Überleben beschäftigt.

Der Paladin war wirklich ein Meister seines Fachs. Er benötigte nicht lange, um Gareth loszuwerden. Ein Schlag schleuderte diesen gegen die nächste Wand. Er blieb halb betäubt liegen und sah auf. Der Paladin erhob sich, thronte über ihm wie ein mystischer Rachegott, bereit, sein Urteil zu vollstrecken.

Eine Explosion riss ein Loch in die Tür. Die Detonation war nicht stark. Vermutlich lediglich eine Richtladung, die den Weg in das Quartier ebnen sollte. Eine große blauhäutige Gestalt schob sich herein. Der Paladin und Ris'ril wechselten einen kurzen Blick. Der Angreifer ging ein weiteres Mal auf Gareth los. Dieses Mal wollte er es ohne Zweifel beenden. Und viel war dazu nicht mehr notwendig.

Ris'ril stieß einen schrillen Kriegsschrei aus, neigte den Kopf und riss diesen anschließend in einer schnellen Bewegung zur Seite. Einer ihrer Zöpfe mit der daran befestigten Kugel traf den Paladin an der Schläfe, zerschmetterte dessen Helm und schleuderte den Krieger in die andere Ecke des Raumes.

Weitere Blutläufer strömten mit angelegten Waffen in Gareths Quartier. Er war immer noch etwas betäubt, als Ris'ril ihm aufhalf. Blut lief ihm ins Auge. Dennoch bemerkte er die Sorge auf ihrem Gesicht.

»Weilst du noch unter uns?«, wollte sie wissen.

Er nickte. »Danke.«

Sie presste kurz die Lippen aufeinander, bevor sie antwortete. »Ich wollte noch einmal mit dir sprechen. Wegen unserem Streit.«

Er schmunzelte. Aber selbst diese geringfügige Bewegung ließ alle Muskeln in seinem Gesicht vor Schmerz brennen. Gareth verzog die Miene.

»Du wolltest dich entschuldigen«, versetzte er.

Sie rümpfte die Nase. »Das wollte ich nicht«, gab sie zurück. Aber ihr erleichtertes Lächeln strafte ihre harten Worte Lügen.

»Er lebt noch«, meldete einer der Blutläufer, der den Paladin mit angelegtem Pulsgewehr wachsam beobachtete.

»Töte ihn«, befahl Ris'ril augenblicklich.

»Nein!«, wehrte Gareth sofort ab. »Ich will ihn mir ansehen. Jemand soll das Licht wieder einschalten.«

Es dauerte nur Sekunden und das Licht in seinem Quartier brannte erneut. Gareth humpelte zu dem Standort des gestürzten Paladins. Dessen

Helm bestand nur noch aus Bruchstücken. Das Gesicht darunter war von Blutergüssen verunziert. Aufgrund der gesteigerten Wundheilung waren diese aber bereits dabei, wieder abzuheilen.

Gareth blieb stocksteif im Raum stehen und starrte nur ungläubig auf das Gesicht, das er bereits seit Jahren nicht mehr gesehen hatte.

»Takashi …«, hauchte er.

# 9

Michael Anderson löste sich nur widerwillig von seinem Bruder Alex. Er hielt sein Gegenüber auf Armlänge von sich und betrachtete diesen von oben bis unten. Fabian hielt sich absichtlich im Hintergrund. Er bedeutete dem Alpha-Team, sich bedeckt zu halten.

»Ich dachte, du wärst tot«, eröffnete Michael endlich das Gespräch.

Alex löste sich endlich von seinem Gegenüber und trat mit ernster Miene einen Schritt zurück. Fabian bemerkte, dass er sein rechtes Bein leicht nachzog.

»Ja, dieser Tag auf dem Markt war finster für uns alle. Ich dachte, ich würde dich nie wiedersehen.« Mit einem wortlosen Nicken forderte Michael seinen Bruder zum Weiterreden auf. Alex seufzte. »An diesem Tag haben sich die Fischköpfe fast die Hälfte der Flesh and Bones geholt. Wir haben in den Monaten und Jahren danach eine schwere Zeit erlebt. Die Gang war geschwächt. Stark geschwächt.«

Alex trat zur Seite und bedeutete seinem Bruder, ihm ins Bahnhofsgebäude zu folgen. Michael gab Fabian mit einem Wink seines Kopfes zu verstehen, er solle sich anschließen. Während sich die Reihen der Flesh and Bones öffneten und das Trio das große Gebäude betrat, sprach Alex weiter: »Eine Menge Gangs dachten, die Zeit wäre reif, alte Rechnungen zu begleichen. Ich übernahm als dein Stellvertreter die Führung und eine ganze Zeit lang waren wir nur am Kämpfen. Wir mussten uns gegen drei Versuche zur Wehr setzen, die Flesh and Bones zu verdrängen. Einige andere Gangs wollten uns einfach nur bluten sehen.« Er schüttelte den Kopf. »Es war brutal.«

Michaels Gesicht machte seinem Spitznamen alle Ehre. Er senkte den Kopf. »Ich hätte nie gedacht, dass es derart schlimm gekommen ist.«

»Nicht wenige waren der Meinung, die Flesh and Bones wären erledigt. Auch in den eigenen Reihen. Als wäre die Bedrohung von außen noch nicht schlimm genug, hatten wir auch mit Desertionen zu kämpfen. Uns rannten die Leute davon.«

»Wie bist du mit der Situation umgegangen?«, wollte Michael wissen.

Alex lachte. »Ich habe all das angewandt, was du mir beigebracht hast, und so tat ich das Einzige, was unsere Feinde nicht vorhersahen: Ich ging in die Offensive. Ich zog alle meine Kräfte zusammen und wir griffen das Hauptquartier unserer ärgsten Rivalen an.« Alex schritt mit geschwellter Brust voran. Sein Stolz war unübersehbar. »Ich selbst tötete ihren Anführer und wir übernahmen die Gang, ihre Besitztümer, ihre Kämpfer – zumindest die, die übrig waren – und ihr Gebiet. Von da an ging es wieder bergauf. Wir schlugen immer und immer wieder zu. Bis wir keine Rivalen mehr hatten. Die Flesh and Bones sind jetzt wieder eine ernst zu nehmende Macht. Wir kontrollieren inzwischen nicht nur den Großraum London, sondern haben unser Gebiet bis Canterbury im Osten, Crawley und Horsham im Süden, Newbury im Westen und Cambridge im Norden ausgedehnt. Außerdem unterhalten wir Außenposten entlang der Küste. Dover ist dort unten unser Schwerpunkt. Praktisch der ganze Süden Englands gehört uns jetzt. Eine ganze Reihe von Gangs an unseren Grenzen leisten uns Tributzahlungen, damit wir sie in Ruhe lassen. Unsere Leute werden nun endlich satt.«

»Was sind deine Kapazitäten?«, fragte Michael. »Militärisch betrachtet.«

»Ich verfüge inzwischen über fast zehntausend Kämpfer«, erwiderte der Anführer der Flesh and Bones.

Michael sah über die Schulter und wechselte einen schnellen Blick mit Fabian. Dieser zog beide Augenbrauen hoch. Michael nickte. Beide Blutläufer waren baff erstaunt und zutiefst beeindruckt. Bei ihrem Anflug auf die Erde hatten sie vermutet, bei null anfangen zu müssen, doch hier existierte bereits in rudimentären Zügen die Basis einer militärischen Infrastruktur mit zehntausend halbwegs kampferprobten Soldaten. Man konnte sie zwar nicht mit Blutläufern vergleichen, aber sie wussten, wie man zuschlug, und auch, wie man einen Feldzug führte. Ansonsten hätten sie nicht einen großen Teil Südenglands unter ihre Kontrolle bringen können. Das war deutlich mehr, als anzutreffen sie hatten erwarten können.

Sie betraten endlich das Gebäude. Fabian war froh, die Menschenmenge hinter sich zurückzulassen. Er wusste nicht, was schlimmer war: wenn sie grölten oder wenn sie schwiegen. Auf jeden Fall waren ihm die Menschen hier extrem unheimlich.

Im Inneren des Bahnhofsgebäudes war es überraschend sauber. Fabian hatte aus irgendeinem Grund erwartet, hier ein Chaos und an jeder Ecke Müllberge vorzufinden. Alex führte seine Gäste zu einer stillstehenden Rolltreppe, die sie gemächlich hinabstiegen.

Michael schüttelte nahezu im Sekundentakt fassungslos den Kopf. »Unglaublich, was ihr alles erreicht habt.«

Alex nickte, doch seine Miene blieb ernst. »Wir haben ziemlich schlimme Zeiten hinter uns. Es hat eine Menge Kraft gebraucht, um die Flesh and Bones dorthin zu bringen, wo sie jetzt sind. Niemand legt sich noch mit uns an. Sie haben alle Angst vor uns.«

Michael deutete zögerlich auf das Bein seines Bruders. »Und was ist damit?«

Alex schnaubte. »Ein kleines Andenken der Fischköpfe an ihren Angriff auf den Markt. Einer von ihnen hat mich mit einer ihrer seltsamen Waffen erwischt.«

»Vermutlich ein Pulsgewehr«, meinte Fabian. »Du hast Glück, noch am Leben zu sein.«

Alex bedachte den Blutläufer mit einem Blick, den man nur als pures Misstrauen bezeichnen konnte. Aber da sein Bruder ihn offenbar tolerierte, zuckte der Bandenanführer lediglich mit den Achseln. »Da bin ich einer der wenigen. Der Markt existiert seit damals nicht mehr. Die Fischköpfe haben ganze Arbeit geleistet. Wen sie nicht verschleppten, den brachten sie um. Ich hatte den Eindruck ...« Alex verstummte.

»Ja?«, hakte Michael nach.

Alex seufzte und sah mit über der Nasenwurzel zusammengezogenen Augenbrauen auf. »Ich hatte den Eindruck, es machte ihnen Spaß. Uns zu jagen und zu töten.«

»Das trifft auch zu«, mischte sich Fabian erneut ein.

Sie erreichten den Fuß der Rolltreppe und es umfing sie bereits nach wenigen Metern eine umfangreiche, vor Leben sprudelnde Geräuschkulisse. Fabian sah sich verwundert um. Seine Erinnerungen an die Zeit vor der Invasion waren zwar getrübt, aber auf diese Weise stellte er sich ein Kaufhaus vor, wie sie früher existiert hatten. Hunderte von Menschen, die Waren feilboten oder um deren Kauf handelten. Nicht alle trugen die Farben der Flesh and Bones.

Michael warf seinem Bruder einen forschenden Blick zu. »Würdest du mir das bitte erklären?«

»Wir haben hier einen neuen Markt aufgezogen. Wir handeln hier mit Dutzenden befreundeten Gangs. Einige reisen tagelang hierher, um mit uns Handel zu treiben. Und natürlich erhalten die Flesh and Bones ihren Anteil von jedem getätigten Geschäft. Dadurch sind wir für unsere Verhältnisse zu beträchtlichem Einfluss und Wohlstand gekommen.«

»Ihr habt Kontakt zu anderen Gangs?«, vergewisserte sich Michael. »Friedlichen Kontakt?« Der Blutläufer wechselte einen ungläubigen Blick mit Fabian.

Alex nickte nicht ohne Stolz. »Und ob! Und das nicht nur innerhalb der britischen Inseln, wir unterhalten Kontakte zu Gangs in Frankreich, Belgien, den Niederlanden, Deutschland und Norwegen.«

»Wie?«, fragten Michael und Fabian gleichzeitig.

»Innerhalb der britischen Inseln mittels Telegrafen. Unter uns sind ein paar echte Technikasse. Wir haben einige der Dinger in Museen ausgegraben und anhand uralter Aufzeichnungen entsprechende Masten aufgestellt.«

»Und was ist mit dem Festland?«, fragte Fabian.

»Amateurfunkgeräte, die mittels Batterien betrieben werden. Wir würden sie auch hier auf den Inseln einsetzen, aber das würde die Batterien zu schnell erschöpfen. Deswegen begnügen wir uns mit Telegrafen.«

»Aber auch Funkgeräte müssen irgendwann aufgeladen werden.« Fabian war fasziniert von dem, was diese Menschen innerhalb der letzten Jahre erreicht hatten. Sie hatten es in der Tat weit gebracht.

»Wir verfügen über eine rudimentäre Stromversorgung. Unsere Generatoren laden wir mit Fahrrädern und guter alter Muskelkraft wieder auf.«

Abermals schüttelte Michael fassungslos den Kopf. »Das ist großartig.« Er schlug Alex wuchtig auf die Schulter. »Ich bin so stolz auf dich. Das hast du gut gemacht.«

Alexanders Gesicht lief peinlich berührt rot an. Derart viel Lob war er offenbar nicht gewohnt. »Einige unserer Funkgeräte besitzen eine enorme Reichweite. Wir erreichen hin und wieder sogar die andere Seite des Ozeans. Allerdings sieht es dort nicht besser aus als hier. Tausende versprengte Gangs bestimmen über das Schicksal der Menschen dort. Genau wie hier. Aber ich denke, wir haben uns etwas von Wert aufgebaut.«

Eine Frau trat ihnen entgegen, die ihr braunes Haar zu einem Pferdeschwanz im Nacken zusammengebunden hatte. Alex nahm sie in die Arme und drückte ihr einen dicken Kuss auf den Mund. »Das ist Rachel ... meine Frau.«

Michael riss die Augen auf. »Du bist verheiratet?«

Alex grinste. »Schon seit fast zehn Jahren. Wir haben zwei Söhne.« Alex' Grinsen wurde breiter. »Du bist Onkel.«

Michael stutzte und musterte seinen Bruder mit schiefem Blick. Alex konnte keine Kinder bekommen. Gareths Freundin Heather hatte ihn entmannt, nachdem Alex ihr zu nahe getreten war. Offenbar erriet sein Bruder die Gedanken, die Michael durch den Kopf gingen. Er sah verlegen zur Seite. Das Thema war ihm sichtlich unangenehm. »Sie sind beide adoptiert«, fügte er hinzu. »Es sind Kriegswaisen und wir haben uns ihrer angenommen. Aber wir lieben sie, als wären sie von unserem Blut.«

»Dann werde ich sie als meine Neffen und als Teil der Familie lieben.« Michael musste eine Menge neuer Informationen in sich aufnehmen. Man sah ihm an, dass er sich darum bemühte, all das zu verarbeiten. Fabian erkannte jedoch, dass die Freude nur auf einer Seite bestand. Rachels durchdringender Blick wich keine Sekunde von Michaels hünenhafter Gestalt. Und er wirkte keineswegs freundlich. Offene Ablehnung blitzte aus ihren Pupillen.

»Ich will sie kennenlernen.«

»Natürlich willst du das«, lächelte Alex. Doch dann zogen dunkle Wolken über seiner Miene zusammen. »Aber zuerst müssen wir andere Dinge klären.«

Michael musterte seinen Bruder forschend, nickte dann verstehend. »Du willst wissen, wo ich all die Jahre war.«

»Und warum du zurückgekommen bist«, bestätigte Alex.

Michael stutzte. »Brauche ich denn einen Grund, um nach Hause zurückzukehren?«

»Besser wäre es«, erwiderte sein Bruder. Die Stimmung unter den beiden schlug schlagartig um. Sie war plötzlich geprägt von Eiseskälte.

»Als ich dich das letzte Mal sah, schleppten dich die Fischköpfe weg. Und nun ... viele Jahre später ... kommst du zurück mit einem Fremden.« Er deutete auf Fabian. »Trägst ihre Rüstung, führst ihre Waffen. Das alles bedarf einer Erklärung.«

»Und du hast das Recht, auf einer zu bestehen«, nickte Michael. Er holte tief Luft. »Große Dinge geschehen dort draußen.« Michael deutete mit dem Finger nach oben. Alex runzelte im Gegenzug die Stirn. »Du hast recht«, spann Michael den Faden weiter. »Ich habe lange, lange Zeit beim Feind zugebracht. Ich habe ihnen gedient, habe für sie gekämpft, habe für sie geblutet und getötet. Aber das alles ist jetzt vorbei.«

Alex legte den Kopf leicht schief. »Einfach so?«

»Nein, nicht einfach so, aber wie mein Leben zu dem wurde, was es jetzt ist, das ist eine Geschichte für einen ruhigen Augenblick. Das würde jetzt einfach zu weit führen. Sagen wir für den Moment, ich und andere, die so sind wie ich, haben uns aus dem Einfluss der Fischköpfe befreit. Es ist eine Rebellion im Gange. Wir bekämpfen die Mörder und Sklaventreiber unseres Volkes jetzt auf eigenem Boden.«

Alex hörte sich alles schweigend an, nickte lediglich ab und zu. »Das erklärt aber nicht, warum du zurückkommst.«

Bevor Michael antworten konnte, schrie jemand aus der Menge: »Wo ist er? Wo ist dieser verdammte Mistkerl?«

Ein Mann mit zerzausten, ungepflegten Haaren drängte sich in den Vordergrund. Als er Michael erblickte, blieb er abwartend stehen. Die beiden Männer musterten sich einen Moment und fielen sich dann zu Fabians Überraschung in die Arme. Michael löste sich nach einer Weile von dem Mann und wandte sich halb zu seinem Offizierskollegen um. »Fabian, darf ich dir den härtesten Hund der Flesh and Bones vorstellen? Theodore Evanes, mein Cousin.«

Der Mann namens Theodore packte Michael an den Schultern und maß ihn von oben bis unten mit bewunderndem Blick. »Du bist ja anscheinend ein feiner Pinkel geworden. Auf diese Art habe ich dich gar nicht in Erinnerung. Wo bist du gewesen? Was hast du gemacht? Und warum bringst du uns diese Fremden mit?«

»Das wollte er gerade erzählen«, ging Alex dazwischen.

Michael löste sich vollends von seinem Cousin und blickte sich reihum. »Wir wollen, dass ihr mit uns kämpft«, erklärte er ohne Umschweife.

Fabian schloss leicht verzweifelt die Augen und schüttelte innerlich den Kopf. Das war womöglich ein wenig zu unverblümt. Diese Menschen feierten gerade die Rückkehr eines der Ihren. Nun mit einer solchen Forderung anzukommen, war vielleicht etwas zu viel des Guten.

Alexanders Miene wirkte eher belustigt denn verwundert oder gar verärgert. »Du willst uns in einen Krieg hineinziehen? Die Flesh and Bones?«

»Nicht nur die Flesh and Bones, sondern nach Möglichkeit alle Menschen auf diesem Planeten. Oder zumindest so viele wie möglich.«

Alexander stieß einen Schwall Luft zwischen den Vorderzähnen aus. »Du bist verrückt. Wir haben schon mal gegen die Fischköpfe gekämpft. Und am Ende lag unsere Welt in Trümmern. Denselben Fehler werde ich sicherlich nicht begehen. Unser Leben ist gut so, wie es ist. Belassen wir es doch einfach dabei.«

»Wirklich? Ist es denn tatsächlich gut? Sich in Ruinen zu verstecken? Immer befürchten zu müssen, dass die Ashrak uns erwischen und ins Weltall entführen. Möchtest du denn keine bessere Welt erschaffen? Eine, in der Menschen ohne Furcht in den Himmel blicken können? Eine, in der Menschen keine feindlichen Raumschiffe dort oben entdecken?«

»Natürlich ist das ein schöner Traum, aber das ist auch alles: ein schöner Traum. Wir haben keine Chance gegen sie.«

»Doch, die haben wir. Meine Freunde und ich bringen euch Waffen. Wir bringen euch Ausrüstung. Wir bringen euch Kriegsmaterial. Und wir bilden euch aus. Das ist der Grund, aus dem wir hier sind. Wir haben vor, aus den Überlebenden der Menschheit eine Armee zu formen, die es mit den Ashrak aufnehmen kann.«

»Ashrak …«, sprach Alex den Namen forschend aus. »So heißen sie also? Du willst also tatsächlich, dass wir erneut gegen sie antreten. Gegen diese … diese … Ashrak. Trotz dessen, was sie uns alles antaten?«

»Gerade wegen all dessen, was sie uns antaten.« Michael packte Alex bei den Schultern. »Kämpfe mit mir, Bruder. So wie in alten Zeiten.«

Fabian musterte Alex eindringlich. Und im selben Moment sank seine Hoffnung. Wenn dieser Mann eines nicht wollte, dann war es, in den Krieg zu ziehen.

»Und wenn ich mich weigere?«, fasste er Fabians Befürchtungen in Worte.

Michael trat einen Schritt zurück. »Ich bin nicht so weit gereist, um ein Nein zu akzeptieren. Falls notwendig, dann übernehme ich wieder den Befehl über die Gang.« Theodore erstarrte, aber auch viele Bandenmitglieder in Hörweite wirkten mit einem Mal weniger gastfreundlich. Andere wiederum schien es zu erfreuen, was sie hörten.

»Mein Alex ist der Anführer der Flesh and Bones«, giftete Rachel Michael mit einem Mal an.

»Er war mein Stellvertreter und hat die Gang gut geführt«, versuchte Michael es ungewohnt einfühlsam. »Aber er führte die Flesh and Bones nur in meiner Abwesenheit. Jetzt bin ich wieder da.« Mit jedem Wort gewann Michaels Stimme an Intensität. Am Ende war die Drohung deutlich herauszuhören.

Alex schluckte. »Du würdest versuchen, mir diese Menschen wegzunehmen?«

»Niemand will dir etwas wegnehmen, Alex. Ich möchte, dass du dich für die Zukunft entscheidest. Nichts weiter.«

»Eine Zukunft voller Blutvergießen und Zerstörung. Was, glaubst du, wird passieren, sobald die Ashrak dahinterkommen, was hier vor sich geht? Ihre Rache wird furchtbar sein. Willst du, dass der letzte Rest der Menschheit auch noch vernichtet wird?«

»Ich will, dass wir endlich wieder frei sind«, herrschte Michael ihn ungeduldig an. »Du hast nicht gesehen, was ich gesehen habe. Du weißt nicht, was dort draußen vor sich geht. Es herrscht Krieg. Überall. Und die Erde sowie andere Planeten wie sie sind Teil einer äußerst komplexen Militärmaschinerie, die all diese Kriege permanent am Laufen hält. Diesen Kreislauf gilt es zu durchbrechen.«

Alex senkte den Blick. »Du verlangst zu viel.«

Michael musterte seinen Bruder von oben herab, während dieser immer kleiner zu werden schien. »Ich sagte dir, was passiert, wenn du dich weigerst. Ich bin dir dankbar, dass du für die Flesh and Bones in schwierigen Zeiten da warst und sie darüber hinaus zu Größe geführt hast. Aber die Gang gehört immer noch mir.«

Rachel reckte ihr Kinn angriffslustig nach vorn. »Und du denkst, irgendjemand würde dir folgen?«

Michael lächelte kalt. »Falls du daran zweifelst, dann sieh dich mal um.«

Fabian folgte der Anweisung ebenso wie Michaels Bruder und Schwägerin. Und tatsächlich fielen ihm viele kleine Dinge auf, die er zuvor nicht bemerkt hatte. Die Menschen gaben vor, das Quartett nicht zu beachten oder gar zu bemerken. Aber immer wenn sie sich unbeobachtet fühlten, flogen Michael unzählige Blicke zu. Einige neugierig, aber die meisten offen bewundernd. Und warum sollten sie auch nicht? Michael war hier vermutlich so etwas wie eine Legende. Der Gründer der Flesh and Bones, der nach seiner Entführung durch die Fischköpfe quasi von den Toten zurückgekehrt war. Dies bot Stoff für Legenden. So wie Fabian die Menschen einschätzte, waren einige dieser Legenden gerade am Entstehen.

Fabian richtete sein Augenmerk zurück auf Alex und Rachel. Trotz all der verstrichenen Zeit genoss Michael immer noch genügend Rückhalt bei den Flesh and Bones, um die Situation zu einem Bürgerkrieg innerhalb der Bande eskalieren zu lassen, sollte sich der Interimsanführer weigern.

Wenn Fabian Alex' Mimik richtig interpretierte, dann gingen dem Mann ganz ähnliche Gedanken durch den Kopf. Schließlich ließ er die Schultern sacken.

»Was genau verlangst du von mir?«

Michael bemühte sich um einen versöhnlichen Tonfall. »Im Augenblick nur, dass du deine Kontakte spielen lässt. Ruf so viele Bandenanführer wie nur möglich zu einem Treffen zusammen. Sie sollen sich anhören, was ich zu sagen habe, und dann selbst entscheiden. Du meintest, du hättest auch Kontakte aufs Festland. Besitzen die ebenfalls die Möglichkeit überzusetzen?«

Alex nickte. »Ja, mit Booten. Einige fahren ab und zu die Themse hoch, um mit uns zu handeln. Die haben Dinge, die wir brauchen, und andersrum genauso.«

»Glaubst du, sie würden deinem Ruf folgen?«

Alex zuckte die Achseln. »Ich denke schon.«

»Dann tu das. Ich bin sicher, dass wenigstens einige meine Worte sehr interessant finden werden. Und andere werden sich uns im Lauf der Zeit anschließen.«

Niedergeschlagen und mit hängenden Schultern wandte sich Alex ab und trottete davon wie ein geprügelter Hund. Seine Frau folgte ihm, jedoch nicht, ohne Michael noch einmal einen hasserfüllten Blick zuzuwerfen. Theodore zögerte und folgte schließlich Michaels Bruder, aber vorher zwinkerte er dem Blutläufer noch schelmisch zu.

Fabian trat an Michaels Seite und flüsterte: »Glaubst du, wir können ihm trauen?«

Michael wandte sich ihm zu, mit vor Unmut zusammengekniffenen Augen. »Das dort ist mein Bruder. Wir haben gemeinsam die Ashrak-invasion überlebt, den Horror, der anschließend folgte, und am Ende gründeten wir gemeinsam die mächtigste Gang im Großraum London. Wenn ich diesem Mann nicht vertrauen kann, dann kann ich niemanden trauen.«

Mit diesen Worten wandte sich auch Michael ab und stapfte davon. Fabian blieb noch eine Sekunde abwartend stehen und blickte Alex und Rachel hinterher. »Ich hoffe, du hast recht«, flüsterte er mehr zu sich selbst.

***

»Du warst zu nachgiebig«, stieß Rachel den Finger in die schwärende Wunde.

»Er ist mein Bruder. Was hätte ich denn tun sollen?«, jammerte Alex.

Sie packte ihn an der Schulter, wirbelte den Mann herum und zwang ihn, sie anzusehen. »*Du* bist der Anführer der Flesh and Bones. Ohne dich würden sie gar nicht mehr existieren. Das hättest du ihm klarmachen sollen.«

»Denkst du, das hätte irgendwas gebracht? Du kennst ihn nicht. Ich schon. Er wäre nicht hier, wenn er nicht felsenfest entschlossen wäre, die ganze Sache auch durchzuziehen. Er hätte es sogar auf Streitigkeiten innerhalb der Gang ankommen lassen. Und ich bin nicht sicher, dass ich sie gewonnen hätte.«

»Verdammt, lass dir endlich mal ein paar Eier wachsen!« Sie spie ihm die Worte förmlich ins Gesicht. »Du hast hier das Sagen. Du allein.«

Alex schnaubte. »Sag das besser mal ihm.« Sie wollte noch etwas sagen, aber er wehrte den Einwand mit beiden Händen ab. »Lassen wir das. Dafür habe ich jetzt wirklich keine Nerven.« Er wandte sich ruckartig ab. »Ich muss noch ein paar Nachrichten absetzen und ein Gipfeltreffen planen.« Er spürte Rachels brennenden Blick im Rücken, als er sich davonmachte. Alex wusste, das Thema war noch nicht erledigt. Und wie er seine Frau kannte, würde Blut fließen, bevor sie zufriedengestellt war.

# 10

Gareth eilte durch die Korridore, so schnell seine Beine ihn trugen. Die Gänge waren verstopft mit Tausenden Blutläufern und Kexaxa, die sich damit abmühten, alles an Ausrüstung wegzuschaffen, was man nur tragen konnte. Die Evakuierung der Basis lief auf Hochtouren.

Er fand Ris'ril im Hangar, wo sie die Verteilung von Blutläufern und Material auf ihre verfügbaren Schiffe koordinierte. Sie grüßte ihn lediglich mit knappem Nicken.

»Wie lange wird es dauern, bis man uns auf die Pelle rückt?«, wollte die Kriegerin wissen, während sie den Start einer Schweren Korvette autorisierte. Das Schiff setzte etwas zurück, wendete dann in einem geschmeidigen Manöver, nur um anschließend das geöffnete Hangartor zu passieren.

»Nicht lange. Wenn sich Takashi nicht bald zurückmeldet, dann werden die Ashrak gegen uns vorgehen.«

»Vielleicht wissen sie noch gar nicht, wo wir sind?«, fragte sie im Tonfall einer Person, die sich selbst von etwas überzeugen wollte. »Gut möglich, dass er uns auf eigene Initiative gefunden hat.«

»Selbst falls dem so wäre, dann hat er kurz nach seiner Ankunft unsere Position gemeldet.« Gareth runzelte die Stirn. »Wo ist er jetzt?«

Ris'ril wandte sich um. »Da kommt er.«

Gareth folgte ihrem Blick und machte bereitwillig Platz. Eine Stasiskapsel wurde hereingefahren, eskortiert von zwanzig Blutläufern mit entsicherten Pulsgewehren. Bei zweien von ihnen handelte es sich um Dys. Diese wandelnden Panzer waren Ris'rils Idee gewesen. Sie wollte kein Risiko bei der Verlegung ihres Gefangenen eingehen.

Als die Stasiskapsel die beiden Offiziere passierte, rümpfte sie die Nase. »Wir hätten ihn töten sollen. Er ist ein Risiko, das uns noch teuer zu stehen kommen könnte.«

»Wir töten nicht, wenn es nicht sein muss.«

Sie warf ihm einen schrägen Blick zu. »Wir töten praktisch ununterbrochen.«

»Ja, weil wir keine andere Wahl haben. Das ist dieses Mal anders.«

»Würdest du auch so urteilen, wäre er nicht dein Freund?«

Das war eine gute Frage, auf die Gareth spontan gar keine Antwort parat hatte. Er hatte Takashi seit einer gefühlten Ewigkeit nicht mehr gesehen. Das letzte Mal war auf Suvus nach ihrer Ernennung zu vollwertigen Blutläufern gewesen. Nach der Schlacht gegen die Sekari, die man kulanterweise als Abschlusstest wertete, war ihre Einheit – zumindest diejenigen, die überlebt hatten – angetreten, um beurteilt und kategorisiert zu werden. Michael war Schwerer Templer geworden. Gareth Templer. Und Takashi ... nun ... Takashi war zum Paladin auserkoren und weggeführt worden.

Gareth seufzte. Er hatte noch eine ganze Zeit lang an den Mann gedacht, mit dem er zusammen den Flug von der Erde eingepfercht in den Frachtraum eines Ernteschiffes mitgemacht hatte. Anschließend hatten sie gemeinsam die Ausbildung absolviert. Mit Gesichtern, die längst von ihnen gegangen waren: Sabrina, Matthew, Sonja und unglaublich viele weitere. Sie waren entweder im Kampf gegen oder für das Rod'Or-Imperium gefallen. Irgendwann war Takashi in den Hintergrund von Gareths Gedanken gerückt. Zum Teil, weil er davon ausgegangen war, ihn nie wiederzusehen.

Gareth senkte den Blick und betrachtete das aschfahle Gesicht innerhalb der Stasiskapsel. Diese sollte den Paladin ruhigstellen, aber sie erzielte nicht ganz die gewünschte Wirkung. Er lehnte sich gegen seine Fesseln auf, stemmte sich mit aller Kraft dagegen. Sein Kopf zuckte von einer zur anderen Seite. Er murmelte Unverständliches wie im Fiebertraum. Durch das zentimeterdicke Glas war Gareth nicht in der Lage, die Worte zu verstehen. Trotzdem beugte er sich unwillkürlich vor.

Plötzlich riss Takashi die Augen auf und schrie etwas aus vollem Hals heraus. Gareth schreckte zurück, erkannte jedoch im selben Moment, dass der Paladin immer noch tief und fest schlief.

Ausbildung und Indoktrination der Paladine waren ein streng gehütetes Geheimnis. Bekannt war nur, dass sie sich grundlegend von denen gewöhnlicher Blutläufer unterschieden. Hier bekam er aus nächster Nähe einen Eindruck davon, was dies bedeutete. Selbst unter dem Einfluss der Stasiskapsel versuchte Takashis Unterbewusstsein, ihn zur Flucht aus seiner misslichen Lage zu animieren.

Mit einer ungeduldigen Handbewegung wies er die Blutläufer an, die Kapsel zu verladen. Ris'ril trat zu ihm und legte Gareth die Hand auf die Schulter.

»Ich weiß, er ist dein Freund«, meinte sie voller Mitgefühl.

»Das war er mal«, murmelte Gareth. »Und ich hoffe, er könnte es wieder sein.«

»Du verschwendest Energie auf eine Hoffnung, die niemals eintreten wird.«

»Das kannst du nicht wissen.«

»Oh doch, das kann ich«, widersprach sie. »Paladine sind nicht wie andere. Sie verlieren Dinge wie Mitgefühl oder Anteilnahme. Solche Emotionen werden ersetzt durch Fanatismus und unbedingten Gehorsam. Ihre einzige Liebe gehört voll und ganz dem Imperium und den Rod'Or. Wir können ihn nicht ewig in diesem Zustand halten. Früher oder später wird ihm die Flucht gelingen. Das liegt in ihrer Natur. Ich weiß nicht, ob ihr Menschen an eine Gottheit glaubt, aber sobald er freikommt, solltest du lieber zu ihr beten.«

Gareth sah der Kapsel niedergeschlagen hinterher. Sie wurde auf einen Angriffskreuzer verladen. »Falls es so weit kommt, erledige ich ihn vorher persönlich.« Gareth seufzte. »Er war mein Freund«, wiederholte er. »Das ist das Mindeste, was ich für ihn tun kann.«

Ris'ril nahm die Hand von seiner Schulter. »Ein Paladin versucht, dich zu töten. Und es ist auch noch jemand, den du aus deiner Ausbildung kennst. Wie wahrscheinlich ist das? Ein Zufall?«

Gareth schnaubte. »Wohl kaum. Es ist Cha'acko. Er sendet mir eine Botschaft. Er lässt mich wissen, dass ich auch gegen alte Freunde werde kämpfen müssen, wenn ich nicht aufhöre – und das werde ich nicht.«

Ris'ril nickte. »Ein verschlagener Bastard.«

»Das ist er. Gerade das macht ihn gefährlich. Er kennt uns zu gut. Sowohl uns als Individuen als auch unsere Spezies. Deswegen wurde er auserwählt, den Aufstand zu zerschlagen. Er ist die beste Wahl für den Job.«

Gareths und Ris'rils Kommgeräte meldeten sich gleichzeitig zu Wort.

Antonio Mendoza erstattete Bericht. Der Blutläufer patrouillierte mit seinem Angriffskreuzer und drei weiteren Schiffen die äußeren Grenzen der Basis.

»Starke Feindverbände dringen ins System ein«, eröffnete er das Gespräch. »Wir ziehen uns zurück.«

Gareth fluchte und spuckte dabei auf den Boden. »Cha'acko verliert keine Zeit.«

»Was tun wir jetzt?«

Gareths Gedanken arbeiteten fieberhaft. »Die Evakuierung ist noch längst nicht abgeschlossen. Wir brauchen Zeit.«

Ris'ril streckte ihre Gestalt. »Dann werde ich dafür sorgen.« Sie wirbelte herum und marschierte auf einen der Schweren Kreuzer zu.

»Du musst ihn nicht schlagen«, rief Gareth der Kriegerin hinterher. »Aufhalten reicht schon.«

»Kümmere du dich um die Evakuierung«, rief sie zurück, ohne sich umzudrehen. »Überlass die Fischköpfe mir.«

***

Cha'acko stand auf der Kommandobrücke des Schlachtschiffes Draiminas Vergeltung und starrte verdrossen durch das zentrale Fenster hinaus ins All.

Einsfünf hätte sich längst zurückmelden müssen. Das ließ nur den einen Schluss zu: Der Paladin hatte versagt. Das war zwar in gewissem Ausmaß ärgerlich, aber auch nicht weiter überraschend. Templer HT-843715 hatte sich schon immer durch einen unbändigen Willen zum Überleben und ein unfassbares Ausmaß an schierem Glück ausgezeichnet. Aber das würde den Mann über kurz oder lang verlassen.

Der Schiffskommandant Dar'wur gesellte sich zu ihm. »Alle Einheiten haben ihre finalen Angriffspositionen erreicht. Wir sind bereit, auf Ihren Befehl hin loszuschlagen.«

Cha'acko zögerte. Er wandte sich dem Schiffskommandanten halb zu. »Sie kannten ihn, nicht wahr?«

Dar'wur wirkte für einen Moment verunsichert, fing sich aber sogleich wieder. »Wen? Den Rebellenanführer? Ja, wir führten einmal eine Mission zusammen durch.«

»Sie scheiterte. Ich erinnere mich.«

»Er rettete Ihnen damals das Leben.«

Diese Spitze traf. Die Erinnerung schmerzte Cha'acko mehr, als er zuzugeben bereit war. Es hatte Zeiten gegeben, da hätte er Templer HT-843715 fast als Freund bezeichnet. Gareth. Er ließ diesen Namen immer und immer wieder in seinem Geist Revue passieren. Doch der erwartete Hass wollte sich einfach nicht einstellen. Dieser Feldzug war nichts, was er genoss. Es war schlichtweg ein notwendiges Übel, um das Imperium, das er so sehr liebte, zu schützen. Er wollte es keinesfalls in einem Sturm aus Feuer und Blut untergehen sehen.

Er warf Dar'wur einen langen, unendlich erscheinenden Blick zu. Dann nickte er abgehackt. »Befehl an alle Einheiten: Vorrücken!«

***

Ris'ril stand breitbeinig auf der Brücke des Schweren Kreuzers SHIVA. Es stellte momentan das kampfstärkste Schiff ihrer Flotte dar. Und die war nicht wirklich beeindruckend.

Michael hatte die AURORA mitgenommen. Nun bereute sie diese Entscheidung. Das Schlachtschiff hätten sie wirklich gut gebrauchen können in dem Kampf, der da auf sie zurollte.

Ihr Navigator – Nico – meldete sich über Komm. »Sie rücken jetzt gegen uns vor.«

»Wie viele?«

»Es befinden sich dreihundertzweiundsiebzig Kriegsschiffe der Ashrak im Sensorbereich. Alle auf Abfangkurs mit Vektoren, die geradewegs ins Asteroidenfeld führen.«

Ris'ril nickte nachdenklich. »Das bedeutet nicht, dass sich außerhalb des Asteroidenfelds nicht noch mehr Feindeinheiten befinden.«

»Genau mein Gedanke«, gab Nico ihr recht. »Wenn Cha'acko sich des militärischen Standardvorgehens der Ashrak bedient, dann wird er knapp die Hälfte seines Kommandos außerhalb unserer Sensorreichweite zurücklassen. Sie werden uns großräumig umgehen, und wenn wir versuchen, auf der anderen Seite des Asteroidenfeldes das System zu verlassen, werden sie bereits auf uns warten und das, was zu diesem Zeitpunkt noch von uns übrig ist, zur Hölle pusten.«

»Sind ja rosige Aussichten.« Ris'ril machte eine verkniffene Miene. »Sind alle auf Position?«

Nico antwortete nicht. Stattdessen blendete er vor der Offizierin ein Hologramm ein, das die Standorte aller verfügbaren Schiffe als grüne Rauten darstelle. Die Feindeinheiten wurden als rote Dreiecke symbolisiert.

Ris'ril rieb sich leicht über das Kinn. Falls Nico mit seiner Einschätzung recht hatte – und sie zweifelte keinen Augenblick daran –, dann standen ihnen gut sechs- bis siebenhundert Schiffe gegenüber, aber nicht alle auf einem Fleck. Das Ganze hatte Ähnlichkeit mit einer Treibjagd und darin besaß Ris'ril eine Menge Erfahrung.

Die Ashrakstreitmacht voraus würde alles daransetzen, die Rebellen vor sich herzutreiben. Geradewegs in die Arme ihrer wartenden Freunde.

Um als Ziel einer solchen Jagd zu überleben, war es von essenzieller Bedeutung, sich nicht die Regeln des Gegners aufzwingen zu lassen. Ris' ril verfügte zur Abwehr über weniger als hundert Schiffe. Die übrigen wurden bei der Evakuierung gebraucht.

Sie atmete tief durch. Sie war zahlenmäßig mehr als drei zu eins unterlegen. Wenn man Tonnage und Feuerkraft in die Gleichung mit einbezog, dann wurde daraus schnell mindestens fünf zu eins. Der Gegner verfügte über drei Schlachtschiffe. Drei, von denen Ris'ril wusste. Sie selbst besaß kein einziges.

Aber sie besaß etwas anderes, das sich zu ihrem Vorteil nutzen ließ. »Nico? Wann dringen die ersten feindlichen Schiffe in das Asteroidenfeld ein?«

»In weniger als drei Stunden«, informierte der Navigator sie.

Sie verzog die Lippen zu einem höhnischen Grinsen. »Sehr gut, jede Minute, die Gareth für die Evakuierung nutzen kann, sind Soldaten und Ausrüstung, die auf die Schiffe verladen werden können.«

»Gibt es denn auch einen Plan, wie wir den Angriff überleben werden?«, wollte Nico wissen.

»Vertrau mir. Ich habe da schon ein paar Ideen.«

Nico seufzte. »Das hatte ich befürchtet.«

***

Gareth dirigierte eine weitere Gruppe aus über fünfzig Blutläufern in den für sie bereitstehenden Sturmkreuzer der Sekari. Das Schiff war Beutegut und noch nicht gänzlich wieder repariert. Es war gerade mal raumtauglich. Sie hatten aber keine Wahl. Für ihre Flucht benötigten sie jedes bisschen Stauraum.

»Bewegt euch!«, trieb er die Männer und Frauen an. Er biss sich leicht auf die Unterlippe. Die Ashrak würden niemandem Gnade erweisen, den sie hier noch antrafen, sobald sie die Basis einnahmen, und Gareth hatte keinerlei Absicht, jemanden zurückzulassen.

Er öffnete eine Kommfrequenz. »Isabella? Wie weit seid ihr?«

Isabella Karuschenkows gehetzt klingende Stimme antwortete mit merklicher Verzögerung. »Die Computerdateien sind zu dreißig Prozent gelöscht. Aber wir brauchen hier noch eine Weile.«

»Wir haben keine Zeit mehr. Sprengt einfach den Computerkern. Das erfüllt denselben Zweck. Wir müssen weg.«

In diesem Moment erschütterte etwas den Asteroiden, in dessen Inneren die Basis gebaut war. Gareth ging instinktiv in die Knie, als erwarte er, der Stützpunkt würde unweigerlich auseinanderbrechen.

»Was zum Teufel …?«, fluchte er. Irgendetwas hatte die Station getroffen, aber die feindlichen Großkampfschiffe waren noch Stunden entfernt und längst nicht in Reichweite, um die Stellungen der Rebellen unter Feuer nehmen zu können.

Erneut durchfuhr ein solcher Schlag den Asteroiden, dass Gareths Zähne unweigerlich aufeinanderschlugen. Das Material rings um ihn quietschte bedenklich. Er sah nah oben. Gerade noch rechtzeitig sprang er zur Seite, als ein Teil der Deckenverkleidung mitsamt dem Gestein herunterkrachte. Um ein Haar hätte es ihn unter sich begraben.

Isabellas Stimme kreischte durch seine Ohren. »Gareth! Wir haben ein Problem!«

Er stemmte sich in die Höhe und gab einem der beladenen Schiffe mit hektischen Handbewegungen das Zeichen zum Start. Anschließend bedeckte er seine Ohren, um Isabella über den Lärm besser hören zu können.

»Erzähl mir was!«

»Ashrakjäger!«, war das einzige Wort, das sie daraufhin sagte.

Gareth hielt inne. »Auch das noch!«

***

»Wo zum Teufel kommen die denn her?«, wollte Ris'ril an Bord ihres Flaggschiffs wissen.

»Sie haben sich von der linken Flanke her ohne Antrieb und ohne nennenswerten Energieausschlag ins Asteroidenfeld treiben lassen«, informierte Nico sie. »Sie tauchten erst auf unseren Sensoren auf, als sie ihre Systeme für den Angriff hochfuhren. Und da waren sie längst hinter unseren Linien.«

Ris'ril stieß eine Reihe derber Flüche aus, dennoch musste sie dem Gegner für diesen Schachzug gleichzeitig Respekt zollen. Damit hatten die Ashrak den ersten schweren Schlag gelandet. Schlimmer noch, sie zwangen sowohl Ris'ril als auch Gareth dazu, ihre Karten schneller offenzulegen, als einer der beiden es geplant hatte. Abermals fluchte sie.

»Nico, Signal an die zweite und dritte Verteidigungslinie. Feuer nach eigenem Ermessen freigegeben. Sie müssen der Basis unter allen Umständen Feuerschutz geben und die Jäger auf jeden Fall abwehren. Außerdem will ich, dass vierzig Prozent unserer mobilen Reserve zum Schutz der Evakuierung abgestellt werden.«

»Das wird Gareth aber nicht gefallen«, gab ihr Navigator zu bedenken.

»Doch, das wird es«, beharrte sie. »Es wird nämlich sicherstellen, dass er am Leben bleibt.«

Gareth und Ris'ril hatten über ein Jahr Zeit gehabt, das Rebellenhauptquartier gegen einen möglichen Angriff des Imperiums abzusichern. Ihre Lösung bestand in einer tiefengestaffelten, mehrere Linien umfassenden Verteidigung, die das Asteroidenfeld mit einschloss.

Auf Hunderten von Gesteinsbrocken waren Waffenstellungen installiert worden, rings um die Basis. Einige arbeiteten autonom, andere waren von Blutläufern bemannt. Die Verteidigung umfasste insgesamt fünf Linien. Ris'ril hatte ursprünglich geplant, den angreifenden Großkampfschiffen damit Paroli zu bieten. Nun zwang sie der Jägerangriff dazu, Farbe zu bekennen.

Sie musterte angestrengt das Hologramm der aktuellen Lage vor ihr, das Nico ohne Unterbrechung in Echtzeit aktualisierte. Vor ihren Augen wurden Dutzende von Energiesignaturen aktiv, als die Stellungen der zweiten und dritten Linien ihre Systeme hochfuhren. Gleichzeitig tauchten mehrere Hundert Jäger hinter einem großen Gesteinsbrocken etwa vierzig Klicks südlich des Hauptquartiers auf und strebten mit Höchstgeschwindigkeit dem Gefecht zu, das sich rund um die Basis anbahnte.

Knapp über dem Nordpol der Asteroidenbasis sammelte sich die Evakuierungsflotte. Mehrere Hundert Feindjäger hatten sich in zwei Flügel aufgeteilt, die einerseits die Basis, andererseits die Rebelleneinheiten attackierten. Die Rebellenschiffe konterten mit ihren Bordgeschützen, mussten sich aber zurückhalten, um nicht versehentlich eigene Einheiten oder die Basis selbst zu gefährden. Dies ließ den Feindjägern praktisch freie Hand.

Noch während Ris'ril hinsah, verschwanden drei grüne Symbole vom Plot. Außerdem erlitt die Basis schweren Schaden, als ohne Unterlass Raketen, Torpedos und Energiestrahlen darauf einschlugen. Zwar hielt die Basis stand, aber es war nur eine Frage der Zeit, bis der Feind ein Loch in das Trümmerstück brannte.

Ris'ril presste die Kiefer so fest aufeinander, dass die Muskeln hervortraten. »Wie lange noch, bis der Hauptverband in das Asteroidenfeld vorstößt?«

»Eine knappe halbe Stunde«, erwiderte Nico. »Hast du noch Anweisungen, die ich weitergeben soll?«

Ris'ril dachte angestrengt über die Frage nach, schüttelte dann aber den Kopf. »Für Gareth und die Basis haben wir getan, was möglich war. Alles, was uns noch übrig bleibt, ist, ihnen so viel Zeit zu verschaffen, wie wir können.«

***

Blutläufer Malcolm O'Reilly, ehemals Templer DO-225874, führte seine Jägerstaffel aus dem Versteck direkt ins Gefecht. Das Cockpit eines Ashrakjägers war für einen Blutläufer ein recht neues und ungewohntes Betätigungsfeld. Die Rebellen waren sich jedoch von Anfang an im Klaren, wollten sie im Kampf gegen die Ashrak bestehen, brauchten sie genauso eine Jägerflotte, wie sie auch Großkampfschiffe benötigten.

Rings um seine Position erwachten versteckte Geschützstellungen auf den Gesteinsbrocken zum Leben. Den feindlichen Piloten schlug mit einem Mal unerwartet hoher Widerstand entgegen. Raketen zogen an seinem Jäger vorbei, gefolgt von Energiestrahlen.

Dutzende Explosionen brandeten auf, als sich die völlig überraschten Ashrak plötzlich im Kreuzfeuer wiederfanden. Malcolm und seine Staffel bildeten das eiserne Schwert, das auf das Herz des Feindes deutete. Ihre Jäger stießen tief in die gegnerische Formation, gerade als diese ausschwärmte, um sich neu zu formieren.

Die Rebellenpiloten kannten sich mit der Ashrakjägerdoktrin bestens aus. Sie trainierten für genau diesen Augenblick, seit sie den Sekari die Basis abgenommen und eine Reihe von Flugsimulatoren der Fischköpfe dabei entdeckt hatten.

Die Staffeln der Rebellen formierten sich zu vier großen Schwärmen. Zwei von ihnen schlugen unmittelbar zu, die zwei anderen wichen nach back- respektive steuerbord aus und griffen auf einer elliptischen Bahn an, die es ihnen ermöglichte, den Feind von mehreren Vektoren aus unter Beschuss zu nehmen.

Nahm man jetzt noch die Feuerkraft der Asteroidenstellungen sowie der Evakuierungsschiffe hinzu, webten die Verteidiger ein tödliches Netz. Etwas, mit dem die Ashrak nicht gerechnet hatten.

Weitere Feindmaschinen zerplatzten unter dem unbarmherzigen Beschuss. Malcolm zog seinen Abfangjäger in eine geschmeidige Kehre, sodass einer der Feindeinheiten direkt unter seinem Fadenkreuz landete. Mit einem nicht geringen Anteil persönlicher Befriedigung zog er den Feuerknopf unter seinem rechten Zeigefinger bis zum Anschlag durch.

Zwei Lichtimpulse lösten sich aus den Tragflächen seiner Maschine und vereinigten sich am Heck des Ziels. Eine Explosion, gefolgt von einer Sekundärdetonation brandete auf. Der feindliche Jäger war aber noch längst nicht geschlagen. Der Ashrakpilot wich nach steuerbord aus in dem Versuch, Malcolm abzuschütteln.

Dieser hatte aber nicht derart lange auf seine Rache gewartet, um dem Fischkopf diese Möglichkeit zu lassen. Er blieb dran und behielt den Gegner dadurch die ganze Zeit über im Fadenkreuz seiner Bordwaffen. Er betätigte den Auslöser noch zweimal, bis sich endlich der Feindjäger nach einer verheerenden letzten Explosion in seine Bestandteile auflöste. Die Detonation schleuderte den Ashrakpiloten mitsamt den Trümmern seiner Maschine tiefer ins Asteroidenfeld. Malcolm kümmerte es nicht. Der Pilot war längst tot.

Der durchdringende schrille Ton seiner Zielerfassung meldete sich zu Wort. Das halbautonom arbeitende System hatte selbstständig ein neues Ziel in Reichweite erfasst und schlug als Reaktion seine Raketen vor.

Malcolm löste zwei der Geschosse ohne Zögern aus. Diese strebten eine korkenzieherartige Rauchspur hinter sich herziehend auf den vorüberfliegenden Gegner zu. Auch dessen Maschine wurde in Stücke gerissen.

Ein nie zuvor gekanntes Hochgefühl ergriff von ihm Besitz. Sie gewannen. Sie gewannen tatsächlich! Mit einem Mal zerplatzte der Jäger seines Flügelmannes unter feindlichem Feuer. Es folgten noch drei weitere Jäger. Malcolm sah sich hektisch um, gemahnte sich aber selbst sogleich zur Ruhe. Andere Staffeln hatten ähnliche Probleme. Sie alle erlitten Verluste. Der Feind hatte sich von seinem anfänglichen Schock erholt und schlug zurück. Die Ashrakpiloten waren immer noch in der Überzahl und im Vergleich zu den Rebellen sehr erfahren in dieser Art der Kriegsführung. Malcolm biss die Zähne zusammen. Vielleicht wurde es doch kein so leichter Sieg wie gedacht.

***

»Feindeinheiten dringen ins Asteroidenfeld ein«, meldete Nico mit seltsam abwesender, fast monoton klingender Stimme.

Ris'ril nickte und ließ sich augenblicklich mit Gareth verbinden. »Wie weit seid ihr? Unsere Zeit läuft ab.«

»Wir verladen gerade die letzten Einheiten«, gab der Rebellenanführer zurück. »Einsatz starten!«

Ris'ril lächelte kalt. Falls Cha'acko glaubte, sie in die Enge treiben zu können, dann hatte er sich gründlich getäuscht.

»Verteidigungslinien eins und fünf das Feuer eröffnen, sobald sich Feindeinheiten in Reichweite befinden.«

»Ich gebe die Anweisung weiter«, erwiderte Nico immer noch gefühlskalt. Der Navigator musste gerade ein Dutzend verschiedener Schiffsabläufe koordinieren und gleichzeitig die Schlacht im Auge behalten. Ris'ril beneidete ihn nicht um diese Mammutaufgabe.

Der aus sechsundneunzig Schiffen bestehende Kampfverband der

Rebellen setzte sich schwerfällig in Bewegung. Die einzelnen Einheiten nutzten geschickt die Asteroiden, um sich so lange wie möglich vor den Geschützen der Ashrak zu verbergen. Es konnte sich nur noch um Minuten bis zum ersten Schusswechsel handeln. Ris'ril betete zu ihren Göttern darum, dass die Täuschung erfolgreich verlaufen würde.

***

Cha'acko verfolgte die Manöver der Blutläuferrebellen mit einiger Faszination. Es waren allesamt hervorragende Kämpfer. Kein Wunder, die Ashrak selbst hatten sie ausgebildet – und tatenlos dabei zugesehen, wie sich direkt vor ihren Augen eine vor Hass triefende Armee bildete.

Dar'wur trat zu ihm. Er spürte die Abneigung des alten Veteranen. Die Honuh-ton waren nicht gut angesehen, nicht einmal bei ihren eigenen Leuten. Jedoch würde kaum jemand dies offen aussprechen.

»Sie ziehen sich nicht vor uns zurück«, meinte Cha'acko.

»Das werden sie noch«, versprach Dar'wur. »Sie haben keine Wahl. Unsere Jäger bedrängen ihre Basis und die dort verbliebenen Schiffe. Sie müssen ihren Leuten zu Hilfe eilen.«

Cha'ackos Schuppenfarbe wechselte ins Violette. Er war missmutig und fand die Ausführungen des Kommandanten wenig überzeugend. Die Blutläufer waren Kämpfer. Es sah ihnen absolut nicht ähnlich, sich zurückzuhalten, wenn es eine Schlacht zu schlagen gab.

Auf einem Hologramm beobachtete er die Fortschritte der anderen Verbände. Das Asteroidenfeld war vollständig eingekreist. Sie konnten sich in keine Richtung wenden, ohne auf starke Geschwader regierungstreuer, kampferprobter Einheiten zu treffen. Dem Aufstand würde heute der Kopf abgeschlagen. Er wusste nur noch nicht, wie hoch der Preis dafür sein würde.

Mit einem Mal schrillten Alarmsirenen über die Brücke. Dar'wur bekam einen leicht geistesabwesenden Gesichtsausdruck, als er mit seinem menschlichen Navigator kommunizierte. Der Kommandant sah auf, aber er musste Cha'acko gar nicht mehr über die aktuelle Bedrohungslage informieren.

Auf dem Hologramm tauchten Hunderte Fernlenkgeschosse auf, abgefeuert von versteckten Stellungen im ganzen Asteroidenfeld. Cha'ackos

Schuppenfarbe wechselte verärgert in ein dunkles Orange. Dann schlugen die ersten Geschosse ein.

***

Ris'ril beobachtete mit einer Mischung aus Hoffnung und Anspannung, wie sich der Horizont mit Explosionen füllte.

»Schadensprognose!«, verlangte sie.

Nico benötigte einige Sekunden, um die erforderlichen Daten zu sammeln und zu sichten. »Dreizehn Schiffe komplett zerstört, acht manövrierunfähig, weitere zweiundzwanzig zum Teil schwer beschädigt, aber immer noch kampf- und einsatzfähig.«

Ris'ril rümpfte die Nase. »Das ist zwar ein guter Anfang, aber es bleibt bei Weitem unter den Erwartungen.«

»Der Feind zieht seine Formation enger zusammen und unterstützt sich gegenseitig bei der Nahbereichsabwehr. Diese ist effektiver als prognostiziert.«

»Status?«, verlangte die Samirad zu erfahren.

»Der Gegner rückt unbeirrt vor.«

Ris'ril nickte. »Dann müssen wir eben zur größeren Bedrohung werden«, verkündete sie. »Alle Geschwader zum Angriff formieren!«

Auf dem Hologramm setzten sich sämtliche grünen Symbole in ihrer unmittelbaren Umgebung in Bewegung. Die SHIVA übernahm die Spitze der Formation.

Der gegnerische Verband pflügte unbeeindruckt durch den kontinuierlichen Beschuss der Asteroidenstellungen. Die Fischköpfe erlitten immer noch schwere Verluste, die Verlustrate insgesamt sank aber ein wenig. Der Gegner schlug ohne Mitleid zurück. Asteroidenstellungen wurden zu Dutzenden pulverisiert. Um die autonomen war es nicht schade, doch Ris'ril trauerte um all jene, die von Blutläufern bemannt gewesen waren. Sie hatten als Krieger gekämpft und das ultimative Opfer gebracht.

»Wir verlieren zu viele Stellungen«, sprach Nico ihre schlimmsten Befürchtungen aus. »Die erste Linie hat siebzig Prozent Verluste, die fünfte etwa vierzig.«

»Sie müssen nur noch ein bisschen länger durchhalten«, erwiderte Ris'ril gepresst. »Die vierte Linie soll ihre Energie hochfahren und sich dem Angriff anschließen. Wir müssen sie früher als erwartet eingreifen lassen.«

Die Rebellenschiffe näherten sich dem Gegner immer weiter an. Die Gesteinsbrocken erwiesen sich dabei als unschätzbar wertvoller Vorteil. Während die Ashrak unter beständigem Beschuss vorrücken mussten, konnten die Einheiten der Rebellen die Trümmer zur Deckung nutzen.

Ris'ril mahlte angestrengt mit den Zähnen. Sie konnte es kaum erwarten, in den Kampf einzugreifen. Die ersten Feindeinheiten überschritten eine imaginäre Linie. Es fühlte sich an wie eine Erlösung.

»Feuer frei!«, schrie sie. Die Rebellenflotte eröffnete den Beschuss fast zur selben Zeit wie der Gegner. Beide Raketensalven passierten einander in unmittelbarer Nähe. Einige Geschosse nahmen sich gegenseitig als Ziel auf. Explosionen blühten zwischen den Flotten auf.

Die Schiffe beider Verbände eröffneten den Kampf mit den Energiewaffen, einerseits zur Abwehr der einkommenden Lenkflugkörper, andererseits um den Gegner weiter zu traktieren.

Die Shiva legte sich schwer auf die Seite, nachdem sie von einem halben Dutzend Gefechtsköpfen getroffen worden war. Die Trägheitsdämpfer arbeiteten unter Volllast.

Die Shiva feuerte alle ihre Energiewaffen im Bug ab und zerlegte einen feindlichen Angriffskreuzer, dessen Besatzung so vermessen gewesen war, sich mit ihrem Flaggschiff anzulegen. Entlang der gesamten Kampflinie explodierten Feindschiffe oder zogen sich angeschlagen aus dem Kampf zurück.

Aber auch die Rebellen mussten Federn lassen. Innerhalb weniger Minuten verlor Ris'ril fast dreißig Schiffe. Ihre Augen blieben auf die Symbole gerichtet, die die feindlichen Schlachtschiffe symbolisierten. Diese hatten in den Kampf noch nicht einmal eingegriffen. Sie pflügten einem gewaltigen Moloch gleich durch das Trümmerfeld. Diese mächtigen Schiffe mussten nicht einmal ihre Waffen einsetzen, um sich den Weg zu ebnen. Die meisten Gesteinsbrocken waren nicht groß genug, diesen Kampfeinheiten auch nur eine Delle beizubringen.

Die Verluste beider Seiten stiegen von Minute zu Minute. Sie schenkten sich gegenseitig nicht das Geringste. Die Ashrak gewährten keine Gnade und die Blutläufer waren an dem Mitgefühl ihrer ehemaligen Sklavenmeister nicht interessiert.

Die Schlachtschiffe befanden sich nun in Reichweite der ersten Asteroidenstellungen. Diese lenkten das Feuer weg vom Gros der Feindflotte und konzentrierten sich auf den größeren und gefährlicheren Gegner.

Explosionen sprenkelten das führende Schlachtschiff vom Bug bis zum Heck. Die Geschosse hinterließen eine pockennarbige, von Einschlägen übersäte Oberfläche, ohne den Gegner merklich zu verlangsamen.

Ris'ril fletschte die Zähne. »Alle Einheiten zurückweichen! Verteidigungslinien eins und fünf: Gebt uns Deckung.«

Der Befehl schmeckte ihr nicht. Er bedeutete nichts anderes, als dass die bemannten Stellungen und ihre Besatzungen geopfert wurden. Aber das war von Anfang an der Plan gewesen. Die Blutläufer auf den Asteroiden hatten gewusst, was im Bedarfsfall von ihnen erwartet wurde. Und sie hatten ihre Rolle in dieser Tragödie bewusst akzeptiert.

Der Rebellenverband zog sich Richtung Hauptbasis zurück, während die Schlacht an Intensität zunahm. Alles, was an Stellungen auf den Asteroiden noch da war und feuern konnte, legte einen Teppich zwischen den Gegner und Ris'rils Einheiten. Nun würde sich entscheiden, ob der Evakuierungsplan etwas wert war.

***

Cha'ackos Schuppenfarbe wechselte ins leicht Grünliche. Er wollte sich noch nicht so weit aus dem Fenster wagen, aber er fühlte doch etwas wie Freude in sich aufsteigen.

»Der Feind zieht sich zurück«, meldete Dar'wur zufrieden und machte nicht einmal den Versuch, seine Befriedigung vor dem Honuh-ton-Agenten zu verbergen.

»Dann versetzen wir ihnen jetzt den Todesstoß«, erläuterte Cha'acko. »Alle verbliebenen feindlichen Stellungen auf den Asteroiden zerstören und anschließend zur Basis vorstoßen. Sie können nirgends mehr hin.«

***

Gareth befand sich auf der Brücke des Angriffskreuzers ESMERALDA. Die Basis war geräumt und die Flotte machte sich zum Aufbruch bereit.

»Ris'rils Einheiten treffen gerade ein«, meldete sein Navigator Wesley.

»Ausgezeichnet. Status der Jägerschlacht?«

»Der Feind zieht sich unter hohen Verlusten zurück. Unser direktes Umfeld ist im Moment feindfrei.«

Gareth nickte. »Befehl an alle Einheiten: Zum Angriff formieren gemäß Plan Theta.«

***

Cha'acko und Dar'wur rissen beide gleichzeitig die Glubschaugen auf. »Was haben die denn vor?«, presste der Honuh-ton-Agent angestrengt heraus.

»Beide Verbände haben sich vereinigt und stoßen gegen unsere Linien vor«, bestätigte der Navigator die Beobachtung der beiden Ashrak.

»Wie hoch ist die Wahrscheinlichkeit, dass wir sie aufhalten können?«, fragte Dar'wur.

»Angesichts der beträchtlichen Verluste, die wir bereits erlitten haben, sehe ich unsere Chancen bei weniger als dreißig Prozent, einen kombinierten Angriff beider Rebellenflotten zu stoppen. Sie werden uns überwältigen. Es sei denn ...«

»Es sei denn was?«, wollten Cha'acko und Dar'wur gleichzeitig ungeduldig wissen.

»Es sei denn, wir erhalten signifikante Verstärkung«, spann der Navigator den Faden weiter.

»Wie lange bis Feindkontakt?«, hakte Dar'wur nach.

»Wir benötigen noch gut eine Stunde, um den Widerstand sämtlicher feindlicher Stellungen niederzukämpfen. Der Gegner formiert im Augenblick noch seine Einheiten zu einer einzigen Front. Laut genauesten Berechnungen stehen wir in etwa neunzig Minuten mit dem Gros der Rebellenflotte im Gefecht.« Der Navigator schloss seine Ausführungen und überließ sämtliche Implikationen den Ashrak. Er hatte seine Aufgabe erfüllt, nun galt es, Entscheidungen zu treffen. Dafür war er nicht länger zuständig.

Dar'wur wechselte mit dem Honuh-ton-Agenten einen langen Blick. Die Röhrchen, die in die Kiemen Cha'ackos führten, gurgelten aufgeregt. Schließlich stieß Dar'wur einen Laut der Frustration aus.

Cha'acko nickte. »Wir haben keine andere Wahl. Tun Sie es.«

Dar'wur nickte und machte sich bereit, einen Befehl zu erteilen, der ihm ganz und gar nicht behagte.

***

Gareth verfolgte die feindlichen Manöver von der Brücke der ESMERALDA aus. Er stieß ein kurzes Zischen aus. Die Feindeinheiten säuberten das Asteroidenfeld mit gnadenloser Effizienz. Auf diesen Stellungen starben an die zweihundert Blutläufer. Aber sie fielen nicht umsonst. Sie fügten dem Gegner vor ihrem Ableben noch schwerste Verluste zu.

Inzwischen hatten sämtliche Verteidigungslinien – von Nummer eins bis Nummer fünf – in den Kampf eingegriffen, wenn auch von der ersten kaum noch etwas übrig war. Die Verluste der Ashrak waren immens. Und die Blutläufer auf den Asteroiden-Stellungen waren bereit, ihren Beitrag zu leisten, um den Feind so lange wie möglich aufzuhalten.

Trotz der Opfer, die gebracht werden mussten, um die Evakuierung zu ermöglichen, schlich sich ein Lächeln auf sein Gesicht.

»Wesley?« Er sprach das einzelne Wort wie eine Frage aus und der Navigator der ESMERALDA wusste auch genau, worauf sein Befehlshaber hinauswollte.

»Es funktioniert. Ich gebe offen zu, ich hätte das nicht erwartet.«

»Ich war schon immer der Meinung, man muss nicht klüger als sein Gegner sein, es ist nur wichtig, dass er einen für dümmer hält.«

»Von wem stammt das Zitat?«

»Von mir«, lächelte Gareth. »Wie viel Zeit bleibt uns noch bis zum erwarteten Feindkontakt?«

»Etwa achtundvierzig Minuten.«

»Zeig mir alle eigenen und feindlichen Schiffsbewegungen.«

Wesley gehorchte ohne Verzögerung. Die Überlebenden des Jägerangriffs zogen sich eilig in Richtung ihrer Mutterschiffe entlang der linken Flanke zurück. Dort hatten sich etwa zwanzig Trägerschiffe nebst leichten Begleiteinheiten in Stellung gebracht.

Vor gut einer Stunde hatten sich an ebenderselben Stelle noch mehrere Kreuzergruppen und ein Schlachtschiff befunden. Dieselbe Zusammenstellung an Schiffstypen befanden sich auch an der rechten Flanke sowie im Süden ihrer Position.

Nun hatte Cha'acko aber sowohl die rechte als auch die linke Flanke an schweren Einheiten entblößt, in Erwartung eines Frontalangriffs auf seine Position.

An beiden Flanken waren eine Menge roter Symbole zu erkennen, die auf Cha'ackos Position zuströmten. Parallel stieß der südliche Verband nach Norden vor, um Gareths Einheiten in den Rücken zu fallen. Alles recht schön und gut, aber damit spielte der Honuh-ton-Agent Gareth genau in die Hände. Dieser verfolgte nämlich keineswegs den Plan, in einer heroischen Schlacht sein Leben zu lassen. Vielmehr hegte er die Absicht, so viele seiner Leute aus dieser Todesfalle herauszuschaffen wie nur möglich. Und dazu gab es nur eine Chance.

»Wesley? Signal Zeus für alle Einheiten.«

Der Navigator gab die Anweisung an jedes der fast hundertfünfzig Schiffe der Flotte weiter. Und Gareths Lächeln wuchs in die Breite.

* * *

Cha'acko stand breitbeinig auf der Brücke des Kommandoschiffes, während das Verhängnis seinen Lauf nahm. Die Ashrak waren Krieger. Die Schlacht lag ihnen im Blut. Der Gedanke, dass jemand sich nicht zum Kampf stellen wollte, lag ihnen fern.

Dar'wur brüllte vor Wut und es war ihm völlig egal, welchen Einfluss dies auf seine Brückencrew hatte. Seine Haut nahm einen so orangen Ton an, dass sie fast rot wirkte. Cha'ackos Schuppen hingegen nahmen das Gelb der Enttäuschung an.

Anstatt sich zum Kampf zu stellen, brach die Rebellenflotte in einer grandiosen Zurschaustellung raumfahrttechnischen Könnens zur geschwächten linken Flanke hin aus. Sie beschleunigten auf eine Geschwindigkeit, die in einem Asteroidenfeld nicht wirklich ratsam erschien.

Mindestens drei ihrer Schiffe kollidierten mit umhertreibenden Gesteinsbrocken. Sie endeten als tote Wracks, in denen es für die Besatzung kaum Überlebenschancen gab.

Die übrigen Schiffe jedoch brachen aus dem Asteroidenfeld und fielen über die Trägerschiffe und ihre lächerlich geringe Eskorte her. Die Träger konnten nicht einmal ihre Jäger starten, da diese gerade erst von der verlorenen Schlacht heimkehrten – mit niedrigem Treibstoffstand und kaum Munition.

Die linke Flanke der Offensive war diesem Angriff nicht gewachsen. Die Rebelleneinheiten schossen die Träger und ihre Eskorte Schiff für Schiff zusammen, wobei sie lediglich vier eigene Einheiten einbüßten. Die zur Verstärkung Cha'ackos entsandten Geschwader drehten bei, um ihren bedrängten Artgenossen zu Hilfe zu eilen. Aber selbst dem größten Vollidioten war klar, dass sie zu spät auf der Bildfläche erscheinen würden. Anschließend beschleunigten die Rebelleneinheiten und sprangen eins nach dem anderen aus dem System. Ihnen war die Flucht gelungen.

Cha'acko öffnete den Mund, um etwas zu sagen. In diesem Augenblick zerriss eine gewaltige Detonation die Rebellenbasis und zerlegte den kompletten Asteroiden in seine Atome. Als sich das Feuer verzog, klaffte in diesem Teil des Trümmerfeldes ein gewaltiges Loch.

Cha'acko klappte den Mund auf beinahe mechanische Weise wieder zu, drehte sich um und stapfte schwerfällig von der Brücke. Hier gab es nichts mehr zu sagen. Sie hatten verloren. Und es gab kaum etwas, das er mehr hasste, als zu verlieren.

# 11

Michael konnte sich nicht erinnern, wann er zum letzten Mal solches Lampenfieber verspürt hatte. Wenn er es recht bedachte, dann war das noch nie der Fall gewesen.

Mehr als dreihundert Bandenanführer aus halb Europa waren dem Ruf seines Bruders gefolgt. Eine solche Zusammenkunft hatte es seit der großen Invasion nicht mehr gegeben. Es hatte fast einen Monat gebraucht, aber alles, was Rang und Namen hatte, war im Rahmen eines allgemeinen Waffenstillstands unter den Gangs eingetroffen.

Fabian und Ludwig musterten ihn teils angestrengt, teils belustigt. Die beiden wechselten einen vielsagenden Blick, bevor sie sich erneut dem Anführer dieser Operation zuwandten.

Alex rieb sich immer wieder die Hände aneinander. Nervosität schien in der Tat ansteckend zu sein. Seine Frau Rachel stand bei ihm und redete immer wieder auf ihn ein. Sie warf Michael dabei ständig düstere Blicke zu. Er rümpfte die Nase. Seine Schwägerin gehörte sicherlich nicht zu seinen größten Fans.

Alexander nickte mehrmals, gebot der Frau dann aber zu schweigen. Er drehte sich um, rieb die Hände an der Hose trocken und deutete auf die Menschen, die gekommen waren, um Michael sprechen zu hören.

»Die meisten sind da«, meinte sein Bruder.

Michael ließ den Blick schweifen. Die Bandenanführer diskutierten ohne Unterlass miteinander, was dem ganzen Raum die Hintergrundgeräusche eines Bienenschwarms verlieh.

»Wie viele fehlen noch?«

»Ungefähr zwanzig. Ein paar aus Spanien, den Niederlanden und Schweden. Außerdem noch der Vertreter einer großen Gang aus der Schweiz.«

»Gibt es die Hoffnung, dass sie noch eintreffen?«

Alex zögerte, seufzte dann schließlich. »Wir wissen mit Sicherheit, dass mindestens fünf Delegationen den Ashrak in die Hände gefallen sind bei einigen ihrer Fischzüge. Zwei weitere Gruppen sind bei der Überfahrt vom Festland nach England von feindlichen Jägern entdeckt und mitsamt ihren Booten versenkt worden.«

Michael ließ den Kopf sinken und nickte. »Dann ist die Versammlung vollzählig. Wer es bis jetzt nicht geschafft hat, der kommt auch nicht mehr.« Er machte eine verkniffene Miene und musterte verstohlen die vielen fremden Gesichter. »Wer ist alles da?«

Alex deutete mit einem Wink des Kinns in die große Bahnhofshalle. »Fast alle aus Deutschland, Frankreich, Polen und Österreich. Sogar aus Italien, Bulgarien, Rumänien und Griechenland sind welche gekommen.« Ein kurzes Lächeln flammte auf. »Über Funk sind obendrein einige Gangs von der Ostküste der USA zugeschaltet. Die werden sich aber vermutlich im Lauf deiner Rede ausklinken, zumindest die meisten. Die Batterieleistung wird sonst überbeansprucht.«

Michael leckte sich über die trockenen Lippen. »Solange sie den Teil mitbekommen, auf den es mir ankommt, soll es mir recht sein. Dies hier ist nur ein erster Schritt. Wir müssen Kontakte knüpfen, Vertrauen erwecken. Das ist wichtig. Wenn sie nicht das Gefühl bekommen, dass es das wert ist, dann verlieren wir sie.«

Fabian berührte ihn beinahe sanft an der Schulter. »Wollen wir beginnen? Wenn die noch länger warten, dann müssen wir ihnen am Ende noch Häppchen servieren.« Ludwig quittierte die Bemerkung mit einem unterdrückten Prusten.

Michael nickte jedoch lediglich, obwohl er in diesem Moment am liebsten woanders gewesen wäre. Er schlenderte die Stufen hoch, die zu einem kleinen, eigens für diesen Anlass gebauten Podest führten.

Schon seine gewaltige Präsenz sorgte umgehend dafür, dass Ruhe einkehrte. Hunderte Augenpaare richteten sich erwartungsvoll auf seine Person. Michael schluckte unwillkürlich. Er streckte sich und breitete die Arme aus. Die Rüstung war eingefahren, die handtellergroße, metallische Scheibe hing auf Höhe seiner linken Brust. Man war übereingekommen, die Leute am Anfang nicht zu überfordern, indem ihnen ein Mann in der Rüstung des Feindes gegenübertrat. Man sah lediglich seinen militärischen Overall, den jeder Blutläufer unter der Rüstung trug.

»Ich danke euch allen, dass ihr so zahlreich meinem Ruf gefolgt seid. Für die Dauer eures Aufenthalts akzeptiert bitte die Gastfreundschaft der Flesh and Bones.«

»Wer bist du überhaupt?«, schrie ihm jemand entgegen. Michael kniff die Augen zusammen, um zu erkennen, um wen es sich handelte. Die Person war innerhalb der gesichtslosen Menge, die ihm gegenüberstand, aber nicht auszumachen.

»Mein Name ist Michael Anderson.« Er zögerte kurz und warf seinem Bruder einen Seitenblick zu. »Ich führe die Flesh and Bones.«

Ein Raunen ging durch die Menge. Er bemerkte, wie Rachels Miene sich verdüsterte, während Alexanders Gesichtsausdruck wie in Stein gemeißelt schien. Wäre seine Schwägerin in der Lage gewesen, Blitze zu verschießen, Michael wäre an Ort und Stelle zu Asche verbrannt.

»Ich dachte, Alex führt die Flesh and Bones«, warf dieselbe Stimme ein. Nun erkannte er auch den Mann dahinter. Es handelte sich um einen der Franzosen.

»Wie ist dein Name, mein Freund?«

»Lucas Laureant. Ich führe die Front de Liberté.«

Michael nickte ihm grüßend zu. Laureant führte die größte Gang innerhalb Frankreichs. So wie die Flesh and Bones London kontrollierten, kontrollierte die Front de Liberté Paris und sogar das direkte Umland in einem Fünfzig-Kilometer-Radius, ausgehend von der äußersten Stadtgrenze. Das war sehr beachtlich.

Michael trat einen Schritt vor und stand nun unmittelbar am Rand der Plattform. »Ich versichere euch, *ich* führe die Flesh and Bones. Mein Bruder Alex und ich haben sie gemeinsam gegründet. Nach langer Abwesenheit bin ich nun wieder hier, um unsere Gang zu übernehmen.« Er atmete einmal tief durch. »Und jeden, der sich uns friedlich anschließen will.«

Abermals ging ein Raunen durch die Menge. Dieses Mal klang es nicht neugierig, sondern entschieden feindselig. Laureant trat vor. Die anderen Anführer machten ihm bereitwillig Platz. Michael notierte diese Beobachtung in Gedanken. Laureant genoss offenbar selbst unter seinen Feinden einen respektablen Ruf. Konnten sie diesen Mann gewinnen, wären sie schon einen großen Schritt weiter.

»Das klingt wie eine Kriegserklärung. Die Front de Liberté lässt sich nicht so einfach absorbieren. Das dürfte dir klar sein.« Aus der Menge erklangen vereinzelte Rufe der Zustimmung. Und von all jenen, die schwiegen, stimmten zahlreiche Anwesende durch Nicken zu.

Michael erkannte, wie aufgeheizt die Menge war. Sie waren es vermutlich schon vor Beginn seiner Ansprache gewesen. Er konnte sich sogar vorstellen, wie das gekommen war. Die Männer und Frauen hatten sich während der ganzen gefahrvollen Reise nach London vorgestellt, worum es sich bei dieser wichtigen Zusammenkunft wohl handeln mochte. Und je mehr sie darüber nachdachten, desto besorgter waren sie geworden.

Die Flesh and Bones waren nicht für ihre zurückhaltende Art bekannt. Hinzu kam, dass das Leben auf der Erde nur auf dem Kampf und der Überlegenheit des Stärkeren beruhte. Diese Phasen wurden lediglich unterbrochen von kurzen Momenten des Friedens, in denen sich alle Beteiligten auf etwas vorbereiteten, das man nur als Stammeskriege bezeichnen konnte. Die Menschheit kannte seit der Ashrakinvasion nichts anderes mehr. Deshalb vermuteten sie hinter der Einladung der Flesh and Bones einen Übernahmeversuch anderer Banden, die sie als schwächer ansahen. Und in der heutigen Welt wollte niemand schwach wirken. Es forderte einen Angriff geradezu heraus. Daher traten sie ihm aus einer Position potenzieller Stärke entgegen. Das war die beste Methode, um Angriffe oder ausgewachsene Kriege zu vermeiden.

Michaels Gedanken überschlugen sich. Auf diese Weise kam er nicht weiter, das erkannte er mit unumstößlicher Klarheit. Seine Rede würde nicht funktionieren. Er verwarf all seine geplanten Worte, seine ganze Ansprache im Bruchteil einer Sekunde – und fasste einen neuen Plan.

»Wie viele Menschen hast du bereits in deinem Leben verloren, Lucas?«

Der Franzose stutzte und runzelte die Stirn, verwirrt ob des plötzlichen Themenwechsels. Sein Blick verdunkelte sich sofort. »Zu viele.« Er sah sich in der Halle um. »Unter anderem haben mir einige der hier Anwesenden eine große Anzahl von ihnen genommen.«

Michael nickte. »Und wie viele durch die Fischköpfe?«

Abermals runzelte Lucas die Stirn. Doch dann sah er betreten zu Boden. »Marianne«, erwiderte er schlicht. Der Name schien etwas auszulösen. Die Menge wurde merklich still. Jedem von ihnen schien ein eigener Name in den Sinn zu kommen.

»Daniela«, sagte einer der Deutschen.
»Isabell«, schloss sich ein Pole an.
Ein Italiener nickte. »Giuseppe und Fabianna.«
Weitere Namen wurden genannt, bis die Halle von Hunderten von Namen widerhallte, die die Luft bis zur hohen Kuppel über ihnen hinauftrugen.
Michael senkte betroffen das Haupt. »Meine Namen sind John und Elizabeth … Alexanders und meine Eltern. Dann noch Sandra, unsere Schwester. Diese Liste lässt sich beliebig weiterführen. Deswegen bin ich hier. Deswegen seid ihr alle hier. Aus diesem Grund habe ich euch herbestellt.« Er sah sich unter den versammelten Menschen um. »All diese Kämpfe unter uns, die Kriege, die Überfälle, das Entführen und Töten von geliebten Männern und Frauen, all das hat nur eine Ursache: die Fischköpfe.«
Einer der Italiener in der vordersten Reihe spie angewidert aus.
Michael stimmte nickend zu. »Unser ganzes Elend ist nur auf ihre Ankunft zurückzuführen.« Michael holte tief Luft. »Deswegen werden wir nicht länger uns bekämpfen. Wir sollten *sie* bekämpfen.«
Die versammelten Ganganführer keuchten kollektiv auf. Michael konnte sich gewiss sein, im Zentrum der Aufmerksamkeit zu stehen. Schließlich schrien sie alle durcheinander. Es war kaum ein klares Wort zu verstehen, nur einzelne Fetzen.
»Das ist Wahnsinn!«, schrie einer.
»Selbstmord!«, schloss sich ein weiterer an.
Auch Beschimpfungen und Schmähungen wurden laut. Manche ganz allgemeiner Natur, aber viele gegen ihn persönlich gerichtet. Michael ließ sie gewähren. Er wusste, seine Worte waren ein Schock, und sie mussten erst einmal Dampf ablassen, bevor auch nur daran zu denken war, dass sie seine Ausführungen auch nur ernsthaft in Erwägung zogen. Der über ihn hereinbrechende Sturm hielt fast eine Viertelstunde. Michael stand die ganze Zeit über starr wie eine Statue auf der Plattform und ließ alles über sich ergehen. Er verteidigte sich nicht und er rechtfertigte sich nicht. Sein Schweigen besaß eine eigene Ehrlichkeit in sich.
Vielleicht war es genau diese Passivität, die schließlich erneut Ruhe einkehren ließ. Abermals ließ er den Blick schweifen. Viele der Anwesenden atmeten schwer. Sie hatten sich in ihrem Widerspruch verausgabt.

Ihre Augen blitzten aber kämpferisch. Das war ein Anfang. Wenn sie etwas ganz dringend brauchten, dann waren es Emotionen. Und mehr von diesem Zorn, diesem Hass. Er musste lediglich in die richtigen Bahnen kanalisiert werden.

»Was ich vorhabe, ist kein Wahnsinn, kein Selbstmord. Ich sage euch, es ist machbar. Wir können kämpfen und wir können sie schlagen. Aber nur dann, wenn wir an einem Strang ziehen. Die Fischköpfe – oder Ashrak, wie sie richtig heißen – sind nicht unbesiegbar. Ich habe lange Zeit für sie gekämpft. Ich kenne ihre Stärken und Schwächen. Und ich kam hierher, um dieses Wissen mit euch zu teilen.«

Einer der Spanier merkte auf. »Du hast für *sie* gekämpft?«

Sie waren an einem sensiblen Punkt angelangt. Michael war von vorne herein klar gewesen, dass er damit ein gefährliches Thema ansprach. Aber wenn er Vertrauen erzeugen wollte, musste er zuerst Vertrauen entgegenbringen und lückenlos ehrlich sein.

Michael stieß einen tiefen Seufzer aus. »Ja, ich habe für sie gekämpft. Viele Menschen haben das und tun es noch. Wir, die wir entführt wurden, hatten keine Wahl. Die Ashrak haben uns in ihren Dienst gepresst und gezwungen, furchtbare und geradezu unaussprechliche Dinge zu tun. Dinge, gegen die die Stammeskriege hier auf der Erde wirken wie ein Kindergeburtstag. Aber ich und einige andere haben den Zwang unseres gemeinsamen Feindes überwunden. Wir haben uns aus der Sklaverei befreit und nun wollen wir dieses Geschenk weitergeben.« Er schüttelte leicht den Kopf. »Die Menschen auf der Erde hungern. Sie leben von der Hand in den Mund, nur darauf bedacht, noch einen weiteren Tag zu überleben. Die Furcht vor dem nächsten Winter sitzt jedem von uns tief in den Knochen.«

Michael sah Zustimmung in den Augen vieler Anwesender. Sie alle wussten nur zu genau, wovon er sprach. Sie erkannten sich und ihre Familien in seinen Worten wieder.

Er leckte sich über die Lippen. Es wurde Zeit, den Sack zuzumachen. »Meine Freunde und ich sind die Vorboten einer großen Streitmacht. Aber um zu gewinnen, benötigen wir Hilfe. Wir brauchen gute Männer und Frauen, die bereit sind, den Kampf zum Feind zu tragen. Wir bringen euch Waffen. Wir bringen euch Rüstungen. Und vor allem bringen wir euch Nahrung. Schließt euch uns an. Schließt euch dem Kampf gegen die

Ashrak an. Dieser heraufziehende Sturm ist nicht nur gerecht. Er ist ein heiliger Krieg. Jeder Mensch – egal ob Mann oder Frau, egal ob sechzehn oder sechzig – hat die Verpflichtung, diesem Krieg sein Leben zu widmen. Die Erde war einst frei. Wir hatten sicher unsere Probleme. Aber es waren *unsere* Probleme und *unsere* Welt. Und nun? Was besitzen wir jetzt? Wir hausen in Ruinen, in ständiger Furcht vor unseren Nachbarn oder den Ashrak.«

Michael registrierte, dass ihm die Anwesenden förmlich an den Lippen hingen. Seine Ausführungen hatten sie gepackt und er verspürte nicht die geringste Absicht, sie wieder aus seinem Bann zu lassen. Die Armee, die er Gareth versprochen hatte, sie nahm ihren Anfang: hier und jetzt.

Er gab Fabian und Ludwig einen Wink und beide marschierten auf die Plattform und postierten sich nur einen Schritt hinter ihm.

»Wir können gewinnen«, wiederholte er, und bevor jemand etwas einwerfen konnte, schlugen alle drei Blutläufer auf den Auslöser ihrer Rüstung. Diese legte sich mit metallischem Geräusch über ihre Körper.

Die Menge bekam große Augen, als mit einem Mal drei vollgerüstete außerirdische Krieger vor ihnen standen. Sie bildeten einen imposanten Anblick.

Mit einem Mal jubelte die Menge. Michael ließ sie gewähren und schrie: »Seid ihr dabei?«

Die Antwort war ein kollektives, aus Hunderten Kehlen gebrülltes: »Ja!«

Michael ließ den Kopf sinken und war froh über die Rüstung, die seine Erschöpfung verbarg. Fabian nahm über das Kommgerät Verbindung zu ihm auf. »Du hast es geschafft. Die hier versammelten Gangs symbolisieren einen großen Teil der Macht Mittel- und Südeuropas.«

»Die richtige Arbeit beginnt erst noch«, erwiderte Michael. »Wenn wir hier tatsächlich eine Armee aufbauen, dann benötigen wir eine militärische Infrastruktur sowie ein Rangsystem, dem sich auch alle unterordnen müssen.«

»Wie gehen wir also weiter vor?«, fragte Fabian.

Michael überlegte kurz. »Wir teilen uns auf. Ich bleibe hier in London, du gehst nach Übersee und mobilisierst weitere Unterstützer auf dem nordamerikanischen Kontinent. Ludwig geht nach Süddeutschland und übernimmt dasselbe im Süden und Osten des Kontinents. Wenn möglich sollte er unseren Einfluss sogar bis nach Asien ausdehnen. Moskau wäre gut. China, Thailand und Vietnam wären wohl etwas zu viel verlangt. Sobald wir wieder auf dem Schiff sind, werde ich weitere Offiziere auswählen, die uns repräsentieren. Zunächst mal nur Menschen. Denen wird man hier mehr vertrauen als einem Dys oder einer Samirad nach dem, was die Ashrak der Erde antaten. Es ist unbedingt notwendig, dass wir alle Kontinente mit einbeziehen. Nur so können wir den Kampf zum Feind tragen.«

»Danke«, mischte sich Ludwig mit einem Mal ein.

Michael wusste genau, was dieser meinte. Er würde am Bodensee nach seiner verschollenen Familie suchen. Michael sollte dies recht sein, solange er darüber nur die vor ihm liegende Aufgabe nicht vergaß. Er hatte Ludwig nicht ohne Grund für Süddeutschland auserkoren.

»Fabian? Gib Anweisung, die Lebensmittel zu verteilen. Das wird die immer noch Skeptischen etwas gnädiger stimmen.«

Fabian nickte und sah sich um. Die Menge grölte beständig, steigerte sich in einen wahren Kampfrausch hinein. »Und was wirst du tun?«

»Von London aus werde ich die Dinge in Frankreich, Spanien, Skandinavien und Norddeutschland im Auge behalten und forcieren. Aber wir brauchen unbedingt weiteres vertrauenswürdiges Personal, falls wir die Dinge zum Laufen kriegen wollen. Irgendwann brauchen die Gangs ihre eigenen Ausbilder und sie müssen unter ihren eigenen Offizieren dienen. Diejenigen, die wir zuerst ausbilden, werden später weitere ausbilden und auf diese Weise werden wir unseren Einflussbereich immer weiter ausdehnen.« Er schnaubte. »Aber eines ist mal sicher: Was hier heute besprochen wurde, wird sich schon bald wie ein Lauffeuer auf den Kontinenten verbreiten. Die Menschheit mag fast wieder zurück in die Steinzeit geworfen worden sein, die Buschtrommeln funktionieren dennoch ganz hervorragend. Es würde mich nicht wundern, wenn viele Banden und Gangs aus eigenem Antrieb zu uns kommen.« Unter seinem Helm breitete sich ein erwartungsvolles Lächeln aus. »Und wir werden sie willkommen heißen. In dem Kampf, der uns bevorsteht, benötigen wir jedes Paar Hände, das in der Lage ist, ein Gewehr zu tragen.«

Die Krankenstation der ESMERALDA war nicht gerade üppig ausgestattet. Das waren Ashrakschiffe nie. Gareth betrachtete seinen Freund Takashi mit ernster Miene. Er suchte nach Anzeichen des Mannes, den er einst gekannt hatte, wusste aber nicht sicher, worauf er zu achten hatte.

Die Kexaxa hatten ihn inzwischen aus der Stasiskapsel geholt und auf einem Krankenbett fixiert. Er war sediert worden. Der Paladin gehörte wohl zu den gefährlichsten Waffen im Arsenal des Rod'Or-Imperiums. Gareth behielt das zu jedem Zeitpunkt im Hinterkopf. Es zu vergessen, wäre sträflich dumm gewesen und würde eine Katastrophe geradezu herausfordern.

Außer Gareth befanden sich nur noch mehrere Kexaxa im Raum. Sie scannten, analysierten und beobachteten ihren Patienten ohne Unterbrechung. Man hatte das Gefühl, inmitten eines kleinen Ameisenhaufens zu stehen.

Gareth schätzte die kleinen umtriebigen Wesen, aber er hätte sonst was dafür gegeben, ein Ärzteteam der Ieri zur Verfügung zu haben.

Takashi bewegte sich erneut unruhig in seiner Narkose. Er murmelte unentwegt vor sich hin. Einige der Worte wurden sanft ausgesprochen und waren voller Hingabe, andere äußerte er sehr aggressiv. Als würde er mitten im Kampf stehen. Gareth konnte nur vermuten, dass er verschiedene Aspekte seines Lebens durchlitt. Szenen von der Erde, vor seiner Gefangennahme – und danach. Szenen voller Gewalt und Grausamkeit, in denen er dem Willen der Rod'Or überall in der Galaxis Geltung verlieh.

Gareth betrachtete den Mann auf dem Bett vor sich voller Mitgefühl. Er wollte glauben, dass noch ein wenig des Menschen übrig war, den er gekannt und mit dem er gemeinsam die Ausbildung zum Blutläufer absolviert hatte. Die Rod'Or und ihre Ashraklakaien konnten nicht alles davon ausgelöscht haben. Oder etwa doch? Reichte ihre Macht so tief in die Psyche ihrer Sklaven? Ein furchtbarer, ein erschreckender Gedanke.

Gareth beugte sich vor und nahm sanft Takashis Hand. In diesem Moment riss der Paladin die Augen auf. Gareth schrak zurück. Die Pupillen des Mannes wanderten unruhig im Raum umher. Er schien sich auf nichts konzentrieren zu können. Doch dann fokussierte sich sein Blick auf Gareth.

Takashi erkannte ihn. Gareth vermochte es deutlich in dessen Augen zu erkennen. Der Mann im Krankenbett erkannte ihn ganz bewusst. Er nahm ihn als Gareth wahr. Hoffnung keimte in ihm auf. Sie dauerte nur Sekunden an. Ein Ausdruck blanken Hasses und Verachtung breitete sich auf dem Gesicht Takashis aus.

Seine Muskeln spannten sich an. Die Fesseln quietschten protestierend, doch sie hielten – für den Moment. Der Paladin zerrte an ihnen, vermochte aber nicht, sich loszureißen. Dennoch gab das Krankenbett einen alarmierenden Ton von sich. Sofort wurde ein Kraftfeld um den Patienten projiziert, das ihn bewegungsunfähig auf das Bett zurückdrückte.

Gegen diese Macht war Widerstand zwecklos. Takashi konnte vom Hals abwärts keinen Muskel mehr rühren. Und dennoch versuchte er es. Einem inneren Zwang – oder besser ausgedrückt, einem einprogrammierten Befehl – folgend, kämpfte er gegen das Kraftfeld an. Sein Gesicht verzerrte sich vor Anstrengung und dicke Schweißperlen traten auf die Stirn des Mannes.

Gareth sprang auf. Er musterte Takashi besorgt von oben herab. »Hör auf damit. Du verletzt dich nur selbst.«

»Lasst mich frei«, ergriff der gefangene Paladin erstmals das Wort. »Lasst – mich – frei!«

Gareths Körper spannte sich unwillkürlich an. Sogar die Stimme des Mannes hatte sich verändert, schien nicht länger ihm selbst zu gehören oder auch nur seinem eigenen Willen zu folgen.

»Das wird nicht passieren«, erwiderte er. »Das weißt du.«

Abermals kämpfte der Paladin gegen die unsichtbare Kraft des Energiefeldes an. »Dann tötet mich.«

Die schlichte Forderung versetzte Gareth einen Stich. Er schüttelte den Kopf. »Auch das wird nicht passieren.«

»Verräter!«, spie Takashi so heftig aus, dass Speichel von innen gegen das Kraftfeld klatschte und sofort verdampfte. »Das Imperium wird euch finden. Und es wird euch vernichten. Euch alle. Ihr seid so gut wie tot. Hörst du? So gut wie tot!«

Für Gareth war das zu viel. Er wusste, heute würde niemand etwas Vernünftiges aus dem Mann herausholen können. Er gab Untray mit einem knappen Wink eine unmissverständliche Anweisung.

Der Kexaxa gab etwas auf einer Konsole an der Seite des Bettes ein. Dem Paladin wurde über einen Schlauch eine grüne Flüssigkeit verabreicht. Es handelten sich nur um wenige Kubikzentimeter eines Medikaments. Die Augenlider des Paladins flatterten aufgeregt und er versank erneut in Bewusstlosigkeit.

Untray watschelte um das Bett herum und stellte sich neben Gareth, den Blick auf den Patienten gerichtet. »Faszinierend«, erklärte der Kexaxa mit klinischer Distanz.

Gareth wusste nicht, was ihn mehr ärgerte: der Zustand seines Freundes oder die fehlende Anteilnahme des Kexaxa.

»Könnt ihr ihm helfen? Irgendwie sein Loyalitätsimplantat entfernen? Damit wären wir schon einen großen Schritt weiter.«

»Da gibt es nur ein Problem«, erwiderte Untray. »Er hat keines.«

Gareth sah verwundert nach unten. »Das ist unmöglich. Er hat eines bekommen. Das weiß ich genau. So wie jeder von uns. Das ist Standardvorgehen beim imperialen Militär.«

»Das brauchst du mir nicht zu sagen. Ich war bei dieser Prozedur anwesend.«

Gareth verzog schmerzhaft die Miene. Daran wollte er am liebsten gar nicht mehr erinnert werden. »Na also«, antwortete er stattdessen. »Dann muss er doch eines haben.«

»Es wurde entfernt. Sehr fachmännisch. Den Narben nach von Ieri. Und die sind nur den Rod'Or und Ashrak zu Diensten.«

Gareth schüttelte verständnislos das Haupt. »Was bedeutet das? Ich verstehe das nicht.«

»Unsere Scans haben verschiedene Chemikalien in seinem Metabolismus nachgewiesen. Eine davon hat sich in großer Menge im Stirnlappen der Großhirnrinde angesammelt und dort so was wie ein Depot entwickelt.«

»Du hast eine Theorie dazu?«

Untray nickte. »Bei den Menschen ist der Stirnlappen unter anderem zuständig für Denkvorgänge. Ich hatte noch nie die Gelegenheit, einen Paladin zu studieren. Aber wenn ich die Ergebnisse unserer Scans zugrunde lege, dann glaube ich, dass das Loyalitätsimplantat bei den Paladinen anders funktioniert. Es ist nicht mechanischer oder technischer Natur, sondern chemischer. Diese Methode ist sehr aufwendig.«

Gareth sah auf. »Deswegen nutzen sie diese nur für ihre besten Kämpfer.«

»Unter anderem«, nickte Untray. »Dieses Verfahren ist auch sehr gefährlich. Ich würde mich nicht wundern, wenn die Mortalitätsrate bei den Blutläufern, die dieser Prozedur unterzogen werden, um die fünfzig Prozent oder sogar höher liegen würde.« Der Kexaxa neigte den Kopf leicht zur Seite, als er den Patienten weiterhin musterte. »Dein Freund ist ein Glückspilz.«

Gareth schnaubte. »Das bleibt abzuwarten. Könnte er seinen freien Willen äußern, wäre er vermutlich anderer Meinung. Könnt ihr die Chemikalien entfernen?«

Der Kexaxa überlegte einen Moment. »Womöglich. Aber ich rate dringend davon ab. Sehr wahrscheinlich, dass er das nicht überleben würde.«

»Was bleibst uns also zu tun übrig? Ihm beim Dahinvegetieren zusehen?« Gareth schluckte. »Oder seinen Wunsch erfüllen und ihn töten?«

»Da wäre ein zu radikaler Schritt«, entgegnete Untray. »Es wird vielleicht gar nicht nötig sein, etwas zu unternehmen. Jedenfalls nicht in dem Umfang, den du gerade ansprichst.«

Gareth warf dem kleinen Wesen einen schrägen Seitenblick zu. »Inwiefern?«

»Ich habe doch gerade erzählt, dass diese Chemikalie ein Depot in der Großhirnrinde angelegt hat.«

Gareth nickte.

»Es verbraucht sich«, fuhr der Kexaxa fort. »Unseren Berechnungen zufolge wird es in weniger als acht Standardwochen aufgebraucht sein.«

Gareths Miene hellte sich auf. »Die Prozedur muss regelmäßig wiederholt werden.«

»Das ist auch meine Theorie. Ein weiterer Grund, weshalb sich die chemische Form der Loyalitätskontrolle nicht für den Masseneinsatz bei Blutläufer-Fronteinheiten eignet. Es würde zu viele Ressourcen verschwenden, alle Soldaten in regelmäßigen Abständen neu zu imprägnieren. Ganz davon abgesehen, dass ein erheblicher Teil der Streitkräfte ständig abgezogen werden müsste, um deren Loyalität sicherzustellen.«

»Deswegen heben sie sich das für ihre Elitetruppen auf. Damit schaffen sie wahre Fanatiker.«

»Allerdings. Ich danke dir für die Möglichkeit, einen Paladin aus der Nähe zu erforschen.«

Gareth erwiderte nichts darauf. Er hatte Angst, seine Antwort bestünde darin, die kleine Kreatur mit dem Kopf voran durch das nächste Schott zu rammen.

»Was werdet ihr mit ihm anstellen, bis die Chemikalie aufgebraucht ist?«

»Wir versuchen, die anderen Substanzen, die man ihm verabreicht hat, zu identifizieren und nach Möglichkeit zu extrahieren. Sobald wir ihm erlauben, wieder wach zu werden, dürfte es ihm dann schon bedeutend besser gehen.«

»Ihr haltet ihn jetzt also acht Standardwochen im künstlichen Koma?«

»Es ist das sicherste«, nickte Untray. »Alles andere wäre zu gefährlich. Für uns und für ihn.« Der Kexaxa zögerte. Er sah erneut zu Gareth auf. »Wir können die chemischen Bestandteile seiner Paladin-Umwandlung vielleicht aus ihm herausholen. Aber die Konditionierung können wir nicht rückgängig machen. Dir muss klar sein, dass er wahrscheinlich nie wieder zu dem Mann wird, der er einst war, dem Mann, den du gekannt hast. Ohne die Kontrolle durch die Loyalitätsimprägnierung ist er unter Umständen sogar wesentlich gefährlicher als zuvor. Wie ein eingesperrtes wildes Tier, das nach allem und jedem schnappt, der sich ihm nähert. Niemand kann vorhersagen, wie sich der Paladin entwickelt.«

»Wir müssen es dennoch versuchen. Ich lasse ihn nicht in diesem Zustand.«

»Und wenn es später schlimmer ist als vorher?«, wollte Untray wissen.

»Dann komme ich seinem Wunsch nach und erlöse ihn eigenhändig. Denn ich bin sein Freund. Diese Bürde muss ich mir selbst auferlegen.«

Gareth wandte sich um und verließ ohne ein weiteres Wort die Krankenstation der Esmeralda. Bis sich die Tür zischend hinter ihm schloss, spürte er Untrays Blick im Rücken. Seine Worte hatten ihn selbst zutiefst erschreckt. Sein Herz pochte bis zum Hals. Er stützte sich auf dem Korridor mit beiden Händen ab und atmete mehrmals tief durch.

Er war fest entschlossen, die Sache durchzuziehen, falls es zum Äußersten kam. Würde er auf dieser Krankenstation liegen, er würde sich einen Freund wünschen, der dasselbe für ihn tat. Und er war überzeugt, auf Takashi traf dies auch zu.

Gareth spürte eine Hand auf der Schulter und wirbelte auf dem Absatz herum. Ris'ril stand hinter ihm. Er entspannte sich augenblicklich.

»Wie geht es ihm?«, fragte sie.

Er schenkte ihr einen eindeutigen Blick.

Sie nickte. »So gut also«, erwiderte sie sarkastisch. Sie seufzte. »Das tut mir sehr leid.«

Gareth zuckte die Achseln. »Wir sollten ihn noch nicht abschreiben. Takashi ist hart im Nehmen.«

»Wenn du das sagst«, erwiderte die Samirad nicht überzeugt. »Aber wir brauchen jetzt ein paar Entscheidungen. Die Leute werden schon unruhig.«

»Wo sind wir?«

»Immer noch im Aquarius-Sektor. Drei Systeme von unserer ehemaligen Basis entfernt. Es treffen noch immer Nachzügler ein.«

»Wie viele Schiffe bisher?«

»Nicht ganz einhundertdreißig. Wir haben schwere Verluste erlitten.«

»Die Ashrak aber noch mehr«, erinnerte er sie. »Sobald wir sicher sind, dass keine Nachzügler mehr eintreffen, springen wir aus dem System.«

»Mit welchem Ziel? Welche Basis fliegen wir an?«

Gareth hatte über diesen Punkt bereits nachgedacht und schüttelte energisch den Kopf. »Wir fliegen keine Basis mehr an. Jedenfalls nicht bis auf Weiteres.«

Ris'ril warf ihm einen skeptischen Blick zu. »Die Schiffe müssen repariert werden und unsere Leute brauchen eine Pause.«

»Sie können sich in ihrer dienstfreien Zeit ausruhen und wir reparieren die Schiffe, so gut es geht, selbst.«

Ris'ril schüttelte den Kopf. »Das wird nicht reichen.«

»Das muss es. Die Gefahr ist mir zu groß, dass wir Cha'acko vielleicht zu einem weiteren Stützpunkt führen.« Gareths Gedanken arbeiteten fieberhaft. »Sende eine Nachricht an alle Basen und Einheiten. Informier sie über den Fall des Hauptquartiers. Vorläufig werde ich aus dem Feld heraus kommandieren. Alle Bergungsoperationen bis auf Widerruf einstellen. Wir können es uns nicht leisten, weitere Basen zu verlieren. Und die Ashrak folgen uns schlichtweg zu leicht. Sie müssen sich nur inmitten von einem Schiffsfriedhof auf die Lauer legen und warten. Früher oder später taucht eine unserer Einheiten auf und das wissen sie.«

Gareth schüttelte abermals den Kopf. »Nein, wir müssen uns was anderes überlegen, wie wir unsere Kräfte aufbauen.«

Ris'ril wusste genau, worauf er hinauswollte. »Du setzt zu viel Vertrauen in Michael. Wir wissen nicht einmal, ob dieser Psychopath sicher zur Erde gelangt ist.«

»Nein«, stimmte er ihr zu. »Wissen wir nicht. Aber im Augenblick liegen unsere größten Hoffnungen auf diesem Psychopathen.«

# 12

Michael war zufrieden. Seine Vorhersage entpuppte sich sogar noch als weit untertrieben. Die Neuigkeit von der Anwesenheit einer Rebellengruppe mit außerirdischen Waffen auf der Erde griff um sich wie ein Lauffeuer und verbreitete sich praktisch ohne großes Zutun der Blutläufer.

Auf jedem Kontinent waren mittlerweile zwischen zwanzig und vierzig Blutläuferausbilder damit beschäftigt, die Freiwilligen auszurüsten und auszubilden, die ihnen in Scharen zuliefen. Diesen Effekt hatte selbst er nicht vorhergesehen.

Ibitray watschelte auf seinen Stummelbeinen auf ihn zu. Michael konnte die Kexaxa immer noch nicht leiden, war aber zu der Einsicht gelangt, dass sie zuweilen recht nützlich waren. Vor allem administrative Aufgaben schienen ihnen gut zu liegen.

Ibitray hielt ein Datenpad in den Händen, das viel zu groß schien für die kleinen Griffel, die bei den Kexaxa als Extremitäten durchgingen. Die Arme mit den krebsähnlichen Scheren am Ende eigneten sich überhaupt nicht, das Pad zu halten. Die waren eher für Reparaturarbeiten geeignet.

Der Kexaxa machte durch leichtes Kopfnicken auf sich aufmerksam. Dennoch entschloss sich Michael, ihn noch eine Weile zu ignorieren. Vor ihm trainierten fast eintausend mit Rüstungen bewehrte Soldaten der Flesh and Bones den waffenlosen Nahkampf unter der beständigen Anleitung von Blutläuferausbildern.

Anfangs waren die Soldaten noch unbeholfen, ja fast tollpatschig gewesen. Viel zu viele waren sogar über ihre eigenen Füße gestolpert. Ihnen fehlte die Konditionierung, die Blutläufer vor Antritt ihrer Ausbildung erhielten. Aber inzwischen war eine deutliche Verbesserung eingetreten. Die Männer und Frauen bewegten sich eleganter, bekamen ein Gefühl für den Schutz, der sie umgab, und wussten auch, wie man diesen effektiv zum Vorteil nutzte. Michael grinste. Ja, die Fortschritte waren kaum zu übersehen.

Ibitray trat näher und sein Kopfnicken, mit dem er um Michaels Aufmerksamkeit buhlte, wurde leicht hektisch.

Der Blutläuferoffizier seufzte, sah zur Seite und winkte den Kexaxa näher. »Was gibt es denn, Ibitray?«

»Berichte vom asiatischen und afrikanischen Kontinent sind eingetroffen.«

»Gute Neuigkeiten?«

»Größtenteils.«

Michael runzelte die Stirn und wandte sich Ibitray zur Gänze zu. Wie ein unheilvoller Gott sah er auf das viel kleinere Wesen hinab. »Wie darf ich das verstehen?«

»Unsere Ausbilder haben auf beiden Kontinenten Trainingseinrichtungen etabliert und es haben sich auch in beiden Fällen bereits eine Menge Banden und Gangs gemeldet, die sich uns anschließen wollen.«

»Und?«

»Es gibt allerdings auch … andere.« Der Kexaxa zögerte.

»Jetzt sprich schon endlich. Ich werde dir nicht gleich den Kopf abreißen«, polterte Michael.

Der Kexaxa räusperte sich. »Wenn ich dessen nur sicher sein könnte.« Lauter fuhr er fort: »Es gab Angriffe.«

Beide Augenbrauen Michaels wanderten in die Höhe. »Angriffe? Von den Ashrak?«

Der Kexaxa schüttelte steif den Kopf. »Es deutet immer noch nichts darauf hin, dass sie unserer Anwesenheit gewahr sind. Es waren Menschen. Anhänger verschiedener Warlords.«

Michael warf den Kopf zurück und fluchte. Er zwang sich zur Ruhe. »Es war eigentlich abzusehen, dass einige nicht bereit sein würden, auf ihre selbst erschaffene Position und deren Privilegien zu verzichten. Hatten wir Verluste?«

»Die sind überschaubar. Zwei Tote und drei Verwundete auf unserer Seite. Dafür aber mehr als vierhundert tote Rekruten, die sich uns anschließen wollten. Außerdem entschlossen sich mehrere Banden daraufhin, nicht mit uns zusammenzuarbeiten.«

»Große, einflussreiche Banden?«

Der Kexaxa schüttelte den Kopf. »Nein, im Gegenteil.«

»Das hatte ich befürchtet. Sie haben Angst, sich mit denjenigen anzulegen, die gegen uns sind.«

»Die Frage ist, was tun wir dagegen? Sie behindern nicht nur unseren Fortschritt. In den Gebieten, die angegriffen wurden, verzeichnen wir sogar einen Rückgang von freiwilligen Erdbewohnern.«

»Das war klar. Niemand lässt sich gerne eine Zielscheibe auf dem Rücken anbringen.« Michael rieb sich nachdenklich über das Kinn.

»Eine Machtdemonstration wäre eine denkbare Möglichkeit«, meinte Ibitray nach einiger Zeit.

Michael sah auf, verwundert, diese Worte von einem Kexaxa zu hören. Zumal sich seine Gedankengänge in ähnlichen Bahnen bewegten. »Da könntest du recht haben. Aber wir müssen sehr vorsichtig zu Werke gehen. Sonst lösen wir noch einen Krieg mit unseren eigenen Leuten aus.«

Michael sah zur hohen Decke. Die Trainingseinrichtung der Flesh and Bones befand sich in dem, was früher zur U-Bahn des Londoner Verkehrsnetz gehört hatte. Aus offensichtlichen Gründen hielten sich die Rebellen und ihre neuen Verbündeten lieber im Untergrund auf. Ein Ashrakschiff, das zur falschen Zeit am falschen Ort auftauchte, genügte und sie flogen allesamt auf. Das Ergebnis wäre nicht hübsch.

Er musterte Ibitray erneut forschend. »Wer ist der Mächtigste von ihnen?«

Der Kexaxa hatte die Information augenblicklich zur Hand. »Ein afrikanischer Warlord. Seinen richtigen Namen kennt niemand. Er nennt sich lediglich *Der Henker.*«

Michael schnaubte. Sobald er den Spitznamen seines zukünftigen Ziels kannte, wusste er, dass die Wahl auf den richtigen Gegner gefallen war. Jemand, der sich absichtlich so nannte, konnte kaum ein Menschenfreund sein. »Über wie viele Bewaffnete verfügt er?«

»Da gehen unsere Schätzungen weit auseinander. Wir vermuten irgendetwas zwischen neunhundert und eintausendfünfhundert.«

»Das ist in der Tat eine gewagte Spanne. Geht es auch genauer?«

Der Kexaxa schenkte ihm einen eindeutigen Blick.

Michael seufzte. »Also nicht. Und wo finden wir ihn?«

»Er hat sein Hauptlager an der Küste von dem, was ihr früher Sierra Leone genannt habt. In den Ruinen einer alten Stadt.« Der Kexaxa neigte leicht den Kopf zur Seite. »Du brauchst nur ein Wort zu sagen und ich stelle ein Angriffsteam zusammen. Zweihundert voll ausgerüstete Blutläufer dürften vollkommen ausreichen, um die Sache zu einem schnellen Ende zu bringen.«

Michael schmunzelte. »Nein, das erledigen wir anders.« Sein Blick wanderte zu den Flesh and Bones, die bis zur Erschöpfung trainierten. »Dies ist vielleicht der richtige Augenblick, um unsere neuen Rekruten etwas Kampferfahrung sammeln zu lassen. Außerdem könnte ein leichter Sieg die Moral beträchtlich heben und sie auf den bevorstehenden Krieg einschwören.« Michael leckte sich über die Lippen. »Fünfhundert dürften reichen.«

Der Kexaxa merkte auf. »Das erscheint mir etwas viel.«

»Vergiss nicht, keiner von denen hat Kampferfahrung. Nicht in solchem Umfang und mit diesen Waffen. Besser, wir nehmen zu viel mit als zu wenig.«

»Wie du wünschst. Ich veranlasse alles. Was ist mit den anderen Warlords, die sich gegen uns stellen?«

Michael grinste kalt. »Wenn sie mitkriegen, was mit dem Henker geschehen ist, werden sie sich hoffentlich weitere Schwachheiten verkneifen. Sonst verfüttere ich sie höchstpersönlich an die Haie.«

»Das dürfte in der Tat Wirkung zeigen. Ich hoffe nur, keiner von ihnen verrät uns an die Ashrak. Das wäre die leichteste Methode, uns loszuwerden.«

Michael lachte kurz und bellend auf. »Die Möglichkeit ist zu vernachlässigen. Sie mögen uns hassen, aber die Fischköpfe hassen sie noch mehr.« Michael seufzte. »Wenn das alles ist …«

»Ist es nicht«, fiel ihm Ibitray ins Wort.

Der Kexaxa drehte sich um und stapfte davon. Michael – im ersten Augenblick ratlos – blieb keine andere Wahl, als ihm nachzueilen. Und das gefiel ihm überhaupt nicht.

Ibitray führte ihn zurück an die Oberfläche. Am Eingang des Bahnhofs hielten mehrere Blutläufer und eine Kompanie Flesh and Bones Wache.

Der Kexaxa blieb mit einem Mal stehen. »Deaktiviere die Rüstung.«

Michael musterte sein Gegenüber einen Moment verwundert, zuckte dann aber die Achseln und folgte der Aufforderung. Er hatte im ersten Moment keine Ahnung, worauf der Kexaxa hinauswollte.

Dieser musterte ihn erwartungsvoll. »Spürst du es nicht?«, half er schließlich nach.

Schon zum zweiten Mal innerhalb kürzester Zeit sah sich Michael gezwungen, die Stirn zu runzeln. Er konzentrierte sich auf seine Sinneswahrnehmungen, um herauszufinden, worum es Ibitray überhaupt ging. Dann nahm er es auch wahr. Michael sah zum Himmel. Die Sonne lag verborgen hinter einem dichten Wolkenvorhang. Sein Blick glitt nach unten.

»Es müsste jetzt eigentlich November sein«, beschied er. »Aber es ist viel zu warm.«

Ibitray nickte. »Meinen Berechnungen zufolge gute fünf Grad über normal für diese Region und Jahreszeit.«

»Das ist mir schon bei unserer Ankunft aufgefallen.«

»Das ist keine natürliche Klimaveränderung«, gab Ibitray ihm recht. »Irgendetwas hat einen verheerenden Effekt auf das Klima dieser Welt.«

»Was geschieht, wenn es so weitergeht?«

Ibitray dachte eine Sekunde über die Frage nach. »Die offensichtliche Auswirkung besteht darin, dass große Teile der vereisten Landmassen schmelzen. Das würde bedeuten, dass der Meeresspiegel steigt. Island, die Britischen Inseln, Irland und ein bedeutender Prozentsatz der Küstenflächen weltweit würden überflutet.«

»Wann würde ein solcher Effekt eintreten?«

»Das ist bereits der Fall. Ab wann es unumkehrbar wäre … schwer zu sagen.«

»Beobachte die Entwicklung und gib mir Bescheid, sobald die Temperatur kritische Werte erreicht.«

»Verstanden«, bestätigte der Kexaxa schlicht.

Michaels Blick blieb an zwei Personen hängen, die etwas abseits des Bahnhofsgebäudes standen und sich unterhielten. Sein Bruder wirkte nicht glücklich, war aber im Gegenzug zu seiner Ehefrau ein Ausbund an Fröhlichkeit. Ihr Blick zuckte immer wieder in Michaels Richtung. Als sie erkannte, dass der Blutläufer sie ihrerseits beobachtete, wandte sie sich aber schnell ab.

Michael gab einen Laut der Frustration von sich. »Während ich mich um den Henker kümmere, hat mein Bruder hier das Kommando.«

Ibitray sah betreten auf. »Hältst du das für eine gute Idee?«

Der Einwand verblüffte Michael. Der Kexaxa bewies in der Tat einen überaus wachen, scharfen Verstand. »Er ist der Einzige, dem die Flesh and Bones außer mir folgen würden, der Einzige, den sie akzeptieren. Ich habe kaum eine große Wahl.«

»In diesem Fall würde ich vorschlagen, dass du besser schnell zurückkehrst.«

»Das habe ich vor«, gab Michael zurück. »Und bis es so weit ist, wirst du mir alles von Interesse berichten.«

Der Kexaxa vermied es absichtlich, Michaels Blick zu begegnen. »Und was genau stellst du dir darunter vor?«

»Ich denke, das wirst du wissen, wenn es so weit ist. Hab einfach ein Auge auf die beiden.«

***

Ludwig Kowalski stand in den Ruinen von Konstanz. Er war lange weg gewesen und dennoch wirkte alles so vertraut, als hätte man ihn erst gestern gefangen genommen.

Ein Dutzend Blutläufer und etwa hundert Mitglieder der Eisernen Speere, der größten Bande in dieser Region, sicherten die Umgebung.

Die Gangmitglieder waren allesamt mit Rüstungen und Pulsgewehren ausgestattet. Es handelte sich um einige der besten Schüler, die die Ausbildung bisher hervorgebracht hatte. Was diese im Kampf wert waren, mussten sie aber erst noch unter Beweis stellen.

Ludwig bewegte sich ohne Furcht durch die Ruinen der Kleinstadt. Die Eisernen Speere hatten versichert, dass es in einem Umkreis von hundert Kilometern keinerlei Feinde für ihre Sache mehr gab. Dafür hatten sie gesorgt. Wie dies bewerkstelligt worden war, darüber wollte er lieber gar nicht nachdenken.

Ludwig ging auf die Barrikade zu, die früher einmal die äußere Begrenzung seiner Gemeinschaft dargestellt hatte. Er schüttelte leicht den Kopf. Es war unglaublich. Alles befand sich noch in fast demselben Zustand wie an dem Tag, als sie überfallen worden waren.

Er spürte, wie hinter ihm jemand folgte. Als er sich umwandte, sah er sich Günther Weber gegenüber, dem Anführer der Eisernen Speere. Der Mann trug wie seine Leute eine imperiale Rüstung, hatte aber den Helm eingefahren.

»Ich verstehe das nicht. In all den Jahren hat sich hier nie wieder jemand angesiedelt?«

Weber rümpfte die Nase und neigte leicht den Kopf zur Seite. »Ich erinnere mich noch gut an die Nacht, in der diese Ortschaft zerstört wurde. Ich selbst habe nicht weit von hier gewohnt. Wir sahen den Feuerschein, als sie eure Häuser niederbrannten. Die Flammen haben den ganzen Horizont erhellt. Als wir am nächsten Tag nach dem rechten sahen, war niemand mehr zu finden. Kein Stein stand mehr auf dem anderen, was bei dem Zustand, in dem sich Konstanz befindet, schon fast einem Kunststück gleichkommt. Und alle waren tot – oder einfach weg.« Der Mann seufzte auf eine irgendwie gequälte Weise. »Manche Orte sind mit einem Makel behaftet. Als die Sklavenhändler – menschliche Sklavenhändler – mit euch fertig waren, wollte sich hier niemand mehr ansiedeln. Es war, als ob seit damals ein Fluch auf dieser Gemeinde liegt.«

Ludwig schluckte und bückte sich. Unter Bergen aus Asche und Dreck fand er einen Teller. Als er ihn abwischte, wirkte dieser brandneu, wie eben im Laden gekauft. Auf dem Gegenstand war mit Blattgold eine edle Jagdszene eingraviert worden: zwei Jäger und ein Hund, die einen mächtigen Hirsch in die Enge trieben. Darüber befand sich ein Wappen. Das Ding musste einer wohlhabenden Familie gehört haben.

Er wandte sich Weber mit Tränen in den Augen zu. »Und ihr habt nicht geholfen? Habt nichts getan? Habt einfach nur danebengestanden?« Er konnte die Anklage nicht unterdrücken, den Vorwurf, den er Weber entgegenschleuderte.

Mehrere der Eisernen Speere warfen ihm missbilligende Blicke zu. Sie betrachteten die Blutläufer als ihre Gäste. Und Gastgebern gegenüber äußerte man seinen Unmut nicht auf diese Weise.

Weber jedoch sah unbehaglich zu Boden. »Sie müssen das verstehen. Wir hatten Angst, die Nächsten zu sein. Sie erinnern sich doch sicher noch, wie es läuft, nicht wahr? Wer nicht zum nächsten Opfer werden will, der hält am besten die Füße still.«

Ludwig atmete tief ein und wieder aus, bezwang den Zorn, der von ihm Besitz ergreifen wollte. Der Mann sagte die Wahrheit. Das Recht des Stärkeren war allgegenwärtig auf der Erde. Um das zu ändern, waren sie schließlich hier.

Ludwig nickte und warf den Teller achtlos zu Boden. Dieser zersprang scheppernd in Dutzende Scherben. Der Blutläufer sah sich in dem um, was in früheren Zeiten einmal seine Heimat gewesen war. Sie wirkte ihm so fremd, als hätte dies alles in einem anderen Leben stattgefunden. Gewissermaßen war dem auch so.

»Haben Sie je etwas von den Überlebenden erfahren? Was aus ihnen geworden ist?«

Ludwig spürte Webers Hand auf seiner Schulter. Er sah sich halb um, blickte in traurige, mitfühlende Augen. »Nur das, was alle in der Gegend gehört haben. Jeder, der den Angriff überlebte, wurde den Ashrak übergeben. So wie Sie auch. In all den Jahren haben wir nie wieder einen Menschen aus dieser Ortschaft gesehen. Es muss also wahr sein. Es gibt niemanden mehr, der Ihnen mehr sagen könnte.«

Ludwig schwieg, doch seine Schultern sanken ein ganzes Stück ab. Er kämpfte gegen den Schmerz des Verlustes an, konnte aber nicht verhindern, dass er schluchzte.

Zu seiner grenzenlosen Verblüffung trat ihm Weber gegenüber und nahm ihn sanft in den Arm. Er wiegte ihn für einen Augenblick, wie ein Vater es mit einem weinenden Kind tun würde.

»Es tut mir sehr leid um Ihre Leute.«

»Ich … ich hatte gehofft, wenigstens noch einen Hinweis auf meine Familie finden zu können. Bis zum Schluss hatte ich Hoffnung. Ich dachte, vielleicht konnten sie mit anderen entkommen und hätten sich später hier wieder angesiedelt, aber jetzt …« Er löste sich langsam von Weber und sah sich abermals um. »Sie sind wirklich für immer fort. Das erkenne ich jetzt. Selbst wenn sie noch leben … wie sollte ich sie inmitten einer feindlichen Galaxie finden?« Eine Träne kullerte über seine rechte Wange. »Ich wünschte fast, ich könnte sicher sein, dass sie tot sind. Nach allem, was ich erlebt habe, wäre es das gnädigere Schicksal.«

Über ihnen zog eine Jägerstaffel der Ashrak vorüber. Die Eisernen Speere sahen hoch und hoben alarmiert die Waffen. »Wir sollten hier verschwinden, Kowalski. Sofort.«

Ludwig runzelte die Stirn. »Wo kommen die Kampfmaschinen her?«

Weber deutete nach Süden. »Die Fischköpfe unterhalten eine kleine Basis auf der anderen Seeseite. Nicht groß, aber sie besitzen schwere Waffen und ein paar Jäger. Sie nutzen sie, um die örtliche Bevölkerung klein und unterwürfig zu halten.« Der Mann machte keinen sehr glücklichen Eindruck. »Wir sollten wirklich von hier verschwinden. Manchmal jagen sie uns nur zum Spaß.«

Ludwig hob das Kinn. »Nein, wir errichten hier einen kleinen Horchposten.«

Weber stutzte. »Hier? Sie meinen, innerhalb dieser Ruinen?«

Ludwig nickte. »Wenn es stimmt, dass sich hier niemand mehr ansiedelt, dann ist es der perfekte Ort, um die Fischköpfe dort drüben im Auge zu behalten. Sie werden nicht erwarten, dass sich hier jemand aufhält.« Ludwig wandte sich ab und stapfte zu seiner Fähre zurück. »Dann dient dieser Ort wenigstens noch einem Zweck und ich habe nicht das Gefühl, es wäre alles umsonst.«

* * *

Rachel marschierte aufgeregt auf und ab, während ihr Mann auf dem Bett saß, die Hände über dem Kopf zusammengeschlagen, und wirkte wie ein Häufchen Elend. Wäre sie keine so friedfertige Frau, sie hätte ihm glatt die Fresse polieren können, wenn er in diese Stimmung verfiel.

»Um Himmels willen, steh endlich auf und tu irgendetwas!«, herrschte sie ihn unvermittelt an.

Er sah auf. Rachel hatte alle Mühe, sich ihre Abscheu nicht allzu deutlich anmerken zu lassen. Alex wirkte manchmal dermaßen schwach, dass es schon beinahe zum Himmel schrie. Ohne sie wäre er nie derart mächtig geworden, quasi allein das gesamte Londoner Umfeld zu kontrollieren. Sie war es gewesen, die ihn immer wieder antrieb, ihn zu Höchstleistungen anspornte, ihm sagte, wie er seinen Lieutenants gegenübertreten musste, um maximalen Respekt von ihnen zu erlangen. Auf sich allein gestellt, war der Mann einfach nur ein Würstchen, wie sich nun bedauerlicherweise wieder zeigte.

»Und was soll ich deiner Meinung nach tun? Du siehst doch, wie alle plötzlich ganz Feuer und Flamme sind. Man gibt ihnen ausreichend zu essen, drückt ihnen ein Gewehr in die Hand und sagt ihnen, in welche Richtung sie marschieren sollen. Mehr benötigen die meisten Menschen nicht.«

»Du solltest dich nicht beiseitedrängen lassen. Dein Platz ist immer noch an der Führungsspitze. Schon allein deine Verwandtschaft mit Michael stellt das sicher. Aber was machst du? Du lässt dich aufs Abstellgleis fahren. Man könnte meinen, du wärst nur sein kleiner Schoßhund.« Sie warf ihm einen abschätzigen Blick zu. »Braver Hund«, giftete sie sarkastisch. »Mach Laut! Mach Sitz! Gib Pfötchen! Spiel toter Mann!«

Alex ließ den Kopf hängen. »Warum bist du nur so?«

»Weil du nicht der bist, für den ich dich mal gehalten habe.«

Alex wandte den Blick ab. In dieser Stimmung wagte er es nicht einmal, ihr in die Augen zu sehen.

Sie entschloss sich für eine andere Vorgehensweise. Bei ihrem Mann kam sie am besten mit Zuckerbrot und Peitsche weiter. Sie ging vor ihm in die Knie und strich ihm zärtlich durchs Haar. »Alex, mein lieber Alex, ich wünsche mir doch nichts weiter, als dass du den Platz einnimmst, der dir zusteht. Du bist zu so viel Höherem geboren. Ich sah das sofort, als wir uns das erste Mal begegnet sind.«

Rachel erinnerte sich nur schaudernd an diese Zeit. Sie hatte auf der untersten Stufe der Ganghierarchie gestanden. Frauen aus dieser sozialen Ecke mussten für die Bedürfnisse der Soldaten herhalten, um zu überleben. Aber sie hatte immer gewusst, dass sie nicht dort sterben würde. Als sie Alex auffiel, hatte sie erkannt, dass ihre große Stunde gekommen war. Ihr Aufstieg war unvermeidlich. Und so war es auch geschehen. Bis Michael sich in den Kopf gesetzt hatte zurückzukehren. Sie hatte ein wundervolles Leben geführt. Die First Lady eines der berüchtigsten und mächtigsten Stämme Europas. Sie war mit Respekt, ja sogar Ehrfurcht behandelt worden. Niemand hatte es mehr gewagt, die Flesh and Bones herauszufordern. Oder Rachel den errungenen Platz innerhalb der Gruppe streitig zu machen.

Aber dank Michael lebte sie nun in einem Militärlager, das sich beständig auf einen Krieg vorbereitete, der nur in einer Katastrophe enden konnte. Aber sie schien diese Entwicklung nicht aufhalten zu können.

»Ich will, dass du von allen bewundert wirst«, spann sie ihren Faden weiter. »Ich will, dass alle anderen dich so sehen, wie ich dich sehe.« Die

Lüge ging ihr erstaunlich leicht von den Lippen. Seit sie mit Alex eine Affäre begonnen und dieser sie schließlich geheiratet hatte, war sie eine wahre Meisterin darin geworden, die richtigen Worte zur richtigen Zeit zu sagen.

Und auch diesmal verfehlte die Mischung aus Spott, Beleidigung und Zuneigung ihre Wirkung auf Alex zu keinem Zeitpunkt. Er wagte es endlich, sie anzusehen. »Was schlägst du vor?«

Sie lächelte einschmeichelnd. »Du hast doch sicherlich immer noch Getreue. Soldaten, denen du vertraust und die dir bedingungslos loyal sind.«

Alex nickte.

Rachels Lächeln wurde breiter. »Sehr gut. Du musst dich um sie kümmern. Höhere Rationen, bessere Quartiere.« Sie grinste. »Hübschere Frauen für die männlichen Soldaten und stärkere Männer für die weiblichen. Sorg dafür, dass sie dir gewogen bleiben. Sie müssen denken, dir liegt etwas an ihnen.«

Zorn überschattete für einen Moment Alexanders Gesicht. »Mir liegt auch etwas an ihnen.«

Rachel streichelte erneut über sein Gesicht. »Aber natürlich, mein Lieber, natürlich.« Der Moment des Aufbegehrens ging vorüber und Alex war erneut ihre willfährige Marionette. »Stell dir eine eigene, nur dir loyale Truppe zusammen. Und im richtigen Augenblick … schlagen wir los.«

Alex kniff kurz die Augen zusammen. »Du willst, dass ich meinen Bruder ermorde?«

Sie zuckte die Achseln. »Hast du denn noch eine Bindung zu ihm? Er ist vor fast zwei Jahrzehnten verschwunden. Aber wir blieben zurück, um die Scherben aufzukehren. Er steht unserem Glück … *deinem* Glück im Weg. Wenn du ehrlich zu dir selbst bist, ist er doch für dich schon lange tot. Du hast getrauert. Und nun wird es Zeit, ihn endgültig zu Grabe zu tragen.«

Sie strich über seinen Bizeps. Die Muskeln unter der Haut fühlten sich hart und unnachgiebig an. Er wehrte sich immer noch gegen den Gedanken, Michael zu beseitigen. Sie spürte aber bereits, wie sich ihr Mann unter ihrer beständigen Berührung entspannte. Er war Wachs in ihren Händen.

Mit einem seltsamen Ausdruck in den Augen sah er sie an. »Und wann wird dieser Moment des Zuschlagens sein?«

Sie lächelte und erhob sich aus ihrer gebückten Stellung. Mit langsamen, präzisen, sorgfältig einstudierten Bewegungen öffnete sie die Schnüre an ihrem Kleid und ließ es zu Boden gleiten. Anschließend kam ihr Höschen an die Reihe. Alex schluckte und sein Blick glitt bewundernd ihren Körper auf und ab.

»Das müssen wir sehen, wenn es so weit ist, mein Lieber, aber glaub mir: Der richtige Zeitpunkt *wird* kommen.«

Sie machte Anstalten, ihn aufs Bett zu drücken, aber in einem Anfall seltenen Aufbegehrens packte er sie überraschend hart an den Schultern. »Glaub bloß nicht, ich wüsste nicht, was du versuchst. Ich bin nicht der Narr, für den du mich hältst. Deine Manipulationen sind fast ein wenig zu offensichtlich.« Sein Griff lockerte sich und er strich mit beiden Händen ihre nackten Schultern hinab. »Ich wünschte mir manchmal nur, ich könnte mich deinem Einfluss entziehen. Aber …«

»Aber?«, hakte sie nach.

»Aber ich liebe dich einfach zu sehr«, gab er zu, lehnte sich zurück und zog sie auf sich.

Während er in sie eindrang und sie ihm Lust vorgaukelte, schüttelte sie innerlich den Kopf. *Der Narr, für den ich dich halte, bist du vielleicht nicht*, dachte sie bei sich. *Aber der Schwächling, den ich in dir sehe, bist du ganz sicher.*

# 13

Die Sonne ging am Horizont eines verschlafenen Sierra Leone auf. Ein Anblick, den man nur als unschuldig und schön bezeichnen konnte, und dennoch brachte dieser Morgen Blutvergießen. Sobald sich die Sonne dem Zenit näherte, würde es einen Warlord weniger auf der Welt geben. Und die Welt würde ihn kaum vermissen.

Die Kampfeinheit näherte sich aus drei verschiedenen Richtungen dem Lager, das als Hauptquartier des Henkers identifiziert worden war. Es lag in einer kleinen versteckten Bucht. Ein idyllisches Bild, das Michael in ein Inferno zu verwandeln gedachte.

Mit dem Meer im Rücken und einer fünfhundert Mann starken Truppe, die das Lager umzingelte, war das Schicksal des hiesigen Kriegsherrn besiegelt. Michael hoffte, dass damit auch die Unruhen in Afrika und idealerweise auch in Asien beendet sein würden. Er hatte vor, hier ein Exempel zu statuieren, das niemand ignorieren konnte. Es sollte all jenen als Warnung dienen, die gegen ihre Pläne eines geeinten Widerstands opponierten.

Michael ließ sich langsam und bedächtig auf ein Knie nieder. Mittels der Optik seiner Rüstung vergrößerte er die Ansicht des feindlichen Lagers. Es breitete sich verschlafen vor ihm aus. Die automatische Zielhilfe seines Helms identifizierte rund zwei Dutzend Wachen. Der überwiegende Teil war nur mit leichter Bewaffnung ausgerüstet. Es handelte sich um Hieb- und Stichwaffen. Einige wenige verfügten über altertümliche Projektilwaffen, wie sie früher recht gebräuchlich auf der Erde gewesen waren.

Das in seine Rüstung integrierte Kriegslexikon identifizierte sie als AK-47. Das Bedrohungspotenzial dieser Waffe wurde als gering eingestuft, das der Hieb- und Stichwaffen als unbedeutend.

Michael schnaubte. »Wo haben die bloß die Antiquitäten ausgegraben?«, fragte er mehr zu sich selbst.

Der Mann neben ihm wandte ihm trotzdem den Kopf zu. »Hast du was gesagt?«, wollte dieser wissen.

Der Kämpfer gehörte zu den Flesh and Bones. Es handelte sich um einen Gruppenführer der Gang mit dem Namen Marcus Clarke. Er war dazu auserkoren, irgendwann mal im Rang eines Majors der neuen irdischen Untergrundarmee eine Angriffskolonne zu führen. Allerdings brachte man eher Schweinen das Fliegen bei als diesem Haufen die Notwendigkeit einer militärischen Kommunikation. Die Anrede *Sir* verschluckten die Gangmitglieder generell.

Michaels erster Impuls bestand darin, den Mann zurechtzuweisen und auf die zahlreichen Fehler hinzuweisen. Doch dann zuckte er die Achseln und gab es – zumindest für den Moment – schlichtweg auf.

Stattdessen deutete er lapidar auf die nächste Wache mit einer AK. Sie befand sich auf einem Turm an der Nordseite des Lagers. »Ich fragte mich nur, wo die diesen Schrott herhaben.«

Clarke zuckte mit den Achseln. »Davon kursieren noch eine ganze Menge auf der Erde. Und von anderen Schießeisen auch. Die kriegt man praktisch an jeder Ecke.«

Michael runzelte die Stirn. »Nicht soweit ich mich erinnere.«

Der Mann prustete unterdrückt. »Dann musst du wirklich lange weg gewesen sein. So was findet man jetzt in jeder Gang. Aber sie werden nicht oft eingesetzt.«

»Wieso nicht?«

»Solche Waffen zu finden, ist nicht schwer, ganz im Gegensatz zu der dazu passenden Munition. Meistens wedelt man mit ihnen rum. Das reicht schon, um die meisten Auseinandersetzungen zu beenden. Schließlich kann niemand vorhersehen, ob die Wumme, mit der auf einen gezielt wird, geladen ist oder nicht.«

Der flapsige Tonfall des Gangmitglieds missfiel Michael. Für einen Moment wunderte er sich, ob er damals wohl auch auf diese Art gesprochen hatte. Falls dem so war, dann war er wirklich sehr lange weg gewesen.

Michael seufzte. »Dann bringen wir es jetzt besser hinter uns. Ich will diese leidige Sache schnellstmöglich erledigt haben.«

Clarke nickte. Mit einer Handbewegung erhob er sich. Mehr als hundert in Blutläuferrüstungen gehüllte Rebellen schlichen ihm nach und begaben sich in ihre finalen Angriffspositionen.

»Team Alpha an Team Beta und Delta«, murmelte Michael in sein Kommgerät. »Bereithalten!«

»Delta bereit«, erfolgte prompt die Antwort.

»Beta erwartet Anweisung«, kam nur eine Sekunde später die zweite Bestätigung.

Michael zählte langsam bis drei. Ein Lächeln breitete sich auf seinem Gesicht aus. »Los!«

Als hätte dieses einzelne Wort die Pforten der Hölle geöffnet, flogen sämtliche Wachtürme rund um das gegnerische Lager in die Luft. Fünfhundert Blutläufer strömten auf die Bucht zu. Ihre Pulsgewehre spuckten in einem fort Energieblitze. Sie mähten die wenigen verbliebenen Wachen problemlos nieder.

Feindliche Soldaten strömten aus ihren Behausungen. Die wenigsten trugen mehr als eine Hose. Viele rieben sich noch den Schlaf aus den Augen.

Die Rebellen gingen strukturiert, zielgerichtet und mit brutaler Präzision zu Werke. Vereinzelt hallte das stakkatoartige Knattern automatischer Waffen durch die Luft.

Ein feindlicher Soldat mit einer Machete sprang Michael an. Dieser schlug dem Gegner mit dem Gewehrkolben einfach den Schädel ein. Etwas prallte gegen seine rechte Schulter und riss ihn um dreißig Grad herum. Michael brauchte jedoch nur Sekundenbruchteile, um sich wieder zu fassen. Seine Zielhilfe machte die Bedrohung ausfindig. Michael schoss den Soldaten nieder. Dessen AK-47 fiel unbeachtet in den Sand.

Frauen und Kinder strömten schreiend aus den Hütten. Clarke nahm sein Pulsgewehr hoch. Michael schlug den Lauf nach oben und der Schuss zuckte in den Himmel.

»Keine Frauen und Kinder«, belehrte er den Mann. »Wir wollen ein Exempel statuieren, kein Massaker.«

Clarke wirbelte zu ihm herum. »Es sind Feinde. Sie müssen ausgelöscht werden. Dann hast du das Exempel, das du dir so sehnlichst wünscht.«

Michael packte den Rebellen am Kragen seiner Rüstung und hob ihn mit einer Hand halb in die Luft, sodass dieser nur noch auf den Zehenspitzen jonglieren musste. »Keine – Frauen – und – Kinder!«, artikulierte er so deutlich, wie er konnte, damit sein Gegenüber ihn verstand.

Clarke nickte langsam, als müsse er sich zu dieser Bewegung zwingen.

Michael ließ den Rebellenoffizier wieder herunter. Er aktivierte sein Komm.

»Frauen und Kinder im Kreuzfeuer«, informierte er die anderen. »Nach Möglichkeit schützen. Treibt sie zum Strand.« Er zögerte kurz. »Alle anderen: ausschalten!«

Michael wollte sich erneut der ringsum tobenden Schlacht zuwenden, Clarkes Worte hielten ihn jedoch zurück.

»Du bist schwach geworden«, spie dieser förmlich aus. »Du bist nicht der Anführer, von dem ich so viel gehört habe. Du bist nicht Alexanders Bruder.«

Die Worte gaben ihm zu denken. Früher hätte er keinen Gedanken an den Tod von Unschuldigen verschwendet. Was hatte sich verändert? Er wusste es selbst nicht recht einzuordnen. Fast wäre er versucht, die ganze Angelegenheit auf Gareths Einfluss zu schieben. Vielleicht hatte er wirklich zu lange in dessen Dunstkreis zugebracht.

Er drehte sich wieder um und trat Clarke gegenüber. »Es ist mir ehrlich gesagt scheißegal, was du von mir hältst. Alles, was ich erwarte, ist, dass du Befehle befolgst.«

»Die Dinge laufen anders auf der Erde. Das weißt du. Du hast hier selbst mal das Kommando geführt.«

Michael trat einen drohenden Schritt näher. »Falls es dir nicht aufgefallen ist, das ist immer noch der Fall.«

Die Finger Clarkes zuckten verräterisch, als sie sein Pulsgewehr angestrengt umklammerten. Es war nur eine winzige Bewegung, Michael fiel sie dennoch auf. Er neigte den Kopf leicht zur Seite.

»Wenn du das wirklich versuchst, dann sei dir im Klaren darüber, dass dein erster Schuss perfekt sitzen muss. Falls du scheiterst, schneide ich dir eigenhändig die Gedärme aus dem Leib.« Wie um seine Drohung zu unterstreichen, legte er lässig die Hand auf den Knauf seines Kampfmessers.

Die beiden Kontrahenten standen sich für einen Augenblick abwartend gegenüber, beinahe forschend, auf einen schwachen Augenblick des Gegners lauernd. Dann senkte Clarke den Kopf und Michael wusste, er hatte gewonnen.

Mit einem letzten verächtlichen Blick wandte er sich ab. Er wies aber die Zielhilfe seines HUDs an, den Mann trotzdem erfasst zu halten. Nur für den Fall, dass dieser zu der Kategorie von Menschen gehörte, die anderen in den Rücken schoss. Dem war aber nicht der Fall. Michael nahm sich trotzdem vor, Clarke im Auge zu behalten. Nicht, weil dieser auf unbewaffnete Zivilisten hatte schießen wollen, sondern vielmehr, weil er sich ihm widersetzt hatte. Das wog für seine Verhältnisse fast schwerer als der Rest.

Der Kampf war mittlerweile wie nicht anders zu erwarten beinahe vorüber. Die Blutläufer zogen nur noch durch das niedergebrannte Lager und erlösten die wenigen überlebenden Gangmitglieder von ihren Leiden. Michael sah sich aufmerksam um. Nahezu alle Gebäude brannten und dichte Rauchschwaden zogen in den Himmel. Am Strand wurden Frauen und Kinder von einigen Rebellensoldaten in Schach gehalten. Der Kampf war gewonnen.

»Findet den Henker«, ordnete er an. »Ich will entweder seine Leiche oder ihn in Ketten vor mir knien sehen.« Die Soldaten schwärmten aus, um dem Befehl nachzukommen. Falls sich der Henker in diesem Lager aufhielt, dann würde man ihn – tot oder lebendig – finden.

Das Pulsgewehr locker im Anschlag, begann Michael durch das zerstörte Lager zu schlendern. Seine Leute hatten ganze Arbeit geleistet. Man konnte kaum ein paar Meter gehen, ohne über Leichen steigen zu müssen. Hin und wieder fand er auch die Körper getöteter Zivilisten. Er betrachtete sie mit wachsendem Unmut. Entweder war sein Befehl für einige zu spät gekommen oder es gab Soldaten unter seinem Kommando, die ihn großzügig ignoriert hatten. Wenn Gareth davon erfuhr, würde dieser nicht freundlich darauf reagieren. Der Mann hatte etwas gegen Kollateralschäden. Aber auch Michael nahm sich vor, die Sache im Auge zu behalten. Falls es Fraktionen gab, die sich seinen Befehlen absichtlich widersetzten, dann musste er dem dringend entgegenwirken.

Er öffnete eine Kommverbindung zu Clarke. »Ich brauche unsere Verluste. Liegen schon Zahlen vor?«

Michael wartete ungeduldig. Der Offizier meldete sich mit einiger Verzögerung. »Sechs Verwundete, ein Mann gefallen«, berichtete dieser.

Michael nickte und kappte die Verbindung wieder. Das war nicht übel. Eigentlich hatte er es sich schlimmer vorgestellt. Sieben Opfer und im Gegenzug hatten sie an die tausend Gegner erledigt. Ein Ergebnis, das sich sehen lassen konnte.

Ihm fiel eine recht große Hütte voraus auf. Sie war mindestens viermal höher als alle anderen und noch unbeschädigt. Er runzelte die Stirn. Wozu brauchte dieser Kriegsherr ein solches Gebäude? Michael schritt vorsichtig näher. Er sah sich in alle Richtungen um. Es befand sich niemand in der Nähe.

Michael blieb vor dem Gebäude stehen und legte den Kopf in den Nacken. Er war versucht, den Helm einzufahren, entschied sich aber dagegen. Es konnten sich immer noch überlebende Soldaten des Kriegsherrn innerhalb des Areals befinden. Es war daher besser, kein Risiko einzugehen.

Er wollte gerade durch die einzige Tür treten, als ihm eine Bewegung aus dem Augenwinkel auffiel. Er wirbelte herum und riss das Pulsgewehr hoch. Michael erstarrte noch im selben Augenblick.

Ein Mann stand ihm gegenüber, der eine junge Frau fest umklammert hielt. Er drückte eine Handfeuerwaffe gegen ihre Schläfe. Die Frau zitterte vor Angst. Der Mann fixierte Michael mit entschlossenem Blick.

Dieser senkte die Waffe und legte sie auf den Boden. Er erhob sich wieder und zeigte seinem Gegenüber die Hände mit den Handflächen nach außen.

»Ganz ruhig«, sagte er in beruhigendem Tonfall. »Es muss hier niemand mehr sterben.«

Der Mann grinste lediglich. Er nahm die Mündung der Waffe von der Schläfe der Frau und richtete sie auf Michael. Damit beging er einen tödlichen Fehler. Mit nahezu unmenschlicher Geschwindigkeit zog Michael seine Seitenwaffe und drückte den Abzug. Der Energieblitz der Pulspistole riss dem Gangmitglied den halben Kopf weg. Dieser hatte nicht einmal die Zeit, darauf zu reagieren. Ohne einen Laut kippte der Körper des Mannes einfach nach hinten weg und entließ die Frau aus ihrer misslichen Lage.

Michael trat näher, die Waffe immer noch im Anschlag. Aber von seinem Gegner ging keine Bedrohung mehr aus. »Vollidiot!«, spie Michael angewidert aus. »Mit dem Spielzeug hättest du meiner Rüstung nicht einmal eine Delle zufügen können.« Er richtete sein Augenmerk auf die Frau. »Alles in Ordnung?«

Sie nickte, zitterte jedoch am ganzen Körper.

»Wie heißt du?«

Sie beruhigte sich nur langsam, dennoch blickte sie ihren Retter selbstbewusst entgegen. »Angela.«

Michael hob sein Pulsgewehr auf und schlang es sich mit der Schlaufe über die Schulter. Er ließ seinen Helm einfahren und musterte die Frau durch seine natürlichen Augen. »Freut mich, dich kennenzulernen«, erklärte er mit breitem Grinsen.

Mehrere Rebellen eilten mit angelegten Waffen herbei, aber Michael bedeutete ihnen, sich zu entspannen. »Schon gut, Leute. Es ist vorbei.«

Clarke trat zu der Leiche und stieß diese nicht gerade sanft mit dem Fuß an. Er sah auf. »Das ist er, der Henker.«

Michaels Grinsen wurde breiter. »Na wer sagt's denn? Mission erfüllt. Ich denke, das war's dann.« Er wandte sich erneut dem Gebäude zu. »Bis auf ein Geheimnis, das es noch zu lüften gilt.«

Er öffnete die Tür und trat hindurch. Praktisch noch in derselben Sekunde blieb er wie angewurzelt stehen. Hinter ihm strömten weitere Rebellen in den Raum. Der Anblick, der sich ihnen bot, löste kollektives Keuchen und erstaunte Laute aus.

Ihnen gegenüber befand sich ein Wesen, wie Michael noch nie eines gesehen hatte. Es war gewaltig und füllte das Innere des Gebäudes vollständig aus. Bis auf die Tür, durch die er eingetreten war, gab es keine Öffnungen. Beinahe wirkte es, als wäre das Gebäude um dieses Wesen herumgebaut worden.

Die Kreatur war entfernt quallenartig. Am unteren Ende des unförmigen Körpers gab es eine Öffnung, durch die mehrere Tentakel ins Freie ragten. Sie lagen jedoch schlaff auf dem Boden. Das Wesen schien ganz allgemein in schlechter Verfassung zu sein. Selbst seine Farbe machte auf Michael einen eher kränklichen Eindruck.

Michael trat vorsichtig näher. Das Wesen gab einen Ton von sich, der entfernt an Walgesänge erinnerte. Er streckte die Hand aus.

»Vorsicht!«, warnte Clarke. »Du weißt nicht, was das ist.«

»Genau darum geht es ja«, gab er zurück und berührte mit seiner Hand sanft die Haut des Wesens. Die Kreatur zuckte unter der Berührung zurück, wollte sich ihm entziehen. Doch selbst dafür fehlte ihr die Kraft. Sie schien dem Tode nahe zu sein.

Sie stieß einen weiteren Schrei aus. Michaels Ohren taten ein wenig weh, als die in seinen Gehörgang implantierten Insekten versuchten, den

Laut in eine für ihn verständliche Sprache zu übersetzen. Aber nichts geschah. Das war seltsam. Entweder war der Laut in dieser Form nicht als Sprache zu verstehen oder sie war derart komplex, dass seine Übersetzer nichts damit anzufangen wussten.

»Wir fanden es vor etwa zwei Wochen am Strand«, hörte Michael plötzlich eine Stimme. Als er sich halb umwandte, sah er sich unvermittelt Angela gegenüber. Die dunkelhäutige Frau sprach mit monotoner, beinahe ehrfürchtiger Stimme. »Der Henker hielt es für ein Omen und wir bauten auf seine Anweisung dieses Gebäude. Aber es scheint immer schwächer zu werden.«

Michael nickte. »Dem ist auch so.« Er warf Clarke einen kurzen Blick zu. »Hast du schon einmal etwas Ähnliches gesehen?«

Clarke schüttelte wortlos den Kopf. Er hob sein Pulsgewehr und richtete es auf den Punkt, an dem sich wohl der Kopf der Kreatur befand.

Michael stellte sich unwillkürlich dazwischen. »Und was wird das, wenn's fertig ist?«

Clarke warf ihm einen ungläubigen Blick zu. »Das ist mit Sicherheit etwas, das den Ashrak gehört. Also ist es ein Feind. Außerdem ist es sowieso so gut wie tot. Selbst ein Blinder kann das sehen. Besser, wir erlösen es von seinen Qualen.«

»Damit eines klar ist«, zischte Michael ihm entgegen. »Du tust nichts, was ich nicht zuvor befohlen habe. Ist das klar?«

Clarke machte keine Anstalten, das Gewehr zu senken. Im Gegenteil sah er sich Hilfe suchend um. Keiner der Rebellen schien aber bereit, ihn zu unterstützen und sich gegen Michael zu stellen. Widerwillig nahm der Mann die Waffe herunter.

Michael wandte sich erneut zu der Kreatur um. »Wir nehmen es mit. Ruft ein Schiff, das groß genug ist, es aufzunehmen.«

»Was ist mit den Zivilisten?«, wollte ein anderer Soldat wissen.

Michael überlegte kurz und warf Angela einen forschenden Blick zu. Diese ließ es anstandslos über sich ergehen. »Wir nehmen auch sie mit«, erklärte er schließlich.

# 14

Entgegen der Vorhersage Untrays dauerte es fast drei Monate, bis man riskieren konnte, Takashi aus dem künstlichen Koma zu wecken.

Gareth war die ganze Zeit über nicht von dessen Seite gewichen. Nun wartete er angespannt darauf, dass sein Freund die Augen öffnete. Niemand konnte vorhersagen, wie er reagieren würde. Es war utopisch anzunehmen, dass Takashi die Augen aufmachte und Gareth sofort in die Arme schließen wollte. Dennoch hoffte der Anführer der Rebellion, dass sich das Verhalten des Paladins in irgendeiner Form geändert hatte.

Die Kexaxa nahmen letzte Einstellungen an den Geräten vor. Mit einem Mal schlug Takashi die Augen auf. Gareth fuhr von seinem Stuhl hoch. Er warf den Fesseln des Paladins einen misstrauischen Blick zu. Bisher hatten sie gehalten. Er hoffte, diesen Zweck würden sie auch weiterhin erfüllen.

Die Pupillen des Paladins zuckten unstet im Zimmer umher. Es gelang ihnen nur langsam, sich auf einen Punkt zu konzentrieren. Mit einem Mal standen sie still, blickten starr zur Decke. Dann – unendlich langsam – wandte Takashi den Blick und sah Gareth direkt an. Dieser zwang sich zu einem schmalen Lächeln.

»Na, Kumpel? Wie fühlst du dich?«

Die Worte waren natürlich furchtbar unzureichend. Das wusste Gareth selbst. Aber ihm fiel beim besten Willen nichts anderes ein.

Takashi dachte für einen Moment nach. »Als hätte ein Dys auf meinem Kopf einen Stepptanz aufgeführt.«

Gareth grinste. Vorsichtige Hoffnung keimte in seinem Inneren auf. »Wenigstens bist du in der Lage, etwas zu fühlen. Das ist doch schon etwas.« Er trat neben das Krankenbett.

»Vorsicht, Gareth!«, warnte Untray. »Er spielt dir nur was vor.«

Kaum hatte er sich Takashi bis auf einen halben Meter genähert, da bäumte sich dieser plötzlich auf. Der Mann fletschte so heftig die Zähne, dass Schaum auf seine Lippen trat. Er spie ihn Gareth ins Gesicht, zusammen mit einem einzelnen Wort. »Verräter!«

Gareth wischte sich den Speichel aus dem Gesicht und trat zurück. Aber Takashi beruhigte sich keineswegs. Er kämpfte wie ein Berserker gegen seine Fesseln an. Wäre es ihm möglich gewesen, sich loszureißen, er wäre auf der Stelle auf Gareth und jeden anderen im Raum losgegangen.

Untray stellte sich neben Gareth und wartete geduldig darauf, von diesem wahrgenommen zu werden. Der Anführer der Rebellion sah zu ihm herab. »Es hat also nicht funktioniert?«

»Nein«, erklärte der kleine Außerirdische. »Das ist die Konditionierung. Die chemischen Rückstände in seinem Scheitellappen haben sich mittlerweile aufgebraucht. Er müsste vom Joch gegenüber dem Imperium befreit sein. Die Konditionierung aber hat unterschwellige Befehle hinterlassen, verborgen in seinem Unterbewusstsein. So was wie: ›Töte alle Feinde.‹ Ich vermute, es handelt sich um eine Sicherheitsvorkehrung für den Fall, dass jemand genau das versucht, was wir getan haben. Wir haben die Loyalitätsimplantierung entfernt und er würde uns dennoch töten, sobald er die Gelegenheit dazu erhält. Er kann nicht einmal was dafür. Aber eine Gefahr bleibt er dennoch.«

Gareth warf Takashi einen leicht verzweifelten Blick zu. »Das bedeutet, er steht immer noch unter ihrer Kontrolle.«

Untray neigte leicht den Kopf zur Seite. »Ja und nein. Wir konnten einen Teil der Chemikalien, die zu seiner Umwandlung gehören, extrahieren. Und diejenigen, die seine Loyalität steuern, haben sich von selbst aufgebraucht. Es ließen sich jedoch die Komponenten, die Stärke, gesteigerte Intelligenz sowie Geschwindigkeit und Reflexe steuern, nicht isolieren. Sie sind Teil seines Metabolismus und nicht mehr zu entfernen. Außerdem ist die Konditionierung ein Problem.« Takashi spie Gareth in einem fort Beleidigungen entgegen. »Wie du siehst«, ergänzte Untray.

»Könnt ihr sie knacken?«

Der Kexaxa zögerte, was Gareth nicht entging. Er warf der kleinen Kreatur einen durchdringenden Blick zu. »Könnt ihr sie knacken?«, wiederholte er drängender.

»Ich … weiß es nicht«, erwiderte Untray ehrlich. »Aber wir werden für ihn tun, was nur möglich ist.« Der Kexaxa sah auf. »Ich verspreche es.«

Gareth nickte. »Gibt es schon eine Prognose?«

»Ich sagte dir, dass er vermutlich nicht mehr der Mann ist, den du kanntest.«

»Wie ich euch kenne, hast du bereits eine Wahrscheinlichkeitsrechnung angestellt. Nenn mir den Prozentsatz.«

»Willst du den wirklich wissen?«

»Sag es mir«, beharrte Gareth.

»Wir können ihm helfen und gänzlich wiederherstellen … mit einer Wahrscheinlichkeit von neunundzwanzig Prozent. Mit einundsiebzigprozentiger Wahrscheinlichkeit, wird er unter Spätfolgen leiden. In welchem Umfang, vermag nicht einmal ich ansatzweise zu schätzen. Wir müssen abwarten. Die Zeit wird es erweisen.«

Gareth warf dem geifernden Takashi einen mitfühlenden Blick zu, wandte sich um und verließ die Krankenstation. Seinen Freund auf diese Weise leiden zu sehen, war mehr, als er ertragen konnte.

Die zugleitende Tür schnitt Takashis Stimme ab und ersparte es ihm, auf die Beleidigungen reagieren zu müssen. Gareth lehnte sich mit dem Rücken gegen die Korridorwand und atmete mehrmals durch.

In seinen Ohren knackte es und der Navigator der ESMERALDA meldete sich. »Ein Ruf von der SHIVA«, informierte er seinen Kommandanten. »Sie will dringend mit dir sprechen.«

Gareth löste sich von der Wand und streckte seine Gestalt. »Durchstellen!«

Nur Augenblicke später hallte Ris'rils Stimme in seinen Ohren wider. »Wir haben ein Notsignal aufgefangen«, erklärte sie ohne Vorrede.

»Herkunft?«

»Eine unserer Basen im Lyrec-Sektor. Sie melden einen Ashrakangriff.«

Gareth stieß einen Fluch aus. Die Ashrak zogen ihre Schlinge enger. Ständig hatte man das Gefühl, sie stünden einem im Nacken. Ohne Zweifel zielte Cha'ackos Strategie genau darauf ab. Er wollte die Rebellen aus dem Gleichgewicht bringen und dafür sorgen, dass sie dieses nicht zurückerlangten. Wenn man einen Gegner nur lange genug bedrängte, dann beging dieser früher oder später einen Fehler. Und Cha'acko lauerte nur auf diesen einen Augenblick.

Gareth dachte ernsthaft daran, den Notruf zu ignorieren. Es war keineswegs auszuschließen, dass es sich dabei um eine Falle handelte. Und selbst wenn nicht, standen sie dort höchstwahrscheinlich einer Übermacht gegenüber.

Gareth seufzte. Aber es handelte sich um Rebellen, die Hilfe benötigten. Wenn er sie im Stich ließ, welchen Wert hatte dann diese ganze Rebellion? Welche Chancen hatten sie, wenn sie sich nicht gegenseitig beistanden? Beruhte dieser Aufstand nicht darauf, dass die Rebellen anders waren als die Ashrak oder die Rod'Or?

»Wie lange brauchen wir dorthin mit Höchstgeschwindigkeit?«

»Drei Tage«, erwiderte Ris'ril ruhig. Sie hatte schweigend gewartet, bis er mit seinen Gedankengängen durch war. Ihrem Tonfall nach war sie von Gareths Entscheidung nicht überrascht.

Er setzte sich in Bewegung und eilte den Korridor hinab Richtung Kommandobrücke. »Lass einen Kurs setzen.«

***

Die Soldaten kehrten als Helden aus Afrika zurück. Sie hatten ihren ersten Kampfeinsatz erfolgreich beendet. Dass sie dabei einen unterlegenen Gegner vernichtet hatten, spielte keinerlei Rolle. Lediglich das Ergebnis zählte.

Die meisten Rebellensoldaten der Kampftruppe kehrten mittels Shuttles nach London zurück. Michael zog es vor, zusammen mit einigen seiner Rebellensoldaten, den befreiten Frauen und Kindern sowie dem seltsamen Wesen auf einem Schiff nach England zu reisen.

Bei dem Schiff handelte es sich um einen Lastkahn, der aufgrund seiner altersschwachen Technologie wohl kaum auf den Sensoren eines zufällig vorüberfliegenden Ashrakschiffes auftauchen würde.

Der Kahn fuhr gemächlich die Themse hinauf. Am Ufer hatten sich Tausende von Menschen versammelt, die die Heimkehr der letzten siegreichen Helden von Michaels Kampftrupp feierten.

Michael stand am Bug des Schiffes. Die Menge am Ufer zu beiden Seiten der Themse jubelte. Er hob die Arme und winkte ihnen gönnerhaft zu.

»Sie lieben dich«, sprach ihn unvermittelt eine Stimme an.

Michael sah sich über die Schulter um. Angela betrachtete ihn mit sittsam und auch schüchtern vor dem Körper gefalteten Händen. »Sie lieben Siege. Wer diese erbringt, ist ihnen in erster Linie mal egal.«

Immer noch sehr zurückhaltend, trat Angela näher, bis sie sich auf gleicher Höhe mit ihm befand. »Du solltest dein Licht nicht unter den Scheffel stellen. Der Henker hat viele Siege errungen. Er hat andere Gruppen und auch neutrale Siedlungen bedenkenlos vernichtet, ihre Ressourcen für sich beansprucht und auch ihr Land. Aber bei seiner Heimkehr hat ihm niemand zugejubelt. Und wenn doch, dann wäre es verlogen gewesen.«

Er hörte die Bitterkeit und auch den Hass aus ihrer Stimme heraus und warf ihr einen schrägen Seitenblick zu. Die Frage, die ihn eigentlich bewegte, stellte er aber nicht.

Angela schien seine Gedanken zu erraten, denn sie antwortete auf seine unausgesprochene Frage. »Ich war nicht freiwillig mit ihm zusammen.«

Michael wandte den Blick ab. »Das habe ich nicht gefragt.«

»Und doch hat es dich interessiert. Das konnte ich sehen.«

Er schlug den Blick nieder. »Tut mir leid«, sagte er und wusste in diesem Moment nicht einmal, wofür er sich eigentlich entschuldigte.

»Muss es nicht«, beruhigte sie ihn. Sie seufzte. »Der Henker hat mein Dorf zerstört. Es befand sich im Landesinneren. Wir gehörten zu keiner Gang, keiner Gruppierung, keiner Bande. Wir wollten einfach nur in Frieden ein halbwegs menschenwürdiges Dasein führen. Aber wir lebten in einem reichen Jagdgebiet. Es versorgte uns mit ausreichend Fleisch, sodass der Henker entschied, dass unser Land gefälligst ihm zu gehören hatte.« Sie leckte sich über die Lippen. »Ich wünschte, ich könnte sagen, wir hätten uns gewehrt, als er uns annektierte. Ich wünschte, ich könnte sagen, wir unterlagen nach heldenhaftem, aufopferndem Kampf. Tatsache ist aber, dass wir uns sofort ergaben, als er vor unseren Palisaden auftauchte. Wir wussten, wir hatten keine Chance. Mit Pfeil und Bogen gegen Gewehre, da konnten wir nicht bestehen.« Ihr Blick wanderte in weite Ferne und wirkte irgendwie leer. »Als Zeichen der Unterwerfung forderte er als Erstes Tribut in Form von Nahrung und Frauen. Ich war Teil dessen, was er erhielt. Und den Rest kannst du dir denken.«

Michael nickte. Ja, das konnte er in der Tat. In seinem früheren Leben als Anführer der Flesh and Bones hatte er Ähnliches getan. Mehr als einmal.

Sie warf ihm einen unschlüssigen Blick zu. »Das bedeutet, ich gehöre jetzt dir.«

Vor Schreck zuckte er zusammen. Er warf der Frau neben sich einen schockierten Blick zu. »Wie bitte?«

»Du hast den Henker getötet. Ich war sein Eigentum. Durch das Gesetz des Stärkeren bin ich jetzt deine Sklavin. Du kannst mit mir machen, was du willst.«

Michael schluckte. Er erinnerte sich an den Mann, der er einmal gewesen war. Dieser Ganganführer hätte nicht gezögert, dieses Angebot an Ort und Stelle anzunehmen. Und fast hätte auch der Mann, der er jetzt war, es sofort akzeptiert. Er würde gern besser von sich selbst denken, aber es entsprach der Wahrheit. Diese Frau mit ihrer ebenmäßigen, feinen Haut, den Rehaugen und der schlanken, wohlgeformten Gestalt erregte ihn. Mit schier übermenschlicher Kraft schüttelte er den Kopf.

»Wir waren einst alle Sklaven. Und wir nehmen keine. Nie wieder Sklaven. Das ist unser Motto. Du bist frei und kannst tun und lassen, was du willst.«

Sie warf ihm einen ungläubigen Blick zu. Angela runzelte die Stirn. »Wirklich?«

»Das überrascht dich wohl.«

»Ritterlichkeit ist nicht mehr oft zu finden heutzutage.«

Michael lachte. »Mit Ritterlichkeit hat das wenig zu tun. Es sind eher die Prinzipien, die wir uns auf die Fahnen geschrieben haben.« Er prustete. »Und unser Anführer Gareth würde mir die Hölle heißmachen, wenn er wüsste, dass ich eine Sklavin halte.«

Angela richtete den Blick auf das Wasser, das vor dem Bug des Kahns aufschäumte. »Nun, dann ... danke ich dir.« Sie klang wie jemand, der immer noch nicht ganz glauben konnte, was man ihr sagte. Als würde sie befürchten, dies alles sei nur ein grausamer Scherz und das böse Erwachen werde erst noch folgen.

Michael räusperte sich. Nun, darüber brauchte sie sich keine Sorgen machen. Sie wusste es nicht, aber sie stand von jetzt an unter seinem Schutz. Und wenn er ernsthaft darüber nachgrübelte, dann fühlte er sich sogar richtig gut damit.

Der Kahn steuerte langsam das Ufer an. Das Gefährt wurde vertäut und eine Planke wurde angelegt, über die die Insassen das Schiff verlassen konnten. Michael sprang mit wenigen Sätzen ans Ufer und half schließlich Angela an Land. Es folgten die weiteren befreiten Zivilisten sowie die an Bord befindlichen Rebellensoldaten.

Wie sich herausstellte, wurde Michael bereits erwartet. Alexander, Rachel, Theodore und Ibitray empfingen ihn freundlich, wenn auch nicht so überschwänglich wie die versammelte Menge.

Alex trat ihm als Erster entgegen. Auf den ersten Blick wirkte sein Lächeln durchaus sympathisch. Bei näherem Hinsehen bemerkte Michael allerdings, dass seine Augen davon nicht berührt wurden. Ein Anzeichen dafür, dass das Lächeln lediglich aufgesetzt, aber nicht ehrlich gemeint war.

»Hat alles geklappt?«, wollte Michaels Bruder wissen.

Dieser nickte. »Besser als erhofft. Die Truppe hat sich gut gehalten.« Michael sah sich unter seinen Gefolgsleuten um. Er verzog kurz die Miene. Die Neugier war fast körperlich greifbar. »Ihr habt also schon davon gehört?«

Die drei Menschen und der Kexaxa nickten unisono. Michael seufzte. »Und ihr wollt es sehen?«

Wiederum nickten die vier fast synchron. Michael deutete mit einem Kopfnicken an, ihm zu folgen. Er schlenderte zurück auf den Lastkahn, gefolgt von Alex, Rachel, Theodore und Ibitray. Angela folgte als Schlusslicht. Sie sagte kein Wort. Michael spürte ihre Verunsicherung, konnte aber im Moment nichts weiter für sie tun.

Gemeinsam betraten sie den Frachtraum. Dort war die gewaltige Qualle untergebracht. Sie gab inzwischen kaum noch Laute von sich, und wenn doch, dann hörten sie sich voller Qual an.

Alex, Theodore und Rachel betrachteten das Wesen mit offenem Mund, Ibitray mit der klinischen Distanz des geborenen Wissenschaftlers.

»Interessant«, war das Einzige, was er dazu sagte.

Michael warf ihm einen kurzen Blick zu. »Hast du so etwas schon mal gesehen?«

»Nein, noch nie«, erwiderte der Kexaxa, ohne den Blick von dem Wesen zu nehmen. »Und auch noch nie von etwas Vergleichbarem gehört. Und wir Kexaxa sind eigentlich allgegenwärtig. Es muss sich um etwas relativ Neuartiges handeln. Das erklärt auch, warum seine Sprache nicht übersetzt werden kann.«

Der Kexaxa trat näher und streichelte über die spröde Haut der Qualle. Überraschenderweise zuckte das Wesen vor Ibitrays Berührung nicht zurück. Offenbar betrachtete es die kleine Kreatur nicht als Bedrohung.

»Interessant«, wiederholte der Kexaxa mit leiser, faszinierter Stimme.

»Warum hast du es mitgebracht?«, wollte Alex wissen. »Es sieht schon fast tot aus.«

»Was hätte ich sonst damit machen sollen?«

Alex zuckte die Achseln. »Es sterben lassen. Das Vieh ist nutzlos.«

»Es ist eindeutig empfindungsfähig«, mischte sich Ibitray mit verblüffend fester Stimme ein. Es war bei den Kexaxa nicht üblich, auf diese Weise einem Gesprächspartner gegenüberzutreten. Ihnen lag eine eher devote Grundhaltung. Der Kexaxa schien über Alex' Vorwurf allerdings verärgert zu sein.

Alex runzelte die Stirn. Widerspruch war er nicht gewohnt, von einer so kleinen Kreatur schon gar nicht. Er öffnete den Mund, um etwas zu erwidern.

»Ich sehe das wie Ibitray«, sprang Michael seinem Ingenieur helfend bei. »Wer weiß, wie uns dieses Wesen noch weiterhalfen kann? Ich habe vor, es wieder aufzupäppeln.«

»Aufzupäppeln?«, meinte Rachel in sarkastischem Tonfall. »Das ist kein junger Spatz, der aus dem Nest gefallen ist. Wir wissen nicht einmal, was das Ding isst.«

»Hoffentlich keinen von uns«, prustete Alex, der jedoch durch düstere Blicke aller Anwesenden – einschließlich seiner Ehefrau – schnell zum Schweigen gebracht wurde.

»Das Ding bindet lediglich dringend benötigte Ressourcen«, beharrte Rachel. »Töten wir es. Dann haben wir unsere Ruhe und diese Kreatur leidet nicht länger.« Sie griff nach ihrer Seitenwaffe.

Michael schob seine massige Gestalt zwischen die Frau und die Qualle. »Diesem Wesen wird nichts geschehen«, verkündete er im Befehlston. »Falls doch, dann wird der- oder diejenige sein Schicksal teilen.«

Rachels Hand schwebte noch einige Sekunden über ihrem Hüftholster, während sie sich mit Michael ein Blickduell lieferte. Sie lotete aus, wie ernst ihm diese Aussage war. Schließlich stieß sie ein Zischen aus, wandte den Blick ab und ließ die Hand sinken.

Sie warf ihrem Mann einen um Hilfe bittenden Blick zu, doch dieser ließ seinen Kopf sinken. Alex' Schultern sackten ab. Von ihrem Mann hatte sie diesbezüglich keine Hilfe zu erwarten.

Michael entspannte sich, zufrieden, diese Auseinandersetzung gewonnen zu haben. »Gibt es einen Ort, wo wir dieses Wesen unterbringen können? Nicht in London, aber vielleicht irgendwo im Umland?«

Alex überlegte. Er sah auf. »Wir haben ein Lagerhaus im Hafen von Dover. Das müsste groß genug sein.«

Michael nickte zufrieden. »Dann schafft die Qualle dorthin. Beauftragt eure vertrauenswürdigsten Männer mit seinem Schutz.« Er wandte sich Ibitray zu. »Du gehst mit. Ich will, dass du dieses Wesen studierst. Finde heraus, wie es kommuniziert. Erlerne seine Sprache, falls möglich. Die Ashrak haben es aus einem bestimmten Grund hierher gebracht und ich will wissen, welcher das ist.«

***

Der Gare du Nord war nicht mehr wiederzuerkennen. Als Ludwig die Verantwortung für halb Europa übernommen hatte, war der Bahnhof ein Drecksloch gewesen. Berge von Abfällen hatten sich getürmt und selbst die Ratten waren vor dem Gestank getürmt.

Nun wirkte der Bahnhof immer mehr wie ein militärisches Kommandozentrum. Die Löcher im Dach waren notdürftig instand gesetzt worden und die Abfälle hatte man beseitigt.

Die Front de Liberté bildete hier und in den Untergeschossen, durch welche früher S- und U-Bahnen gefahren waren, im Akkord neue Soldaten aus. Die besten Rekruten wurden zu Offizieren ernannt, die damit beauftragt wurden, weitere Ausbildungszentren aus dem Boden zu stampfen. Auf diese Weise ergab sich bereits ein ansehnliches Netzwerk aus Stützpunkten, die sich von Madrid bis Moskau und von Oslos bis Neapel erstreckten. Tendenz steigend. Je größer ihr Einfluss wurde, desto mehr Banden schlossen sich ihnen an. Man konnte förmlich dabei zusehen, wie sich ein Dominoeffekt entwickelte.

Michael Anderson hatte Ludwig und Fabian darüber hinaus jeweils fast hundert Blutläuferoffiziere zugeteilt, die bei der Ausarbeitung eines logistischen Netzwerks voller Tatendrang halfen.

Ludwig war sehr froh über die zusätzliche Unterstützung und nach dem, was er von Fabian wusste, waren dessen Fortschritte in Übersee ebenfalls äußerst beeindruckend.

Günter Weber von den Eisernen Speeren behielt im süddeutschen Raum den Überblick und hatte sich bereits mehrmals als unschätzbare Hilfe erwiesen. Diese Gruppierung, die er erschaffen hatte, hatte eine stabilisierende Wirkung auf die gesamte Region. Nicht zuletzt deshalb, weil sich niemand mit ihnen anlegen wollte.

Ludwig beugte sich über eine Weltkarte, die vor ihm auf einem großen rechteckigen Besprechungstisch lag. Ein manipulierbares Hologramm wäre ihm bedeutend lieber gewesen, aber so weit waren sie noch nicht. Die Erde war ein Gebiet, in dem Lowtech vorherrschte, daher mussten sie sich mit dem begnügen, was ihnen zur Verfügung stand.

Lucas Laureant trat neben ihn und brachte in Australien sowie Zentral- und Ostafrika mehrere rote Stecknadeln an. »Das sind die letzten Berichte, die uns erreichen. Wir verfügen jetzt über Ausbildungszentren in Canberra und Sydney sowie in Zentralkongo und Tansania.« Der Franzose beugte sich langsam zurück. Ein schmales Lächeln umspielte seine Lippen.

Ludwig warf dem Mann einen amüsierten Blick zu. »Du siehst aber glücklich aus.«

Der Franzose zuckte die Achseln. »Ich muss gestehen, ich hatte nicht viel Hoffnung, als ich das erste Mal von eurem Plan hörte. Aber der Erfolg gibt euch recht. Die Untergrundarmee nimmt langsam Formen an.«

Ludwig rümpfte die Nase. »Genau das bereitet mir Sorgen.«

Laureant runzelte die Stirn. »Ich fürchte, ich kann dir nicht ganz folgen.«

Anstatt einer direkten Antwort sah Ludwig auf. »Haben wir zuverlässige Berichte über die letzten Fischzüge der Ashrak?«

Laureant nickte, nahm mehrere blaue Stecknadeln zur Hand und markierte einige Orte in Wales, Nord- und Südamerika sowie Asien. »Cardiff, Boston, Rio de Janeiro und Tokyo wurden in den letzten Wochen schwer getroffen. Laut unseren zuverlässigsten Schätzungen sind den Fischköpfen gut und gerne dreißigtausend Menschen ins Netz gegangen.«

»Genau das ist der Punkt. Wenn unser Netzwerk sich weiterhin derart rasant entwickelt, dann ist bald der Punkt erreicht, an dem sie zwangsläufig über unsere Aktivitäten stolpern müssen.«

Laureant machte eine verkniffene Miene. »Wir sind noch lange nicht so weit, uns ihnen in direkter Konfrontation zu stellen.«

»Nein«, bestätigte Ludwig. »Sind wir nicht. Aber wir sollten uns darauf vorbereiten. Falls wir uns erst darauf einstellen, sobald Kämpfe ausbrechen, wird es zu spät sein.«

Laureant warf ihm einen neugierigen Blick zu. »Was schwebt dir vor?«

Ludwig leckte sich leicht über die Lippen. Er betrachtete die Karte eingehend. Schließlich deutete er auf strategisch wichtige Punkte. »Wir bauen ein System von versteckten Waffen- und Ausrüstungslagern auf. Im Notfall können sich unsere Einheiten dann direkt im Feld versorgen. Am besten, wir verstecken auch kleine, automatisierte Feldlazarette. Zur Behandlung der schlimmsten Verwundungen.«

Laureant dachte über den Vorschlag nach und nickte langsam. »Das ergibt Sinn und würde unsere taktische sowie strategische Flexibilität erhöhen.« Er zog eine Augenbraue hoch und maß sein Gegenüber nachdenklich. »Das klingt, als rechnest du fest mit einem baldigen Kampf.«

Ludwig neigte leicht den Kopf zur Seite. »Bald? Ich hoffe nicht. Aber wir sollten uns auf jeden Fall auf das Schlimmste einstellen. Je größer unsere Fortschritte, desto höher die Gefahr, dass die Ashrak darauf aufmerksam werden.« Er stieß einen Schwall Luft durch die Vorderzähne aus. »Es ist nicht die Frage, ob Kämpfe ausbrechen, sondern wann. Ich bete darum, dass uns noch genügend Zeit bleibt. So wie die Dinge jetzt liegen, würden die Ashrak den Boden mit uns aufwischen, ganz egal, was wir machen.«

Laureant hob stolz das Kinn. »Aber wir würden ihnen auf jeden Fall vorher noch einen großartigen Kampf liefern.«

Ludwig schnaubte. »Was nutzt uns das, wenn wir am Ende alle tot sind? Das ist nicht Sinn und Zweck unseres Hierseins. Wir wollen eine Armee aufbauen, die dem Imperium die Stirn bieten kann. Niemand will einen Friedhof voller toter Helden. Tote Helden können nicht mehr kämpfen.«

»Auch wieder richtig«, gab sich Laureant geschlagen.

In diesem Moment rannte ein Rebellensoldat durch die Tür und plapperte so schnell auf Französisch auf Laureant ein, dass selbst die Übersetzer in Ludwigs Ohren Probleme hatten, die Worte in ausreichendem Maß für ihn verständlich zu machen. Er bekam nur so viel mit: Da draußen ging am Himmel etwas sehr Seltsames vor sich.

Ludwig und Laureant folgten dem völlig aufgelösten Soldaten ins Freie – und blieben schlagartig stehen. Am Himmel zogen mehrere Objekte dahin, wie Ludwig sie noch nie zuvor gesehen hatte. Sie wirkten entfernt wie riesige Quallen. Majestätisch flogen sie über Paris hinweg und passierten dabei auch das zerschmolzene Gerippe des Eiffelturms. Im ersten Moment hielt Ludwig sie für Raumschiffe. Dann jedoch fiel ihm auf, dass keines der Objekte auch nur entfernt etwas wie eine Kommandobrücke oder einen Antrieb aufwies. In der Tat konnte er nicht mit Sicherheit sagen, wie diese Dinger überhaupt zur Fortbewegung in der Lage waren.

Die am Himmel vorüberziehenden Objekte wandten sich gen Norden und flogen Richtung Ärmelkanal. Begleitet wurden sie von mehreren Ashrakjägern. Die wendigen, kleinen Maschinen fungierten dabei als Schäferhunde, die die Herde aus, was immer dies für Kreaturen sein mochten, auf Kurs hielten.

Ludwig wechselte einen fassungslosen Blick mit Laureant. Beiden Männern stand der Mund sperrangelweit offen. Wo auch immer diese Wesen über Paris auftauchten, da lösten sie Starre und hemmungsloses Staunen auf.

»Mon dieu!«, keuchte Laureant.

»Was zum Teufel …«, schloss sich Ludwig an.

* * *

»Hast du gehört, wie er mit mir gesprochen hat?«, wetterte Rachel. Sie ging voller Energie auf und ab. »Er hat mir gedroht. Gedroht hat er mir!« Während sie das sagte, wurde ihre Stimme immer schriller.

Alex sah sich missmutig um. Sie befanden sich zwar in ihrem Quartier, umgeben von loyalen Soldaten, aber Rachels Stimme war ausnehmend gut zu hören. Und er wollte ganz sicher nicht das Risiko eingehen, dass Michael ihre Worte hörte. Es würde nur zusätzliches Schwarzpulver in eine ohnehin schon leicht entzündliche Situation bringen.

Sie hielt inne und musterte ihn voller Abscheu. »Und von dir war auch keine Hilfe zu erwarten.«

Alex zuckte die Achseln. »Was hätte ich auch schon tun können? Was hätte ich ihm sagen sollen?«

Sie trat angriffslustig auf ihn zu. »Du hättest mir beistehen sollen. Du bist mein Mann, um Himmels willen! Ist es denn zu viel verlangt, dass du dich hin und wieder auch wie einer benimmst?«

Alex antwortete nichts, sondern wandte lediglich betreten den Blick ab. Rachel schnaubte und begann erneut damit, im Zimmer auf und ab zu wandern. »Seit er wieder da ist, verhältst du dich, als hätte er dir das Rückgrat zur Nase herausgezogen. Vermutlich stehen deine Rückenwirbel in einem Einmachglas auf seinem Regal.«

Alex' Blick zuckte hoch und ein Funken alter Wut blitzte aus ihnen hervor. »Jetzt gehst du aber zu weit.«

Sie stoppte und starrte ihn mit hitzigem Blick nieder. »Ach, glaubst du? Ja? Du bist kaum wiederzuerkennen. Du warst mal so voller Härte, voller Kraft. Davon ist nichts mehr zu spüren.«

»Er ist nun mal mein Bruder. Und er ist der Ältere.«

»Na und? Hat er deswegen irgendwelche besonderen Privilegien? Ich sagte es schon und ich sage es gern noch mal: Die Flesh and Bones in ihrer heutigen Form sind *dein* Werk. Deines ganz allein. Du hast die mächtigste Gang Englands erschaffen. Quasi aus dem Nichts, als die Fischköpfe sich Michael geschnappt haben. Und nun kommt er einfach zurück und erntet deine Früchte? Das lasse ich nicht zu.« Sie hielt erneut inne und starrte verdrossen auf die Wand. »Wäre er doch nur tot geblieben! Das hätte vieles vereinfacht.«

Alex fixierte sie. »So etwas darfst du nicht einmal denken.«

Sie wandte sich ihm zu, kam langsam näher und ging vor ihm auf die Knie. Sie streichelte über seiner Hände mit einer Sanftmut, die sie ihn schon lange nicht mehr hatte spüren lassen. Wie erwartet, verfehlte dieser kleine Gunstbeweis seine Wirkung auf ihn nicht. Seine Mimik weichte merklich auf.

»Ich habe eine Idee, mein Lieber«, säuselte sie ihm ins Ohr. »Sie würde unser Hauptproblem lösen. Aber um sie umzusetzen, musst du dich endlich mal wieder wie ein Mann benehmen.«

# 15

Als Gareths Flotte das O'dandra-System im Lyrec-Sektor erreichte, war die Belagerung der Rebellenbasis immer noch in vollem Gange.

Es schien, als hätten sich die Ashrak endlich einmal verschätzt. Die Basis befand sich auf einem Mond, der in einem sehr niedrigen Orbit einen Gasriesen umkreiste. Der Gasriese wurde noch von siebzehn weiteren Monden umgeben. Und auf jedem einzelnen hatten die Rebellen eine stationäre Waffenplattform aufgebaut. Als die Ashrak zur Basis vorstießen, hatten sie sich in einem mörderischen Kreuzfeuer wiedergefunden, das sie mehr als fünfzig Schiffe gekostet hatte.

Seitdem versuchten die Ashrak ohne Erfolg, zur Rebellenbasis durchzukommen, was jedes einzelne Mal in einer Katastrophe endete. Auf der anderen Seite saßen die Rebellen inmitten ihrer Festung fest und konnten nicht entkommen.

Gareth stand auf der Brücke der Esmeralda und begutachtete das Bild, das sein Navigator Wesley mittels Hologramm vor ihm in die Luft projizierte.

Der Gasriese war umringt von annähernd dreihundertfünfzig Kriegsschiffen. Ein weiterer Angriff war im Gange. Die Ashrakverbände versuchten, die äußeren schweren Stellungen der Rebellenfestung mit einem massiven Bombardement aus den Fernkampfwaffen auszuschalten. Wiederum war der Angriff von keinem nennenswerten Erfolg gekrönt.

Drei der bombardierten Positionen wurden auf Gareths Hologramm als zerstört vermerkt. Das genügte aber nicht einmal ansatzweise, um die Verteidigung als neutralisiert anzusehen. Den Angreifern schlug ein nicht minder mörderischer Beschuss entgegen. Noch während Gareth zusah, musste sich ein feindliches Schlachtschiff angeschlagen zurückziehen. Die Symbole von drei eskortierenden Schweren Kreuzern verblassten nahezu gleichzeitig.

Gareth verzog sardonisch das Gesicht und schaltete das Hologramm mit einer knappen Handbewegung ab. Er starrte in Gedanken versunken durch das Brückenfenster. Die Schlacht fand so weit entfernt statt, dass sie lediglich als kurze Lichteffekte auszumachen war.

»Das habt ihr jetzt davon«, murmelte er leise.

»Hast du was gesagt?«, wollte Wesley wissen.

Gareth schüttelte den Kopf. »Ich habe nur laut gedacht.«

»Darf ich daran teilhaben?«

Gareth atmete tief ein. »Ich dachte nur gerade, dass die Ashrak heute bekommen, was sie verdienen.«

»Ja«, meinte Wesley. »Den Ashrak dürfte mittlerweile nicht schmecken, dass sie euch so gut ausgebildet haben. Die Verteidigung der Basis ist gut organisiert. Die Schussfelder der Waffenplattformen überlappen sich gegenseitig und bilden eine Todeszone. Wird für die Fischköpfe nicht einfach, da durchzukommen.«

»Und trotzdem werden sie es früher oder später schaffen«, entgegnete Gareth. Seine Gedanken arbeiteten fieberhaft. »Die Basis ist nicht zu retten. Damit müssen wir uns abfinden, aber ich will verdammt sein, wenn ich eine weitere Stützpunktbesatzung verliere. Wir müssen die Leute da irgendwie rauskriegen.«

»Das wird nicht einfach«, gab Wesley zurück. »Der Feind ist uns mehr als drei zu eins überlegen.«

Gareth bleckte die Zähne. »Ich habe auch nicht vor, mich durch diese Blockade hindurchzukämpfen.«

»Was schwebt dir vor?« Die Stimme Wesleys klang geradezu euphorisch. Die Navigatoren verbrachten annähernd ihr ganzes Leben im All, eingestöpselt in den Vortex. Dadurch fehlte ihnen oftmals die gesunde Vorsicht vor dem Tod. Dies mochte eine natürliche Nebenwirkung sein, wenn man ständig die Weiten des Alls durchflog. Man bekam dadurch vielleicht ein Gefühl der Unbesiegbarkeit vermittelt. Gareth war nicht sicher, ob es sich dabei um einen Vor- oder Nachteil handelte, wenn man in den Kampf zog.

Gareth wandte sich um und ging zurück zur Kommandostation. »Wesley, zeig mir noch mal die taktischen Daten.«

Er hatte kaum ausgesprochen, da tauchte bereits das Hologramm erneut vor seiner Nasenspitze auf. Die Rebellen im Inneren des Belagerungsrings verfügten über die bessere Stellung, der Feind über die zahlenmäßige Überlegenheit. Selbst vereint wären die Rebellenstreitkräfte immer noch unterlegen – sowohl zahlenmäßig als auch waffentechnisch. Die Ashrak verfügten über sechs große Schlachtschiffe, die Rebellen lediglich über zwei – und beide befanden sich im Inneren des Kessels.

Langsam keimte in Gareth die Andeutung eines Planes. Er musste die Ashrak nicht schlagen. Das dürfte ihm ohnehin nicht gelingen. Ein Sieg bedeutete im vorliegenden, konkreten Fall die Evakuierung der gefangenen Rebellen und ihre Flucht in einen sicheren Hafen.

Gareth biss sich leicht auf die Unterlippe. Also musste der Belagerungsring lediglich aufgebrochen und lange genug offen gehalten werden, um dieses Ziel zu ermöglichen.

Er verzog die Miene zu einem gehässigen Grinsen. »Wesley, besitzen wir noch genügend gültige IFF-Codes feindlicher Schiffe?«

***

Die Rebellen innerhalb des Kessels wurden kommandiert von Yuma Matsumoto. Die Japanerin war ein Blutläufer erster Generation. Das bedeutete, sie gehörte zu den Ersten, die nach der Unterwerfung der Erde von den Ashrak entführt, umgewandelt und ins imperiale Militär eingegliedert worden waren.

Die Frau gehörte inzwischen zu einem Schlag bärbeißiger Veteranen. Eine bösartige Narbe zog sich von der Mitte der Stirn über die Nasenwurzel bis hinunter zum Ansatz der Oberlippe. Sie verdankte dies einem Sekarikampfmesser. Es hätte ihr um ein Haar den Schädel gespalten.

Matsumoto hätte nie geglaubt, dass sie eines Tages wieder frei sein würde. Und noch weniger hatte sie vermutet, dass sie die ganze Zeit das Werkzeug ihrer Befreiung im Kopf trug. Ohne es zu wissen, hatten die Kexaxa den Wurm in ihr System heruntergeladen, als die Blutläuferoffizierin auf Planetoid 853795-337 einige Updates für ihre Optimierungen erhalten hatte. Die Kexaxa hatten den Vorgang genutzt, um eine ganze Menge weiterer Soldaten mit dem Wurm zu infizieren.

Matsumoto liebte ihre neu gewonnene, unverhofft herbeigeführte Freiheit. Und sie hasste sowohl Imperium als auch Ashrak für das, was man ihr und ihren Kameraden angetan hatte.

Als die Ashrak die Basis im O'dandra-System fanden und die Rebellen zur Kapitulation aufforderten, konnte es daher für Matsumoto nur eine passende Antwort geben: »Fahrt zur Hölle!«

Matsumoto und ihr Zweiter Kommandant, Nigel O'Sullivan, befanden sich beide im Kommandozentrum der Basis und verfolgten die Schlacht mit wachsender Frustration.

»Wir verlieren Stellung neun«, informierte einer der Soldaten sie. Der Blutläufer saß an einer Konsole und überwachte die Schiffsbewegungen des Feindes.

O'Sullivan deutete auf das sich gerade aktualisierende Hologramm. »Ihr Bombardement hat fast den gesamten Mond abgetragen.«

Matsumoto nickte. »Und alles nur, um eine einzelne Position auszuschalten.« Sie machte eine verkniffene Miene. »Die wollen uns um jeden Preis plattmachen.«

Sie warf dem Planetoiden, der eine wichtige Fernkampfstellung beherbergt hatte, einen leicht verzweifelten Blick zu. Der Mond hatte eine Schlüsselstellung ihrer Verteidigung dargestellt.

»Wie lautet die Prognose?«

O'Sullivan warf einen kurzen Blick auf den Bildschirm, neben dem er stand. »Wir können sie vielleicht weitere vierundzwanzig Stunden abwehren, aber das war's dann auch.«

»Wir müssen uns auf das Schlimmste vorbereiten. Mann gegen Mann, wenn nötig. Ich werde die Basis auf keinen Fall kampflos verlieren.«

Die Schiffe ihres Kommandos waren innerhalb des Belagerungsringes ausgeschwärmt, um die Nahbereichsabwehr der Waffenplattformen zu unterstützen. Dadurch würden sie ein paar Stunden länger durchhalten. Am Ende jedoch würde es nur wenig am Gesamtergebnis ändern.

Matsumoto hätte am liebsten vor Frustration laut aufgeschrien. Ihr eigenes Schicksal kümmerte sie wenig. Der Tod hatte sie lange Zeit begleitet und hatte inzwischen eher die Funktion eines guten Freundes inne denn eines wirklichen Feindes, den es zu bezwingen galt. Ihre Frustration galt einzig und allein den ihr unterstellten Blutläufern. Viele waren noch verdammt jung und sie hätte sich einfach gewünscht, sie aus dieser Hölle herauszuschaffen. Im Verlauf ihres Daseins hatte sie so viele Leben genommen. Es wäre schön gewesen, zur Absicht mal ein paar zu retten.

O'Sullivan trat näher an das Hologramm, auf dem die Schiffsbewegungen in Echtzeit eingespeist wurden. Er deutete auf den hinteren Teil der feindlichen Linien in relativer Nähe zur Systemgrenze.

»Sie erhalten Verstärkung.«

Matsumoto kniff die Augen zusammen. Tatsächlich schloss ein feindlicher Verband, bestehend aus mehr als hundert Schiffen, rasch zum Gegner auf. Er befand sich jedoch noch gut zwanzig Stunden außer Reichweite seiner umfangreichen Bewaffnung.

Plötzlich stieß der gegnerische Verband eine Salve aus Tausenden Torpedos aus. Matsumoto und O'Sullivan rissen beide beinahe gleichzeitig die Augen auf.

»Was für Spielchen treiben die denn jetzt?«, stieß O'Sullivan ungläubig aus.

Matsumoto nickte. »Sie sind noch viel zu weit entfernt, um irgendetwas ausrichten zu können.«

Und noch während sie zusah, verschwanden die Symbole der gerade abgefeuerten Torpedos von ihrem Plot.

* * *

Gareth stand abwartend auf der Brücke des Angriffskreuzers ESMERALDA und starrte abwägend ins All. Er war nicht gerade die Art Mann, der sich mit persönlicher Beweihräucherung der eigenen Taten aufhielt. In Wirklichkeit war er sogar recht bescheiden. Aber nun musste selbst er eingestehen, dass seine Taktik einer gewissen Genialität entsprang.

Gerade hatte seine Flotte eine volle Salve Torpedos abgefeuert, aber sofort nach dem Abschuss hatten Wesley und die anderen Navigatoren die Antriebe der Fernlenkgeschosse abgeschaltet. Sie flogen nun, angetrieben nur durch die Masseträgheit der Abschussgeschwindigkeit, auf direktem Kurs ins innere System.

Die Flotte hatte währenddessen abgedreht und einen elliptischen Kurs eingeschlagen, der sie auf die rechte hintere Flanke des Ashrakverbands zuführte.

Ohne Antrieb waren die Torpedos mittlerweile von allen Schirmen verschwunden. Selbst Gareth konnte nur mutmaßen, wo sich die Geschosse mittlerweile befanden. Aber wenn sogar die Rebellen nicht in der Lage waren, diese zu orten, dann galt das erst recht für die Fischköpfe.

In seinem Kopf setzte sich aus verschiedenen Teilen langsam ein Puzzle zusammen. Ein Schwarm aus Tausenden Torpedos näherte sich unaufhaltsam und – was noch wichtiger war – unentdeckt den hinteren Linien des Feindes. Sein Rebellenverband näherte sich unter Nutzung falscher IFF-Codes demselben Feindverband auf einem anderen Vektor. Der Gegner hielt die neu eingetroffenen Rebellenschiffe daher für imperiale Einheiten und sah keinen Grund für Abwehrmaßnahmen.

Falls es ihnen gelang, im richtigen Moment zuzuschlagen, sollte es möglich sein, dem Gegner einen verheerenden Treffer beizubringen und dessen Linien aufzubrechen, sodass eine anschließende Evakuierung möglich wurde.

Gareths Kiefer mahlten angestrengt aufeinander. *Falls* war hier das entscheidende Schlüsselwort. Der Plan fußte darauf, dass sie so zeitnah wie möglich mit dem anfliegenden Schwarm Torpedos zuschlugen. Da sie diesen nicht orten konnten, blieb ihnen aber nur eine grobe Schätzung für den zu erwartenden Zeitrahmen.

Am liebsten hätte Gareth die Geschosse kurz vor Erreichen des Feindgebiets wieder aktiviert. Aber einmal abgeschaltet, ließen sie sich nicht erneut einschalten. Denn dazu hätte man wissen müssen, wo diese sich befanden.

Wesley hatte alles genau durchgerechnet. Ihm blieb nicht viel mehr übrig, als seinem Navigator zu vertrauen.

»Es wird funktionieren«, hörte er mit einem Mal die Stimme seines Navigators im Ohr.

»Daran habe ich nicht den leisesten Zweifel«, gab Gareth zurück.

»Lügner«, erwiderte Wesley vergnügter, als es in der jetzigen Situation angemessen schien. Die Navigatoren hatten entschieden zu viel Spaß an solchen Aktionen.

»Wie lange noch, bis wir auf Gefechtsdistanz am Gegner sind?«

»Zwölf Stunden. Eine viel zu lange Wartezeit, um brütend vor einem Fenster zu stehen.«

»Viel mehr habe ich nicht zu tun, Wesley.« Er seufzte leise. »Werden die IFF-Codes so lange halten? Falls wir früher auffliegen …« Gareth ließ den Satz unvollendet. Es war klar, was dann geschah. Die meisten – wenn nicht alle von ihnen – würden einen einsamen Tod im All sterben.

»Es wird halten«, beruhigte der Navigator ihn. »Es wird halten.«

Gareth wusste nicht, wen Wesley mehr überzeugen wollte: ihn oder sich selbst.

***

»Wir verlieren noch eine Stellung.«

Mond Nummer zwölf verblasste auf dem Hologramm vor Matsumotos Augen, noch bevor O'Sullivan ganz ausgesprochen hatte. Mit jeder Stunde, die verging, rückte der Feind bedenklich näher. Die Schiffe unter ihrem Kommando hatten sich mittlerweile zurückgezogen und gruppierten sich schützend um die Basis. Sie bildeten eine letzte Verteidigungslinie. Ein letztes Aufgebot des Trotzes, bevor der Feind gänzlich über sie herfiel.

Die siebzig Kampfschiffe schienen ungeeignet, dem Gegner die Stirn zu bieten, aber Matsumoto wusste, die Besatzungen würden ihr Leben geben, um die Fischköpfe noch ein wenig länger auf Abstand zu halten.

Matsumotos Blick glitt forschend über das Hologramm. Im Sekundentakt blitzten im All Explosionen auf. Außer der Hauptbasis blieben ihr nur noch elf Monde mit stationär montierten schweren Stellungen. Und auch diese würden den Feind nur noch eine bedenklich kurze Zeitspanne davon abhalten, sie alle zu massakrieren. Ein weiterer Mond ging verloren. Unter dem unbarmherzigen Beschuss des Feindes wurde er zu einem leblosen, sterilen Klumpen Fels im All. Die Blutläufer, die die Stellung bemannt hatten, wurden buchstäblich von der Oberfläche gebrannt.

Sie hätte Trauer über deren Verlust empfinden müssen. Aber das Schicksal von zweihundert Soldaten schien in den Hintergrund zu rücken, angesichts von zwanzigtausend, die immer noch darauf hofften, dass Matsumotos Entscheidungen sie vielleicht in letzter Sekunde doch noch retteten.

Noch ein Mond wurde zerstört. Nun, nachdem die Verteidigungslinie aufgerissen war, sank die Zeit, die die Ashrak benötigten, um eine Rebellenstellung auszuschalten. Ihnen gingen rasend schnell die Optionen aus.

***

Gareth kämpfte gegen den Impuls an, mit der Fußspitze rhythmisch auf das Deck zu tippen. Seine Nervosität gewann beinahe die Oberhand. Seine Flotte näherte sich unter Vollschub dem Gegner. Je näher sie kamen, desto höher war die Gefahr, enttarnt zu werden. Er wünschte sich, er hätte gewusst, wo sich die abgefeuerten Torpedos befanden. Das hätte ihm ein wenig mehr Sicherheit gegeben.

Wesley und die anderen Navigatoren hatten mehrmals die Geschwindigkeit reduziert und Kurskorrekturen vorgenommen. Dreimal hatten sie den Schub sogar für mehr als eine Stunde auf null reduziert, damit die Fernlenkgeschosse Zeit hatten, sich den gegnerischen Schiffen zu nähern. Gareth musste sich mehrmals ins Gedächtnis rufen, dass diese nur von der Masseträgheit ins innere System getragen wurden. Es half ihm aber nicht sonderlich dabei, seine nervösen Ticks unter Kontrolle zu halten.

»Wie lange noch, Wesley?«, verlangte er zu wissen.

»Drei Minuten weniger als das letzte Mal, dass du mich gefragt hast«, gab der Navigator ungewohnt pingelig zurück. »Nur keine Sorge«, fügte er versöhnlicher hinzu. »Wir haben es gleich.«

»Wollen wir's hoffen«, murmelte Gareth.

»Das habe ich gehört«, verkündete der Navigator.

Gareth wartete angespannt. Sie näherten sich der Feindflotte immer weiter an. Der Blutläufer, der an den Sensoren seinen Dienst versah, blickte mit besorgter Miene auf. »Etwas hat ihr Misstrauen erregt. Sie tasten uns ab.«

Gareth knirschte mit den Zähnen. »Wesley?«, drängte er, indem er den Namen des Navigators in die Länge zog.

»Es ist so weit«, verkündete der Navigator hämisch. »Lasst Feuer auf sie regnen.«

»Taktik? Alle Waffen Feuer frei nach eigenem Ermessen. Konzentriert den Beschuss auf das gegnerische Zentrum.« Gareth zog den rechten Mundwinkel hoch. »Und programmiert unsere IFF-Kennung neu.«

* * *

Yuma Matsumoto traute ihren Augen kaum. Selbst der sonst so ernste O'Sullivan sah mit einem breiten Grinsen über ihre Schulter. Die Kennungen der Neuankömmlinge änderten sich mit einem Mal und gaben diese als Rebellenschiffe zu erkennen. Gleichzeitig eröffneten sie das Feuer aus allen Waffen. Energiestrahlen kreuzten sich im All, während Torpedos und Raketen in Schwärmen auf den Feind niedergingen.

Matsumoto keuchte. »Sie versuchen, ein Loch in deren Formation zu reißen.« Sie wandte sich O'Sullivan zu. »Gib den Evakuierungsalarm. Wir brechen aus dem Kessel aus.« Sie drehte sich um, während ihr Zweiter Kommandant bereits die entsprechenden Befehle brüllte. »Solange wir noch die Chance dazu haben«, fügte sie wesentlich leiser hinzu.

***

Die erste Salve der Angreifer erwies sich als verheerend für die Ashrak. Die Waffen der Rebellen brannten sich tief in die Linien des Gegners und schufen eine blutige Schneise. Die Ashrak verloren allein in den ersten Minuten des Kampfes Dutzende Einheiten. Bei zweien handelte es sich um Schlachtschiffe.

Aber noch während der erste Schlag auf den Gegner niederging, erkannte Gareth, dass er sich verzockt hatte. Die zuvor an der Systemgrenze abgefeuerte Salve traf nicht ein. Vielleicht war den Geschossen irgendetwas zugestoßen. Vielleicht waren sie vom Kurs abgekommen. Oder Wesley hatte sich schlichtweg verrechnet. Was auch immer der Grund war, sie hämmerten nicht auf den Gegner ein. Und das hatte Gareth fest eingeplant.

Ohne diesen zweiten verheerenden Schlag erholten sich die Ashrak viel zu schnell von der anfänglichen Attacke.

Ein großer Teil der feindlichen Flotte machte bereits kehrt, um sich den Rebellen zu stellen, während der Rest weiterhin die Basis belagerte. Gareth schluckte. Sein Plan würde nicht aufgehen, nicht unter solchen Voraussetzungen. Die Flotte war immer noch stark genug, um die Rebellen abzuschlachten. Gareths Kiefer mahlten so angestrengt aufeinander, dass es auf der ganzen Brücke zu hören war.

»Wesley, wo zum Teufel sind meine Torpedos?«, wollte er vom Navigator wissen, obwohl er die Antwort bereits kannte.

»Ich … ich weiß es nicht«, antwortete dieser. »Es hätte funktionieren müssen.«

Gareth stieß ein Zischen aus. »Ein Signal von der SHIVA«, meldete der Offizier an der Komm. Gareth machte ein knappes Zeichen und durch seine Ohren hallte die Stimme Ris'rils.

»Es hat nicht funktioniert«, meinte sie unnötigerweise. »Was tun wir? Kämpfen oder fliehen?«

Das war eine verdammt gute Frage. Die Entscheidung zur Flucht war verführerisch. Aber durch seine Handlungsweise war Matsumoto bereits dabei, die Basis zu evakuieren und sich für einen Ausfall bereit zu machen. Sie hätte noch eine Weile durchgehalten, wenn er sich nicht für diese Taktik entschieden hätte. Er war verantwortlich. Dadurch war die Wahl zwischen den beiden Alternativen eigentlich keine mehr.

»Wir greifen an!«, verkündete er. »Ris'ril, du übernimmst die Kreuzer auf der rechten Flanke. Ich greife mit mehreren Geschwadern die feindlichen Schlachtschiffe und deren Begleiteinheiten an. Vielleicht können wir ihre Linien auseinandertreiben.«

»Verstanden!« Die Verbindung wurde ohne weitere Worte gekappt.

Die Rebellenstreitmacht teilte sich in zwei etwa gleich große Flügel auf, die auf entgegengesetzten Vektoren voneinander wegstrebten. Dadurch zwangen sie den Gegner, es ihnen gleichzutun, um die Schiffe zu schützen, die sich weiterhin der Basis widmeten.

Ironischerweise hatten die Ashrak ähnliche Probleme wie die Rebellen. Sie standen vor der Wahl, sich ihnen mit all ihrer Kraft zu widmen – in diesem Fall bestand die reale Gefahr, dass die Besatzung der belagerten Basis ihnen in den Rücken fiel –, oder aber sie kämpften gleichzeitig gegen die Basis und die Rebellenflotte – damit blieb aber für beide Bedrohungen nur eine begrenzte Anzahl von Schiffen. Wie man es auch drehte und wendete, beiden Parteien blieb nur die Entscheidung zwischen einer schlechten und einer noch schlechteren Alternative.

Gareths Verband löste in schneller Folge alle Energiewaffen aus. Sie schnitten tief durch die Panzerung, brannten ganze Panzerplatten davon oder zerschmolzen sie zu einem Haufen Schlacke. Der Angriff hinterließ tiefe Furchen in der Außenhülle gegnerischer Schiffe. Und doch war es nicht genug.

Der Gegenangriff hämmerte brutal auf die Rebellen ein. In kurzer Zeit verlor Gareth zwei Dutzend Schiffe. Weitere wurden schwer beschädigt.

Für einige Minuten verharrten beide Seiten im Stellungskrieg und warfen sich gegenseitig alles in den Rachen, was sie aufbieten konnten. Aber bereits nach kurzer Zeit erkannte Gareth zum zweiten Mal an diesem Tag, dass er sich verrechnet hatte.

Die vier Ashrakschlachtschiffe führten den Angriff an und diese waren kaum zu stoppen. Sie pflügten einfach durch die Energiestrahlen und Fernlenkgeschosse hindurch und teilten gewaltige Schläge aus. Schon allein durch die Masse des vorgetragenen Angriffs trieben sie die Rebellen zurück.

Gareth hatte keine andere Wahl, als seine Linien zurückzunehmen. Ansonsten hätten die Ashrak diese einfach aufgebrochen. Er warf einen kurzen Blick auf sein Hologramm. Ris'ril hatte weniger Probleme. Ihr Verband erlitt zwar ebenfalls hohe Verluste, aber sie hatte sich beinahe durch das Gros der gegnerischen Kreuzer hindurchgekämpft und näherte sich den feindlichen Belagerungslinien.

Gareth schnaubte. Das war ja auch kein Wunder, zog er doch den Großteil der feindlichen Aufmerksamkeit auf sich. Die Basis hatte ihre Besatzung inzwischen auf die Schiffe evakuiert und griff die Belagerungseinheiten von der anderen Seite aus an. Es bestand immer noch eine kleine Chance, dass ihnen der Durchbruch gelang. In diesem Fall wäre der Tag keine komplette Katastrophe.

Sein Blick richtete sich auf das Brückenfenster. Das führende Schlachtschiff glitt siegessicher näher. Wie ein Hai, der einer Blutspur im Wasser folgt, bis es auf sein Opfer trifft.

Die Panzerung des riesigen Kriegsschiffes wies bereits eine Reihe von Schäden auf, aber das hinderte es nicht daran, weiterhin Gareths Kommando in Stücke zu schießen.

Ein Zerstörer und ein Sturmkreuzer fielen aus, beides Beuteschiffe von einem der zahllosen Schlachtfelder.

Gareth behielt sorgsam seine Aufstellung im Auge. Wenn er noch weiter zurückwich, würde der Gegner ihn und seine Getreuen zwangsläufig in Ris'rils Linien hineintreiben.

Sein Verstand arbeitete fieberhaft. Doch ihm fiel beim besten Willen keine Taktik, kein Trick, keine Kriegslist ein, mit der er den Ansturm des Gegners würde aufhalten können. Gareth dachte ernsthaft darüber nach, den Rückzug einzuleiten. Damit wäre die komplette Stützpunktbesatzung verloren, aber wenigstens würde er einen Teil seiner Einheiten hier in einem Stück herausschaffen. Sein Atem ging zunehmend schwer, als sein verbesserter Metabolismus zusätzlich Adrenalin in seinen Körper pumpte. Dies steigerte die Aggressivität, aber darauf hätte er im Moment gut verzichten können. Es vernebelte den Geist und machte es schwieriger, klar zu denken.

Der Befehl zum Rückzug lag ihm bereits auf der Zunge. Da geschah etwas, mit dem er nicht mehr gerechnet hatte. Hunderte von Explosionen blühten plötzlich auf. Das führende Schlachtschiff legte sich schwer auf die Seite, als Fernlenkgeschosse in seine Flanke einhämmerten und die Panzerung auf ganzer Länge aufrissen.

Weitere Ashrakschiffe detonierten. Die leichteren traf es zuerst. Zerstörer und Fregatten zerbarsten in grellgoldenen Explosionen. Dann folgten Schwere Kreuzer, Angriffskreuzer und schließlich erwischte es sogar ein Schlachtschiff. Ein weiteres drehte sich manövrierunfähig um die eigene Achse.

Als sich der Rauch der Explosionen verzog, befand sich der Gegner in heilloser Konfusion. Kaum ein Schiff war ohne Blessuren davongekommen. Wracks und Trümmer trieben zwischen noch halbwegs funktionstüchtigen Einheiten.

Gareth keuchte abermals. Er hätte nie zu träumen gewagt, dass seine Taktik zu solch einem Erfolg führen würde.

»Ha!«, schrie Wesley mit einem Mal auf. »Ich habe mich um eine Dezimalstelle vertan!« Er kicherte. »Das kann jedem mal passieren.«

»Besser spät als nie«, erwiderte Gareth. »Befehl an alle Einheiten. Das Zentrum angreifen und aufbrechen. Wir holen unsere Leute jetzt raus und dann verschwinden wir von hier.«

***

Cha'ackos Kampfverband materialisierte im O'dandra-System mit einer Stärke von mehr als zweihundert Schiffen. Sie hetzten die Rebellen unter Führung von Templer HT-843715 zu Tode. So hoffte er jedenfalls. Sie hatten vor einem Tag die Meldung über den Angriff erhalten und waren sofort zu Hilfe geeilt. Doch Cha'acko realisierte, dass sie schon wieder zu spät kamen, noch bevor er die erste Meldung des hiesigen Kommandeurs erhielt.

Dar'wur trat vorsichtig näher. Selbst der bisher so arrogante und von sich überzeugte Kommandant wirkte mittlerweile zurückhaltend in Cha'ackos Gegenwart. Der Honuh-ton-Agent verfiel zunehmend in düstere Stimmungen.

»Sie sind schon weg«, sprach Cha'acko den Marineoffizier an, bevor dieser die Gelegenheit erhielt, Bericht zu erstatten. »Habe ich recht?«

Dar'wurs Schuppenfarbe änderte sich ins Beige, was seiner Resignation Ausdruck verlieh. Das war schon alles an Antwort, was Cha'acko wissen musste. Frustriert hämmerte er mit beiden Fäusten auf die Konsole vor sich ein. Sie zersplitterte unter seiner beträchtlichen Kraft und stieß in ihren Todeszuckungen lediglich noch ein paar Funken aus.

Die Brückenbesatzung seines Flaggschiffs widmete sich übertrieben ihren Aufgaben. Keiner sah auf. Keiner wollte das Risiko eingehen, zum Ziel von Cha'ackos Unmut zu werden.

»Lass mich raten«, fuhr der Honuh-ton-Agent fort. »Die Rebellen haben die Basis evakuiert und anschließend in die Luft gejagt. Ihnen ist die Flucht gelungen und sie haben unseren Streitkräften vor Ort erhebliche Verluste zugefügt.«

Dar'wur betrachtete missmutig das Pad in seinen Händen, auf dem der Bericht des örtlichen Kommandanten festgehalten war. Mit immer noch beigefarbenen Schuppen verbarg er das Pad hinter seinem Rücken und richtete sich kerzengerade auf.

Cha'acko bemerkte die verstohlene Bewegung trotzdem. Dar'wurs Verdrossenheit weckte sogar Cha'ackos Amüsement und seine Schuppen verfärbten sich leicht ins Grünliche. »Ist schon gut, Dar'wur«, erklärte er. »Ich habe mich schon wieder beruhigt. Ist ja nicht so, als hätten wir mit solchen Misserfolgen in letzter Zeit nicht schon genügend Erfahrungen.«

»Die Rebellen haben ebenfalls Verluste erlitten. Mindestens sechzig Schiffe. Ihre Versorgungslage kann inzwischen nur als prekär eingestuft werden.«

Cha'ackos Kiemenröhrchen gurgelten, als er mit einem Atemzug Luft hineinpumpte. »Schon möglich, aber die Rebellen besitzen immer noch Stützpunkte und Ressourcen, aus denen sie schöpfen können. Sie werden sich erholen. Sie werden sich immer wieder erholen, solange es uns nicht gelingt, ihre Führungsriege auszuschalten. Die Menschen sind

Herdentiere. Wenn wir ihre Anführer erledigen, werden sie sich zerstreuen wie Ähren im Wind.«

Dar'wur überlegte kurz. »Soll ich den hiesigen Kommandanten für seine Niederlage hinrichten lassen?«

Cha'acko überlegte, stieß dann aber ein kurzes Schnauben aus. »Interessanter Gedanke, aber ich befürchte, wenn wir jeden Kommandanten, der gegen die Rebellen eine Niederlage erleidet, hinrichten lassen, dann bleiben uns bald keine mehr übrig.«

»Wie du wünschst«, gab Dar'wur zurück. Cha'acko spürte dessen Unmut. Eine Hinrichtung hätte eine kleine wohlverdiente Ablenkung für alle erbracht. Aber der Honuh-ton-Agent hielt nichts von willkürlicher Verschwendung. Hätte man einen Offizier für das Vergehen einer bloßen Niederlage hinrichten lassen, so wäre er selbst schon längst exekutiert worden. Daran mochte er gar nicht denken.

Ein Kommoffizier eilte herbei und überreichte Dar'wur ein Kommuniqué. Der Schiffskommandant las es sich kurz durch, trat näher und reichte es an Cha'acko weiter.

Dieser las es sich ebenfalls durch und dann noch einmal, weil er befürchtete, sich verlesen zu haben. Er sah auf und seine Schuppen färbten sich grasgrün. Das Wasser in seinen Kiemenröhrchen gurgelte aufgeregt.

»Na sieh mal einer an. Die Rebellen sind nach Hause zurückgekehrt.« Er blickte durch das Brückenfenster und warf einen Blick auf das Schlachtfeld, das die Rebellen zurückgelassen hatten. Er stieß ein Zischen aus. »Es wird Zeit, diesen Gefallen zu erwidern«, sagte er unbewusst laut.

»Herr?«, hakte Dar'wur nach.

Cha'acko wandte sich ihm zur Gänze zu. »Lass einen Kurs zur Erde setzen. Und schick eine Botschaft an den örtlichen Kommandanten voraus mit folgendem Inhalt ...«

# 16

Michaels Schlaf war unruhig. Er schlief generell schlecht, seit ihn die Ashrak entführt und zu einem ihrer Blutläufer gemacht hatten. Träume von dem Viehtrieb suchten ihn des Nachts heim. Träume von der Umwandlungsanlage, in die man ihn gebracht hatte. Träume von Nadeln, Sägen und Spritzen, mit denen man ihn traktiert und mit denen man ihm seine Menschlichkeit genommen hatte. All das suchte ihn in seinen Träumen heim.

Im Gegenzug zu vielen anderen Blutläufern träumte er nicht vom Blutvergießen oder von den Leben, die er im Namen der Rod'Or geraubt hatte. Im Feuer der Schlacht fühlte er sich lebendig. Genau genommen war es noch einer der wenigen Augenblicke, in denen er sich lebendig fühlte. Wenn man vom Ficken einmal absah.

Umso erstaunter war Michael, dass er eines Nachts in seinem Quartier unter dem Bahnhof lag und von einer blutigen Schlacht träumte. Er vermochte das Klirren von Stahl auf Stahl zu hören, den Geruch von Blut und Tod, die Schreie der Sterbenden und Verwundeten. Der Traum war so real, dass er all das immer noch wahrnahm, nachdem er bereits die Augen aufgeschlagen hatte.

Michael brauchte noch einen weiteren schrecklichen Moment, um zu erkennen, dass er keineswegs träumte. Die Laute des Kampfes, die Schreie von Soldaten, die gebrüllten Befehle der Offiziere, die sich verzweifelt darum bemühten, eine Verteidigung auf die Beine zu stellen: All das war real.

Michael schreckte von seiner Pritsche hoch. Noch in derselben Bewegung griff er sich seine Rüstung vom Beistelltisch und heftete sie sich an die linke Brustseite. Mit einem Schlag auf das handtellergroße Gerät aktivierte er sie.

Wie Schuppen legte sich die Rüstung Stück für Stück innerhalb weniger

Sekundenbruchteile über seinen ganzen Körper. Zu guter Letzt stülpte sich ihm der Helm über den Kopf. Das HUD erwachte zum Leben. Es würde ihn sofort mit Daten versorgen, sobald er die Kampfzone betrat.

Michael griff sich seinen schweren Pulswerfer und stürmte durch die Tür. Der Lärm der Schlacht war noch relativ weit entfernt. Sein HUD reagierte augenblicklich, als hätte es seine Gedanken gelesen. Es markierte als Kampfzone die obersten zwei Stockwerke des Bahnhofs. Nach einer weiteren Sekunde identifizierte es den Gegner: Ashrak.

Michael fluchte. Er hatte gehofft, sie hätten es mit einer rivalisierenden Bande zu tun, die sich nicht unterordnen wollte. Aber wenn sie von Ashrak angegriffen wurden, dann wussten diese Bescheid, was hier vor sich ging. Und das war übel. Das war sogar verdammt übel. Es bedeutete, ihre ganze Operation war bloßgestellt und damit waren die Rebellen auf der Erde zum Abschuss freigegeben.

Michael stürmte den Korridor hinab. Er musste das Kommando übernehmen und die Verteidigung organisieren. Aber irgendetwas stimmte hier nicht, vom Angriff an sich einmal abgesehen. Niemand hatte sich die Mühe gemacht, ihn zu wecken. Niemand hatte ihn vor dem laufenden Überfall gewarnt.

Seine Schritte wurden langsamer. Er bog um eine Ecke und fand sich Auge in Auge mit etwa zwanzig voll gerüsteten Rebellen wieder. Er musterte sie eingehend. Einige Gangmitglieder hatten es sich inzwischen zu Eigen gemacht, ihre Rüstungen individuell zu verzieren. Dagegen war an und für sich nichts einzuwenden – wenn einige Fraktionen ihre Rüstungen nicht mit den Insignien ihrer alten Gangs gezeichnet hätten. Das ging ihm gehörig gegen den Strich.

Gareths Plan bestand in wesentlichen Teilen darin, die Menschen der Erde im Kampf gegen die Ashrak zu vereinen. Wenn einige Bandenmitglieder sich immer noch an ihre alte Zugehörigkeit festklammerten, dann bot das Grund zur Sorge. Es verzögerte das Zusammengehörigkeitsgefühl.

Michael musterte die ihm gegenüberstehenden Männer und Frauen eingehend. Sie alle trugen auf ihren Rüstungen die Insignien der Flesh and Bones. Der Blutläuferoffizier trat einen Schritt näher. Die Soldaten rührten sich nicht von der Stelle.

Doch dann öffnete der Anführer den Helm. Michael runzelte die Stirn. Es handelte sich um Marcus Clarke, dem Rebellenoffizier, mit dem er während des Sturms auf das Lager des Kriegsherrn mehrmals aneinandergeraten war.

Michael näherte sich den Rebellensoldaten vorsichtig. »Clarke? Was geht hier vor?«

Der Angesprochene verzog die Lippen zu einem unpassend höhnischen Grinsen. »Die Ashrak haben uns gefunden. Sie drehen gerade unsere ganze Operation dort oben auf links.«

Hier stimmte etwas nicht. Diese Erkenntnis traf Michael wie ein Blitzschlag. »Dürfte ich dann erfahren, was ihr hier unten macht? Dort oben werdet ihr gebraucht.« Michael deutete auf die Decke. Es war jedoch klar, was er eigentlich meinte.

Clarke schüttelte den Kopf. »Es ist bereits jetzt zu spät. Unsere Anwesenheit würde keinen Unterschied mehr machen.« Clarke sah sich unter seinen Begleitern um. »Außerdem haben wir keinerlei Veranlassung, uns sinnlos umbringen zu lassen.«

Michaels linke Hand krampfte sich zusammen. Ihm wurde nur allzu deutlich bewusst, dass er verglichen mit seinen Gegenübern nur unzureichend bewaffnet war. Diese Soldaten waren hier, um ihn zu erledigen. Wenn er schnell genug reagierte, dann konnte er vielleicht drei oder vier ausschalten, aber der Rest würde ihn überwältigen. Michael nahm den schweren Pulswerfer in beide Hände und entsicherte ihn. Sein mechanisches Summen erfüllte den Korridor. Clarke warf der Waffe einen verächtlichen Blick zu.

»Muss das wirklich so laufen?«, verlangte er zu wissen.

Michael ließ sich nicht aus der Ruhe bringen. »Nicht, wenn es nach mir geht.«

»Darauf habe ich mich schon gefreut«, antwortete Clarke.

»Was geht denn hier vor sich?«, polterte plötzlich eine Stimme durch den Gang und unterband damit effektiv das Gespräch.

Theodore trat um die Ecke. Aber er war nicht allein. In seiner Begleitung befanden sich mehr als ein Dutzend Rebellensoldaten. Michaels Cousin sah von einem zum anderen. In der ersten schrecklichen Sekunde glaubte Michael, Theodore wäre auch an dieser Sache beteiligt. Dann erkannte er, dass Clarke Michaels Cousin angestrengt musterte. Seine Kiefer mahlten die ganze Zeit, als versuche er sich darüber klar zu werden, was er tun sollte.

»Michael«, grüßte sein Cousin ihn.

»Theodore«, erwiderte Michael die Geste. Die beiden Männer wechselten einen vielsagenden Blick. Theodore verstand. Clarke erkannte im selben Moment, dass er in der Klemme steckte. Von da an ging alles furchtbar schnell.

Clarkes Leute eröffneten als Erste das Feuer. Drei von Theodores Soldaten gingen mit qualmenden Löchern in den Rüstungen zu Boden. Der Großteil der Aufmerksamkeit wurde aber Michael zuteil. Dieser wich seitlich aus. Energieblitze aus den Pulsgewehren versengten hinter ihm die Wand.

Michaels Pulswerfer kam hoch und er zog noch im Fallen dreimal den Abzug durch. Clarkes Männer waren gut und sie mochten möglicherweise sogar motiviert gewesen sein, aber eines waren sie nicht: voll ausgebildete Blutläufer mit den entsprechenden chirurgischen und genetischen Optimierungen. Drei von Clarkes Männern gingen mit zerschmettertem Helm und verbranntem Kopf zu Boden.

Michael rollte sich über die Schulter ab und befand sich nun mitten unter dem Gegner. Er ließ seine Waffe fallen und zog im selben Atemzug Seitenwaffe und Kampfmesser aus dem Holster.

Er klemmte die Pulspistole einem der Attentäter unter das Kinn und drückte ab. Der Energieblitz brannte sich einmal quer durch Kopf und Helm des Mannes. Der Kampfhelm brach am Mittelscheitel auf; Gehirnmasse spritzte hervor und verteilte sich an der Decke.

Währenddessen suchte sein Kampfmesser die Schwachstelle in der Rüstung eines Angreifers zu seiner Linken. Die Klinge drang fast wie in Zeitlupe zwischen zwei Verbindungsplatten in den Hals des Kämpfers. Der Mann ließ sein Gewehr fallen und ging blutspuckend zu Boden.

Clarke tauchte vor ihm auf. Der Angreifer schloss seinen Helm und hämmerte diesen gegen Michaels Nase. Er spürte Knochen knirschen, aber zum Glück nicht brechen. Blut lief ihm übers Gesicht.

Michael knurrte. Er spannte seine beträchtliche Muskelmasse an und rammte Clarke zu Boden. Mit einem Tritt beförderte er dessen Gewehr irgendwo in den Korridor hinter ihm.

Michael packte den Mann am Hals und drückte zu. Clarke öffnete seinen Helm. Er japste und sog verzweifelt Luft in seine Lungen. Theodore kniete sich neben ihn.

»Was ist mit den anderen?«, fragte Michael.

»Tot«, erklärte Theodore knapp. Stirnrunzelnd wandte er sich seinem Cousin zu. »Was sollte das Ganze?«

»Was denkst du wohl?«

Theodore schnaubte. »Ein Putsch?«

Michael nickte.

Sein Cousin warf einen Blick auf den am Boden liegenden Clarke. »Hast du keine Fragen an ihn, zum Beispiel, auf wessen Konto das geht?«

Michael lächelte kalt. »Wir kennen beide die Antwort auf diese Frage.«

Theodore sah sich zu seinen Leuten um und senkte verschwörerisch die Stimme. »Alex?«

»Wer sonst?« Michael warf seinem Cousin einen Blick aus dem Augenwinkel zu. »Wo ist er?«

»Keine Ahnung. Ich habe ihn schon seit Stunden nicht mehr gesehen. Rachel auch nicht.« Theodore zögerte. »Wenn du willst, lasse ich ihn suchen und verhaften.«

Michael überlegte. Mit einer letzten Kraftanstrengung zermalmte er Clarkes Luftröhre. Der Mann spuckte Blut und hauchte sein Leben auf langsame, qualvolle Weise aus.

»Nein«, beschied Michael schließlich. »Sind deine Leute vertrauenswürdig?«

»Natürlich«, nickte Theodore.

»Dann musst du sie anweisen, den Mund zu halten. Falls bekannt wird, dass mein eigener Bruder versucht hat, mich umzubringen, wird die Allianz mit den Flesh and Bones unter Umständen zerbrechen. Möglicherweise auch noch mit den anderen Gruppen, wenn sie denken, dass ich keine Ordnung im eigenen Laden halten kann. Wir müssen Stillschweigen bewahren.« Michael erhob sich von Clarkes Leiche.

Theodore tat es ihm gleich. »Wenn du das für sinnvoll erachtest …«

»Es ist der einzige Weg, all das, was wir in den letzten Wochen und Monaten aufgebaut haben, zu beschützen.«

Eine gewaltige Detonation ließ das altersschwache Gemäuer in den Grundfesten erschüttern. Michael und Theodore sahen gleichzeitig zur Decke. »Ich organisiere einen Gegenangriff«, bot sich Theodore an. »Wir können sie vielleicht wieder zurückdrängen.«

Michael schüttelte den Kopf. »Zwecklos. Wenn uns die Ashrak gefunden haben, dann war die Schlacht schon verloren, bevor sie richtig begann. Wir müssen in Erfahrung bringen, ob es sich nur um eine einzelne Razzia handelt oder ob Alex und Rachel so dämlich waren, weitere unserer Standorte zu verraten. Mit etwas Glück ist es nur eine begrenzte Aktion mit dem Ziel, mich auszuschalten.«

»Wenn wir nicht gegen sie kämpfen können, was tun wir dann?«, wollte Theodore gepresst wissen.

Michael ließ die Schultern sacken. »Wir geben die Stellung auf. Das ist der einzige Weg, wenigstens ein paar Leben zu retten.« Er sah auf. »Gib das Signal zum Rückzug.«

* * *

Fabian befand sich in Boston und kümmerte sich dort um die Einrichtung weiterer Ausbildungszentren, um eine militärische Infrastruktur sowie um das Inkraftsetzen eines Netzwerks von versteckten Nachschubdepots.

Wenn ihm die Zeit dafür blieb, gab er sich einem Hobby hin, dem er viel zu lange nicht mehr gefrönt hatte: Lesen. Boston verfügte sogar über einige halbwegs intakte Bibliotheken, deren Inhalt man noch nicht zum Verfeuern benutzt hatte. Ganz besonders hatte es ihm die Literatur über den amerikanischen Unabhängigkeitskrieg angetan. Dafür befand er sich in der richtigen Stadt, hatte diese Revolte doch genau hier ihren Anfang genommen, mit der sogenannten Boston Tea Party. Er seufzte und legte seine aktuelle Lektüre beiseite. Diese Stadt zu besuchen im Bemühen, nicht nur eine landesweite, sondern sogar eine globale Rebellion vorzubereiten, war in höchstem Maße inspirierend.

Im Gegensatz zu Europa waren die Bemühungen, eine einheitliche Kommandostruktur einzurichten, wesentlich erfolgreicher. Hier sah man einzelne Soldaten nur noch selten die Insignien ihrer früheren Banden tragen. Dadurch wurde das Bilden einer Armee, die auch diesen Namen verdiente, wesentlich vereinfacht.

Draußen auf dem Korridor brandete mit einem Mal Tumult auf. Fabian nahm die Füße vom Tisch, legte das Buch beiseite und eilte zur Tür. Bevor er sie öffnen konnte, stürmte einer seiner Offiziere herein. Der Name des Mannes war Dennis Brown, ein bereits vor vielen Jahren ergrauter Mann, der aber bei den meisten Stämmen, Clans und Straßenbanden an der Ostküste hohes Ansehen genoss. Brown war Fabian eine große Hilfe dabei gewesen, die Untergrundarmee in diesem Teil der Welt zu formen.

»General? Das müssen Sie sich anhören!« Bevor Fabian etwas erwidern konnte, war Brown auch schon wieder verschwunden. Fabian folgte ihm kopfschüttelnd. Er hatte nie eine entsprechende Anweisung gegeben, sich von allen hier *General* nennen zu lassen. Brown indessen bestand darauf. Er war der Meinung, wenn Fabian hier das Sagen hatte, dann musste sein Rang dies auch vor den Rebellensoldaten widerspiegeln.

Brown eilte voraus und um die nächste Ecke. Fabian folgte in etwas gemächlicherem Schritt. Ihr Hauptquartier befand sich in den Kellern von dem, was früher mal ein Rathaus gewesen war. Es lag zentral gelegen und die meisten Straßen im Umkreis waren noch intakt, was die Mobilität enorm begünstigte.

Als er das Kommandozentrum betrat, schienen sich fast alle Soldaten der Basis um das Kommgerät versammelt zu haben. Sie lauschten angestrengt einer Stimme, die Fabian erst im Nachhinein als Michaels erkannte.

Die Männer und Frauen machten ihm bereitwillig Platz, als er näher trat. Er beugte sich über das Kommgerät und stützte sich mit beiden Händen ab. »Michael?«, sprach er die gesichtslose Stimme am anderen Ende an. »Bist du das?«

»Fabian? Wir sind in Schwierigkeiten.« Statisches Rauschen unterbrach die Verbindung für einen Moment. Als Michaels Stimme wieder zu hören war, klang sie gehetzt. »Befinden uns auf dem Rückzug. Der Stadtkern von London ist gefallen. Unser Hauptquartier verloren.«

Fabian riss die Augen auf. Er hätte gern geglaubt, dass eine immer noch rivalisierende Gang dafür verantwortlich sei. Aber die hätten Michael niemals so in die Bredouille gebracht. Es gab nur einen Gegner, der dies auf der Erde vermocht hätte. Fabians Hände verkrampften sich um den Rand des Tisches.

»Wie schlimm ist es?«

»London wird von mehreren Angriffskolonnen attackiert. Aber uns erreichen Berichte von anderen Teilen der Erde. Weitere Ashrakverbände sind gelandet. Überall. Sie durchkämmen die Ruinen.«

Fabian warf Brown einen kurzen Blick zu. Dieser nickte bestätigend. »Wir erhielten die ersten Berichte gerade vor ein paar Minuten«, wisperte der Offizier ihm zu. »New York, Atlantic City, bis hinunter nach Fort Lauderdale und in Teilen von Louisiana. Überall zeigen die Fischköpfe Präsenz.«

»Wie stark sind sie?«, wollte Fabian wissen.

»Nicht überall landen sie gleich mit einer ganzen Angriffskolonne. Meistens sind es nur kleinere Trupps. Aber Boston ist ebenfalls betroffen.«

Fabian ließ sich die neuen Informationen durch den Kopf gehen und zog die richtigen Rückschlüsse. »Sie wussten, dass sich in London unser Hauptquartier befindet.«

Brown nickte bedrückt.

Fabian wandte sich erneut dem Kommgerät zu. »Michael, wie lauten deine Befehle? Soll ich dir Hilfe schicken?«

»Auf keinen Fall!«, schoss der Blutläuferoffizier sofort zurück. »Das würde sie nur noch mehr auf uns aufmerksam machen.« Abermals unterbrach für eine Sekunde statisches Rauschen die Übertragung. »Igelt euch ein. Geht tiefer in den Untergrund. Lasst den Sturm einfach an euch vorüberziehen. Wenn sich alle anderen still verhalten, dann gelangen die Ashrak vielleicht zu der Meinung, dass nur London betroffen ist. Wenn sie nichts finden, dann verschwinden sie irgendwann wieder.«

»Aber was ist mit euch? Sie werden nicht aufhören, euch zu jagen. Sie haben jetzt Blut geleckt.«

Schweigen antwortete ihm zunächst. Als Michael wieder sprach, hörte sich seine Stimme irgendwie resignierend an. »Im schlimmsten Fall werden sie uns erledigen. Aber sollte es so weit kommen, übernimmst du das Kommando über die gesamte Operation.«

»Michael ...«, begehrte Fabian auf.

»Keine Widerrede!« Im Hintergrund war das Fauchen von Pulsgewehren zu hören. Kurz drauf zischte etwas durch die Luft, das sich verdächtig nach Ashrakjägern anhörte. »Wir müssen wieder unsere Stellung wechseln. Die kommen uns zu nah. Du weißt, was du zu tun hast. Ich habe Ludwig und den anderen bereits Bescheid gegeben. Ich werde aus dem Feld heraus kommandieren, so gut es geht. Falls ich falle oder nicht erreichbar bin, werden sie sich an dich wenden.«

Fabian schluckte. »Ich habe verstanden.«

»Viel Glück!«, gab Michael zurück und beendete die Verbindung, bevor Fabian die Geste erwidern konnte. Er richtete sich auf.

Als sein Blick die umstehenden Rebellensoldaten streifte, blickte er ausnahmslos in besorgte Gesichter. Die meisten hatten bereits mit dem Leben abgeschlossen. Sie waren noch längst nicht so weit, sich mit dem Imperium anzulegen, und jeder von ihnen wusste es.

Fabian klatschte in die Hände. Einige von ihnen zuckten zusammen. »Ihr habt es gehört: Nachricht an alle Einheiten im Feld. Sofort die nächste sichere Unterkunft aufsuchen und dort eingraben. Kampfhandlungen mit den Ashrak sind unter allen Umständen zu vermeiden.«

Bewegung kam in die Menge, als sie sich zerstreute, um die Anweisungen auszuführen. Das Schlimmste, was einer militärischen Einheit passieren konnte, war Lethargie. Jemand musste sie davon abhalten, zu viel nachzudenken. Sie brauchten etwas zu tun und Fabian war entschlossen, dafür zu sorgen, dass der Widerstand diese Krise überstand.

Brown trat zu ihm und senkte die Stimme. »Es gibt ein Problem.«

Fabian beäugte seinen Offizier misstrauisch. »Wovon reden Sie?«

»Wir haben einige Ausbildungseinheiten dort draußen. Und mehrere Rekrutierungskader, die die letzten Straßenbanden im Umkreis von Boston auf unsere Seite ziehen sollen.«

»Ja. Und?«

»Einige Ashrakeinheiten arbeiten sich direkt auf sie zu. Unsere Leute werden nicht mehr rechtzeitig ausweichen können.«

Fabians Augen wurden groß.

Brown nickte. »Ganz recht«, bestätigte der Mann. »Ich befürchte, eine Eskalation ist nicht mehr zu vermeiden.«

***

Ack'wore marschierte an der Spitze seines Trupps durch die Ruinen von dem, was die Menschen einst Boston genannt hatten. Sein Bruder Hat' wore sicherte mit drei weiteren Einheiten die Flanken des Expeditionskommandos.

Hinter der Infanterie marschierten mehrere Skorpion-Geher. Achilles-Panzer übernahmen die Nachhut. Ach'wore war jedoch überzeugt, sie nicht zu benötigen. Sie waren hier, um Flagge zu zeigen und die einheimische Bevölkerung einzuschüchtern. Dazu war sein Trupp auch ohne schwere Unterstützung durchaus in der Lage. Seit diese Welt unterworfen worden war, hatte es nie ernsthaften Ärger zwischen den Menschen und Ashrak gegeben. Die Menschen waren viel zu sehr damit beschäftigt, sich gegenseitig durch den Fleischwolf zu drehen.

Ack'wore erklomm einen Schuttberg und blieb auf dem Scheitelpunkt stehen wie ein Feldherr, der über einem Schlachtfeld thronte, das er gerade eingenommen hatte.

Ack'wore und Hat'wore waren noch recht unerfahren. Sie verdienten ihre Stellung dem politischen Einfluss ihres Vaters. Man hatte sie zur Erde geschickt, um erste Kommandoerfahrung zu sammeln, bevor es an die Front zu den Sekari ging. Das war eine allgemein übliche Praxis in reichen Ashrakfamilien. Das Solsystem galt als relativ sicherer Posten, auf dem nicht viel geschah. Die Jagd nach Menschen, um sie dem Imperium als Soldaten zuzuführen, wurde häufig sogar als Sport angesehen.

Ack'wore aktivierte einen Kommkanal. »Hörst du mich, Bruder?«

»Auf Empfang«, gab Hat'wore zurück. Ack'wore hörte das angestrengte Gurgeln, das die Röhrchen seiner Rüstung von sich gaben.

»Gibt es etwas zu melden?«, wollte er wissen.

»Was für ein Dreckloch dieser Planet doch ist«, erwiderte sein Bruder, was Ack'wore einen amüsierten Laut entlockte.

»Irgendwelche Anzeichen von Einheimischen?«

»Keine. Die Ratten haben sich in ihre Löcher verkrochen.«

Ack'wore nickte langsam und gemessen. Damit sprach sein Bruder einen wichtigen Punkt an. Auch er hatte seit Beginn der Patrouille noch keinen einzigen Menschen ausgemacht. Das war an und für sich nicht ungewöhnlich. Diese Kreaturen zogen sich immer zurück, wenn die Ashrak auf der Bildfläche auftauchten, aber heute war irgendetwas anders. Ack'wore konnte nicht einmal den Finger in die Wunde legen, um exakt zu bestimmen, was anders war. Es fühlte sich einfach seltsam an. Als würde der Planet selbst den Atem anhalten und die nächsten Ereignisse gespannt erwarten.

Ack'wore stieß etwas Luft durch seine Kiemen, was ein Gurgeln in den Röhrchen auslöste. Er schalt sich selbst einen Narren. Dass es hier derart ruhig war, sollte ihn zufrieden stimmen. Ruhe bedeutete, es gab keinen Ärger. Für einen Soldaten war das ein Grund zur Freude. Aber tief in seinem Inneren wusste er, dass es diesmal nicht so einfach war. Das unheilvolle Gefühl in den Eingeweiden des Ashraks nahm zu.

Die Skorpione marschierten vorbei. Bei jedem ihrer Schritte hüpften kleine Steine auf und ab. Ack'wore ließ sich davon allerdings nicht ablenken. Sein unsteter Blick blieb weiterhin auf die Umgebung gerichtet.

Etwas klopfte mit einem Mal gegen seine Rüstung. Es verursachte einen dumpfen Laut, als es aufprallte, bevor es zu Boden fiel. Ack'wore sah verständnislos nach unten. Jemand hatte mit einem Stein nach ihm geworfen. Die Erkenntnis sickerte nur langsam in sein Bewusstsein. Das war noch nie vorgekommen. Die Menschen hatten Angst vor seinem Volk. Sie hatten in all den Jahren seit ihrer Unterwerfung noch nie eine Patrouille angegriffen, und schon gar nicht eine so beachtlich bewaffnete Einheit.

Ein zweiter Stein traf ihn, diesmal gegen den Helm. Ack'wore wurde langsam wütend. Nicht nur, dass ihn irgendjemand attackierte … nein, diese Person besaß auch noch die unglaubliche Frechheit, ihn mit Steinen zu bewerfen. Diese Beleidigung würde mit Blut vergolten werden.

Er aktivierte die IR-Sicht seiner Rüstung. Ack'wore benötigte nicht lange, um die Übeltäter ausfindig zu machen. Sie versteckten sich in den Ruinen eines zerbombten Gebäudes. Der Ashrakoffizier konzentrierte sich. Er stutzte. Es schien sich nur um Kinder zu handeln. Nach menschlichen Maßstäben konnten sie nicht älter als acht oder neun Jahre alt sein. Er stieß ein Knurren aus.

»Bruder?«, wandte er sich an Hat'wore. »Ich komme wohl etwas später zum Treffpunkt. Ich muss den Menschlingen eine Lektion erteilen.«

Es knackte in seinem Gehörgang. Eine Antwort seines Bruders blieb aber aus. Ack'wore verharrte auf der Stelle. »Bruder? Bitte bestätigen.«

Als Hat'wore sich meldete, klang seine Stimme gehetzt und sogar noch angestrengter als Augenblicke zuvor. »Bewaffnete Menschen in unmittelbarer Nähe. Wir haben die Verfolgung aufgenommen.«

Ack'wore war sofort alarmiert. »Sind es Rebellen? Benötigst du Hilfe? Ich könnte dir Verstärkung schicken.«

»Negativ. Nicht nötig. Es handelt sich lediglich um das allgegenwärtige Gesocks. Straßenbanden mit Speeren und vereinzelten antiquierten Projektilwaffen. Keine Bedrohung. Sie haben uns angegriffen. Wir schalten ein paar aus, um die Menschen an ihren Platz zu erinnern.«

Ack'wore senkte nachdenklich das mächtige, klobige Haupt. Das war wirklich überaus seltsam. Erst die unverschämten Steinewerfer, dann wurde die Patrouille seines Bruders attackiert. Jahrzehntelang keinerlei Probleme mit diesem Planeten und nun zwei Angriffe am selben Tag? Das konnte unmöglich ein Zufall sein.

»Bruder?«, nahm er abermals Verbindung zu Hat'wore auf. »Stell die Verfolgung ein.« Er wartete auf eine Antwort. »Bruder? Stell die Verfolgung ein«, wiederholte er. »Es handelt sich womöglich um eine Falle.«

Sein Bruder meldete sich, aber er war kaum zu verstehen. Lediglich einzelne Wortfetzen drangen über die geöffnete Funkverbindung herein. Ack'wore glaubte, seinen Bruder sagen zu hören, er solle die letzte Nachricht noch einmal wiederholen. Doch bevor der Ashrakoffizier dazu in der Lage war, explodierte ein Skorpion direkt neben ihm.

***

Fabian stieß einen Fluch nach dem anderen aus. Die Versuchung, die gefährdeten Einheiten sich selbst zu überlassen, war hoch. Aber er brachte es schlussendlich nicht über sich. Barmherzigkeit und Kameradschaft spielten dabei lediglich eine untergeordnete Rolle. Vielmehr bewegten ihn taktische Erwägungen zu seinem Handeln.

Die Ashrak waren nicht dumm. Als sich Fabian zum Eingreifen entschloss, waren sie gerade dabei, einige Ausbildungseinheiten sowie noch nicht angeschlossene Straßenbanden zu verfolgen. Und die Fischköpfe standen dadurch kurz davor, das Netzwerk an versteckten Stützpunkten und Depots aufzudecken, das Fabian und seine Verbündeten in akribischer Kleinstarbeit aufgebaut hatten.

Die Ashrak würden über kurz oder lang dahinterkommen, was auf der Erde vor sich ging. Und wenn Fabian nur zwischen den Alternativen entscheiden konnte, sich den Kampf von den Ashrak aufzwingen zu lassen oder zuerst zuzuschlagen, so zog er in jedem Fall Letzteres vor. Es widersprach ihrer eigentlichen Mission, aber sie hatten keine Wahl mehr. Insgeheim war er überrascht, dass sie überhaupt so lange hatten unentdeckt operieren können. Mit dem Versteckspiel war es nun vorbei.

Fabian führte eine Truppe aus einhundert seiner Blutläufer sowie mehr als tausend irdischen Rebellensoldaten gegen die besser bewaffnete der zwei Patrouillen.

Sie verfügten nicht über Kampffahrzeuge, wohl aber über ausreichend schwere Ausrüstung, um dem Gegner das Leben richtig schwer zu machen. Mit knappen, präzisen Handbewegungen befahl er seinen Leuten, mehrere schwere Pulswerfer und einige Raketenwerfer aufzubauen und sich zwischen den Ruinen zu verteilen.

Fabian schloss den Helm seiner Rüstung und mit einem bloßen Gedanken vergrößerte er die Ansicht, bis der feindliche Befehlshaber sein ganzes Sichtfeld ausfüllte. Der Ashrak thronte auf einem Schutthaufen und überblickte dabei die ganze Umgebung.

Für einen Sekundenbruchteil schien es, als würde der Fischkopf ihn direkt ansehen. Fabian hielt unbewusst den Atem an. Doch nach einem Augenblick bewegte sich der Kopf des gegnerischen Offiziers weiter. Fabian stieß erleichtert einen Schwall Luft aus.

Ein kurzer Funkimpuls, bestehend aus zwei hohen Tönen, unterbrach die Stille in seinem Helm. Das Signal informierte ihn, dass die Positionen besetzt waren.

Fabian markierte mehrere der feindlichen Fahrzeuge als Primär- und Sekundärziele und übermittelte die Zielliste an das gesamte Kommando. Schließlich gab er einen langen und drei kurze Funkimpulse an Dennis Brown zurück.

Das Erste, was die Ashrak von den versteckten Rebellentruppen mitbekamen, war ein Skorpion, der explodierte, gerade als er die Position des kommandierenden Offiziers passierte.

Die Strahlbahnen von vier schweren Pulswerfern trafen sich dort, wo sich bei einem richtigen Skorpion der Kopf befunden hätte und bei dieser Maschine das Cockpit saß. Die Energie fraß sich tief durch die Panzerung und verdampfte die Besatzung des Kolosses auf einen Schlag. Die vorderen vier Beine brachen unter der Maschine weg, sodass sie vornüberkippte und liegen blieb.

Die Druckwelle der Explosion fegte den feindlichen Offizier von seinem Aussichtspunkt. Er kullerte den Hügel hinab und außer Sicht.

Nun brach die Hölle los. Die Spitze der feindlichen Kolonne befand sich im Kreuzfeuer der Rebellen. Aus drei verschiedenen Richtungen hämmerte unaufhörlicher Beschuss auf die Ashrak herein. Mehr als zweihundert von ihnen fielen allein in den ersten Minuten des Kampfes.

Fabian war immer noch nicht glücklich über die Entwicklung. Er hätte es vorgezogen, dem Kampf aus dem Weg zu gehen. Aber wenn er schon zu einer Schlacht gezwungen wurde, dann wollte er sie wenigstens gewinnen.

Der Rebellenbeschuss drängte die Ashrak unaufhörlich zurück. Sie schienen dem Ausmaß der Gewalt nahezu hilflos gegenüberzustehen. Weitere Gegner fielen. Im Gegenzug hatten die Rebellen bisher lediglich leichte Verluste zu beklagen. Wenn es ihnen gelang, den Gegner schnell genug zu vernichten, bevor dessen Verstärkung eintraf, dann hatten sie eine Chance, im Anschluss an die Schlacht unterzutauchen. In diesem Fall konnten sich die Ashrak gerne dumm und dämlich suchen. Solange sie keinen Anhaltspunkt hatten, wer oder was ihre Patrouille aufgerieben hatte, würden sie kaum etwas von Wert finden. So hoffte Fabian jedenfalls.

Es war eine vergebliche Hoffnung. Ashrakjäger fauchten plötzlich im Tiefflug über ihre Stellungen hinweg. Fabians Kopf zuckte hoch. Keine der Maschinen feuerte. Er war lange genug Soldat in Diensten des Rod'Or-Imperiums gewesen, um zu wissen, was das zu bedeuten hatte. Sie markierten die Stellungen der Rebellen für die nachrückenden Bodentruppen.

Fabian richtete sein Augenmerk wieder auf die Schlacht voraus. Die ersten Skorpione marschierten über die Anhöhe. Sie schoben das Wrack der zerstörten Kriegsmaschine einfach aus dem Weg. Kleinere Achilles-Panzer schwärmten zwischen ihren staksigen Beinen umher. Sie dienten als Schutz und Bollwerk gegen vermeintliche Infanterie, die sich zwischen dem Schutt möglicherweise versteckte.

Fabian hatte wirklich gehofft, diese Schlacht für sich entscheiden zu können – dann eröffneten die Skorpione das Feuer.

* * *

Cha'acko stand auf seiner neu errichteten Kommandoplattform. Sie schwebte etwa hundert Meter über dem Meer, das die Menschen Pazifik nannten.

Dies diente nicht nur sicherheitstechnischen Aspekten, da die Menschlinge nichts besaßen, was die Plattform an diesem Ort bedrohen konnte. Nein, Cha'acko genoss auch die Aussicht von hier oben. So weit sein Auge reichte, erblickte er lediglich das sanfte Blau des Ozeans.

Es erinnerte ihn an seine eigene Heimatwelt. Die Versuchung war groß, die Rüstung auszuziehen und von hier oben hinab ins Wasser zu springen. Er rief sich in Erinnerung, dass ein solches Unterfangen für seinen Organismus extrem schädlich, wenn nicht sogar potenziell tödlich gewesen wäre. Die Ozeane der Erde waren viel zu kalt für die Ashrak. Seine Schuppenfarbe änderte sich in ein helles Grün und er blies erfreut Luft durch seine Röhrchen. Zumindest für den Moment noch.

Die Tür hinter ihm öffnete sich und Bri'anu trat zu ihm hinaus auf den Balkon. Der Adjutant wartete geduldig, bis Cha'acko sich dazu herabließ, ihn zur Kenntnis zu nehmen. Der Honuh-ton-Agent stieß ein beinahe menschlich anmutendes Seufzen aus, sehr zur Verwirrung seines Untergebenen.

»Was gibt es denn, Bri?«

Er benutzte mit Absicht die vertrauliche Anrede, indem er die Clanbezeichnung einfach wegließ. Hier draußen in der Wildnis, weitab von den zivilisierten Systemen des Imperiums, konnte man die Regeln ruhig etwas gelassener auslegen. Den Adjutanten schien es nicht zu stören. Weder durch Körpersprache noch durch eine Farbveränderung seiner Schuppen gab er zu erkennen, dass Cha'acko zu weit gegangen sein könnte.

»Es gibt einen besorgniserregenden Zwischenfall«, erklärte der Ashrakoffizier ohne Umschweife.

»Ich nehme an, unsere Truppen sind dem Tipp gefolgt und haben eine wichtige feindliche Basis ausgemacht.«

»In der Tat.« Bri'anu neigte steif den Kopf. »Und wir haben das Primärziel identifiziert, den Schweren Templer MA-3158. Von seinen Leuten wird er Michael Anderson genannt. Aber die Beute ist uns entwischt.«

Cha'acko atmete einmal tief durch. Seine Schuppenfarbe wechselte von Grün in ein leichtes Orange. »Eine komplette Angriffskolonne hat den betreffenden Standort umstellt und ging dann gegen die Rebellen vor. Wie kann es sein, dass er entkommen konnte?«

»Wir trafen auf außergewöhnlich starken Widerstand. Nicht nur von Blutläuferrebellen, sondern auch von einheimischen Kräften. Sie waren bewaffnet und gerüstet wie imperiale Truppen.«

Cha'acko richtete sich schlagartig auf. »Dann befinden sich also Rebellen auf dieser Welt und sie unterweisen die Bevölkerung für den Kampf gegen uns.«

Bri'anu schwieg. Was hätte er auch sagen sollen? Die Fakten sagten bereits genug. Cha'ackos Gedanken überschlugen sich. Die Rebellen waren hier und sie zettelten einen Aufstand auf einem Sklavenplaneten an. Was für eine verzweifelte, aber brillante Taktik.

»Das ist jedoch nicht der einzige Grund zur Sorge«, fuhr Bri'anu zögerlich fort.

Cha'acko drehte sich langsam um. »Sprich!«, forderte der Honuh-ton-Agent seinen Untergebenen langsam, aber mit fester Stimme auf.

»Eine unserer Patrouillen geriet unter schweren Beschuss. Es sind Kämpfe ausgebrochen. Entlang der Ostküste eines der größeren Kontinente.«

Cha'acko hob sein Haupt und betrachtete den Himmel. »Das ist schlimmer, als ich es befürchtet hatte«, erklärte er schließlich. »Sonst noch was?«

Bri'anu nickte. »Es gibt glaubwürdige Hinweise, dass sich der Willen zum Widerstand bereits über große Teile dieser Welt ausgebreitet hat. Unsere Aufklärer fanden Spuren einer hoch industriellen und militärischen Infrastruktur. Allerdings zogen sich in den meisten Fällen die feindlichen Kämpfer zurück.«

Cha'acko gab einen Laut unterdrückter Wut von sich. »Dann gehen wir eben anders vor. Wenn sie sich in ihren Löchern verstecken, dann treiben wir sie ans Licht.« Er musterte seinen Adjutanten mit amüsierter Miene. »Mit Feuer!«

* * *

Ludwig hetzte durch das Labyrinth aus Trümmern, das früher einmal München gewesen war. In seiner Begleitung befanden sich mehrere Dutzend Rebellensoldaten, die ihre Pulsgewehre in den Händen hielten, als würden diese aus purem Gold bestehen.

Über ihnen durchdrang das charakteristische Fauchen feindlicher Jägertriebwerke die Luft. Ludwig hob automatisch den Kopf und ließ das HUD seiner Rüstung den Luftraum scannen.

Günther Weber, der Anführer der Eisernen Speere bedeutete seinen Leuten mit einigen wenigen Gesten, sich zu verteilen. Ludwigs HUD hatte keine Mühe, die anfliegenden Einheiten auszumachen. Es handelte sich um drei Abfangjäger, die einen einzelnen Schweren Angriffsjäger eskortierten. Er presste die Kiefer so stark aufeinander, dass die Zähne schmerzten. Die Abfangjäger bereiteten ihm keine Sorgen. Sie besaßen keinerlei Ausrüstung, die sich für Luft/Boden-Angriffe einsetzen ließ. Der Schwere Jäger stand da schon auf einem ganz anderen Blatt. Seine Besatzung bestand aus drei Ashrak und die Bewaffnung der Maschine war sowohl auf Präzisionsangriffe als auch auf Flächenbombardements ausgelegt.

Er wandte sich zu seinen Begleitern um. »Wir müssen weg. Sofort!«

»Hier entlang«, wies der Anführer des deutschen Widerstands ihn an. Die kleine Gruppe hetzte weiter durch die Innenstadt. Auf ihrem Weg begegneten sie einigen noch nicht an die Rebellen angeschlossenen kleineren Gangs und Banden. Für gewöhnlich führte etwas Derartiges zu Spannungen. Nicht dieses Mal. Alles, was innerhalb von München laufen konnte, war auf den Beinen.

Die zerlumpt wirkenden Menschen warfen den schwer gerüsteten Blutläufern nur einen beiläufigen Blick zu und machten sich anschließend davon, so schnell ihre Beine sie trugen.

Hinter ihnen waren die ersten Explosionen zu hören. Ludwig keuchte. »Irgendetwas hat sie aufgescheucht.«

Weber nickte, ersparte sich jedoch einen Kommentar. Der Mann hielt inne und presste zwei Finger der linken Hand an sein Ohr, als er eine Meldung über Funk erhielt. Mit aschfahlem Gesicht sah er auf.

»Bodentruppen im Anmarsch. Sie durchkämmen die Ruinen sämtlicher größeren Städte im süddeutschen Raum. Alles, von Stuttgart bis München, wird von ihnen unter die Lupe genommen. Wir mussten bereits mehrere Stellungen räumen, sonst wären sie auf Einheiten von uns gestoßen.«

Ludwig ballte seine Hände an den Seiten zu Fäusten. »So ein Mist. Die sind aber wirklich verdammt sauer.«

»Was machen wir jetzt?«, verlangte Weber zu wissen.

»Wir müssen ihnen einen Schritt voraus bleiben. Eine andere Wahl haben wir nicht.«

Sie setzten sich gerade wieder in Bewegung, als einige Energieimpulse durch eine Gruppe Flüchtiger zuckte und diese zu Boden gehen ließen. Die Blutläufer verteilten sich, ohne zu zögern. Das Training, das man den Rebellensoldaten hatte angedeihen lassen, trug Früchte, wie Ludwig nicht ohne Stolz erkannte.

Er nahm sein eigenes Gewehr vom Rücken und entsicherte es. Voraus kam eine Ashrakpatrouille in Sicht. Es waren kaum mehr als zwanzig, aber wo die herkamen, gab es mit Sicherheit noch mehr.

Weber warf ihm einen forschenden Blick zu. »Eine Vorhut?«

Ludwig nickte wortlos. Die Ashrak hatten die gut bewaffneten und verschanzten Rebellen noch nicht entdeckt. Wenn sie aber weiter in diesem Tempo vorrückten, würde dies nicht mehr lange auf sich warten lassen.

Die Ashrak schossen wahllos in die Menge. Die Menschen verteilten sich, stoben in Panik auseinander. Diese Überlebensstrategie hatten sie sich vor langer Zeit angeeignet. Sie funktionierte – in den meisten Fällen. Nicht jedoch dieses Mal.

Die Ashrak durchsiebten jedes Gebäude, das als Versteck fungieren konnte. Niemand war vor ihnen sicher. Als einige der Bandenmitglieder erkannten, dass ihre Taktik im vorliegenden Fall nicht aufging, griffen sie an. Mit bloßen Händen, Stahlrohren und zerbrochenen Flaschen warfen sie sich den Fischköpfen entgegen, um ihren Familien ein paar weitere Sekunden zu verschaffen.

Ludwig musste mit ansehen, wie sie gnadenlos niedergemacht wurden. Was ihm aber besonders ins Auge stach, keines der Bandenmitglieder machte Anstalten, die Rebellen in ihrer unmittelbaren Nähe an die Ashrak zu verraten. Nicht einer ergab sich, um Ludwigs Leute ans Messer zu liefern und damit die eigene Haut zu retten. Lieber rannten sie direkt ins feindliche Feuer. Man musste ihren Mut einfach bewundern.

Dies war der ausschlaggebende Punkt, der ihn zum Eingreifen veranlasste. Wortlos gab er mit Handzeichen einige Anweisungen. Die Blutläufer verteilten sich, immer noch vom Feind unbemerkt.

Als die feindliche Patrouille nur noch fünfzig Meter entfernt war, gab Ludwig den Befehl zum Angriff. Die Ashrak hatten offenbar nicht mit Widerstand in diesem Ausmaß gerechnet. Der Kampf – wenn man ihn denn so bezeichnen mochte – dauerte nur Sekunden. Aus sechs verschiedenen Stellungen wurde der Beschuss eröffnet und die Fischköpfe fanden sich unwillkürlich im Kreuzfeuer wieder.

Mit zerschmolzenen, qualmenden Rüstungen gingen die gegnerischen Soldaten zu Boden. Ludwig wartete noch ein paar Sekunden angespannt, ob weitere Feindeinheiten auf der Bildfläche erschienen. Dem war nicht so. Die Vorhut musste der Hauptstreitmacht weit vorausgeeilt sein. Ein taktischer Fehler, den man nur mit der Arroganz und übertriebenen Selbstsicherheit der Fischköpfe auf der Erde erklären konnte.

Ludwig erhob sich. »Sammelt die Waffen ein und alles, was man sonst noch gebrauchen kann.«

Die Rebellen machten sich sogleich ans Werk. Weber hob unterdessen den Kopf und lauschte. Die Explosionen kamen immer näher. Ludwig verstand den Sinn eines Bombardements, das eine Ruinenstadt traf, nicht ganz. Die einzig halbwegs plausible Antwort bestand darin, dass die Ashrak jemanden aufscheuchen wollten. Er schluckte schwer. *Sie* waren die Beute, die die Fischköpfe aufscheuchen wollten. Die Blutläufer unter Michaels Kommando. Es gab hier sonst nichts, was diesen Aufwand rechtfertigte. Die Ashrak wussten, dass sie hier waren. Auf der Erde.

Ludwig knirschte mit den Zähnen. Wenn seine Theorie zutraf, dann steckten sie jetzt wirklich ganz gewaltig in der Scheiße.

Weber trat zu ihm. »Wir können hier nicht bleiben. Der Schwere Jäger kommt in unsere Richtung und wird bald direkt über uns sein.«

»Kennen Sie dieses Gelände?«, stellte Ludwig die eine entscheidende Frage.

Der Rebellenoffizier schüttelte den Kopf. »Schön wär's.«

Ludwig registrierte eine sanfte, fast scheue Berührung an der Schulter. Er wirbelte herum. Weber hob alarmiert sein Gewehr, doch Ludwig hielt den Lauf der Waffe fest, bevor dem Offizier ein folgenschwerer Fehler unterlaufen konnte.

Ihm gegenüber stand ein hageres Männchen mit Brille und schütterem Haar. Der Kerl hätte besser in irgendein Klassenzimmer vor der Invasion gepasst, doch es handelte sich wohl um den Anführer einer der Gruppen, die dieses Gebiet ihr Zuhause nannten.

Der Mann entfernte sich ein paar Schritte und gab den Blutläufern mit einer Handbewegung zu verstehen, ihm zu folgen.

Ludwig und Weber wechselten einen langen Blick. Weber stellte sich an Ludwigs Seite.

»Was halten Sie davon?«, wollte er wissen.

»Vielleicht will er sich für die Rettung revanchieren.«

»Vielleicht ist er scharf auf unsere Ausrüstung und will uns in eine Falle locken«, hielt Weber dagegen.

Das Männchen mit der Brille bedeutete nun drängender, ihm zu folgen. Ludwig neigte leicht den Kopf zur Seite. Die Explosionen hinter ihnen kamen beständig näher, wurden immer lauter.

»Ist ja nicht so, als hätten wir eine große Wahl«, sagte er und ging ein paar Schritte auf ihren neuen Freund zu.

Dieser verschwand zwischen einigen Trümmern, nur um Sekunden später wieder aufzutauchen und die Rebellen aufzufordern, ihm auf unbekanntes Terrain zu folgen. Ludwig schloss sich dem Mann und seiner Gruppe an.

»Das macht es nicht besser«, knurrte Weber. »Oder klüger.« Doch auch er sah keine andere Wahl, als ihr Schicksal in die Hände dieser Leute zu legen.

# 17

Der Bunker war noch ein Überbleibsel aus der Luftschlacht um England des Zweiten Weltkriegs. Er befand sich im spärlich besiedelten Gebiet nördlich von London. Von hier aus waren die Fliegerverbände der RAF kommandiert worden.

Es schien irgendwie passend, dass von hier aus nun zumindest für den Moment die Verteidigung koordiniert wurde gegen Invasoren, die einen weitaus längeren Weg hinter sich gebracht hatten als die deutsche Luftwaffe.

Als Michael und Theodore den Bunker mit dem kümmerlichen Rest ihrer Truppe erreichten, waren Hunderte von Soldaten und zivilen Helfern bereits dabei, die Anlage wieder funktionstauglich zu bekommen. Sie stellte für einen feindlichen Luftangriff oder gar ein Orbitalbombardement kein wirkliches Hindernis dar, aber für den Moment war Michael durchaus bereit, ein mehrere Zentimeter dickes Dach aus Stahlbeton über seinem Kopf als Fortschritt zu betrachten.

Michael hielt einen vorübereilenden Soldaten an, der zwar eine Blutläuferrüstung trug, aber an der linken Wange auch das Emblem der Flesh and Bones als Tätowierung.

Michael wechselte mit seinem Cousin einen vielsagenden Blick. Theodore nickte ganz leicht. Er hatte es ebenfalls bemerkt.

»Wer führt hier das Kommando?«, herrschte Michael den Soldaten an.

Dieser stutzte zuerst, begutachtete dann Michaels verdreckte Gestalt aufdringlich von oben bis unten und deutete schließlich mit einem Kopfnicken tiefer in die Anlage hinein.

Michael ließ ihn seines Weges ziehen. Mehr war aus dem Kerl sicher nicht herauszubekommen. Theodore rückte näher. »Der wusste nicht einmal, wer du bist.«

Michael nickte. »Dann erinnern wir sie mal besser daran, wer hier das Kommando führt.«

Die beiden Cousins schlenderten in Begleitung ihrer Leute tiefer in die Anlage hinein, bis sie einen Raum erreichten, der wohl das Planungszentrum gewesen war. Er war ähnlich aufgebaut wie die der Ashrak an Bord ihrer Schiffe. Mit dem Unterschied, dass es hier lediglich einen Tisch, aber keinen Holotank gab.

Eine Reihe hochrangiger Offiziere hatte sich um den Tisch versammelt. Darauf ausgebreitet lag eine Karte von England und den nördlichen Regionen des Festlands. Mit farbigen Nadeln waren eigene und feindliche Positionen markiert worden. Grün galt für Rebellen, Rot für Ashrak, und wenn sich Michael nicht sehr irrte, dann stand Grau für nicht angeschlossene Straßenbanden. Michael begutachtete die aktuelle Lage für einen Augenblick aus der Entfernung. Die Ashrak hatten sie mit heruntergelassenen Hosen erwischt. Die Rebellen waren an fast jedem Standort, den die Karte abdeckte, entweder in heftige Kämpfe verstrickt oder bereits auf dem Rückzug.

Michael wechselte abermals einen frustrierten Blick mit Theodore. So hätte diese ganze Operation nicht laufen dürfen. Alles war dabei, aus dem Ruder zu geraten.

Michael wandte sich dem Raum voller Leute zu, die er nicht kannte. Es wurde Zeit, wieder das Kommando zu übernehmen. Er räusperte sich übertrieben. Niemand nahm davon auch nur Notiz.

Michael seufzte und bat seinen Cousin wortlos um dessen Intervention. Theodore grinste, nahm das Gewehr von der Schulter und setzte einen Energieimpuls in die Decke, der dort einen Brandfleck hinterließ und auf sämtliche Anwesenden einen Funkenschauer regnen ließ. Alles erstarrte. Doch ein Gesicht stach Michael besonders ins Auge.

Alex hob den Kopf aus der Traube an Offizieren – und erbleichte. Michael schenkte diesem einen bitterbösen Blick, der das Versprechen beinhaltete, dass sie sich bald unter vier Augen besprechen würden.

Ihm lag eine bissige Bemerkung auf der Zunge. Irgendetwas wie zum Beispiel: »Na? Überrascht, mich zu sehen, Bruder?« Er verkniff es sich wohlweislich. Die Spaltung noch mit voller Absicht voranzutreiben, war kontraproduktiv und würde den Fischköpfen nur in die Hände spielen.

Michael drängte sich zwischen den versammelten Offizieren hindurch. Einige gingen nur widerwillig beiseite. Die wenigsten wussten gar, um wen es sich bei diesem Störenfried handelte. Er konnte das deutlich an ihren Augen erkennen.

Michael lächelte Alexander liebenswürdig an. »Willst du mich nicht vorstellen, *Bruder*?« Er betonte das Wort *Bruder* auf übertriebene Art und der eine oder andere Anwesende bekam jetzt doch große Augen. Die Menge machte ihm nun bereitwilliger Platz.

Alex starrte ihn einen Augenblick kampflustig an, doch unter Michaels unerbittlichem Blick schmolz jeder Wille zum Widerstand in seinem Bruder. Alex räusperte sich. »Das dürfte sich nun wohl erledigt haben.« Er deutete ebenso übertrieben in Michaels Richtung. »Meine Damen und Herren, mein Bruder Michael. Zurückgekehrt sowohl aus dem Weltraum als auch aus dem Reich der Toten.«

Die Spannung zwischen den beiden Männern war beinahe zum Schneiden. Das entging auch den Anwesenden keineswegs. Vereinzeltes, verhaltenes, unbehagliches Räuspern war zu hören. Bis einer den Mut fand, die Frage zu stellen, die alle hier bewegte.

»Und wer hat das Kommando?«

Michael grinste. »Gute Frage.« Er wandte sich abermals seinem Bruder zu. »Also, Alex, wer hat das Kommando?«

Alex machte eine verkniffene Miene. Der Mann überlegte angestrengt, suchte einen Ausweg aus der Misere, in die er sich selbst gebracht hatte. Er schluckte schwer. Sein Blick zuckte in Richtung von Theodore und dessen Leuten. Die voll ausgebildeten und gut bewaffneten Rebellensoldaten hatten sich entlang des äußeren Rings, den das Kommandozentrum bildete, mit entsicherten Waffen verteilt. Sollte hier auch nur einmal das falsche Wort fallen, würde sich dieser Raum in eine Kill Box verwandeln.

Alex stieß einen Schwall Luft aus und schlug die Augen nieder. »Michael hat das Kommando«, stieß er aus.

Es ließ sich nur schwer sagen, wer erleichterter war: Alex oder die Offiziere in diesem Raum. Michael trat den letzten Schritt vor und gesellte sich an die Tischkante. »Würde mich mal jemand ins Bild setzen?«

Schweigen erfüllte den Raum – bis ein weibliches Gangmitglied mit bereits ergrautem Haar sich neben Michael stellte und auf die einzelnen farbigen Markierungen deutete.

»Die Ashrak nehmen uns auseinander«, erläuterte sie. »Starke Verbände haben den Großraum London sowie weite Teile Südenglands unter ihre Kontrolle gebracht. Sie landeten direkt über unseren Köpfen. Wir hatten keine Wahl. Es hieß kämpfen oder sterben.«

Michael betrachtete die Vielzahl an grünen Nadeln, die das Gros der britischen Widerstandsarmee auf dem Rückzug zeigte. Wobei die Ashrak sich auffällig in der Nähe der Küsten hielten und die Rebellen sich beständig ins Landesinnere zurückzogen.

»Ihr habt die richtige Wahl getroffen«, beruhigte er die Frau. »Man kämpft nur, wenn man auch sicher ist, dass man gewinnt.« Sein Blick richtete sich auf das europäische Festland. »Wissen wir, wie es anderswo aussieht?«

Die Offizierin nickte. »In Nordamerika findet derzeit eine große Schlacht statt. Der Ausgang ist noch offen, aber unsere Leute halten sich verblüffend gut.«

Michael schnaubte. »Fabian hatte schon immer ein Händchen dafür, seine Leute zu motivieren. Die Ashrak werden noch ihre helle Freude an ihm haben.« Er wurde schnell wieder ernst. »Was sonst noch?«

»Die Belgier sind wie wir auf dem Rückzug. Das Pariser Umland wird derzeit bombardiert. Genauso wie Teile von Deutschland, Österreich, Rumänien und das Umland von Kiew und Moskau. Laureant hält im Moment noch den Stadtkern von Paris. Doch der Feind setzt auch dort verstärkt Bodentruppen ein.«

Michael nickte. »Sobald das Bombardement vorüber ist, werden sie losmarschieren und den Restwiderstand in dieser Region auslöschen.« Michael schüttelte den Kopf. »Was ist mit Afrika? Australien?«

Die Offizierin schüttelte den Kopf. »Von dort haben wir noch keine Meldungen erhalten. Seit dem Fall Londons sind unsere Möglichkeiten zur Kommunikation aber auch sehr eingeschränkt. Wir haben eine Menge Ausrüstung verloren.«

Michael dachte fieberhaft nach. Zum ersten Mal fühlte er Mitleid für Gareth in sich aufsteigen. Bei dem sah das alles immer so leicht aus. Nun legte sich die Befehlsgewalt wie eine tonnenschwere Last auf Michaels Schultern. Sein Blick hob sich und er musterte jeden Einzelnen rings um den Tisch. Er straffte seine Gestalt. Nun überragte er sie alle. Wollten sie die kommenden Ereignisse überleben, gab es nur eine einzige

Option. Michaels Miene löste sich ein wenig, als er sich für einen Weg entschied.

»Wir haben versucht, uns zu verstecken und in den Untergrund zu gehen.« Er deutete auf die vor ihm liegende Karte. »Das hat nicht funktioniert. Und es wird auch nicht funktionieren, da der Feind von unserer Anwesenheit und unseren Aktivitäten weiß. Daher liegt der Pfad klar und eindeutig vor uns: Wir müssen in die Offensive gehen.«

Kollektives Keuchen hallte rund um den Tisch auf. Michael nickte. »Ja, ich weiß. Wir sind zahlen- und waffenmäßig weit unterlegen. Aber das ändern wir. Was uns fehlt, besorgen wir uns von den Ashrak. Und dann schlagen wir gegen sie los. Immer und immer wieder.«

Die Offizierin neben ihm neigte zweifelnd ihr Haupt zur Seite. Und sie war nicht die Einzige. »Ich bin mir nicht sicher, ob das möglich ist.«

»Die Frage stellt sich gar nicht«, beharrte Michael. »Der Feind will uns jagen und eliminieren. Wenn wir uns verstecken, wird ihm das früher oder später gelingen. Den Kampf zu suchen, ist daher unsere einzige Chance, den Widerstand am Leben zu erhalten. Fabian hat in Nordamerika bereits die richtige Entscheidung getroffen. Und diesem Weg müssen auch wir jetzt folgen.«

Mit jedem Wort, das er sagte, bemerkte Michael, wie sich die Männer und Frauen ringsum etwas aufrechter hielten. Wie Resignation schwand und durch einen Funken Hoffnung ersetzt wurde.

»Benachrichtigt alle Kommandeure im Feld. Ruft alle eure Leute zusammen. Auch jene, die noch nicht voll ausgebildet sind. Wir brauchen jeden einzelnen Mann und jede Frau, die in der Lage sind, eine Waffe zu halten. Schickt Boten zu jeder Straßenbande und jeder Gang, die sich uns noch nicht angeschlossen haben. Sagt allen Bescheid: Wir schlagen zurück!«

# 18

Lucas Laureant trug jetzt ebenfalls den Titel General. Der Anführer der größten französischen Gang war mittlerweile für den Abschnitt Frankreich und Spanien verantwortlich und verfügte in diesen Regionen über mehr als zweihunderttausend voll ausgebildete Blutläuferrebellen und eine erhebliche Anzahl von Soldaten in Ausbildung. Allein fünfundzwanzig Prozent dieser Streitmacht befand sich in der französischen Hauptstadt.

Das Bombardement auf das Pariser Umland dauerte vier Tage an. Mit Beginn des fünften Tages rückten die Ashrakbodentruppen vor – und Laureant führte seine Streitkräfte aus den Bunkern und hinaus in die Schlacht.

Innerhalb weniger Sekunden umfing ihn das Zischen und Fauchen der Geschosse und Energiestrahlen. Laureant nahm sich die Zeit, die taktische Lage zu bewerten. Sein HUD nutzte alle verfügbaren Daten, sei es von Aufklärern, Drohnen oder Sonden, um ihm ein möglichst umfassendes Bild zu bieten. Die Ashrak rückten in einer Stärke von mindestens vier Angriffskolonnen aus drei verschiedenen Richtungen auf den Pariser Stadtkern vor. Der Rebellenoffizier hob den Kopf. In der Ferne zeichneten sich gut sichtbar vor dem Hintergrund des grau verhangenen Himmels die Silhouetten von Skorpionen ab, die sich langsam durch die zerstörte Kulisse von Paris arbeiteten.

Ihnen schlug heftiges Abwehrfeuer entgegen. Energiestrahlen und Laserentladungen prallten von der dicken Panzerung ab, während Raketen auf der Hülle explodierten und ganze Panzerplatten heraussprengten.

Hin und wieder gaben die mächtigen Kriegsmaschinen aus dem einzelnen Waffenturm, der den knorpeligen Schwanz bildete, einen Energiestoß ab, der in die Ruinen zu ihren Füßen einschlug. Viel zu oft verstummte daraufhin eine Rebellenstellung. Eine Raketensalve löste sich aus dem neunten Stock eines Hochhauses und fand eine Schwachstelle im Nacken eines Skorpions, wo sich der Übergang zwischen Kopf und Körper befand. Die zwölf Raketen brachen sich Bahn und trennten das Cockpit mit der Besatzung sauber vom Rumpf ab. Der nun kopflose Körper stürzte krachend zu Boden. Ringsum brandete Jubel auf.

Laureant ließ seine Leute gewähren. Die Schlacht hatte gerade erst begonnen und die Zeichen standen bereits jetzt sehr schlecht. Sollten sich die Soldaten ruhig an jedem noch so kleinen Triumph erfreuen. Niemand konnte vorhersagen, wie viele davon es noch geben würde.

Eine Schwadron Achilles-Panzer unter Rebellenkommando brauste an ihm vorüber. Die wendigen und leichten Beutestücke hielten direkt auf das Zentrum der feindlichen Linien zu. Innerhalb kürzester Zeit entbrannte dort ein heftiges Feuergefecht, als die Achilles-Einheiten feindliche Panzer desselben Typs in einen unerbittlichen Nahkampf verwickelten.

Laureant folgte dem Verlauf des Kampfes mit großem Interesse. Der Ausgang dieser Konfrontation würde seine weitere Taktik bestimmen. Die Rebellenpanzer hielten sich wacker und es gelang ihnen sogar, den Feind um gut zwei Klicks zurückzudrängen. Dabei überrumpelten sie einige Ashrakinfanterieeinheiten und zerschlugen sogar mehrere feindliche Trupps. Der Gegner verlor innerhalb von nur einer Stunde gut hundert Panzer, die Rebellen gerade mal knapp ein Drittel davon. Der Überraschungsangriff stand kurz davor, die feindliche Westfront nach beiden Seiten hin aufzurollen. Laureant gönnte sich einen Funken Hoffnung. Dann griffen die Skorpione ein.

Die Rebellenpanzer hatten eine Stunde gebraucht, um diesen Erfolg zu erzielen. Der feindliche Gegenangriff benötigte nur fünfzehn Minuten, um den Vormarsch der Rebellen in einen halbwegs geordneten Rückzug zu verwandeln.

Laureants Einheiten verloren in dieser Zeit noch einmal an die achtzig Panzer und mehr als fünftausend ihrer Kämpfer. Ein bitterer Verlust für die noch junge Untergrundarmee.

Laureant leckte sich über die Lippen. Sein Blick richtete sich auf die Skorpione, die den Horizont und das Schlachtfeld beherrschten.

»Wir können nicht gewinnen, wenn wir die nicht ausschalten«, flüsterte der Rebellenoffizier.

»Monsieur le commandant?«, hakte sein Sergeant nach.

Dass er seine Gedanken laut ausgesprochen hatte, bemerkte er erst jetzt. Laureant schüttelte den Kopf. »Nicht so wichtig. Die Einheiten zwei, fünf, acht und elf bis fünfzehn sollen sich sammeln und mir folgen. Wir müssen dringend etwas erledigen.«

***

Michael rannte durch das Viertel Soho. Rings um seine Position schlugen Energieimpulse und Projektile ein. Kurz bevor er seine angepeilte Deckung erreichte, gab er einen Befehl, indem er seine Hand zweimal in die entsprechende Richtung winkte.

Aus drei versteckten Stellungen erhoben sich auf korkenzieherartigen Rauchsäulen mehrere Raketensalven. Die Ashrakstellung wurde praktisch unter Einschlägen und Explosionen begraben. Der Beschuss ebbte von einer Sekunde zur nächsten ab. Hinter den Ruinen erhoben sich unzählige Aufständische und rückten als geschlossene Kampflinie vor.

Die Pulsgewehre fauchten ohne Unterlass. Salve um Salve ging auf die feindlichen Stellungen nieder. Die überlebenden Ashrak versuchten, ihre Position zu halten, aber bereits nach Kurzem mussten sie die Sinnlosigkeit dieses Unterfangens einsehen.

Michael führte seine Sturmtruppen persönlich an. Er setzte über die zerbrochene, halb zerschmolzene Barrikade hinweg. Das Bajonett an der Unterseite seines Gewehrlaufs fuhr zischend aus und er rammte die Klinge durch die Rüstung des Ashraks, der ihm am nächsten stand.

Der Fischkopf ließ seine Waffe fallen und umklammerte mit beiden Händen den Lauf von Michaels Waffe. Aufgrund des geschlossenen Helms vermochte er nicht die Mimik seines Gegners zu sehen. Doch er stellte sich vor, wie der Ashrak ungläubig die Glubschaugen aufriss. Michael drehte die Waffe herum und riss sie mit einem Ruck frei. Blut und Eingeweide spritzten ihm entgegen.

Aber Michael hatte nicht genug. Er drehte die Hüfte und rammte dem gegnerischen Soldaten den Schaft scheppernd gegen den Helm. Der Ashrak kippte um und Michael trat noch einmal nach, um sicherzugehen, dass dieser auch ja nicht mehr aufstand.

Rebellensoldaten eilten an ihm vorbei. Der Kampflärm entfernte sich mit rapider Geschwindigkeit. Die verbliebenen Ashrakkräfte in Soho zogen sich eilig zurück, um nicht der Rache der Rebellen zum Opfer zu fallen. Michael starrte jedoch nur auf die Leiche des soeben getöteten Gegners.

Seine eigene so eben zur Schau gestellte Brutalität verblüffte ihn zutiefst. Kampf und Tod hatten ihn schon sein Leben lang begleitet. Bereits lange vor seiner Entführung und Eingliederung in das imperiale Militär hatte er den Kampf geliebt. Aus diesem Grund hasste er die Ashrak auch nicht auf dieselbe Weise wie andere Blutläufer. Er verachtete sie … natürlich. Sie waren seine Feinde und hatten sein Volk unterjocht. Auch das war korrekt. Aber er hatte sie dennoch nie hassen gelernt. Daher war es für ihn irgendwie selbst unverständlich, warum er den Ashrak gerade auf diese Weise abgeschlachtet hatte. Michael hatte insgeheim geglaubt, dieses Ausmaß an Gewalt hinter sich gelassen zu haben. Derartige Ausraster hatte er schon lange nicht mehr gehabt.

Er hob den Kopf und ließ den Blick über die Ruinen von Soho gleiten. Vielleicht war es dieser Ort, der das alles in ihm auslöste. Wieder in London zu verweilen, ließ den alten Michael zurückkehren, den grausamen Anführer der Flesh and Bones. Er machte eine verkniffene Miene. Falls dies tatsächlich der Grund war, dann konnten sich die Fischköpfe schon mal warm anziehen.

Ein Blutläufer blieb dicht bei ihm stehen. Der Mann zog den Helm ein. Theodores besorgtes Gesicht erschien. »Alles in Ordnung?«

Michael nickte. »Natürlich.« Er verdrängte jeden anderen Gedanken, kam aber nicht umhin festzustellen, dass die Rebellen Glück hatten, dass es gerade genügend Ashrak zum Bekämpfen gab. Falls seine alte Persönlichkeit zurückkehrte, die er so gewissenhaft zu unterdrücken versucht hatte, dann war es dem düsteren Michael völlig egal, wen er bekämpfte, solange es nur jemanden gab, den er bekämpfen konnte.

Michael schüttelte alle dunklen Gedanken ab und verdrängte sie in die hintersten Winkel seines Verstandes. »Wie ist die Lage?«, wollte er wissen.

»Wir haben die Ashrak aus Soho vertrieben«, informierte Theodore ihn. »Aber es gibt keine einheitliche Front mehr. Die Kampfabschnitte sind ziemlich zersplittert. Kensington, Stratford, Chelsea und Greenwich gehören wieder uns und sind befriedet. Es gibt aber noch schwere Kämpfe in Ratcliff, Silvertown, Mitcham und mindestens zwanzig weiteren

Stadtteilen. Und so wie es aussieht, nutzen die Fischköpfe das Gebiet am Picadilly Circus als Sammelpunkt, um versprengte und dezimierte Einheiten zusammenzuführen.«

Michael verschloss seinen Helm und sog mit einem tiefen Atemzug Sauerstoff in seine Lungen. »Dann kümmern wir uns um Picadilly zuerst. Wir dürfen nicht zulassen, dass sie sich neu formieren. Beordere jede zweite Einheit in der Gegend dorthin. Wir zerschlagen zuerst die gegnerischen Kräfte da und anschließend wenden wir uns nach Süden, um uns mit unseren dortigen Kameraden zusammenzuschließen. Die Front muss konsolidiert werden.«

Michael setzte sich in Bewegung. Theodore folgte ihm dichtauf. Seine Gliedmaßen fühlten sich bleischwer an, als er durch die vom Krieg zurückgelassene Ruinenlandschaft stapfte. London sah aus, als hätte eine riesige Bestie sie durchgekaut und wieder ausgespuckt. Das war vielleicht gar nicht mal so weit von der Wahrheit entfernt.

***

Ludwig war kein besonders begabter Scharfschütze, wie Sonja es gewesen war. Aber er zeichnete sich dennoch durch ein gewisses Talent aus.

Die Zielerfassung seines Präzisionsgewehrs hatte sich auf den hochrangigen Ashrakoffizier eingependelt. Dieser brachte ausschweifend gestikulierend seine Truppen in Stellung. Die Fischköpfe bereiteten die nächste Phase ihres Angriffs auf Mittel- und Nordeuropa vor. Sie hatten noch keine Ahnung, womit sie es zu tun hatten. Wenn alles nach Plan verlief, würden sie schon sehr bald feststellen, dass sie in ein Hornissennest gegriffen hatten.

Ludwig streichelte sanft über den Abzug seiner Waffe, beinahe als würde er den Körper einer Geliebten berühren: sanft und doch irgendwie fordernd.

Die Ashrakoffiziere lösten sich von ihrem Kommandeur, um dessen Befehle in die Tat umzusetzen. Ludwig lächelte. Der Zeitpunkt zum Zuschlagen war gekommen.

Ludwigs rechter Zeigefinger drückte den Abzug dreimal kurz hintereinander durch. Ebenso viele Impulse lösten sich aus dem hoch entwickelten Gewehr. Der erste durchschlug den Helm des feindlichen Offiziers mitsamt dessen Kopf. Der zweite perforierte den Hals des Gegners, der dritte den Brustkorb.

Der Ashrak fiel hintenüber, während er seine Arme weit von sich streckte. Als er den Boden berührte, war er längst tot. Ludwigs Angriff löste eine Kettenreaktion aus. Er diente als Signal für die anderen Scharfschützen. Nacheinander sandten seine Kameraden ihre Energieimpulse auf die Reise. Nur zwei von ihnen waren ebenfalls tatsächliche Blutläufer, die vom Rod'Or-Imperium ausgebildet worden waren und in deren Kriegen gekämpft hatten. Bei den übrigen handelte es sich um einheimische Rebellensoldaten.

Die Impulse der zwei Blutläuferscharfschützen saßen perfekt. Die anderen waren weniger versiert und erfahren. Trotzdem lag ihre Trefferquote immerhin bei annehmbaren siebzig Prozent.

Die meisten der angepeilten Ziele sanken in den Schlamm. Ludwig hob den Kopf und aktivierte einen Kommkanal. »Angriff starten!«.

Aus den Ruinen erhoben sich Tausende von Rebellen. Mit angelegten Waffen führte Günther Weber den Sturm auf die Stadt Lüttich an.

Ludwig verzog die Miene zu einem schiefen Grinsen. Die Ashrak hatten die Stadt einen Tag zuvor eingenommen, eine große Anzahl bewaffneter Rebellen getötet und die in den Trümmern der Stadt lebenden Menschen vertrieben.

Allerdings hatten Ludwig und die ihm unterstellten Offiziere schnell reagiert und mit einem Gegenangriff die Ashrak innerhalb der Stadt eingeschlossen. Diese wiederum hatten sich eingegraben und erwarteten nun den unvermeidlichen Ansturm der menschlichen Truppen.

Günther Weber und der deutsche Widerstand bildeten das Zentrum, niederländisch-belgische Einheiten den linken sowie polnische und italienische Elemente den rechten Flügel.

Ludwig war recht zufrieden mit dem, was sie hier aufgebaut hatten. Eine derartige Zusammenarbeit hatte es seit dem Fall der Erde an das Rod'Or-Imperium nicht mehr gegeben.

Der Angriff des menschlichen Widerstands wurde von erbeuteten Skorpionen und Achilles-Panzern unterstützt. Beide Seiten tauschten Artillerie- und Energiesalven aus. Ludwig und die versteckten Scharfschützen nahmen immer wieder gegnerische Offiziere aufs Korn und schalteten sie mit geradezu chirurgischer Präzision aus.

Es dauerte ein wenig, bis diese Guerillataktik Wirkung zeigte. Aber bald schon geriet die feindliche Linie ins Wanken. Das Rod'Or-Militär war streng hierarchisch aufgebaut. Sobald ausreichend Offiziere ins Jenseits geschickt worden waren, wurde es für die Fischköpfe schwer, eine Gesamttaktik umzusetzen. Man konnte förmlich dabei zusehen, wie die Front des Gegners in einzelne Abschnitte zerfiel, als jeder darum bemüht war, den eigenen Zuständigkeitsbereich zu verteidigen.

Ludwig hob den Kopf. Über der Stadt war ein Summen zu hören, als würde sich ein Bienenschwarm nähern. Er fletschte die Zähne. »Feindliche Jäger im Anflug! Bereit machen zur Abwehr!«

Er hatte die Warnung kaum ausgesprochen, da durchbrachen die ersten feindlichen Maschinen die Wolkendecke. Raketen und Bomben regneten auf die vorrückenden Widerstandskämpfer herab, gefolgt von Energieimpulsen aus den Bordwaffen.

Hunderte fielen. Weitere Hunderte wurden verwundet. Zwei Skorpione und eine ganze Reihe von Panzern gingen in Flammen auf. Explosionen überzogen das Schlachtfeld wie eine Wand aus Feuer. Der Angriff geriet kurzzeitig ins Stocken.

Tausende kleiner Raketen stiegen aus versteckten Stellungen auf, als die Rebellen mit ihren Luftabwehrsystemen den Beschuss erwiderten. Die Ashrakpiloten, immer noch im Tiefflug über dem Schlachtfeld, zogen ihre Kampfmaschinen herum in dem Bemühen, dem unerwartet heftigen Beschuss auszuweichen. Einige der gegnerischen Piloten besaßen sogar noch die Geistesgegenwart, die Gegenmaßnahmen auszulösen. Doch solche Aktionen blieben weitestgehend die Ausnahme.

Explosionen blühten auf, Feindjäger wurden zerrissen und ihre brennenden Überreste regneten auf das Schlachtfeld herab. Weitere Bomben fielen. Zwei Luftabwehrstellungen der Rebellen verstummten schlagartig. Aber im Gegenzug stiegen erneut Geschosse auf und fegten unzählige Feindjäger vom Himmel.

Unweit von Ludwigs Position bohrte sich ein Schwerer Jäger mit dem Bug voran in den zerfurchten Boden und verging in einem Feuerball. Ludwig vergrub das Gesicht in seiner Armbeuge. Die Druckwelle der Detonation fegte wie eine heiße Woge über ihn hinweg. Nachdem sie abgeebbt war, sah er auf.

Die feindliche Jägerformation war in erheblichem Ausmaß ausgedünnt. Die Überlebenden suchten eilig das Weite. Sie gewannen zusehends an Höhe, wohl in der Hoffnung, außer Reichweite der Raketenstellungen zu gelangen, bevor die Rebellen erneut feuerten.

Ludwig richtete sein Augenmerk zurück auf die Schlacht. Der Angriff hatte mittlerweile die ersten feindlichen Linien überrollt und näherte sich mit überraschend hoher Geschwindigkeit dem Stadtrand. Organisierter Widerstand war kaum noch zu erkennen. Die Ashrak zogen sich ungeordnet zurück. Eine übergeordnete Leitung des Ganzen schien es nicht mehr zu geben.

Ludwig nickte zufrieden. Lüttich würde heute fallen, davon war er überzeugt. Der Blutläuferoffizier erhob sich und packte sein Präzisionsgewehr zusammen. Ja, er war zurecht zufrieden mit dem Erreichten. An dem Angriff auf Lüttich waren nicht nur die in Deutschland, Österreich und der Schweiz ausgebildeten Rebellensoldaten beteiligt, sondern auch einfache Bürger und die Mitglieder ehemaliger Straßenbanden. Die Leute hatten sie während der Kämpfe in Konstanz versteckt, bis die Ashrak vorübergezogen waren. Anschließend hatten sich viele von ihnen dem Kampf verpflichtet. Sie waren es leid, immer wegzulaufen und sich zu verstecken, beständig gejagt von den Fischköpfen.

Ludwig war überaus stolz auf diese Menschen. Sie hatten die Wahl gehabt, die Sache zusammengekauert unter den Ruinen auszusitzen, hatten sich aber dazu entschieden, sich zu wehren. Mehr konnte man nicht erwarten.

Ludwig packte das zusammengebaute Scharfschützengewehr und lud es sich auf Rücken. Sein Pulsgewehr schlang er sich über die linke Schulter.

Auf diese Art gerüstet, rutschte er eine umgestürzte Betonwand hinab. Unten angekommen, ging er in die Knie und fing seinen Schwung gekonnt ab. Er wollte gerade durchatmen, als mit einem Mal der Boden unter ihm nachgab.

Ehe er etwas unternehmen konnte, tat sich ein Abgrund auf und verschluckte ihn innerhalb eines Atemzugs. Ludwig stürzte ins Leere. Der Fall dauerte aber nur wenige Augenblicke. Er landete unsanft auf dem Hosenboden. Staub drang ihm unangenehm in die Luftröhre und er hustete unterdrückt. Ludwig erhob sich und klopfte sich den Dreck von der

Kleidung. Aber eher, um die Peinlichkeit seines Sturzes wegzuwischen, und nicht, weil er sich dann sauberer gefühlt hätte. Der Rebellenoffizier war froh, dass ihn niemand bei diesem unwürdigen Schauspiel beobachtet hatte. Ein solches Manko wäre er nie wieder losgeworden.

Ludwig sah auf. Er kniff die Augen zusammen. Das hier war keine natürliche Höhle und auch kein Teil der ehemaligen Kanalisation von Lüttich. Er trat näher. Vor ihm türmte sich eine fast drei Meter große verstärkte Stahltür auf, die aussah, als könne sie auch einem Orbitalbombardement zumindest eine Zeit lang standhalten.

Alles war von einer dicken Staubschicht bedeckt. Aber Ludwig glaubte, an der Wand einige Buchstaben durchschimmern zu sehen. Neugierig begann er damit, die Beschriftung freizulegen. Nach getaner Arbeit trat er einen Schritt zurück, um die Früchte seiner Anstrengung zu begutachten. An der Wand stand geschrieben:

Hochsicherheitseinrichtung.
Betreten nur für autorisiertes Personal.
Auf Unbefugte wird ohne Warnung geschossen.

Und über allem standen in großen fett gedruckten Lettern vier Buchstaben:

**NATO**

»Heiliger Strohsack!«, stieß er fassungslos aus.

# 19

Lucas Laureant saß in der Hocke in einer Seitengasse und wartete angespannt, bis die Skorpione vorübermarschierten. Immer wieder hörte er das Zischen ihrer schweren Energiewaffen. Diese verdammten Dinger mordeten, während er zuhörte, dennoch zwang sich der französische Rebellenkommandant zur Geduld. Es würde niemandem helfen können, wenn er sich leichtfertig umbringen ließ.

Laureant und mehrere Kampfteams versteckten sich in den Ruinen eines Geschäftsviertels. Die zerschmolzenen Überreste einiger Hochhäuser ragten teilweise fünf oder mehr Stockwerke über dem Boden auf.

Die Skorpione stapften schwerfällig vorüber. Die Besatzungen waren sich ihrer Überlegenheit vollkommen bewusst. Laureants Mundwinkel hoben sich. Das würde sich schon bald ändern.

Der Rebellenkommandant hob abwartend die rechte Hand. Die Soldaten in seiner Begleitung machten sich bereit, spannten die Muskeln an in Erwartung des Angriffsbefehls. Die Skorpione passierten das Versteck der Soldaten. Laureant wartete noch einen letzten Herzschlag und seine Hand sauste schließlich herab.

Soldaten mit Armbrüsten verschossen Bolzen mit Drahtseilen auf die Kampfkolosse des Feindes. Die Bolzen durchschlugen die Panzerung und hakten sich fest. Eilig wurde das andere Ende der Drahtseile verkantet und die Soldaten begannen damit, den Abgrund zu überbrücken.

Es handelte sich nur um wenige Meter, aber das Leben der Rebellen stand buchstäblich auf des Messers Schneide. Laureant vermied es, den Blick nach unten zu wenden. Stattdessen schielte er nach links und rechts. Zu beiden Seiten seiner Einheit waren weitere Kommandoeinheiten dabei, feindliche Kampfkolosse zu entern.

Laureants Atem ging stoßweise, als er dem Skorpion immer näher kam. Viel Zeit blieb ihnen nicht. Der Vormarsch der Kampfkolosse würde schon innerhalb weniger Sekunden den Draht aus der Verankerung reißen. Das Ergebnis wäre der Tod vieler guter Leute.

Laureant streckte die Hand aus und bekam das Metall des Skorpions zu fassen. Er klammerte sich fest, so gut er konnte. Immer mehr Rebellen gelang es, auf der glatten, rutschigen Oberfläche Fuß zu fassen. Die Beine der Kampfkolosse bewegten sich unermüdlich vorwärts. Sie bestanden aus mehreren Segmenten, die sich auseinander- und wieder zusammenzogen. Einer der Soldaten geriet zwischen sie und wurde zerquetscht, als sich das entsprechende Bein wieder fortbewegte.

Sein Schrei brach jäh ab. Laureant bemühte sich, ihn zu ignorieren. Ein weiterer Soldat verlor den Halt und stürzte einen erstickten Laut ausstoßend in die Tiefe.

Die Skorpione wurden von feindlicher Infanterie begleitet. Als der Rebellensoldat am Boden aufschlug, sahen einige der Ashrak nach oben. Dies war der Augenblick, in dem Laureants Kommandoeinheiten entdeckt wurden.

Energieimpulse tasteten nach ihnen. Mehrere seiner Leute stürzten getroffen vom Chassis. Dem Großteil der Rebellen gelang es aber, Fuß zu fassen.

Den Besatzungen der Skorpione musste jemand mitgeteilt haben, dass etwas nicht stimmte. Kleinere, zur Abwehr von Infanterie bestimmte Geschütze fuhren aus dem Chassis hoch. Zwei Energieblitze lösten sich und zerstrahlten zwei Rebellensoldaten. Es blieb von ihnen nichts mehr übrig, nicht einmal Fetzen von Haut oder Kleidung.

Laureant fluchte. »Feuerschutz!«, ordnete er an.

Fünf seiner Leute hoben schwere Impulswerfer. Sie sandten Wellen von Energie gegen das Geschütz, das soeben zwei ihrer Kameraden ermordet hatte. Das verdammte Ding flog in die Luft, sobald die Panzerung durchbrochen wurde. Das Einsatzteam stand jedoch weiterhin unter Dauerbeschuss. Unterdessen machten sich die Übrigen daran, mithilfe von Plasmafackeln den Rumpf aufzuschneiden.

Die Soldaten arbeiteten unter Hochdruck. Dessen ungeachtet, konnte Laureant nicht verhindern, dass weitere Kämpfer unter seinem Kommando dem Gegner zum Opfer fielen. Mit einem Mal verharrte der Skorpion zu ihrer Linken, nur für einen Augenblick. Als er sich wieder bewegte, nahmen sowohl das schwere Geschütz in dessen Schwanz als auch die kleineren die Ashrakinfanterie zu seinen Füßen unter Beschuss.

Laureant grinste. Er hatte gehofft, der Erste zu sein, der einen Fuß in eine dieser Maschinen setzte, doch ein anderes Kommando schien erfolgreich gewesen zu sein. Kurz nacheinander schlossen sich zwei weitere Skorpione dem Angriff auf die Fischköpfe an.

Laureants Team gelang es endlich, eine Öffnung in den Rumpf zu schneiden. Einer der Soldaten sah auf, suchte Laureants Blick und hob seinen Daumen. Der Rebellenkommandant nickte. Der Soldat warf eine Granate in das Loch. Die Männer und Frauen warteten angespannt, bis die Detonation zu hören war. Erst dann ließen sie sich nacheinander hinabgleiten.

Als Laureant das Cockpit erreichte, war bereits alles vorüber. Die Ashrak lagen entweder tot am Boden oder waren über ihren Konsolen zusammengesunken. Er ging geradewegs zum Sessel des Kommandanten und zog dessen Leichnam aus dem Sitz. Laureant nahm Platz und versuchte sich erst mal über die grundlegenden Funktionen klar zu werden. Seine Leute besetzten die übrigen Stationen.

Die ersten Schritte des Skorpions waren recht unbeholfen. Beinahe wäre die Maschine über ein Gebäude gestolpert und in die Knie gegangen. Der Soldat, der die vorderen Gliedmaßen kontrollierte, wandte sich um und zuckte entschuldigend die Achseln. Laureant schenkte ihm einen bissigen Blick. Er widmete sich erneut seinen eigenen Kontrollen. Der französische Kommandant atmete einmal tief durch und er sah zum vorderen Fenster. Der Kopf der Maschine senkte sich und er war in der Lage, die Geschehnisse am Boden zu verfolgen. Die Ashrak waren in heller Aufregung. Laureant grinste. »Na dann wollen wir mal«, verkündete der Rebellenkommandant.

***

Der Aufstand griff um sich wie ein Lauffeuer. Fabian wurde ehrlich gesagt selbst von den Ereignissen überrollt. Straßenbanden und Gruppierungen, die überhaupt nichts mit dem ins Leben gerufenen Rebellennetzwerk zu tun hatten, griffen die Ashrak an – in vielen Fällen mit den einfachsten Mitteln.

Fabian wäre es lieber gewesen, sie hätten sich zuerst mit ihm oder einem seiner Offiziere in Verbindung gesetzt. Sie hätten ihnen die Möglichkeiten bieten können, sich effektiver zur Wehr zu setzen. So aber stieg die Opferzahl mit jeder Stunde, die verging, exponentiell an. Fabian und seinen Leuten blieb nichts anderes übrig, als der Entwicklung hinterherzuhecheln.

Fabian befand sich auf dem Beifahrersitz eines schweren Lastentransporters. Dieser bildete die Spitze eines Konvois, der aus fünfzehn solcher Fahrzeuge bestand. Jedes einzelne beförderte Tausende von dringend benötigten Waffen und Rüstungen an unzählige Fronten, die sich auf dem ganzen Kontinent auftaten.

Fabian rief eine Karte auf seinem HUD auf und studierte sie sorgfältig. Sie hatten in den letzten Tagen Lieferungen an Widerstandsgruppen in Providence, New Haven, Trenton und Philadelphia geliefert. Aber ihnen stand noch eine lange Liste an Zielen bevor.

Fabian wandte sich dem Mann am Steuer zu, einem sehr jungen und auf fast schon auf nervige Art idealistischen Mann mit Namen Carl. Den Nachnamen hatte Fabian längst aufgegeben sich merken zu wollen.

»Wo müssen wir als Nächstes hin?«, wollte er wissen.

Carl nahm den Blick keinen Augenblick von der Straße. Fabian fragte sich nicht zum ersten Mal, woher der Junge überhaupt wusste, wo es hinging. Für ihn war hier unter all dem Schmutz keine Straße ersichtlich, die diesen Namen auch verdiente.

Carl schnalzte mit der Zunge. »Als Nächstes müsste Baltimore an der Reihe sein, dann Annapolis, Washington D. C. bis hinunter nach Richmond. In ein paar Tagen dürften wir durch sein.«

»Ich hoffe es. Ich will diese Sache schnellstmöglich erledigt haben, damit wir zurück nach Boston können.«

Carl zögerte, die nächsten Worte fielen ihm sichtlich schwer. »Stimmt denn, was man sich erzählt?«

Fabian warf ihm einen vorsichtigen Blick zu. »Was erzählt man sich denn?«

Carl räusperte sich. »Die Fischköpfe bereiten eine neue Offensive gegen unsere nördlichen Stellungen vor.«

Fabian überlegte sich seine Erwiderung sehr genau. Er sah betreten aus dem Fenster. »Die Möglichkeit besteht. Das ist einer der Gründe, weshalb wir den Widerstand bis hinunter in den Süden stärken müssen. Ansonsten konzentrieren sich die Ashrak ganz auf uns und das wäre nicht so schön.« Er grinste den Fahrer schelmisch an. »Oder sind Sie da anderer Meinung?«

Eine Explosion direkt unter dem Fahrzeug ließ das tonnenschwere Gefährt erzittern. Fabian reagierte geistesgegenwärtig und ließ den Helm seiner Rüstung ausfahren. Die einzelnen Panzerplatten schoben sich innerhalb von Sekundenbruchteilen über seinen Kopf.

Innerhalb weniger Augenblicke entwickelte sich die Straße zum Hexenkessel. Pulsgewehre eröffneten zu beiden Seiten des unwegsamen Geländes das Feuer. Mehrere Rebellen wurden getroffen und sanken nieder. Der Geleitzug des Nachschubkonvois reagierte sofort. Achilles-Panzer schwärmten aus, um die Angreifer aus ihren Löchern zu scheuchen.

»Bleib im Wagen!«, ordnete Fabian an. »Falls etwas schiefgeht, dann gibst du Gas und steuerst die nächste befreundete Siedlung an.«

Carl nickte, während Fabian die Tür öffnete und ins Freie sprang. Er fragte sich, wie die Ashrak sie aufgespürt hatten. Brown und er selbst hatten die Route mit äußerster Sorgfalt ausgewählt. Fabians Blick zuckte zum Himmel. Vermutlich befand sich ein feindlicher Kreuzer im Überwachungsmodus irgendwo über ihnen. Aber wenn dem so war, warum eröffnete er nicht einfach das Feuer und brachte die Sache hinter sich? Warum das Risiko eingehen und Bodentruppen einsetzen?

Ihre Eskorte drängte den Feind langsam zurück. Plötzlich flog einer der Panzer in die Luft. Ein zweiter erlitt schweren Schaden am Antrieb und wurde praktisch stillgelegt. Die Luke öffnete sich und die Besatzung entkam ins Freie, nur wenige Sekunden bevor auch diese Maschine von einer Detonation mehrere Meter in die Luft gehoben wurde. Sie krachte ohrenbetäubend wieder auf den Boden.

Mehrere Energieimpulse schlugen nur Zentimeter neben Fabian in das Chassis des Schwerlasttransporters ein. Er hechtete geistesgegenwärtig zur Seite. Die zweite Salve hätte ihn um ein Haar erwischt. Zwei der Impulse streiften seine Schulterplatte. Das HUD seiner Rüstung meldete geringfügigen Schaden. Es bestand noch kein Grund zur Besorgnis, aber er musste die Beschädigung im Auge behalten.

Die Zielhilfe seiner Rüstung glitt auf dem Sichtschirm hin und her, als sie nach einem Gegner Ausschau hielt. Mit einem Mal hielt sie inne und färbte sich rot. Fabian ging in die Knie und zog den Abzug seines Pulsgewehrs zweimal durch. Das HUD bestätigte zwei Tötungen.

Fabian schlich mit angelegter Waffe näher. Er wollte sich die ausgeschalteten Ashrak näher ansehen. Die Markierungen ihrer Rüstung gab ihm sicherlich Aufschluss, welcher Einheit sie angehörten. Dies mochte sich auf seine nächsten Schritte auswirken.

Als er über die Erhebung stürmte, hielt er jedoch verdutzt inne. Was da im Staub vor ihm lag, hatte keinerlei Ähnlichkeit mit einem Ashrak. Es handelte sich um zwei Menschen. Fabian ging neben den beiden in die Knie. Sie waren mit Pulsgewehren ausgerüstet, die aussahen, als kämen sie gerade aus der Fabrik. Ansonsten waren die beiden recht unauffällig. Sie trugen dieselbe zerschlissene Kleidung, die für Mitglieder hiesiger Banden typisch war.

Fabian kniff die Augen leicht zusammen. Eine Besonderheit gab es allerdings. Beide trugen dasselbe Tattoo: eine Schlange, die ihren eigenen Schwanz fraß, und inmitten des Rings, der sich daraus ergab, das griechische Symbol für Alpha und Omega.

Fabian leckte sich über die Lippen, erhob sich und zog sich immer noch mit angelegter Waffe zu den Fahrzeugen zurück. Die Kämpfe ebbten etwas ab und kamen nach einigen Minuten zum Erliegen.

Der Rebellenoffizier öffnete die gepanzerte Tür des führenden Fahrzeugs und hievte sich zurück in den Sitz neben seinem Fahrer.

Carl warf ihm neugierige Blicke zu. »Ist alles vorbei?«

»Fürs Erste«, gab Fabian zurück und öffnete den Helm. Im selben Moment machte sich sein Kommunikator bemerkbar. Carl wollte noch etwas sagen, aber Fabian gebot ihm zu schweigen.

»Ich höre?«

Der Offizier, der die Nachhut befehligte, war am anderen Ende zu hören. »Wir haben sie zurückgeschlagen, General.«

Fabian hörte aus der Stimme des Mannes heraus, dass dies noch nicht alles war. »Aber?«

Der Offizier räusperte sich. »Aber sie haben zwei der Fahrzeuge erbeutet. Sie sind mit ihnen schon über alle Berge.«

Fabian hob den Kopf und blickte zur niedrigen Decke der Fahrzeugkabine. Nur mit Mühe unterdrückte er eine Hasstirade.

»Der Feind hat allerdings ganz erhebliche Verluste erlitten«, gab der Offizier zu bedenken.

»Natürlich hat er das, aber das kümmert ihn wenig«, erwiderte Fabian unwirsch. »Die Fahrzeuge sollen sich wieder einreihen. Wir setzen den Weg augenblicklich fort – bevor noch mehr von denen hier auftauchen.« Er kappte die Verbindung.

Fabian lehnte sich zurück, bis er das Leder der Nackenstütze am Hinterkopf fühlte.

Carl hielt die Stille nicht lange aus. »Wenigstens haben wir es den verdammten Fischköpfen mal wieder gezeigt.«

Der zwanghafte Optimismus des Jungen war beinahe mehr, als Fabian ertragen konnte. »Das war keine Fischköpfe … sondern Menschen.«

Carl ließ seinen Helm zischend einfahren und musterte ihn ungläubig. »Menschen, die mit Pulsgewehren ausgerüstet sind und uns angreifen? Ich dachte, jeder Mensch mit einer solchen Waffe wäre auf unserer Seite.«

Fabian nickte. »Sollte man eigentlich annehmen.« Er merkte auf. »Sag mal, sagt dir das Symbol einer Schlange etwas, die ihren eigenen Schwanz frisst, und dazwischen befinden sich die Symbole für Alpha und Omega?«

Carl bekam große Augen. »Und ob mir das was sagt! Niemand weiß, wie die sich nennen. Wir bezeichnen sie einfach nur als Fledderer. Es sind Plünderer der übelsten Sorte. Sie überfallen menschliche Gemeinschaften und verkaufen die Gefangenen anschließend an die Fischköpfe.«

Fabian stieß zischend die Luft aus. »So was in der Art hatte ich befürchtet.«

Carl runzelte die Stirn. »Was heißt das jetzt für uns?«

Fabian bedeutete seinem Fahrer mit einem Wink, den Motor wieder anzulassen. »Das heißt, dass die Ashrak sich unserer Taktik bedienen und Einheimische mit ihren Waffen ausrüsten. Ab jetzt müssen wir uns auch noch vor unseren eigenen Leuten in Acht nehmen.«

* * *

Michael ließ sich schwer auf den Sockel fallen, auf dem früher eine große Statue den ganzen Picadilly Circus beherrscht hatte. Nun war davon nicht mehr viel zu sehen. Die Älteren erinnerten sich noch, wessen monumentale Gestalt darin verewigt worden war, aber die Jüngeren schon lange nicht mehr. Es kümmerte sie auch nicht. Nichts hatte in der heutigen Welt noch eine Bedeutung, was nicht direkt oder indirekt mit dem Überleben der eigenen Person, der eigenen Sippe oder Gemeinschaft etwas zu tun hatte.

Theodore setzte sich neben ihn. Der Mann packte eine Notration aus, zerbrach sie in zwei Teile und reichte seinem Cousin den größeren Teil des Riegels.

Michael biss hinein. Es fühlte sich an, als würde man trockenes Holz kauen. Die Ashrak hatten keinerlei Verlangen, ihren Soldaten auch nur das kleinste bisschen an Luxus zu gönnen.

Michael fühlte sich wie zerschlagen. Sie befanden sich seit gut vier Tagen nahezu ununterbrochen im Kampfeinsatz. Geschlafen wurde nur spärlich und selbst dann verriegelte man einfach die Beine seiner Rüstung und ruhte sich etwas im Stehen aus, sobald ein kleines Zeitfenster dies zuließ. Und trotz ihrer nicht zu leugnenden Erfolge nagte etwas an ihm. Etwas fühlte sich falsch an.

Er warf seinem vor sich hin kaufenden Cousin einen forschenden Seitenblick zu. »Wie sieht es in und um London aus? Liegen dir aktuelle Berichte vor?«

Theodore nickte. »Wir kontrollieren ungefähr achtzig Prozent des Terrains. Der Rest wird auch bald fallen. Unsere Aufklärer berichten, dass die Überreste der Ashrakverbände Richtung Westen aus der Stadt abrücken. Unsere Einheiten konnten einige versprengte feindliche Truppenteile bei unserem alten Hauptquartier festnageln. Bei der St. Pancras International Station. Die konnten sich vermutlich nicht schnell genug absetzen. Das ist der einzige Ort im Großraum London, an dem noch ernsthaft gekämpft wird. Ansonsten haben wir es wohl geschafft.«

Michael nickte. »Und genau das macht mir solches Kopfzerbrechen. Wie viele Ashraktruppen hat das Rod'Or-Imperium in und um London eingesetzt, vielleicht sechzig-, siebzigtausend?«

Theodore dachte angestrengt darüber nach. »So ungefähr würde ich schätzen. Wieso?«

Michaels Kieferknochen mahlten angestrengt, bevor er fortfuhr. »Ihr alle habt immer noch keine Vorstellung, was für eine Macht gegen uns steht. Und ihr habt immer noch keine Vorstellung davon, was für Kräfte sie gegen uns ins Feld führen kann. Siebzigtausend hören sich für jeden von euch nach viel an. Für mich sind das lediglich zwei Angriffskolonnen.«

Theodore runzelte die Stirn. »Was genau willst du mir damit sagen?«

Michael holte tief Luft. »Das Imperium hätte zehnmal so viel Truppen schicken können. Hundertmal so viel. Warum also hält es sich derart zurück? Das ist untypisch für die Rod'Or und ihre Handlanger. Ich habe viel zu lange für sie gekämpft. Ich habe erlebt, wie sie Widerstand auf unzähligen Welten einfach niedergewalzt haben. Widerstand, der um ein Vielfaches gefährlicher war als unserer. Und wo das nicht möglich war, haben sie die entsprechende Welt einfach aus dem Orbit bombardiert. Warum ist von alldem hier auf der Erde nichts passiert?«

Theodore dachte ausgiebig über die Worte seines Cousins nach. »Ich verstehe, was du meinst.« Er warf ihm einen schrägen Blick zu. »Und zu welchem Schluss kommst du?«

Michael schnalzte mit der Zunge. »Ich bin mir nicht sicher. Irgendetwas läuft hier grundlegend falsch. Das macht mir zu schaffen.« Er verputzte den Rest des Energieriegels und wischte sich die Hände an der Rüstung ab. »Solange ich keine befriedigende Antwort auf dieses Rätsel habe, bin ich nicht zufrieden.«

In Michaels Ohren knackte es. »Anderson?«, funkte ihn eine weibliche Stimme an. Es handelte sich um die Offizierin, die er außerhalb Londons in dem provisorischen Stützpunkt kennengelernt hatte. Ihr Name war Gladys Caffield, wie er inzwischen wusste.

Er bestätigte die Verbindung. »Was gibt es, Caffield?«

»Wir haben ein Problem.«

»Solange es nur eines ist«, erwiderte Michael vergnügt. Je ernster eine Lage war, desto mehr kam sein Galgenhumor ans Tageslicht.

»Ich befürchte, dieses hier hat es in sich.«

Michael wurde ernst. »Erzählen Sie.«

»Wir haben den Restwiderstand der Ashrak gebrochen. Der Bahnhof gehört nun auch wieder uns.«

»Das ist doch gut«, meinte Michael. »Oder?«

»An und für sich schon.« Die Offizierin zögerte. »Allerdings haben unsere Leute mehrere taktische Daten der Fischköpfe erbeutet. Darin ist die Rede davon, dass jemand den Ashrak Informationen zugespielt und somit den Angriff auf London überhaupt erst provoziert hat. Die Leute sind außer sich. Sie wollen Blut sehen.«

Michael richtete sich augenblicklich auf. Seine Zähne knirschten vor Anstrengung. Er wechselte einen alarmierten Blick mit Theodore, der nicht weniger beunruhigt schien. Sein Cousin hatte alles mitgehört.

»Bleiben Sie vor Ort«, wies er Caffield an. »Ich bin unterwegs.«

»Verstanden.«

Michael kappte die Verbindung und packte seinen Cousin bei den Schultern. »Such Alex. Sofort! Wenn jemand herausfindet, dass er uns verraten hat, dann bringen sie ihn um. Langsam und qualvoll.«

Theodore nickte und machte sich eilig davon. Michael sah ihm hinterher. »Und uns vielleicht auch«, flüsterte er zu sich selbst.

***

Cha'acko beobachtete auf dem Holotank fasziniert den Verlauf der Kämpfe. Das Wasser in seinen Röhrchen gurgelte aufgeregt. Bri'anu trat zu ihm mit durchgedrücktem Rücken. Der junge Ashrakoffizier strahlte Stolz aus.

»Ich gratuliere, Herr«, eröffnete er förmlich das Gespräch. »Eure Strategie funktioniert.« Cha'acko erwiderte nichts. Unsicherheit angesichts des Schweigens seines Vorgesetzten, ergriff von Bri'anu Besitz und er sprach weiter. »Um ehrlich zu sein, ich dachte schon, Ihr wärt verrückt geworden, als Ihr entschieden habt, Menschen mit unseren Waffen zu versorgen. Aber es schont eigene Einheiten und die Rebellen müssen sich mit ihren Artgenossen auseinandersetzen.« Die Schuppenfarbe des Adjutanten wurde leicht grün, als er seiner Freude Ausdruck verlieh. »Eure Strategie hat wirklich wunderbar funktioniert«, wiederholte er.

Cha'acko drehte sich endlich um. »Wir haben immer noch Freunde unter den Menschen«, erklärte er. »Und zuweilen sind sie in der Tat recht nützlich. Wirf ihnen einen Knochen hin und sie tun, was du willst.« Der Honuh-ton-Agent holte tief Luft und presste sie durch seine Kiemenbögen. Als Reaktion gurgelte es erneut durch die Beatmungsröhren seiner Rüstung. »Aber nein, die Strategie hat nicht funktioniert.«

»Aber Herr …«, wollte Bri'anu einwenden. Cha'acko hob die Hand und gebot seinem Untergebenen Einhalt.

»Nein«, beharrte er. »Es ist bei Weitem nicht genug, um den Rebellen Einhalt zu gebieten. Und es kommt darüber hinaus auch noch zu spät. Der Aufstand auf der Erde greift mit rapider Geschwindigkeit um sich. Unsere Streitkräfte erleiden massive Verluste.«

Für Cha'acko war es schwer, sich nicht der Resignation zu ergeben. Diese Menschen waren so unglaublich störrisch. Sie waren unnachgiebig und kämpferisch über jedes vernünftige Maß hinaus. All die Eigenschaften, die aus ihnen einen wertvollen Teil der imperialen Kriegsmaschinerie gemacht hatten, wandelten sich nun ins Gegenteil.

Cha'acko vermochte sich kaum vorzustellen, was seine Vorgesetzten von all den Ereignissen hier hielten. Gut möglich, dass sein Leben am seidenen Faden hing. Daher traf er eine folgenschwere Entscheidung. Aber eine, die sich leider nicht umgehen ließ.

»Sende eine Nachricht an unsere Basis am Jupiter. Ich fordere hiermit sämtliche verfügbare Truppen zur Unterstützung an.«

Bri'anu hob das Haupt. »Herr? Das sind ...«

»Ich weiß, wie viele es sind«, entgegnete Cha'acko steif. »Aber wir beenden diesen Aufstand so schnell wie möglich. Bevor wir noch mehr unentbehrliche Ressourcen verlieren.«

* * *

Gareth verbrachte so viel Zeit wie möglich in Takashis Gesellschaft. Obwohl der Paladin ans Bett fixiert war, hielt sich Gareth ständig einige Meter entfernt auf, um keinen Ausraster zu provozieren.

Untray und die Kexaxa arbeiteten rund um die Uhr an dem Mann. Der Erfolg war nicht zu leugnen. Takashis Verhalten hatte sich merklich gebessert. Er war wesentlich ruhiger, ja manchmal sogar fast zugänglich geworden. Es war jedoch immer noch nicht klar, ob der Mann das nur spielte oder ob wirklich eine Besserung eintrat.

Und doch spürte Gareth trotz aller Fortschritte immer noch die unterschwellige Aggression, die von dem Mann ausging, sobald er die Krankenstation aufsuchte. Wenn Takashi Gareth ansah, dann sah er nicht nur seinen Freund. Darüber hinaus sah er einen Rebellen, den er unbedingt töten wollte.

Unter Takashis Gebaren mischte sich eine Zerrissenheit, die den Paladin innerlich zerstörte. Gareth konnte dem Prozess quasi mit den eigenen Augen verfolgen. Der Wunsch, seinem Freund zu helfen, führte unweigerlich dazu, dass Takashi zugrunde ging. Ehrlich gesagt, wunderte sich Gareth bereits, dass der Mann noch nicht den Verstand verloren hatte. An seiner Stelle wäre Gareth mit Sicherheit bereits durchgedreht.

Gareth und Takashi musterten sich auf Distanz. Keiner der beiden sagte ein Wort. Nach etlichen Gesprächen waren ihnen die Themen ausgegangen. Trotzdem suchte Gareth ihn immer wieder auf in der Hoffnung, dass wenigstens seine Anwesenheit einen positiven Effekt auf dessen Heilung haben würde.

Gareth zwang sich zu einem Lächeln. Die Reaktion Takashis bestand in einem gefährlichen Funkeln, das von dessen Augen ausging. Insgeheim war Gareth dankbar dafür. Es erinnerte ihn daran, was für ein gefährlicher Mann hier vor ihm lag. Manchmal stand er kurz davor, diesen Umstand zu vergessen.

Gareth neigte leicht den Kopf und zwang sich zu lächeln. Es war genug für heute. Außerdem hatte er genug zu tun. Er musste sich um eine ganze Rebellion kümmern. Gareth schlenderte betont gelassen auf den Ausgang zu, sich immer gegenwärtig, wie sich Takashis Blicke in seinen Rücken bohrten.

Die Tür schloss sich hinter ihm nahezu geräuschlos. Ris'ril erwartete ihn bereits. Gareth sah auf. »Schön, dich zu sehen. Mir hat niemand gesagt, dass du von der SHIVA übergesetzt bist.«

Die Samirad zog eine Augenbraue hoch. »Vielleicht wollte dich niemand bei deiner Selbstgeißelung stören.«

Der Satz war als Frage formuliert, war aber eigentlich als Feststellung gemeint. Gareth schnaubte. »So schlimm also?«

Sie nickte. »Für dich selbst ist es unter Umständen nicht erkennbar, weil du zu nah dran bist. Für alle anderen ist es aber ziemlich offensichtlich.« Sie neigte leicht den Kopf zur Seite. »Als einer deiner Lieutenants muss ich dir leider im Vertrauen sagen, dass sich eine Menge Leute Sorgen um dich machen. Du verbringst zu viel Zeit auf der Krankenstation und zu wenig mit deinen Pflichten.«

Gareth sah ruckartig auf. »Autsch! Das war deutlich.«

»Jemand muss dir das sagen. Und die meisten an Bord der ESMERALDA würden sich das nicht getrauen.« Sie deutete auf die geschlossene Tür hinter dem Rebellenanführer. »Das dort drin ist nur *ein* Mann. Ich weiß, er ist dein Freund. Aber was auch immer mit ihm geschieht, liegt nicht in deinem Ermessensspielraum. Entweder den Kexaxa gelingt es, seine Konditionierung zu durchbrechen, oder eben nicht.«

Gareth öffnete den Mund, um etwas zu sagen, besann sich dann aber eines Besseren. Er schüttelte den Kopf. »Ich kann ihn nicht verlieren. Schon wieder einen meiner Freunde zu verlieren … ich weiß nicht, ob ich das durchstehen könnte. Es sind schon jetzt so unglaublich viele.«

Ris'ril legte ihm beide Hände auf die Schultern und zog ihn zu einem leidenschaftlichen Kuss heran. Als sie sich wieder voneinander lösten, lächelte sie. »Besser?«

Er grinste. »Ein wenig.« Gareth seufzte. »So schön das auch gerade war, es ändert nichts an der Situation.«

»Nein«, gab sie ihm recht. »Daran kannst nur du etwas ändern.«

Ein seltsamer Unterton schlich sich in ihre Stimme, der nichts mit der Problematik rund um Takashi zu tun hatte. Ein wachsamer Ausdruck trat in Gareths Augen.

»Du bist nicht nur wegen meines Verhaltens hier.«

Sie verzog die Miene. »Nein, leider nicht. Wir fangen verstärkten Funkverkehr des Imperiums auf.«

»Worum geht es?«

Ris'ril zögerte. Sie wandte kurz den Blick ab. Als sie es schließlich wagte, Gareth wieder anzusehen, da lag ein harter Zug rund um ihren Mund. »So wie es aussieht, ist ein Aufstand auf der Erde ausgebrochen. Es wird von schweren Kämpfen berichtet.«

Gareth blickte zur Decke und hätte sich um ein Haar umgedreht, um seine Fäuste in die Korridorwand zu hämmern. Er bezwang seine aufkeimende Wut in letzter Sekunde. »Verdammt! Was macht Michael denn da? Er sollte mir eine Armee beschaffen und keinen Privatkrieg anzetteln.« Er leckte sich über die Lippen. »Gibt es genauere Informationen?«

»Nicht viele. Nur, dass Cha'acko persönlich die Operationen gegen die Rebellen dort leitet.« Bei den nächsten Worten wirkte Ris'rils Mund verkniffen. »Und sie wissen von Michaels Anwesenheit auf der Erde.«

»Das ist ja großartig! Sie werden hinter ihm her sein wie der Teufel hinter der armen Seele. Michael weiß einfach alles über uns. Wenn sie ihn kriegen, dann haben sie den Jackpot geknackt.« Gareth überlegte fieberhaft. »Wo sind wir jetzt?«

»Im Essado-System«, erwiderte Ris'ril wie aus der Pistole geschossen. »Bis zur Erde ist es mit konventionellem Antrieb ein fast zweimonatiger Flug.« Die Samirad beäugte ihren Kommandanten und Liebhaber mit finsterem Blick. »Ich weiß genau, was du vorhast, aber viele unserer Schiffe weisen immer noch starke Gefechtsschäden auf. Deswegen haben wir uns doch hierher zurückgezogen – um unsere Wunden zu lecken.«

»Wir reparieren das Gröbste auf dem Flug«, beschied Gareth. »Und schick Nachrichten an all unsere Stützpunkte, die auf dem Weg liegen. Wir sammeln so viele Kräfte, wie wir in der kurzen Zeit aufbieten können.« Gareth fluchte. »Wir müssen Michael und seine Leute vielleicht raushauen.«

# 20

Im Bahnhofsgebäude drängte sich die Menschenmenge Schulter an Schulter. Michael verschaffte sich Platz unter Zuhilfenahme seiner Ellbogen. Es waren Mitglieder fast aller Straßenbanden Südenglands anwesend. Die weitaus meisten gehörten aber zu den Flesh and Bones. Und sie alle schrien wild durcheinander und forderten Blut.

Auf halbem Weg zu den Gleisen begegnete er Theodore. Sein Cousin befand sich in voller Kampfmontur und war umgeben von seinen loyalsten Soldaten. Sie alle hielten ihre Pulsgewehre verkrampft in den Händen. Niemand hatte ein gutes Gefühl bei dem Gedanken, vielleicht das Feuer auf die eigenen Leute eröffnen zu müssen.

Theodore öffnete seinen Helm. »Ich habe ihn gefunden.«

»Wo?«

»Zwei Stockwerke tiefer in seinem Quartier.« Theodore presste seine Lippen aufeinander, bevor er fortfuhr. »Er packt.«

Michael stutzte. »Wissen die anderen schon Bescheid, wer der Verräter ist?«

Theodore schüttelte den Kopf. »Nein, aber das kann nicht mehr lange dauern.«

Michael nickte zustimmend. »Vor allem, wenn er sich vom Acker macht. Bring mich zu ihm.«

Theodore und dessen Leute umringten Michael wie ein schützender Kokon und arbeiteten sich so schnell wie möglich zu den Treppen vor. Auch hier standen die Menschen dicht an dicht. Jemand, der mit den Ashrak kollaborierte, galt als die unterste Stufe menschlichen Daseins. Sobald die Menge mitbekam, was Alex getan hatte, würde sie seinen Bruder in Stücke reißen. Oder sie würden ihm noch weitaus Schlimmeres antun.

Die Angst um Alex trieb ihn weiter an. Deshalb bekam er es kaum mit, als sich sein Kommgerät aktivierte. »Michael? Hier ist Ibitray.«

Die unerwartete, piepsige Stimme ließ ihn beinahe straucheln. Den Kexaxa, der sich um das Quallenwesen kümmerte, hatte er angesichts der Ereignisse glatt vergessen.

»Ibitray? Das ist jetzt kein guter Zeitpunkt.«

»Es ist wichtig«, erklärte der Kexaxa im Brustton der Überzeugung.

»Das glaube ich dir aufs Wort, aber das hier ist noch wichtiger.«

»Kann ich mir nicht vorstellen«, beharrte Ibitray.

Michael nahm zwei Stufen auf einmal, während Theodore ihn tiefer in die Eingeweide des Bahnhofs führte. »Ich kann mir jetzt wirklich keine Zeit für dich nehmen, du kleines Wiesel.«

»Na gut«, gab der Kexaxa nach. »Aber versprich mir, dass du mich schnellstmöglich aufsuchst. Wir müssen reden.«

»Jaja, versprochen«, entgegnete Michael und kappte unwirsch die Verbindung. Sie erreichten endlich die Tür von Alex' Quartier. Michael verharrte. Ihn überkam plötzlich Furcht vor dem, was er wohl dahinter vorfinden würde. Er bedeutete Theodore und dessen Leuten zu warten.

Michael deaktivierte seine Rüstung. Sie zog sich nahezu geräuschlos in das handtellergroße Segment auf seiner linken Brustseite ein. Er klopfte zaghaft. Ein eigentlich unsinniger Vorgang. Nach dem, was sich sein Bruder geleistet hatte, wäre es sein Recht gewesen, wutentbrannt hineinzustürmen. Dennoch brachte er es nicht über sich, seinem Bruder wirklich böse zu sein.

Michael erwartete nicht wirklich eine Antwort. Umso verblüffter war er, dass eine zaghafte Stimme »Herein!« rief.

»Niemand betritt diesen Raum, solange ich nicht wieder herauskomme«, ordnete er an.

Theodore nickte und ließ seine Leute Aufstellung nehmen.

Michael öffnete die Tür und betrat das Zimmer. Er ließ sie hinter sich zufallen und sie fiel geräuschvoll ins Schloss. Alex war dabei, Kleidung und die einige Habseligkeiten seiner Familie in einen Beutel zu packen. Dabei legte er weniger wert auf Ordnung als auf Schnelligkeit. Er sah sich nicht um, als sein Bruder eintrat. Vielleicht fürchtete er sich auch vor der stummen Anklage in Michaels Augen.

»Warum?«, fragte er in die Stille des Zimmers hinein.

Alex hielt mitten in der Bewegung inne. Er richtete sich auf und drehte sich endlich um. »Du weißt, wieso«, entgegnete er tonlos.

Michael ging langsam auf ihn zu. »War es dir wirklich so wichtig, die Flesh and Bones zu führen? War es das wirklich wert? Da draußen ist die Hölle los. Die Welt ist zum Schlachthaus geworden.«

Alex wandte den Blick ab. »Falls das noch irgendetwas bedeutet, ich dachte nicht, dass alles so kommen würde.« Er sah mit Tränen in den Augen auf. »Ich hatte angenommen, die Fischköpfe landen mit einer kleinen Einsatzgruppe und ergreifen dich. Im Höchstfall nahm ich an, dass sie vielleicht den Bahnhof dem Erdboden gleichmachen. Ich hatte doch nie im Leben damit gerechnet, dass gleich ein globaler Krieg ausbricht.«

»Nein, Alex«, beschied Michael. »Es bedeutet rein gar nichts. Passiert ist passiert. Und wenn uns die Geschichte eines lehrt, dann ist es, dass sich solche Geschehnisse nicht steuern lassen. Sie entwickeln eine Eigendynamik, die weiß Gott wohin führen kann.« Michael runzelte die Stirn. »Ich bin neugierig. Nachdem ich aus dem Weg geschafft wurde, was wäre als Nächstes passiert?«

»Ich hätte deine Nachfolge angetreten.«

»Als Anführer der Flesh and Bones?«

»Als Anführer des irdischen Widerstands«, korrigierte Alex.

Michael lachte bellend auf, sodass Speichelfäden aus seinem Mund quer durchs Zimmer schossen. »Und du denkst, sie wären dir alle gefolgt? Du bist naiv, Alex.«

Sein Bruder schüttelte den Kopf. »Nach deiner Gefangennahme durch die Ashrak wärst du zum Märtyrer geworden. Sie wären mir alle gefolgt: dem Bruder des Mannes, der sich für den Kampf gegen die Invasoren aufgeopfert hatte.«

Michael verstummte. Unter diesem Gesichtspunkt hatte er das noch nie betrachtet. Möglicherweise hätte sein Bruder damit tatsächlich Erfolg gehabt. Er senkte traurig den Kopf.

»Bitte, Bruder«, bettelte Alex, »lass meine Familie und mich gehen! Wir tauchen unter und du wirst uns nie wiedersehen.«

In diesem Moment hallten von draußen unzählige Stimmen herein. Sie skandierten: »Tod dem Verräter«! Und auch Alex' Name wurde mehrmals genannt.

»Dafür ist es zu spät.« Michaels Blick richtete sich auf seinen kleinen Bruder, der unter dessen Intensität förmlich in sich zusammenschrumpfte.

Alex schluchzte, schlang plötzlich seine Arme um Michaels Brustkorb und vergrub sein Gesicht darin. »Bitte, Bruder, hilf mir! Sie werden mir furchtbare Dinge antun, bevor sie mich umbringen. Bitte! Das kannst du doch nicht zulassen. Wir sind Brüder. Wir sind ein und dasselbe Fleisch und Blut.«

Michael legte tröstend die Arme um die Schultern seines in die Enge getriebenen Bruders. »Du hast recht«, sagte er emotionslos. »Ich kann nicht zulassen, dass sie dir das antun. Das wäre unmenschlich.«

Michaels gewaltige Arme zogen sich immer enger um Hals und Kopf seines Bruders zusammen und pressten dessen Mund und Nase beständig fester gegen das eigene Fleisch. Alex bekam zuerst gar nicht mit, was geschah. Dann stellte sich die Erkenntnis ein.

Er japste nach Luft, kämpfte darum, sich aus dem eisernen, unerbittlichen Griff Michaels zu befreien. Aber dieser gab keinen Millimeter nach. Tränen liefen über seine Wange, während die Bewegungen Alexanders allmählich schwächer wurden und schließlich ganz erstarben.

Michael war selbst überrascht. Er hatte bereits im Kampf Gegner erstickt. Doch niemals zuvor war es ihm derart lange vorgekommen wie am heutigen Tag.

Nun weinte er ungehemmt und ließ den leblosen Körper seines Bruders sanft zu Boden gleiten. Alex' Lippen waren blau, die Augen geöffnet und von roten Flecken durchsetzt, überall dort, wo kleine Blutgefäße geplatzt waren. Michael schloss dessen Lider. Tränen perlten von seiner Wange und fielen auf Alex' Gesicht.

Die Tür öffnete sich leise. Er spürte eine Hand auf seiner Schulter. Michael richtete sich auf, während er weiter an der Seite seines toten Bruders kniete. »Wenn du da noch stehst, sobald ich mich umdrehe, Theodore, dann bringe ich dich auch um.«

Warum er damit drohte, wusste er selbst nicht zu sagen. Es handelte sich um einen intimen Moment zwischen ihm und Alex, und niemand sollte ihm dies stehlen. Vermutlich war das der Grund. Zumindest war die Erklärung so gut wie jede andere auch.

Die Hand löste sich von seiner Schulter und er vernahm, wie Theodore den Raum verließ. Die Skandierungen auf den Korridoren des Bahnhofs hielten unbeirrt an. Die Menschen von London wollten ihren Verräter. Nun, sie sollten ihn haben.

Michael erhob sich und aktivierte die Rüstung mit einem kurzen Schlag auf den Auslöser. Er atmete mehrmals tief durch und hob Alex' Körper auf. Mit ihm auf den Armen trat er auf den Korridor hinaus.

Die Menge verstummte, kaum dass Michael auf der Bildfläche erschien. Er sah eine ganze Reihe bekannter Gesichter. Unter ihnen war auch seine Schwägerin Rachel. Es gelang ihr nicht, den Blick von Alex' Leiche zu nehmen.

Michael legte den leblosen Körper auf den Boden, erhob sich und ließ den Blick über die versammelte Menge schweifen. Er forderte unbedingten Gehorsam, unbedingte Aufmerksamkeit.

Er erhob die Stimme. »Der Verräter ist tot«, erklärte er.

»Du Bastard!«, schrie Rachel mit einem Mal und griff ihn an. Sie war unbewaffnet. Ihre Fingernägel kratzten hilflos über seine Rüstung. Drei von ihnen brachen ab. Rachels Finger hinterließen blutige Schlieren auf Michaels Panzerung. Theodore nahm sie am Arm und führte sie behutsam weg. Sie brach in Tränen aus. Theodore nahm sie tröstend in die Arme. Michael zwang sich, die Vorgänge zu ignorieren. Er hatte eine Allianz zu retten.

Die Männer und Frauen brüllten gleichzeitig um die Wette. Es fielen Worte wie *Abschaum* und *Verräter*. Ein Soldat aus der ersten Reihe trat sogar vor und spie auf Alex' Leichnam aus. Michael verzog angewidert die Miene und schlug dem Soldaten mit voller Wucht ins Gesicht. Dieser fiel rücklings in die Menge und starrte mit schockierter Miene auf.

»Es reicht!«, schrie Michael voller Zorn. Die Menge verstummte abermals, wich sogar angstvoll vor dem Hünen zurück, der sie anfunkelte. »Der Verräter ist tot. Das sollte euch allen eigentlich genug sein. Es ist nicht notwendig, ihn noch weiter zu demütigen.« Michaels unnachgiebige Präsenz fesselte die Menge. »Habt ihr es denn immer noch nicht begriffen?« Verständnislose Blicke wurden gewechselt. Michael schüttelte den Kopf. »Dies ist kein Grund zur Freude. Ich habe euch meinen eigenen Bruder geopfert. Einer aus unseren Reihen ist tot. Ein guter Mann, der nur etwas auf Abwegen geraten ist. Und wie konnte das überhaupt möglich werden?« Michael deutete auf einige der Anwesenden, die immer noch die Symbole ihrer Straßenbanden trugen. »Weil ihr immer noch nicht loslassen könnt. Alex sah sich immer noch als Flesh and Bone, wo er sich als Mensch hätte sehen müssen. Nur dadurch konnte die Lage überhaupt so weit eskalieren. Kapiert ihr das eigentlich nicht? Es geht hier nicht um einzelne Gruppierungen. Es geht um uns alle. Wir sind alle eins und wir stehen diesen Kampf nur gemeinsam durch. Es gibt keine Flesh and Bones mehr. Und auch keine Steel Sharks, keine Bone Eaters, keine Storm Eagles und wie sie alle heißen. All das ist bedeutungslos. Mein Bruder hat das nicht verstanden. Und er bezahlte den höchsten Preis für seine Uneinsichtigkeit.«

Michaels Stimme versagte, als sein Blick auf Alex' Körper fiel. »Mein Bruder wird nie wieder zu seiner Familie zurückkehren, aber ich würde ihn erneut töten, wenn das bedeuten würde, dass ihr endlich vernünftig werdet. Hört auf, in Gruppen zu denken, und fangt an, als Einheit zu denken.«

Michael machte einen großen Schritt und half dem Mann auf, den er niedergeschlagen hatte. Dieser wich peinlich berührt seinem Blick aus. Der Soldat überlegte einen Augenblick und riss mit einem kurzen Ruck das Abzeichen der Flesh and Bones von seiner Rüstung. Er warf es achtlos auf die Leiche zu ihren Füßen.

Das Schweigen dehnte sich schier endlos. Doch dann begannen andere Rebellen ebenfalls, sich ihre Abzeichen von der Rüstung zu reißen, zu schaben, zu kratzen. Diejenigen, die sich bereits vor Langem dazu entschlossen hatte, nickten währenddessen beifällig.

Am Ende war Alex' Leiche mit Abzeichen übersät. Michael wusste, dass sich die Kunde über dieses Ereignis wie ein Lauffeuer verbreiten würde. Soldaten waren im Prinzip einfach gestrickt. Sie würden diese Neuigkeiten weitergeben. Zuerst im Umkreis London, dann auf den Britischen Inseln und schließlich darüber hinaus. Falls es tatsächlich mal eine irdische Untergrundarmee geben würde, dann war dies hier vermutlich ihr Anfang. Michael wandte den Blick ab, damit niemand die einzelne Träne sehen konnte, die seine Wange herabkullerte. Falls schon nichts anderes, dann hatte Alex' Tod unter Umständen wenigstens diesen einen positiven Effekt bewirkt.

***

Lucas Laureant führte seine Truppen weiterhin in den Kampf um Paris. Er kommandierte von der Brücke des erbeuteten Skorpions aus. Ihm folgten fünfzehn weitere Skorpione, fast vierzig Panzer unterschiedlicher Kategorien und Zehntausende Soldaten.

Die Ashrak befanden sich seit zwei Tagen annähernd kontinuierlich auf dem Rückzug. Sie waren aus beinahe allen Gebieten von Paris vertrieben worden. Nur eine Stellung hielt sich noch hartnäckig. Ein feindlicher Kommandoposten befand sich in der Nähe des Eiffelturms und dieser koordinierte die Abwehrschlacht eines Gebiets, das sich vom Eiffelturm bis zum Arc de Triomphe und fast die ganze Avenue des Champs-Élysées hinabzog. Laut den zuverlässigsten Aufklärungsberichten hielten sich dort feindliche Truppen in einer Stärke von fast vierzigtausend Mann auf. Ihnen standen Rebellenstreitkräfte in einer Größenordnung von sechzigtausend Mann gegenüber.

Vom Kräfteverhältnis ausgehend, sollten sie den Gegner eigentlich überwältigen können. Aber der Feind war gut ausgerüstet, hervorragend ausgebildet und hoch motiviert, die Stellung zu halten. Laureant hatte Verstärkung aus Deutschland und Spanien angefordert, doch bis die hier waren, würden die Fischköpfe sich eingegraben haben und der Kampf wäre um ein Vielfaches verlustreicher. Laureant würde dies nicht gestatten.

Seine Streitkräfte rückten aus allen Richtungen auf den Gegner vor. Sein Hauptaugenmerk lag aber auf der Stellung am Eiffelturm. Der französische Rebellenkommandant grinste gehässig. Mit der Feuerkraft, die ihm unterstand, hatte er vor, die Frontlinien zu durchbrechen und einen verheerenden Schlag gegen den Kopf der Schlange zu führen. Seine Finger verkrampften sich in die Lehnen des Kommandosessels. Trotz der Sicherheitsgurte musste er sich anstrengen, nicht vom Sitz zu purzeln. Die Brücke war auf die Bedürfnisse von Ashrak angepasst und entsprechend unsanft wurde der Marsch für Menschen. Außerdem bildete noch Seekrankheit ein nicht zu unterschätzendes Problem. Die Brücke wackelte mit jedem Schritt von einer Seite zur anderen. Klar, dass das kein Handicap war für eine Spezies, die dem Meer entstammte.

Voraus ragten die Überreste des Eiffelturms in die Höhe. Sie überragten die restliche Kulisse der Stadt bei Weitem. Während der Invasion war das Wahrzeichen der Stadt an einigen Stellen zerschmolzen worden, aber es hielt sich immer noch unbeugsam und aufrecht.

Laureant lächelte. Mit etwas Glück würde es auch noch hier stehen, wenn seine Enkel aufwuchsen. Mehrere feindliche Skorpione kamen in Sicht. Es waren vier. Doch diese wurden von einer erheblichen Anzahl von Panzern umschwärmt.

»Ich benötige eine genaue Analyse«, verlangte er.

Einer der Soldaten an den Sensoren drehte sich halb um. »Ich orte vierundachtzig Panzer und etwa das Doppelte an fest montierten Geschützen. Außerdem eine erhebliche Anzahl Infanterie.«

Laureant richtete sich leicht auf. Der Gegner hatte sich bereits eingegraben. Die Verteidigung stand und würde sich nicht leicht brechen lassen.

»Einheiten zur Kampflinie ausschwärmen«, befahl er. Sein Hologramm baute sich auf, mit dem er die Lage ständig im Auge behalten konnte.

Die Skorpione bildeten zwei Kampfreihen, die Panzer führten die Sturmspitze, die schwere Infanterie folgte. Deren Aufgabe war es, versteckte feindliche Einheiten, die es vermutlich gab, auszumachen und auszuschalten oder zu vertreiben, damit diese den schweren Einheiten keinen Schaden zufügen konnten.

Die feindlichen Skorpione eröffneten zuerst das Feuer. Sie konzentrierten sich auf ein Ziel. Einer seiner eigenen Kolosse fiel fast sofort aus. Die vier Strahlen der schweren Geschütze trafen sich dort, wo sich die Brücke des Kampfkolosses befand, und zerschmolzen die Panzerung innerhalb weniger Sekunden. Nach einer kurzen Zeitspanne der Aufladung feuerten die Skorpione erneut und eine zweite Rebellenmaschine fiel aus.

Die Taktik war verständlich und sehr effektiv. Der Gegner wusste, dass die Rebellen mehr schweres Gerät besaßen. Also konzentrierten sie sich auf ein Ziel, um so viele Skorpione wie möglich zu erledigen, bevor sie selbst untergingen. Laureant hatte nicht die Absicht, sie damit durchkommen zu lassen.

Er aktivierte einen Kanal zu den anderen dreizehn Kampfkolossen, über die er noch verfügte. Unter ihnen am Boden trafen Panzer und Infanterie des Feindes auf die eigenen Truppen und die eigentliche Schlacht nahm ihren Anfang. Explosionen blühten im Sekundentakt auf und beide Seiten beharkten sich mit allen zur Verfügung stehenden Möglichkeiten. Laureant vergab die Codebezeichnungen Alpha bis Gamma für die vier Hauptziele und sandte diese über Richtstrahl an die restliche Einheit.

»Skorpione zwei bis vier, ihr übernehmt zusammen mit mir Ziel Alpha. Skorpione sechs, sieben und neun, ihr erledigt Ziel Beta. Zehn bis zwölf gehen auf Delta. Dreizehn bis sechzehn nehmen sich Gamma vor.« Laureant wartete, bis Bestätigungen aller verbliebenen Skorpione eingingen.

Die Kolosse schwärmten zu einer lockeren Linie aus. Bevor der Feind erneut feuern konnte, eröffneten die Rebellen-Skorpione als geschlossene Front das Bombardement. Den Besatzungen war der Umgang mit den fremden Kriegsmaschinen neu, vor allem im direkten Vergleich mit den Ashraksoldaten. Doch sie lernten schnell, ein Umstand, der dem Feind schmerzhaft bewusst wurde.

Die schweren Strahlenkanonen schickten ihre Energielanzen auf die Reise, nur Sekunden bevor der Gegner den Beschuss erwiderte. Drei der vier feindlichen Maschinen gingen in Feuer und Tod unter. Laureants Taktik funktionierte. Die Skorpione sanken nieder, rissen dabei noch einige Gebäude und Ruinen mit ein. Sie endeten als zertrümmerte, zerschmolzene Gerippe.

Einer von ihnen überlebte die letzte Attacke. Sein Energiestrahl erwischte Laureants Skorpion Nummer elf. Der Treffer genügte nicht, die Maschine aus dem Rennen zu werfen, aber die Besatzung bekam Probleme, die sich auch nach außen hin äußerten, indem aus dem mittleren rechten Bein Rauch quoll und das stark gepanzerte Brückenfenster splitterte. Die Besatzung bremste ab und brachte ihren Skorpion hinter zwei anderen aus der Schusslinie und vorübergehend in Sicherheit.

Der letzte verbliebene Gegner bekam zwei schwere Treffer ab. Auf der rechten Seite knickten zwei Beine ab und das Ding prallte gegen das, was vom Eiffelturm noch übrig war. Das Wahrzeichen der Stadt wackelte bedenklich, blieb aber stehen. Einzelne verrostete Eisenstreben rissen sich los und fielen in die Tiefe. Es schien fast so, als würde lediglich der Turm den beschädigten Skorpion noch aufrecht halten.

Laureant stürzte in seinem Sitz vor, gleichermaßen entsetzt und brüskiert. »Das ist der Eiffelturm, du Penner!«, brüllte er, ehe er sich auf seine Gelassenheit besann. Der unbedachte Ausruf brachte ihm einige amüsierte Blicke seiner Brückencrew ein.

Peinlich berührt, streckte er sich. Laureants Körper wirkte so steif, als hätte er ein Brett verschluckt. »Sergeant? Schaffen Sie mir dieses Ding aus den Augen!«

»Oui, monsieur le commandant«, bestätigte der Unteroffizier.

Der Skorpion spie einen letzten vernichtenden Strahl aus, der die Brücke der gegnerischen Maschine gänzlich auslöschte und den ganzen verdammten Koloss in sich zusammenbrechen ließ.

Erneut wackelte der Eiffelturm etwas, blieb aber aufrecht stehen und es wirkte sogar, als würde dieser über dem gestürzten Skorpion triumphierend aufragen.

Laureant verfolgte den Fortschritt der eigenen Truppen auf dem Hologramm. Erleichtert lehnte er sich zurück. »Meine Damen und Herren«, verkündete er, »wir haben ihre Linien durchbrochen. Paris gehört in Kürze wieder uns.«

Der Jubel, den er eigentlich erwartet hatte, blieb aus. Dafür wurden bedeutsame Blicke getauscht und Stoßseufzer machten die Runde. Noch während Laureant zusah, stießen Rebellenverbände zum Arc de Triomphe und zur Champs-Élysées vor. Trotz hoher Opfer auf eigener Seite erlitt der Gegner ungleich schwerere Ausfälle. Die Ashrak innerhalb der Stadtgrenzen von Paris würden sich von diesem Schlag nicht mehr erholen. Bereits jetzt war absehbar, dass ihre Truppen zerschlagen und zersplittert waren.

Laureants anfängliches Gefühl innerlichen Jubels wich erschreckend schnell Realismus und Resignation. Diese Schlacht hatten sie für sich entschieden. Aber wie lange würde es dauern, bis der Gegner weitere Truppen landete? Und wie viele würden es diesmal sein? Wie lange konnten sie den Gegner mit dem, was sie hatten, noch abwehren? Fragen über Fragen, und keine der zu erwartenden Antworten würde ihm sonderlich gefallen, davon war er überzeugt.

***

Das kleine Schwebefahrzeug brauste schneller über Land, als es jedem irdischen Vehikel vor der Invasion möglich gewesen wäre. Michael bemühte sich, auf dem Rücksitz etwas zu schlafen. Das Fahrzeug bockte aber alle paar Meter, sodass ruhige Phasen zur Mangelware wurden. Hinzu kam, dass das Gefährt vor Kurzem noch den Ashrak gehört hatte. Die Rebellen hatten es den Fischköpfen in den letzten Stunden der Schlacht um London abgenommen. Im Innern stank es nach Sushi und, was fast noch schlimmer war, der Innenraum war nicht gereinigt worden. Das Blut der früheren Besitzer klebte noch überall. Blut und andere Flüssigkeiten, über die Michael lieber gar nicht nachdenken wollte.

Das Gefährt war ein Stabsfahrzeug gewesen und dementsprechend unbewaffnet. Geschwindigkeit zählte jedoch im Moment mehr als Feuerkraft. Michael versuchte wirklich, sich auf die Herkulesaufgabe zu konzentrieren, die die Verteidigung der Erde gegen einen übermächtigen Gegner darstellte. Aber immer wieder verdrängte Alex' Tod alles andere. Er spürte immer noch den Körper seines Bruders in den Armen, spürte, wie dieser sich gegen Michaels unerbittlichem Griff wehrte, wie dessen Bewegungen langsam erlahmten.

Michael sagte sich immer wieder, dass es keine andere Wahl gegeben hatte. Alex hatte ihm keine gelassen. Und Michael hatte ihm einen wesentlich langsameren, qualvolleren Tod erspart.

Er schluckte den Kloß in seinem Hals hinunter. Es hatte keine andere Wahl gegeben. Aber entsprach das auch der Wahrheit? Er hatte es nicht einmal versucht, hatte Alex' Ende als unausweichlich angesehen. Nun, da er die Muße besaß, darüber nachzudenken, zweifelte er am eigenen Handeln. Und er bereute seines Bruders Tod. Er bereute ihn so sehr, dass er zu jedem beliebigen Zeitpunkt einfach nur schreien wollte. Er hätte am liebsten Wut und Trauer aus seinem Körper verbannt, indem er beides in die Welt hinausbrüllte.

Das wäre jedoch der schnellste Weg gewesen, das derart hart erkämpfte Vertrauen der Widerstandskämpfer in seine Person zu verlieren. Vermutlich für immer. Also stand er an der Spitze dieser Armee, die gegen die größte Macht in der Geschichte der Galaxis kämpfte, ohne zu wissen, was das wirklich bedeutete, und führte sie weiter an. Er vermittelte das Bild, das sie sehen wollten: den Anführer, der sie zu Sieg oder bitterem Ende führte. Aber tief in seinem Inneren wollte er eigentlich nur noch davonlaufen. Spätestens seit dem Tod seines Bruders ergab für ihn kaum noch etwas Sinn.

Michael war gerade ein wenig am Dösen, zum ersten Mal seit Stunden – und plötzlich hielt das Gefährt mit solchem Ruck an, dass er sogleich wieder unsanft in die Realität gerissen wurde.

Mit leicht verengten Augen schielte Michael nach vorn. Gladys Caffield drehte sich mit Spott in den Augen um. »Wir sind da, der Herr. Soll ich dir noch die Tür aufhalten?«

»Das wird wohl nicht nötig sein«, entgegnete Michael und starrte nach vorn durch die Windschutzscheibe. Sie hatten ein Hafenviertel erreicht, in dem früher Schiffe abgewrackt worden waren. Einige lagen sogar noch am Dock vertäut. Hässliche, alte Gebilde, die vor langer Zeit einmal die Ozeane der Welt befahren hatten.

»Sieht ziemlich unscheinbar und wertlos aus«, kommentierte er.

Gladys zuckte die Achseln. »Mit anderen Worten, das perfekte Versteck.«

Michael quittierte die Bemerkung mit einem abfälligen Schnauben, obwohl er zugeben musste, dass definitiv etwas dran war.

Er stieg aus und bemerkte augenblicklich die versteckten und gut gerüsteten Schützen, die das ganze Areal bewachten. Auf den ersten Blick entdeckte er ungefähr dreißig. Wenn er derart viele sehen konnte, dann gab es noch mindestens dreimal so viele, die sich geschickt verbargen. Alex hatte wohl zur Abwechslung mal etwas richtig gemacht und seine besten Leute zum Schutz des Lagerhauses abkommandiert.

Michael schritt auf das eiserne, quadratische Tor zu, das eine Kantenlänge von gut und gerne fünfzehn Metern aufwies. Kurz bevor er es erreichte, ging eine wesentlich kleinere Tür rechts daneben auf und Ibitray begrüßte Michael nicht gerade freundlich.

»Das wurde auch Zeit«, war das Erste, was der Kexaxa zum Besten gab.

»Ich war sehr beschäftigt«, erwiderte Michael, ohne näher darauf einzugehen.

Ibitray wirkte mit einem Mal sichtlich geknickt. »Ja, ich habe davon gehört. Tut mir leid mit deinem Bruder.«

Michael schluckte erneut. Er wollte nichts von Mitleid hören, von so einem kleinen Wiesel schon gar nicht. Er trat ein und begutachtete das Wesen, das hier vor aller Augen versteckt wurde.

Der Unterschied zum Bild, das es bei seiner Bergung geliefert hatte, hätte nicht größer ausfallen können. Der quallenartige Körper hielt sich aus eigener Kraft aufrecht. Auch die Farbe der Kreatur hatte sich gewandelt und war nun von einem gesunden Blau. Das Wesen schien über dem Berg zu sein.

»Ich nehme an, ich bin nicht nur hier, um deine Eignung als Krankenschwester zu bewundern?«, fragte Michael an Ibitray gewandt. Es war aber eine andere Stimme, die antwortete.

»Keineswegs.«

Michael drehte sich um und seine Lippen teilten sich zu einem erfreuten Lächeln. Angela stand vor ihm. Die befreite Gefangene aus dem Lager des Kriegsherrn war in einfache, aber zweckmäßige Kleidung gehüllt. Von der verdreckten Hose und dem zerschlissenen T-Shirt, das sie bei ihrer Rettung getragen hatte, war nichts mehr zu sehen. Auch wirkte sie inzwischen wohlgenährt. Die Frau schien sich ebenfalls gut erholt zu haben. Was ihm aber am meisten ins Auge stach, war die deaktivierte Rüstung, die sie auf der linken Brustseite trug, und das Pulsgewehr, das in einer Schlaufe um ihre rechte Schulter baumelte. Er grinste angenehm überrascht.

Angela folgte seinem Blick und lächelte ebenfalls. »Ich entschied mich dafür, nicht mehr Opfer zu sein.«

»Kluge Wahl«, gab er ihr recht. Er zwang sich dazu, den Blick von der dunkelhäutigen Schönheit ab- und dem Quallenwesen hinter sich zuzuwenden. »Also«, fragte er beide, »ihr habt etwas für mich?«

Ibitray übernahm die Führung des Gesprächs. »Ich konnte ihre Sprache erlernen, wenn auch nur rudimentär. Es reichte aber, um sich zu verständigen.« Der Kexaxa wirkte sehr zufrieden mit sich. Er deutete auf das Wesen an seiner Seite. »Sie nennen sich Utoru. Es gibt unglaublich wenige von ihnen. Ihre Population liegt bei ungefähr zweitausend Exemplaren in der gesamten Milchstraße. Es sind Lebewesen, die eigentlich ihr ganzes Leben im Weltall zubringen. Sie werden geboren, leben und sterben zwischen den Sternen. Das Imperium stieß vor einem Standardjahr auf sie. Und den Rod'Or fiel nichts Besseres ein, als sie sofort zu versklaven.«

Michael schnaubte. »Ganz nach imperialer Manier.«

»So ist es«, gab Ibitray ihm recht. »Die Ashrak nahmen sie im Namen ihrer Herren gefangen. Jedenfalls sehr viele von ihnen. Ungefähr tausend wurden eingefangen. Der Rest ist geflohen und versteckt sich.« Ibitrays Stimme nahm eine für einen Kexaxa ungewöhnlich zornige Tonlage an. »Man muss sich das mal vorstellen: die Hälfte der Population in die

Knechtschaft gezwungen. Für ein Volk wie den Utoru ist das schon eine Gefährdung ihrer Existenz als Spezies.«

»Was hast du noch erfahren?«, hakte Michael nach. »Warum sind sie hier?«

»Die Ashrak brachten sie her«, fuhr Ibitray fort. »Und das ist das eigentlich Interessante. Die Utoru ernähren sich von den Wolkenschichten, die tief in der Atmosphäre von Gasriesen zu finden sind.«

Michael wurde hellhörig. »Du meinst Planeten wie zum Beispiel den Jupiter?«

Ibitray nickte. »Ganz genau.«

»Das erklärt ihre erhöhte Militäraktivität, die wir bei unserem Anflug entdeckten.« Michael riss seinen Blick von dem Utoru los und richtete sein Augenmerk auf den Kexaxa. »Das erklärt aber immer noch nicht, warum sie hier sind und was die Ashrak oder die Rod'Or mit ihnen vorhaben.«

»Dazu wollte ich gerade kommen«, entgegnete Ibitray etwas pikiert. »Die Utoru ernähren sich von Gasen und geben beim Verdauungsvorgang eine gewisse Form der Strahlung ab.« Ibitray bemerkte Michaels alarmierten Blick und wiegelte augenblicklich ab. »Sie ist für Lebensformen völlig ungefährlich. Die Ashrak bringen sie aber auf die Erde herunter, um mit ihrer Hilfe die Ozeane im Speziellen und das Klima als Ganzes zu erwärmen.«

Michael riss die Augen auf. »Sie tun *was*?«

»Das ist der Grund, weshalb dir das Klima auf deiner Heimatwelt seit deiner Rückkehr viel wärmer vorkommt. Es *ist* auch wesentlich wärmer. Sie zwingen die Utoru, das Klima der Erde umzugestalten. Für die Utoru ist der Vorgang enorm schädlich. Sie werden zur Gänze unter Wasser gezwungen. Das ist für sie ein völlig anormaler Aggregatzustand. Viele von ihnen sterben dabei. Sie arbeiten sich buchstäblich zu Tode. Den Ashrak ist das egal, solange es ihnen gelingt, das Klima auf dieser Welt grundlegend zu verändern.«

»Warum um Himmels willen sollten sie das tun?«

»Kolonisation«, erwiderte der Kexaxa sofort.

»Sag das noch mal!«, forderte Michael ihn auf.

Ibitray sah sich zu einer näheren Erklärung genötigt. »Die Ashrak terraformieren die Erde, damit das Klima für sie angenehmer wird. Sie haben vor, einen großen Teil ihrer Bevölkerung hierher umzusiedeln. Sie kolonisieren die Erde.«

Michael schüttelte den Kopf. »Das ist unmöglich. Es war bisher unsere feste Überzeugung, dass die Ashrak an der Kampfkraft unserer Spezies, aber nicht an unserer Welt interessiert sind.«

»Das hat sich geändert«, beharrte Ibitray. »Mein Freund hier«, er deutete auf den Utoru, »hat mir berichtet, dass die Ashrak auf dem Meeresgrund riesige Städte errichten. Sie befinden sich unter großen Glaskuppeln. Genug Raum für Hunderte Millionen Ashrak. Sie kommen hierher.«

Michaels Gedanken überschlugen sich. Auf einmal ergab alles für ihn Sinn. Die erhöhte Aktivität der Ashrak auf der Erde, das Einrichten von militärischen Basen: All das diente dazu, die Menschen langsam, aber sicher aus ihrem angestammten Lebensraum zu vertreiben.

Er glaubte schon zu wissen, was am Ende auf die Menschheit warten würde: Der Meeresspiegel der Ozeane würde sich infolge dieses Terraformings zugunsten der Fischköpfe signifikant erhöhen. Landmassen würden überflutet. Übrig bleiben würden vielleicht zehn oder zwanzig Prozent trockener Fläche. Die Menschheit würde dahinvegetieren in öden, extra für sie abgesteckten Reservaten. Dort duften sie mit Erlaubnis der Ashrak und des Imperiums leben, sich mit Erlaubnis ihrer Herren in berechnetem Umfang fortpflanzen und darauf warten, für die imperiale Armee eingezogen zu werden. Die Menschheit würde zur geduldeten Art auf ihrem eigenen Boden mutieren.

Jetzt verstand er auch endlich die seltsame Art der Kriegsführung, die die Ashrak auf der Erde praktizierten, seit die Kämpfe ausgebrochen waren. Normalerweise griffen Blutläufer in großer Zahl an und überrannten ein Ziel. Nicht aber hier. Die Ashrak attackierten die Rebellen mit begrenztem Einsatz von Personal und Material, in der Hoffnung, den Widerstand mit einem Minimum an Opfern auf eigener Seite und einem Minimum an weiteren Zerstörungen auszuschalten. Nun ergab mit einem Mal alles Sinn. Die Ashrak fürchteten sich vor einer Eskalation und dem Ausbruch eines totalen Krieges auf der Erde, weil sie diesen Planeten für sich selbst wollten. Sie hatten Angst davor, dass es bei ausgeweiteten Kämpfen zu umfangreichen Zerstörungen oder sogar einer Vergiftung der Meere kommen würde. Das wollten sie unter allen Umständen vermeiden. Sie hatten vor, die Erde für ihre eigene Spezies als Lebensraum zu nutzen.

»Nur über meine Leiche«, flüsterte er. Er sah auf. Lauter sagte er: »Weiß der Utoru, warum die Ashrak plötzlich einen Teil ihrer Art auf die Erde bringen wollen?«

Ibitray schüttelte verneinend den Kopf. »Alles, was er weiß, ist, dass etwas auf der Heimatwelt der Ashrak vorgefallen ist. Etwas, das sowohl für sie als auch für die Rod'Or von großer Sorge ist.«

Michael hob den Kopf. Sein Blick glitt in weite Ferne, während er seine Gedanken ordnete. »Die Fischköpfe sind besorgt genug, um einen erheblichen Anteil ihres genetischen Materials auszulagern. So eine Maßnahme setzt man nur in die Tat um, wenn ein Ereignis eingetreten ist, das das Fortbestehen einer Art infrage stellen könnte. Das bedeutet, die Ashrak sind verzweifelt.« Michaels Blick glitt zwischen Ibitray und Angela hin und her. »Für uns bedeutet das, unser Feind ist gerade noch viel gefährlicher geworden.«

# 21

Cha'acko war gerade dabei, die spärliche Freizeit zu genießen, die seine Pflichten ihm erlaubte. Er befand sich in seinen privaten Räumlichkeiten an Bord der Kommandoplattform und ließ sich von zwei Liebesdienerinnen mit Wasser übergießen. Eine von ihnen war eine grünhäutige Spezies mit sechs Armen. Er vergaß immer wieder, wie dieses Volk sich nannte. Eigentlich hatte er auch kein Interesse daran, es sich zu merken. Die zweite Liebesdienerin war ein Mensch.

Cha'acko genoss die Wärme des Wassers, das über seinen nackten Körper lief. Dementsprechend ungehalten war er, als mit einem Mal die Tür aufging und Bri'anu, ohne um Erlaubnis zu bitten, eintrat.

Der Adjutant blieb schlagartig im immer noch geöffneten Türrahmen stehen, als ihm sein Fehler bewusst wurde. Cha'acko konnte förmlich sehen, wie der junge Offizier mit sich rang. Am liebsten hätte er sich umgedreht, wäre noch einmal vor die Tür gegangen und hätte angeklopft. Doch das wäre mit noch größerem Gesichtsverlust verbunden gewesen.

Cha'acko richtete sich auf, ohne sich um seine Blöße zu kümmern, und entschied, seinen Adjutanten aus dessen misslicher Lage zu retten. Immerhin war er so entspannt, dass er sich zumindest im Augenblick in gnädiger Stimmung befand.

»Ja? Du hast wichtige Neuigkeiten?«

Die Erleichterung war Bri'anu deutlich anzusehen. Er trat immer noch peinlich berührt näher und reichte seinem Vorgesetzten ein Pad. »Wir haben ein weiteres Primärziel aufgespürt.«

Cha'acko nahm das Pad entgegen und ließ eine Aufzeichnung ablaufen. Aus dem Augenwinkel bemerkte er, wie Bri'anu die Liebesdienerinnen gierig musterte. Seine Stellung war noch nicht so hoch, dass er derlei Privilegien genießen durfte.

Cha'acko konzentrierte sich wieder auf die Aufzeichnung. Darauf war eine Rebelleneinheit zu sehen, die gerade dabei war, eine imperiale Stellung auseinanderzunehmen. Cha'acko musste leider zugeben, dass sie inzwischen sehr versiert darin waren.

Der Anführer der feindlichen Einheit geriet ins Bild und Cha'acko hielt die Aufzeichnung an. Er vergrößerte den Bildausschnitt und seine Schuppenfarbe wurde zur Gänze grün.

»Sieh mal einer an«, kommentierte er. »Templer BH-7992.«

Bri'anu nickte steif. »Der Rebellenoffizier, den sie Fabian Hoffmann nennen.«

»Wo wurde diese Aufzeichnung aufgenommen? Und wann?«

»Vor weniger als fünf Stunden. In einer Stadt namens Boston.«

Cha'acko reichte das Pad zurück. »Schick die Paladine los.« Der Hon-uh-ton-Agent legte sich wieder hin und bedeutete den beiden Liebesdienerinnen fortzufahren. »Sag ihnen, sie sollen ihn ergreifen. Tot oder lebendig.«

***

Der Ashrakpanzer rumpelte über das Ruinengebilde, das einst eine der Hauptstraßen Luxemburgs gewesen war. Auf der Suche nach Rebellentruppen schwenkte der Geschützturm von einer Seite zur anderen. Die Kämpfe rund um Luxemburg tobten bereits seit achtundvierzig Stunden. Die Ashrak verloren aber mit jeder Minute, die verging, mehr an Boden. Obwohl eigentlich in jeder Hinsicht unterlegen, schlugen die Rebellen den überlegenen Gegner bei nahezu jeder Begegnung. Ludwig Kowalski war entschlossen, das kommende Scharmützel ebenfalls für sich zu entscheiden.

Der Panzer wurde eskortiert von mehreren feindlichen Infanteristen. Vermutlich handelte es sich nur um einen Spähtrupp. Oder aber die Gruppe hatte zu einem größeren Verband gehört und war bei einem der zahllosen Gefechte von ihren Kameraden getrennt worden. Wie dem auch sei, ihr Schicksal war besiegelt. Sie wussten es nur noch nicht.

Ludwig spähte über den Rand der Schutthalde, die ihm als Versteck diente. In seinem Inneren tobten Gefühle, die eine Mischung aus Nervosität und Vorfreude darstellten. Der Panzer donnerte über die getarnte Markierung. Darauf hatte er nur gewartet. Mit einem Gefühl tiefer Befriedigung löste Ludwig die selbst gebastelte Mine aus. Eine Explosionswolke hob den schweren Panzer nur wenige Zentimeter in die Luft, bevor er erneut auf dem Boden aufschlug. Das Kettengetriebe war zerstört, das konnte Ludwig problemlos erkennen. Der Panzer war zwar immobilisiert, aber sein Geschützturm war noch immer einsatzfähig.

Ludwig fluchte. Die Ashraksoldaten zerstreuten sich augenblicklich. Sie nahmen dort Deckung, wo sie gerade zu finden war. Energieimpulse versteckter Rebelleneinheiten tasteten nach dem Feind. Mehrere Fischköpfe wurden getroffen und gingen mit Löchern in der Rüstung zu Boden. Wasser und andere Flüssigkeiten gurgelten aufgeregt aus den geschlagenen und immer noch dampfenden Öffnungen.

Ludwig ließ den Auslöser des Sprengsatzes fallen und griff nach seinem Gewehr. In diesem Moment stürmte ein Ashrak genau vor ihm über die kleine Anhöhe. Der Soldat stutzte für eine Sekunde. Er war genauso überrascht, auf Ludwig zu stoßen, wie dieser es war, plötzlich Auge in Auge einem Feind gegenüberzustehen.

Der Ashrak überwand die Schrecksekunde als Erster. Das Bajonett seines Pulsgewehrs fuhr zischend aus. Es fuhr hernieder und hätte Ludwig bestimmt aufgespießt, hätte dieser sich nicht geistesgegenwärtig zur Seite gerollt.

Ludwig trat mit seinem Fuß zu, doch sein Gegner wich behände aus. Der Rebellenoffizier hob das Pulsgewehr. Ein wohlgezielter Hieb mit dem Bajonett zerschlug die Waffe in zwei nutzlose Hälften.

Ludwig versuchte, auf Abstand zu gehen, indem er, immer noch auf dem Boden, rücklings von seinem Gegner wegrobbte. Dieser folgte ihm mit erhobener Waffe. Der Ashrak schlug erneut zu und durchstieß Ludwigs Rüstung auf Höhe der linken Schulter. Dieser schrie schrill auf und packte das in seinem Körper steckende Bajonett mit der rechten Hand.

Sein ganzer Instinkt brüllte ihm förmlich zu, die Waffe herauszuziehen. Stattdessen hielt er sie fest. Er wusste, sollte es dem Ashrak gelingen, das Bajonett zu befreien, wäre er so gut wie tot. Der feindliche Soldat zerrte an dem Pulsgewehr, um es aus Ludwigs Fleisch zu befreien. Der Schmerz war unbeschreiblich und fast mehr, als er ertragen konnte. Ironischerweise war es seiner umfangreichen Ausbildung zu verdanken, dass er nicht das Bewusstsein verlor. Auch in diesem Fall hätte er wohl seinen letzten Atemzug getan.

Die Bewegungen des Ashraks wurden immer fordernder. Der feindliche Soldat knurrte irgendetwas, das zu leise war, um es zu verstehen. Mit einem Mal bäumte er sich auf. Ein Bajonett durchstieß seinen Rücken mitsamt der Rüstung. Der Ashrak kreischte und stürzte blutüberströmt neben Ludwig.

Ein Rebellensoldat tauchte auf. Der Helm öffnete sich und Günther Weber kam zum Vorschein. Mit einem schnellen Ruck entfernte er das Bajonett aus Ludwigs Schulter. Ohne große Worte holte er ein Erste-Hilfe-Kit hervor und kramte kurz darin herum. Er förderte eine Sprühdose zutage, steckte die Spitze in die geborstene Schulterplatte und drückte auf den Auslöser.

Was nun folgte, war beinahe noch schmerzhafter als das Bajonett zuvor. Ein halborganisches Polymer in Form von weißem Schaum drang tief in die Wunde ein. Es stillte die Blutung und verschloss das zerteilte Fleisch. Dabei handelte es sich nur um einen Notbehelf. Das Polymer sollte halten, bis man die Wunde besser versorgen konnte.

Webers besorgtes Gesicht richtete sich auf Ludwig. »Sind Sie noch unter uns?«

Ludwig öffnete seinen Helm und sog die von Rauch und dem hemmungslosen Einsatz der Waffen mit Ozon geschwängerten Luft ein. Für einen Moment hatte er das Gefühl, sich übergeben zu müssen. Das Polymer begann damit, eine schmerzstillende Substanz abzugeben, und die Übelkeit legte sich zusehends.

Aufgrund der Schmerzen sammelten sich Tränen in seinen beiden Augenwinkeln. Sie liefen nun langsam seine Wangen hinab. Er nickte.

Weber lächelte. »Gut. Ich habe mich schon irgendwie an Sie gewöhnt.« Er packte Ludwig unter den Achseln und richtete ihn in eine halb sitzende Position auf. Dieser lehnte sich gegen eine Steinmauer und atmete tief durch.

»Was ist mit dem Panzer?«

Weber deutete gut gelaunt über die Schulter. Hinter der Anhöhe schob sich eine Rauchsäule in die Höhe. »Die Dinger sind gar nicht so unbesiegbar«, meinte der Mann.

Ludwig schüttelte den Kopf. »Das Problem ist nicht der Panzer an sich, sondern dass das Imperium unfassbar viele von ihnen hat.«

Weber neigte leicht den Kopf zur Seite. »Jetzt haben sie wenigstens einen weniger.«

Ludwig nickte erschöpft. »Wie sieht es bei den anderen Stellungen aus? Gibt es schon Berichte?«

»Sogar einige«, verkündete Weber. »Wir haben die Fischköpfe aus Hamburg, Warschau, Antwerpen, Lüttich und jetzt auch aus Luxemburg vertrieben.« Der Rebellenoffizier war sehr zufrieden mit sich. »Nicht schlecht für ein paar Wochen Arbeit.«

»Ja, der Erfolg kann sich sehen lassen.« Ludwig fühlte sich unfassbar erschöpft. Nun, nachdem die unmittelbare Todesgefahr gebannt war, setzte die Müdigkeit ein und ergriff von seinen Gliedern Besitz.

»Was ist mit den Britischen Inseln? Hat sich Anderson schon gemeldet?«

Webers Miene verdüsterte sich. »Leider noch nicht. Ich erreiche ständig nur einige seiner Offiziere. Sie versprechen, dass er sich meldet, aber er ist wohl im Feld und jagt die letzten Ashrak auf britischem Boden.«

Ludwig schüttelte den Kopf. Er packte Webers Schulter und stemmte sich mühsam in die Höhe. »Verdammt noch mal! Versuchen Sie es weiter. Er muss unbedingt wissen, was wir entdeckt haben. Das könnte alles verändern.«

***

Cha'acko war so verärgert, dass sich seine Schuppenfarbe in tiefes Rot wandelte. Seine Untergebenen gingen vorsichtshalber auf Abstand.

Die Berichte waren alles andere als ermutigend. Wo auch immer die Streitkräfte des Imperiums auf die Rebellen trafen, da waren schwere Kämpfe und schmerzhafte Niederlagen die Folge. Die Verluste stiegen von Tag zu Tag.

»Wir hätten die Bevölkerung dieser Welt auslöschen sollen, als noch Zeit dafür war«, murmelte er vor sich hin.

Bri'anu fühlte sich angesprochen und wandte sich seinem Befehlshaber zu. Dieser winkte ab. Er stieß Luft durch seine Kiemen aus und das Wasser innerhalb seiner Rüstung begann aufgeregt zu gurgeln. »Wie kann es sein«, fuhr er fort, »dass untrainierte Menschen mit unseren Waffen und unserer Ausrüstung besser zurechtkommen als wir?«

Um seine Worte zu unterstreichen, deutete der Honuh-ton-Agent auf eine holografische Aufzeichnung, in der eine Gruppe von Läufern mit der Bezeichnung Skorpione dabei waren, eine Ashrakstellung zu überrennen. Noch während er zusah, pflanzte der führende Skorpion einen seiner mächtigen Füße auf ein stationär montiertes Geschütz und zermalmte es mit der gesamten Besatzung.

Keiner seiner Untergebenen wagte es, eine Antwort zu geben. Was hätte man darauf auch schon erklären können, das die Sache in einem weniger peinlichen Licht hätte erscheinen lassen?

Cha'acko drehte sich um und wollte den Raum verlassen. Es bestand die sehr reale Gefahr, dass er so in Rage geriet, dass er einen oder zwei seiner Adjutanten von der Plattform warf. Und er wollte seine Wut nicht an ihnen auslassen. Sie konnten auch nichts für die militärische Niederlage, die sich anbahnte.

Bri'anu hielt ihn zurück. »Herr? Eine Nachricht vom Stationscommander der Jupiter-Basis.«

Cha'acko hielt inne. »Was will er denn?«

»Die angefragten Verstärkungen stehen jetzt zur Verfügung.«

Cha'acko hob das mächtige, kantige Haupt. Er drehte sich betont langsam um. »Sag das noch mal«, forderte er den jungen Offizier auf.

»Die Verstärkungen sind da.«

Die Schuppenfarbe des Honuh-ton-Agenten änderte sich in vorsichtig optimistisches Grün. »Na endlich. Das wurde auch Zeit. Gib ihnen Landekoordinaten durch.«

»Auf welchen Zielpunkt?«, wollte Bri'anu zurückhaltend wissen.

Cha'acko schnaubte amüsiert. »Auf alle Zielpunkte, die uns Ärger machen. Wir schwemmen den Widerstand einfach hinweg. Und damit endet dieser lächerliche Aufstand endlich.«

***

Gareth Finch befand sich auf der Brücke des Angriffskreuzers ESMERALDA. Von der Erde drangen keine Nachrichten mehr in den Rest der Milchstraße vor. Das Imperium hatte eine komplette Nachrichtensperre verhängt, selbst auf den eigenen Frequenzen. Das konnte sowohl Gutes wie auch Schlechtes bedeuten. Nach Gareths Erfahrungsschatz bedeuteten keine Nachrichten jedoch immer schlimme Nachrichten. Die Furcht um die Erde, die dortige Bevölkerung sowie natürlich seine im Kampf stehenden Kameraden drängte ihn zur Eile.

Es war ärgerlich, dass sie keinen Zugriff auf Hyperraumkatapulte besaßen. Der Flug zum Solsystem mittels konventionellen Hyperraumantriebs dauerte noch mindestens zwei weitere Wochen. Nach allem, was sie wussten, war es durchaus im Bereich des Möglichen, dass es in zwei Wochen gar kein Solsystem mehr gab.

Gareth hatte eine Flotte von annähernd vierhundert Rebellenschiffen zusammengezogen. Dazu war es nötig gewesen, mehrere Sektoren auf ihrem Weg gänzlich von befreundeten Schiffen zu entblößen.

Gareth kommandierte die 1. Division der Flotte im Zentrum, Ris'ril von der SHIVA aus die 2. Division an der linken Flanke und Isabella Karuschenkow vom Schweren Kreuzer AJAX die 3. Division an der rechten Flanke.

Gareth hoffte nur, dass ihr Aufgebot reichen würde. Die Missionsparameter sahen zwei mögliche Optionen vor: entweder die Schlacht um die Erde zu gewinnen, obwohl niemand damit gerechnet hatte, sie jetzt schon schlagen zu müssen; oder aber das gefährdete Führungspersonal zu evakuieren, also Michael, Fabian und Ludwig. Gareth hoffte nur, dass mindestens einer von ihnen noch am Leben war, wenn sie über der Erde eintrafen.

***

Michaels Helm fuhr Plättchen für Plättchen ein. Der Rebellenoffizier fuhr sich über das schweißnasse Haar und strich es sich in den Nacken zurück.

Die pausenlosen entbehrungsreichen Kämpfe forderten ihren Tribut an Soldaten und Material. Sie waren alle zutiefst erschöpft. Eine Pause hätte wohl jedem gutgetan, aber Michael war nicht sicher, ob sich das bewerkstelligen ließ.

Ein Schatten fiel über ihn. Er brauchte gar nicht aufzusehen, um zu wissen, wer sich zu ihm gesellte. Mit einem erleichterten Seufzer ließ sich Theodore neben ihn in den Staub sinken. Sein Oberkörper fiel mit ausgebreiteten Armen hintenüber, und auf diese Weise alle Glieder von sich streckend, blieb er liegen.

Michael grinste verhalten. Eine Erinnerung überkam ihn ohne Vorwarnung. Als sie noch Kinder waren, hatten sie auf genau diese Weise Schneeengel fabriziert. Seine gute Laune schwand, als er die vom Krieg zerstörte Landschaft begutachtete. Diese Zeit, in der alle Probleme unglaublich weit weg wirkten, war lange vergangen. Er hob das Pulsgewehr und musterte es in Gedanken versunken von allen Seiten. Jeder von ihnen hatte mittlerweile seine Unschuld schon lange verloren.

Theodore setzte sich auf. Michael bemerkte dessen Blick in seinem Nacken. »Einen Penny für deine Gedanken«, eröffnete er das Gespräch.

Michael legte das Pulsgewehr weg und schüttelte den Kopf. »Ich habe nur an unschuldigere Zeiten gedacht.«

Sein Cousin schnaubte. »Es gibt keine unschuldigeren Zeiten. Es gab auch nie welche.«

»Wie wahr«, gab Michael ihm recht. Michael neigte den Kopf leicht zur Seite und schielte Theodore verschmitzt an. »Du bist aber nicht hier, um dich mit mir über alte Zeiten zu unterhalten.«

»Sicher nicht«, kommentierte dieser. »Dein Freund versucht schon seit beträchtlicher Zeit, dich zu erreichen.«

Michael grinste erneut. »Du bist doch mein einziger Freund, Theo. Das weißt du doch.«

»Nett gemeint, aber ich rede von Ludwig.«

Michael verzog die Miene. »Ach *der*. Was will er denn?«

»Keine Ahnung, aber es klingt dringend. Und je länger er warten muss, desto dringender klingt es.« Theodore holte einen Würfel hervor, betätigte einen Schalter und das Gerät begann, direkt vor Michael in der Luft zu schweben. Dieser erhob sich seufzend. »Na schön, dann bringen wir es hinter uns. Mal sehen, was er so Dringendes zu berichten hat.«

Michael stellte sich direkt vor den Würfel und dieser sandte einen schmalen Strahl aus, der seine Gestalt von oben bis unten scannte. Mit einem kurzen Piepton gab das Gerät zu verstehen, es wäre bereit. Michael nickte, was der Computer des Würfels richtigerweise als Zustimmung interpretierte.

Der Würfel sandte einen zweiten Strahl aus und projizierte ein Hologramm direkt vor Michael in die Luft. Darin war Ludwig zu sehen, der in einem dunklen Zugang stand, der von Ruinen umgeben war. Michael konnte alles rund um seinen Kameraden erkennen, als wäre er nun vor Ort. Im Gegenzug sah Ludwig ihn als Hologramm, das neben ihm stand und auch an seiner Seite durch die Gegend spazieren konnte.

Das Zwei-Wege-Hologramm wurde durch einen zweiten Würfel gespeist, der sich in unmittelbarer Nähe Ludwigs befand. Bevor Michael aber zu sprechen beginnen konnte, bemerkte er, dass sie nicht allein waren. Ein weiterer Offizier war mittels Hologramm hinzugeschaltet. Fabian trat ins Bild. Die drei Blutläufer begrüßten sich mit knappem Nicken.

»Also?«, begann Michael. »Was gibt es denn, das keinen Aufschub duldet?«

Ludwig antwortete nicht, stattdessen bedeutete er dem Hologramm, einen größeren Bildausschnitt zu übertragen. Michael zog unwillkürlich die Stirn kraus. Das Hologramm übertrug ihm eine albtraumhafte Szenerie. Ludwig befand sich in einer Art Bunker. Das Ding war schon uralt und schien eigentlich kaum noch zu gebrauchen.

Überall lagen Skelette herum. Viele von ihnen waren über ihren Konsolen oder Arbeitsstätten zusammengesunken. Sie trugen noch Fetzen alter Uniformen.

Michael beugte sich neugierig vor. »Ludwig, was sehe ich mir da an?«

»Wir sind bei den jüngsten Kämpfen auf diese Einrichtung unterhalb von Lüttich gestoßen«, erläuterte der andere Offizier. »Eine NATO-Einrichtung. Du erinnerst dich doch sicher noch an die NATO.«

»Natürlich«, kommentierte Michael. »Die haben den Invasoren damals ein paar schöne Schläge versetzt, aber das Ruder herumreißen konnten die auch nicht.«

»Das konnte niemand«, mischte sich Fabian ein.

Die drei Offiziere erkundeten die Einrichtung, wobei jeder die anderen beiden lediglich als halbtransparentes Hologramm wahrnehmen konnte.

»Als wir diesen Bunker fanden«, fuhr Ludwig fort, »da war er luftdicht versiegelt. Alle Menschen, die du hier siehst, sind erstickt. Sie haben sich freiwillig einschließen lassen.«

Michael musterte die Skelette mit neu erwachter Abscheu. »Luftdicht? Du meinst …?« Er ließ den Satz vielsagend ausklingen.

Ludwig nickte. »Die Körper hier waren alle noch intakt, als wir die Anlage zum ersten Mal betraten. Aber durch die Frischluftzufuhr, ist das Fleisch zerfallen. Der Verwesungsvorgang ging rasend schnell vonstatten.«

Michael verzog leicht die Miene. »Das ist ja hochinteressant, aber ich sehe die Relevanz nicht. Es wirkt nicht, als könnten wir die Einrichtung nutzen. Die ist schon seit Langem offline.«

»Ach, glaubst du?«, bemerkte Ludwig.

Bevor Michael oder Fabian etwas entgegnen konnten, stellte sich der Blutläuferoffizier an die Stirnseite des Raumes, wo sich offenbar die Hauptkonsole befand. Diese nahm fast die gesamte Nordseite des Bunkers ein. Er betätigte einige Knöpfe und schließlich einen großen Schubregler.

Röhrend begann die Anlage hochzufahren. Das Licht ging überall an und die Konsolen erwachten überraschend schnell zum Leben. Der große Bildschirm, der die Nordseite dominierte, benötigte etwas länger, doch auch er fuhr hoch.

Michael riss die Augen auf. »Das Ding hat immer noch Energie. Und die Computer reagieren sogar.«

»Und das verdammt schnell«, sprang Fabian ihm bei.

Michael begutachtete die Szenerie mit anderen Augen, und als sich sein Blick auf den großen Bildschirm richtete, erkannte er auch, worum es sich bei diesem Bunker eigentlich handelte.

»Das glaube ich einfach nicht!«, knurrte er.

Auf dem Bildschirm wurden überall in Europa, bis hin zu Rumänien, Ungarn, Estland, Lettland und Litauen, versteckte Basen angezeigt. Auch in den USA und Kanada wurden funktionsfähige Stützpunkte gemeldet. Neben jeder Basis wurde ein Statusbildschirm eingeblendet mit einer Zahl. In manchen Fällen stand dort nur eine Eins zu lesen, in anderen Fällen waren es die Zahlen Fünf, Sechs oder auch darüber.

Ludwig wandte sich um und sprach aus, was Michael und Fabian bereits erkannt hatten. Der Blutläufer lächelte verhalten. »Ich glaube, wir haben den Jackpot geknackt. Diese Basis hier ist eine zentrale Kommandostelle für das gesamte nukleare Arsenal der NATO. Sämtliche Atomraketen können von hier betankt, startklar gemacht und auf ein Ziel abgefeuert werden.« Er deutete auf die Zahlen neben jeder Einrichtung. »Ich glaube, das hier ist die Anzahl der verfügbaren Raketen in jeder Basis. Je nach Größe verfügen manche Stützpunkte über eine, zwei oder auch mehr Raketen.«

Michael schüttelte verständnislos das Haupt. »Wisst ihr eigentlich, was das bedeutet? Wir sind soeben zu einer Nuklearmacht aufgestiegen. Und die Ashrak haben keine Ahnung davon.«

»Aber warum wurden sie damals nicht eingesetzt?«, fragte sich Fabian. »Die NATO hätte damit einen ganz beträchtlichen Anteil der Invasionsflotte aus dem All fegen können. Soweit ich mich erinnere, übten die Russen und Chinesen weniger Zurückhaltung. Sogar die Inder haben einen Ashrakkreuzer beim Anflug auf die Erde runtergeholt.«

Michael hob eine Augenbraue. »Und dafür wurden sie auch bestraft. Die zweite Welle hat Asien ganz besonders hart getroffen. Es dauerte über ein Jahrzehnt, bis sich die Population so weit erholt hatte, dass sich ein Fischzug der Ashrak überhaupt lohnte.«

Fabian wandte sich ihm mit gerunzelter Stirn zu. »Meinst du, die NATO hat deswegen gezögert?«

Michaels Hologramm trat näher an die Hauptkonsole. Dort saß das zusammengesunkene Skelett eines Offiziers in einer zerschlissenen Uniform. Die knochige Hand hielt immer noch zwei Magnetkarten und einen goldenen Steckschlüssel in der Hand. Auf seiner Uniform waren die Insignien der NATO und die Flagge eines Mitgliedslandes zu sehen. »Schwarz, Rot, Gold«, beschrieb Michael die Flagge und hob den Kopf, um Ludwig und Fabian zuzuzwinkern. »Einer eurer Landsleute.« Michael schüttelte leicht das Haupt. »Warum nur hat er im entscheidenden Augenblick gezögert?«

»Er hatte vermutlich seine Gründe.«

»Die werden wir wohl nie erfahren«, beschied Michael und lehnte sich leicht zurück. »Es zählt jetzt nur, dass wir eine Möglichkeit haben, in großem Umfang zurückzuschlagen.« Er grinste. »Meine Freunde? Unsere Lage hat sich gerade sehr zum Besseren gewandelt.«

Mit einem Mal begann Fabians Hologramm zu wackeln. Im Hintergrund war etwas zu hören, das sich verdächtig nach einer Explosion anhörte. Michael war von einer Sekunde zur nächsten alarmiert. »Fabian, alles in Ordnung?«

Hektische Stimmen drangen durch das Hologramm zu ihm durch. Eine von ihnen schrie: »Paladine! Paladine in der Basis!« Das war das Letzte, was Michael mitbekam. Fabians Hologramm riss unvermittelt ab. Und nur Sekunden später sein eigenes ebenfalls.

Theodore trat zu ihm. »Verbindung abgebrochen.« Er lauschte angestrengt auf eine Meldung, die er über sein Kommgerät erhielt. »Unsere Kommunikation wird generell gestört. Wir haben kaum noch Verbindung nach Afrika und Südamerika. Verschiedene Einheiten melden schwere Angriffe.«

In diesem Moment dröhnte ein Überschallknall durch die Luft. Michael und Theodore hoben beide den Kopf. Sturmtransporter des Imperiums durchbrachen in großer Anzahl die oberen Schichten der Erdatmosphäre. Sobald sich die Flammen der Reibungshitze um deren Rumpf abmilderte, nahmen die Schiffe sofort Kurs auf verschiedene Ziele.

Michael presste die Kiefer so fest aufeinander, dass sie schmerzten. »Theodore, sofort sämtliche Einheiten in Kampfbereitschaft versetzen.«

»Alle?«, fragte sein Cousin fassungslos.

Michael nickte. »Alle. Und ich bin mir nicht einmal sicher, ob das überhaupt ausreichen wird.«

# 22

Schreie hallten durch die Korridore der Basis, immer wieder unterbrochen von heftigen Schusswechseln, denen weitere Schreie folgten. Fabian presste sein Pulsgewehr eng an den Körper.

Erneut hallten Schüsse durch den Korridor. Die Deckenbeleuchtung flackerte, erlosch, flammte dann wieder kurz auf. Schatten wurden an die Wände geworfen und verstärkten noch den Eindruck einer albtraumhaften Szenerie.

Eine Gestalt taumelte voraus durch den Gang. Sie hielt direkt auf Fabian zu. Dieser ging in die Knie und legte das Pulsgewehr an. Er zielte, wie er es gelernt hatte, auf den Kopf seines Gegenübers. Mit einem Schnippen des Daumens der rechten Hand legte er den Sicherungsschalter um. Trotz des düsteren Gefühls, das sich in seiner Magengrube breitmachte, spulte sein Gehirn einfach ab, was er zu tun hatte. Es war wie ein Computerprogramm, das ihm sagte, wie man tötete.

Die Gestalt kam näher. Fabian sah auf. Er sprang auf den Mann zu und dieser fiel direkt in seine Arme. Fabian ließ ihn sanft zu Boden gleiten. Er war bereits tot, noch bevor er diesen berührte. Fabian kannte ihn nicht, aber der Mann trug die Uniform der Rebellen. Sein halbes Gesicht fehlte, zerteilt von einem Schwert.

Er presste die Lippen aufeinander. Paladine benutzten im Nahkampf derartige Klingen. Der Kampflärm wurde lauter. Fabian nahm erneut sein Pulsgewehr hoch. Er schlich weiter. Jemand musste das Kommando übernehmen. Die Basis musste verteidigt werden. Wenn dieser Stützpunkt fiel, würde keine Rebelleneinheit im Umkreis Bostons noch einen sicheren Rückzugsort besitzen.

Fabian erreichte eine Kreuzung. Leichen lagen dort gestapelt wie Brennholz. Einige menschliche Widerstandskämpfer hatten versucht, den Knotenpunkt zu verteidigen. Fabian zählte etwa vierzig tote Rebellen und drei Paladine. Wenn dieses Verhältnis symptomatisch für diese Schlacht war, dann steckten sie in weit größeren Schwierigkeiten, als er gedacht hatte.

Fabian hielt inne und lauschte. Egal in welche Richtung er sich auch wandte, es wurde überall gekämpft. Die Paladine schienen sich bereits durch die halbe Basis gearbeitet zu haben. Wenn diese Einschätzung zutraf, dann hatten sie keine Chance mehr, die Basis zu verteidigen. Man konnte nur dann eine Front aufbauen, wenn es überhaupt noch so etwas wie eine Front gab.

Fabian arbeitete sich weiter vor und erreichte einen Aufenthaltsraum für die Soldaten. Auch hier fand er dasselbe Bild vor: die Leichen von etwa sechzig Rebellen und fast ein Dutzend Paladine. Hier war der Widerstand zumindest etwas erfolgreicher verlaufen.

Fabian sah sich aufmerksam um. Dennis Brown war nicht unter den Leichen. Das war ermutigend. Der alte Haudegen führte höchstwahrscheinlich irgendwo in der Basis den Widerstand an. Fabian schluckte. Oder der Mann war längst tot?

Der Paladin sprang ihn an, ohne dass Fabian sich über dessen Anwesenheit überhaupt bewusst gewesen war. Der Angriff traf ihn aus heiterem Himmel. Der Tritt war wie ein Schlag mit dem Hammer und schleuderte ihn quer durch den Raum. Fabian prallte heftig keuchend von der Wand ab. Er kämpfte darum, bei Bewusstsein zu bleiben. Trotz der sich einstellenden Benommenheit kämpfte er sich auf die Beine. Fabian schwankte. Die Sicht verschwamm vor seinen Augen und er registrierte nur undeutlich eine unscharfe Gestalt, die auf ihn zurannte.

Fabian riss das Gewehr hoch. Ein Energieimpuls löste sich. Der Paladin wich erschreckend behände aus. Der Blitz ging an ihm vorüber und schlug irgendwo hinter seinem Angreifer in der Wand ein.

Eine nur schemenhaft aufblitzende Klinge kam hoch und mit einem Mal hielt Fabian zwei Hälften seines Pulsgewehrs in den Händen. Ein weiterer Tritt schleuderte ihn erneut gegen dieselbe Wand, von der er sich gerade erhoben hatte.

Sein Kopf dröhnte vor Schmerz. Er wollte wieder aufstehen, fühlte aber im selben Moment die Spitze einer Klinge am Hals. Er sah auf. Der Paladin stand über dem gestürzten Rebellenoffizier. Der Helm war geschlossen, doch Fabian meinte, eine gewisse Häme bei seinem Gegner zu spüren.

Unvermittelt erhob dieser die Stimme, aber der Krieger sprach nicht zu ihm. »Primärziel gesichert!«

Fabian hörte nicht, was dessen Gesprächspartner dem Paladin für Anweisungen gab, der Mann nickte jedoch nach einer Sekunde. »Verstanden! Extraktion wird vorbereitet!«

Der Paladin kicherte leise. »Cha'acko freut sich schon sehr, dich zu ...«

Der Energieblitz aus einem Pulsgewehr schnitt die Worte des Paladins ab – und dessen Kopf zerplatzte mitsamt dem Helm in Tausende Splitter. Der kopflose Torso fiel zur Seite. Die Klinge entglitt kraftlosen Fingern.

Mehrere Gestalten strömten in den Raum und umringten ihn, die Waffen auf jede mögliche Bedrohung gerichtet. Einer von ihnen kniete sich neben ihn und prüfte Fabians Reaktionen, indem er die Augenlider nacheinander auseinanderdrückte.

»Sie haben vielleicht eine Gehirnerschütterung, General. Aber ansonsten sehen Sie noch ganz gut aus.«

»Brown?«, fragte Fabian unsicher, der immer noch nicht richtig sehen konnte.

Dennis Brown half seinem Vorgesetzten vorsichtig auf die Beine. »Stets zu Diensten«, bestätigte er.

Fabian schüttelte leicht den Kopf. »Wir müssen alle sammeln, die noch am Leben sind, und die Basis zurückerobern.« Er taumelte.

Brown hielt ihn mit beiden Händen aufrecht. »Zu spät«, beschied er. »Die Basis ist bereits gefallen.« Fabian sah auf und musterte den anderen Offizier scharf. Dieser begegnete seinem Blick gleichmütig. Er schüttelte den Kopf. »Es ist zu spät«, wiederholte er. »Alles, was wir jetzt noch tun können, ist, Sie hier rauszuschaffen.«

* * *

Für Michael wurde es schwer, nicht der Verzweiflung anheimzufallen. Die beständig reinkommenden Berichte zeichneten ein furchtbares Bild. Alle in den letzten Tagen und Wochen erreichten Siege wandelten sich nun in grausame, blutige Niederlagen.

Der Luftraum wurde beherrscht von Hunderten feindlicher Jäger und ein steter Strom von Sturmtransportern brachte Welle um Welle feindlicher Truppen auf die Erde. Sie wurden hinweggewischt wie Fliegen.

Michael lehnte sich mit beiden Händen schwer auf den Kartentisch. Er befand sich mittlerweile wieder in dem Bunker aus dem Zweiten Weltkrieg. Die Karte wurde fast minütlich aktualisiert. Sie zeigte inzwischen mehr rote als grüne Markierungen.

»Wie viele?«, wollte er mit dunkler, belegter Stimme wissen.

Gladys Caffield stellte sich an seine Seite. »Gemäß unseren zuverlässigsten Schätzungen? Zwischen zwei und drei Millionen Ashrak. Sie sind überall gelandet, auf jedem Kontinent. Die Verluste sind hoch. Wir haben in den letzten vierundzwanzig Stunden Johannesburg, Mombasa, Canberra, Bangkok, St. Paolo, Bukarest und Riga verloren. Hamburg, Wien, Rom und Neapel stehen kurz davor zu fallen. Und das sind nur die Städte, von denen wir gehört haben. Die Kommunikation ist ein ernstes Problem, ganz zu schweigen von der Koordination größerer Truppenbewegungen. Es wird zunehmend schwieriger, unsere Kommandeure im Feld zu erreichen.«

Michael nickte. »Das ergibt Sinn. Die Ashrak wissen, dass wir von ihnen das Führen von Feldzügen gelernt haben. Ihr erster Schritt muss daher sein, uns voneinander zu trennen.« Michael runzelte die Stirn. »Sie müssen irgendwo in der oberen Atmosphäre ein Kommunikationsschiff stationiert haben, das in der Lage ist, die Verbindung zu unseren Kommandoposten zu stören.«

»Nur wie finden wir das?«

Michael seufzte. »Wenn ich meine Schiffe in der Luft hätte, wäre das kein Problem. Sie könnten das verdammte Ding innerhalb von wenigen Sekunden orten. Aber vom Meeresgrund aus ist das viel schwieriger.«

»Dann starte sie doch.«

Michael sah auf. »Bist du verrückt? Sechs Schiffe gegen all das, was die Fischköpfe aufgefahren haben? Das würde ein Gemetzel geben. Ich könnte nicht einmal mit Sicherheit sagen, dass es uns gelingt, zum Kommunikationsschiff durchzubrechen.« Michael schüttelte den Kopf. »Nein, ich opfere keine Besatzungen.«

»Wenn du deine Schiffe nicht einsetzt, dann können wir genauso gut gleich die Waffen strecken. Wir brauchen die Verbindung zu unseren Leuten. Auch wenn sie nicht von Dauer sein wird, aber wir könnten wenigstens ein wenig länger durchhalten.«

»Sie hat recht«, gab eine Stimme vom Eingang Caffield recht. Michael wandte sich perplex um. Angela stand im Raum. Michael wusste nicht genau, warum, aber ihr Anblick ließ sein Herz für einen Schlag aussetzen.

Um den Moment der Schwäche zu kaschieren, wandte er sich wieder dem Tisch zu. »Was machst du denn hier?«, fragte er mürrischer als eigentlich beabsichtigt.

Angela trat neben ihn. »Ibitray braucht mich nicht, um mit dem Utoru zu kommunizieren. Ich dachte, hier wäre ich vielleicht nützlicher.«

Michael gab es ungern zu, aber es erfreute ihn, die Frau in seiner Nähe zu wissen. Er schnaubte. »Ganz wie du meinst«, erwiderte er lapidar. Der Rebellenkommandant schürzte die Lippen. »Aber meine Schiffe haben trotzdem keine Chance gegen die feindlichen Kräfte.«

»Das müssen sie auch nicht. Sie müssen uns lediglich etwas Luft zum Atmen verschaffen. Die Fischköpfe wissen nicht, dass sie da sind. Das Überraschungsmoment könnte das Zünglein an der Waage sein.«

Michael sah verwundert auf. »Wo hast du denn das aufgeschnappt?«

Sie zuckte die Achseln. »Man kann nicht so viel Zeit in der Nähe eines Warlords verbringen und dabei nichts lernen. Der Henker hat geredet und ich habe zugehört.«

Michael dachte angestrengt nach. Sein Blick glitt erneut über die Karte. So ungern er es auch zugab, aber Caffield und Angela hatten recht. Die Schiffe nutzten nichts, wenn der ganze Widerstand zum Teufel ging. Er holte tief Luft – und aktivierte sein Kommgerät.

* * *

In Michaels Abwesenheit führte ein Blutläuferoffizier namens Hugo Santos das Kommando über die AURORA und damit auch den kleinen in den Weltmeeren verborgenen Kampfverband. Der Blutläufer hatte die Kämpfe von der Brücke aus aufmerksam und mit wachsender Frustration verfolgt. Es war schwer, sich versteckt zu halten, während nur wenige Kilometer entfernt Menschen zu Zehntausenden ihr Leben ließen. Umso verblüffter, aber auch erfreuter war er, mit einem Mal Michaels Stimme zu vernehmen.

»Wie kann ich helfen?«, beantwortete Hugo sofort den Ruf.

Michael erklärte ihm in knappen Worten, was vom Kampfverband erwartet wurde. Hugo war froh, endlich in den Kampf eingreifen zu können, aber was der düstere Michael da umriss, grenzte an ein Himmelfahrtskommando. Er schwieg für einen Moment verdutzt.

»Hugo?«, hakte Michael nach. »Bist du noch da?«

Hugo räusperte sich. »Habe verstanden. Du kannst dich auf uns verlassen.«

»Nur damit wir uns richtig verstehen«, wurde Michael abschließend noch einmal deutlicher. »Niemand erwartet von euch, dass ihr den Luftraum und den Orbit säubert. Verschafft uns einfach etwas Luft und schaltet das Kommunikationsschiff aus.«

Hugo leckte sich über die trockenen Lippen. Nun bekam er doch tatsächlich etwas Bammel. Aber die Aufregung über die erteilte Aufgabe überwog die Nervosität. »Habe verstanden. Ich melde mich, sobald der Job erledigt ist.«

»Viel Glück!«, gab Michael zurück und kappte die Verbindung.

»Christian?«, wandte sich der Captain der AURORA an seinen Navigator. »Ich nehme an, du hast mitgehört.«

»Selbstverständlich«, erwiderte dieser. »Der Antrieb fährt bereits hoch. Außerdem habe ich mich mit den anderen Navigatoren in Verbindung gesetzt. Sie erwarten deine Anweisungen.«

Üblicherweise standen Ashrakkommandanten auf der Brücke ihres Schiffes, aber nun hätte sich Hugo doch tatsächlich eine Sitzgelegenheit gewünscht. Er stellte sich breitbeinig auf die Plattform des Captains, während sich sämtliche Status-Hologramme um seine Position aufbauten. Nun konnte er alle technischen Aspekte seines Schiffes sowie die taktischen Blickwinkel eines Gefechts unmittelbar verfolgen und auch entsprechend eingreifen.

Christian speiste den Status der Schiffssysteme in Echtzeit ein. Der Antrieb lief schon fast auf Sollleistung. Hugo nickte zufrieden. »Christian, bring uns rauf.«

Die AURORA erhob sich vom Meeresgrund und nach wenigen Sekunden durchbrach sie die Wasseroberfläche, ähnlich einem mythischen Koloss, der sich aus der stürmischen See erhob. Das mächtige Schlachtschiff gewann zusehends an Höhe.

Auf einem der Status-Hologramme registrierte Hugo, wie sich fünf andere Schiffe weltweit erhoben. »Christian, ich benötige eine Sensorabtastung.«

»Bin schon dabei«, gab der Navigator geistesabwesend zurück. »Ich orte einhundertsieben feindliche Schiffe im Orbit.«

Hugos Herz schlug ihm für eine Sekunde bis zum Hals. Er sah seinen kleinen Verband schon vor dem geistigen Auge, wie dieser von Tausenden Energiestrahlen und Raketen in Stücke geschossen und zurück auf den Meeresgrund geschickt wurde. Christians nächsten Worte beruhigten ihn aber wieder. »Es sind aber nur achtundzwanzig Kriegsschiffe«, meldete der Navigator. »Bei den übrigen handelt es sich um Truppentransporter. Von denen stammen höchstwahrscheinlich all die Sturmtransporter, die in den letzten Tagen auf der Erdoberfläche abgesetzt wurden.« Der Navigator zögerte für einen Moment. »Und sie sind längst nicht fertig. Eine neue Welle aus Sturmtransportern wird soeben abgesetzt. Ausgehend vom Kurs bei Eintritt in die Atmosphäre, lauten ihre Ziele Mittel- und Nordeuropa sowie Nordafrika und Südostasien.«

Hugo überlegte fieberhaft. »Was ist mit dem Kommunikationsschiff?«

Der Navigator antwortete zunächst nicht, dann stieß dieser ein triumphierendes »Ich hab es!« aus. »Es befindet sich in einer synchronen Umlaufbahn über Zentralafrika.«

»Wie viele Kriegsschiffe befinden sich in unmittelbarer Nähe?«

»Zwölf, aber keines oberhalb der Kreuzerklasse.«

Hugo nickte und stieß einen Schwall Luft aus. »Dann gehen wir die Sache mal an.« Lauter befahl er: »Alle Schiffe zum Angriff formieren. Jäger ausschleusen. Klar Schiff zum Gefecht!«

Die Rebellenschiffe näherten sich einander so weit wie möglich an. Ihre Positionen rund um den Globus erwiesen sich jetzt als Nachteil.

Die Mittelschwere Abfangkorvette Scipio Africanus entsandte einen Schwall an Laserimpulsen in die Flugbahn einiger feindlicher Jagdgeschwader. Diese Schiffsklasse war auf die Abwehr schneller Kampfverbände, insbesondere von Jägern und Bombern spezialisiert. Die Schnellfeuergeschütze fegten Dutzende feindlicher Maschinen vom Himmel, bevor die Piloten überhaupt begriffen, wie ihnen geschah.

Die sechs Rebellenschiffe erhoben sich hoch in die Lüfte und vereinigten sich über dem Kap der Guten Hoffnung. Hugo Santos auf der Brücke der Aurora behielt die Bewegungen des Feindes genau im Blick. Von den Flanken des Schlachtschiffes stiegen Schwärme kleiner Ein-Mann-Jäger auf und formierten sich zur Sturmspitze vor dessen Bug.

Im Abstand von jeweils dreißig Sekunden stießen die sechs Kriegsschiffe einen Pulk von Lang- und Mittelstreckenraketen aus. Diese waren in der Lage, jedes sich anbietende Ziel innerhalb der südlichen Hemisphäre zu treffen. Und die Rebellen nutzten dies weidlich aus. Dutzende feindlicher Symbole verschwanden von Hugos Hologramm. Symbole, die imperiale Sturmtransporter innerhalb der Atmosphäre oder gegnerische Stellungen auf der Oberfläche symbolisierten. Mit diesem Angriff verschafften sie den Verteidigern der Erde zumindest ein wenig Luft. Er nickte beifällig. Die Rebellen hatten den ersten Schlag geführt und dank Überraschungsmoment die Nase vorn. Hugo hatte gehofft, diesen Vorteil noch ein paar Minuten weiter genießen und ausnutzen zu können. Seine Hoffnung wurde nicht erfüllt.

»Feindliche Jäger im Anflug«, meldete Christian gepresst. Die Stimme des Navigators klang seltsam emotionslos. Der angepasste Mann musste jeden einzelnen Schiffsablauf im Auge behalten.

Auf Hugos Hologramm erschienen mehrere imperiale Jagdgeschwader. Die hielten direkt auf die Rebellenschiffe zu, die immer noch dabei waren, den Orbit anzusteuern. Hinter diesen schoben sich mehrere große Symbole über den Rand der Sensorreichweite. Hugos Miene wurde hart. Die Spiele waren vorbei. Es näherten sich eine Reihe imperialer Kriegsschiffe. Diese würden nicht lange fackeln. Sie kamen mit dem erklärten Ziel, die Rebellen zu vernichten.

»Weiterfeuern!«, befahl Hugo seinem taktischen Offizier. »Jeder Transporter, den wir ausschalten, ist eine Angriffskolonne weniger, mit der man sich am Boden befassen muss.«

Der Blutläufer an der entsprechenden Konsole nickte lediglich wortlos. Eine weitere Raketensalve verließ die Aurora und ihre Flottille. Diese war auf die Truppentransporter im All gerichtet, die immer noch in einem fort dabei waren, Sturmschiffe gegen die Erde zu entfesseln.

Die Breitseite verwandelte gleich sieben von ihnen in sich ausbreitende Trümmerwolken. Hugos Mundwinkel hoben sich leicht. Die Ashrak bezahlten heute einen hohen Preis für ihre Arroganz.

Unterdessen entwickelte sich eine blutige Jägerschlacht vor dem Bug der Aurora. Diese verlagerte sich aber schnell zwischen die großen Kampfraumer. Die Überlegung dahinter war recht simpel. Die Rebellenschiffe konnten ihre Abwehrwaffen nicht zugunsten der eigenen

Geschwader einsetzen, ohne Gefahr zu laufen, Schiffe des eigenen Verbands zu treffen. Die Jäger waren zum überwiegenden Teil auf sich allein gestellt. Lediglich die SCIPIO AFRICANUS änderte ihre Position und glitt geschmeidig über den Verband, um den Jägern mit den Schnellfeuerbordwaffen ein wenig Feuerschutz zu verschaffen.

Symbole beider Seiten verblassten. Die Rebellenpiloten waren gut trainiert und hoch motiviert, der Feind allerdings zahlenmäßig weit überlegen. Es würde nicht lange dauern und die Ashrak hätten die Oberhand gewonnen. Hugo musste sich beeilen, wollte er seinen Auftrag ausführen.

»Kommunikationsschiff orten und Zielverfolgung aktivieren.«

Auf einem von Hugos Hologrammen wurde ein Schiff hervorgehoben, das sich in einem Orbit oberhalb Europas befand. »Peilung einleiten. Feuersequenz Alpha-drei!«

In diesem Moment wurde die SCIPIO AFRICANUS von mehreren Einschlägen erschüttert. Raketen und Torpedos zertrümmerten die Außenhülle. Die Mittelschwere Abfangkorvette feuerte noch mehre Salven ihrer Energiegeschütze ab, bevor diese verstummten.

Der Kommandant erkannte die drohende Gefahr, in der sich Schiff und Besatzung befanden. Er tat das einzig Richtige und versuchte, sich hinter dem Schweren Kreuzer KARTHAGO in Sicherheit zu bringen. Doch mehrere Strahlbahnen, die seinen Weg kreuzten, machten dem Vorhaben einen Strich durch die Rechnung.

Hugos Blick glitt zum Brückenfenster, wo zu sehen war, wie die SCIPIO AFRICANUS auseinanderbrach und ihre Bruchstücke Richtung Meer fielen. Zwischen den Trümmern waren die Körper einzelner Besatzungsmitglieder zu erkennen. Hugo hoffte, dass sie bereits tot waren. Ein Sturz aus dieser Höhe bei vollem Bewusstsein und ohne Hoffnung auf Rettung wäre zu grausam gewesen.

Einen Feuerball vor sich herschiebend, glitten drei feindliche Kriegsschiffe durch die oberen Atmosphärenschichten. Als die Reibungshitze nachließ, kamen zwei Angriffskreuzer sowie ein Schwerer Kreuzer zum Vorschein. Die drei Schiffe eröffneten augenblicklich den Beschuss auf die KARTHAGO, die HERA und die OSTIA. Die HERMES ging auf Gegenkurs, um den bedrängten Kameraden beizustehen.

Mit einiger Sorge registrierte Hugo, wie sieben weitere Schiffe in den Orbit direkt über ihnen einschwenkten. Alle gehörten der Kreuzerklasse oder kleineren Schiffstypen an, doch im Verbund waren sie durchaus in der Lage, einigen Schaden anzurichten. Noch während Hugo zusah, begann der Angriff. Sie konzentrierten sich hauptsächlich auf die AURORA und die HERMES. Die Energieimpulse tanzten über die pockennarbige Oberfläche. Das Deck unter Hugos Füßen erzitterte. Der Kommandant hielt sich am Geländer zu beiden Seiten seiner Station fest, um aufrecht zu bleiben.

»Feuer verlagern!«, befahl er in dem Wissen, dass ihnen mit rapider Geschwindigkeit die Zeit davonlief.

Rings um die Position der AURORA tobte ein erbittertes Energiewaffengefecht. Eines, das die Rebellen mittelfristig nur verlieren konnten.

Die oberen Deckgeschütze des Schlachtschiffes erwiderten das Feuer und schossen bereits nach wenigen Augenblicken eine feindliche Fregatte sowie eine Schwere Korvette aus dem All. Die Trümmer breiteten sich in alle Richtungen aus. Hugo widerstand dem Triumphgefühl, das sich einstellen wollte. Die Verluste des Gegners wurden umgehend von vier neuen Schiffen ersetzt, die sich ohne Verzögerung dem Angriff anschlossen.

Der Angriffskreuzer HERA ging verloren. Kurz darauf büßten die Ashrak einen ihrer Schweren Kreuzer ein, dicht gefolgt von einem Angriffskreuzer. Das verbliebene Kampfschiff des angreifenden Trios ging auf Abstand. Es verlor aus mindestens acht Breschen in der Außenhülle Atmosphäre, verschiedene andere Gase sowie Kühlmittelflüssigkeit. Es wirkte, als würde es aus einer Vielzahl von Wunden ausbluten.

Die OSTIA und die KARTHAGO wollten die Verfolgung aufnehmen und den Job zu Ende bringen, wurden aber durch sechs weitere Schiffe, die sich direkt über ihnen im Orbit positionierten, daran gehindert. Der Energieoutput des Bombardements war mörderisch. Dennoch hielten die Rebellenschiffe verhältnismäßig gut die Stellung.

Das Schlachtschiff AURORA teilte mächtige Schläge aus und vernichtete kurz hintereinander zwei Feindschiffe im Orbit. Im Gegenzug verloren sie die HERMES mit der gesamten Besatzung.

»Wir haben eine Zielpeilung«, meldete sein taktischer Offizier plötzlich.

»Holen Sie das verdammte Ding vom Himmel!«, brüllte Hugo, während immer weitere Impulse auf den schwindenden Rebellenverband niederging.

Die AURORA, die OSTIA und die KARTHAGO stießen simultan eine Raketenbreitseite gegen das Kommunikationsschiff aus. Es befand sich zu dem Zeitpunkt knapp innerhalb der Atmosphäre über den Bergen im Norden Italiens.

»Christian, bring uns weg von hier!«, ordnete Hugo im gleichen Moment an. Sie hatten getan, was sie konnten. Nun blieb ihnen nichts weiter zu tun übrig, als ihr eigenes Leben zu retten.

Die drei Schiffe verloren an Höhe. Ihr Ziel war es, sich abermals in den Tiefen des Meeres zu verstecken. Nur dort hatten sie die Möglichkeit, dem Gegner zu entkommen.

Dennoch ließ Hugo es sich nicht nehmen, auf seinem Hologramm der Raketensalve mit den Augen zu folgen. Er wollte unbedingt wissen, ob der Preis, den sie bisher gezahlt hatten, wenigstens nicht umsonst gewesen war.

Die drei Kampfschiffe sanken immer tiefer und verringerten auch die Distanz zu einander. Die verbliebenen Jäger zogen sich in die Hangars der AURORA zurück. Im Schnitt schaffte es lediglich eine von sechs Maschinen nach Hause aufs Mutterschiff.

Die Raketen näherten sich dem Kommunikationsschiff immer weiter an. Für Hugo schien es, als würde sich die Zeit schier endlos dehnen. Tatsächlich vergingen die Sekunden und Minuten rasend schnell. Die Ashrakbesatzung des Feindschiffes löste Abwehrmaßnahmen aus und ging auf Zickzackkurs, um die Zielerfassung zu verwirren. Die elektronische Kriegsführung leistete ganze Arbeit. Gut zwei Drittel der einkommenden Salve wurde zerstört oder abgelenkt. Nicht wenige der Raketen stürzten einfach ab, von der gegnerischen Kampfelektronik schlichtweg aus dem Konzept gebracht. Was übrig blieb, reichte aber völlig.

Die Geschosse schlugen ein und das Symbol des Feindschiffes verschwand von Hugos Plot. Dieser rümpfte die Nase. Er hätte zu gern die Explosion mit eigenen Augen gesehen.

In diesem Augenblick zerbrach die OSTIA unter dem gegnerischen Beschuss. Ihre Überreste stürzten im Bereich von Gibraltar ins Meer.

Das Deck unter Hugos Füßen bäumte sich auf. Der Blutläuferoffizier hielt sich krampfhaft fest. Die AURORA und die KARTHAGO kämpften nun Seite an Seite. In Gemeinschaftsarbeit zerstörten sie noch sieben feindliche Kriegsschiffe über ihnen sowie zwei Sturmschiffe und einen Truppentransporter im Orbit.

Die beiden Schiffe hielten so lange aus, wie es nur möglich war. Hätten sie noch im imperialen Dienst gestanden, so wäre dieses Gefecht wohl in die Annalen des Rod'Or-Imperiums eingegangen. Aber sie galten als Rebellen und so würde wohl nie jemand außerhalb der Rebellion von diesem Beispiel mutigen Widerstands etwas erfahren.

Die KARTHAGO wurde lediglich zwanzig Meter über dem Mittelmeer zerstört. Kurz vor der Zerstörung des Schweren Kreuzers öffneten sich mehrere Luken und Besatzungsmitglieder sprangen in die tosende See in der Hoffnung, sie würden es überleben. Dann explodierte die KARTHAGO und für einen winzigen Moment flammte ein Stern auf, der weithin über Europa und Afrika strahlte, bevor er endgültig ausbrannte.

Die AURORA war allein. Der Feind konzentrierte sich nun völlig auf das Schlachtschiff. Dieses schlug im Rahmen seiner Möglichkeiten zurück und zerblies eine feindliche Fregatte und einen Zerstörer.

Beinahe hätten sie es geschafft, doch unversehens buhlten mehrere Schadensanzeigen um Hugos Aufmerksamkeit. Die Panzerung riss auf und öffnete mehrere Decks. Fast alle Waffensysteme am Bug und den oberen Deckaufbauten waren zerstört oder nur noch eingeschränkt einsatzfähig.

»Kommandant?«, beeilte sich Christian nachzufragen. »Wie lauten Ihre Anweisungen?«

»Es gibt nur einen Weg für uns. Bring uns runter!«

Christian antwortete nicht, doch die AURORA setzte ihren Weg fort. Die Erschütterungen zogen sich durch das gesamte Schiff. Hugo biss die Zähne zusammen.

Gerade als die AURORA die Wasseroberfläche berührte, setzte der Feind mit einer kombinierten Salve aus seinen Raketenbatterien sowie den Energiegeschützen nach und traf das Schlachtschiff mittschiffs sowie knapp hinter der Brücke.

Die Panzerung riss auch dort auf und flutete weite Teile des Schiffes. Hugo schloss die Augen, als die AURORA wie ein geschlachteter Wal immer tiefer in die Schwärze des Mittelmeers sank.

* * *

Michael stützte sich mit beiden Händen auf den Rand des Holotanks. Er befand sich in einem mobilen Hauptquartier südlich von London. Hier hatte er endlich Zugriff auf ein halbwegs modernes holografisches Gerät, von dem aus er das ungleiche Gefecht in der Atmosphäre verfolgt hatte.

»Aurora, bitte kommen!« Er wartete angespannt, beugte sich unwillkürlich tiefer. Es kam keine Antwort. »Aurora, antworten Sie mir!«, bettelte er nun geradezu. Wiederum schwieg das Kriegsschiff.

Er fühlte eine Hand auf seiner Schulter. Als er sich umwandte, sah er sich Caffields mitfühlenden Augen gegenüber. »Sie können dich nicht mehr hören, Michael.« Sie deutete auf das Hologramm, wo verstärkter Funkverkehr die einzelnen Rebelleneinheiten wieder miteinander verband. »Aber sie haben es geschafft. Mit ihrem Opfer konnten wir uns Zeit erkaufen. Wir sind wieder in der Lage, die Verteidigung zu koordinieren.«

»Ja, aber wie lange?«, hielt Michael dagegen. »Sie brauchen nur ein neues Kommunikationsschiff in den Orbit zu verlegen und wir stehen wieder genau dort, wo wir vorher waren.«

»Hoffen wir nur, dass sie keines in unmittelbarer Nähe haben«, gab Ludwig zu bedenken, der mittels Hologramm hinzugeschaltet war.

»Ja«, gab Michael ihm recht. »Wollen wir es hoffen. Diesmal hätten wir keine Möglichkeit, es auszuschalten.«

»Doch, die hätten wir«, gab Ludwig zu bedenken, indem er verschwörerisch die Stimme senkte und den Kopf auf die Seite legte.

Michael benötigte einen Augenblick, um zu begreifen, wovon sein Offizierskollege sprach. Er schüttelte vehement den Kopf. »Nein, auf keinen Fall! Die Nuklearraketen sind unsere einzig verbliebene wirkungsvolle Waffe. Wir setzen sie erst ein, wenn uns keine andere Wahl mehr bleibt.«

»So wie ich das sehe, wird das nicht mehr lange dauern«, meinte Ludwig unglücklich.

Michael spürte eine sanfte Hand auf der anderen Schulter. Angela trat so dicht hinter ihn, dass er ihre Brüste im Rücken fühlte. Sie sagte kein Wort. Das war auch nicht nötig. Er wusste genau, was sie ihm sagen wollte. Der Einsatz von Nuklearwaffen würde das von der Erde zerstören, was noch übrig war. Keine Seite konnte das ernsthaft wollen. Trotz dieses Aufgebots hielten sich die Ashrak immer noch auffällig zurück. Sie fürchteten um den von ihnen auserwählten zukünftigen Lebensraum. Gut möglich, dass er das nukleare Arsenal, über das sie gestolpert waren, irgendwann als Druckmittel benötigte – wenn alle Stricke am Reißen waren.

Michael beäugte das Hologramm Ludwigs eindringlich. »Gibt es Nachrichten von Fabian?«

Ludwigs düstere Miene schüttelte missmutig das Haupt.

# 23

Dennis Brown legte seinen verwundeten Befehlshaber zwischen einigen Felsen ab. Fabian keuchte vor Schmerz. Er griff sich an die Seite und fühlte warme Nässe an den Fingern.

Brown bemerkte die Bewegung und nickte. »Die Wunde ist schon wieder aufgegangen. Wenn wir das nicht in den Griff kriegen, verbluten Sie.«

»Meine Wunden sind bedeutungslos, verglichen mit dem, was da vor sich geht.« Fabian hob die Hand und deutete schwach in den Himmel. Brown folgte dem Wink mit seinen Augen. Über ihnen zogen weitere feindliche Sturmtransporter vorüber. Sie hatten sich zu zwei Geschwadern mit jeweils vier Schiffen zusammengeschlossen. Vermutlich handelte es sich um zwei separat operierende Angriffswellen in einer Stärke von jeweils vier Kolonnen.

»Ich verstehe, was Sie meinen«, gab der Rebellenoffizier zurück. Er ließ sich neben seinen Schützling auf den Boden nieder und setzte eine Wasserflasche an dessen Mund an.

Fabian trank einen vorsichtigen Schluck, doch er musste schnell wieder absetzen und hustete würgend. Er nahm die Hand vor den Mund. Als er sie herunternahm, war die Handfläche voller Blut.

Brown bedachte ihn mit einem besorgten Blick. »Wir müssen Sie dringend in ein gut ausgestattetes Feldlazarett bringen. Sonst sterben Sie uns hier draußen noch weg.«

»Würde mich wirklich interessieren, wohin die so eilig auf dem Weg waren«, sinnierte Fabian vor sich hin. Er hatte die Bemerkung Browns sehr gut verstanden, aber er zog es vor, diese zu ignorieren. Er musste nicht auch noch daran erinnert werden, wie schlimm es um ihn stand.

»Dem Kurs nach vermutlich Philadelphia«, erklärte Brown. »Das ist sogar in höchstem Maße wahrscheinlich. Unsere Truppen dort haben eine

Offensive gestartet, kurz bevor der Kommandostand in Boston überrannt wurde. Diese Transporter sollen vermutlich die Verteidiger unterstützen und den Belagerungsring durchbrechen.« Der Offizier seufzte. »Ein Jammer.«

Fabian nickte. Aber selbst diese minimale Bewegung schmerzte bereits. »Ich weiß, was Sie meinen. Der Angriff auf Philadelphia wäre erfolgreich verlaufen. Doch gegen diese Verstärkungseinheiten bleibt unseren Verbänden eigentlich nur noch die Wahl zwischen Rückzug und Vernichtung.«

»Ich hoffe, Sie entscheiden sich für Ersteres.«

»Ich auch«, gab Fabian geknickt zurück. Er hob leicht den Kopf. In ihrer Begleitung befanden sich lediglich an die fünfzig Mann. Die meisten hatten sich auf den Boden gekauert, um kurz die Augen zu schließen. Der Rest sicherte die Umgebung.

»Sind das alle?«, fragte er.

Brown wirkte für einen Moment verwirrt, doch dann erkannte er, worauf sein Befehlshaber hinauswollte. »Alle, die es aus dem Kommandostand geschafft haben. Die Paladine sind verdammt effektiv.« Er schüttelte leicht den Kopf. »Ich hätte im Leben nicht gedacht ...« Der Mann verstummte.

»Was?«, hakte Fabian nach.

»Diese Kerle waren wie ein lebendiger Fleischwolf.«

Fabian verzog die Miene. »Das ist jetzt nur ein geringer Trost, aber im Grunde ist es nicht ihre Schuld. Sie sind Opfer genau wie der Rest von uns. Das Imperium hat sie in ihre jetzige Rolle gepresst.«

Brown sah zur Seite und spie aus. »Sie haben recht. Das ist kein Trost.«

Einer der Wachposten duckte sich tief und bedeutete dem Rest der Truppe, still zu sein. Alle verharrten in Regungslosigkeit, während der Posten etwas außerhalb ihres Sichtfelds angespannt mit den Augen verfolgte. Schließlich sah er auf. Der Mann wirkte erleichtert.

»Ashrakpatrouille«, informierte er die anderen. »Sie sind vorbeigezogen.«

Kollektives Seufzen folgte als Reaktion. Sie waren kaum in der Verfassung für einen ernsthaften Kampf.

»Sie suchen wahrscheinlich Überlebende des Paladinangriffs«, gab Fabian zu bedenken.

Brown nickte. »Wahrscheinlich. Aber selbst falls es welche gibt, nützt uns das wenig. Wir haben keine Möglichkeit, sie zu finden oder uns mit ihnen zusammenzuschließen. Und selbst wenn, hat eine kleinere Truppe die Chance, unentdeckt zu bleiben. Eine größere wird bestimmt aufgespürt und erledigt.«

Fabian ließ den Kopf zurück ins Gras sinken. Es fühlte sich kalt und feucht an. Kurz zuvor musste es geregnet haben. »Hatte ich das Bewusstsein verloren?«

»Mehrmals«, bestätigte Brown. Der Rebellenoffizier überlegte. »Ich schlage vor, wir ruhen uns noch zehn Minuten aus, bevor wir uns wieder auf die Socken machen. Wenn wir länger warten, garantiere ich nicht dafür, dass Sie das nächste Lazarett lebendig erreichen.«

Fabian kicherte heiser. »Das mag ich so an Ihnen, Brown. Sie reden nie um den heißen Brei herum.«

***

Mit einem Schlag auf den Auslöser deaktivierte Michael seine Rüstung. Klappernd zog sie sich zusammen, bis nur noch das handtellergroße Hauptsegment an seiner linken Brustseite übrig war.

Er zupfte es sich von der Kleidung und ließ sich einfach auf die Pritsche fallen. Das provisorische Möbelstück quietschte unter seinem beträchtlichen Gewicht.

Michael fühlte sich wie erschlagen. Dabei war ihm nicht ganz klar, was ihn so erschöpfte: seine tatsächliche Müdigkeit oder die Frustration der unzähligen negativen Berichte.

Ein kühler Windhauch strich herein und streichelte über seinen Körper. Er fröstelte und sah auf. Das Zelt, in dem man ihn einquartiert hatte, war immer noch geöffnet. Michael dachte darüber nach, aufzustehen und es zu schließen. Aber selbst für diese geringfügige Anstrengung war er zu erschlagen – und ehrlich gesagt zu faul.

Das Feldlager befand sich gute hundertfünfzig Kilometer südwestlich von London. Michael hatte hier dreißigtausend Rebellen-Blutläufer zusammengezogen, um morgen einen Angriff auf die Ashrak nahe der britischen Hauptstadt durchzuführen. Falls die Attacke schiefging, würden die Fischköpfe London fast sicher wieder zurückerobern. Er hatte keine

Ahnung, wie er das verhindern sollte. Außerhalb Londons sammelten sich derzeit fünf Angriffskolonnen der Ashrak. Alles in allem mehr als hundertfünfzigtausend Mann.

Michael hatte fünfunddreißigtausend Mann innerhalb der Stadt zur Verfügung und dann noch diese dreißigtausend, die er in aller Eile zusammengezogen hatte. Bei der vorangegangenen Einsatzbesprechung hatte er Zuversicht, ja grenzenlosen Optimismus ausgestrahlt. Doch das war alles nur Show gewesen. Insgeheim wusste er nicht, wie er den Fall Londons verhindern konnte. Das Schicksal der Rebellion stand auf der Kante – und diese neigte sich gefährlich in die falsche Richtung.

Jemand räusperte sich. Michael fuhr unwillkürlich auf. Seine Hand hatte das Pulsgewehr bereits ergriffen, bevor ihm klar wurde, wer dort im Eingang stand und ihn angrinste.

Michael legte die Waffe zurück an ihren Platz neben seiner Pritsche und bedeutete Angela hereinzukommen. »Ich hoffe, ich störe nicht«, wollte sie immer noch grinsend wissen.

»Oh doch, du unterbrichst mein sexy Grübeln«, lachte er.

Angela trat gebückt näher und setzte sich auf den Rand der Pritsche. »Da ist aber jemand sehr von sich eingenommen.«

Michael zuckte mit den Achseln. »Erfahrungswerte.«

Das Amüsement schwand ein wenig aus Angelas Miene und sie musterte ihren Gegenüber aus dunklen, wissenden Augen. »Und wie geht es dir wirklich?«

Michaels Verantwortung legte sich wie eine tonnenschwere Last auf seine Schultern. Sie drückte ihn mit aller Gewalt nieder. »Ich weiß nicht, was ich noch tun soll, Angela. Ich weiß einfach nicht weiter.«

Sie deutete lapidar über die eigene Schulter. »Das hat sich aber vorher noch ganz anders angehört.«

Er schnaubte. »Alles nur Theater. Wie soll ich von meinen Leuten erwarten, dass sie an unseren Erfolg glauben, wenn ich selbst es nicht tue. Ich kann nicht einmal mehr vorgeben, ich würde an unseren Sieg glauben.«

»Das dachte ich mir fast.« Sie presste die Lippen aufeinander, bevor sie fortfuhr. »Es steht schlimm, oder?«

»Schlimmer, als die meisten von uns überhaupt ahnen. In den letzten vierundzwanzig Stunden haben wir wichtige Gebiete in Mittel- und

Südeuropa, Asien, Afrika und entlang der Südküste Australiens verloren. Nahezu jeder Bericht, der eintrifft, spricht von Niederlagen oder Rückzugsgefechten. Wir verlieren.«

Angela senkte das Haupt. »Wir hatten nie große Chancen«, gab sie ihre realistische Einschätzung wieder. »Ich war nie dort oben.« Sie deutete zur Zeltdecke, meinte eigentlich aber den Weltraum. »Und ich habe auch nicht ansatzweise gesehen und erlebt, was du gesehen und erlebt hast. Aber wenn auch nur die Hälfte von dem stimmt, was du erzählt hast, dann grenzt es schon an ein Wunder, was wir alles erreicht haben.« Sie musterte ihn eindringlich. »Und dieses Wunder hast *du* bewirkt. Du allein.«

Michael sah verlegen zur Seite. In Angelas Augen glänzte etwas, das entschieden nach Heldenverehrung aussah, und so etwas war ihm über die Maßen peinlich. »Soweit ich mich erinnere, waren auch noch ein paar andere Leute daran beteiligt.«

»Natürlich«, entgegnete sie. »Aber du warst es, der sich einiger zerstrittener, offen feindseliger Straßenbanden angenommen und sie zu einer Armee geformt hat. Und diese Armee braucht morgen ein weiteres Mal ihren Anführer.«

Er sah zu ihr auf. »Bei dir klingt das alles so verdammt einfach. Morgen in die Schlacht ziehen und die Fischköpfe zum Teufel jagen. Aber leider sind sie uns in jeder Hinsicht überlegen. Sie verfügen über die Lufthoheit, haben mehr Truppen und besitzen auch noch die Übermacht an schwerem Gerät.«

Ihr Grinsen kehrte zurück. »Dir wird etwas einfallen. Wie immer.«

Er verzog zynisch die Miene. »Ich befürchte, du siehst mich in einem zu positiven Licht.«

»Und du stellst deines immer unter den Scheffel.« Angela hob die Hand, bevor er etwas erwidern konnte. »Hör doch!«, forderte sie ihn auf.

Michael lauschte – er war nicht in der Lage, sich ein schelmisches Grinsen zu verkneifen. In einem der angrenzenden Zelte waren mindestens zwei Pärchen heftig am Vögeln.

Angela und Michael wechselten einen verschmitzten Blick. »Ist nicht die schlechteste Möglichkeit, Stress abzubauen«, meinte er. »Sie haben alle Angst und der Sex hilft ihnen dabei, sie zu verdrängen. Wenigstens für eine kleine Weile.«

Angela erhob sich und ließ ihre Rüstung einfahren. Sie zupfte sich das Hauptsegment von der Kleidung und begann damit, sich ihrer Textilien zu entledigen.

Michael hob alarmiert die Hand. »So habe ich das nicht gemeint.«

Sie lachte kurz auf. »So habe ich es auch nicht verstanden. Ich habe einfach Lust darauf – und du gefällst mir.«

»Das sollten wir nicht tun«, erwiderte er und fragte sich im selben Moment, warum er etwas so unglaublich Dämliches von sich gab. Er räusperte sich. »Ich meine ... nach allem, was du erlebt hast.«

Sie nickte und hielt inne. Er bemerkte, wie sie nach den passenden Worten suchte, um ihm verständlich zu machen, was in ihr vor sich ging. »Du hast recht. Ich war jahrelang die Sexsklavin des Henkers. In dieser Zeit war ich unzählige Male seinen Launen ausgesetzt. Ich musste tun, was er von mir verlangte.« Sie atmete tief durch. »Aber hier und heute bin ich eine freie Frau. Und zum ersten Mal seit langer Zeit bestimme ich allein über meine Wünsche und meinen Körper.« Sie lächelte. »Das konnte ich schon lange nicht mehr von mir behaupten. Und ich entscheide, dass ich die heutige Nacht bei dir verbringen will.« Sie löste die letzten Klettverschlüsse und ihre Kleider fielen zu Boden. Das hereinfallende Mondlicht strich über ihre makellose Haut. Michael konnte nicht anders, als sie bewundernd anzustarren.

Sie legte sich neben ihm auf die Pritsche. Der Blutläuferoffizier machte bereitwillig Platz. Angela quittierte die Geste mit einer sanften Berührung ihrer Hand auf seiner Schulter.

»Die Chancen stehen gut, dass wir in den nächsten Tagen alle sterben«, flüsterte sie ihm zu. »Vielleicht ist das die letzte Gelegenheit, sich noch einmal lebendig zu fühlen.«

Michael wollte etwas erwidern, aber Angela beugte sich vor und unterband jeden weiteren Einwand mit einem leidenschaftlichen Kuss.

* * *

Michael war nicht der Einzige, der in jener Nacht keinen Schlaf fand – wenn auch aus anderen Gründen. Ludwig, Günther Weber und einige Tausend Rebellen kauerten sich nahe Lüttich in einem System eilig ausgehobener Schützengräben zusammen.

Niemand wagte es, den Kopf zu heben. Weniger als zwei Kilometer entfernt saßen zwei Angriffskolonnen der Ashrak und warteten nur auf die Gelegenheit, einem unachtsamen Menschen die Nase wegzuschießen.

Ludwig trank einen Schluck aus seiner Wasserflasche und reichte sie anschließend an Weber weiter. Dieser nahm sie, schüttelte die Flasche aber und wollte sie zurückgeben. »Ist nicht mehr viel drin.«

Ludwig hob verneinend die Hand. »Schon in Ordnung. Trinken Sie den Rest.« Der Blutläuferoffizier sah sich vielsagend um. »Es wird ohnehin nicht mehr lange dauern.«

Weber folgte dessen Blick. Die Männer saßen zusammengesunken in Dreck und Schlamm und starrten verdrossen ins Leere hinein. Einer von ihnen spielte ein trübsinniges Lied auf einer alten Mundharmonika.

Mit einem Mal vernahmen sie ein entferntes Zischen, das schnell näher kam. »Deckung! Artillerie!«, schrie Ludwig und vergrub sich, so gut es ging, im Morast. Die Männer verteilten sich. Der Blutläuferoffizier schloss seine Rüstung und versiegelte sie. Kaum eine Sekunde später gingen die ersten Geschosse auf ihre Stellung nieder. Der Boden erbebte unter mehr als dreißig Einschlägen. Soldaten schrien, nur um kurz darauf für immer zu verstummen.

Auf Ludwigs HUD gingen Verlustmeldungen ein. Es waren nicht einmal fünfzig, aber jedes Todesopfer schmerzte. Sie alle würden ihnen noch fehlen in den harten Stunden und Tagen, die vor ihnen lagen.

Der Artillerieangriff ebbte genauso schnell ab, wie er begonnen hatte. Ludwig hob den Kopf. Sanitäter schwärmten durch die Gräben auf der Suche nach Kameraden, denen man noch helfen konnte.

Ludwig robbte über den matschigen Untergrund. Er hob leicht den Kopf über den Rand des Schützengrabens hinaus. Der Morast gab unter ihm nach, sodass sein Körper immer wieder wegrutschte. Die erwartete Infanterieattacke blieb aber aus.

»Und? Kommen sie?«, wollte Weber mit kampfbereit angelegtem Gewehr wissen.

Ludwig ließ sich zurück in den Graben gleiten und schüttelte den Kopf. »Keine Spur von ihnen. Die wollten uns wohl nur aufwecken.«

Weber öffnete seinen Helm und spie aus. »Mit solchen Attacken müssen wir wohl in den nächsten Stunden immer wieder rechnen.«

»Vermute ich auch«, gab Ludwig ihm recht. »Sie werden uns eine

Weile sturmreif schießen, bevor sie ihre Infanterie nachrücken lassen, um das Ganze zu beenden.«

»Dann bleibt uns ja noch ein wenig Zeit auf dieser schönen Welt«, beschied er heiter und zog eine Dose aus der Tasche. Er öffnete sie, nahm etwas von dem Kautabak heraus und steckte sich den Priem in den Mund. Augenblicklich begann er aufgeregt, daran herumzukauen.

Ludwigs Augen wurden groß. Weber bemerkte dies und bot dem Blutläufer etwas vom Inhalt der Dose an. Er hatte die Reaktion seines Vorgesetzten aber missverstanden. Auf der Dose befand sich ein Familienwappen und eingravierte Initialen: DK.

Ludwig hob langsam den Blick und starrte sein Gegenüber an. Dieser bekam mit, dass etwas nicht stimmte. »Woher haben Sie das?«, wollte Ludwig gepresst wissen.

»Wie bitte?«

»Die Kautabakdose. Woher haben Sie die?«, wiederholte er.

»Ich … ich meine … keine Ahnung«, stotterte Weber.

»Aber ich«, entgegnete Ludwig und zog seine Seitenwaffe. Weber sah die Pulspistole aus großen Augen an. Auf diese Entfernung würde ihm nicht einmal seine Rüstung nennenswerten Schutz bieten.

»Sind Sie verrückt geworden?«

Ludwig sah sich verstohlen um. Sie waren im Umkreis von mindestens vierzig Metern allein. Im Graben herrschte nach dem Artillerieschlag immer noch Chaos. Niemand nahm von dem geflüsterten Gespräch Notiz. Und niemand würde es bemerken, falls er nun abdrückte.

Weber gingen offenbar ähnliche Gedanken durch den Kopf, denn er schielte zu seiner Waffe, die neben ihm lag. Ludwig schüttelte andeutungsweise den Kopf. »Lassen Sie es.« Er hob leicht die Hand mit der Pulspistole. »Damit bin ich schneller.«

»Ich verstehe nicht, was mit Ihnen los ist. Nehmen Sie doch bitte die Waffe herunter und wir reden drüber. Was auch immer Ihnen gerade querliegt.«

»Was mir querliegt?«, sagte Ludwig. »Was mir *querliegt*?«, wiederholte er, wobei seine Stimme mit jedem Wort an Intensität gewann. »Ich sage Ihnen, was mir querliegt. Ich weiß genau, wem diese Dose gehörte. Die Initialen stehen für Dietmar Kowalski. Er war mein Onkel.«

Weber schluckte. »Ich sagte doch, wir kamen, um zu helfen. Ich fand die Dose bei einem Toten. Es tut mir leid, aber er brauchte sie ja nicht mehr. Wir haben alles geplündert, was noch da war. Die Siedlung war zerstört. Niemanden hat es noch gekümmert.«

Ludwig schnaubte. »Netter Versuch. Aber als ich meinen Onkel das letzte Mal sah, wurden wir in ein Ashrakschiff getrieben.« Er deutete auf die Kautabakdose. »Und das da hätte er nie freiwillig aufgegeben. Es handelt sich um das letzte Geburtstagsgeschenk, das er von seiner verstorbenen Frau erhielt.« Ludwigs Miene versteinerte. »Die einzige Möglichkeit, wie jemand anders in dessen Besitz gelangt ist, dass ihm die Plünderer, die uns angegriffen haben, es ihm abnehmen mussten.« Ludwig fixierte sein Gegenüber mit festem Blick. »Ihr wart es. Die Eisernen Speere haben uns damals überfallen. Ihr habt uns an die Ashrak verkauft. Ihr seid dafür verantwortlich, dass ich meine Familie nie wiedersehe. An allem seid nur *ihr* schuld.«

In Webers Gesicht arbeitete es fieberhaft, als er sich eine neue Ausrede ausdenken wollte. Aber beiden Männern war klar, je länger er damit zubrachte, desto unglaubwürdiger würde alles werden, was er von sich gab. Schließlich schlug er die Augen nieder.

»Unsere Ernte war schlecht. Die Kinder schrien vor Schmerzen. Die Frauen hatten so wenig zu essen, dass Mütter nicht einmal genug Milch produzieren konnten, um ihre Neugeborenen zu füttern. Wir hatten keine Wahl.«

»Und deswegen habt ihr uns angegriffen? Ihr habt uns an die Fischköpfe verkauft!«, schrie Ludwig ihn an.

»Wir waren am Verhungern!«, brüllte Weber zurück. »Was hätten wir tun sollen?«

»Ihr hättet uns fragen können«, widersprach Ludwig. »Wir hätten mit euch geteilt.«

Weber wandte voller Scham den Blick ab. »Das Risiko konnten wir nicht eingehen. Ihr hättet vielleicht Nein gesagt.« Der Mann sah mit traurigen Augen auf. »Es tut mir so leid. Aber ich musste mich um meine Leute kümmern. Ich war für diese verantwortlich. Und euch kannte ich nicht.« Er ließ den Kopf hängen. »Ich gäbe sonst was dafür, wenn ich es rückgängig machen könnte.«

»Ich nehme an, Sie wissen nicht, was aus meiner Familie geworden ist.«

Weber schluckte. »Kowalski, ich weiß doch nicht einmal, wer Ihre Familie war. Woher sollte ich das auch wissen?«

»Ja«, spie Ludwig ihm entgegen. »Woher sollten Sie das auch wissen? Wir waren ja nur Fremde, die man getrost ins Unglück stürzen kann.«

»Was kann ich noch sagen außer: Es tut mir unendlich leid.«

»Ja, mir auch«, gab Ludwig zurück und spannte den Zeigefinger um den Abzug.

In diesem Augenblick fauchten erneut feindliche Artilleriegranaten durch die Luft und schlugen rings um die Rebellenstellung ein. Wer konnte, der warf sich in Deckung. Nicht aber Weber und Ludwig. Die beiden lagen sich Auge in Auge gegenüber, während Explosionen Dreck und Matsch aufwarfen. Ludwig fixierte den Mann, dem er bisher vertraut hatte. Er wollte Rache. Rache für alle jene, die damals gestorben waren. Und für all jene, die in die Sklaverei verkauft wurden. Aber vor allem wollte er Rache für seine Familie – und er traf eine Entscheidung.

Webers Körper spannte sich an und der Mann machte sich bereit zu sterben. »Ich verstehe Sie«, sagte er. »An Ihrer Stelle würde ich genauso handeln.«

Ludwig fletschte die Zähne. Bevor er abdrücken konnte, traf ein feindliches Geschoss den Grabenabschnitt, in dem sie sich befanden, und sprengte ein Stück von sechs Metern Länge in die Luft.

# 24

Hugo Santos hatte seit fünf Tagen nicht mehr geschlafen. Das war für einen Blutläufer an und für sich nichts Ungewöhnliches. Aufgrund ihrer veränderten Physiologie konnten sie bedeutend länger ohne Schlaf auskommen.

Was jedoch erschwerend hinzukam, war, dass die Lebenserhaltungssysteme der AURORA in Mitleidenschaft gezogen worden waren. Mehrere Sektionen des Schlachtschiffes hatten nur wenig oder gar keinen Sauerstoff zur Verfügung. Die Kommandobrücke gehörte dazu. Erschöpfung und Sauerstoffmangel bildeten eine verheerende Kombination. Auch der Körper eines Blutläufers konnte nicht ewig unter diesen Bedingungen funktionieren. Außerdem war es schwer festzustellen, wo die Erschöpfung endete und Hypoxieerscheinungen begannen.

Hugo stützte sich schwer auf eine der Konsolen und starrte mit leerem Blick durch das Brückenfenster. Eine Walschule zog gemächlich vorbei und nahm keine Notiz von dem Kriegsschiff, das auf dem Meeresgrund aufgesetzt hatte.

Hugo schüttelte den Kopf in der Hoffnung, etwas klarer zu werden. »Christian, ich brauche den Status von Antrieb und Hüllenreparatur.«

Der Navigator meldete sich mit deutlicher Verzögerung aus dem Vortex. Das war ungewöhnlich und ein spürbares Indiz dafür, dass es ihm ebenfalls nicht gut ging.

»Antrieb ist wieder zu siebzig Prozent einsatzfähig«, antwortete der Navigator schleppend. »Weitere zwanzig Prozent werden in vierundzwanzig Stunden verfügbar sein.«

»Und die Hüllenbrüche?«

»Die Schadenskontrolle hat es geschafft, das eingedrungene Wasser aus den Decks fünf, sieben und acht abzupumpen und die Hülle notdürftig abzudichten. Aber es stehen immer noch drei weitere Decks vollständig unter Wasser. Im Bedarfsfall wird es schwierig, mit diesen Schäden und dem zusätzlichen Gewicht vom Grund abzuheben.«

»Eins nach dem anderen«, kommentierte Hugo. »Wo sind wir jetzt?«

»In der Nähe von Zypern«, erwiderte der Navigator. »Es gibt aber auch positive Neuigkeiten. Die Ashrak haben aufgehört, uns zu verfolgen. Es gibt keine Bombardements mehr.«

Hugo seufzte erleichtert auf. Nach dem Gefecht in der Atmosphäre hatten die Fischköpfe alles darangesetzt, die AURORA auch noch auszuschalten. Sie hatten einfach auf Geratewohl ins Meer gefeuert in der Hoffnung, das Schlachtschiff zu erwischen. Ein paarmal waren sie gefährlich nahe gekommen. Hugo würde gern glauben, es war das Können seiner Besatzung und seine eigenen Führungsqualitäten, die ihr Überleben gesichert hatten. Im Endeffekt hatte es sich aber um pures Glück gehandelt.

Hugo warf der regungslosen Gestalt des Navigators einen durchdringenden Blick zu. Die Luft wurde immer dünner. Wie würde es wohl für ihn sein, wenn sie ausging? Würde seine holografische Gestalt im Vortex einfach verschwinden?

Vielleicht. Hugo kam zu dem Schluss, dass dies gar kein so schlechtes Ende war. Der Navigator würde von ihnen allen unter Umständen am wenigstens mitkriegen, sobald es zu Ende ging.

Hugo hustete. Blutläufer kamen mit einem Bruchteil des Sauerstoffbedarfs eines normalen Menschen aus. Wenn er schon Probleme beim Atmen hatte, dann wären andere Menschen längst tot.

Hugo wischte sich den Schweiß von der Stirn. Er transpirierte mittlerweile in beängstigendem Ausmaß. Das war ebenfalls ein Zeichen für akuten Sauerstoffmangel. Beim Atmen überkam ihn ein Gefühl, als wären seine Lungen mit Flüssigkeit gefüllt.

»Christian, was macht die Lebenserhaltung?«

Hugo merkte ruckartig auf, als sein Navigator nicht antwortete. »Christian?«

»Ich bin noch da«, meinte der Navigator. »Tut mir leid. Ich bin geistig etwas abgedriftet. Ich befürchte, meine kognitiven Fähigkeiten bauen rapide ab.« Er hüstelte. »Wie war bitte die Frage?«

»Die Lebenserhaltung, wie ist der Status der Reparaturen?«

Erneut folgte eine ungewöhnlich lange Zeitspanne keine Antwort.

»Christian?«, drängte Hugo.

»Die Lebenserhaltung sollte demnächst online kommen«, gab der Navigator mit schwacher Stimme zurück.

Hugo sah sich auf der Brücke der Aurora um. Mehrere Blutläufer hatten sich auf den Boden gesetzt, den Rücken gegen die Konsole gelehnt. Jeder sparte nun Sauerstoff, wo es nur ging. Ein Lufthauch zog plötzlich an Hugos Nase vorbei. Er sah auf.

Es wurde zunehmend wärmer auf der Brücke. Sie vertrieb den Frost, der von der Aurora Besitz ergreifen wollte. Ironischerweise fröstelte Hugo erst jetzt, da die Kälte verbannt wurde. Er rieb sich die Arme. Die Luftqualität nahm langsam zu. Hugo hatte nun weniger das Gefühl, gegen Widerstand atmen zu müssen.

Die Blutläufer auf der Brücke entspannten sich. Einige, die bereits fast ohnmächtig waren, schlugen die Augen auf. Mehr als einer von ihnen seufzte erleichtert.

»Na endlich«, meinte Hugo zufrieden. Er wandte sich der Liege des Navigators zu. »Christian, alles in Ordnung?«

»Es geht mir bedeutend besser.« Die Stimme des Mannes klang tatsächlich merklich entspannt. »Sehr viel länger hätte ich das nicht aushalten können.«

»Geht uns allen so.« Hugo richtete sich auf. »Da das jetzt erledigt ist, müssen wir diese Wassermassen aus dem Schiff kriegen und als Nächstes reparieren wir so viele Waffen wie möglich.« Hugo rieb sich über das Kinn. »Was macht die Kommunikation?«

»Die interne arbeitet immer noch fehlerhaft. Die externe steht jedoch zur Verfügung.«

»Dann verschaff mir eine Verbindung mit Michael. Er sollte wissen, dass es uns noch gibt. Aber bitte auf eine Art, dass uns die Ashrak nicht anpeilen können.«

»Selbstverständlich«, erwiderte der Navigator pikiert.

Hugo streckte sich und pumpte gierig Sauerstoff in seine Lungen. Christian hatte recht. Das war wirklich allerhöchste Eisenbahn gewesen.

»Hugo?«, meldete sich Christian wieder.

»Was gibt es? Hast du Michael für mich erreicht?«

»Nicht so ganz.«

Hugo runzelte die Stirn. »Und das heißt …?«

»Ich fange eine Menge Funkverkehr auf. Teilweise von Rebelleneinheiten weltweit. Die Kämpfe sind wohl dabei zu eskalieren.«

»Das war zu erwarten. Fängst du auch imperiale Signale auf?«

Christian zögerte. »In der Tat. Und die sind in heller Aufregung.«

»Ich schätze, Michael hält sie ganz schön auf Trab.«

»Sie sind nicht wegen Michael derart aufgeschreckt.«

Hugo hielt unweigerlich inne. »Sondern?«, fragte er.

»Wie es scheint, ist eine große Flotte im System aufgetaucht. Und nicht über die Hyperraumkatapulte.«

Hugos Kinnlade klappte herunter. »Heiliger Strohsack! Das kann doch nur eines bedeuten.«

***

Bri'anu eilte im taktischen Besprechungsraum an Bord der Kommandoplattform an Cha'ackos Seite. Das Hologramm, das die komplette Mitte des Raumes bis hin zur Decke ausfüllte, spiegelte für den oberflächlichen Beobachter eine düstere Szenerie wider.

Eine Ashkrakflotte, die zu einem Großteil aus Truppentransportern bestand, hatte sich zwischen Erdmond und dem Planeten selbst in Position gebracht. Ein endlos scheinender Strom von Sturmtransportern ergoss sich Richtung Erde, um auch noch den letzten Widerstand niederzuwalzen.

Was Bri'anu aber größte Sorgen bereitete, waren die annähernd vierhundert Symbole, die sich gerade am Saturn vorbeischoben und sich mit hoher Geschwindigkeit dem inneren System näherten.

Cha'acko jedoch stand stocksteif innerhalb des Hologramms und verfolgte die Flugbahn der Neuankömmlinge nicht ohne Genugtuung. Zu Bri'anus Verblüffung färbten sich die Schuppen seines Vorgesetzten leicht grünlich, was auf eine zumindest gelöste Stimmung, wenn nicht sogar die Zurschaustellung offener Freude hindeutete.

Bri'anu wagte es vorsichtig, einen Schritt näher zu treten. Sein Vorgesetzter nahm ihn immer noch nicht zur Kenntnis.

»Herr?«, sprach der Adjutant den Honuh-ton-Agenten an. »Mit großer Wahrscheinlichkeit handelt es sich um Rebellenschiffe. Wir erwarten keinen Verband in dieser Größenordnung.«

Cha'acko wandte sich nicht zu ihm um, gab nicht zu erkennen, ob er die Bemerkung gehört, geschweige denn verstanden hatte.

»Er ist es«, sagte er schließlich. Und Bri'anu wusste nicht zu sagen, ob die drei Worte ihm galten oder ob Cha'acko vielmehr zu sich selbst sprach.

Der junge Ashrakoffizier beugte sich leicht vor. »Herr?«, hakte er nach.

Mit einem Kopfnicken deutete Cha'acko auf die sich schnell nähernden Schiffe. »Er ist es. Templer HT-843715 ... der Mensch, den sie Gareth Finch nennen.«

Bri'anu war einigermaßen verwirrt. »Wir konnten noch keines ihrer Schiffe mit Sicherheit identifizieren. Es könnten andere Rebellenkommandeure sein ...«

»Nein«, unterbrach Cha'acko seinen Adjutanten. »Er ist es. Ganz sicher. Ich kann ihn fühlen. Er ist dort draußen und fordert mich heraus. Nur er wäre so vermessen, einen solchen Angriff zu führen. Die Arroganz war schon immer seine größte Schwäche.«

Bri'anu ging etwas auf Abstand. Cha'ackos Worte erinnerten ihn verdächtig an Besessenheit und das war bei einem Kommandanten keine sehr erstrebenswerte Eigenschaft, vor allem nicht für dessen Untergebene.

»Wie gehen wir also vor, Herr? Sollten wir nicht Großalarm geben?«

Cha'ackos Schuppen wurden nun stechend grün. Feixend drehte er sich um. »Ich habe diesen Schritt unserer Feinde bereits vorhergesehen. Alles, was mich überrascht, ist, dass er nicht bereits früher erfolgt ist.« Endlich fixierte der Honuh-ton-Agent seinen Untergebenen mit einem stechenden Blick. »Hör jetzt genau zu: Du wirst eine Nachricht für mich abschicken.«

***

Die aus drei Flügeln bestehende Rebellenflotte zog mit Höchstgeschwindigkeit am Jupiter vorbei. Gareth beobachtete den Vormarsch mit verkniffener Miene.

Sein Navigator Wesley tastete die Umgebung des Jupiters beständig mit den Sensoren ab. Vieles lag unter einem dichten Störfeld verborgen, was er aber wahrnehmen konnte, bestärkte ihn in seiner Entscheidung, sich vom Jupiter so fern wie nur irgend möglich zu halten. Solange die Ashrak dort ihn nicht an seiner Operation hinderten zumindest.

Gareth runzelte die Stirn. »Wesley? Sind die Daten akkurat?«

»Allerdings«, dröhnte die Stimme seines Navigators in seinen Ohren. »Die Verteidigungsanlagen sind überaus beeindruckend. Ich orte allein auf dieser Seite des Jupiters drei große, gut bestückte Raumstationen, Dutzende Kriegsschiffe und stationäre schwere Stellungen auf den größeren Monden. Wenn ich raten müsste, dann würde ich sagen, dass sich auf den kleineren ebenfalls einige gut positionierte Waffen befinden. Sie erschaffen eine Todeszone, die einer angreifenden Streitmacht schwere Verluste zufügen würde.«

»Gibt es Anzeichen, dass die imperialen Schiffe Fahrt aufnehmen, um uns abzufangen?«

»Keine«, erwiderte der Navigator. »Sie begnügen sich damit, ihre Stellung zu halten, um das zu beschützen, was auch immer am Jupiter plötzlich so wertvoll sein soll.« Der Tonfall des Navigators wurde mit einem Mal unpassend heiter. »Es wäre auch keine gute Idee, sich vom Jupiter zu entfernen. Wir sind ihnen zahlenmäßig weit überlegen. Sollten sie die Todeszone verlassen, würden wir mit ihnen kurzen Prozess machen.«

»Behalte sie im Auge. Ich will wissen, falls sich an ihrem Verhalten etwas ändert.«

»Verstanden.«

»Wie verhält sich die imperiale Blockadeflotte voraus?«

»Sie entsenden immer noch am laufenden Band Truppen auf den Planeten. Ich fange Fetzen von Gefechtsfunksprüchen auf. Das meiste ist verschlüsselt. Aber wenn auch nur die Hälfte von dem stimmt, was ich verstehen kann, dann sind unsere Leute in ernsten Schwierigkeiten.«

Gareth rümpfte die Nase. »Das war zu erwarten.« Er stieß einen Schwall Luft zwischen den Vorderzähnen aus. »Verdammt, Michael! Das hätte nicht so weit kommen müssen.« Lauter sagte er: »Was machen die Kriegsschiffe voraus?«

»Sie bilden eine Abwehrlinie, um ihre Truppentransporter zu schützen. Im Bereich des Erdmondes.«

Gareth merkte auf. »Sie bereiten die Verteidigung vor? Ganz sicher?«

»Ich kann dir nur das sagen, was ich hier vor mir sehe. Und demzufolge sieht es ganz so aus, als würden sie es auf einen Kampf ankommen lassen.«

Gareths Misstrauen war geweckt. Er leckte sich über die Lippen. »Einen Kampf mit uns werden sie nicht überstehen. Wenn die auch nur einen Funken Grips haben, dann sollten sie jetzt besser abrücken und uns durchlassen. Wenn wir uns den Weg erzwingen müssen, dann wird es übel ausgehen für die Fischköpfe.« Gareth machte ein nachdenkliches Gesicht. »Ich verstehe nicht, was es den Ashrak bringt, sich derart sinnlos zu verheizen.«

»Vielleicht wissen Sie etwas, was wir nicht wissen«, gab Wesley zu bedenken.

»Genau das macht mir Sorgen.« Gareth straffte seine Gestalt. »Aber es bringt nichts, hier herumzusitzen und sich über Dinge den Kopf zu zerbrechen, die wir nicht ändern können. Wesley, informiere Ris'ril und Isabella. Formation einnehmen und Richtung Erde vorstoßen. Wir greifen umgehend an.«

»Sie wurden informiert«, erklärte der Navigator nur eine Sekunde später.

»Ich brauche eine Verbindung zu Michael. Er muss wissen, dass wir hier sind.«

»Ich empfange unzählige Meldungen. Weltweit sind Hunderte, wenn nicht Tausende Rebelleneinheiten im Gefecht. Einige sind so groß wie eine Angriffskolonne, andere haben nicht einmal die halbe Größe eines Trupps. Da unten herrscht Chaos und etwas wie ein Oberkommando ist wenigstens für mich im Moment nicht zu erkennen. Es wird dauern, bis ich ihn gefunden habe. Bis dahin sind wir vermutlich schon durch die imperiale Formation gebrochen.«

Gareth überlegte. »Gibt es Kämpfe in Süd- und Mittelengland? Vor allem im Gebiet um London?«

Der Navigator überprüfte die einkommenden Informationen und sichtete sie auf Nachrichten über das Londoner Umland. »Einige«, meinte er schließlich. »Es gibt ein paar Dutzend kleinere Gefechte und eine große Schlacht, die sich bis ins Herz der Stadt zieht.«

Gareth lächelte sardonisch. »Such ihn dort.«

***

Zwei imperiale Achilles-Panzer rumpelten über eine Schutthalde, die bis vor Kurzem noch eine Rebellenstellung gewesen war. Ihre Geschütze feuerten auf die umliegenden Gebäude. Zwei Ruinenbauten stürzten krachend ein. Aus dem daraus entstehenden Wolkenvorhang fauchten mit einem Mal ein Dutzend Geschosse. Die Raketen bohrten sich zunächst in die Frontpanzerung, brachen hindurch und entfalteten ihre Zerstörungskraft erst im Inneren. Beide Panzer flogen auf spektakuläre Weise in die Luft.

Michael kommandierte die Verteidigung von London aus dem Feld heraus. Er befand sich einen halben Klick südlich der Stellung, die gerade angegriffen wurde. An seiner Seite standen Gladys Caffield, Angela sowie ein halbes Dutzend Offiziere. Bei allen handelte es sich um ehemalige Mitglieder hiesiger Straßenbanden. Es war keiner von den Blutläufern dabei, die er zur Erde mitgebracht hatte. Frustriert dachte er daran, dass die meisten von ihnen gerade in der Schlacht ausharrten oder tot waren.

Michael aktivierte eine Funkverbindung. »Theodore?«

»Auf Empfang«, erklang nahezu ohne Verzögerung die Antwort. Theodore führte den Gegenangriff an, mit dem die Rebellen den feindlichen Vormarsch verlangsamen wollten. Niemand machte sich große Illusionen, ob man den Gegner aus der Stadt wieder hinaustreiben konnte.

»Status!«, verlangte er.

»Wir stehen etwa einer halben Kolonne gegenüber«, meldete sein Cousin. »Sie verfügen über Luftunterstützung und schwere Waffen. Wir können aber die Stellung derzeit noch halten.«

Michael fletschte die Zähne. »Ihr sollt die Stellung nicht halten. Das bringt uns kaum etwas. Wir müssen den Gegner zurücktreiben.«

»Vergiss es!«, erfolgte prompt die Antwort. »Das wird nichts. Hier ist kein Vorankommen. Ich habe fast die Hälfte meiner Leute verloren.«

Michael stützte sich mit einer Hand an der Wand ab. Er drohte den Boden unter den Füßen zu verlieren. Fünfzig Prozent Verluste bedeuteten in Theodores Fall den Tod von mindestens zweitausendfünfhundert Mann. Das waren Opfer, die sie sich einfach nicht leisten konnten.

»Einen Augenblick, Theodore.« Michael schaltete die Frequenz auf stumm und wandte sich zu Caffield und Angela um. »Können wir ihm irgendwie helfen? Ich meine, Truppen von irgendwo abziehen und ihm zuschanzen.«

Die beiden Frauen wechselten einen verkniffenen Blick. Angela diente ihm inzwischen als eine Art Ordonnanzoffizier. Michael hatte erkannt, dass sie ein beinahe instinktives Gespür für Disposition und Logistik hatte, was sie vor allem für die Planungen direkt im Feld äußerst wertvoll machte. Normalerweise hatten imperiale Kommandeure einen ganzen Stab zur Verfügung, der diese Aufgabe übernahm. Michael besaß in dieser Hinsicht lediglich Angela und für diese Hilfe war er sehr dankbar.

Caffield zuckte die Achseln. »Was ist mit der 2/32 im Norden? Die müssten Theodore eigentlich relativ schnell erreichen können.«

Angela schüttelte müde den Kopf. »Wenn wir dort Truppen abziehen, dann brechen die Fischköpfe im Norden durch. Außerdem hat die 2/32 ähnlich hohe Verluste wie Theodores Einheiten und außerdem kaum schwere Ausrüstung. Die wären keine große Hilfe.« Sie rieb sich langsam über das Kinn und anschließend über die linke Wange. »Was ist mit der 4/72. Die müssten doch klarkommen.«

Caffield zog die Stirn in Falten, während sie den Vorschlag überdachte. »Ja, das sollte gehen. Die befinden sich südlich von Theodores Position und hatten in den letzten vierundzwanzig Stunden relativ wenig Feindberührung.«

Angela warf Michael einen zufriedenen Blick zu. »Also wird es die 4/72 sein.«

Michael nickte und aktivierte erneut die Frequenz. »Theodore? Wir schicken dir die Brigade 4/72 zur Unterstützung. Sie sollte in ...« Er warf Angela einen fragenden Blick zu. Diese formte mit den Lippen lautlos das Wort *dreißig*.

»... in dreißig Minuten bei dir sein«, vollendete er den Satz.

»Wollen wir hoffen, dass in dreißig Minuten noch etwas da ist, das sie retten können«, gab Theodore verkniffen zurück. »3/25 Ende.«

Die Verbindung wurde abrupt gekappt. Das sah Theodore eigentlich gar nicht ähnlich. Michael interpretierte es als Symptom der allgegenwärtig einsetzenden Erschöpfung. Sie war überall zu spüren. Michael bemerkte es an der Art, wie die Leute ihre Schultern ein Stück weit absacken ließen. Nicht viel. Sie hielten sich lediglich ein kleines bisschen weniger aufrecht als noch vor einigen Wochen. Und er sah es am Ausdruck in ihren Augen, der stumpf zu werden begann. Sie funktionierten nur noch, ohne wirklich an ihren Erfolg zu glauben. Sie kämpften, weil es sonst nichts anderes gab, was sie noch zu tun vermochten.

Egal wie viele Schlachten sie auch gewannen, egal wie viele Erfolge sie auch durchsetzen – und die Zahl ihrer Siege war in der Tat beeindruckend für eine so junge Armee –: Letzten Endes walzte die Macht der imperialen Streitkräfte in Person der Ashrak sie immer wieder nieder. Sie hatten weit über jegliches erwartete Maß durchgehalten, doch der Zeitpunkt ihres Zusammenbruchs rückte immer näher. Und Michael hatte keine Ahnung, was er dagegen tun sollte.

***

Theodore führte seine Truppen durch mehrere verwinkelte Gassen in die Flanke eines vorrückenden Ashraktrupps. Das war ihr großer Vorteil. Der Feind hatte die Männer. Der Feind hatte die Waffen. Der Feind hatte die Kampffahrzeuge. Aber was die Menschen besaßen, war die Kenntnis des Terrains. Egal wie oft sich London auch veränderte, die Bevölkerung kannte ihre Stadt.

Die Rebellentruppen verlegten ihre Einheiten durch kaum zugängliche Gassen, durch die Keller ausgebombter Gebäude und sogar durch die Kanalisation. Vor zwei Tagen hatte Theodore seine Brigade durch das zerstörte Gebäude des ehemaligen Finanzamts geführt, eine Wand durchbrochen und dadurch Zugang zum Nebengebäude erlangt und war dem Feind in den Rücken gefallen.

Durch die Ortskenntnisse gelang es ihnen immer wieder, den Fischköpfen ein Schnippchen zu schlagen. Wie lange das noch funktionieren würde, blieb abzuwarten. Aber Theodore würde jeden Vorteil ausnutzen, solange dies möglich war.

Er hielt schlitternd an und hob die geballte Faust. Die gerüsteten Männer und Frauen in seinem Rücken kamen zum Stehen, die Pulsgewehre fest umklammert.

Voraus war durch eine schmale Lücke Reihe um Reihe feindlicher Infanterie zu erkennen, die vorübermarschierte, lediglich hin und wieder unterbrochen von Achilles-Panzern und Skorpion-Gehern.

Theodore ließ sich auf ein Knie nieder. »4/72? Hier 3/25.«

»4/72 hört.«

»Feindeinheiten in vermutlich Kolonnenstärke bewegen sich direkt auf euch zu.«

»Wir sind in Position und bereit für das Feuerwerk.«

Theodore grinste. »Verstanden. Angriff rollt, sobald 3/25 das Gefecht eröffnet.«

»Verstanden«, erwiderte der andere Rebellenoffizier knapp. In Theodores Ohren knackte es, als dieser die Verbindung unterbrach.

Michaels Cousin warf einen weiteren Blick durch die Lücke in der Gasse. Die Ashrak marschierten selbstbewusst und siegesgewiss über den aufgerissenen, zerstörten Asphalt. Er sah sich um. Die Männer und Frauen hinter ihm hatten ihre Helme geschlossen. Er hätte zu gern anhand ihrer Mimik abgelesen, wie diese sich fühlten. Theodore wandte sich erneut dem Feind zu und seufzte. Vielleicht war es auch besser, es nicht zu wissen.

Theodore spannte seinen Körper an, zupfte eine Granate vom Gürtel, betätigte den Auslöser und warf sie in Richtung des Gegners. Die Zeitverzögerung betrug zehn Sekunden. Der Sprengkörper klapperte über den Boden und zwischen die Beine der nächsten Reihe imperialer Soldaten.

Theodore zählte insgeheim mit. Als er bei zehn ankam, flog die Granate in die Luft und riss ein halbes Dutzend feindlicher Soldaten in den Tod. Wortlos erhob sich Theodore und stürmte auf den Feind zu. Seine Einheit folgte ihm dichtauf. Der Kampf war eröffnet.

Theodores Pulsgewehr spuckte mehrere Energiestrahlen aus und mähte drei Ashrak nieder, kaum dass er das Schlachtfeld betreten hatte. Die Rebellen brachen wie eine Naturgewalt über den überraschten Feind herein. Die Impulse ihrer Waffen tasteten nach dem Gegner und schmolzen sich ihren Weg durch deren Rüstungen.

Die Ashrak benötigten kostbare Sekunden, um sich darüber klar zu werden, woher der Angriff so plötzlich erfolgte. Bis dahin hatten sich Theodores Leute bereits festgesetzt inmitten der feindlichen Formation.

Theodore benutzte den Kolben seiner Waffe als Keule und zertrümmerte den Helm eines Ashraks. Dieser taumelte rückwärts, war aber noch kampffähig. Der feindliche Soldat hob sein Gewehr, wurde in diesem Moment jedoch von drei Energieimpulsen in Kopf und Torso getroffen. Mit qualmenden Löchern in der Rüstung ging er zu Boden.

Der eigene Schwung trug die Rebellen tief in die Reihen des Gegners. Theodore trieb einen Keil in die feindliche Front und es gelang ihm binnen kürzester Zeit, diese zu spalten. Etwas, das er nicht zu hoffen gewagt hatte. Und dann begingen die Ashrak einen entscheidenden Fehler. Der vordere Teil ihrer Front wendete, um sich den Rebellen in ihrer Mitte zuzuwenden.

Und in diesem Moment schlug Brigade 4/72 zu.

Mit Panzern, Artillerie und Skorpionen – allesamt Beutestücke vorangegangener Kämpfe – erhoben sich fünftausend Rebellensoldaten aus ihren Verstecken und griffen die Spitze der Kolonne an.

Brigade 4/72 fing den Gegner innerhalb kürzester Zeit in einem mörderischen Kreuzfeuer. Mehrere Feindpanzer flogen in die Luft und rissen dadurch breite Lücken in die gegnerische Aufstellung. Zwei imperialen Skorpionen wurden die Beine unter dem massigen Körper weggeschossen und sie knickten ein, wobei einer von ihnen noch einen halben Trupp der ihn begleitenden Infanterie unter sich begrub.

Die Rebellen waren schnell, sie waren geschickt, sie waren effektiv. Aber vor allem waren sie gnadenlos. Jahrzehntelang hatten sie sich vor ihren neuen Herren verstecken müssen, hatten in Furcht vor ihnen gelebt. Nun war Zahltag.

Theodore hatte keine Ahnung, wie lange der Kampf andauerte. Ihm kamen es vor wie Stunden. Aber so etwas täuschte in der Hitze der Schlacht. Für ihn bestand die ganze Welt nur noch aus dem Kampf gegen den Feind und der bluttriefenden Spitze seines Bajonetts.

Seine Rüstung war über und über gesprenkelt mit dem schwarzen Blut der Ashrak. Zeitweise hatte er seinen Geist sogar auf Autopilot geschaltet. Einer Maschine gleich senkte er das Bajonett immer und immer wieder in das Fleisch seiner Feinde. Als er endlich erneut halbwegs klar denken konnte, war der Kampf vorüber und die imperiale Kolonne bis auf wenige Überlebende aufgerieben.

Theodore sank neben dem Wrack eines imperialen Skorpions nieder und legte beinahe sanft seine Hand auf die immer noch warme Außenhülle. Er öffnete seinen Helm und zog gierig die von Waffengebrauch erhitzte Luft ein.

Schneefall setzte ein und fing an, alles mit einem weißen Schleier zu bedecken. Es war schon Winter. Das war ihm gar nicht bewusst gewesen.

Einer seiner Hauptleute trat neben ihn. Wie er selbst hatte der Mann zu den Flesh and Bones gehört. Aber derlei Zugehörigkeit spielte mittlerweile keine Rolle mehr.

Theodore sah auf. »Gib Meldung an Michael: Der Süden Londons gehört uns wieder.« Der Offizier nickte und entfernte sich etwas mit besorgtem Blick.

Theodore schenkte ihm ein aufmunterndes Lächeln, auch wenn er sich ganz und gar nicht entsprechend fühlte. Aber manchmal musste man einfach gute Miene zum bösen Spiel machen.

Sein Blick glitt nach Süden, den fliehenden imperialen Soldaten hinterher. Ja, sie hatten gewonnen und den Angriff auf London zurückgeschlagen. Doch er fragte sich langsam, wo das alles hinführen mochte. Das Rod'Or-Imperium würde einfach eine weitere Kolonne schicken. Und wenn sie diese auch schlugen, würde eine weitere folgen und dann noch eine und noch eine.

Er senkte den Kopf und betrachtete die zahlreichen gefallenen Rebellensoldaten auf dem Schlachtfeld.

Sie hatten den heutigen Tag für sich entschieden. Aber wie viel war ein Sieg schon wert, wenn der nächste Tag bereits die Niederlage bringen konnte? Und sie hatten schon für diesen Tag einen verdammt hohen Preis bezahlt.

***

Gareth Finch stand auf der Brücke der ESMERALDA, umgeben von den taktischen Hologrammen der Kommandostation. Die Rebellenflotte näherte sich unaufhörlich der Erde. Ihr Weg wurde gesprenkelt mit den Schiffstrümmern imperialer Schiffe.

Sein Angriffskreuzer feuerte eine kombinierte Breitseite aus den Geschützen sowie den beiden frontal montierten Raketenwerfern. Die Salve schlug in den Rumpf eines bereits erheblich beschädigten Schweren Kreuzers ein. Das Schiff lieferte sich ein Duell mit zwei Zerstörern aus Ris'rils Flügel. Beide Kampfraumer waren angeschlagen, hielten aber stoisch die Stellung.

Gareths Angriff riss eine Bresche auf einer Länge von dreißig Metern in die Flanke des feindlichen Kriegsschiffes.

Dieses musste einen Teil seiner Feuerkraft einsetzen, um Gareths Angriff zu begegnen. Die beiden Rebellenzerstörer nutzten ihre Chance und setzten mit einem Bombardement der eigenen Bewaffnung nach. Sie verbreiterten mit mehrere Energiesalven sowie zwei Torpedos die zuvor geschlagene Bresche. Explosionen blühten auf und rissen den Kreuzer mittschiffs auseinander.

Die ESMERALDA zog gemächlich an den beiden Bruchstücken vorbei und kümmerte sich nicht weiter darum. Der Kreuzer war keine Bedrohung mehr.

»Die 3. Division hat die Front durchbrochen«, informierte Wesley ihn. »Die 2. ist noch mit Aufräumarbeiten beschäftigt, aber im Großen und Ganzen ist der Weg zur Erde frei.«

»Ausgezeichnet, Wesley«, honorierte Gareth. »Was ist mit dem Rest der feindlichen Flotte, vor allem mit den Truppentransportern?«

»Befinden sich auf dem Rückzug. Es scheint, als würden sie sich beim Mars sammeln.«

Gareth atmete tief durch. »Mir soll es recht sein, solange sie mir aus dem Weg bleiben. Gibt es Neues von Michael?«

»Ich habe ihn gefunden«, erwiderte der Navigator. »Soll ich durchstellen?«

Gareth nickte wortlos in dem Wissen, dass sein Navigator diese Geste mitbekommen würde. Kaum zwei Sekunden später erschien Michael als halbtransparentes Hologramm in Lebensgröße direkt vor Gareth. Seine Lippen teilten sich zu einem erfreuten Lächeln.

»Michael«, begrüßte er seinen Kameraden.

Dieser runzelte die Stirn. »Gareth, was zum Teufel machst du denn hier?«

»Ich schwenke gerade mit einer ziemlich großen Flotte in den Orbit ein. Als ich hörte, was hier vor sich geht, konnte ich nicht anders. Ich hatte die Wahl zwischen helfen oder die Erde abschreiben. Und das war eigentlich keine richtige Wahl.« Gareth stemmte die Hände in die Hüften und musterte sein Gegenüber von oben bis unten. »Du hast eine interessante Vorstellung von verdecktem Vorgehen.«

Entgegen dessen eigentlicher Natur wirkte der Rebellenoffizier mit einem Mal verlegen und der Mann wandte unbehaglich den Blick ab. »Ist alles ein wenig aus dem Ruder gelaufen.«

Gareth schielte in Richtung der neuesten taktischen Daten, die die Sensoren über die Geschehnisse auf der Erde lieferten. Er wandte sich mit sarkastischem Grinsen seinem Untergebenen zu. »Das sehe ich.«

Michaels Gesicht lief rot an, doch er grinste dennoch breit. »Aber wir haben es den Ashrak ganz schön gezeigt. Und du wirst nie erraten, was wir alles herausgefunden haben.«

Gareth runzelte die Stirn, während Michael seinen Bericht abspulte. Der ehemalige Bandenanführer erzählte ihm alles. Angefangen bei den Utoru und der geplanten Kolonisierung der Erde durch die Ashrak bis hin zum NATO-Bunker und den daran angeschlossenen Raketenabschussrampen, die nur darauf warteten, eingesetzt zu werden.

Als Michael schwer atmend mit seiner Erzählung endete, musterte Gareth ihn besorgt. Seine Augenbrauen hatten sich über dessen Nasenwurzel zusammengezogen und wirkten wie eine einzelne dunkle Wolke.

»Das ist schlimm. Vor allem die Sache mit der Kolonisierung. Bisher hatten weder das Imperium noch die Ashrak Interesse an unserer Welt, sondern nur an unserer Spezies. Wenn sie jetzt plötzlich derartige Pläne verfolgen, dann werden sie nicht leicht zu schlagen sein. Die Fischköpfe werden verbissen um ihren neuen Lebensraum kämpfen.«

»Derselbe Gedanke ist mir auch schon gekommen. Wie gehen wir weiter vor?«

Gareth sah auf. »Ich habe einige unserer besten Truppen mitgebracht. Wir beginnen sofort mit der Landung. In Afrika und Australien steht der Kampf besonders schlecht. Dort starten wir eine Offensive. Mit etwas Glück gelingt es uns, ihre Hauptverbände auf beiden Kontinenten zu zerschlagen. Kommst du in Europa so weit alleine klar?«

Michael nickte. »Du solltest vielleicht auch Truppen nach Nordamerika schicken. Fabian ist verwundet und befindet sich derzeit in einem Feldlazarett nahe Harrisburgh. Der Kontakt zu Ludwig ist vor geraumer Zeit abgerissen.«

Gareth machte eine verkniffene Miene. »Das ist übel. Ich kümmere mich darum. Vielleicht kann mein Navigator herausfinden, was aus ihm geworden ist. Hast du den letzten gesicherten Standort?«

»In der Nähe von Lüttich, Belgien.«

»Verstanden. Unter Umständen können wir ihn ausfindig machen.« Gareth überlegte. »Am besten, wir treffen uns. Wir müssen unser weiteres Vorgehen abstimmen. Und ich will das von Angesicht zu Angesicht erledigen.«

»Wo?«, wollte Michael wissen.

»In dieser NATO-Zentrale. Ich will sie mir mal ansehen. Gib Fabian und jedem anderen höheren Offizier, den du verfügbar hast, Bescheid. Ich will sie kennenlernen.«

»Es sind ein paar gute Leute dabei.«

Gareth schmunzelte. »Das will ich hoffen. Umsonst habe ich mir nicht die Mühe gemacht herzukommen. Du hast mir eine Armee versprochen und ich will mir einen Eindruck verschaffen, was davon zu gebrauchen ist. Und Fabian kommt anschließend direkt auf ein Lazarettschiff.«

»Ich kümmere mich darum«, bestätigte Michael.

»Gareth«, meldete sich unvermittelt sein Navigator, »da tut sich was.« Wesleys Abbild wurde auf eines der Hologramme direkt aus dem Vortex projiziert, obwohl die physische Gestalt auf der Liege unmittelbar neben Gareth lag.

»Einen Augenblick, Michael«, vertröstete er seinen Gesprächspartner. Er wandte sich dem Hologramm seines Navigators zu. »Was gibt es denn?«

»Die Hyperraumkatapulte wurden gerade aktiviert. Es kommen Schiffe hindurch.« Der Navigator sprach nicht weiter. Das war auch nicht nötig. Gareth konnte aus dessen Mimik alles an Informationen entnehmen, die er benötigte.

»Imperiale Kriegsschiffe«, schloss er.

Wesley nickte.

»Wie viele?«, wollte Gareth wissen.

»Eine Menge«, erwiderte Wesley.

# 25

Für Kexaxa war es nichts Ungewöhnliches, sich inmitten einer Schlacht aufzuhalten. Da sie es waren, die das Imperium technisch praktisch am Laufen hielten, ließ sich dies gar nicht vermeiden.

Für Ibitray jedoch war es das erste Mal, dass er das Fauchen von Pulsgewehren aus dieser Entfernung hörte. Er hielt sich immer noch in der Lagerhalle an den Docks von Dover auf und streichelte beruhigend über die Tentakel des Utoru, der von den nahen Kampfgeräuschen ebenso unruhig wurde wie der kleine Kexaxa selbst.

Ibitray begab sich über eine Leiter auf eine erhöhte Ebene und spähte durch einen Schlitz in der Wand. Draußen wurde erbittert gekämpft. Menschliche Rebellen und Ashraksoldaten lieferten sich in unmittelbarer Nähe des Lagerhauses ein heftiges Feuergefecht.

Ibitray wurde unruhig. Jede Faser seiner pazifistischen Existenz schrie danach, sich abzusetzen und so weit wie möglich von dem Kampf fortzulaufen. Der Kexaxa sah sich zu dem Utoru um. Er konnte das Wesen jedoch nicht im Stich lassen. Er betrachtete es inzwischen als Freund.

Die Utoru kommunizierten nicht auf eine Art und Weise, wie ein Mensch den Begriff Sprache definieren würde. Vielmehr übermittelten sie Bilder, Eindrücke und Gefühle, um sich auszudrücken. Ibitray erschauerte leicht, als der Utoru ihm ein Bild in den Kopf sandte. Es handelte sich um zahlreiche weitere Utoru, die in den Dienst der Rod'Or gezwungen wurden. Gleich danach empfing Ibitray etwas anderes, ein Gefühl, für das er keine Worte fand. Es war irgendetwas zwischen Zorn und Angst. Oder vielleicht beides? Er wusste es nicht zu sagen.

Die Kampfgeräusche erstarben ebenso plötzlich, wie sie aufgeflammt waren. Ibitray spähte erneut nach draußen. Die menschlichen Wachposten waren überwältigt worden. Es hatte keiner überlebt. Triumphierend standen Ashraksoldaten über den Leichen. Es waren aber nur acht zu sehen. Das war eine recht kleine Einheit, vermutlich lediglich ein Spähtrupp.

Der Offizier, der das Sagen hatte, deutete ringsum auf die Gebäude. Die Soldaten machten sich daran, die Gegend zu erkunden.

Ibitray knurrte. Die Anwesenheit der Menschen hatte die Ashrak misstrauisch gemacht. Wo Wachposten standen, da musste es auch etwas zum Bewachen geben. Die Fischköpfe hatten das folgerichtig erkannt.

Ibitrays Blick glitt zwischen dem riesigen Utoru und dem Schlitz in der Wand hin und her. Am liebsten wäre er jetzt wirklich davongelaufen.

Die Ashrak durchsuchten nach und nach alle Gebäude. Das Lagerhaus, in dem sich der Utoru befand, kam als letztes an die Reihe. Die Tür unterhalb von Ibitray flog auf und der Ashrakoffizier stutzte. Anschließend stieß er ein glucksendes Lachen aus.

»Jetzt seht euch mal an, wen wir hier haben!«, meinte er vergnügt und trat ein. Seine Leute verteilten sich hinter ihm im Halbkreis. »Unser Ausreißer.«

Der Offizier ging auf den Utoru zu und legte seine Hand auf dessen Haut, als wäre das Wesen sein Haustier. Wut erfüllte Ibitray. Die Utoru waren eine vernunftbegabte, intelligente Spezies. Man sollte sie mit Respekt behandeln.

Trotz seines Zorns bemühte sich Ibitray, so gut es ging, unsichtbar zu werden. Er beobachtete die Szene angespannt.

In diesem Moment griff der Ashrakoffizier nach einem der Tentakel und bog ihn grob nach oben. Der Utoru schien unwillkürlich in sich zusammenzusacken und das Wesen stieß ein schrilles, ängstliches Quieken aus.

Die Ashrak lachten. Der Offizier wandte sich um. »Ein Sklavenmeister soll herkommen. Das Ding soll schnellstens abtransportiert werden.«

Angst erfüllte Ibitray ein weiteres Mal, doch nun nicht mehr um seine eigene Person. Er fühlte Furcht für den Utoru. Sie wollten ihn erneut in die Knechtschaft zwingen. Das arme Ding würde sich im Frondienst des Imperiums buchstäblich zu Tode arbeiten.

Der Utoru wich in den hintersten Winkel des Lagerhauses zurück. Der Offizier deutete ungeduldig auf das große Tor, das die Stirnseite des Gebäudes dominierte. »Raus mit dir!«

Der Utoru presste sich noch weiter in die Ecke, sehr zum Verdruss des Ashraks. Dieser zog einen Stunner aus dem Gürtel. »Ich sagte: Raus mit dir!«

Zu Ibitrays Schrecken presste der Offizier den Abzug zweimal durch. Ein Kexaxa, ein Mensch oder auch ein beliebig anderes Wesen hätte bereits durch den ersten Stromschlag das Bewusstsein verloren. Der Utoru allerdings kreischte vor Schmerz, die Erlösung einer Betäubung wurde ihm aber nicht zuteil.

Der Ashrak feuerte erneut zweimal. Blitze tanzten über die Haut des Utoru und die Kreatur zitterte mitleiderregend. Zorn überkam Ibitray und für den Bruchteil einer Sekunde konnte er nicht klar denken. Der Kexaxa erhob sich aus seiner Deckung, sprang von der Balustrade und landete auf den Schultern des verblüfften Offiziers.

Ibitray konnte später gar nicht genau beschreiben, was ihn in diesem Moment geritten hatte. Er handelte völlig instinktiv – ohne bewusste Überlegung. Seine beiden mit krebsähnlichen Scheren ausgestatteten Gliedmaßen schnappten zu und schnitten sich ohne große Mühe durch die Rüstung des Ashraks.

Dabei zertrennte Ibitray unter anderem auch die Röhren, die den Körper des feindlichen Soldaten feucht hielten. Zu guter Letzt schnitten sie sich tief in Hals und Lenden des Gegners und rissen ihn mit einem heftigen Ruck förmlich auseinander.

Der Ashrak verblutete innerlich und kippte vornüber. Als er auf dem Boden lag, quoll sein schwarzes Blut in Strömen aus dem Inneren der Rüstung.

Ibitray kam wieder zu Sinnen. Er blieb nicht minder schockiert und fassungslos neben der Leiche des feindlichen Offiziers stehen als die sieben Kameraden des Ashraks. Diese warfen sich seltsame Blicke zu. Einen Kexaxa, der tötete … das hatten sie mit Sicherheit noch nie gesehen.

Einer der Ashrak hob drohend sein Pulsgewehr. Die Mündung deutete auf einen Punkt zwischen Ibitrays Augen. Dieser wich einen Schritt zurück. Er spürte die Präsenz des Utoru in seinem Kopf. Wiederum übermittelte dieser lediglich Eindrücke und Gefühle. Ibitray interpretierte sie als Frage: »Soll ich helfen?«

Und der Kexaxa gab nur zwei Worte zurück: »Ja, bitte.«

Die Tentakel des Utoru bewegten sich mit einem Mal mit unfassbarer Geschwindigkeit. Sie wickelten sich um den Hals von vier Ashrak und drückten mit aller Kraft zu. Ibitray hatte keine Ahnung, was den Utoru plötzlich zu dieser aggressiven Aktion bewog. Vielleicht war es die Zeit der Knechtschaft, vielleicht die Angst um die eigenen Artgenossen, vielleicht aber auch einfach das Beispiel, das Ibitray zuvor gegeben hatte.

Die vier Ashrak sanken erdrosselt zu Boden. Einer der Überlebenden wollte auf den Utoru feuern, dieser jedoch packte den Ashrak mit zwei Tentakeln und riss den gegnerischen Soldaten mitsamt Rüstung in zwei Teile. Dessen Eingeweide ergossen sich über den Boden.

Das war zu viel für die Fischköpfe. Die beiden letzten Soldaten waren wohl der Meinung, sie sollten den Utoru nicht noch mehr reizen. Sie drehten sich um und rannten davon, als wären sämtliche Dämonen ihres Glaubens persönlich hinter ihnen her.

Der Utoru ließ sie ziehen, zufrieden mit dem Ergebnis, das er erzielt hatte. Aber er war noch längst nicht fertig. Das Wesen erhob sich in die Luft und durchbrach die Decke. Ibitray musste ausweichen, um nicht von einigen Trümmern erschlagen zu werden.

Der Utoru gewann schnell an Höhe und machte sich dann in Richtung Westen mit unbekanntem Ziel davon. Ibitray sah dem Wesen noch lange hinterher, bis dieses aus seinem Blickfeld verschwunden war.

* * *

Gareths Beiboot setzte unweit der Koordinaten auf, die Michael ihm gegeben hatte. Wie sich herausstellte, wurde er bereits erwartet. Ein halbes Dutzend Fähren und mehrere Fahrzeuge parkten vor dem Bunkereingang. Hinzu kamen Hunderte Zelte, die man davor aufgebaut hatte. Ein richtiges kleines Feldlager war entstanden.

Die Luke des Beiboots öffnete sich schon, noch bevor die Kufen den Boden berührten, und Gareth sprang hinaus. Es regnete in Strömen.

Seine Füße sanken augenblicklich bis über die Knöchel in den morastigen Untergrund ein. Er sah sich um und fand sich unvermittelt im Zentrum der allgemeinen Aufmerksamkeit wieder. Die hier zusammengekommenen Soldaten umringten ihn, als wäre er eine Berühmtheit. Gareth kannte keinen einzigen von ihnen, aber sie schienen ihn zu kennen.

Ein wenig verlegen lächelte er ihnen zu und begab sich ohne Umschweife zum Bunker. Er rutschte einen kleinen Abhang hinab, um diesen zu erreichen, und fand sich glücklicherweise sofort im Trockenen wieder.

Michael befand sich im geflüsterten Gespräch mit einigen Offizieren. Als er Gareth bemerkte, löste er sich aus der Traube und fiel ihm förmlich um den Hals. Die beiden waren noch immer keine Freunde, aber als Verbündete war Gareth sehr willkommen. Er spürte Michaels Erleichterung über seine Ankunft. Gareth hatte lediglich einen ganz rudimentären Eindruck von der Zeit, die Michael auf der Erde verbracht hatte, doch diese schien ihn verändert zu haben. Vielleicht nicht von Grund auf, aber das wäre auch zu viel erwartet.

Als Nächstes war Fabian an der Reihe. Sein langjähriger Freund und Kamerad saß halb aufrecht auf einer Pritsche und begrüßte Gareth mit festem Händedruck. Der Blutläufer trug seine Rüstung, aber Gareth wusste, dass dessen Brustkorb schwere Prellungen und mindestens zwei Rippenbrüche aufwies. Fabian versuchte sich an einem Lächeln. Es wirkte irgendwie gequält.

Gareth ging zwei Schritte auf Abstand und musterte sein Gegenüber von oben bis unten. »Du siehst beschissen aus.«

Fabian prustete. »Wir können gern die Rollen tauschen. Dann sehen wir ja, wie du nach solchen Strapazen aussiehst.«

Gareth schenkte seinem Freund ein schiefes Grinsen. »Selbst als ich mein Bein verlor, sah ich nicht derart …« Er suchte nach dem passenden Wort.

»Beschissen?«, half Fabian aus.

»Ja, genau … beschissen. Ich sah damals nicht halb so beschissen aus.«

Fabian kicherte. Es kostete ihn jedoch so viel Kraft, dass er sich zurücklehnte. Als sich Gareth wieder zu Michael umdrehen wollte, bemerkte er zwei Männer im hinteren Teil der Anlage. Gareth riss die Augen auf. Michael gesellte sich zu ihm und nickte. Mit erhobener Hand winkte er die beiden näher.

»Ganz recht. Wir haben Ludwig hier in der Anlage gefunden. Frisch und munter.«

Ludwig und Gareth umarmten sich herzlich. Gareth bemerkte die Stärke in Ludwigs Umarmung. Sie lösten sich nur zögerlich voneinander.

Gareth hielt den anderen Blutläuferoffizier auf Armlänge von sich. »Alles in Ordnung mit dir?«

Ludwig lächelte schief und nickte. »So gut, wie es im Moment gehen kann.« Er deutete auf den Mann neben sich. »Das ist Günther Weber. Er kommandiert den Widerstand in Mitteleuropa.«

Gareth nickte dem Rebellen freundlich zu. Dieser senkte respektvoll den Blick. »Sie können auf Ludwig stolz sein«, meinte er unvermittelt. »Ein Artillerieangriff hat uns überrascht. Ludwig rettete mein Leben.« Der Mann räusperte sich. »Das hätte er nicht tun müssen.«

Gareth runzelte die Stirn. Das war eine seltsame Formulierung. Zwischen Ludwig und diesem Weber ging irgendetwas vor sich. Etwas, das er nicht verstand. Aber Ludwig schien zumindest im Moment nicht bereit, näher darauf einzugehen, und so ließ Gareth es bewenden. Sie hatten ohnehin dringendere Probleme.

Gareth räusperte sich auf übertriebene Art und Weise, um die Aufmerksamkeit aller zu gewinnen. Die Gespräche im Raum verstummten nach und nach, als sich die versammelten Offiziere ihrem Oberbefehlshaber zuwandten.

Michael stellte sich in die Mitte und begann mit einer Vorstellungsrunde. »Gareth? Darf ich bekannt machen? Gladys Caffield von den Britischen Inseln. Lucas Laureant aus Frankreich. Günther Weber aus Deutschland kennst du ja schon. Und da wäre noch Dennis Brown aus Nordamerika.« Michael deutete auf einen Asiaten und einen pausbäckigen Hünen mit Vollbart, die sich beinahe schüchtern etwas abseits der Runde hielten. »Das sind unsere neuesten Zugänge. Akira Watanabe, er hat den Oberbefehl über den südostasiatischen Raum, und Vasili Demerov, der den Großraum Russland für uns befehligt. Ich würde dir gern Offiziere aus Südamerika, Afrika und Australien vorstellen, aber mit unserer dortigen Infrastruktur hapert es noch. Auf diesen Kontinenten besteht der Widerstand derzeit aus Hunderten Einzeleinheiten ohne funktionierendes Oberkommando. Wir haben dort noch niemanden gefunden, der den Befehl übernehmen könnte. Das wäre eigentlich der nächste Schritt gewesen, doch die Ashrak machten uns in dieser Hinsicht einen Strich durch die Rechnung.«

Gareth nickte jedem Einzelnen zu. »Und ich befürchte, sie sind noch nicht damit fertig. Ich weiß nicht, ob Michael Sie schon dahingehend informiert hat, aber es ist eine ziemlich große Ashrakflotte im Anflug. Sie wird die Erde binnen der nächsten zwanzig Stunden erreichen. Meine Schiffe sind derzeit dabei, eine Verteidigungsstellung nahe dem Erdmond zu errichten und den Feind falls nötig dort zu stellen.«

»Wie viele Schiffe?«, verlangte Brown zu wissen.

»Unseren besten Analysen zufolge mehr als sechshundert. Hinzu kommen mehr als hundert Truppentransporter. Das bedeutet mindestens eine halbe Million Mann an weiteren Bodentruppen.«

Schockiertes Schweigen senkte sich über die Versammlung. Diese Größenordnung mussten die anwesenden Männer und Frauen erst einmal verdauen.

»Das ist genügend Feuerkraft, um uns alle zur Hölle zu schicken«, murmelte Demerov bedrückt. Der Hinweis war wohl nur für Watanabe bestimmt gewesen, aber es war so mucksmäuschenstill, dass jeder der Offiziere es mitbekam.

»Das ist korrekt«, entgegnete Gareth ehrlich. »Daher müssen wir uns schnell über unser weiteres Vorgehen klar werden.«

Eine dunkelhäutige Frau und ein junger Mann, beide in voller Rüstung, traten durch den Eingang und stellten sich links respektive rechts an Michaels Seite. Der Mann überreichte ein Pad an den Blutläuferoffizier, der dieses dankbar annahm.

Michael deutete erst auf den Mann, anschließend auf die Frau. »Das sind mein Cousin Theodore und Angela. Sie ist … sie dient mir …«, stotterte Michael mit einem Mal. »Sie fungiert als mein Adjutant«, erklärte er schließlich sichtlich verlegen.

Gareth hob leicht eine Augenbraue an. Ein solches Verhalten sah Michael gar nicht ähnlich. Gareths Blick zuckte erst zur Frau, die sich anscheinend köstlich darüber amüsierte, wie Michael sich wand, und im Anschluss zu seinem Waffenbruder. Dieser wich Gareths Blick absichtlich aus. Er verkniff sich nur mit Mühe ein wissendes Schmunzeln. Anscheinend war hier eine ganze Menge vorgefallen, von dem er nichts wusste und das ihn auch nichts anging. Aber Gareth freute sich, dass für Michael nicht alles auf der Erde mit Kampf und Tod zu tun hatte.

Ihm fiel auf, dass die Mimik des anderen Blutläufers gefror. Michael reichte das Pad an ihn weiter und Gareth überflog die darauf gespeicherten Berichte. Er setzte es ab und sah in die Runde. Gareth seufzte tief.

»Die imperialen Verbände auf der Erdoberfläche haben sich in ihre Ausgangsstellungen zurückgezogen. Die Kämpfe sind merklich abgeflaut.«

Allgemeine Erleichterung machte sich breit, wohingegen Gareth einen vielsagenden Blick mit Michael wechselte. Den übrigen Anwesenden fehlte es an Erfahrung, um diesen Aspekt des imperialen Militärs richtig einordnen zu können. Gareth räusperte sich.

»Sie bereiten einen finalen Schlag vor«, erklärte er. »Deshalb ziehen sie sich zurück.« Die Offiziere musterten ihn betrübt, als ihnen klar wurde, was seine Worte für Auswirkungen nach sich zogen. »Das ist imperiale Standardprozedur«, fuhr Gareth fort. »Sie ziehen sich zurück, um ihre Kräfte zu konsolidieren und neu zu formieren. Wenn sie dann zuschlagen, sind sie stärker als je zuvor.« Er sah auf. »Michael, sind die Zahlen hier belastbar?« Gareth hob das Pad in seiner Hand.

Michael nickte. Die Mimik des Blutläuferoffiziers ließ keinen Raum für großen Optimismus.

Gareth verzog das Gesicht. »Wenn diese Zahlen hier stimmen, dann verfügen die Ashrak auf der Erde über annähernd fünfzehn Millionen Mann unter Waffen. Im Moment besitzen wir die Lufthoheit, aber sobald die feindliche Flotte in Reichweite kommt, dürfte sich das auch erledigt haben. In Europa, der Ostküste Nordamerikas sowie Teilen Asiens und Nordafrikas haben wir momentan die Oberhand. Das entspricht etwa dreißig Prozent der Erdoberfläche. Der Großteil der restlichen Landfläche wird von den Ashrak kontrolliert, mit nur ganz wenigen Ausnahmen. Die Fischköpfe sind aber dabei, ihre Eroberungen zu konsolidieren. Es wird nicht mehr lange dauern, bis sie massiv gegen die Rebellenhochburgen vorgehen. Das bedeutet, London, Paris, New York, Pittsburgh, Tanger, Moskau und Tokyo müssen mit erheblichen Angriffen rechnen. Die Ashrak werden jetzt nicht mehr aufhören, bis sie uns zermalmt haben.«

Gareth warf Michael einen forschenden Blick zu. »Wie stark sind wir vertreten?«

Der Angesprochene zog die Mundwinkel nach unten. »Weniger als drei Millionen, die wirklich zu uns gehören, würde ich sagen. Ansonsten verfügen wir nur über halb ausgebildete Milizen, mit denen wir lediglich lockere Kontakte unterhalten. Wir haben den Ashrak mehrere gut ausgestattete Depots abgenommen, aus denen wir unsere Truppen und Verbündeten versorgen. Ansonsten hätten wir nicht derart lange durchgehalten.« Michael schüttelte den Kopf. »Es tut mir leid, Gareth. Wenn uns die Ashrak nicht auf die Schliche gekommen wären … wenn wir zwei oder drei Jahre in Ruhe hätten arbeiten können, dann hätte ich dir eine Armee besorgt, die mit den verdammten Fischköpfen den Boden aufgewischt hätte. Sie haben uns einfach zu früh entdeckt.«

Gareth sah sich in der Runde um. Frustration und Enttäuschung schienen die vorherrschenden Emotionen zu sein. »Vielleicht war unser Ziel von vorneherein zu hoch gegriffen. Zu ambitioniert.«

»Die Frage ist, was machen wir jetzt?«, wollte Theodore wissen. »Kämpfen wir die Sache aus?«

Gareth machte eine verkniffene Miene. »Eines muss jedem klar sein: Wenn wir die Sache hier ausfechten, dann wird der Widerstand auf der Erde hier enden. Die Ashrak werden uns auslöschen. Und ein großer Teil der Rebellenflotte, die wir mühsam aufgebaut haben, wird ebenfalls vernichtet werden. Der Aufstand wird sich unter Umständen davon nicht wieder erholen.«

»Sie glauben also nicht, dass wir gewinnen können?«, wollte der Offizier namens Laureant wissen.

»Ich kann mir kein Szenario vorstellen, in dem wir die Oberhand behalten«, antwortete Gareth ehrlich. »Selbst wenn wir die angreifende Flotte besiegen, schickt das Imperium einfach eine weitere. Ursprünglich hatte ich geplant, hier auf der Erde eine Untergrundarmee aufzubauen und sie nach und nach ins All zu verschiffen. Dort, wo der wirkliche Kampf stattfindet und wo sich der Aufstand letztendlich entscheiden wird. Aber auch dieser Weg ist nun verbaut.«

»Können Sie nicht unsere Leute mit sich nehmen?«, fragte Dennis Brown gepresst.

»Drei Millionen Mann?«, erwiderte Gareth. »Ich habe nicht genug Stauraum für einen Bruchteil davon.« Er räusperte sich. »Ich will ganz offen zu Ihnen allen sein. Sie verdienen es, die Wahrheit zu kennen. Ich bin eigentlich hier, um gefährdetes Personal zu evakuieren. Offiziere und Soldaten, die zu viel wissen, als dass sie in Gefangenschaft geraten dürften.«

Die irdischen Rebellenoffiziere warfen sich verkniffene Blicke zu. Günther Weber sah betreten zu Boden. Dennis Brown spie aus. Lediglich Laureants Gesicht zeigte die Andeutung eines Lächelns.

»Dann tun Sie das«, entgegnete er.

Ungläubige Blicke richteten sich auf ihn. »Damit sind wir anderen zum Tod verdammt«, gab Brown zu bedenken.

»Nicht unbedingt.« Laureant drehte sich reihum, damit er jeden der Anwesenden mustern konnte. »Diese Schlacht ist verloren, aber es wird eine nächste geben. Wenn wir es geschickt anstellen.«

»Und das heißt was?«, fragte Weber interessiert.

»Wir gehen erneut in den Untergrund.«

»Wer wir?«, hakte der deutsche Widerstandsführer nach.

»Das, was vom irdischen Widerstand übrig ist«, entgegnete Laureant. »Wir gehen in den Untergrund und setzen die Arbeit fort. Und diesmal machen wir es richtig. Wir machen es langsam und wir machen es vorsichtig.«

»Die Ashrak werden euch jagen«, erklärte Gareth.

»Einige erwischen sie zweifellos«, gab Laureant ihm recht. »Aber längst nicht alle. Das ist immer noch unser Planet. Wir werden ihnen ausweichen und irgendwann wird Gras über die Sache gewachsen sein.« Der Franzose lächelte. »Und wenn Sie uns irgendwann brauchen, dann werden wir bereit sein.«

Gareth und Michael wechselten einen fassungslosen Blick, bevor er sich erneut an die versammelten Offiziere wandte. »Sind Sie denn alle damit einverstanden?«

Die Männer und Frauen nickten zögerlich, dann jedoch mit mehr Enthusiasmus. Weber war der Letzte, der zustimmte. »Glücklich bin ich nicht damit, aber es gibt wohl keinen anderen Weg.« Er straffte seine hagere Gestalt. »Also, tun wir es.«

Gareth lächelte wehmütig. Michael hatte die richtigen Leute für den Widerstand ausgewählt. »Ich kann nicht glauben, was ich hier höre, aber wenn das Ihre Entscheidung ist, bin ich der Letzte, der einem von Ihnen im Weg stehen wird.«

Michael trat in die Mitte des Raumes. »Wenn das so ist, dann nehmen wir einige der Eliteeinheiten aber mit, die hier auf der Erde ausgebildet worden sind. Sie sollten nicht der Rachsucht der Ashrak zum Opfer fallen.

Selbst wenn alles verloren geht, war zumindest nicht die ganze Operation umsonst.«

»Um wie viele Leute handelt es sich?«

Michael kratzte sich am Kinn. »Etwa hunderttausend, würde ich sagen. Mit etwas Glück wird sich dann die zu erwartende Säuberungsaktion der Fischköpfe in Grenzen halten.«

Gareth legte den Kopf leicht auf die Seite. »Du meinst, sie werden denken, wir hätten den Widerstand vollständig evakuiert?«

»Vielleicht nicht vollständig, aber zu einem gewissen Teil.«

Gareth leckte sich über die Lippen. »Ich weiß nicht so recht. Sobald die Ashrak merken, dass wir den Abzug derart vieler Rebellen vorbereiten, werden sie über uns herfallen.«

Die Offiziere schwiegen für einen Moment, bis sich Caffields Miene schlagartig aufhellte. »Dann müssen wir für eine Ablenkung sorgen.«

»Wie sollte die aussehen?«, wollte Gareth interessiert wissen.

»Ganz einfach. Wir übernehmen einen ihrer Kommandoposten.«

Michael warf ihr einen verschmitzten Blick zu. »Ich weiß genau, worauf du hinauswillst. Kopenhagen.«

Caffield nickte. »Es ist die letzte wirklich wichtige verbliebene imperiale Stellung in Europa. Wenn wir diese nehmen, müssen sie reagieren. Sie können nicht dulden, dass wir sie zur Gänze vom Kontinent vertreiben.«

»Ein guter Plan«, kommentierte Gareth. »Aber ich befürchte, das allein reicht noch nicht.«

»Dann geben wir ihnen noch einen zusätzlichen Anreiz«, gab Michael bekannt. Alle Augen richteten sich auf ihn. »Ich werde den Angriff auf Kopenhagen leiten und mich dort mit genügend Rebellen verschanzen, um eine Weile durchzuhalten. Sobald sie erfahren, dass ich dort bin, werden sie blind sein für alles andere.«

»Das kommt überhaupt nicht infrage!«, wehrte Gareth ab. Er sah sich entschuldigend um. »Es tut mir leid, das derart deutlich aussprechen zu müssen, aber du bist der Hauptgrund, weshalb ich hier bin. Du weißt zu viel. Wenn die Ashrak dich gefangen nehmen …«

Michael lächelte beruhigend. »Keine Sorge. Das werden sie nicht.« Bei diesen Worten warf ihm Angela aus großen Augen einen schmerzerfüllten Blick zu.

Gareth machte Anstalten, etwas zu sagen, doch Michael hob abwehrend die Hand. »Meine Entscheidung steht. Jemand muss das durchziehen und ich bin die logische Wahl.«

»Michael …«, startete Gareth einen erneuten Versuch.

Sein Gegenüber schüttelte immer noch lächelnd den Kopf. »Du musst mir nichts erklären. Ich weiß, du würdest, ohne zu zögern, meinen Platz einnehmen, aber ohne dich gibt es keinen Widerstand. Und keine Rebellion.«

Gareth machte ein verlegenes Gesicht. »Du misst mir zu viel Bedeutung bei.«

»Ganz im Gegenteil. Ich denke, du schätzt deinen Wert selbst als zu gering ein.« Michaels Grinsen wurde breiter. »Lass es gut sein, Gareth. Ich komme schon klar. Und bevor die Ashrak Kopenhagen zurückerobern, werden sie sich wünschen, niemals einen Fuß auf die Erde gesetzt zu haben.«

***

Das mächtige Schlachtschiff Aurora erhob sich majestätisch aus den Fluten des Mittelmeers. Das Wasser lief in Sturzbächen von den Flanken und aus mehreren Breschen in der Panzerung.

Hugo Santos seufzte erleichtert, als das ehemalige imperiale Kampfschiff in der Nähe der Südküste Zyperns in der Luft zum Stehen kam.

Der Interimskommandant der Aurora klopfte auf eine Konsole und stieß gleichzeitig einen Schwall Luft aus. »Ganz schön robust. Das alte Mädchen hält was aus.« Er widerstand dem Drang, sich seine Müdigkeit allzu deutlich anmerken zu lassen. Er musste ein Beispiel für seine Leute darstellen. »Christian? Die Schadenskontrolle soll sich jetzt an die Bereiche machen, die vorher nicht zugänglich waren. Mit Priorität auf Panzerung, Waffen und Schäden am Antrieb. Wenn wir uns wieder mit den Ashrak anlegen, will ich das Schiff so kampfklar wie möglich haben.«

»Verstanden.«

»Und Christian? Versuch, jemanden in die Leitung zu kriegen, der was zu sagen hat. Wir müssen wissen, wo wir stehen.«

»Und wen?«

Hugo verdrehte die Augen. »Keine Ahnung. Irgendjemanden, den du erreichen kannst.«

»Also Michael. Schon verstanden.«

Zu seiner Überraschung meldete sich Christian bereits kurz darauf. »Das wirst du mir nie glauben.«

Hugo richtete sich auf und kniff leicht die Augen zusammen. »Was denn?«

Anstatt einer Antwort projizierte der Navigator ein Hologramm direkt vor Hugos Gestalt. Dieser drückte unwillkürlich den Rücken noch ein wenig mehr durch.

»Gareth?«

Der Anführer der Rebellion lächelte. »Hugo. Schön, dich zu sehen. Und schön, dass du gut auf mein Schlachtschiff aufgepasst hast.«

Hugo räusperte sich. »Du bist hier? Auf der Erde?«

Gareths Hologramm neigte den Kopf zu einem bestätigenden Nicken. »Es ist viel geschehen in den letzten Tagen. Ich verlege mein Oberkommando in Kürze auf die Aurora. Ich habe vorher noch ein paar Dinge zu erledigen. Erwarte meine Ankunft.«

»Ich verstehe«, bestätigte Hugo. »Gibt es sonst noch Anweisungen?«

»Beteiligt euch an der Evakuierung. Nehmt an Personal auf, was ihr könnt.«

»Evakuierung? Wir verschwinden?« Diese Nachricht erfüllte Hugo mit einer gewissen Enttäuschung. Bis zuletzt hatte er gehofft, sie wären in der Lage, das Schlachtenglück zu wenden. Eine vergebliche Hoffnung, wie es schien.

»Leider. Für dieses Mal ziehen wir uns zurück. Aber es wird ein nächstes Mal geben. Ich werde in den nächsten Stunden auf der Aurora eintreffen. Bereite alles vor.«

»Vorbereiten? Wofür?«, wollte Hugo wissen.

Gareth machte ein verkniffenes Gesicht. »Ach ja richtig. Ich vergaß. Davon hast du auch nichts mitbekommen. Wir müssen uns den Weg hier herauskämpfen und das wird ein hartes Stück Arbeit werden.«

***

Gareth trat aus dem Zelt, das man ihm als provisorische Unterkunft gegeben hatte. Eigentlich hatte er sich ausruhen wollen, aber Schlaf stellte sich nicht wirklich ein. Die ganze Zeit hatte er halb vor sich hin gedöst, ohne sich dabei zu erholen.

Gareth musterte den nächtlichen Himmel. Der Vollmond stand gut sichtbar am Firmament. Es gab keinerlei Wolken. Die Sterne strahlten. Einige von ihnen bewegten sich und gaben damit ihre Identität als Raumschiffe preis, die sich für die bevorstehende Schlacht in Position manövrierten.

Gareth leckte sich über die Lippen. Im Minutentakt landeten Transportschiffe und Fähren und brachten einen Teil der ausgebildeten Rebellen ins All. Die Evakuierung war in vollem Gange.

Dabei nutzten sie nicht nur den vorhandenen Raum an Bord der Rebellenflotte, sondern vor allem erbeutete imperiale Sturmtransporter und Truppentransporter. Bei Morgengrauen wurde die Feindflotte erwartet und bis dahin mussten die Rebellen bereit sein – sowohl am Boden wie auch im All. Aber zuvor hatte Gareth noch ein wichtiges Gespräch zu führen.

Er begab sich ohne Umschweife in den NATO-Bunker. Wie erwartet, fand er dort Michael vor. Allein, in Gedanken versunken. Er sah auf, als Gareth den nur spärlich beleuchteten Raum betrat. Trotz der diffusen Lichtverhältnisse erkannte der Mann ihn sofort. Scharfe Augen waren ein weiteres Geschenk des Imperiums an seine Soldaten. Eines, auf das Gareth gut hätte verzichten können, wenn er dafür Heather und sein früheres Leben zurückerhalten hätte.

»Du wirkst trübsinniger als sonst«, eröffnete Gareth das Gespräch. Es sollte eigentlich nur eine flapsige Bemerkung sein, aber Michael sah mit Tränen in den Augen auf. »Die Nachricht kam gerade rein. London ist gefallen. Und mit der Stadt auch fast der gesamte Südwesten Englands.«

Gareth schlug die Augen nieder. »Michael, das tut mir furchtbar leid.«

Draußen waren Fähren und Shuttles zu hören, die zum Landeanflug ansetzten. Michael deutete nach draußen. »Hörst du das? Sie bringen Überlebende aufs Festland. Südengland ist für uns nicht länger sicheres Terrain. Bis hinüber nach Wales. Teile unserer Kräfte konnten sich nach Norden absetzen. Richtung Schottland.« Er hob ein Pad mit einem weiteren Bericht. »Eine feindliche Offensive in Brasilien hat unsere dortigen

Kräfte fast ins Meer getrieben.« Ein drittes Pad wurde in die Luft gehoben. »Ein schwerer Angriff hat Moskau getroffen. Er konnte zurückgeschlagen werden, aber die Kräfte des Widerstands ziehen sich dennoch aus der Region zurück. Einen weiteren Angriff wie diesen überleben sie nicht.«

»Das bedeutet, die Ashrak beginnen mit ihren letzten Operationen, um den Aufstand niederzuschlagen.«

»Das befürchte ich auch.«

»Ich hatte gehofft, wir hätten noch einige Stunden, bevor die Angriffe beginnen.«

»Ist die Evakuierung wenigstens abgeschlossen?«, wollte Michael wissen.

Gareth gesellte sich zu ihm und setzte sich dem Mann gegenüber auf eine alte Kiste. »Noch nicht ganz. Aber wir schaffen es, die Einheiten, die du uns genannt hast, zu verschiffen.«

»Ihr solltet längst fertig sein«, beschwerte sich der Blutläuferoffizier halbherzig.

»Auf meine Anweisung hin werden die Sturm- und Truppentransporter nicht bis an die Kapazitätsgrenze beladen, sondern nur bis zur Hälfte. Damit brauchen wir zwar mehr Schiffe, doch ...«

»... ihr verliert nicht so viele Soldaten, falls ein Transporter zerstört wird«, nickte Michael. »Sehr schlau mitgedacht.« Er lächelte schmal. »Deshalb bist du der Anführer. Ich wäre nicht darauf gekommen.«

»In den nächsten Minuten beginnen einzelne Schiffe meines Verbands mit groß angelegten Bombardierungen feindlicher Stellungen auf der Oberfläche«, fuhr Gareth fort. »Wir schalten so viele ihrer Truppenkonzentrationen aus wie nur möglich. Damit verschaffen wir dem Rückzug des Widerstands und dem Angriff auf Kopenhagen ein wenig Luft.«

Michael nickte. »Ich denke, das wird in der Tat helfen. Jeder Ashraksoldat, der fällt, ist einer weniger, der uns in Kopenhagen auf die Pelle rücken kann.«

»Am liebsten würde ich die ganze Bande ausräuchern, aber das wird nicht möglich sein. Wir müssten das zerstören, was von der Erde noch übrig ist, um dieses Ziel zu erreichen. Aber die Kommandanten der Schiffe leisten ihr Bestes.«

Der Anführer der Rebellion verstummte. Er war sich nicht einmal sicher, dass Michael alle seine Ausführungen mitbekommen hatte.

Gareth spürte, dass eine gewisse fatalistische Grundhaltung von seinem Kameraden Besitz ergriffen hatte. »Du hast hier wunderbare Arbeit geleistet, Michael. Es war nicht deine Schuld.« Gareth beugte sich vor und klopfte dem Mann aufmunternd auf die Schulter. »Es ist nur eine Schlacht. Wir sind lange genug Soldaten, um zu wissen, dass eine verlorene Schlacht nicht gleich den Ausgang des Krieges bestimmt.«

Michael neigte den Kopf leicht zur Seite. »Mag sein, aber das hier ist keine Schlacht wie jede andere. Das hier ist die Erde. Ich hatte wirklich die Hoffnung, wir hätten eine Chance.«

Gareth lächelte wehmütig. »Es gab nie viel Hoffnung. Unsere Chancen damals auf Draimina standen ebenfalls sehr schlecht. Noch schlechter als heute. Der Grundstein für unsere Rückkehr ist gelegt.«

»Ich hoffe, du hast recht.«

Gareth sah auf. »Deine Entscheidung … du hast sie dir nicht noch mal durch den Kopf gehen lassen?«

Michael schüttelte den Kopf. »Tut mir leid, aber nein. Ich bin zu alt zum Wegrennen … und zu müde. Das hier wird meine letzte Schlacht. Du musst dir aber keine Sorgen machen. Die Fischköpfe werden mich nicht lebend in die Finger bekommen. Dafür trage ich Sorge.«

Gareths Gestalt versteifte sich. »Du weißt genau, dass es mir niemals darum ging.«

Michael hob um Entschuldigung bittend die Hand. »So war es auch nicht gemeint. Verzeih.«

Gareth entspannte sich wieder.

Michael deutete auf den skelettierten Leichnam des deutschen NATO-Offiziers, der immer noch an seiner Konsole stumme Wacht hielt. Gareth fiel auf, dass sowohl Magnetkarten wie auch der Steckschlüssel fehlten, die er zuvor in Händen gehalten hatte. Er wurde misstrauisch und schielte zu seinem Gegenüber.

»Weißt du, ich habe mir die ganze Zeit überlegt, warum er es nicht getan hat«, erläuterte Michael.

»Was meinst du?«

»Er hatte die Hand buchstäblich am Abzug. Der Mann hatte die Kontrolle über die Anlage und das gesamte nukleare Arsenal der NATO. Er hätte gut ein paar Ashrakschiffe vom Himmel pusten können. Oder einige ihrer Armeen auslöschen. Warum hat er es nicht getan?«

»Vielleicht wusste er, dass die Schlacht verloren war, und er wollte späteren Generationen eine Chance bieten, den Kampf unter besseren Vorzeichen fortzuführen.«

»Ja, vielleicht«, stimmte Michael zu. Er griff in eine Tasche seiner Rüstung und förderte die Magnetkarten und den Steckschlüssel zutage.

Gareth schluckte und fixierte seinen Kameraden mit den Augen. »Michael, was hast du vor?«

Dieser seufzte. »Ganz ehrlich? Ich hatte vor, heute Nacht ein Feuerwerk auf die Ashrak regnen zu lassen. Allen voran auf diejenigen, die uns aus London vertrieben haben.«

Gareth stand langsam auf. »Deiner Wortwahl entnehme ich, dass du es dir anders überlegt hast. Oder etwa nicht?«

Michael grinste spöttisch. »Es war eine ungeheure Versuchung. Aber ja. Ich werde kein Feuer auf die Fischköpfe regnen lassen. Was bringt uns eine Welt, die verseucht ist und in der postnukleares Ödland die vorherrschende Landschaft darstellt.« Er seufzte. »Vielleicht ist das der Grund, aus dem er gezögert hat.« Wiederum deutete Michael auf das Skelett. »Ihm wurde wohl klar, dass eine zerstörte Erde es nicht wert ist, um sie zu kämpfen.« Mit einem letzten wehmütigen Blick übergab Michael die drei Gegenstände an Gareth, der sie sichtlich erleichtert annahm.

»Ich werde sie bis zu unserer Rückkehr verwahren.« Gareth verstaute die beiden Magnetkarten und den Steckschlüssel in einem versteckten Behälter seiner Rüstung. »Vielleicht finden wir dann eine Möglichkeit, sie zu unserem Vorteil einzusetzen. Wir haben nur einen Schuss. Einen gewaltigen Schuss zwar, aber wenn die Nuklearwaffen einmal eingesetzt sind, dann ist die Katze aus dem Satz und die Fischköpfe wissen, was uns zur Verfügung steht.« Er warf seinem Gegenüber einen durchdringenden Blick zu. »Hast du dir überlegt, wie es mit der Untergrundarmee weitergehen soll?«

Michael nickte. »Lucas Laureant erhält das Oberkommando hier auf der Erde. Er ist ein guter Mann, der den Ashrak bei Paris und andernorts gehörig das Fürchten gelehrt hat. Wenn jemand das Überleben der Armee hier auf der Erde gewährleisten kann, dann er. Ich vertraue ihm. Und er hat gute Hauptleute zur Seite: Brown, Caffield, Watanabe und Demerov werden ihm eine große Hilfe dabei sein, unser Netzwerk auszubauen. Gib ihm ein paar Jahre und er liefert dir die Armee, die ich dir versprach.«

»Ich hoffe, der Untergrund überlebt. Die Säuberungsaktion, die die Ashrak durchführen werden, wird nicht von schlechten Eltern sein.«

Michael grinste hämisch. »Oh, der wird überleben. Daran hege ich nicht den leisesten Zweifel. Ich wünschte, ich könnte dabei sein, wenn den Ashrak irgendwann klar wird, was hier begonnen hat.«

»Du wirst dabei sein. Vielleicht nicht in Person, aber dafür in unseren Herzen.«

Michael verdrehte die Augen. »Jetzt wirst du aber reichlich kitschig.«

Gareth grinste. »Stimmt. Daher verabschieden wir uns besser, bevor es noch schlimmer wird.« Er erhob sich und Michael tat es ihm gleich. Die beiden Männer standen einen Moment abwartend gegenüber. Gareth streckte die Hand aus. Michael ignorierte sie und fiel ihm um den Hals. Er war für einen Augenblick wie vor den Kopf gestoßen. Doch dann legte er die Arme um den Mann und erwiderte die Umarmung.

Die beiden Männer verharrten mehrere Sekunden in dieser Stellung und lösten sich schließlich voneinander. Gareth öffnete den Mund, um noch etwas zu sagen, aber die richtigen Worte wollten ihm partout nicht einfallen. Michael nickte lediglich. Er hatte verstanden. Alles von Wert war gesagt.

Ohne einen weiteren Kommentar drehte er sich um und stapfte davon. Auf dem Weg nach draußen begegnete er Angela. Die Frau machte ihm respektvoll Platz. Als er an ihr vorüberging, schielte er in ihre Richtung und sprach sie an: »Bleib heute Nacht bei ihm. Er braucht jemanden.«

Sie wirkte für einen Moment perplex, doch dann nickte sie, ein schmales Lächeln auf den Lippen.

# 26

Rachel Anderson erreichte das Festland mit einem Shuttle der dritten Welle. Sie hatte London mit knapper Not verlassen können, kurz bevor die Ashrak große Teile der zerstörten Metropole zurückerobert hatten. Nun wurden die Überlebenden – viele halb verhungert, frierend, demoralisiert und am Ende ihrer Kräfte – in Wellen evakuiert.

Nicht aber so Rachel. Sie hatte an Kleidung nur das retten können, was sie am Leib trug. Ihre zwei Adoptivkinder befanden sich ständig an ihrer Seite. Sie klammerten sich verzweifelt und mit großen Augen um sich blickend an das Kleid ihrer Mutter, um diese in dem Durcheinander auch ja nicht zu verlieren.

Die meisten Überlebenden waren demoralisiert und am Ende ihrer Kräfte, ja, aber nicht Rachel. Ihr Weg hatte seit Langem nicht mehr derart klar vor ihr gelegen.

Mit sanfter Hand löste sie den Griff ihrer Kinder und ging in die Hocke. Sie deutete auf ihre Freundin Samantha, die hinter den beiden Jungen stand. »Jetzt hört mal zu, ihr bleibt bei Sam und tut genau das, was sie euch sagt. Habt ihr das verstanden?«

Die Kinder musterten sie erschreckt. »Geh nicht, Mom! Bitte bleib!«, bettelte der Jüngere.

Sie lächelte auf eine, wie sie hoffte, beruhigende Art. »Ich bin bald wieder zurück. Ich verspreche es.« Sie gab jedem der beiden einen Kuss auf die Stirn. »Seid brav. Verstanden?«

Die beiden Kinder nickten unisono. Rachel streichelte jedem der beiden noch einmal über das Haar, erhob sich und ging davon. Samantha nickte ihr zum Abschied noch einmal zu.

Rachel steckte ein dicker Kloß im Hals. Sie liebte ihre Kinder abgöttisch. Nach Alexanders Tod waren diese beiden alles, was ihr auf der Welt geblieben war. Doch sie hatte die beiden angelogen. Sie wusste keineswegs, ob sie einen von ihnen je wiedersehen würde. Aber was sie sich vorgenommen hatte, musste sie einfach durchziehen. Sie hatte keine Wahl. Rachel folgte einem inneren Drang und diesem musste sie Geltung verschaffen.

Ihre rechte Hand glitt in ihre rechte Tasche und umklammerte verbissen den Lauf der entsicherten Pulspistole.

***

Michaels und Angelas Liebesspiel unterschied sich von dem vergangener Nächte. Es war manchmal liebevoll, dann wieder von einer Härte bestimmt, die ihn überraschte. Manchmal umklammerte sie ihn auf eine Art, als wolle sie ihn nicht loslassen. Nie wieder.

Irgendwann schliefen sie nebeneinander ein, um noch zumindest eine Stunde Ruhe zu finden, bevor der Angriff auf Kopenhagen rollen sollte.

Michael erwachte aus unruhigem Schlaf und stellte fest, dass Angela nicht mehr an seiner Seite lag. Verwirrt blickte er sich um und stellte fest, dass er beobachtet wurde. Den Umrissen nach handelte es sich um eine Frau. Sie stand über ihm und musterte ihn ungerührt, wie er völlig nackt unter einer Allwetterplane inmitten des NATO-Bunkers lag.

»Sie ist vor einer halben Stunde gegangen«, informierte ihn die Frau. »Ich habe gewartet, bis sie weg war.«

Michael setzte sich auf und runzelte die Stirn. »Rachel?«

Die Frau schlenderte gelassen durch den Raum und nahm ihm gegenüber auf einem alten, von einer dicken Staubschicht bedeckten Stuhl Platz.

»Ich sehe, du bist überrascht, mich zu sehen.« Sie schnaubte. »Das kann ich dir nicht verdenken.«

»Wir haben uns nicht mehr gesehen, seit … seit …« Er verstummte.

Rachel nickte. »Seit du meinen Alex getötet hast.« Sie senkte den Blick. »Er fehlt mir. Mehr, als ich je erwartet hatte.« Als sie Michael erneut musterte, blitzten ihre Augen vor Feuer. »Du hast ihn mir genommen. Alex war meine Welt und du hast ihn von meiner Seite gerissen.«

Nun kochte auch in Michael der Zorn hoch. »Ich wundere mich, dass du an deinen eigenen Worten nicht erstickst, Heuchlerin. Ich weiß sehr genau, was du dir von der Liaison mit meinem Bruder versprochen hast. Und behaupte bloß nicht, er wäre nicht nur Mittel zum Zweck gewesen.«

Zu Michaels Verblüffung huschte tatsächlich so etwas wie Scham über Rachels Antlitz. Sie kämpfte sichtlich mit ihren Emotionen. »Ich kann das nicht leugnen. Ich wollte raus aus dem Sumpf und mich über die Flesh and Bones erheben. Deswegen sorgte ich dafür, dass er mich beachtet und zu sich nimmt. Aber …« Ihre Stimme versagte.

Michael neigte leicht den Kopf zur Seite. »Aber?«, hakte er nach.

»Jetzt, wo er nicht mehr da ist …« Sie vollendete den Satz nicht. Das war auch nicht nötig.

»Du hattest dich in ihn verliebt, ohne es zu merken.«

Sie blickte mit Tränen in den Augen auf und nickte abgehackt, beinahe wie ein Roboter. »Ich habe ihn zu Lebzeiten sehr schlecht behandelt. Habe ihn vorangetrieben in der Hoffnung, dass aus ihm der Anführer wird, den ich haben wollte. Nun kann ich ihm nie mehr sagen, was ich wirklich für ihn empfinde.«

»Manches weiß man erst zu schätzen, wenn man es verloren hat«, versetzte Michael mitfühlend.

Rachels Augen blitzten abermals. »Ich kann es ihm nicht mehr sagen, weil du ihn erstickt hast.«

Zum ersten Mal kam Michael der Gedanke, er könnte in Gefahr sein. Verstohlen sah er sich um. Sein Pulsgewehr lag zu weit entfernt. Aber seine deaktivierte Rüstung befand sich nur einen Meter neben ihm. Unter Umständen konnte er sie erreichen, bevor seine Widersacherin darauf reagierte. Ihre nächsten Worte zerschlugen diese Hoffnung.

»Lass es sein.« Ihre rechte Hand bewegte sich und förderte eine Pulspistole aus den tiefen ihrer Taschen zutage. Sie legte sie locker auf ihrem Schoß ab. »Damit bin ich schneller.«

Michaels Gestalt versteifte sich. Verschiedene Optionen gingen ihm durch den Kopf. Er war ein erfahrener, gut trainierter Soldat. Möglicherweise konnte er sie erreichen, bevor sie schoss. Die Waffe war allerdings nicht gesichert. Aus Erfahrung wusste er, dass nur ein sanfter Druck auf den Abzug notwendig war, um zu feuern. Und auf diese Entfernung und ohne Rüstung würde sich der Energieimpuls geradewegs durch seinen Körper brennen. Seine Überlebenschancen waren gleich null.

Daher entschied er sich, noch zu verharren bis zu dem Zeitpunkt, an dem er keine andere Wahl mehr hatte, als das Heft in die Hand zu nehmen.

Er bemerkte, dass Rachel ihn aufmerksam musterte. »Und? Hast du dir überlegt, wie du gegen mich vorgehen willst?«

Michael fühlte sich ertappt und zwang sich, seine Muskeln zu entspannen. Es war wichtig, dass sie ihn nicht als Bedrohung wahrnahm. Vielleicht ließ sich das Geschehen irgendwie entschärfen.

Rachel warf einen Blick auf die Pistole in ihrer Hand. »Seit du meinen Alex getötet hast, habe ich mir immer und immer wieder ausgemalt, wie ich dich umbringen würde. Eines war mir von vorneherein klar: Es sollte langsam und schmerzhaft sein. Du solltest dieselbe Angst verspüren, die mein Alex durchleben musste.«

»Da muss ich dich leider enttäuschen. Jemand wie ich … jemand, der erlebt und überlebt hat, was mir widerfahren ist, der verliert jegliche Angst. Was auch immer du für mich vorgesehen hast, tu es jetzt. Bringen wir es hinter uns.«

Rachel überlegte – und zu Michaels grenzenloser Verwunderung, sicherte sie die Waffe und legte sie vor ihm auf den Boden. Mit hochgezogenen Augenbrauen musterte er abwechselnd die vor ihm liegende Waffe und seine Schwägerin. »Ich fürchte, ich verstehe nicht ganz.«

Rachel seufzte. Ein Laut voller Traurigkeit, Resignation, aber auch Selbsterkenntnis. »Ich hatte viel Zeit zum Nachdenken und mir ist etwas klar geworden: Wir alle sind schuld an Alex' Tod. Du, ich, die Flesh and Bones, das Imperium: einfach alle. Aber am meisten: ich.«

Michael stand auf und begann langsam, sich anzuziehen. »Es muss hart gewesen sein, sich das einzugestehen.«

»Das war es«, bestätigte sie. »Und aus diesem Grund habe ich beschlossen, Buße für meinen Teil der Verantwortung zu leisten.«

Michael runzelte die Stirn. »Und wie soll die aussehen?«

»Ich weiß, was du vorhast«, entgegnete sie ungerührt. »Und ich habe vor, deinen Platz einzunehmen. Den Angriff auf Kopenhagen werde ich leiten.«

Michael war wie vom Donner gerührt, dann grinste er ungeniert.

Rachel reagierte darauf ungehalten. »Habe ich etwas Lustiges gesagt?«

»Um ehrlich zu sein … ja. Deine Beweggründe in allen Ehren, aber das wird nicht funktionieren.«

»Und wieso nicht?«, fragte sie provokant.

»Oh, mein Gott! Wo fange ich da nur an?« Michael zählte die Gründe anhand seiner Finger ab. »Erstens, du besitzt keine offizielle Funktion innerhalb der Untergrundarmee. Zweitens, die Soldaten werden dir nicht folgen, weil dich die meisten nicht kennen. Und all jene, die dich kennen, trauen dir nicht. Und der dritte und wichtigste Grund: Der Angriff soll einen großen Teil der Ashraktruppen nach Kopenhagen locken, damit wir in Ruhe verschwinden können. Sie sollen sich auf diese Stadt konzentrieren und blind für alles andere sein. Dazu ist es notwendig, ihnen weiszumachen, dass jemand von Wert vor Ort ist. Sie müssen glauben, dass sich die Führung des Widerstands dort versammelt hat. Und mal ganz ehrlich, dazu gehörst du nicht.«

Rachel ließ die Litanei ungerührt über sich ergehen und lächelte anschließend nachsichtig. »Sie werden mir folgen, wenn du mir einen Rang verleihst und sie anweist, mir zu folgen. Auf dich werden sie hören. Und was den letzten Grund betrifft, das kann man auch simulieren. Die Ashrak müssen dich nicht sehen. Sie müssen nur glauben, du seist vor Ort. Und Gareth Finch am besten auch noch. Das lässt sich durch fingierte Funksprüche erledigen, die wir von den Fischköpfen abfangen lassen.«

Michael starrte sie eine Weile mit versteinerter Miene an. »Du hast dir also schon Gedanken darüber gemacht«, meinte er nicht wenig beeindruckt.

»Wie gesagt, ich hatte genug Zeit.«

Michaels Gedanken arbeiteten fieberhaft. »Ich weiß deine Geste zu schätzen, aber ich denke nicht, dass es derart einfach sein wird.«

»Von einfach hat keiner was gesagt, aber es ist notwendig. Ich glaube, der Widerstand braucht dich. Dein Verlust wäre ein herber Rückschlag.«

»Jetzt misst du mir zu viel Bedeutung bei.«

»Keineswegs. Und es war auch nicht als Kompliment gemeint, sondern lediglich eine Beobachtung.« Rachel stand auf. »Das ist der Deal: Ich nehme deinen Platz ein und im Gegenzug sorgst du dafür, dass meine Kinder einen Platz bei der Evakuierung bekommen.« Sie deutete mit einem Kopfnicken zum Bunkerausgang. »Sie warten draußen. Zusammen mit einer Freundin. Der Ältere heißt David, der Jüngere Sean. Sie sind vielleicht adoptiert und nicht von deinem Blut, aber dadurch sind sie nicht weniger deine Neffen. Bring sie weg von dieser Hölle und gib ihnen ein halbwegs sicheres Zuhause. Wenn ich nicht mehr bin, wirst du alles an Familie sein, was sie noch haben.«

Er schlug die Augen nieder. »Ich kann dir das nicht mehr ausreden?«

Rachel schüttelte energisch den Kopf.

Michael seufzte. »Na schön, dann soll es so sein.« Er nahm seine Rüstung vom Boden auf, heftete sie an Rachels linker Brustseite fest und aktivierte sie durch einen Schlag auf den Auslöser. Augenblicklich legte sie sich wie eine zweite, stählerne Haut um Rachels Körper und ließ lediglich den Kopf aus.

»Soll ich dir erklären, wie sie funktioniert?«

»Nicht nötig«, erwiderte sie. »Alex hat es mir beigebracht.« Sie ging zur Konsole, an der Michaels Pulsgewehr lehnte, und nahm es auf. Mit wenigen Handgriffen machte sie es kampfbereit. Sie hielt es in Händen, als hätte sie nie etwas anderes getan.

Michael nickte. »Ich würde dir danken, aber ich vermute, über solche Dinge sind wir längst hinaus.«

»Das glaube ich auch«, gab sie verkniffen zurück.

Michael griff sich eine Rüstung aus einer Nachschubkiste und legte sie ebenfalls an. Er nickte ihr ein letztes Mal aufmunternd zu, bevor er sich anschickte, den Bunker zu verlassen.

Ihre nächsten Worte hielten ihn allerdings auf. »Alex hat dich angelogen.« Michael verharrte regungslos auf halbem Weg zur Tür. »Er hat dich nie verraten«, fuhr sie fort. »Und das, obwohl ich ihn die ganze Zeit dazu gedrängt habe. Ich habe den Ashrak die Information über deinen Aufenthaltsort zugespielt. Ich hatte erwartet, sie würden einen chirurgischen Schlag führen und dich einfach ausschalten. Dann wäre der Weg für meinen Alex zur Spitze frei gewesen. Womit ich nicht gerechnet habe, war dieser ganze Wahnsinn. Dieses Massaker.« Sie zögerte kurz. »Ich war es auch, der dich damals verriet, als du auf dem Markt warst. Ich allein verriet den Fischköpfen den Standort des Markts. Ich tat es schon damals in der Hoffnung, dass du einfach verschwindest. Und eine Zeit lang hat das auch funktioniert. Ich wollte den Weg für meinen Alex ebnen. Ich war so darauf fixiert, einen Platz einzunehmen, der mir meiner Meinung nach zustand, dass ich völlig aus den Augen verlor, worauf es im Leben wirklich ankommt.« Sie verzog vor Selbsthass ihre Miene. »Ich hatte doch schon alles, was von Bedeutung war.«

Michael blieb stocksteif stehen, während seine Schwägerin sich ihre Schuld von der Seele redete.

»Ich habe Alex bedrängt, dich zu verraten und deinen Platz einzunehmen. Damals und heute. Aber er sagte Nein. Immer und immer wieder sagte er Nein. Bis ich selbst aktiv wurde.« Sie senkte betrübt den Blick. »Es war meine Schuld. Von Anfang an nur meine.«

Michael wandte sich halb um. »Ich weiß«, erwiderte er tonlos.

Rachel sah ruckartig auf. »Du … du weißt?«

»Alex war mein Bruder. Er war von meinem Fleisch und Blut. Denkst du wirklich, er hätte mich täuschen können? Ich wusste von Anfang an, welches Spiel du spielst.«

»Aber warum hast du dann ihn getötet und nicht mich?«

»Alex hatte gestanden. Und er war sich des Schicksals bewusst, das ihm blühte. Mein Bruder hat dich so sehr geliebt, dass er bereit war, für dich in den Tod zu gehen. Und ich respektierte seine Entscheidung. Von dem Moment an, als er gestand, waren die Rollen, die wir zu spielen hatten, klar und unausweichlich. Er war der Verräter – und ich sein Henker. Der Widerstand wusste um den Verrat. Sie brauchten einen Schuldigen. Und sie wollten dessen Tod. Alex hatte sich entschieden, diese Person zu sein. Also ließ ich ihn gewähren.«

Rachel schluchzte leise.

Michael wandte sich ihr ein letztes Mal zur Gänze zu. »Wir haben beide große Schuld auf uns geladen. Und bevor dieser Krieg vorüber ist, werde wohl auch ich den Preis dafür zahlen müssen. Dessen bin ich mir sicher.«

Mit diesen Worten wandte er sich um und verließ den Bunker. Er hatte Angst, seine Schwägerin würde die Tränen bemerken, die seine Wangen herabkullerten.

* * *

Der Angriffskreuzer SHIVA führte den rechten Flügel unter Ris'rils Kommando. Die zweihundertzwanzig Schiffe stellten eine bunte Mischung dar aus ehemaligen imperialen Einheiten, Sekariraumern und Syalleinheiten.

Ironischerweise war es gerade diese Mischung, die den Rebellen eine ungeheure taktische Flexibilität erlaubte. Imperiale Schiffe waren gemeinhin auf eine gewisse Spezialisierung ausgelegt, ebenso die der Syall und Sekari. Wenn man aber Stärken und Schwächen der Schiffstypen aller drei Spezies kombinierte, kam dabei oft etwas unerwartet Schlagkräftiges heraus.

Als Ris'ril die Kommandostation ihres Flaggschiffes bemannte und auf ihren Hologrammen die sich nähernde Feindflotte musterte, kam ihr der unschöne Gedanke, dass sie diese Flexibilität bald dringend brauchen würden.

Gerade schwenkten die letzten Schiffe ihrer Geschwader in die Formation ein und übertrugen ihre Einsatzmeldungen ans Flaggschiff. Ris'ril überflog sie und nickte zufrieden. Die Bombardements hatten feindliche Kräfte auf Australien, entlang Südchinas, in Afrika und dem Amazonasgebiet schwer getroffen. Einige Truppenkontingente waren sogar komplett ausgelöscht worden. Die prognostizierten Verluste lagen bei gut und gerne fünf bis sieben Millionen Ashraksoldaten.

Die Samirad lächelte kalt. Ein Sieg würde diese Schlacht für die Rod'Or werden, aber selten zuvor, war einer unter derart hohen imperialen Opfern erstritten worden.

»Nico«, wandte sie sich an ihren Navigator, »eine Verbindung zur Aurora.«

»Verbindung steht«, meldete der Navigator ohne Umschweife.

Gareths Hologramm tauchte kaum eine Handbreit von ihrer Nasenspitze entfernt auf. »Noch eine Stunde bis Feindkontakt«, meldete sie eifrig. Als Kriegerin der Samirad liebte sie den Kampf und konnte ihn kaum erwarten, selbst wenn der Tod wie in diesem Fall eine nicht zu unterschätzende mathematische Wahrscheinlichkeit darstellte. Besser, als Kriegerin zu sterben, denn als Sklavin zu leben. Falls ihr Dasein in imperialen Diensten sie eines gelehrt hatte, dann das.

»Die Evakuierung befindet sich in den letzten Zügen«, informierte Gareth sie. »Wir erwarten gerade das Abheben der letzten Fähren.«

»Verstanden«, gab sie zurück. Ihr Blick schwenkte abwärts und musterte den Pulk aus Transportschiffen, die einen Teil der irdischen Untergrundarmee fortbringen sollte. Ihr Kopf schwenkte nach rechts, als sie sich an ihren taktischen Offizier wandte. »Wir müssen die Transporter unbedingt schützen. Wir ziehen am besten zwei Geschwader ab, um ihnen ausreichend Deckung zu liefern.«

Der Blutläufer nickte, erwiderte aber nichts. Gleichwohl änderten mehrere Schiffe innerhalb der Formation ihre Position und zogen näher an die verwundbaren Transporter. Ris'ril nickte gelassen.

Vermutlich würden sie heute alle sterben. Aber niemand sollte am Ende behaupten, sie hätten nicht alles getan, um ihre Aufgabe zu erledigen.

***

Michael benötigte nicht lange, um Samantha sowie die beiden Kinder zu finden. Sie warteten weniger als hundert Meter entfernt vom Bunkereingang und wirkten wie bestellt und nicht abgeholt. Tatsächlich fiel ihre Gegenwart auf inmitten des allgegenwärtigen Tumults.

Michael ging vor den beiden Jungen auf die Knie. Er wusste nicht viel über den Umgang mit Kindern, aber eines wusste er: Man musste mit ihnen auf Augenhöhe sprechen.

»Du bist David?«, sprach er den Älteren an. Dieser nickte. Michael sah den anderen an. »Und du Sean?« Auch dieser bestätigte es mit eingeschüchtertem Kopfnicken.

Michael lächelte. »Ich bin Michael, euer Onkel. Euer Vater war mein Bruder. Macht euch keine Sorgen. Ich bringe euch in Sicherheit.«

Michael deutete auf das letzte Evakuierungsshuttle. Die drei gingen eilig dorthin. Der Blutläuferoffizier, der den Zugang regelte, warf ihm einen fragenden Blick zu. Michael nickte bestätigend und die drei durften das Schiff betreten. Er biss sich auf die Unterlippe, während er hoffte, nicht zu viel versprochen zu haben. Sicherheit schien dieser Tage unendlich weit entfernt zu sein.

Jemand klopfte ihm auf die Schulter. Er drehte sich um und sah sich Angelas Gesicht gegenüber. Theodore folgte ihr auf dem Fuß.

»Na endlich«, kommentierte Michael. »Die letzte Fähre zur AURORA startet demnächst. Ich dachte schon, ihr kommt nicht mehr.«

Angela zögerte und schüttelte den Kopf. »Ich komme nicht mit«, erklärte sie.

»Was redest du da für einen Unsinn? Natürlich kommst du mit.«

Abermals schüttelte sie den Kopf. »Ich gehe zurück nach Afrika, in meine Heimat. Dort werden gute Leute gebraucht, und wenn alle guten Leute gehen, wer bleibt dann noch für die Erde übrig?«

Michael musterte sie einen unendlich scheinenden Augenblick lang. »Wir haben uns gerade erst gefunden. Ich kann dich nicht jetzt schon wieder verlieren.«

Angela stellte sich auf die Zehen und gab ihm einen leidenschaftlichen Kuss. »Sieh es mal positiv. Ihr braucht noch gute Offiziere in vielen Teilen der Welt. Offiziere, die eure Sache vertreten und dabei helfen, die Armee aufzubauen. Was Brown in Nordamerika und Laureant in Europa machen, könnte ich in Afrika vornehmen.« Sie grinste. »Und wer weiß, wenn ich hierbleibe, hast du einen Grund zurückzukommen.«

Michael zwang sich zu einem breiten Lächeln. »Ich werde auf jeden Fall zurückkommen. Das schwöre ich.«

Aus dem Augenwinkel bemerkte er, wie der Blutläuferoffizier an der Rampe der letzten Fähre ihm aufgeregt zuwinkte. Angela fiel es ebenfalls auf. »Wir haben keine Zeit mehr.«

»Ich wünschte, wir hätten mehr gehabt.«

Sie küsste ihn ein letztes Mal. »Aufgeschoben ist nicht aufgehoben. Und jetzt machen wir es bitte nicht so schwer für uns beide, sonst trennen wir uns unter Umständen gar nicht mehr.«

Michael wollte noch etwas sagen, verkniff es sich jedoch. Angela löste sich aus seiner Umarmung und entfernte sich. An ihrer starren Haltung erkannte er, dass sich die Widerstandskämpferin dazu zwingen musste, sich nicht ein weiteres Mal umzudrehen.

»Eine tolle Frau«, kommentierte Theodore.

»Das ist sie«, nickte Michael und wandte sich widerstrebend seinem Cousin zu. Er stieß einen Laut der Frustration aus. »Lass mich raten: Du kommst auch nicht mit.«

Theodore grinste verschmitzt. »Rachel und ich haben uns soeben eine ganze Weile unterhalten. Ich werde mir ihr nach Kopenhagen gehen.«

Michaels Innereien gefroren zu Eis. »Theo, Kopenhagen ist ein Selbstmordkommando. Wenn wirklich alles nach Plan verläuft, wird niemand, der dorthin geht, überleben.«

»Ich weiß«, bestätigte sein Cousin. »Aber Rachel braucht gute Offiziere um sich. Leute, auf die sie sich stützen und denen sie vertrauen kann. Wenn ich mit ihr gehe, wird es ihr leichterfallen, das Kommando über die Angriffsstreitmacht auszuüben. Mit mir an ihrer Seite wird niemand ihre Befehlsgewalt anzweifeln.«

»Das habt ihr euch ja fein überlegt«, antwortete Michael zornig.

Theodore schenkte ihm ein mitfühlendes Lächeln und stupste ihn mit der Hand leicht an. »Sei nicht sauer, Cousin. Es ist gut so, wie es ist. Alles, was ich bedauere, ist, dass ich bei deiner Rückkehr nicht mehr hier sein werde, um mit anzusehen, wie du die verdammten Fischköpfe zum Teufel jagst.«

Er war weniger sauer als zutiefst verletzt, wenn er ehrlich zu sich selbst war. Sein Hirn wollte nicht so einfach akzeptieren, dass er seinen Freund und Cousin nie wiedersehen sollte.

Anstatt einer Antwort fiel er Theodore um den Hals und die beiden Männer drückten sich ein letztes Mal. Sie lösten sich ohne ein weiteres Wort voneinander. Es gab ohnehin nichts mehr zu sagen.

Michael begab sich zur letzten Evakuierungsfähre, stieg ein und die Luke schloss sich sogleich. Der Blutläufer stellte sich an ein Bullauge und beobachtete seinen Cousin, wie dieser unter ihm immer kleiner wurde. Er behielt ihn so lange wie möglich im Auge. Es war die letzte Erinnerung, die ihm von Theodore bleiben würde, und er wusste das.

# 27

Laureant, Caffield und Brown sahen zu den Sternen hinauf und beobachteten die Rebellenflotte, wie sie langsam Fahrt aufnahm, um sich dem Gegner zu stellen.

Watanabe und Demerov organisierten derweil den Transport von Offizieren und Truppen in die zugeordneten Basen, in der Hoffnung, dass zumindest ein Teil von ihnen dem Zugriff der Ashrak entgehen würde. Der Exodus der irdischen Armee in den Untergrund hatte begonnen.

»Denkt ihr, sie schaffen es?«, fragte Brown in die Runde.

Laureants Gesicht zeigte ein spöttisches Grinsen. »Falls nicht, dann werden sie eine ganze Menge Fischköpfe erledigen, bevor sie untergehen.« Der Rebellenoffizier sah sich unter seinen Begleitern um. »Ich möchte wirklich nicht in deren Haut stecken.«

* * *

Die Aurora übernahm die Führung der Flotte. Zu Gareths grenzenloser Freude leistete ihm Michael Gesellschaft auf der Kommandobrücke. Am liebsten hätte er diesen gefragt, wie es dazu gekommen war. Doch aufgrund dessen Mimik hielt er es für besser, das Thema vorerst ruhen zu lassen.

»Ludwig und Fabian?«, fragte er, ohne sich zu Michael umzusehen.

Dieser zuckte die Achseln. »Fabian ist auf der Krankenstation und Ludwig organisiert die Unterbringung all der zusätzlichen Menschen an Bord.«

Gareth nickte geistesabwesend. Sein Verstand beschäftigte sich bereits mit anderen Themen, vor allem mit der Formalität, einen überlegenen Gegner in offenem Raum zu schlagen. Die Rebellen hatten bisher überlebt, weil sie Feldschlachten tunlichst aus dem Weg gegangen waren.

Die Tür zur Brücke öffnete sich und zwei Kexaxa stapften auf ihren kurzen Beinen herein. Michael warf einem von ihnen einen ungläubigen Blick zu. »Du lebst ja noch?!«, meinte er verschmitzt.

Ibitray sah zu dem viel größeren Menschen auf. »Ich hoffe, dich damit nicht allzu sehr zu enttäuschen.«

Michaels Kopf hob sich, als er durch das zentrale Brückenfenster blickte. »Ich werde es überleben.«

»Bist du sicher?«, entgegnete Ibitray, mit Blick auf die Anzahl bedrohlicher, roter Symbole, die sich auf Gareths Hologramm unausweichlich der Rebellenflotte näherte.

Gareth machte eine verkniffene Miene. Der Kexaxa hatte recht. Das würde ein verdammt blutiger Job werden. Einer seiner Ashrakausbilder auf Suvus hatte ihm einst voller Überzeugung erklärt, es gäbe keine hoffnungslosen Situationen. Gut möglich, dass die Rebellen diese These heute einer Probe unterzogen.

Gareth holte mehrmals tief Luft. Dadurch reicherte er sein Blut mit zusätzlichem Sauerstoff an. Seine Reaktionszeiten verkürzten sich, seine Muskeln wurden stärker und auch sein Gehirn wurde leistungsfähiger. Infolgedessen würde seine Intelligenz potenziert, weshalb sein taktisches Denken angeregt wurde. Dies würde ihm in den kommenden Stunden gute Dienste leisten.

Gareth trat an seine Kommandostation. Augenblicklich aktivierten sich sämtliche Hologramme um seine Person selbstständig. »Na schön«, murmelte er verdrossen. »Dann gehen wir die Sache mal an.«

* * *

Der Angriff auf Kopenhagen begann etwa zum selben Zeitpunkt, an dem Gareth den Befehl gab, das Gefecht mit der imperialen Flotte zu eröffnen.

Wie alle Städte der Erde lag auch Kopenhagen zum überwiegenden Teil in Schutt und Asche. Der feindliche Kommandoposten nahm annähernd die komplette Innenstadt ein. Diese befand sich auf einer eigenen Insel, ungefähr dort, wo vor der Invasion der Flughafen gewesen war. Die Insel war über den Landweg nur noch über zwei Brücken zu erreichen. Die übrigen waren entweder während der Invasion zerstört oder später von den Fischköpfen gesprengt worden, um einen möglichen Angriff der Menschen bereits im Vorfeld zu vereiteln.

Die Rebellen verfügten über keine Luftstreitkräfte. Und wenn sie welche gehabt hätten, wäre es ihnen schlecht ergangen bei den ganzen Luftabwehrwaffen, mit der die Insel und der gegnerische Stützpunkt gesichert waren. Die Basis war lediglich über zwei Brücken angreifbar, die beide für sich allein genommen ein Nadelöhr darstellten. Aber es blieb ihnen keine Wahl. Der Angriff war von essenzieller Bedeutung, um die Ashrak abzulenken und der Untergrundarmee Zeit zu geben, sich in alle Winde zu zerstreuen und dem Zugriff des Feindes zu entgehen.

Rachel Anderson führte den Vorstoß über die südliche Brücke, Theodore Evans den über die nördliche. Die Attacke begann mit einem Trommelfeuer aus fast sechshundert Artilleriegeschützen, die man aufgefahren hatte, um die Offensive zu unterstützen.

Im Sekundentakt flogen pfeifend und zischend Tausende von Geschossen über Rachels Kopf hinweg. Sie hörte die Einschläge mehrere Kilometer voraus auf der anderen Seite des Flusses.

Die Sturmspitze bildeten Panzer verschiedener Typen und Skorpione. Dahinter folgte Reihe um Reihe Infanterie in Rüstungen und mit Pulswaffen ausgerüstet. Diese Soldaten gehörten zum Besten, was nach der Evakuierung und dem geordneten Untertauchen unter Laureants Führung noch übrig war. Sie hoffte, es würde genügen, die Insel einzunehmen und eine gewisse Zeit lang zu halten.

Bereits von Weitem war sie in der Lage, die Explosionen auszumachen, als die Geschosse der Rebellenartillerie ihre Ziele fanden. Das gegenüberliegende Flussufer schien in Flammen zu stehen. Für einen Moment fragte sie sich ernsthaft, wie überhaupt irgendein Wesen diese Feuersbrunst überlebt haben sollte. Ihre eigenen Zweifel wurden schon bald widerlegt, als die Ashrak zum Gegenangriff übergingen.

Rachel hob den Kopf, als ihre Ohren etwas vernahmen, was eindeutig nicht hierher zu gehören schien. Ein Schwarm feindlicher Jäger durchbrach die Wolkendecke.

»Luftangriff!«, brüllte sie, was eigentlich gar nicht notwendig gewesen wäre. Ihr Kommgerät übertrug ihre Stimme an jeden Soldaten und jedes Fahrzeug unter ihrem Kommando.

Luftabwehrbatterien und Raketenstellungen eröffneten das Feuer. Mehrere feindliche Vehikel wurden vom Himmel geschossen. Mindestens drei schwere Ashrakjäger trudelten brennend herab und fielen Einzelteile verlierend in den Fluss. Die Feindjäger ließen sich von ihren Verlusten nicht aus der Ruhe bringen. Energieimpulse und kinetische Waffen lösten sich aus ihren Tragflächen. Sie forderten unter Rachels Einheiten eine Menge Opfer. Das Chassis einiger Panzer zerbarst krachend unter den Einschlägen. In den meisten Fällen gingen die Fahrzeuge mit der gesamten Besatzung verloren. Nur hin und wieder gelang es ihnen, aus der Todesfalle, zu dem ihr Fahrzeug geworden war, zu entkommen.

Die Skorpione kamen in Schussweite zum anderen Ufer und augenblicklich schlug ihnen mörderisches Abwehrfeuer aus versteckten Stellungen entgegen. Einer der Geher knickte seitlich weg, als ihm zwei Vorderbeine weggeschossen wurden. Der Kampfkoloss brach ein und kippte über den Rand der Brücke. Der Besatzung war nicht mehr zu helfen. Sie konnten nicht mehr entkommen, bevor der Geher in den Fluten versank.

Die übrigen Rebellen-Skorpione eröffneten aus ihren Hauptgeschützen den Beschuss. Feindliche Abwehrbunker wurden zerstrahlt und Ashrakgeschütze verstummten schlagartig, während die Rebellen unbeeindruckt und unbeirrbar vorrückten.

Feindliche Skorpione übernahmen die Position der zerstörten Bunker, die Fronten verhärteten sich. Rebellen und Ashrak bekämpften einander bis aufs Blut. Sie tauschten Energiestrahlen, Impulse und Raketen aus und auf beiden Seiten stiegen die Opferzahlen mit jeder Minute, die verging. Die Rebellen kamen nicht voran und Rückzug war keine Option.

Rachel kauerte sich hinter das Chassis eines schweren Panzers, der aus seinem Drillingsgefechtsturm immer wieder Energieblitze in Richtung der feindlichen Stellungen feuerte. Sie öffnete einen Kanal.

»Theodore?« Sie wartete kurz. »Theodore, hörst du mich?«

Die Antwort dauerte frustrierend lange. Rachel dachte schon, es hätte ihn erwischt. Als er schließlich doch den Empfang bestätigte, atmete sie erleichtert auf.

Nur wenige Meter entfernt schlug eine feindliche Artilleriegranate ein und hob einen Achilles-Panzer mehrere Meter hoch in die Luft, bevor er als zerschmettertes Wrack zurück auf den Asphalt krachte.

»Rachel, ich höre. Wie ist die Lage?«, hörte sie undeutlich Theodores Stimme über Funk. Im Hintergrund waren unzählige Explosionen und wilde Kampfgeräusche zu hören.

»Theo, wir sind hier festgenagelt. Etwa auf halber Strecke. Feindliche Gegenwehr ist stärker als erwartet.«

Es knackte und knirschte in der Leitung. Rachel wartete ungeduldig auf eine weitere Nachricht Theodores. »Wir sind fast drüben«, erwiderte er nach einer gefühlten Ewigkeit. »Uns trennen weniger als dreihundert Meter vom anderen Flussufer. Haltet eure Position und lenkt ihre Aufmerksamkeit auf euch. Sobald wir ihre Linien durchbrochen haben, kommen wir euch zu Hilfe und rollen die feindliche Front von der Seite her auf.«

Erneut fegte ein Luftschlag über Rachels Rebellen hinweg. Mehrere Soldaten wurden von einer Detonation hoch in die Luft geschleudert. Sie schlugen mit knochenbrechendem Getöse wieder auf. Rachel zuckte unwillkürlich zusammen. Sie spürte den Aufprall der armen Teufel sogar noch in ihren eigenen Knochen.

»Das ist dein Plan? Wir sollen hier einfach ausharren? Dir ist wohl nicht klar, dass wir auf dem Präsentierteller sitzen. Die schlachten uns hier kalt lächelnd ab.«

»Mir ist deine Lage völlig klar«, versetzte Theodore. »Aber ich kann dir nicht helfen, solange ich meine eigene nicht geklärt habe.«

Rachel knirschte frustriert mit den Zähnen. Sie spürte kleine Splitter, die sie dabei abgerieben hatte, im Mund. Sie hatte Michael versprochen, die Sache hier durchzuziehen. Und sie hatte sicher nicht gemeint, hier als Zielscheibe herumzusitzen. Sie packte ihr Pulsgewehr fester.

»Ach, was soll's?«, murmelte sie, ohne zu merken, dass der Kommkanal noch geöffnet war. »Wir werden hier sowieso alle sterben.«

»Was war das?«, wollte Theodore wissen. »Hast du was gesagt? Bitte wiederholen.«

Rachel stieg auf das Chassis eines Panzers und hob ihr Pulsgewehr hoch in die Luft. Damit fesselte sie für einen entscheidenden Augenblick die Aufmerksamkeit aller Soldaten in Sichtweite.

»Folgt mir!«, war alles, was sie schrie. Und noch einmal lauter: »Folgt mir!« Mit diesen einfachen Worten sprang sie vom Panzer und rannte zwischen den Beinen der Skorpione hindurch. Die Rebellen folgten ihr in einen Sturmangriff, der sowohl Freund wie auch Feind völlig überrumpelte.

***

Die AURORA feuerte aus allen Rohren. Mit ihrer umfangreichen Bewaffnung teilte sie verheerende Schläge gegen den Feind aus. Die Geschütze feuerten Salve um Salve. Gareth bemühte sich, sämtliche Aspekte der Schlacht im Auge zu behalten, was sich als gar nicht so einfach herausstellte. Die Hologramme der Kommandostation waren für die Benutzung durch einen Ashrak ausgelegt und deren Augen waren in der Lage, sich in sämtliche Richtungen zu bewegen – auch unabhängig voneinander.

Der Gegner hatte seine Einheiten in einer halbmondförmigen Formation ausschwärmen lassen. Dies besaß den Vorteil, dass die Flügel der Ashrak dabei waren, die Flanken der Rebellenflotte zu umfassen. Theoretisch hätte Gareth einen eigenen Gegenangriff gegen die Flanken der feindlichen Streitmacht durchführen müssen, um ebendies zu verhindern. Aber für ein solches Manöver hätte er wesentlich mehr Schiffe benötigt, als ihm zur Verfügung standen. Der Gegner rückte unbeirrbar vor, sich seines eigenen Sieges vollauf bewusst.

»Christian? Eine Verbindung zu Ris'ril und Isabella. Konferenzschaltung«, ordnete er wortkarg an.

»Verbindung steht«, erwiderte der Navigator kurz darauf.

Die Hologramme seiner beiden Offiziere wurden auf das Hologramm eingeblendet, das sich ihm frontal gegenüber befand. Beide Frauen wirkten mitgenommen, aber nicht weniger entschlossen als er.

»Wir brechen in der Mitte durch. Formiert eure Einheiten.«

»Du willst ihr Zentrum angreifen?«, antwortete Isabella, der diese Taktik offenbar missfiel. »Das schaffen wir nie. Es ist viel zu gut geschützt.«

»Wir haben keine Wahl«, gab er gepresst zurück. »Um ihre Flanken zu bedrohen, sind wir nicht zahlreich genug.«

»Er hat recht«, mischte sich Ris'ril ein. »Wenn es uns nicht gelingt, ihre Linien im Zentrum zu durchstoßen, treiben sie uns bis zur Erde zurück.«

Wie um ihre Worte zu unterstreichen, trafen mehrere Energiesalven die AURORA am Bug und in der Nähe der Brücke. Gareth musste sich festhalten, um nicht zu stürzen. Der Blutläufer an der taktischen Station wurde von einem Metallsplitter aus der geborstenen Brückenpanzerung am Kopf getroffen und sank blutüberströmt vornüber auf seine Konsole.

Michael war sofort zur Stelle, zog den Leichnam von seinem Sitz und nahm selbst Platz. Seine Finger huschten über die für einen Ashrak bestimmte Tastatur.

»Was immer wir machen, es muss schnell eine Entscheidung getroffen werden«, erklärte er, nachdem er sich einen Überblick über die taktische Situation verschafft hatte. »Drei feindliche Geschwader wurden gerade in ihr Zentrum beordert. Mit jeder Minute werden sie dort stärker. Entweder jetzt oder nie!«

»Bestätige«, erklärte Christian mit seltsam monotoner Stimme. Er hatte sich wohl gerade in die Sensoren eingeklinkt und ging voll in deren digitaler Welt auf. »Außerdem fange ich Gefechtssignale an weitere Kampfeinheiten auf. Ich konnte den Code noch nicht entschlüsseln, aber ein Wort konnte ich verstehen: AURORA.«

Gareths Kiefermuskeln mahlten angestrengt. »Sie haben das Flaggschiff identifiziert.« Sein Blick flog von Ris'ril zu Isabella. »Wir tun es«, beschied er. »Sofort! Informiert eure Geschwaderkommandanten.«

***

Cha'acko verfolgte die Schlacht gemeinsam mit seinem Stab aus dem Planungsraum seiner Kommandoplattform aus. Hier hatte er den Vorteil, mitten in der Schlacht zu stehen, da dessen Systeme ein Hologramm der Kämpfe über das ganze Zimmer projizieren konnten. Außerdem stand er von hier aus mit dem Flottencommander direkt in Verbindung.

Fasziniert beobachtete er, wie sich die Rebellenflotte formierte. Sie schien es auf das Zentrum der imperialen Armada abgesehen zu haben.

Bri'anu trat an seine Seite. »Das ist Selbstmord. Sie können das nicht wirklich vorhaben. Oder doch?«

»Sie haben keine Wahl«, gab Cha'acko zurück. »Und sie wissen es.« Er warf seinem Adjutanten einen forschenden Blick zu. »Wurde ihr Flaggschiff zweifelsfrei identifiziert?«

Bri'anu nickte steif. »Das Schlachtschiff in der Mitte dieser Formation.« Er deutete auf den Kampfabschnitt direkt vor Cha'ackos nasenlosem Gesicht. »Das Schiff, das sie AURORA nennen.«

Cha'ackos Schuppen verfärbten sich tiefgrün. »Ausgezeichnet. Es soll geentert werden. Sobald sich unsere Truppen Zugang verschafft haben, schick die Paladine. Und sag ihnen, sie dürfen jeden töten, aber nicht den Anführer. Ich will den Menschen namens Gareth Finch lebendig.«

***

Rachel stapfte über die Überreste einer vollen imperialen Angriffskolonne. Die Wracks von Skorpionen und Panzern schwelten noch. Der Gestank von verbranntem Fleisch und Blut lag in der Luft – dem von Ashrak und Menschen gleichermaßen.

In der Ferne zeichneten sich Türme und Stellungen des Hauptkomplexes im morgendlichen Dunst ab. Die Truppen der feindlichen zweiten Linie waren noch nicht zu sehen. Aber sie waren definitiv da. Rachel konnte sie spüren. Sie konnte spüren, wie die Fischköpfe ihre Positionen einnahmen, um die Rebellenarmee aufzuhalten. Sie konnte spüren, wie die Fischköpfe weitere Fahrzeuge und Artillerie in Position brachten. Die Ashrak waren entschlossen, die Stellung zu halten. Aber die Truppen, die diese Basis verteidigten, hatten im Vergleich zu den menschlichen Rebellen einen großen Nachteil: Sie waren einfach nicht verzweifelt genug.

Rachel öffnete eine Frequenz. »Theodore, bist du da?«

»Wir sind durch!«, hörte sie die triumphierende Stimme des anderen Offiziers. Der Ausruf entlockte ihr ein ehrliches Lächeln. Er wusste es noch nicht, aber Rachel war ihm zuvorgekommen. Das war hier zwar kein Wettbewerb, den erfahrenen Soldaten geschlagen zu haben, erfüllte sie dennoch mit einem gewissen Stolz.

»Deine Einheiten sollen sich in Bereitschaft halten.« Sie betrachtete die vor ihr liegende Anlage missmutig. Sie standen einer beachtlich bewaffneten Festung gegenüber. Sie zu knacken, würde eine Herkulesaufgabe werden. »Es wird Zeit.« Sie musste gar nicht explizit darauf eingehen, wovon sie sprach. Ihrem Gesprächspartner war es auch so klar.

Theodore zögerte. »Sollten wir nicht noch damit warten?«

Rachel schüttelte den Kopf. Erst danach wurde ihr klar, dass Theodore sie ja nicht sehen konnte. »Wir schicken die fingierten Funksprüche jetzt los. Die Ashrak müssen blind werden für alles andere, was am Boden vor sich geht. Nur dann erhält Laureant die Möglichkeit, die Untergrundarmee in Sicherheit zu bringen. Oder wenigstens einen adäquaten Prozentsatz.«

Damit sprach sie eine unliebsame Wahrheit aus. Niemand hatte bisher gewagt, dieses Thema anzuschneiden, aber dass Laureant in der Lage sein würde, wirklich alle verbliebenen Einheiten der Untergrundarmee in Sicherheit zu bringen, schien mehr als unwahrscheinlich. Einige würden auf der Strecke bleiben. Ganz so wie die Armee, über die Rachel gebot. Keiner von ihnen würde diese Insel wieder lebend verlassen. Aber wenn sie Erfolg hatten, dann war es das wert.

Sowohl Rachel als auch Theodore trug ein Datenpaket mit sorgfältig vorbereiteten Gefechtsbefehlen mit sich. Sie stammten von Gareth und Michael und waren codiert. Aber Rachel zweifelte nicht daran, dass die Fischköpfe in der Lage waren, sie zu entschlüsseln. Es durfte ihnen nur nicht zu einfach gemacht werden. Das hätte ihr Misstrauen erregt. Die Nachrichten sollten zu verschiedenen Zeiten und an verschiedenen Plätzen abgesetzt werden, um die Illusion von Bewegung der Offiziere im Feld zu simulieren. Rachel war nie ein religiöser Mensch gewesen, aber sie betete dafür, dass es gelang.

Theodore dachte unangenehm lange nach. Schließlich hörte sie sein ergebenes Seufzen über Funk. »Also schön. Du hast hier das Sagen und ich füge mich.«

»Wenn du damit fertig bist, die Nachrichten abzuschicken, dann greifen wir den Hauptkomplex an.«

»Verstanden!«, gab er zurück und es knackte in ihren Ohren, als er die Verbindung beendete.

Rachel änderte die Frequenz. »Bob?«, wandte sie sich an einen ihrer Hauptleute.

»Auf Empfang«, erklang der tiefe Bariton des ehemaligen Flesh-and-Bones-Mitglieds.

»Lass unsere Artillerie auf diese Seite des Flusses bringen. Wir werden sie gleich brauchen.« Sie musterte die feindliche Festung von oben bis unten. »Und anschließend sprengen wir die letzten beiden Brücken. Wenn die Ashrak uns erledigen wollen, dann müssen sie schon auf dem Luftweg zu uns kommen.«

***

Die Rebellenflotte stand binnen kürzester Zeit von drei Seiten aus unter Beschuss. Und im Mittelpunkt der feindlichen Aufmerksamkeit befand sich die AURORA.

Ris'ril registrierte die Entwicklung mit großer Sorge. Die Frontbatterien der SHIVA zerstrahlten eine feindliche Fregatte und perforierten anschließend in schneller Folge die Backbordseite eines Zerstörers sowie eines Angriffskreuzers mit bereits umfangreichen Gefechtsschäden. Der Angriffskreuzer drehte ab, doch Ris'ril war eine Kriegerin und nicht bereit, ihre Beute entkommen zu lassen. Die SHIVA setzte dem fliehenden Gegner eine Kombination aus den Frontgeschützen sowie eine Salve aus einer Raketenbatterie hinterher.

Ris'rils taktischer Offizier erzielte kurz hintereinander drei Volltreffer im Antriebsbereich. Zwei Drittel der Aggregate versagten flackernd den Dienst. Das imperiale Schiff verlor einen Gutteil seines Schubs. Augenblicklich strömten mehrere schwere Rebellenjäger herbei und beharkten den Gegner aus ihren Bordwaffen. Bevor sie von ihrem Opfer abließen, setzten sie noch mehrere Torpedos hinterher, die sowohl Steuer- als auch Backbordpanzerung aufrissen. In einem Tornado pustete die explosive Dekompression den Großteil der überlebenden Besatzung ins All. Das Schiff blieb als treibendes Wrack zurück.

Ris'ril setzte die ihr zur Verfügung stehenden Ressourcen mit Bedacht und wohlüberlegt ein. Sie kämpfte nur Gefechte, von denen sie auch sicher war, sie gewinnen zu können. Wo dies nicht der Fall war, zog sie ihre Kräfte zurück, um sie an anderer Stelle massiert erneut in den Kampf zu schicken.

Auf diese Weise brachte Ris'rils Verband dem Feind erhebliche Verluste zu und kurz schien es sogar, als würden sie den Gegner an der rechten Flanke zurückdrängen oder zumindest aufhalten können. Doch dann setzten die Ashrak Verstärkungen in Marsch und verstärkten ihre rechte Flanke, wodurch ein Vorrücken für Ris'ril unmöglich wurde. Die Rebellenstreitmacht wurde langsam, aber stetig zum Rückzug gezwungen. Mit der imperialen Flotte voraus und der Erde im Rücken standen sie am Abgrund und sie sahen sich der beinahe unausweichlichen Vernichtung gegenüber.

Ris'rils kundiges Auge, registrierte allerdings noch etwas anderes, was fast noch besorgniserregender war als der Verlauf der Schlacht an sich: Der Gegner setzte alles daran, die AURORA zu isolieren.

***

Gareth hielt sich eisern aufrecht. Die Meldungen prasselten unaufhörlich auf ihn ein und er bemühte sich, das Wichtigste im Blick zu behalten.

Michael erwies sich als Gewinn an der taktischen Station. Mit untrüglicher Präzision und einem Auge für die Schwachstellen des Gegners schaltete er Schiff um Schiff aus.

Direkt vor dem Brückenfenster der AURORA detonierte ein feindliches Schlachtschiff, das von den Bordgeschützen des Rebellenflaggschiffs Stück für Stück in Fetzen geschossen worden war.

Die Trümmer prasselten auf die Panzerung der AURORA ein. Ein ziemlich großer Teil des Wracks zog an Steuerbord vorüber und fügte dem Rebellenschiff einen tiefen Riss zu, ohne jedoch bis ins Innenleben vorzudringen. Allerdings blieb der Schaden eine Schwachstelle, die man im Auge behalten musste.

»Gareth?«, meldete sich sein Navigator. »Die Ashrak blockieren sämtliche infrage kommenden Fluchtrouten. Sie sind dabei, uns schachmatt zu setzen.«

»Welche Optionen haben wie noch?«

Der Navigator antwortete zunächst nicht. »Keine«, erwiderte er schließlich.

Gareth warf der Gestalt auf der Liege neben sich einen frustrierten Blick zu. »Das klingt aber gar nicht nach dir.«

»Was soll ich sagen? Ich kann schließlich nicht zaubern. Wir können nicht in den Hyperraum springen mit einer feindlichen Flotte derart dicht vor unserer Nase. Und hindurchkämpfen funktioniert offensichtlich auch nicht. Sie drängen uns immer tiefer in den Gravitationsbereich der Erde. Und solange wir hier nicht wegkommen, werden wir auch nicht entkommen können.«

Gareths Wangenmuskeln mahlten angestrengt. »Ich glaube nicht an hoffnungslose Situationen. Finde einen Weg.«

In diesem Moment preschte ein halbes Dutzend Feindschiffe vor. Der von ihnen ausgehende Beschuss ließ vier Rebellenkreuzer als sich ausbreitende Trümmerfelder zurück. Und plötzlich war die Aurora allein innerhalb eines Pulks feindlicher Schiffe.

Strahlbahnen zogen tiefe Furchen durch die Panzerung des Rebellenflaggschiffs. Gareth musste sich festhalten, da dass Deck unter ihm unaufhörlich bockte und unter den Einschlägen kontinuierlich erzitterte. Er fluchte unterdrückt.

Der Beschuss hörte mit einem Mal auf. Gareth sah mit verwunderter Miene auf. »Christian? Bericht!«

»Feindeinheiten an Bord!«, informierte der Navigator mit ungewohnt hektischer, ja fast panischer Stimme. »Wir werden geentert.«

# 28

Es dauerte fünf Stunden und benötigte Hunderte Tonnen an Munition, um Rachels Rebellenarmee den Zugang zum Hauptkomplex der feindlichen Basis zu ermöglichen. Am Ende sprengten die Artilleriegeschütze aber mehrere Breschen in die Festung, deren Ränder scharfkantig nach innen deuteten. Rachels und Theodores Truppen stürmten die Einrichtung durch die soeben mühsam geschlagenen Zugänge.

Die Ashrak kämpften wie die Teufel. Die Verluste auf beiden Seiten waren enorm. Letztendlich erkämpften sich die Rebellen aber den Weg in die Einrichtung. Damit war der Kampf aber noch längst nicht gewonnen. Die Schlacht verlagerte sich lediglich ins Innere der Festung. Die Rebellen kämpften sich Korridor für Korridor vor. Der Boden wurde glitschig vom Blut der beiden Parteien. Rachel presste sich flach gegen die Wand, das entsicherte Pulsgewehr in den Händen. Nun, da sie sich innerhalb der Festung befanden, blieben Luft- und Artillerieschläge aus. Das war zumindest mal ein Fortschritt.

Rachel leitete mehr Energie auf die Akustik ihrer Rüstung um und lauschte. Die Kampfgeräusche entfernten sich. Die Gefechte verlagerten sich immer weiter ins Innere der Basis. Sie fragte sich insgeheim, wie lange es wohl dauern würde, bis die Ashrak Verstärkung schickten. Es konnte nicht mehr allzu viel Zeit in Anspruch nehmen, die fingierten Funksprüche zu decodieren.

Sie hob den Blick. Die Anlage war robust und darauf ausgelegt, als Bollwerk bei einem Großangriff zu dienen.

Sie bedeutete den Soldaten, die ihr folgten, den nächsten Korridor zu erstürmen. Die Ashrak führten mittlerweile einen Zwei-Fronten-Krieg gegen ihre Einheiten auf der einen und Theodores auf der anderen. Über kurz oder lang würden sie zerrieben werden.

Die Rebellen folgten ihrer Anweisung. Ein kurzes Feuergefecht ließ den

Boden unter ihr erzittern, gefolgt von mehreren Detonationen, die wohl von Granaten stammten. Dann folgte erneut Ruhe. Das Nervenzentrum der Basis konnte nicht mehr fern sein.

Sie trat an die nächste Wand und spähte durch etwas, das als Schießscharte gedacht war. Sie ließ interessiert den Blick wandern. Die Schießscharte ging nach Osten hinaus. Dort, wo sich früher der Kopenhagener Flughafen befunden hatte, war von den Fischköpfen ein Flugfeld angelegt worden. Dutzende von Jägern und Transportern warteten dort auf ihren Einsatz oder wurden gerade für den nächsten Luftangriff betankt.

Rachel leckte sich leicht über die Lippen. Sie öffnete einen Kanal zum Befehlshaber ihrer Artillerie. »Tom? Bitte kommen. Hier ist Rachel.«

»Bin auf Empfang«, erwiderte der Mann.

»Ich habe ein neues Ziel für dich. Bereit machen für Übermittlung der Koordinaten.«

»Lass hören«, bot sich der Offizier sofort an. Seit der Erstürmung der Anlage hatte er nicht mehr viel zu tun und dem Tonfall nach brannte er darauf, den Fischköpfen eins überzubraten.

Rachel ließ ihre Rüstung die entsprechenden Koordinaten aufzeichnen, indem sie den Kopf leicht von einer Seite zur anderen wandte, um das ganze Flugfeld in die Ortung mit einzubeziehen. Anschließend übermittelte sie die Koordinaten an ihren Artillerieoffizier.

»Peilung kommt«, informierte sie ihn.

»Peilung erhalten«, kommentierte der Rebellensoldat knapp. Und kurz darauf. »Zieht die Köpfe ein. Beschuss folgt!«

Aufgrund ihrer Position innerhalb der Festung, konnte sie die charakteristischen Geräusche des Bombardements nicht hören, aber das Ergebnis registrierte sie mit tiefer Genugtuung. Vom linken Rand ihres Sichtfelds bis zum rechten füllte sich der Horizont plötzlich mit Explosionen. Schiffe und Jäger des Feindes mitsamt ihren Besatzungen gingen in einer Kakofonie der Zerstörung unter. Zu guter Letzt erstreckte sich eine Feuersbrunst über das Flugfeld, als der eingelagerte Treibstoff in Brand geschossen wurde. Als die Artillerie des Widerstands ihre Arbeit abschloss, war nichts Lebendiges jenseits von Rachels Position zu erkennen. Sie nickte befriedigt. In ihren Ohren knackte es und Theodores angenehme Stimme durchdrang ihre Rüstung.

»Rachel? Wir sind fast vor der Kommandozentrale. Ich könnte deine Hilfe brauchen.«

Sie löste sich vom Anblick der brennenden Wracks außerhalb des gepanzerten Gebäudes und räusperte sich leicht. »Bin unterwegs«, entgegnete sie, drehte sich um und rannte den Gang entlang, der letzten Anstrengung in dieser Schlacht entgegen.

***

»Michael? Du übernimmst die Brücke«, befahl Gareth. Sein Untergebener quetschte sich aus der taktischen Station und nahm die Position des Kommandanten ein, während Gareth von der Brücke eilte.

»Ludwig, wo bist du jetzt?«, wollte Gareth im Sprint über Funk wissen.

»Deck fünf«, antwortete dieser prompt. »Wir haben vier bestätigte Durchbrüche und mindestens dreihundert Ashrak im Schiff. Sie befinden sich auf Deck drei, fünf, acht und elf. Drei weitere Bohrungen an der Außenhülle dienten nur zur Ablenkung.«

»Kannst du die Enterung eindämmen?«

»Ich versuche es, aber die sind verdammt hartnäckig. Das sind keine Amateure. Cha'acko hat uns seine Topleute geschickt.«

»Das war zu erwarten. Haltet durch! Hilfe ist auf dem Weg.«

Gareths Gedanken überschlugen sich. Fabian konnte er nicht zu Hilfe rufen. Der Blutläuferoffizier befand sich auf der Krankenstation. Er musste andere mit der Aufgabe betrauen, den Feind wieder vom Schiff zu werfen.

Gareth dachte angestrengt darüber nach, wem er eine solche Herausforderung anvertrauen konnte. Er spürte die Bewegung mehr, als dass er sie bewusst wahrnahm. Gareth wirbelte mit schier übermenschlicher Schnelligkeit um die eigene Achse. Dennoch kam seine Abwehr bei Weitem nicht rasch genug. Der Schlag des Gewehrkolbens traf ihn zwischen Brustkorb und Adamsapfel. Er war stark genug, um seiner Rüstung eine Delle zuzufügen und ihn mehrere Meter durch die Luft zu schleudern.

Ein geringerer Mann wäre zu Boden gegangen. Gareth beugte seinen Körper nach vorn, als würde er sich gegen einen Sturm stemmen. Seine Füße rutschten über das Deck, doch er hielt sich auf den Beinen.

Ein Mann stand ihm aufrecht und unbeugsam gegenüber. Der Krieger musterte ihn ohne jegliche Gefühlsregung. Aus den Schatten gesellten sich vier weitere zu ihm. Gareths Blick huschte von einem zum anderen. Er tastete sie mit den Augen ab.

*Paladine*, ging es ihm durch den Kopf.

Sein Pulsgewehr lag auf dem Boden. Er könnte es sogar erreichen, indem er einfach die Hand ausstreckte. Und dennoch wusste er, die Paladine wären bei ihm, bevor ihm dies gelang. Unter den undurchdringlichen Helmen spürte er Spott und Häme, die von ihnen ausgingen. Sie bewegten sich immer noch nicht. Sie forderten ihn heraus. Sie wollten, dass er einen Versuch startete, nach der Waffe zu greifen.

Gareths Blick glitt an den Paladinen vorbei zum Zugang der Brücke. Er war erneut verschlossen und versiegelt. Er hoffte, Michael würde irgendwie auf seine missliche Lage aufmerksam und ihm zu Hilfe eilen. Eine irrige Annahme. Dieser war damit beschäftigt, das Schiff durch einen Mahlstrom des Chaos zu steuern. Er würde nicht mitkriegen, was hier geschah. Und sonst war niemand im Korridor. Gareth musste sich dieser Gefahr alleine stellen. Aber er würde diesen Mistkerlen nicht die Genugtuung bieten, nach seinem Gewehr greifen zu wollen. Stattdessen zog er das bösartig aussehende Kampfmesser aus seinem Gürtel und ging in Kampfstellung.

Der führende Paladin zuckte die Achseln. Gemeinsam kamen die fünf näher. Und der Tanz begann.

***

Fabian erhob sich schwerfällig von seinem Krankenlager. Er keuchte bei jedem Atemzug. Seine Rippen waren geprellt und die Lunge arbeitete unter Hochdruck. Bei jedem bisschen Sauerstoff, das er in die Lungen sog, zuckte er zusammen.

Fabian ignorierte das protestierende Geschnatter seiner Kexaxa-Fürsorger und legte seine Rüstung an. Direkt vor der Krankenstation wurde gekämpft. Ungeduldig schob er einen Kexaxa zur Seite, der sich ihm ungewohnt mutig in den Weg stellte. Jeder Mann wurde gebraucht. Fabian konnte nicht auf der faulen Haut liegen, während das Schiff überrannt wurde.

Er trat durch die Tür der Krankenstation und fand sich augenblicklich in einem Handgemenge zwischen Rebellen und Ashrak-Blutläufern wieder.

Einer der feindlichen Soldaten reagierte sofort und nutzte den Kolben seiner Waffe als Keule. Sie erwischte Fabian genau über seiner Verletzung. Er brüllte den Schmerz hinaus. Falls der Ashrak erwartet hatte, Fabian würde zurückweichen, so wurde er enttäuscht. Das Bajonett seines Gewehrs fuhr zischend aus und er stieß es mit einer wütenden Bewegung dem Ashrak durch die Rüstung in den Hals und weiter hinauf ins Gehirn.

Der feindliche Soldat zitterte und sank anschließend erschlafft zusammen. Fabian verzog das Gesicht unter dem Helm zu einer zornigen Grimasse. Seine Rippen pochten unangenehm. Er nutzte den Schmerz, um seinen Willen zum Widerstand anzuheizen. Mit dem Gewehr und dem daran befestigten blutigen Bajonett suchte er ein neues Opfer für seine Wut.

* * *

Takashi befand sich auf einer isolierten Station auf Deck eins der AURORA. Gareth hatte ihn von der ESMERALDA auf das Flaggschiff verlegen lassen, um ihn in seiner Nähe zu wissen.

Im Geist des Paladins herrschte Konfusion. Einerseits zeigten die Isolierung vom Imperium und die Behandlung Wirkung, andererseits war die geistige Konditionierung noch sehr aktiv. Er war immer noch eine äußerst gefährliche Maschine, ausgerichtet auf ein einziges Ziel: zu töten.

Die für ihn verantwortlichen Kexaxa liefen aufgeschreckt wie ein Vogelschwarm umher. Er verzog angewidert das Gesicht. Konnte es tatsächlich wertlosere Kreaturen geben? Er bezweifelte es.

Takashi bewegte sich leicht unter den Fesseln und dem Kraftfeld. Beides hielt ihn an Ort und Stelle. Er erarbeitete sich dennoch ein klein wenig Spielraum. Sein am Boden fixiertes Bett bewegte sich mit ihm. Er schielte zu den Kexaxa hinüber. Niemand bemerkte es. Einer der letzten Treffer musste sein Krankenlager aus der Verankerung gelöst haben. Das war ja beinahe zu köstlich.

Takashi spannte seine beträchtlichen, künstlich verstärkten Muskeln an und mit einem Ruck bewegte er sich zur Seite. Die Kexaxa wandten sich ihm zu. Das Bett hatte sich nicht gänzlich aus der Verankerung gelöst, aber viel fehlte nicht mehr. Einer der Kexaxa stürmte herbei, um ihn zu sedieren, bevor es zu spät war.

Aber Takashi wusste, es *war* bereits zu spät. Er grinste. Mit einem letzten entschlossenen Ruck warf er seinen ganzen Körper mit all seiner Masse nach links. Das Bett riss aus der Verankerung. Eine der Konsolen spuckte Funken. Das Kraftfeld über seinem Körper erlosch. Takashi musste nicht viel Kraft aufwenden, um die Fesseln vollends zu zerreißen.

Mit einer lässigen Bewegung schleuderte er den Kexaxa mit dem Injektor gegen die Wand. Die übrigen blieben zunächst wie erstarrt stehen – und rannten dann voll Panik davon.

Takashi erhob sich. Er sah auf den bewusstlosen Kexaxa herab und spielte mit dem Gedanken, diesen zu töten. Er setzte sich in Bewegung und passierte die leblose Gestalt, ohne dem kleinen Wesen etwas zuleide zu tun. Er war Soldat und die Kreatur war die Mühe nicht wert. Die Kexaxa waren Feiglinge. Und man hatte ihn nicht darauf trainiert, Feiglinge zu töten. Takashi lächelte leicht. Er hatte eine ganz andere Beute im Sinn.

***

Ibitray hatte sich in einem der Frachträume zusammengekauert. Die Geräuschkulisse einer grausamen Schlacht drang bis zu ihm vor. Dabei hatte er nach dem Abflug von der Erde eigentlich gedacht, dieses Kapitel habe er hinter sich.

Mit einem Mal spürte er etwas in sich. Eine Gefühlsregung, die er auf dem Planeten bereits einmal gespürt hatte – kurz bevor er den Ashrak getötet hatte. Er benötigte einige Sekunden, um die Emotion zu benennen. Der Kexaxa streckte sich verwirrt. Es war der Wunsch, ein Leben zu nehmen.

Was stimmte nur nicht mit ihm? Den Kexaxa war der Wunsch zu töten fremd. Die Menschen, die Ashrak, die Samirad und Dys: All jene Völker kannten das Bedürfnis, einem anderen das Leben nehmen zu wollen. Aber die Kexaxa waren anders. Sie waren besser als das.

Fast gegen seinen eigenen Wunsch rutschte Ibitray von der Waffenkiste und verließ den Frachtraum. Es fühlte sich an, als würde er einem uralten

Instinkt folgen. Einem Instinkt, der ihm keine Wahl ließ und nur das Ziel hatte, seiner Mordlust zu frönen.

***

Wenn Gareth die Geschichte später erzählte, dann schmückte er sie ein wenig aus. Er sprach davon, wie er den Paladinen einen guten Kampf geliefert hatte. Er erzählte, wie er mehrere von ihnen ausgeschaltet hatte und die übrigen ihn schließlich in die Knie zwangen.

Die Wahrheit ... ja nun ... die Wahrheit befand sich weit davon entfernt.

Gareth landete nicht einen einzigen brauchbaren Treffer. Die Paladine tänzelten leichtfüßig um ihn herum, unberührbar wie Geister. Sie nutzten nicht einmal ihre Waffen. Auch nicht die Schwerter, die sie auf dem Rücken trugen. Ihre Schläge und Tritte prasselten auf Gareth ein, bis ihn auch seine Rüstung nicht mehr zu schützen vermochte. Sie war übersät mit Dellen und Beulen. An manchen Stellen war sie eingerissen und Gareths Blut sickerte heraus.

Irgendwann lag er auf dem Boden und versuchte nur noch, sich zu schützen. An Gegenwehr war gar nicht mehr zu denken. Es war vorbei – und alle wussten es. Gareth befand sich am Rand der Bewusstlosigkeit. In dem Moment, als dieses Stadium erreicht war, hörten die Paladine auf.

Gareth war dankbar für die Pause. Und er schämte sich dafür. Er blickte auf. Die Paladine sahen bar jeden Mitleids auf ihn herab. Der Anführer nickte knapp und zwei seiner Männer packten Gareth an den Armen und hoben ihn grob vom Boden auf. Sie schleiften ihn den Korridor entlang. Sie wollten ihn also lebendig. Es wäre ihm bedeutend lieber gewesen, sie hätten ihn auf der Stelle getötet.

Ein Schatten löste sich von der Wand. So schnell und geschmeidig, dass nicht einmal die Paladine ihn rechtzeitig bemerkten. Die Gestalt griff sich das Schwert vom Rücken des Anführers. Es blitzte im Licht der Deckenbeleuchtung auf – wunderschön und tödlich. Mit grausamer Präzision ließ der Schatten die Klinge durch die Luft sausen. Die Paladine reagierten diszipliniert und trennten sich voneinander, um kein dicht stehendes Ziel zu bieten.

Für drei von ihnen war es dennoch zu spät. Ihre Köpfe landeten auf dem Boden – immer noch verborgen durch den Helm. Gareths kraftlose Gestalt sank auf das Deck.

Die zwei überlebenden Paladine griffen an. Stahl klirrte auf Stahl. Ein weiterer von ihnen fiel. Dem anderen wurde die Rüstung auf Höhe der Hüfte und des Brustbeins aufgeschlitzt.

Der Mann keuchte und wich zurück. Beide Kontrahenten standen sich einen Moment abwartend gegenüber. Da tat der Paladin etwas gänzlich Unerwartetes: Er drehte sich um und rannte davon.

Gareth seufzte erleichtert und stemmte sich in die Höhe. Er suchte den Blick seines Retters und riss die Augen auf. Über ihm stand mit blutverschmiertem Schwert Takashi, der ihn mit seltsamer Mimik musterte.

Gareth öffnete den Mund, um etwas zu sagen, seinem Freund zu danken. Aber Takashi agierte abermals mit Kraft und zielgerichteter Entschlossenheit. Er riss Gareths Körper mühelos hoch, presste ihn gegen die Wand und hielt ihm die Schneide des Schwerts an die Kehle. Der Stahl schnitt mühelos durch die Rüstung und in sein Fleisch. Gareth ließ seinen Helm einfahren.

»Takashi …«, presste er mühsam hervor.

»Sei still«, erwiderte der Paladin. »Halt einfach dein Maul.« Das Schwert schnitt tiefer in sein Fleisch. Blut floss aus der Wunde. Gareth spürte den Druck der Klinge auf seinem Adamsapfel. Nur noch etwas tiefer, und es wäre um ihn geschehen.

»Ich will dich töten«, sagte Takashi. »Ich will dich einfach nur umbringen.« Seine Stimme nahm einen gequälten Tonfall an. »Warum kann ich es nicht? Warum kann ich dich nicht einfach umlegen? Kannst du mir das sagen?«

Gareth wagte kaum zu atmen. Nicht einmal Kopfschütteln war ihm möglich. Takashis Schwert hätte noch mehr Schaden angerichtet.

Der Paladin musterte Gareth einen unendlich erscheinenden Augenblick und löste zu seiner Erleichterung den Druck etwas von seinem Kehlkopf.

»Takashi …«, startete er einen erneuten Vorstoß.

Bevor er auch nur ein weiteres Wort sagen konnte, schlugen neben Takashi zwei Energieimpulse ein. Ein dritter verbrannte das linke Bein des Kriegers.

Takashi ließ Gareth blitzschnell los, sprintete um die nächste Ecke und außer Sicht. Gareth wollte einfach nur noch in sich zusammensinken. Mit einem Mal war Michael an seiner Seite. Mit der linken Hand hielt er seinen Kommandanten aufrecht, mit der anderen zielte er mit einer Pulspistole auf das Ende des Korridors.

»Und? Lebst du noch?«

»Irgendwie schon«, gab Gareth zur Antwort. »Woher wusstest du es?«

»Wir haben versucht, dich zu erreichen, aber niemand kam zu dir durch. Christian hat dich geortet und ich wusste, es stimmt etwas nicht, als er dich immer noch vor der Brücke ausgemacht hat.«

Gareth nickte. »Danke, mein Freund.«

Michaels harte Miene weichte auf. »Wann sind wir denn Freunde geworden?«

Gareth prustete. »Frag mich was Leichteres.«

Michaels Blick suchte immer noch das Ende des Ganges ab. »Warum hat er dich nicht getötet?«

Gareth folgte dem Blick seines Kameraden. »Ganz ehrlich? Keine Ahnung.«

***

Ibitray verbarg sich, wo immer es ihm möglich war. Und für eine so kleine Gestalt gab es immer Nischen und Ecken, in denen er sich verbergen konnte.

Die Kämpfe hatten sich verlagert. Ludwig war dabei, die Entermannschaften in den Bereich ihrer Eintrittspunkte zurückzudrängen und dort zu vernichten. Die Korridore waren übersät mit den Leichen von Freund und Feind gleichermaßen. Es gab hier kaum noch etwas zu tun. Und dennoch wartete Ibitray. Er befand sich auf der Jagd und Geduld war oberstes Gebot.

Am Ende des Korridors tauchte jemand auf. Er hielt sich die rechte Seite und stolperte von Wand zu Wand. Als der Mann näher kam, erkannte Ibitray in ihm einen Paladin. Er war verletzt. Ein Schwert hatte die halbe Rüstung aufgeschlitzt.

Ibitray knurrte leise. Es war ein kaum wahrnehmbares Geräusch gewesen und doch hielt der Paladin abrupt inne. In Kampfhaltung sah er sich um, konnte den kleinen Kexaxa allerdings nicht ausmachen.

Dieser wartete, bis der Paladin ihm erneut den Rücken zuwandte. Erst dann schlug er mit für sein Volk ungewohnter Brutalität und Aggression los. Der Schrei des Paladins hallte schmerzerfüllt durch den Korridor, nur um eine Sekunde später für immer zu verstummen.

# 29

Michael bettete Gareths geschundene Gestalt auf einen leeren Sitz und begab sich zurück zur Kommandostation. »Ludwig? Schaff endlich die Fischköpfe vom Schiff!«

»Bin schon dabei«, erfolgte die flapsige Antwort.

Michael nickte zufrieden. »Isabella? Ris'ril? Sammelt eure Einheiten. Wir greifen an.«

Das war alles an Informationen, was die beiden Divisionskommandantinnen benötigten. Der rechte respektive linke Flügel sammelte sich und ging zum Gegenangriff über. Zeitgleich zog das Zentrum hinter der AURORA alle verfügbaren Einheiten zusammen und griff abermals die imperiale Formation im Zentrum an. Michaels Hoffnung bestand darin, den Gegner zu überrumpeln und ihre Linien zu durchstoßen, bevor dieser Schiffe umgruppieren konnte, um der Offensive zu begegnen.

Die AURORA, die SHIVA und die AJAX führten den Angriff an. Alle drei Einheiten preschten aus sämtlichen Waffen feuernd vor.

Die imperialen Schiffe nahmen beträchtlichen Schaden. Die Rebellenflotte konzentrierte ihr Feuer auf einen Abschnitt der gegnerischen Front. Allein in den ersten zehn Minuten der Offensive wurden mehr als fünfzig Feindschiffe zerstört und gut doppelt so viele erheblich beschädigt.

Die Wucht des vorgetragenen Angriffs genügte, um die Rebellen tief in die Reihen der imperialen Linien zu tragen. Die Ashrak antworteten mit einem mörderischen Gegenschlag. Zwei Zerstörer und vier Kreuzer aus dem Umfeld der AURORA wurden vernichtet. Das Schlachtschiff selbst büßte einen Teil seiner Backbordpanzerung ein.

Die AURORA antwortete mit ihren noch zur Verfügung stehenden Frontgeschützen und zerstrahlte einen feindlichen schweren Kreuzer sowie zwei Fregatten.

Die Shiva erlitt mehrere Volltreffer mittschiffs und büßte einen Teil ihrer Bewaffnung sowie Antriebskraft ein. Die Ajax verlor innerhalb kürzester Zeit sieben Begleitschiffe an den feindlichen Beschuss.

»Das Feuer auf diese zwei Schlachtschiffe konzentrieren«, ordnete Michael an und sendete die entsprechenden Koordinaten an die übrige Flotte. Der Beschuss verlagerte sich augenblicklich. Im Fokus standen nun zwei bereits schwer beschädigte imperiale Schlachtschiffe. Raketen prasselten auf die gegnerischen Schiffe im Sekundentakt ein und Panzerplatten von der Größe eines Sekarizerstörers wurden abgesprengt.

Eines der Feindschiffe verging in einer grellen Explosion, wobei zwei feindliche Kreuzer mit verschlungen wurden. Das andere Schlachtschiff hatte noch Gelegenheit, einen Sturmkreuzer der Rebellen und einen Zerstörer zusammenzuschießen, bevor ihn dasselbe Schicksal ereilte.

Ein ziemlich großes Wrackteil eines der Schlachtschiffe rammte einen Rebellenkreuzer und zertrümmerte dessen Bug derart schwer, dass zwei imperiale Fregatten ausreichten, ihm den Rest zu geben.

Die Rebellen kämpften sich den Weg immer weiter vor. Währenddessen fochten Jäger und Bomber beider Seiten ihre eigene Schlacht zwischen den Giganten aus. Hunderte Explosionen blühten nahezu unbeachtet von den kämpfenden Parteien auf. Die Aurora führte weiterhin den Widerstand an, stemmte sich über jedes vernünftige Maß hinaus gegen den Sturm, den das Rod'Or-Imperium gegen sie entfesselte.

Die Backbordbreitseite verfügte kaum noch über funktionierende Waffensysteme. Zwei Sturmkreuzer postierten sich nah genug, um die verwundbare Seite des Schlachtschiffes zu schützen. Wie lange dies halten mochte, musste sich erweisen.

Der Blutläuferoffizier an der Taktik wurde getötet, der Kommunikationsoffizier verwundet. Hugo Santos zögerte keine Sekunde und nahm den Platz des taktischen Offiziers ein. Er überflog die Anzeigen, nahm sich dafür die Zeit, die er benötigte. Eile würde nur unnötig vielen Soldaten den Tod bringen.

»Wir sind fast durch!«, erklärte er. »Wir schaffen es!«

Michael sah auf und spähte durch das Brückenfenster. Tatsächlich zogen sich die beiden Flanken der gegnerischen Armada vor ihrem Angriff zurück. Wo zuvor nur imperiale Schiffe zu sehen gewesen waren, erstreckte sich nun der Weltraum vor ihnen. Nur noch wenige Feindschiffe befanden sich zwischen ihnen und der ersehnten Flucht. Michael grinste wölfisch. Hugo hatte recht. Sie würden es schaffen.

***

Ludwig stieß das Bajonett seines Pulsgewehrs tief in den Leib eines Ashraksoldaten. Dessen Rüstung lieferte nur kurzzeitig Widerstand, bevor sie nachgab und der Rebellenoffizier das Fleisch darunter spürte.

Die Ashrak wurden zurück zu ihren Eintrittspunkten getrieben. Sie hatten es beinahe überstanden. Der Sieg war nahe. Die letzten imperialen Soldaten zogen sich in ihre Enterschiffe zurück. Aber Ludwig ließ nicht locker und verfolgte sie auf jedem Schritt, den sie zurückwichen. Der Druck musste aufrechterhalten werden.

Er magnetisierte seine Stiefel und aktivierte die allgemeine Befehlsfrequenz. »Achtung! Vakuum!«, gab er durch. Die Soldaten in seinem Kampfabschnitt magnetisierten daraufhin ebenfalls ihre Stiefel.

Ludwig zupfte eine Granate vom Gürtel und betätigte den Auslöser. Ohne viel Federlesens warf er sie den Ashrak in deren Sturmboot hinterher. Der Sprengkörper detonierte just in dem Moment, als das Sturmboot ablegte. Das Gefährt mitsamt seinen überlebenden Insassen wurde zerfetzt.

Das zerstörte Sturmboot hinterließ eine Bresche in der Außenhülle. Die explosive Dekompression riss an Ludwigs Soldaten, aber sie alle waren gesichert und in ihren Rüstungen auch vor den Auswirkungen des Vakuums gut geschützt.

Die Schadenskontrolle aktivierte nur Sekunden nach der Zerstörung des Sturmboots ein Notfallkraftfeld und versiegelte den Riss. Anschließend wurde der Abschnitt wieder unter Druck gesetzt. Einzelne Soldaten öffneten erschöpft ihren Helm.

Ludwig keuchte, aber noch war ihre Aufgabe nicht erledigt. »Alle Hauptleute: Statusmeldung!«

Nach und nach trudelten Berichte von den anderen Decks ein. Erst jetzt gestattete sich Ludwig ein wenig Entspannung. Es befanden sich keinerlei Ashrak mehr an Bord, wie es schien. Der Enterangriff war zurückgeschlagen worden.

Als er sich umwandte, bemerkte Ludwig einen Mann, der sich einer

Luftschleuse näherte. Er kniff leicht die Augen zusammen. Ludwig benötigte einen Moment, um in seiner Erinnerung nach dem Namen des Mannes zu forschen.

»Takashi?«, fragte er perplex.

Der Paladin drehte sich auf dem Absatz um und blickte ihn direkt an. Ludwig öffnete nun auch seinen Helm. Auf dem Gesicht des Paladins zeichnete sich Erkennen ab. Der Blutläuferoffizier ging einen Schritt auf den Mann zu. Dieser jedoch betätigte den Auslöser der Luftschleuse. Das Schott glitt zischend auf und Takashi begab sich in das dahinter befindliche Fluchtshuttle. Und bevor ihn jemand aufhalten konnte, legte das Schiff ab und brauste inmitten der tobenden Schlacht einfach davon.

***

Rachel stürmte an Theodores Seite das Kommandodeck der feindlichen Festung. Es entbrannte ein kurzer Schusswechsel, aber die Schlacht war bereits jetzt geschlagen. Der gegnerische Widerstand diente eigentlich nur noch dazu, den Rebellen auf den letzten Metern noch einige Verluste beizubringen. Die Ashrak indessen hatten keine Chance. Und die menschlichen Sklaven auf der anderen Seite verspürten kein Verlangen danach, Gefangene zu machen.

Rachels Verstand benötigte einen kostbaren Moment, um zu realisieren, dass die Festung tatsächlich ihnen gehörte. Sie begab sich auf die Plattform, wo die Leiche des Ashrakkommandanten in seinem schwarzen Blut lag, und rollte ihn hinunter.

Der Körper klatschte drei Meter tiefer unter Jubel und Gebrüll der umstehenden Soldaten auf.

»Ruhe!«, donnerte Theodore. »Wir haben unsere Aufgabe noch längst nicht erfüllt. Bemannt die noch funktionsfähigen Waffen der Basis. Zieht unsere Artillerie und Luftabwehr näher an die eigenen Stellungen. Wir werden sie bald brauchen. Und verschanzt euch in den Korridoren und vor allem dort, wo wir uns Zutritt verschafft haben. Das sind alles Schwachstellen, die die Fischköpfe ausnutzen werden.«

Rachel war dankbar für die ruppige, aber professionelle Präsenz des Mannes. Niemand zog einen der Befehle in Zweifel. Die Soldaten folgten mit Disziplin jeder Anweisung.

Sollte Theodore ruhig das Kommando über die Verteidigung der Basis übernehmen. Rachel hegte größere Pläne. Und ihr Verstand beschäftigte sich bereits mit deren Umsetzung.

Mit einem Mal befand sich Theodore an ihrer Seite. »Wir fangen Signale auf. Ashraksturmtransporter sind im Anflug. Eine Menge.« Sie blickte auf. »Hunderte«, fügte Theodore hinzu. »Sie haben sie aus der ganzen Welt zusammengezogen.«

Rachel nickte. »Sollen sie nur kommen. Je mehr Aufmerksamkeit wir auf uns ziehen, desto größer sind Laureants Chancen, unsere Leute in den Untergrund zu schaffen.«

Theodores Gestalt blieb abwartend neben ihr stehen. »Wir kommen hier nicht mehr weg«, sagte er mit müder Stimme.

Rachel schenkte ihm ein schiefes Lächeln. »Das war doch auch nie der Plan.«

***

Michael verlor jegliche Hoffnung. Der entscheidende Moment war vertan. Gerade als die Rebellenflotte sich zum Sprung bereit machte, zog der Gegner alles, was ihm zur Verfügung stand, im Zentrum zusammen und trieb die Rebellen wieder zurück.

Michael wechselte erst einen vielsagenden Blick mit Hugo, dann mit Gareth. Dieser wurde von Untray medizinisch versorgt und widmete seinem Offizier ein kurzes Kopfschütteln zwischen zwei zischenden Atemzügen.

Sie alle waren derselben Meinung. Die Flotte würden kein zweites Mal die Schlagkraft aufbringen für einen Durchbruchsversuch durch die feindlichen Linien. Sie waren festgenagelt und würden hier alle sterben.

Die Tür zur Brücke ging auf und Ibitray watschelte herein. Die zwei Scherengliedmaßen des Kexaxa waren mit schwarzem Blut besudelt. Jeder bemerkte es, aber niemand nahm groß Notiz davon. Bis auf Untray, der seinen Artgenossen auf seltsame Art musterte.

Die Rebellenflotte kämpfte indessen nur noch, um ein wenig mehr Zeit herauszuschinden. Sie kamen weder vor noch zurück. Die Schlacht war entschieden. Die Rebellen hatten sie verloren.

Michael öffnete den Mund, um etwas zu sagen, aber Gareth kam ihm zuvor. Der Anführer des Aufstands schüttelte erschöpft den Kopf. »Du hast sie gut geführt. Niemand hätte mehr tun können.«

»Ich komme mir trotzdem vor wie ein Versager«, gab Michael mit hängenden Schultern zurück.

Die imperialen Kriegsschiffe zogen den Kessel immer enger und bereiteten sich auf den letzten Schlag vor.

Plötzlich fuhr Hugo von seinem Sitz auf und deutete durch das Brückenfenster. »Was ist denn das?«

Michaels Blick folgte dem Wink. Er riss die Augen auf. Durch die Atmosphäre der Erde stiegen mehrere Kreaturen in den Weltraum auf. Es waren Utoru. Mindestens achtzig von ihnen erhoben sich majestätisch und zogen an den Rebellenschiffen vorbei.

Michael bemerkte, wie sich Ibitray neben ihn stellte. »Er muss einige seiner Artgenossen befreit haben.«

Michael nickte. »Wenigstens etwas Gutes, das wir bewirkt haben.«

Ibitray stutzte. »Ich empfange etwas.« Fassungslos sah er zu dem über ihm aufragenden Menschen auf. »Unser Freund ist da draußen. Und ich glaube, seine Artgenossen und er wollen sich bedanken.«

Bevor Michael fragen konnte, wie ein solcher Dank wohl aussehen mochte, setzten sich die Utoru an die Spitze der Rebellenflotte. Die imperialen Schiffe reagierten sofort und einige von ihnen verlagerten den Beschuss. Sieben Utoru wurden getroffen und verdampften. Die übrigen jedoch formierten sich und ihre Haut begann in allen Regenbogenfarben zu schillern. Die Tentakel bewegten sich unaufhörlich. Neun weitere Utoru starben.

»Befehl an die Flotte!«, herrschte Michael seinen taktischen Offizier an. »Feuerschutz geben!«

Die Rebellenschiffe konterten und überzogen ihrerseits den Gegner mit einem Hagel aus Energieimpulsen. Die imperialen Einheiten verloren mehrere Schiffe und hatten Probleme, die Formation zu halten.

Michael hatte keine Ahnung, was die Utoru planten, aber die Ashrak schienen es zu wissen. Und es beunruhigte sie über alle Maßen.

Und bevor sich Michael oder Gareth überhaupt bewusst wurden, was geschah, verschwanden die Utoru in einem Lichtblitz. Im Anschluss bildete sich ein Strudel, der erst die Aurora, dann die Shiva und schließlich die gesamte Rebellenflotte in den Hyperraum zog.

Die imperiale Armada verschwand vor dem Brückenfenster des Rebellenschlachtschiffes und machte der tiefen, undurchdringlichen Schwärze des Hyperraums Platz.

Michael wurde von den Ereignissen völlig überrollt. »Sie können sich im Hyperraum bewegen.« Er stieß einen Schwall Luft zwischen den Vorderzähnen aus. »Das hätte ich jetzt nicht erwartet.«

Die Utoru führten die Blutläuferrebellen fort von der Erde. Der Flug dauerte nur wenige Sekunden und die Flotte tauchte in einem ihm unbekannten System auf.

»Wo sind wir?«, verlangte Michael zu wissen.

Es war Christian, der antwortete. »Wir sind im Nezrak-System. In weniger als dreißig Sekunden haben wir fünfzehn Lichtjahre zurückgelegt.«

Auf diese Neuigkeit hin herrschte nur noch Schweigen auf der Brücke der AURORA. Die Utoru hatten ihnen mit der Eröffnung ihrer unglaublichen Fähigkeiten das Leben gerettet.

***

Takashis Evakuierungsshuttle wurde sowohl vom Imperium als auch von den Rebellen komplett ignoriert. Beide Seiten hatten Wichtigeres zu tun. Und so besaß der ehemalige Paladin einen Platz in der ersten Reihe, als die Utoru Gareths Flotte von Aufständischen in Sicherheit brachten.

Takashi wusste nicht so recht, was er mit seiner eigenen Gefühlswelt anfangen sollte. Einerseits war er immer noch darauf gedrillt, die Feinde des Imperiums zur Strecke zu bringen, andererseits erfüllte ihn die Flucht Gareths, Ludwigs und Michaels mit einer Freude, die sich kaum in Worte fassen ließ.

Es war zutiefst verwirrend. Und bevor er sich wieder einem seiner ehemaligen Kameraden nähern konnte, musste er ergründen, was er nun mit seiner Existenz anfangen sollte und wo sein Platz in diesem Universum war.

Mit einem letzten Blick zurück auf seine Heimatwelt und den Ort, wo soeben die Rebellenflotte in Sicherheit gesprungen war, aktivierte er den Hyperraumantrieb seines kleinen Schiffes und verließ das Solsystem. Vielleicht für immer. Einer ungewissen Zukunft entgegen.

***

Es herrschte beängstigende Stille auf dem taktischen Deck der Kommandoplattform. Niemand wagte auch nur, sich zu rühren. Alle Augen waren auf Cha'acko gerichtet. Niemand wagte vorherzusagen, wie der Honuhton-Agent auf das soeben Geschehene reagieren würde.

Die Angst war allgegenwärtig. Vor allem die rangniedrigen Offiziere fürchteten, dem Zorn ihres Vorgesetzten zum Opfer zu fallen, falls sie auch nur den geringsten Anlass dafür lieferten.

Cha'acko stand stocksteif im Raum, den Blick einzig und allein auf den Punkt des Hologramms gerichtet, an dem nur Augenblicke zuvor die Rebellenflotte entkommen war.

Cha'acko senkte mit einem Mal den Blick, drehte sich um und verließ zur Verwunderung aller ohne ein einziges Wort den Raum.

# 30

Ibitray saß allein in einem der vielen Frachträume an Bord der AURORA. Mit teils angewidertem, teils ungläubigem Blick musterte er seine zwei Gliedmaßen, die in knöchernen Scheren endeten.

Er konnte immer noch nicht glauben, was er getan hatte. Sein Volk bestand nicht aus Kriegern. Jegliche Aggression war ihnen fremd. Und doch hatte er getötet – zweimal!

Das erste Mal konnte man noch als Zufall abtun. Als Abnormität, hervorgerufen durch die eigene Todesangst und die Sorge um den Utoru.

Aber ließ sich das zweite Mal genauso leicht erklären? Er hatte einen Paladin getötet. Ganz einfach. Wie auch den Ashraksoldaten zuvor in diesem Lagerhaus hatte er die Rüstung des Paladins mittels seiner zwei zusätzlichen Gliedmaßen einfach aufgeschnitten und den Soldaten im Inneren regelrecht abgeschlachtet.

Aber wie hatte das geschehen können? Ibitray dachte an beide Augenblicke zurück und begann, sie mit analytischer Genauigkeit zu untersuchen. Er erinnerte sich an jede Gefühlsregung, jeden noch so kleinen emotionalen Ausschlag seiner eigenen Verfassung. Als er fertig war, lehnte er sich leicht zurück. Für sein irriges Verhalten gab es letzten Endes nur eine Erklärung: Körper und Verstand des Kexaxa hatten auf einer instinktiven Basis reagiert. Als ob sein Wesen mit einem Mal auf Ressourcen zurückgegriffen hätte, die lange im Verborgenen geblieben waren. Aber wie konnte das möglich sein? Die Kexaxa besaßen nichts dergleichen. Wäre dem so gewesen, die Rod'Or hätten sie entweder in den Militärdienst gepresst in einer Funktion, die ihren Fähigkeiten entsprach, oder sie wären vernichtet worden. Die Rod'Or tolerierten keine Begabung, die sich entweder nicht nutzbringend einsetzen ließ oder die sich als Bedrohung erweisen konnte.

Ibitray hätte nur zu gern das Kollektivgehirn kontaktiert. Doch gerade das mochte sich als fatal erweisen. Falls er das Schwarmbewusstsein seines Volkes um Hilfe ersuchte oder die Erinnerungen der Kexaxa nach ähnlichen Vorfällen seiner Artgenossen in der Vergangenheit durchsuchen würde, dann hätte sein Volk zwangsläufig auch Zugriff auf seine eigenen kürzlich gemachten Erfahrungen. Und dazu war Ibitray nicht bereit. Er gestand sich selbst die Angst sein, dass er nicht wusste, wie die Kexaxa auf einen solchen Vorfall reagieren würden.

Ibitray kam zu dem Schluss, dass es sich bei seiner Person um eine Verirrung der Natur handelte. Ein genetischer Fehler, wie er einmal unter einer Million seines Volkes vorkommen mochte. Ja, das musste es sein. Er war ein genetischer Irrtum. Und alles, was er tun musste, war, sich ganz normal zu verhalten. Er musste die mörderische Gesinnung, die er hervorgebracht hatte, schlichtweg verbergen, dann würde alles gut werden. Er würde sein Leben wieder aufnehmen, als sei nichts geschehen. Ja, ein genetischer Fehler war er, nichts weiter. Je mehr er versuchte, sich das einzureden, desto mehr wurde ihm bewusst, wie absurd die Erklärung eigentlich war. Und dennoch hielt er eisern daran fest. Er war ein Kexaxa und hatte getötet. Die Lüge, die er sich selbst einzureden versuchte, war alles, was ihm blieb.

* * *

Die Schlacht war erst wenige Tage vorbei. Aber an der Aurora wurde bereits unter Hochdruck gearbeitet, um die schlimmsten Gefechtsschäden zu beheben.

Gareth kam an mehreren Brüchen in der Außenhülle vorbei. Es war ein befremdliches Gefühl, durch eine solche Bresche zu blicken und draußen nichts weiter als die Schwärze des Hyperraums zu sehen. Man sagte, wenn man aus einem Schiff fiel, das sich im Hyperraum befand, war man für immer verloren – gefangen zwischen Raum und Zeit, unfähig zu sterben oder auch nur zu altern.

Gareth streckte vorsichtig die Hand aus. Das Kraftfeld, mit dem eine solche Bresche abgedichtet war, knisterte protestierend, als seine Hand sich immer weiter näherte. Er zog sie zurück und lächelte leicht angesichts der eigenen Einfältigkeit. Das war alles nur dummer Aberglaube und dafür hatte er keine Zeit.

Er fand Ludwig zwei Decks tiefer in einem der Hangars. Der Blutläufer starrte in Gedanken versunken ins All hinaus und schien in seiner eigenen kleinen Welt gefangen. Er legte seinem Freund vorsichtig die Hand auf die Schulter.

Dieser reagierte kaum. Erst als Gareth den Druck leicht erhöhte, sah er sich halb um. Ludwig öffnete die Lippen zu einem Lächeln. Es wirkte nicht aufrichtig. Etwas beschäftigte Gareths Freund.

Er hätte Ludwig am liebsten gefragt, ob alles in Ordnung war, aber Gareth konnte sich gerade noch bremsen. Natürlich war nicht alles in Ordnung. All jene, die auf der Erde gewesen waren, schienen auf sonderbare Weise verändert zurückgekommen zu sein. Der Aufenthalt auf dieser Welt hatte sie auf subtile Weise gewandelt: in ihrem Wesen, ihren Prioritäten, ihrer Entschlossenheit.

Ludwigs Lächeln wurde breiter. Dieses Mal wirkte es zumindest ansatzweise ehrlich. »Du siehst besorgt aus.«

Gareth entspannte sich ein wenig. Er hatte nicht erwartet, dass sich seine Gedanken so deutlich auf seiner Mimik widergespiegelt hatten. »Ich habe mich nur gerade gefragt, was ihr auf der Erde erlebt habt. Irgendwie seid ihr alle ... anders.«

»Inwiefern?«

Gareth zuckte mit den Achseln. »Ich weiß nicht. Es ist nichts, worauf ich definitiv den Finger legen könnte. Die Veränderung ist aber zu spüren.« Er deutete auf seine linke Herzseite. »Hier drin.«

Nun war es an Ludwig, die Achseln zu zucken. »Die Erde ist in der Tat ein Ort von spiritueller Kraft. Ich hätte nicht gedacht, dass es eine solche Auswirkung hat, zurück in die Heimat zu kommen. Mal ganz davon abgesehen, dass ich nie erwartet hatte, sie je wiederzusehen.«

Gareth neigte leicht den Kopf zur Seite. »Hast du die Antworten bekommen, die du gesucht hast?«

Ludwig antwortete zunächst nicht. Es wirkte, als forsche er nach den richtigen Worten. Doch dann begann er zu erzählen, was er erlebt hatte. Er endete mit den Vorkommnissen in jenem Schützengraben.

»Als uns die Artillerie erwischte«, fuhr er fort, »da lag Weber vor mir. Verletzt, hilflos, meiner Gnade ausgeliefert.«

»Was hielt dich ab, ihn zu töten?«, wollte Gareth wissen. »Gott allein weiß, dass es eine Menge Menschen gibt, die es getan hätten.«

Ludwig seufzte ergeben. »Ich bin mir da selbst nicht sicher. Als er zu meinen Füßen lag, da dachte ich über seine Worte nach. Seine Leute verhungerten. Sie waren verzweifelt, so wie viele andere auf der Erde.«

»Das ist keine Entschuldigung.«

»Eine Entschuldigung nicht, aber vielleicht in gewissem Sinn eine Rechtfertigung. Ich musste darüber nachgrübeln, was ich wohl an seiner Stelle getan hätte.«

Gareth verzog die Miene. »Du hättest andere Menschen nicht an deiner statt leiden lassen.«

Ludwig drehte sich ruckartig um. »Wirklich nicht?« Er packte Gareth an den Schultern. »Wirklich nicht?«, beharrte er auf seiner Frage. »Kann denn jemand vorhersagen, was er tun oder nicht tun würde in einer vergleichbaren Situation?« Er schüttelte den Kopf und drehte sich erneut zum Bullauge um. »Ich denke nein. In seiner Verzweiflung ist der Mensch zu verzweifeltem fähig. Ungeachtet aller moralischen Grundsätze.« Er seufzte. »All das ging mir durch den Kopf – und ich nahm den Finger vom Abzug. In diesem Moment wählte ich einen Weg, von dem ich nie gedacht hätte, ich sei stark genug dafür: den Weg der Vergebung.« Ludwig drehte sich zu seinem Befehlshaber um. »Ich vergab ihm, Gareth. Ich werde nie erfahren, was aus meinen Leuten, meiner Familie wurde – und ich vergab ihm. Kannst du das glauben?«

Gareth nickte. »Das kann ich ohne Weiteres. Der Weg der Vergebung ist der schwerste von allen.« Er musterte seinen Freund mit neuen Augen. »Ich bin stolz auf dich.«

Ludwig holte tief Luft. »Ich bin nicht sicher, ob ich noch mal auf diese Weise handeln könnte.«

»Du könntest. Da bin ich sicher.«

»Ich hoffe, ich komme nie wieder in eine solche Situation.« Er schüttelte den Kopf, als versuche er, ihn von unliebsamen Gedanken zu befreien. »Aber du bist nicht hier, um über mein Seelenheil zu sprechen«, wechselte er abrupt das Thema. »Wie kann ich dir helfen?«

»Ich wollte dich fragen, ob du Michael gesehen hast.«

Ludwig deutete zur Decke. »Zwei Ebenen über uns. Auf dem Aussichtsdeck. Fabian muss auch irgendwo dort oben sein. Der Kerl hat sich doch tatsächlich selbst aus der Krankenstation entlassen.«

»Gut, wir haben nämlich viel zu bereden. Es gibt gute und schlechte Neuigkeiten.«

Ludwig hob auffordernd die rechte Augenbraue.

»Die gute Nachricht ist, wir konnten alle Transportschiffe in Sicherheit bringen. Wir haben mehr als hundertzwanzigtausend neue Soldaten.«

»Verglichen mit dem Imperium ist das ein Tropfen auf den heißen Stein«, dämpfte Ludwig Gareths Euphorie. »Aber es ist auf jeden Fall mal ein Anfang. Und die schlechte?«

»Wir haben über hundert Schiffe bei der Schlacht im Solsystem verloren. Gemäß unseren Gefechtsaufzeichnungen haben die Ashrak mehr als das Doppelte an zerstörten Schiffen zu beklagen, aber dennoch sind das Verluste, wie wir sie uns nur schwerlich leisten können. Wir müssen uns dringend überlegen, wie es weitergeht, ansonsten wird das Imperium uns wie Tiere zu Tode hetzen.«

# EPILOG

Gareth fand Michael auf dem Aussichtsdeck der AURORA. Der hünenhafte Blutläufer stand vor dem großen Panoramafenster und starrte in die Schwärze des Hyperraums.

Seit sich die Rebellenflotte aus dem Solsystem zurückgezogen hatte, war kaum ein Wort zwischen ihnen gewechselt worden. Soweit Gareth das beurteilen konnte, galt das für die meisten Rebellen an Bord ihrer Schiffe. Es war, als hätte eine allgegenwärtige Düsternis die Gewalt über Gedanken und Seelen der Soldaten übernommen. Eine Schwere hatte sich über sie alle gelegt, der man sich nicht entziehen konnte. Sie alle hatten derart viel Hoffnung auf ihre Aktionen im Solsystem gelegt, dass nun Frustration und Depression um sich griffen.

Die Schwärze wich schlagartig einem System mit einer jungen, hellen Sonne und elf Planeten. Die Rebellenflotte änderte den Kurs und sprang erneut in den Hyperraum.

Gareth gesellte sich schweigend an Michaels Seite. Dieser widmete ihm kaum eine Sekunde seiner Aufmerksamkeit. Gareth sollte es recht sein. Er war nicht hier, um zu reden. Er war hier, um seinem Kameraden durch seine bloße Anwesenheit beizustehen. So, wie dieser es bei Heathers Verlust gemacht hatte.

Zu seiner Verblüffung eröffnete Michael jedoch das Gespräch. »Der wievielte Zwischenstopp war das jetzt?«

»Der vierte«, antwortete Gareth, ohne den Blick vom Fenster abzuwenden. Er schnaubte. »Sollen die Ashrak mal versuchen, uns zu folgen, nach all den Haken, die wir geschlagen haben.«

»Und die Utoru?«, erkundigte sich Michael.

Gareth zuckte die Achseln. »Sind bei unserem zweiten Zwischenstopp verschwunden.« Er seufzte. »Ich will nicht behaupten, dass ich alles durchschaue, was mit diesen Wesen zu tun hat.«

Michael lächelte sardonisch. »Geht mir genauso. Aber ohne diese Wesen hätten wir nicht überlebt.«

»Nein«, stimmte Gareth zu. »Dem ist wohl so.«

Die beiden Kameraden standen eine Weile schweigend beisammen, zufrieden damit, in die Schwärze hinauszustarren, die das Schiff umgab.

Plötzlich senkte Michael den Blick. »Es … es tut mir leid, Gareth.« Der Anführer der Rebellion warf seinem Gegenüber einen verwirrten Blick zu. Bevor er etwas erwidern konnte, fuhr der Mann fort. »Ich habe versagt. Ich hatte dir eine Armee versprochen, und was ich am Ende lieferte, war eine weitere verlorene Schlacht.«

Gareth schüttelte fast unmerklich das Haupt. »Dafür kannst du nichts. Wir sind beide lange genug Soldaten, um zu wissen, dass so manche Schlacht ihre eigene Dynamik entwickelt, völlig gleichgültig, was die Befehlshaber auch geplant haben.«

»Aber diese Niederlage ist anders als alle zuvor. Wir haben die Erde schon wieder verloren. Dieses Mal vielleicht endgültig.«

»Da wäre ich mir an deiner Stelle nicht so sicher.«

Bei seinem Tonfall sah Michael mit gerunzelter Stirn auf. »Wir haben keine Ahnung, ob es Laureant gelungen ist, die Armee in den Untergrund zu führen. Nach unserem Aufbruch könnte sonst was geschehen sein.«

»Das ist richtig«, nickte Gareth. »Aber ich hab da so ein unbestimmtes Gefühl, dass der Plan funktioniert hat.«

Michael wirkte immer noch verwirrt und Gareth sah sich genötigt, ein wenig mehr ins Detail zu gehen. »Bei unserem ersten Zwischenstopp haben wir eine Nachricht aufgefangen. Ich dachte mir, du willst sie dir vielleicht ansehen.«

Ohne auf eine Entgegnung zu warten, holte Gareth einen kleinen Würfel hervor und drückte auf den Auslöser. Das Gerät projizierte ein Hologramm in die Luft zwischen den beiden Blutläufern. Michael sog scharf die Luft ein. Es handelte sich um Rachel. Das Hologramm umfasste die Gestalt der Frau bis zu den Hüften. Sie befand sich offenbar in einer Art militärischem Kommandozentrum. Hinter ihr arbeiteten eine Menge Rebellensoldaten, die sich damit abmühten, die Stellung zu befestigen.

Theodore trat für einen Moment ins Bild, flüsterte Rachel etwas ins Ohr, woraufhin diese nickte und sich auf das Aufzeichnungsgerät konzentrierte.

»Mein Name ist Rachel Anderson«, eröffnete sie ihre Rede. »Ich befinde mich in einer unserer letzten Stellungen auf der Erde, die noch Widerstand leisten. Die meisten, die diese Nachricht empfangen, werden noch nie von der Erde gehört haben noch wissen, wo sie zu finden ist. Das spielt auch alles gar keine Rolle. Wir sind einer von vielen Sklavenplaneten unter der Herrschaft des Rod'Or-Imperiums. Und nur das zählt. Wir sind Sklaven wie ihr. Das Imperium kam in unsere Welt wie auch in eure. Sie versklavten unser Volk wie auch die euren. Sie zwingen uns, in ihren Kriegen zu kämpfen, ganz genauso wie es bei euch der Fall ist. Sie nehmen uns unsere Würde. Sie nehmen uns unsere Freiheit.« Rachel holte mit einem Mal tief Luft und ihr Tonfall schwoll unwillkürlich an. »Und sie nahmen uns unsere Hoffnung.«

Rachels Augen blitzten vor Intensität. Jeder, der diese Nachricht sah, musst unwillkürlich von der Aura an Entschlossenheit gefesselt sein, die Rachel ausstrahlte.

»Aber nicht heute. Die Menschheit hat sich erhoben. Hat sich zum Kampf gestellt und mit vereinter Stimme gerufen: ›Nein! Wir sind keine Sklaven! Wir sind keine Werkzeuge und wir sind nicht Mittel zum Zweck!‹ Wir haben gekämpft und dem Feind in monatelangen, entbehrungsreichen Kämpfen die Stirn geboten.« Sie senkte kurz den Kopf, bevor sie sich wieder dem Aufzeichnungsgerät zuwandte. »Wir haben für den Augenblick verloren. Während ich hier spreche, rücken starke Ashrakverbände auf diese Stellung vor. Vermutlich können wir sie nicht mehr sehr viel länger als eine Stunde abwehren.« Wie um ihre Worte zu unterstreichen, schlug schweres Artilleriefeuer über Rachels Stellung herein. Dreck und Staub rieselten von der Decke. Das Bild wackelte, stabilisierte sich jedoch schnell wieder.

Rachel geriet ins Straucheln. Theodores Hand hielt sie aufrecht. Die Frau richtete sich erneut auf: stolz, unbeugsam, strahlend schön. »Gewinnen, verlieren: Das ist alles nicht so wichtig«, fuhr sie fort. »Man kann nicht jede Schlacht für sich entscheiden. Manchmal ist es schlichtweg notwendig, sich der Tyrannei zu widersetzen. Sich jedem entgegenzustellen, der einem die eigene Freiheit streitig machen will. Man muss ein Zeichen gegen Unterdrückung und Sklaverei setzen. Und man muss bereit sein, den notwendigen Preis dafür zu bezahlen. Die Menschheit ist mehr als bereit dazu. Die heutige Schlacht mögen wir verloren haben. Aber wir werden uns wieder erheben. Und wieder. Und wieder. Und wieder. So lange, bis die Erde und unser Volk erneut frei sind. Ich fordere alle freiheitsliebenden Völker der Galaxis auf, den Kampf aufzunehmen. Keiner von uns ist minderwertig. Keiner von uns muss ein Sklave sein. Diese Lektion haben wir den Ashrak nun erteilt. Und wir werden sie ihnen wieder erteilen. Ihnen und ihren Rod'Or-Meistern.« Abermals hämmerte ein feindlicher Artillerieschlag auf Rachels Stellung ein. Sie lächelte sanft, beinahe als wäre sie endlich im Einklang mit sich selbst. »Meine Zeit läuft ab. Aber das ist in Ordnung. Alles, was ich sagen wollte, wurde gesagt.« Rachel straffte ein letztes Mal ihre schlanke Gestalt. »Rebellenfestung Kopenhagen meldet sich ab.«

Mit diesen Worten deaktivierte sich der Würfel und das Hologramm verblasste. Gareth sah Michaels Adamsapfel hüpfen, als dieser mit seiner Fassung rang.

»Schöne Worte«, flüsterte er nach einiger Zeit. »Aber es ändert nichts daran, dass wir verloren haben. Alex, Rachel, Theodore: Sie alle sind inzwischen tot. Und wahrscheinlich für nichts. Eine sinnlose Geste des Heldentums.«

»Sinnlos?«, meinte Gareth. »Wohl eher nicht.«

Michael sah auf.

Gareth fixierte ihn mit festem Blick. »Diese Nachricht wurde überall im Imperium empfangen. Vielleicht sogar darüber hinaus. Es ist eine Botschaft der Hoffnung an alle Unterdrückten. Bei unseren letzten Zwischenstopps haben wir weitere Meldungen aufgefangen. Es sind Aufstände auf einem Dutzend und mehr Sklavenplaneten des Imperiums ausgebrochen.« Gareth steckte den Würfel weg und packte Michael an beiden Schultern. »Rachels Nachricht wurde gehört. Und die tiefere Botschaft darin wurde verstanden.« Er lächelte schief. »Die Ashrak haben die Neuigkeit verbreitet, dass es auf der Erde einen Sklavenaufstand gegeben hat, der blutig niedergeschlagen wurde. Die angepeilte Wirkung wurde aber verfehlt. Es hat die Unruhen und Kämpfe eher angestachelt, als sie zu beenden. Ein Flächenbrand ist dabei auszubrechen. All jene, die auf der Erde gekämpft haben, haben ihren Anteil daran.«

Gareth holte den Würfel abermals hervor und drückte ihn Michael in die Hand. »Für den Fall, dass du sie dir noch mal ansehen willst.«

Michael nickte wortlos. Gareth erkannte, dass der andere Rebellenoffizier kurz davorstand, in Tränen auszubrechen. Er wollte sicher nicht, dass Gareth Zeuge dessen wurde. Der Rebellenanführer nickte kurz und zog sich zurück.

Als er aus dem Raum schritt, hörte er Michael leise hinter sich schluchzen. Er widerstand dem Drang, sich umzudrehen.

Vor der Tür stieß er auf Fabian, der bereits auf ihn wartete. Sein Freund sah ihn erwartungsvoll an. »Wie geht's ihm?«

Gareth zuckte die Achseln. »Er trauert. Wie wir alle.«

Fabian schüttelte leicht den Kopf. »Diesen Schmerz hat er nicht verdient.«

»Das hat keiner von uns.«

»Hoffen wir, dass das Opfer unserer Kameraden auf der Erde nicht umsonst war«, fuhr Fabian fort.

»Hoffen wir, dass die Ashrak so lange wie möglich mit den ausgebrochenen Aufständen beschäftigt sind. Das verschafft uns eine Atempause.«

»Und wofür nutzen wir die? Die Fischköpfe sind immer noch hinter uns her.« Fabians Augen wurden leicht trübe. »Glaubst du, der Widerstand auf der Erde wird gedeihen? Die Ashrak werden versuchen, sie alle auszumerzen.«

Gareth dachte ausgiebig über die Frage nach. Schließlich schürzte er die Lippen. »Michael scheint das zu glauben, sonst hätte er die Erde niemals verlassen. Außerdem traut er diesem Franzosen zu, die Armee neu aufzubauen.«

»Lucas Laureant«, nickte Fabian. »Ich kannte ihn leider nicht gut genug, um mir eine Meinung über den Mann zu bilden. Aber ich vertraue Michaels Menschenkenntnis. Hoffen wir, dass er sich nicht irrt.«

»Michael mag vieles sein, aber eines ist er mit Sicherheit nicht: leicht zu beeindrucken. Wenn er dem Franzosen die Befehlsgewalt über den irdischen Widerstand gab, dann aus gutem Grund.«

»Und was machen wir in der Zwischenzeit?«

Gareth lächelte schief. »Die Ashrak auf Trab halten.« Sein Blick glitt in weite Ferne. »Mit etwas Glück war das die Niederlage, mit der wir den Krieg gewinnen.« Sein Blick zuckte mit funkelnden Augen in Fabians Richtung. »Es hat begonnen.«

ASHRAK
SCHWERER KREUZER
© 2019 by allan j. stark

SEKARI
FREGATTE
© 2020 by allan j. stark

SYALL
SCHWERER KREUZER
© 2020 by allan j. stark